Gladiadoras

Novela Histórica

Juan Tranche

Gladiadoras

El duelo de la eternidad

Planeta

PEFC Certificado

Este libro procede de bosques gestionados de forma sostenible

PEFC

PEFC/14-38-00305 www.pefc.es

Avda. Diagonal, 662-664, 08034 Barcelona (España)
www.editorial.planeta.es
www.planetadelibros.com

Adaptación de la cubierta: Booket / Área Editorial Grupo Planeta a partir de un diseño original de Lookatcia
Fotografía de la cubierta: © Noppadon Sangpeam y Akkalak / IStockphotos / Getty Images y © Stephen Mulcahey / Arcangel
Primera edición en Colección Booket: junio de 2024

Depósito legal: B. 9.807-2024
ISBN: 978-84-08-28889-3
Impresión y encuadernación: Liberdúplex, S. L.
Printed in Spain - Impreso en España

Biografía

Juan Tranche (Madrid, 1979) lleva más de veinte años vinculado al sector editorial, compaginando su trabajo con el estudio de la antigua Roma. Durante los últimos años ha participado en diferentes medios y ha dado conferencias para hablar sobre su gran pasión, el mundo de los gladiadores y gladiadoras. En 2021 publicó su primera novela: *Spiculus*, dos gladiadores enfrentados a muerte en la Roma de Nerón.

@juantranche

A Aitana y Chloe, mis eternas gladiadoras.
A Isa, que siempre ilumina mi camino.
A Belén, que sabe luchar como ninguna otra gladiadora.

Debes morir erguido e invicto.

Séneca, *Cartas a Lucilio* 37, 2
(Refiriéndose a los gladiadores)

I

Roma (Campo de Marte), 124 d. C.

La noche amenazaba con caer sobre la Ciudad Eterna. La oscuridad, acompañada de una fría niebla, iba envolviendo las calles, refrescando el empedrado de las calzadas y destemplando los cuerpos de sus habitantes.

El mercado llegaba a su fin y los tenderos recogían con rapidez sus puestos, retirando las picas de sus toldos y vertiendo sobre la vía la inmundicia que no habían sido capaces de vender. Las calles del Campo de Marte apestaban a restos de pescado podrido, a fruta corrompida y carne descompuesta. Bajo los pórticos, el hedor a excrementos de animales, sudor rancio y orina seca embozaba el ambiente entre sus columnas.

Sin siquiera esperar a que los comerciantes arrearan a los mulos para abandonar el mercado, un tumulto de indigentes comenzó a rapiñar todo cuanto encontraban. Desde ese momento solo las prostitutas, sus clientes, los borrachos y todo aquel que no sentía apego por su vida poblaban los callejones entre ladrones y asesinos que buscaban, amparados en la oscuridad, satisfacer sus deseos. La ciudad albergaba un escenario diferente cuando la noche se adueñaba de las vías de Roma convirtiéndolas en uno de los lugares más peligrosos del Imperio.

Octavia se dirigía a la ínsula donde vivía con un caminar mucho más rápido de lo habitual, a pesar de su cansancio tras una jornada extenuante. Era una de los miles de prostitutas que hacían la calle en Roma. Lucía un largo vestido rojo, sucio y con el bajo desgastado. Tenía el rostro cubierto de restos de maquillaje seco, tras los restregones para eliminar la saliva y el sudor de sus clientes. Su pelo era de color azul. Por ley estaba obligada a teñírselo para que todo el mundo supiera que se dedicaba a uno de los oficios más antiguos del mundo.

La joven siempre llegaba a su vivienda antes del anochecer. Estaba acostumbrada a tratar con hombres de toda calaña y, sin embargo, sentía pánico hasta del más inocente cuando la oscuridad gobernaba las calles. Su último cliente la había entretenido mucho más de la cuenta. Ebrio, tardó una eternidad en alcanzar el clímax y, aunque gracias a ello llevaba la faltriquera llena de monedas, maldijo ese servicio por enésima vez.

Octavia dejó atrás el mercado, y su bullicio se fue perdiendo en la lejanía. Descartó varias calles angostas y buscó las más anchas para sentirse algo más segura. Aceleraba en cada paso, aún le quedaba un buen trayecto, y, al contemplar la niebla cada vez más densa, una incómoda tensión se empezó a apoderar de ella.

Unas voces a su espalda la pusieron en alerta. Se volvió hacia el ruido, pero la calle estaba vacía y reinaba el silencio. Suspiró negando con la cabeza y aceleró el paso con más miedo aún. Por aquellas calzadas no había ni rastro del cuerpo de los *vigiles,* los hombres reclutados desde tiempos del emperador Augusto que velaban por la seguridad nocturna.

Octavia agarró con fuerza la lúnula que colgaba de una sencilla cuerda en su cuello, con la inscripción del nombre que habían decidido para ella. Aquel amuleto protector, que la había acompañado toda su vida, era lo único que poseía desde que nació.

Cuando alcanzó a un grupo de esclavos que portaban antorchas para custodiar a su *dominus,*[1] respiró aliviada y trató de mantenerse a una distancia prudencial para no ser reprendida, pero sin perderlos de vista. Aun así, no dejaba de mirar hacia atrás con la extraña sensación de que alguien la estaba siguiendo.

A todos los lupanares, a todas las termas y a todos los rincones donde se practicaba sexo a cambio de dinero había llegado la noticia de las prostitutas asesinadas de forma violenta. Las mujeres habían aparecido violadas y con tres cortes en la cara.

Con sus antorchas, los siervos continuaban iluminando el empedrado hasta que llegaron a un cruce. La joven suplicó interiormente que giraran en dirección a la ínsula donde ella vivía; en el último momento torcieron por la calle opuesta. Octavia sintió ganas de gritar, pero su garganta solo emitió un lastimero gemido. Trató de hacerse pequeña, de que su enjuto cuerpo se confundiera entre la oscuridad, la misma que la estaba devorando por dentro.

Aguzó el oído; varias pisadas en un ritmo diferente al suyo la alertaron de que no se encontraba sola. Sintió un escalofrío. Se detuvo y, al mismo tiempo, el ruido que la perseguía también cedió. Notó la frente perlada de sudor. Nunca había experimentado un pánico como el que en aquel momento envolvía su mente.

Comenzó a andar de espaldas tratando de atisbar algún movimiento, algo que la impulsara a pedir auxilio, pero las calles estaban desiertas y la niebla le impedía ver bien. Se dio la vuelta y levantó las faldas de su vestido para avanzar con más rapidez.

1. Señor.

Por fin vislumbró luz al final de la calle. La *caupona* de Vetusto, próxima a la puerta Salaria donde ella vivía, seguía abierta y las antorchas centelleaban sobre sus paredes. Se detuvo ante la puerta del local, tentada de entrar, de pedir a Vetusto que la acompañara a su casa, pero a esa hora los clientes estarían muy ebrios y todos tratarían de abusar de ella.

Un ruido en un callejón próximo la paralizó. De nuevo oyó pasos que se encaminaban hacia ella. El pánico se apoderó de su ser hasta impedirle entrar en la *caupona* a pedir ayuda. Las pisadas eran cada vez más audibles, las tenía encima. Se agarró con fuerza al ladrillo de la pared que tenía a su espalda.

Un hombre encapuchado salió de la oscuridad de un callejón confundido entre la niebla.

—¿Buscas compañía? —preguntó el extraño, que echó hacia atrás la capucha dejando a la vista su rostro. Todo su ser desprendía un fuerte olor a sudor y a alcohol.

La joven, aterrorizada, negó con la cabeza y el hombre se resignó levantando los hombros.

—Tú te lo pierdes —dijo tras escupir varias flemas a los pies de la joven mientras se daba la vuelta y entraba en el local de Vetusto.

Octavia respiró hondo. Se armó de valor y continuó su camino.

La distancia era cada vez más corta, casi podía sentir el olor de su exigua vivienda, de las lucernas con perfume que prendía hasta que entraba en calor bajo las varias capas de lana en su lecho. Aquella sensación la reconfortó.

Se paró al oír el caminar de otras sandalias. No eran imaginaciones suyas, varias personas se habían unido a la marcha. Ya no albergaba duda alguna, varios hombres la seguían.

Gritó, pero nadie oyó su voz.

Llamó a varias puertas, pero ninguna alma se compadeció de ella.

Se arrepintió de no haber entrado en la *caupona* de Vetusto y decidió volver, pero los pasos venían de esa dirección. Rasgó con fuerza su vestido y echó a correr.

Giró por el callejón que daba a su ínsula golpeándose contra los muros. Cayó al suelo y se raspó una pierna; desesperada, se incorporó sin dejar de girar la cabeza. Ya se encontraba frente a la puerta, estaba a punto de conseguirlo.

La pierna le escocía. Su pecho se agitaba con angustia por el esfuerzo. Con el dorso de una mano limpió sus lágrimas mientras la otra se abría paso por la faltriquera buscando la llave. Los nervios le impedían hacerlo con rapidez.

Algo tocó su espalda.

Octavia se giró. Cerró los ojos cuando sintió que algo le cruzaba el rostro. Se lo tocó y un líquido espeso resbaló entre sus dedos, hasta que percibió el sabor metálico de la sangre. Iba a gritar cuando un golpe seco en el estómago la dejó sin aliento. Levantó la mirada, creyó percibir la figura de tres hombres encapuchados frente a ella. Quería rogar que no le hicieran daño, suplicar que la dejaran con vida, pero las palabras eran incapaces de brotar de su garganta.

Uno de los encapuchados le propinó otro corte en la cara que la alcanzó el ojo izquierdo. Fue una punzada de dolor como nunca había padecido. Un tercer tajo mordió su piel.

Octavia sintió un miedo atroz al ser consciente de que sería víctima de la más cruel de las torturas, y de que no había hecho más que comenzar.

II

Nicomedia,[1] *124 d. C.*

Comenzaba un nuevo día en la ciudad cercana a las aguas del Pontus Euxinus.[2] La alborada se desprendía sin prisa de la bruma nocturna y el sol ocultaba las últimas estrellas en el cielo, junto al vuelo de los pájaros.

La placidez contrastaba con el ritmo desaforado en la villa del procónsul Lucio Catilio Severo, donde el ajetreo de cientos de esclavos afanándose en las tareas diarias era frenético. El *dominus* contaba con cientos de siervos allí donde el Imperio le ordenaba acudir y le gustaba supervisar y ordenar con mano dura. Entre su séquito estaban los mejores sirvientes domésticos traídos desde Cirene y, en todos aquellos lugares donde acudía, se hacía con los esclavos, a su entender más capaces, y de las esclavas, a sus ojos más bellas.

Sin duda, una de ellas era la joven Helena. Sus ojos color avellana, su larga melena castaña y su piel tostada no pasaban nunca desapercibidos entre los invitados de las famosas cenas que Catilio Severo celebraba.

La joven esclava, de quince años, charlaba animada-

1. Actual Izmit (Turquía).
2. Mar Negro.

mente con Helvia, su abuela, en la cocina de la villa mientras hacían pan como cada mañana. Ese día debían elaborar mucha más cantidad de la habitual, dado que esperaban la visita del emperador Adriano y, junto al césar, su interminable séquito de principales militares, funcionarios y asesores.

—No dejo de pensar en él —dijo Helena suspirando.

—Ve a por más harina —contestó su abuela con una sonrisa en los labios, acostumbrada a escuchar los sueños de su nieta.

—Es tan guapo, abuela —comentó la joven completamente absorta en sus pensamientos.

—¡Helena!... La harina —dijo de nuevo Helvia levantando la voz.

—Cuando veas su rostro por primera vez, te sorprenderá su belleza.

—¡Niña! —gritó su abuela con un tono que hizo que Helena se asustara—. Ve al molino a por más harina o el *dominus* se enfadará si el pan no está listo a tiempo. Y deja de hablar de ese semental. Los hombres acarician a los caballos solo para poder montarlos.

Helena se encaminó hacia la tarea.

Al salir al patio, pudo observar el extenuante trabajo de los demás esclavos en la villa para que todo estuviera preparado. Había quienes supervisaban los aparejos para salir al campo, algunos atendían a los caballos en las caballerizas y otros se afanaban con la prensa de aceite en uno de los extremos. El olor de la amurca que desprendían las aceitunas amontonadas inundaba el patio y se mezclaba con el de sudor y el del miedo de los esclavos a las represalias de Catilio Severo si algo no era de su agrado.

Helena, acostumbrada a aquel hedor, no se inmutó, pero agradeció el alivio que le procuró la brisa fresca que se desplazaba sigilosa mezclándose entre sus cabellos. La joven esclava se dirigió al almacén, justo al lado de las cocinas, donde se hallaba el molino. Al doblar la esquina se chocó con otro esclavo y se le cayó la cesta. Trató de recomponerse del susto, sin levantar siquiera la cabeza, y se agachó para recogerla. El inconfundible olor del siervo hizo que levantara la vista y sus ojos se encontraron con los del hombre por quien tanto suspiraba.

Se levantaron a la vez. Él miró a un lado y a otro para ver si alguien los observaba, y solo las paredes de la villa fueron testigos del apasionado beso que se dieron.

—No hay un solo momento del día que no piense en ti —le dijo ella al oído.

—Esta noche, cuando todos duerman, nos vemos detrás de la fuente —respondió él.

—Te echo tanto de menos cuando no estoy contigo.

—Yo también, pero ahora alguien puede vernos.

Se despidieron, aunque sus dedos luchaban por no desenredarse.

Helena se recompuso respirando profundamente. Entró en el almacén, donde varios esclavos hacían girar el eje vertical con esfuerzo. Sin decir nada, cargó su cesta con harina y regresó deprisa a la cocina.

En la entrada se quedó parada unos instantes observando la tierna figura de Helvia. Todos los esclavos adoraban a su abuela. Los huérfanos la querían como a una madre, y quienes contaban con el amor de sus padres la estimaban como a uno de sus seres más queridos. Helena sonrió ante las formas redondas de la anciana. Las piernas estaban hinchadas por los años, con su piel fina y casi transparente. Helvia era tan mayor como mostraban sus manos; estas temblaban en un movimiento incontrolable. Cuando se ponía nerviosa y sufría alguna crisis, el tembleque se extendía no solo por las extremidades, sino por todo el cuerpo.

Aquello desesperaba al *dominus*.

La anciana terminaba de mezclar una masa de harina en forma de pan. Helvia no pudo sujetar el cuenco donde había posado la mezcla y se cayó haciéndose añicos.

Helena dejó con cuidado el cesto de harina y acudió con rapidez a recoger los pedazos de terracota esparcidos por el suelo.

—No pasa nada, yo lo recojo —dijo.

—Mis manos intentan decirme que ya son pocas las cosas que esta anciana puede hacer —comentó su abuela abatida, y se sentó.

—Tonterías.

Helena abrazó el cuerpo rechoncho de su abuela. Helvia cerró los ojos y apretó a su nieta contra sí relajándose ante la muestra de cariño.

En ese momento, Lucio Catilio Severo entró en la cocina.

—¿Se puede saber por qué no estáis trabajando?, ¿acaso queréis que os azote? —dijo en un tono alto y autoritario.

—Perdón, *domine* —contestó Helena, y soltó a su abuela, como si una enorme fuerza las hubiera separado de golpe, para volver a la tarea.

La bella esclava se dio la vuelta para coger el cesto de harina. Con la cabeza agachada, observó la figura imponente del *dominus*. El peso de los años empezaba a hacer mella en él. Su túnica estaba impoluta y, a pesar de ser muy amplia, no conseguía disimular la enorme barriga. La cabeza resultaba pequeña en comparación con el cuerpo. La prominente calvicie, que tanto lo atormentaba, otorgaba a su pálido rostro un aire austero y serio. Sus cejas grises, peinadas hacia arriba, le conferían un aspecto que intimidaba. En la mano, una pequeña fusta anunciaba un doloroso castigo si era desobedecido, si algo le desagradaba o, en ocasiones, simplemente por capricho.

Helena, a pesar de que en sus quince años Catilio aún no le había puesto la mano encima, sentía pánico ante él.

—A lo largo del día recibiremos la visita del emperador Adriano, quiero que todo esté perfecto, ¿entendido? Espero que no me des problemas —dijo mirando a Helvia.

Ambas asintieron.

—Mi *domine* —respondió Helena con la voz temblorosa cuando Catilio se disponía a darse la vuelta.

—Habla —dijo el procónsul.

—Mi abuela no tiene las manos en buen estado. Quizá debería ocuparse de alguna labor que no se realice a la vista.

—¿Acaso eres tú quien decide ahora las tareas? —contestó interrumpiendo a la joven y apretando la fusta—. Los imperios como el mío no se mantienen con gente débil. Seguirá en las cocinas y, si no es capaz de controlar ese insoportable temblor, mi paciencia se acabará y me desharé de ella.

—Estoy bien, *domine* —contestó Helvia molesta porque su nieta hubiera intercedido por ella.

—¿Serás capaz de trabajar?

—Haré lo que se me ordene, como siempre he hecho; al menos, hasta que Plutón decida poner fin a mis días.

—Más te vale. Y ahora seguid trabajando y no me hagáis perder más el tiempo —concluyó Catilio y abandonó la cocina.

—Un día se envenenará con su propia saliva —dijo Helvia.

—Deberías de medir tus palabras sobre él. Tengo miedo por ti, miedo de que alguien te oiga y se lo cuente. Tú, que puedes leer en los ojos de los hombres, sabes que su crueldad no tiene fin —respondió Helena.

—Lo único que veo es que cada día su barriga es más abultada —continuó Helvia—. El día que muera Caronte tendrá que llevar la barca a nado o ambos se hundirán.

—No empieces. —Su nieta empezó a reírse.

—Me da miedo que hables por mí, Helena, el *dominus*

puede considerarlo una debilidad y nada atormentaría más mis noches que el hecho de que te pasara algo por mi culpa.

La joven la miró con ternura.

—Y ahora será mejor que sigamos —continuó Helvia—. Si vuelve lo lamentaremos. ¿Por dónde íbamos?

—Estaba hablándote de mi amado —dijo Helena apretando las manos y mirando al techo.

—¡¿Otra vez?! —preguntó su abuela suspirando.

—Ojalá algún día podamos tener una casa con vistas al mar, donde cada mañana me despierten sus besos y donde el batir de las olas sea lo primero que mis oídos perciban cada mañana.

—Ya tienes edad para entender que ese mundo que ansías, al lado de ese esclavo, para alguien de nuestra condición es casi imposible —comentó Helvia.

—¿Por qué, abuela? —dijo Helena extrañada—. ¿Acaso no puedo soñar con tener una vida como la de cualquier mujer libre? Solo deseo hacer pan cada mañana, preparar el fuego para que, cuando mi amado llegue cansado de trabajar, se reconforte al calor de nuestro hogar. Cuidar de mis hijos, vivir la clase de vida que se espera de una mujer romana.

—¿Como una mujer romana? Si tu madre te oyera, se arrancaría las orejas. Odiaba a los romanos. La rebeldía corría por sus venas como si de un caballo desbocado se tratara. El abuelo de tu abuelo fue uno de los principales generales de Nicomedes, el último rey de Bitinia. Aliarse con los romanos fue la perdición de esta familia y de tantas otras. Siempre los hemos odiado ¿y tú ansías ser como ellos? Ninguno habría querido esa clase de vida que tanto deseas.

—Hace más de cien años que somos romanos. Tú me enseñaste que del pasado solo se puede aprender. ¿Acaso esta esclavitud es mejor? ¿Acaso esa descendencia y esa rebeldía de las que siempre me hablas nos han dado una vida llena de riquezas? Mira a tu alrededor, no tenemos nada, salvo un *dominus* que nos trata como si fuéramos animales. Si mis padres no se hubieran comportado del modo que lo hicieron, tú y yo no estaríamos aquí ahora. Yo tendría el hogar que siempre he soñado, junto a mi amado, así que no me hables de la rebeldía de una familia a la que no conocí y que no me ha dado esa vida que suspiro por tener —dijo Helena con un tono de voz más alto de lo esperado.

Su abuela se quedó seria.

—Lo siento —comentó arrepentida la muchacha.

—No..., llevas razón. Solo soy una vieja que no piensa lo que dice o que añora un mundo que nunca volverá. Tu madre y tu padre murieron hace años por intentar recuperar un tiempo que ya nadie recuerda. —La anciana observó las paredes de la cocina con añoranza—. Esto es lo que nos queda. Aunque ahora seas una esclava, te has criado como una romana, es normal que quieras ser como ellos. Quizá ese sea nuestro destino y, si yo no me he reunido ya con los nuestros, es por el miedo que tengo a dejarte sola con ese corazón tan bondadoso que tienes en un mundo gobernado por hombres. En un lugar donde solo encontrarás dolor. Lo veo en tu alma.

—Tú no te vas a ninguna parte. Todavía tienes que enseñarme muchas cosas —concluyó Helena abrazándola de nuevo—. ¿Cómo era mi madre?

A Helvia se le iluminaron los ojos mientras volvía a amasar la harina.

—Eres su viva imagen; te miro y es a ella a quien veo, pero tu corazón late de diferente manera. Tú eres cariñosa y sumisa, tu madre era rebelde e ingobernable. —Helvia hizo una pausa—. Por eso me la arrebataron, siempre consideró unos invasores a quienes ahora nos gobiernan.

—Abuela, nunca has querido hablar de por qué los mataron. Creo que ya ha llegado el momento de que me lo cuentes, necesito saber...

A Helvia se le ensombreció la mirada.

—Es doloroso. Me resulta difícil hablar de ello, pero tienes razón, debes saberlo todo. —Helvia cogió suavemente la mano de su nieta y comenzó a hablar en susurros—: Intentaron envenenar al anterior procónsul con belladona, una planta que crece por estas tierras. Como represalia, los mataron a todos salvo a ti y a mí, que nos hicieron esclavas.

—¿Y mi madre participó en esa conjura?

—Tu madre tenía más valor que la mayoría de los hombres que habitan estas tierras. Era una mujer valiente, prefería morir libre a vivir toda su vida arrastrándose como una cobarde. Tú y yo siempre hemos sido diferentes. Más sumisas.

—¿Me estás diciendo que mi madre sabía luchar como los hombres?

—Ya lo creo. —A Helvia le brillaron los ojos de orgullo—. Tu abuelo la enseñó.

—¿Y era buena?

—¿Buena? Era como esa raza de mujeres guerreras de las que los griegos hablan. Era una auténtica amazona.

Catilio Severo seguía comprobando los trabajos que realizaban sus esclavos. Como si de un ritual se tratara, cerraba los ojos intentando percibir los miles de sandalias de las dos legiones que custodiaban al emperador. Miraba impaciente hacia las montañas buscando el polvo que delatara a la comitiva. Escudriñaba excitado la puerta de acceso a la villa para comprobar si se aproximaba una avanzada de la guardia pretoriana.

A pesar de que tenía una buena relación con el emperador Adriano, estaba extremadamente nervioso debido a su visita.

Catilio era natural de Apamea, en la provincia de Bitinia, pero tenía claro que su futuro estaba lejos de Asia Menor. Había desempeñado en Roma todos los cargos del *cursus honorum,*[3] quizá algo más tarde de lo habitual, y tenía una carrera ejemplar y envidiable. El anterior emperador, Marco Ulpio Trajano, lo había nombrado cónsul, el cargo más alto y honorable que un romano podía alcanzar por debajo del césar. De Adriano obtuvo un segundo consulado diez años después, algo que lo llenaba de orgullo. Pero el precio de ver cumplidos sus sueños fue demasiado caro. Al terminar su mandato, tenía que ser enviado como procónsul a una provincia y, de todas las del Imperio, se vio obligado a volver a su odiada tierra natal. Todo lo obtenido, en gran parte, se lo debía a su ventajoso matrimonio con la viuda y rica Curtilia Mancia, cuyos contactos elevaron su posición. Su esposa se encontraba en la capital del Imperio, dado que no soportaba estar fuera de Roma, y él se sentía solo y hastiado en ese inhóspito lugar que tanto detestaba.

Sin embargo, gracias a la intervención de la diosa Fortuna, se le había presentado la oportunidad de abandonar esas tierras. Tan solo unos meses antes un terremoto había arruinado los principales monumentos y templos de la provincia, y a eso se debía la inminente visita del césar para comprobar el estado de las ciudades. Catilio Severo sabía que la inspección de Adriano era una ocasión inmejorable para convencerlo de que su verdadero sitio estaba en Roma. Haría lo que fuera por volver a la capital del Imperio. Mataría incluso a todos sus esclavos y haría desaparecer toda la provincia de Bitinia para que se cumplieran sus deseos de vivir junto a su familia.

3. Carrera política.

Absorto en sus pensamientos, se acercó a la herrería para comprobar que las armas con las que saldría a cazar con el emperador se encontraban afiladas y a punto.

Al entrar, el calor que emanaba la fragua lo golpeó en la cara junto al olor metálico del fuego y al sudor que desprendían sus esclavos. El ruido del herrero al golpear los hierros con los martillos retumbó de un modo insoportable en sus oídos.

Todos se afanaban en su tarea. Las túnicas estaban negras debido al polvo y a la ceniza que se pegaba a los cuerpos empapados por el esfuerzo. Uno de los esclavos, encargado de mantener y soplar la llama de la fragua, bebía agua de una pequeña tinaja y se limpiaba el hollín del rostro tomándose un descanso.

Bien por el nerviosismo que recorría su cuerpo, bien por la irascibilidad que sentía debido al calor sofocante de la herrería, o bien por su carácter apático con los esclavos, Catilio Severo golpeó con la fusta el hombro del esclavo.

El golpe hizo que la tinaja se cayera al suelo.

—¿Acaso crees que en un día como este puedes siquiera parar a beber agua? ¿Acaso crees que voy a renunciar a mi destino porque alguno de vosotros no hace lo que debe? Sigue atizando el fuego o te golpearé hasta matarte.

El muchacho, frontándose el hombro para calmar la carne enrojecida, hizo lo que se le ordenó.

—Mi *domine* —dijo desde la puerta Maro, el *atriense*[4] de la villa—, varios jinetes con uniforme de pretorianos se acercan por la colina.

Catilio Severo se dio la vuelta con el rostro sobrecogido.

—Vayamos a la puerta, deprisa —contestó—. Espera...

El *atriense* detuvo sus pasos. Los herreros y los ayu-

4. Esclavo principal.

dantes miraban nerviosos a su señor, que reflejaba en la cara el miedo de no tenerlo todo controlado.

—Ordena a todos los esclavos que trabajen con más ahínco... Espera... Mejor no. Que se pongan una túnica limpia, apestan como la letrina de un mendigo, y que esperen en el patio de la villa en señal de respeto... Eso es..., hazlo... ¡Vamos! No me hagas repetirlo. Si algo no es de mi agrado o algún miserable de vosotros me deja en evidencia delante del césar, juro por los dioses que lo pagaréis con vuestra vida.

El *atriense* hizo un gesto a quienes se encontraban en la fragua para que salieran al patio. A continuación se marchó rápidamente para ordenar al centenar de esclavos que trabajaban en la villa que salieran tal y como le había dictaminado el *dominus.*

Catilio Severo se dirigió a recibir a los guardias pretorianos con decisión en su caminar, pero con el corazón bombeando en el pecho con la misma fuerza con la que, unos instantes antes, los herreros golpeaban el hierro candente. En el aire retumbaba el batir del estrépito de los centenares de sandalias sonando al unísono.

Aquel marcial ruido, que durante siglos había atormentado a miles de personas en todos los rincones del Imperio, lo hacía ahora en la mente de Catilio Severo. Una avanzadilla de dos guardias con el negro uniforme cubierto por el polvo del camino se apeó de los caballos, tan fatigados que mostraban en sus crines el sudor.

—Salve, procónsul —dijo uno de ellos haciendo el saludo correspondiente.

—Salve, pretoriano —contestó Catilio Severo.

—El augusto emperador, Adriano, se encuentra a tan solo unas millas de aquí.

—Aquí todo está preparado para recibir a nuestro magnánimo príncipe, junto a todos los mandos y el personal de servicio, para que su estancia sea digna del césar. Las legiones pueden acampar al oeste, donde el terreno es más llano.

—Sea —dijo el pretoriano cuadrándose.

Una hora después todos los esclavos propiedad de Catilio Severo se encontraban en el patio esperando la entrada del emperador. Una litera, custodiada por ambos lados, hizo entrada en el patio de la villa, seguida de sus principales asesores y el prefecto del pretorio.

El césar, Publio Elio Adriano, se apeó y se dirigió con los brazos extendidos hacia su anfitrión. Por detrás de él, su inseparable jefe de la guardia pretoriana, Quinto Marcio, y su secretario imperial, Julio V estino.

—Querido Lucio —dijo de modo muy efusivo el emperador.

—Salve, mi querido césar —contestó con la voz nerviosa y la cabeza inclinada Catilio Severo.

—¡Por todos los dioses! No es necesario que te inclines. Tú no, Catilio. Tú me conoces desde que ambos éramos compañeros de armas. El que no sabe valorar a sus viejos amigos como la riqueza más grande que existe será siempre desdichado aunque sea el dueño del mundo. Te veo bien. —El césar palpó la prominente barriga del procónsul—. ¿Acaso has decidido comerte hasta la tierra de esta provincia?

Catilio rio el comentario relajando un poco el tono de voz:

—Y tú sigues luciendo esa barba al estilo griego que tan bien te sienta, mi césar.

—Soy el primer emperador que luce barba porque ser diferente en un mundo que está constantemente tratando de hacerte igual que el resto es el mayor logro que puedo alcanzar.

Todos los esclavos contemplaban la escena.

Helena se encontraba junto a su abuela, a quien le costaba mantenerse en pie. Sus manos no paraban de temblar.

—¿Aguantas? —preguntó la joven disimuladamente.

—Sí, mejor que el *dominus.* Aunque creo que lo será por poco tiempo. Algo me dice que pronto su enorme barriga dejará de taparnos el sol.

—Siempre me preguntaré por qué sabes ese tipo de cosas.

Helvia no contestó.

El emperador seguía conversando con Catilio Severo.

—Imagino, mi césar, que te encontrarás agotado y sediento —dijo el anfitrión.

—Tanto que la boca me abrasa. El viaje ha sido largo.

—Si es del agrado del césar, he preparado unas jarras del vino que tanto te gusta.

El césar, complacido, asintió con la cabeza.

—Celebremos, por tanto, nuestra vieja amistad. He quedado gratamente satisfecho con lo que he visto hasta ahora en la provincia. Mañana visitaremos la ciudad. Sin duda, una vez más, has hecho un trabajo excelente, no esperaba menos de ti, pero hablaremos de ello más tarde.

Catilio Severo se sintió satisfecho, la visita empezaba con buen pie.

—¿Quizá, cuando el césar haya descansado, le gustaría salir a cazar? —preguntó el procónsul—. En ese cercano bosque encontraremos el rastro de decenas de jabalís.

—Ahora entiendo el tamaño de tu barriga. Seguro que tus esclavos te llenan la panza con la carne de esas bestias —dijo Adriano con sorna ante la risa de los que estaban cerca—. Si fueran especies de jabalí de Calidón no lo dudaría, pero prefiero ir en busca de venados.

—Sea, mi césar.

Catilio Severo se dirigió junto al emperador al interior de la villa seguido de los mandos más importantes.

Los esclavos volvieron a sus trabajos, especialmente

los del servicio, quienes entraron en la *domus*[5] apresurados para satisfacer los deseos del *dominus* y del emperador Adriano.

Helena alcanzó a su amado agarrándolo del brazo.

—¡Ah!..., eres tú —exclamó el joven asustado.

—¿Qué te ha ocurrido? —preguntó la esclava con preocupación.

—El *dominus* me golpeó en el hombro por beber agua.

—Maldito... No soporto que te haga daño —dijo Helena apretando los dientes.

—Ojalá pudiéramos abandonar este lugar —comentó el joven avergonzado—. No lo soporto más. Siempre me está golpeando aunque no haya hecho nada malo.

—Ten paciencia, será por poco tiempo. —Helena miró hacia ambos lados para ver si alguien los observaba—. Mi abuela dice que el *dominus* pronto abandonará este lugar.

—Espero que así sea, lo odio —dijo el esclavo escupiendo las palabras, apretando los dientes y los puños.

—Debo ir dentro, o también se enfadará conmigo. Sigues siendo bello incluso disgustado, pero me gustas más cuando ríes —dijo Helena en voz baja.

El muchacho respondió con una sonrisa y sus pómulos se tiñeron de rojo.

—Estoy deseando abrazarte esta noche —repitió Helena para terminar la conversación con el esclavo.

—Tengo más ganas que nunca.

Helena se fue charlando junto a Aulo y Elia, dos esclavos de las cocinas. Su joven amado se dirigía a preparar los aparejos de caza cuando oyó una anciana voz a su espalda.

—Así que tú eres la llama que tiene prendido el corazón de mi nieta —dijo Helvia. El joven se ruborizó nuevamente, sin saber qué decir y mirando al suelo—. Sin duda, eres tan

5. Vivienda.

bello como Helena repite a todas horas. Levanta la cabeza. —Helvia le alzó con suavidad el mentón con su mano temblorosa—. Deja que estos viejos ojos lean en los tuyos.

El esclavo obedeció.

La anciana observó su mirada detenidamente. La sonrisa inicial poco a poco se fue borrando. Sus ojos fueron perdiendo el brillo y se tornaron en preocupación, el rostro palideció. Las manos, de nuevo, comenzaron a temblar con más intensidad.

Sin decir nada, se dio la vuelta para marcharse.

El esclavo se quedó sorprendido; no le pasó desapercibido el repentino cambio de actitud de la anciana. Dudó.

—Espera —dijo agarrando con más fuerza de la deseada el brazo de Helvia—. ¿Qué es lo que has visto?

Helvia observó primero la mano que sujetaba vigorosamente su trémula extremidad y levantó la mirada hacia el esclavo.

—Deja que sea el destino quien conteste a tus preguntas.

—Espera, por favor, te lo suplico, dime qué has visto y si saldré de este lugar —suplicó el esclavo.

—Solo son tonterías de una anciana que ve lo que se esconde a los ojos de los demás.

—Por favor, dime si alguna vez saldré de aquí.

Helvia lo miró fijamente.

—¿Es eso lo único que te importa? ¿Salir de este lugar? Es un deseo sencillo. Ahí tienes la puerta, puedes salir por tu propio pie.

—Sabes que no puedo hacer eso. Dime qué has visto —dijo apretando su brazo.

—Los dioses te guardan un futuro lleno de riquezas, pero la oscuridad brillará en tu alma hasta el final de tus días. —La anciana miró de nuevo la mano que sujetaba su brazo—. Será mejor que me devuelvas lo que es mío si no quieres contagiarte y derramar el vino constantemente el resto de tu vida.

Ambos se dispusieron a regresar a sus obligaciones. Helvia se giró.

—¿Cuál es tu nombre? Mi nieta nunca lo menciona —preguntó.

El esclavo se dio la vuelta despacio, más atormentado de lo que estaba un momento antes, pensando en las palabras de la anciana. La miró durante un instante sin responder, hasta que finalmente contestó:

—Mi nombre es... Antinoo.

III

Bitinia, 124 d. C.

Todo estaba dispuesto para que Adriano pudiera disfrutar de su gran pasión, la caza. La temperatura era agradable gracias a la brisa que venía empujada desde el mar.

Catilio Severo se sentía satisfecho, todo estaba saliendo a la perfección.

Delante de sus ojos, a escasos pies de él, el emperador Adriano se hallaba concentrado intentando leer el rastro de un ciervo, custodiado por varios pretorianos y junto a su inseparable amigo y prefecto del pretorio, Quinto Marcio Turbón.

—Sin duda, estas huellas son de ciervo. Fíjate, este pasto esta arrancado y mordido hacia arriba —comentó Adriano en voz baja.

Marcio se acercó.

—Exacto, mi césar, y es una buena pieza.

—Luego, para la cena, daremos cuenta de él.

Uno de los esclavos hizo señas para mostrar algo en el suelo.

El emperador y Quinto se acercaron sin hacer ruido.

Unos excrementos se hallaban en el lugar señalado.

Catilio Severo no lograba entender lo que se decían,

pero se sorprendió al ver que el emperador y el prefecto se dirigían hacia el.

—Es una buena pieza y está cerca, sus excrementos aún están calientes.

Un esclavo ofreció al emperador varias armas.

—Mi césar, ten cuidado, en esta zona habitan innumerables leones —añadió Catilio Severo.

—No temas querido amigo —respondió Adriano examinando una de las jabalinas—. Los pretorianos están alerta; además, eso hará que aumente el riesgo y, por lo tanto, será más entretenido.

—He visto alguna de esas fieras, y las que aquí se crían son verdaderamente aterradoras. Algunas de las que vemos en el anfiteatro de los césares son atrapadas en esta zona. No me lo perdonaría si te pasará algo, mi príncipe.

—¿Acaso dudas de mi habilidad con la jabalina? —preguntó Adriano mirándolo con seriedad.

Catilio Severo se arrepintió enseguida de sus palabras.

—No conozco hombre con más valor. Si los años han mejorado tu destreza, no me gustaría estar en la piel de alguno de los leones que merodean por aquí —contestó.

Adriano sonrió satisfecho y Catilio lo hizo aliviado. Quinto se acercó al emperador.

—¿Cómo lo haremos, mi césar? —preguntó.

—Mandemos a varios hombres que vayan por el este, por donde sopla el viento, de ese modo el animal, al sentirlos, vendrá hacia nosotros.

Catilio Severo llamó agitando su fusta a varios de sus esclavos. Les ordenó que dieran un rodeo y se dirigieran por el este, tal y como había sugerido el emperador.

—No me defraudéis y dirigid a esa presa hacia aquí o sentiréis en vuestra espalda la ira de mi fusta —les susurró.

Catilio era consciente de que, si el emperador se hacía

con la pieza, se pondría de buen humor y lo acercaría más a su causa.

El silencio era sepulcral.

El único ruido que podía sentirse era el de la naturaleza del bosque. Los esclavos obedecieron y, con cuidado de no hacer ruido, dirigieron sus pasos hacia donde les habían ordenado. Nada más partir, uno de ellos pisó una rama que crujió haciendo un ruido que las copas de los árboles devolvieron en un interminable eco.

El emperador hizo una mueca de desagrado y Catilio Severo, con la ira reflejada en su rostro, se sintió tentado de ir a arrancarle el pie al siervo.

Los ocho hombres elegidos retomaron la marcha con más cuidado, mirando cada paso que daban. Se adentraron en el bosque hasta que dejaron de ver, a su espalda, al grupo de pretorianos y al resto de la comitiva.

Por primera vez en su vida, los ocho siervos se sintieron libres. Sin decir una sola palabra, pero sin poder evitar plantearse salir corriendo y disfrutar durante más tiempo de esa libertad. Sin embargo, ninguno dijo nada, conscientes, como eran, de que rápidamente les darían caza y el miedo a la cólera del *dominus* arrancaría su vida y su libertad en un abrir y cerrar de ojos.

Un ruido procedente de detrás de uno de los tupidos setos que se encontraban a su alrededor los alertó. Se pararon, aún no habían alcanzado los pasos que les ordenaron que debían dar. Los arbustos empezaron a moverse. No veían nada. Lo único que el bosque les ofrecía era el ruido de los setos agitándose y crujiendo.

Los esclavos se juntaron apretándose entre sí. El miedo en su respiración se oía por encima, incluso, del ruido que las ramas hacían al ser aplastadas por las garras del animal que se dirigía hacia donde se encontraban. Los gruñidos que daba en su marcha les helaron la sangre; cada vez estaba más cerca. Los arbustos se movían y los setos se resquebrajaban ya tan solo a escasos pies.

Cerraron los ojos mientras se agarraban unos a otros.

Un enorme jabalí, acompañado de pequeños rayones que seguían a su madre en una hilera, pasó justo por delante de ellos y se perdió de nuevo en el tupido bosque sin detenerse en su carrera.

Los siervos suspiraron aliviados y siguieron caminando con el pánico aún recorriendo sus venas.

—Yo creo que ya hemos alcanzado la distancia adecuada —dijo uno de ellos.

—Quizá deberíamos seguir un poco más —comentó otro.

—Separémonos en parejas y dejemos distancia entre nosotros —ordenó el primero.

Todos asintieron con la cabeza.

El viento sonaba entre las copas de los árboles. El bosque les devolvía unos sonidos que, ahora que estaban separados del grupo, les parecían más intensos. Si salía algún otro animal a su paso, no tenían armas con la que poder defenderse.

Dos esclavos avistaron al enorme ciervo, que se encontraba tranquilo, ignorando su fatídico destino.

El animal era garboso y lucía una enorme cornamenta. Estaba comiendo hierba. Levantó el hocico al aire y miró hacia los siervos. Hizo una pausa durante unos instantes. Congelado. Expectante. En ese momento sus músculos se tensaron al percibir el peligro y salió corriendo en sentido contrario al avance de los esclavos, que se apresuraron a salir detrás de él lanzando gritos para asustarlo.

El emperador Adriano seguía al acecho. Cerca de él, Quinto Marcio. Ambos tenían preparadas sendas jabalinas y un *gladius* enfundado en la cintura cuando sintieron los gritos de los esclavos aproximándose a ellos. Los arbustos empezaron a moverse justo enfrente. Los dos hombres agarraron con fuerza las armas. Quinto miró al emperador, que asintió con la cabeza. Cerca de ellos los pretorianos se prepararon por si debían intervenir para ayudar a su césar.

El ruido de las pisadas del venado dirigiéndose hacia ellos fue haciéndose cada vez más audible, al igual que el de los siervos gritando. Las ramas y los arbustos delataban que el animal estaba cada vez más cerca.

Adriano notó otro movimiento muy próximo a él, que provenía del otro lado del bosque. Con la mirada centrada en ese otro lugar, como si una premonición le impidiera mirar hacia otro sitio, no pudo ver cómo los setos y los matorrales se abrieron para dar paso, con todo su esplendor, al venado que venía huyendo de los esclavos.

El emperador no atacó. El animal se encontraba a la distancia exacta a la que el césar nunca fallaba. Quinto notó extrañado la duda en su compañero de caza y dueño del orbe.

Esperó unos instantes.

Adriano seguía concentrado, mirando hacia otro lugar sin actuar.

El animal estaba a punto de pasar a su lado. El prefecto del pretorio intervino al ver que Adriano no hacía intención de atacar. Se levantó de un enorme salto y, con la fuerza que los años de campaña y entrenamiento le habían otorgado a su brazo, lanzó la jabalina con decisión.

El arma silbó por el aire con velocidad y pericia clavándose con fuerza en el cuello del animal, que cayó al suelo arrastrando ramas y tierra.

El emperador seguía concentrado en el lugar donde algo había llamado su atención, sin mostrar interés por el ciervo. Sus dedos apretaron con fuerza la jabalina. En ese preciso instante hicieron su aparición los esclavos que perseguían al animal. El emperador se levantó, tensó el brazo y apuntó hacia los siervos.

Justo desde el lugar que había estado mirando, un enorme león se abalanzó entre la maleza rugiendo y con las garras extendidas hacia su presa.

Adriano lanzó su arma sin dudar.

El esclavo que había entrado con el rostro triunfante, al ver el lanzamiento certero del prefecto, se detuvo al ver una enorme fiera a su izquierda que se dirigía hacia él. Instintivamente se llevó los brazos al rostro, buscando protegerse de un final que se le antojó espantoso. Clavó las rodillas en el suelo y fue testigo de cómo la jabalina lanzada por el emperador se clavaba en el costado del león, muerto al instante.

El hombre se quedó en su sitio presa del miedo, temblando, al ser consciente de que su vida había estado cerca de acabar de un modo horrible.

—¿Te encuentras bien? —dijo una voz a su lado.

El esclavo asintió con la cabeza, incapaz de dejar de temblar, pero cuando vio quién le había hecho la pregunta se puso de pie.

—Sí, mi césar... Gracias.

El emperador se quedó mirando fijamente al muchacho. Bien por la adrenalina de la presa cazada, bien por la tensión de la situación o simplemente porque el joven le parecía increíblemente bello, no pudo dejar de mirarlo.

—¿Te encuentras bien, mi césar? —preguntó el procónsul nervioso, asfixiado por el esfuerzo realizado para llegar hasta el emperador.

—Esa pregunta deberías de hacérsela a este valiente joven.

—Maldito estúpido —dijo Catilio Severo tratando de recuperar el aire—. Has arruinado la cacería del césar.

—Yo diría lo contrario —contestó el emperador—. No permitiré que le pongas la mano encima —añadió—. Bastante sufrimiento ha debido de ser para él ver de cerca la muerte.

Catilio Severo miró al esclavo. Luego se lo haría pagar.

—Será mejor que volvamos a la villa —ordenó el emperador—. Creo que ya hemos tenido suficientes emociones por hoy.

Los esclavos empezaron a atar a los animales para llevárselos como premio.

Quinto Marcio se acercó a Adriano.

—Mi césar, ¿cómo supiste que entre la maleza se encontraba ese león?

—No lo sabía, Quinto, pero intuí que algo no iba bien.

—Ha sido un lanzamiento magnífico —comentó el prefecto.

—Ve, Quinto, enseguida te alcanzo.

Adriano no dejaba de observar al esclavo, que miraba al suelo avergonzado.

—No temas, ya estás a salvo —dijo levantándole el mentón.

Un enorme escalofrío recorrió el cuerpo del emperador al contacto con la piel del joven.

—Gracias..., mi césar.

—Esta noche puedes acompañarnos, si lo deseas, imagino que estarás aterrado. Te vendrá bien disfrutar de nuestra velada.

—Mi *dominus* no lo permitirá —respondió.

—Creo que eso me compete a mí decidirlo. Tranquilo, no dejaré que te haga daño.

El esclavo sonrió.

—¿Cuál es tu nombre? —preguntó Adriano.

—¿Mi nombre..., mi césar?

El emperador asintió cómplice.

—¿Mi nombre?... Mi nombre es Antinoo.

IV

Norte de Roma, 124 d. C.

—El primero que llegue gana.

—Será la bolsa de sestercios más rápida que obtendré en mi vida —comentó Décimo, el más rápido y el favorito para ganar la carrera.

—Tú, enséñanos la bolsa —ordenó Sexto.

—¿Por qué? —preguntó la víctima de la acusación con incredulidad.

—Ya sabes por qué —dijo Décimo.

Su oponente se la enseñó negando con la cabeza; la duda sobre su honestidad no le había gustado.

Los rivales se colocaron en posición.

—¿Estáis seguros? —preguntó un joven a los tres corredores que iban a enfrentarse—. Hoy es día de mercado. Las calles están llenas de gente.

—¡Da la salida y cierra el pico! —gritó Sexto.

—Allá vosotros. Sois responsables de aquello que rompáis si os pillan. Y nada de iros de la lengua. Si alguien os atrapa, buscaos la vida.

—¡Vamos! —dijo desesperado Décimo.

—Hasta que no oigáis mi grito, no podéis empezar a correr, ¿entendido? —preguntó el chico.

Los tres corredores asintieron con la cabeza.

—Pie con pie —ordenó.

Los jóvenes adelantaron un pie. Los tres colocaron las piernas ligeramente flexionadas, con el torso adelantado y los brazos extendidos al frente.

—Vencerá el primero que llegue a la puerta de la Via Salaria, al otro extremo de la ciudad.

Los corredores no se dirigieron ni una sola mirada, concentrados como estaban en la carrera. Había más que dinero en juego.

—¡¿Listos?! —dijo el muchacho que hacía de juez, con las manos en alto—. ¡Ya! —gritó mientras bajaba los brazos.

Los tres corredores salieron disparados como flechas lanzadas por expertos arqueros.

El primero que se puso en cabeza fue Décimo, tomando la delantera con su gran zancada.

Sexto lo siguió de cerca, pero nada pudo hacer ante la rápida salida de su oponente. Encararon una de las calles principales, en dirección al Mausoleo de Augusto.

El sol despuntaba en lo alto, aunque a espaldas de los corredores asomaba y se acercaba rápidamente una tormenta. Aquello no distrajo a ninguno de los tres, que, con el único pensamiento de ganar, siguieron corriendo.

Décimo seguía en primera posición. Se pegó al lado izquierdo dirigiéndose hacia varios perros que daban cuenta, en una zona de la calle, de los restos de comida que les habían lanzado sus dueños. Cuando llegó a su altura, golpeó a uno de ellos en el lomo y eso hizo que el animal, asustado, corriera en sentido opuesto.

Décimo se giró con una sonrisa para mirar a sus rivales, a quienes no les quedó más remedio que saltar por encima del animal para esquivarlo. Los ladridos de los otros perros no se hicieron esperar asustando a los jóvenes y haciéndoles reducir la marcha.

Décimo apretó el puño celebrando su fantástica maniobra, pero aquello le impidió ver cómo se interponía en su camino un hombre que se dirigía al mercado con su viejo esclavo. Con violencia, chocó con la espalda del individuo, que, asustado por la impresión del golpe, cayó al suelo gritando. Décimo acabó rodando por el suelo, sorprendido, y desollándose una rodilla con la piedra de la calzada.

El esclavo, asustado, intentaba auxiliar y levantar a su amo.

—*Domine!, domine!*

El hombre, mientras taponaba la sangre que le empezaba a manar de la frente, gritó con ira a Décimo:

—¡Maldito, me las pagarás!

El chico miró sorprendido al hombre e intentó levantarse para huir haciendo gestos de dolor por la rodilla raspada y cubierta de polvo y sangre.

—Agárralo y no dejes que se escape —ordenó el hombre a su esclavo.

Décimo se levantó y, haciendo una finta, sorteó fácilmente las manos extendidas del anciano esclavo que buscaban sujetarlo. El hombre quedó abrazando el aire sin poder acercarse siquiera al muchacho.

—Maldito esclavo inútil. Esta noche te atizaré con el látigo hasta que se te caiga la piel a tiras —gritó el hombre taponando la herida de la frente con una mano, mientras con la otra intentaba golpear al esclavo, quien, con esfuerzo, consiguió esquivar a su señor.

Los otros dos corredores, que seguían a Décimo, pasaron a su altura observando la escena.

—Agarra a uno de esos —ordenó el herido y enojado individuo a su esclavo—. Seguro que son amigos del primero.

El siervo nada pudo hacer ante los dos jóvenes que pasaron rápidos como un rayo por su lado.

—¡Por Baco! ¡Maldito esclavo criado en un lupanar! —gritó el hombre persiguiéndolo con ira y torpeza—.

¿Acaso no eres capaz de defender a tu *dominus*? ¡Te golpearé hasta que me sangre la mano!

La carrera continuó, aunque Décimo había perdido ventaja y la herida de la rodilla le impedía correr con la rapidez habitual.

Los tres estaban casi a la misma altura cuando la calle empezó a llenarse de personas que se dirigían al mercado.

A pesar de la habilidad que tenían para sortear a la gente, la carrera se complicó cuando los primeros puestos se anunciaban en la concurrida calle.

Empujones y algún que otro golpe, además de los gritos y las voces que les empezaron a dirigir los mercaderes y los clientes y que sonaban por encima, incluso, del jaleo propio del mercado.

Sexto y Décimo, los dos corredores favoritos, se pusieron a la misma altura y con los codos intentaron empujarse y entorpecer sus ritmos. La lucha entre ambos era despiadada. En uno de los lances, Décimo empujó con más fuerza de la esperada a Sexto, que fue a parar encima de un puesto de manzanas, muchas de las cuales rodaron por el suelo.

El enojado vendedor agarró un palo que tenía escondido para defenderse de ladrones y otros peligros, y se dirigió a Sexto:

—¡Malditos niñatos, os arrepentiréis!

Décimo no hizo el más mínimo gesto de ayudar a su oponente y, sin apenas pestañear, reanudó la carrera sonriendo por haberse librado del rival más duro.

—¡Condenado cabrón! Me has arruinado mi mercancía, te voy a dar un escarmiento que no olvidarás... —dijo el tendero levantando el brazo para golpear a Sexto, que ya se cubría la cabeza para protegerse del mamporro.

En ese preciso momento el frutero recibió un fuerte empellón en la espalda de quien iba en último lugar en la carrera. El empujón hizo que el comerciante cayera hacia un lado, quejándose del golpe.

Sexto abrió los ojos y vio la mano que le tendían para ayudarlo a levantarse. Los dos, con enorme rapidez, retomaron la carrera, dejando atrás al frutero, que ya se había levantado.

—¡Me las pagaréis! —gritaba—. ¡Sé quién eres! ¡Hablaré con tu padre! —dijo señalando a uno de los chicos.

Ajenos al lío que se estaba organizando en el mercado, la carrera continuó con Décimo en primera posición, pero mermado por la dolorida rodilla y perseguido, muy de cerca, por sus dos rivales, cargados de rabia por la vileza que había mostrado.

Afortunadamente para ellos, pero especialmente para los ciudadanos que se encontraban en el mercado, los tres corredores dejaron a su espalda el concurrido foro y encararon la calle que daba al puente de la ciudad, que se encontraba muy cerca de la meta.

Las nubes que antes se asomaban tímidamente en el cielo ahora cubrían todo y amenazaban lluvia.

El cansancio empezaba a hacer mella en los tres corredores, que prácticamente competían igualados, justo cuando estaban a punto de cruzar el río Tíber. En ese punto, la calle se estrechaba. Llegar el primero al puente era primordial para encarar la última curva y, tras ella, la recta final con posibilidades de ganar la carrera. Estaban en el tramo decisivo.

Décimo abrió la boca sofocado; el dolor de la rodilla y la fatiga no le iban a impedir ganar unos sestercios que, antes de comenzar la carrera, veía en su bolsillo con mucha más facilidad.

Sin embargo, Sexto lo alcanzó y se colocó muy cerca de él, a su derecha. Los dos corredores estaban a punto de atravesar el puente de Nerón.

Décimo no se iba a dar por vencido y aceleró aprovechando la bajada del puente. La inercia y la rapidez con la que encaró la recta hicieron que no controlara el movimiento de sus piernas y acabó tropezando con una piedra que sobresalía un poco para caer de bruces contra la calzada. El golpe fue bastante doloroso para el chico, que cayó sobre el codo y la rodilla lastimada. Mientras rodaba por la calzada, levantó las piernas y consiguió zancadillear a Sexto, que trató de saltar pero trastabilló y rodó por el suelo.

El último adversario pasó por delante de ellos. Al fondo, donde la calle se ensanchaba, se distinguían las figuras de una docena de jóvenes esperando a ver quién asomaba primero. La sorpresa se dibujó en sus rostros cuando identificaron al corredor que tomó la curva en primer lugar.

Justo cuando el futuro vencedor encaraba la recta final, cerca de la famosa *caupona* de Vetusto, algo llamó su atención entre dos callejones, le había parecido ver algo tendido en el suelo.

Sin dudarlo un instante, volvió sobre sus pasos.

Al acercarse, descubrió el cuerpo de una mujer cubierto de sangre. Tenía el pelo azul y un vestido rojo completamente desgarrado.

Los rostros de los jóvenes que esperaban en la línea de meta pasaron de la sorpresa a la incredulidad y hacían gestos de no entender nada.

Sexto y Décimo pasaron por el lugar y se miraron alarmados al ver a quien suponían ya en la meta inspeccionando aquel callejón. Sin dudarlo un momento, apretaron el paso.

—¡Chicos! ¡Esta mujer necesita nuestra ayuda! —gritó su rival.

Sin embargo, no se detuvieron y aceleraron para proclamarse campeones.

Décimo se sentía lastrado por la caída y Sexto aceleró el

ritmo colocándose en primera posición, tan solo lo separaban unos pies de su destino. «¡Ya está!, ¡vas a ganar!», se repetía.

Podía sentir el grito de las personas que animaban, oía el ruido de sus manos dando palmas, alentándolo a un último esfuerzo.

Levantó los brazos en señal de victoria justo cuando atravesó la línea de meta tan solo uno o dos pasos por delante de Décimo.

—¡Ha vencido Sexto! —comentó Lucio el Grandullón, que tenía un enorme prognatismo.

Los gritos de quien debería haber ganado la carrera cortaron las celebraciones de victoria.

—¡¿Estáis locos?! Hay una mujer que necesita nuestra ayuda, creo que aún respira y no os habéis detenido. Rápido, Domicia, dijo llamando a su hermana, ve a buscar a padre, él sabrá qué hacer.

Una niña pequeña salió de entre los espectadores.

—¿Qué ocurre?

—Al tomar la curva me pareció distinguir unas piernas. Por sus ropas creo que es una prostituta. Tiene el rostro desfigurado. Sus piernas están llenas de sangre seca. Domicia, debes ir en busca de padre, no sé si aún sigue con vida. Rápido, que nada te detenga.

—No tan deprisa —dijo Sexto—. De aquí no se mueve nadie hasta que me pagues lo que me debes.

—¿Cómo puedes ser tan miserable? Una mujer necesita de nuestra ayuda y solo te interesa una estúpida bolsa de dinero. Domicia, ve.

La pequeña trató de salir corriendo, pero varios de los allí presentes se pusieron delante de ella impidiéndole el paso.

—Si alguien le pone la mano encima, juro que lo lamentareis.

—Soy el vencedor. Si quieres que tu hermana se marche, dame tu bolsa de monedas.

—Ahora mismo estarías tirado en el mercado con la cabeza abierta si no te hubiera salvado del frutero.

—No sé de qué me hablas, estaba a punto de zafarme de él antes de que llegaras. No te debo nada, dame lo que me debes.

—Eres un tramposo. Te habría vencido si no fuera por esa pobre mujer.

—¡He dicho que me pagues lo que me debes!

Su rival se acercó despacio quedándose a escasa distancia de Sexto. Con la respiración aún agitada por el esfuerzo de la carrera, se dirigió con cara de asco a él y extrajo del interior de su túnica la bolsa de monedas.

—¿Quieres tu asqueroso dinero o prefieres un doble o nada?

—Te escucho.

—Antes deja que mi hermana se marche.

—Espero que valga la pena o te arrepentirás.

Sexto hizo un gesto y el grupo se apartó dejando un pasillo por donde la pequeña abandonó la plaza.

—Habla —continuó Sexto.

—Mañana. Te espero en la palestra de las termas del templo de Agripa a la octava hora.[1] Te reto a un combate de gladiadores.

Todos se echaron a reír. Sexto tenía fama de ser un excelente luchador.

—Allí te espero. Por tu bien, espero que acudas, o te juro que te encontraré y te arrepentirás.

Las nubes empezaron a deshacerse con intensidad de toda el agua que albergaban.

—Sea, ahora venid y ayudadme a socorrer a esa pobre mujer.

1. Entre las 13:15 y las 14:31 horas.

Décimo miró discretamente a Sexto negando con la cabeza.

—Ve tú, como has dicho, puede que no siga con vida. Vámonos antes de que nos empapemos —ordenó Sexto satisfecho.

Su contrincante observó cómo se alejaban mientras el agua empapaba sus túnicas.

—¡Sexto! —gritó por encima del ruido de la lluvia.

Todos se dieron la vuelta.

—Puede que pienses que eres mejor, pero recuerda el día de hoy. Nunca lo olvides. Recuérdalo siempre que te levantes cada mañana y a la noche antes de que el sueño se apodere de ti. Memoriza este día y mi nombre porque seré como una sombra el resto de tu vida. Me encargaré de que nunca olvides cómo en una ocasión, una mujer, yo, Valeria Iucunda, te habría vencido si no fueras tan miserable. Mañana te lo haré pagar.

V

Roma, 124 d. C.

Valeria y su hermana Domicia se dirigieron hacia la palestra, donde la mayor de las Iucunda se enfrentaría a Sexto.

Ambas caminaban en silencio y sus pensamientos iban dirigidos a Valerio, su padre y uno de los mejores abogados de Roma.

El día anterior había sido largo como consecuencia del hallazgo de la mujer gravemente herida. Desde hacía varios meses una serie de asesinatos estaban en boca de todos los romanos, aunque las únicas aterradas eran las que estaban sufriendo los ataques, las prostitutas. Cuando Domicia regresó con su padre, la pobre mujer había fallecido. Valeria fue testigo de su último suspiro. Lo único que pudo hacer por ella fue sostenerle la mano. La joven llevaba una lúnula colgada del cuello donde podía leerse su nombre: Octavia.

Su padre estaba convencido de que llevaba varios días tendida en el suelo sin que nadie le prestara ayuda.

El enorme aguacero que cayó sobre Roma había limpiado el cuerpo y este presentaba enormes contusiones por el tronco y las extremidades, pero lo que más le estremeció fueron los signos de cómo había sido salvajemente violada. Como en todos los casos anteriores, tres incisiones atravesaban, desde la frente hasta la barbilla, su macilento rostro.

Valerio llamó al ayudante del pretor, que poco o nada hizo por tratar de averiguar quién estaba detrás de aquellos atroces asesinatos salvo retirar el cuerpo. El abogado no entendía la indiferencia de unos ciudadanos que reclamaban los servicios de esas pobres mujeres cuando sentían un acuciante deseo y el resto del tiempo las despreciaban.

Mandó a sus hijas a casa e investigó entre varias compañeras que aterrorizadas le imploraban que hiciera algo por defenderlas, ante la impotencia de un hombre que sabía que ningún estamento en Roma movería un solo dedo por defender a las mujeres de su clase. Aquella pobre víctima era una *mulier,*[1] una infame, y poco o nada le importaba a la capital del mundo lo que les ocurriera a aquellas de su condición, dado que no eran dignas de respeto.

Las hermanas llegaron a la palestra cerca de su *domus.*

Sexto, Décimo y Lucio el Grandullón esperaban, junto a algunos de sus compañeros del *collegium iuvenum*[2] al que pertenecían, en uno de los rincones del gimnasio, y se golpearon con el codo cuando las vieron aparecer.

—Pensábamos que no vendríais —dijo Sexto cuando llegaron a su altura.

—Nosotras no abandonaríamos nunca a una pobre mujer que ha sido violada y salvajemente golpeada —respondió Valeria.

Los chicos se miraron y Sexto trató de cambiar de tema:

—Será mejor que empecemos. El hambre empieza a hacerse notar en mi estómago. Hoy daremos cuenta de un buen manjar gracias a vuestro dinero.

—Antes tendrás que ganarlo.

1. Mujer de clase baja.

2. Colegio mayor para adolescentes.

—Hemos traído varias protecciones. No queremos que te hagas daño y vayas llorándole a tu padre. Lucharemos con el mismo tipo de armas. Así no habrá excusas —ordenó.

Los dos jóvenes se armaron con un casco, protecciones para las piernas y el brazo derecho y el *cardiophylax*,[3] ayudados Sexto por Décimo y Valeria por Domicia.

Cuando estuvieron preparados, cada uno se armó con un *gladius* de madera y un *scutum*, un escudo algo más pequeño que el que usaban los legionarios.

—Métele una buena paliza —le dijo Domicia a su hermana mientras le apretaba, en la espalda, las tiras de cuero.

Lucio el Grandullón se colocó entre ambos ejerciendo de *summa rudis*,[4] puesto que siempre le otorgaban.

—Las normas son las de cualquier combate de gladiadores —comentó Décimo mientras Lucio el Grandullón ponía la vara en medio de ambos.

Cuando los dos luchadores estuvieron preparados, levantó el bastón señalando el cielo, para bajarlo con contundencia al grito de:

—*Pugnate!*[5]

Los dos gladiadores se midieron en silencio girando el uno alrededor del otro.

Sexto lanzó un ataque rápido, primero buscando el estómago de Valeria para que defendiera su cuerpo con el escudo y, rápidamente, pasó su *pugio*[6] por encima del *scutum* de su rival e intentó hacerle daño en la espalda.

Valeria lo leyó bien y ambos ataques los defendió bajando y levantando su defensa de la manera correcta.

3. Protección para el pecho.
4. Árbitro en las luchas de gladiadores.
5. Señal para que den comienzo las luchas de gladiadores.
6. Puñal.

A continuación fue ella quien lanzó un ataque igual de veloz, buscando un costado y otro. La rapidez de sus movimientos hizo que Sexto tuviera que defenderse dando pasos atrás.

Todos estaban sorprendidos por las buenas maneras que mostraba la improvisada gladiadora.

El duelo de los *provocatores* siempre era muy espectacular y llamativo, y este había empezado con mucha intensidad.

—¡Sigue así, Valeria! —gritaba su hermana.

Sexto suspiró con fuerza sobre el metal de su yelmo y se golpeó con el pomo de su *pugio* en el mismo para darse ánimos. Sería mucho más belicoso.

Con la parte cóncava e inferior de su escudo, Valeria buscó la cabeza de Sexto de un modo muy agresivo para intentar pararlo en seco. Su rival sintió incrédulo cómo el escudo chocaba violentamente contra su casco. Notó el frío acero del yelmo contra su nariz y las vértebras, que acusaron el fuerte impacto. El golpe, además, hizo que se mordiera el labio e, involuntariamente, notó un leve mareo mientras el sabor de la sangre acudía a su paladar.

El joven lanzó una serie de estocadas al aire, sin saber dónde golpeaba ni dónde se encontraba su rival.

Valeria las esquivó dejando distancia entre ellos.

Una vez recuperado de la breve inconsciencia, Sexto amagó con golpear con el *scutum* y, agachándose, movió su *pugio* de arriba abajo buscando introducirse en la defensa de Valeria. El golpe sorprendió a la joven, e impactó contra el *cardiophylax* que protegía su pecho.

Décimo gritó animando a Sexto.

—¡Va, va! Sigue así —animó Domicia a su hermana.

Los dos rivales se volvieron a colocar en posición defensiva.

Lucio el Grandullón situó de nuevo su vara entre ambos.

Cuando el combate se reanudó, lanzaron varios ataques, en un repertorio muy completo de golpes.

El cansancio empezaba a hacer mella en los dos jóvenes.

Valeria volvió a atacar con su escudo en posición horizontal, pero en esta ocasión engañó completamente a Sexto, quien esperaba que buscara de nuevo su yelmo. En vez de atacar, Valeria se colocó el escudo a modo defensivo encima de la cabeza para buscar el muslo de su oponente, quien, a pesar de que el arma era de madera, recibió un doloroso golpe en una pierna. Cuando Sexto se agachó, movido por el dolor, la joven le soltó una patada en el costado e hizo más daño a su ego que a sus costillas.

Sexto clavó la rodilla en el suelo.

Valeria decidió no atacar.

Quería ganarlo de pie. Quería vencerlo con honor.

No quería que esta vez hubiera ninguna excusa.

El silencio de Décimo y de sus compañeros era tan sepulcral que retumbaba por el pórtico de las columnas de la palestra, donde no se oía ni el vuelo de los pájaros. Solo las voces de ánimo de Domicia.

—¡Eso es, Valeria! Dale fuerte a ese miserable.

Sexto se levantó, dolorido y afligido; se sentía impotente. Valeria era mucho mejor rival de lo que pensaba. Jamás hubiera imaginado que una mujer luchara de ese modo. Había intentado atacarla de todas las maneras que conocía, pero ella parecía leer todos sus movimientos.

Sexto se colocó de nuevo enfrente de Valeria. Pero no con tanta determinación como mostraba al principio del combate ni con tantas ganas.

Valeria atacó en repetidas ocasiones, intercambiando golpes con su escudo y con su *pugio*, de un modo muy eficaz y con mucha intención.

Sexto retrocedió y perdió el equilibrio por la contundencia de la chica. El combate se acercaba a su final.

Valeria vio el hueco y golpeó con mucha fuerza en el costado donde antes le había dado una patada.

Sexto lanzó un grito. Se sentía vulnerable. Sería el hazmerreír entre sus amigos.

Décimo, al ver que su amigo estaba a punto de perder, se colocó justo al lado de las armas que habían llevado, entre las que se hallaban varios cascos y protecciones de metal, amontonadas en el suelo.

Cuando Valeria estaba a punto de lanzar otro ataque y se disponía a golpear a Sexto, Décimo dio una patada al montón de objetos. El estruendo hizo que la joven se girara en dirección al ruido, con el brazo del *pugio* levantado y el escudo totalmente separado de su cuerpo. Ese fue el único error en toda la mañana, y Sexto, que estaba de frente a su compañero y había visto sus intenciones, aprovechó para lanzar un ataque con el escudo en el casco de Valeria. El golpe en la mejilla y en el oído fue terrible.

Sin dar tiempo a su rival para recuperarse, Sexto atacó con su *pugio*, y con dureza, el estómago de la chica, que cayó al suelo de espaldas.

El joven puso una pierna encima de ella y la golpeó de nuevo con la parte cóncava del *scutum*.

La hubiera golpeado cien veces más, movido por la impotencia, pero quiso ser respetuoso con ella. En su mente sabía que habría perdido de no ser por Décimo.

—¡Fin del combate! Sexto gana.

—¡Has hecho trampas! —gritó Domicia.

—En un combate real o incluso en uno de gladiadores o... lo que quiera que ella sea, se ha de estar preparado y no despistarse de manera tan estúpida como ha hecho —dijo Décimo sonriendo.

Sexto se quitó el casco con el semblante serio mientras lo felicitaban.

Valeria seguía boca abajo y su hermana apretaba los puños impotente y desolada.

Décimo pasó por el lado de la improvisada gladiadora y, haciendo que se tropezaba, le propinó una patada en la espalda para luego pedirle perdón con una sonrisa.

—Se acabó el espectáculo. Págame lo que me debes —ordenó Sexto, al que no le había gustado aquel gesto.

Domicia sacó una bolsa llena de monedas y se la lanzó.

—Y ahora devuélveme mis protecciones —exigió Décimo.

—Sin ellas, ahora mismo tú y tus amigos estaríais llorando como unas plañideras. ¡Hermana! ¿Te encuentras bien? —Se arrodilló y le acarició la espalda.

Valeria no se movía, tenía el brazo izquierdo doblado junto a su cabeza, aún con el casco. Lloraba amargamente. La impotencia era más lacerante e hiriente que el dolor de los golpes recibidos.

A pesar de la frustración, Valeria se levantó.

—¡Son unos tramposos! —exclamó Domicia.

—¡No nos lamentemos! —contestó su hermana mientras se quitaba el casco—. Padre nos enseñó que las excusas son solo para los que las necesitan, y yo he perdido por mi culpa. Vayámonos.

Valeria se puso de pie sin decir una sola palabra más y, junto a su hermana, comenzó a caminar. Ambas se giraron buscando la mirada de los chicos. Décimo, Lucio el Grandullón y el resto de los compañeros de su *collegium* se despidieron de ellas entre risas y codazos, con burlas y gestos obscenos. Sexto no participaba en aquel oprobio, simplemente observaba serio a las dos Iucunda.

Valeria se dirigió a su hermana:

—No te avergüences, Domicia. La vergüenza no es una cualidad de nuestra familia. He perdido. Levantemos con orgullo la cabeza y asumamos que he sido derrotada.

—Si hubieras sido un hombre —contestó Domicia—, Décimo no habría golpeado esos cascos para despistarte y ahora tú serías la vencedora.

—Entonces, espero que hayamos aprendido la lección. Una mujer siempre ha de ganar dos veces.

VI

Nicomedia, 124 d. C.

Todos los asistentes a la caza se dirigieron a la villa. Algunos eufóricos, como el emperador tras haber dado muerte a un león. Otros pensativos, como Catilio Severo pensando en el modo de seguir agasajando al césar. También había otros agotados, como los esclavos que cargaban con el enorme ciervo. Y uno de ellos caminaba aterrado: Antinoo.

Las manos del joven aún seguían temblando, aunque hacía ya un rato del incidente con aquella fiera salvaje. Intentó apretar los puños para controlar el temblor, pero resultó inútil.

Tenía la respiración agitada, el pecho subía y bajaba desbocado y el corazón le latía con fuerza. Los recuerdos del ataque se sucedían en su mente una y otra vez. No olvidaría jamás el rugido del animal ni su inconfundible olor. En toda su vida podría borrar lo cerca que había estado de ser despedazado por aquella bestia. Si ahora podía caminar de una pieza con normalidad, era gracias al lanzamiento certero del emperador.

Notó todas las miradas en él. Las de los otros esclavos eran cómplices, cualquiera de ellos podría haber estado en su piel. Los pretorianos, supersticiosos, intentaban discernir algún auspicio, bueno o malo. La del *dominus* era de ira, aquello podía haber desbaratado sus planes.

Sin embargo, la mirada que más le inquietó era la que le lanzaba el emperador. Se había girado en repetidas ocasiones para buscarlo una y otra vez. Al principio Antinoo pensó que el miedo y la tensión le hacían ver cosas que probablemente solo estuvieran en su cabeza. Había percibido aquel tipo de miradas otras veces. Por parte de los invitados del *dominus* a la *domus*, de algunos esclavos de la villa y especialmente de su amada Helena.

Pero ese día pensaba que se equivocaba, simplemente no podía ser. Era imposible que el hombre con más poder de la tierra se girara hacia él con esa intención. Le costaba creer que los ojos del emperador lo miraran con pasión y deseo.

Estaba muy enamorado de Helena. Sentía por ella lo que entendía que era amor. No podía imaginarse en unos brazos diferentes a los de su amada, y mucho menos en los de un hombre, aunque este fuera el mismísimo emperador.

Detestaba la vida que llevaba, pero albergaba los mismos sueños que cualquier esclavo: vivir algún día libre. Y en ese ideal siempre estaba junto a Helena.

Se sorprendió al ver que, en ese mismo momento, el césar se giraba de nuevo hacia él con el mismo deseo y pasión en sus ojos. Sintió tanta repulsa que apartó la mirada ruborizado, por si el emperador percibía su rechazo.

No quería acudir a la cena, podía fingir indisposición o inventar cualquier otra excusa; sin embargo, sabía que contradecir al césar podía costarle la vida.

Adriano no dejaba de observarlo y Antinoo comenzó a angustiarse al pensar que esa noche tendría que aguantar las caricias del emperador y quién sabía si algo más.

Todos aquellos que habían acudido a la cacería entraron en la villa y se dirigieron a sus obligaciones. Los esclavos llevaron la recompensa de la caza a un patio contiguo a las cocinas para desollar al animal y prepararlo para la cena. Los pretorianos condujeron al emperador a una de las habitaciones junto a Catilio Severo. Antinoo encaminó sus pasos hasta una fuente. Tenía la boca seca. Quería refrescarse la cara y el pelo para tranquilizarse.

Llegó hasta el caño, que se encontraba desierto. Había estado a punto de perder la vida y, sin embargo, se sentía más abatido por las intenciones en los ojos del emperador.

El contacto con el agua fría en la nuca relajó el ritmo acelerado de su corazón. Juntó las manos y las llenó de agua echándosela por encima hasta empapar su rostro y su pelo. Miró al cielo suspirando.

—¿Cómo ha ido la caza? —oyó a su espalda.

Antinoo se giró sobresaltado. Helena se encontraba detrás de él.

Le pareció más irresistible que nunca. La agarró de la mano y la llevó detrás de un muro al lado de la fuente.

Besó apasionadamente sus labios, mientras con fuerza agarraba su melena apretándola con intensidad contra él. Quería apartar de su mente las miradas de Adriano, que lo estaban atormentando. Antinoo sabía lo que significaba que alguien tan poderoso como el emperador se encaprichara de él.

—¡Estás distinto! —dijo Helena desembarazándose.

—Todo va bien —mintió Antinoo—, ansiaba el sabor de tus besos.

—Después de la cena, cuando todos se vayan a dormir, nos veremos aquí mismo. Guarda tus ansias para entonces, estoy deseando que llegue la noche para estar contigo. Pero ahora será mejor que nos vayamos, alguien puede vernos.

—Espera... —dijo Antinoo sujetando su brazo.

Helena se detuvo extrañada.

Antinoo iba a contarle la proposición que le había lanzado el césar. Sin embargo, por algún extraño motivo que no supo comprender, no lo hizo.

—Solo quería decirte que también deseo que llegue la noche —dijo sin confesarle a Helena que al atardecer cenaría en la mesa del emperador.

Los preparativos para el banquete eran extenuantes para Helvia. La anciana intentaba seguir el ritmo de los jóvenes, pero sus agotados huesos y sus manos temblorosas le impedían seguir la organización de la cena con normalidad.

Pelias, el encargado de la cocina, era el responsable de que cada plato estuviera preparado a punto y de toda la decoración del comedor. El jefe de cocina era un esclavo griego que Catilio había comprado en cuanto tuvo conocimiento de la visita del césar. Sabía de la predilección de este por todo lo helénico, aquel sería un detalle más en su afán de convencer al emperador de que le permitiera volver a Roma.

El griego vestía un *exomis*[1] de color verde muy ceñido y prendido al hombro izquierdo, que dejaba el brazo y el pecho derecho al descubierto. Además, al ser mucho más corto de lo habitual, acababa justo por debajo de las nalgas. Tenía el pelo rubio y muy rizado y lo adornaba con una tiara de oro disimulada entre sus cabellos para dar la sensación de que brillaban. Sus facciones estaban maquilladas de un blanco muy pálido para la ocasión. Había mezclado varios perfumes y su olor, lejos de resultar placentero, dejaba un rastro desagradable. Sus órdenes eran una extensión de él, afeminadas y acompañadas de gestos muy marcados.

Observaba con detenimiento la limpieza y el esmero que se ponía en cada uno de los servicios que salían a la cena. Con más nerviosismo que nunca, ordenaba y gritaba

1. Túnica griega.

a los esclavos con la tensión que le había infundido el *dominus*. Si algo no salía como Catilio Severo esperaba, el responsable sería él y también el primero en quien descargaría la ira de su fusta.

—¡Esa bandeja! —dijo con su afeminada voz alargando la última vocal—. ¿Acaso no ves, estúpido esclavo, que está manchada por el borde? Limpiadla, aunque sea con vuestras ropas.

El esclavo hizo ademán de limpiarla con la parte de abajo de la túnica, tal y como el jefe de cocina había ordenado.

—¡No! Insolente, pero ¿cómo te atreves?, ¿cómo vas a limpiarlo con tu túnica?

Pelias se llevó el dorso de la mano a la frente y suspiró de un modo muy melodramático, apretando con su dedo índice y pulgar el tabique nasal a la altura de los ojos.

—¿Acaso he de estar en todo? Yo, el mejor cocinero de toda Grecia, trabajando con incompetentes como vosotros. Salid inmediatamente, mis ojos sufren amargamente al veros todavía aquí. Quiero que todo esté bello y reluciente. ¿Es acaso mucho pedir?

Helvia seguía sin ser capaz de aguantar el rimo de la cocina. Ese día se sentía más torpe de lo habitual. No sabía muy bien dónde ponerse, qué hacer ni cuál era el sitio correcto para no molestar mucho y, a la vez, sentirse útil.

Pelias examinaba otro cuenco rebosante de comida que salía al comedor. Una enorme fuente, cargada por cuatro esclavos, portaba el ciervo al que Quinto Marcio había dado caza. La cabeza del animal destacaba tumbada en la bandeja. De su enorme cornamenta colgaban dos cestas llenas de dátiles con pasta de almendras. El cuerpo lucía adornado de un enorme pavo real con las plumas desplegadas y relleno de carne con *garum*[2] y verduras. La com-

2. Salsa típica romana. Hecha a base de vísceras de pescado.

binación era tan sumamente insólita como curiosa y los invitados no sabían discernir si aquello era horroroso o maravilloso. El griego colocó un último detalle antes de dejar salir la bandeja haciendo aspavientos con los brazos como si se tratara de su gran obra.

El resto de los platos y cuencos esperaban a ser servidos. Había toda clase de manjares: faisanes rellenos de frutos secos, lengua de flamenco, talones de camello y, por supuesto, frutas exóticas. La cena era épica.

Helvia observó sus manos, temblaban mucho más de lo habitual.

Helena se acercó preocupada a su abuela.

—No tienes buena cara, ¿estás bien?

Por primera vez en su larga vida, Helvia negó con la cabeza. Aquello pilló por sorpresa a Helena.

—Siento que las manos me tiemblan más que nunca.

—¿Qué te ocurre? —preguntó inquieta. Sabía que su abuela empeoraba cuando algo la preocupaba.

—No lo sé, pero presiento que algo no va bien.

—Quizá deberías pedir permiso para salir al patio. Te vendrá bien un poco de aire.

—¿Qué es esto? —dijo Pelias acercándose—. ¿Acaso creéis que podéis conversar en mi cocina tranquilamente, con todo el trabajo que hay que hacer?

—Perdón —se justificó Helena y rápidamente volvió a encargarse de las muchas tareas que esperaban ser atendidas.

Helvia se quedó mirando al estridente jefe de cocina.

—¿Qué miras, vieja arpía insolente? —dijo—. Vuelve al trabajo si es que eres capaz de hacer algo, o mandaré que te azoten.

Helvia dio varios pasos hacia él, con el rostro serio y los ojos clavados en el griego. Este miró a ambos lados, intimidado, y con las manos y los brazos protegió su cuerpo con miedo.

—Puedes tratarme como la anciana que soy, pues el desprecio es lo único que poseen los débiles, pero jamás vuelvas a hablarle así a mi nieta, o juro por todos los dioses que yo misma te arrastraré hasta la barca de Caronte.

Pelias, asustado y sin casi ser capaz de decir una sola palabra, dio varios pasos atrás respirando con nerviosismo.

—¡Ah!..., por Afrodita —gritó una vez recobrada la respiración—. ¡Apártate de mi vista!, ¡aléjate de mi cocina! —concluyó.

—Me alejaré porque así lo deseo, pues yo estaba aquí mucho antes de que tú incluso nacieras. Me es indiferente lo que hagas, pero no ensucies el corazón de estos pobres esclavos con tu odio.

El cocinero se giró completamente indignado. Helvia salió al patio a tomar el aire. No soportaba a los esclavos que abusaban de los otros siervos, y mucho menos cuando se trataba de su nieta.

La anciana observó las palmas arrugadas de sus decrépitas manos. Se sentía torpe y vieja, el tiempo había pasado inclemente por ella. Sus ojos se llenaron de lágrimas; su final estaba cerca, lo notaba, se sentía cansada. Tenía miedo por su niña, y pena por dejarla sola. Limpió su llanto con el puño y miró hacia el horizonte, hasta donde alcanzaba la vista. El sol empezaba a ponerse, como lo había visto hacer miles de veces y como seguiría ocurriendo cuando ella se marchara.

Cerró los ojos. Respiró hondo.

Juntó sus dos manos convulsas en el pecho.

Dejó que el aire gélido se envolviera en sus cabellos como si de una danza se tratara. Su vida pasó con nitidez por su mente y, con la única compañía que le otorgaba el silencio, sintió una calma que la embargó. Volvió a sonreír ante los buenos recuerdos, al evocar todo lo que había amado a sus seres queridos, al sentir con pasión a los suyos. No pensó en todo lo malo que le había sucedido, solo quería disfrutar de esas remembranzas y de ese momento en el que no percibía nada más que una enorme paz interior. De nuevo las lágrimas afloraron, pero esta vez no eran de tristeza.

Abrió los ojos y miró al cielo.

—Pronto estaré con vosotros, pero aún debéis esperar, debo hacerlo por ella, no está preparada para aguantar sin mí en un mundo gobernado únicamente por la voluntad de los hombres —susurró.

Helvia regresó a la cocina con fuerzas renovadas. No había nadie, todos debían de haber salido cargando platos y bandejas. Un cuenco lleno de lenguas de flamenco con *garum* se encontraba aún humeante. La anciana entendió que alguien lo había olvidado y decidió llevarlo al comedor.

Catilio Severo se había gastado una auténtica fortuna en agasajar al césar, lo tenía todo pensado hasta el más ínfimo detalle. Los músicos tocaban las piezas que les había ordenado ensayar durante semanas por ser las que estremecían al emperador. El comedor estaba decorado con grecas griegas y otros elementos que el procónsul, por la amistad del pasado, recordaba hacían las delicias del césar. Los incensarios desprendían aromas traídos de la misma Atenas. Había mandado hacer copias de sus libros favoritos: Catón el Viejo, Celio Antípater o Ennio, que había dispuesto en su dormitorio. Quería que el encargado de su futuro disfrutara de una estancia maravillosa. No permitiría que nada saliera mal esa noche ni en los sucesivos días que permaneciera en la villa.

El procónsul observaba nervioso a Adriano y a sus numerosos acompañantes intentando percibir en sus gestos si todo estaba siendo de su agrado. Quería que la velada no solo saliera bien, sino que fuera perfecta. Se encontraba muy pendiente de que cada uno de los esclavos realizara sus tareas del modo correcto.

Antinoo estaba tumbado detrás del emperador. Vestía una túnica más lustrosa de lo acostumbrado. Se encontraba muy incómodo y, por ese motivo, observaba constantemente a su alrededor; tenía miedo de encontrarse con la mirada de Helena. Debería haberle dicho que el césar deseaba que esa noche lo acompañara en la cena. En su nerviosismo, frotaba constantemente las palmas de sus manos contra sus muslos.

Adriano notó la tensión en su invitado.

Con disimulo, acercó su mano a la del esclavo para detener su inquietante movimiento y, con ternura, empezó a rozar su suave piel.

Antinoo se sobresaltó.

—¿Acaso me temes? —dijo Adriano en voz baja—. ¿Me crees más peligroso que el león que te atacó esta mañana?

El joven lo miró devolviéndole una sonrisa tímida. No quería apartar su mano y enfurecerlo. Decidió dejarse hacer, no tenía otro remedio, Helena lo entendería. Esa noche, en el lugar donde tantas veces se habían amado, se lo explicaría. Las caricias empezaron a mostrar más intención y Adriano tapó con la toga su mano y el destino al que dirigía su extremidad para que nadie pudiera verlo. Seguidamente se dirigió a los allí presentes:

—Una cena magnífica, Lucio.

—Gracias, mi césar —contestó satisfecho—. Todo es poco para nuestro ilustre príncipe.

—¿Cuándo fue la última vez que estuve aquí, en Nicomedia? —preguntó el emperador.

—Hace tres años —contestó el anfitrión.

La memoria del césar era conocida y admirada por todos aquellos que lo conocían, era imposible que hubiese olvidado ese detalle.

—Cierto, justo antes de empezar la muralla que estoy

levantando en Britania para separar el Imperio de esos ingobernables bárbaros del norte. Deberías ir a verla cuando esté acabada.

—Nada deseo más, mi césar.

—No me cabe la menor duda, y quizá algún día puedas hacerlo. Estos tres años han debido de ser un suplicio para ti.

—¿Qué puede hacerte pensar eso, mi querido emperador? Soy feliz sirviendo a mi césar y trato de cumplir diligentemente en el destino que sabiamente me otorgan —comentó el procónsul haciéndose el sorprendido. La conversación empezaba a dirigirse hacia donde él deseaba.

—Te conozco de hace años, Lucio. Llevas intentando halagarme desde antes incluso de que llegara a la villa.

—Mi césar..., no era mi intención —dijo avergonzado.

Adriano hizo un gesto con la mano para indicarle que no siguiera hablando. Todos los asesores, el prefecto Quinto y los invitados escuchaban atentos las palabras del emperador. La música se detuvo para que pudieran oírse en todo el comedor.

—Desde que fui nombrado emperador, tuve un objetivo claro: las fronteras. El Imperio, desde mi antecesor Trajano, es mucho más extenso de lo que ha sido desde que Roma gobierna el mundo, pero las fronteras cada vez son más difíciles de defender. Supe, desde el primer día, la enorme responsabilidad que suponía cuidar de los habitantes que se encuentran dentro de los límites de nuestro vasto Imperio. Por ese motivo, decidí no seguir ampliando nuestra cultura por los confines de la tierra, sino mejorar todo lo que tenemos y nos une.

Adriano miró a ambos lados, todos se encontraban tumbados mientras daban cuenta de la comida y la bebida, muy pendientes de sus palabras. Por debajo de las telas seguía acariciando levemente la desnuda pierna de Antinoo, profundamente incómodo ante las atenciones que recibía del hombre que gobernaba el mundo.

En ese preciso instante, Helena, junto con el resto de los esclavos que se ocupaban del servicio en la cocina, entraron cargando más fuentes con suculentos platos. Cuando se dirigía a la mesa, por detrás de donde se hallaban Adriano y Antinoo, la esclava levantó la mirada y pudo ver a su amado tumbado muy cerca del césar. Su rostro se tornó pálido. La frente le empezó a sudar y las manos a temblar. No entendía qué estaba ocurriendo y, menos aún, por qué Antinoo no le había dicho que ocuparía un lugar tan destacado como el de ser el destino de las caricias del emperador. Desde su posición pudo imaginar la mano del césar resbalando por el muslo del esclavo. Antinoo sintió la presencia de su amada y sus miradas se cruzaron.

Helena ahogó un grito y comenzó a retroceder lentamente.

Antinoo contuvo la respiración negando levemente con la cabeza y sin dejar de mirar a Helena, tratando de hablarle sin palabras.

Para el césar no pasó desapercibida la actitud de su nuevo capricho. Con disimulo, dirigió la mirada hacia el lugar donde los ojos de su efebo estaban clavados. Hizo una pausa llevándose la copa de vino a los labios mientras pensaba con rapidez para inmediatamente continuar hablando:

—Son gobernadores, senadores y cónsules competentes como tú, Lucio, con tu buena capacidad y un discernimiento como el tuyo, los que llevan nuestra cultura y nuestras magníficas costumbres por todos los rincones, no solo en nombre del emperador, sino en nombre de Roma. Tu trabajo en esta provincia ha sido encomiable, por ese motivo y, a pesar del desgraciado terremoto que ha devastado la provincia, ya no te necesito aquí.

Una liviana sonrisa de satisfacción asomó a los labios de Catilio Severo. Por fin sus deseos se cumplían. Por fin volvía a Roma.

Helvia entró en el comedor portando la bandeja cuando, tumbado junto al emperador, vio al joven que tenía embelesado el corazón de Helena. Sus pasos se detuvieron. Sin dudarlo un instante, la anciana se dirigió hacia allí. En esta ocasión no solo sus manos, todo su cuerpo temblaba. Toda la calma que sentía un momento antes desapareció como un relámpago para convertirse en una enorme ira. Cada vez temblaba con más virulencia, con tanta que no pudo agarrar la bandeja de *garum* por más tiempo. La bandeja y todo su contenido resbalaron de sus manos y cayeron con un estrepitoso ruido que retumbó por toda la sala.

Catilio Severo se levantó enojado con las manos en la cabeza, pensando en el mal augurio que aquello podía traer.

El emperador se incorporó asustado e impresionado.

El prefecto saltó para proteger a Adriano.

—¡Abuela! —gritó Helena.

Catilio Severo, Quinto Marcio y varios invitados se acercaron a proteger al emperador.

—¿Se encuentra bien, mi césar? —preguntó el prefecto.

—¡Estoy bien! —gritó Adriano.

Mientras la confusión y los nervios se calmaban, pensó con premura, analizando los hechos. Era rápido haciendo interpretaciones. Sin duda, el joven de quien se había encaprichado sentía algo por aquella esclava: sus ojos y su cambio de actitud lo habían delatado. Y la anciana era su abuela, según había oído de la propia boca de la esclava. Podía ordenar matarlas a las dos, como en el pasado había ordenado con otros esclavos cuando simplemente algo lo había contrariado, pero aquello era muy fácil. Él disfrutaba más viendo a las mujeres sufrir. Le encantaba la crueldad, y más si se trataba del sexo contrario.

—Maldita vieja estúpida —gritó Catilio Severo levantando su fusta para azotar a Helvia.

—¡Alto! —ordenó el emperador—. Tan solo ha sido un accidente, ¿verdad? —dijo mirando a la anciana, que sorprendentemente había dejado de temblar.

Helvia no hizo ningún gesto ni dijo, por extraño que pareciera en ella, ninguna palabra.

Adriano miró a Helena mientras se acercaba a Antinoo, que respiraba con nerviosismo.

—¿No vais a preguntarle a este joven cómo se encuentra? El pobre no está teniendo un buen día. Casi pierde la vida esta mañana si no le hubiese salvado de las garras de un león a quien di muerte. Y ahora, que puede disfrutar de un momento de paz, lo echamos a perder.

El joven esclavo estaba avergonzado, con los pómulos enrojecidos, incapaz de levantar la mirada del suelo.

—Será mejor que continuemos con la velada. Que este inoportuno incidente no perturbe la armonía que brillaba entre estas paredes.

El emperador agarró la mano de Antinoo y lo tumbó de nuevo junto a él.

—Márchate inmediatamente de aquí. Luego me ocuparé de ti —le ordenó Catilio Severo a Helvia escupiendo con ira sus palabras.

—No hay motivo para hacer tal cosa —contestó el emperador—. No hagamos más sangre de este desacertado e intempestivo accidente. Que se quede ahí de pie. Poned en sus manos una bandeja llena de comida para que aprenda a controlarse y, por el bien de todos, que no mueva un solo músculo mientras los demás seguimos disfrutando de la cena. Si por algún motivo el contenido de la bandeja se derrama, mandaré que le anuden sus manos a ella y permanecerá en esa postura hasta que mi presencia en esta tierra ya no sea necesaria.

Todos se tumbaron en sus divanes mientras dos esclavos cumplieron los deseos del césar y, sin ser capaces de sostenerle la mirada a la esclava, ofrecieron una bandeja con comida a Helvia que esta sujetó con determinación.

Adriano comenzó a acariciar, sin ningún tipo de pudor, el pelo del esclavo, su rostro y su espalda, ya sin disimulo y sin ocultarse como hacía un momento antes. El emperador cogió la mano del muchacho y la colocó sobre su muslo para que este también lo acariciara.

Helena respiró hondo. Miró a su abuela con preocupación, y esta le hizo un gesto de que se encontraba bien a pesar de que no era capaz de aguantar en aquella postura durante mucho tiempo, y llevó su bandeja a la mesa, sin comprender qué estaba ocurriendo. Su cabeza solo podía pensar en esa mañana, cuando estaba en la fuente y Antinoo la besaba apasionadamente. No entendía nada. Aquello le dolía y sobre todo le quemaba el pecho. Seguramente el emperador lo habría amenazado y lo estaría obligando a recibir sus caricias, pero por qué no se lo había dicho. Deseaba hablar con Antinoo, necesitaba oírlo de sus propios labios.

Helvia miraba a su nieta y leía en sus ojos el sufrimiento que estaba sintiendo por dentro. Aquello le hacía padecer más incluso que el dolor de brazos y piernas que le provocaba aquella incómoda postura.

Catilio Severo, con un rictus de tensión enfurecido, trató de disimular la ira que recorría su cuerpo. Tenía miedo de que esa maldita vieja, de quien se tenía que haber deshecho hacía tiempo, hubiera desbaratado sus planes. Necesitaba reconducir la conversación. Quería escuchar, de boca de Adriano, que dejaría esa tierra para siempre.

—¿De qué estábamos hablando? —preguntó el emperador.

—Mi césar nos hablaba del buen trabajo que he realizado en la provincia —contestó el procónsul.

—¡Ah! Eso es. Decía que, a pesar del terremoto, mis ingenieros no tendrán que hacer muchos arreglos, y es posible que, aparte de algún templo que trataré con mis arquitectos, no necesitaré hacer un gran desembolso en la provincia.

—Y por ese motivo el césar comentaba que mi futuro estaba lejos de aquí —dijo ya un ansioso Catilio Severo.

—Así es. Has hecho un trabajo espléndido. Creo que tus días en esta provincia han terminado.

Catilio Severo levantó su copa lleno de orgullo.

—Por mi vuelta a Roma —dijo.

—¿A Roma? —preguntó el emperador—. No es en Roma donde te necesito. Irás a África, a Cartago, allí es donde quiero que vayas.

Catilio Severo se quedó pálido.

—¿A... África, mi césar? —preguntó compungido.

—Quiero que desempeñes el mismo trabajo que has realizado aquí, te daré todos los fondos que necesites. Y ahora sigamos bebiendo —concluyó Adriano antes de dirigirse a Antinoo, susurrándole algo al oído, mientras la música y la exaltada conversación volvía a resurgir con fuerza.

El procónsul no dijo una sola palabra más. Su rostro se llenó de desolación. Se llevó la mano al mentón. La tensión y los nervios hicieron que esta tiritara. Aquel temblor le recordó a Helvia. La miró con odio. Ella seguramente era la culpable, probablemente había enfurecido a los dioses y por ese motivo el emperador lo mandaba al otro confín del mundo.

La anciana lo observaba aguantando estoicamente su castigo con una sonrisa. Catilio Severo levantó la barbilla con aire de orgullo.

Pagaría por esto.

VII

Nicomedia, 124 d. C.

A pesar del calor de esa mañana, el frío envolvía el corazón de muchos de los que se encontraban en la villa. Sus vidas, desde la jornada anterior, habían cambiado para siempre.

Catilio Severo no había dormido en toda la noche. Sus ojos estuvieron clavados en el techo de su cámara hasta que el aceite de todas las lucernas, agotadas de ser cómplices de su amargura, se apagaron como lo hizo el alma del procónsul al saber cuál sería su destino.

Estaba frustrado. Conocía al césar desde hacía muchos años, habían hecho muchas campañas juntos desde que Adriano era tan solo el sobrino del antiguo emperador Trajano. El césar había sido su confidente, su amigo cuando lo nombró cónsul. No entendía por qué ahora lo enviaba a la provincia de África, un lugar inhóspito donde el calor, que tanto detestaba, sería su principal compañero noche y día. Estaba decepcionado y, sobre todo, atormentado. No era capaz de controlar la enorme desilusión que le había hecho no parar de moverse nervioso durante toda la noche en su lecho. Necesitaba vaciar su frustración con alguien. Sus siervos lo pagarían y, especialmente, una recibiría el peor de los castigos.

En el otro extremo de la villa, Helena, tumbada en su

pequeño catre, sintió otra de las innumerables lágrimas que durante toda la noche habían caído con pena y en silencio por sus mejillas. Desde que acabó la cena y sus tareas. Desde que se tumbó en el jergón del cuarto que ocupaban los esclavos. Desde que pudo quedarse sola y en silencio, lloró sin cesar. La joven no dejaba de pensar en todo lo sucedido. El emperador era el hombre más poderoso del mundo, podía tener a toda persona que deseara, y aquella noche había decidido tener a la única por la que ella suspiraba. Cada vez que cerraba los ojos, veía la mano del césar acariciando los muslos de Antinoo, sus dedos manoseando el cuello que ella tantas veces había besado. La cabeza de la joven, tremendamente angustiada, era un mar de dudas.

Al terminar la cena, había acudido al lugar en el que siempre se citaban cerca de la fuente y donde se habían besado por última vez. Necesitaba respuestas, pero Antinoo no apareció. Ya notó que algo no iba bien al regresar de la caza. Su mirada era distinta, su pasión y sus besos diferentes, pero su amado negó que ocurriera algo, y ella, inocente, lo amaba tanto que no dudó de él. Sin embargo, ahora le atormentaba pensar que el hombre que tanto amaba pudiera haber sido cómplice de algo más que caricias. No podía soportar la idea de que la persona con la que anhelaba tener una vida, como la de cualquier mujer romana, se hubiera acostado con el césar esa misma noche, aunque fuera de forma obligada.

Helvia, en el jergón de al lado y muy cerca de ella, agarraba la mano de su nieta, que, por primera vez desde que la joven nació, temblaba más que la suya. En su larga vida había visto el mal de amores en todas sus versiones. Era lo suficientemente mayor para saber que esos duelos solo se calman cuando el corazón habla por medio de las lágrimas. A pesar de estar agotada por las horas que había aguantado de pie por orden del emperador, no dijo nada ni intentó consolar a su nieta. Las palabras le parecían inútiles. Tan solo besó su mano varias veces y la estrechó fuertemente contra su pecho, sin decir nada pero acompañándola en su pena. La acarició sin parar durante toda la noche y limpió cada una de sus lágrimas.

La anciana también sabía que esa tarde se había expuesto demasiado. Cuando entró en el comedor, vio que el emperador acariciaba los muslos de Antinoo e imaginó el sufrimiento que eso causaría a su nieta. Por ese motivo había dejado caer, conscientemente aunque disimulara para que pareciera un accidente, la bandeja. No le importaba si aquello traía alguna consecuencia para su ya mermado cuerpo. Solo le importaba la truncada felicidad de Helena.

En el dormitorio más lustroso y confortable de la villa se encontraba el emperador. Junto a él, completamente desnudo, se hallaba Antinoo, con el alma confundida y la pena instalada en el corazón.

La noche anterior, cuando la cena llegó a su fin, Adriano lo invitó a su cuarto, amablemente y sin que sonara como una orden, aunque sabía que no tenía otra opción. Al llegar a la estancia del césar, se encontraba inquieto y con náuseas. El emperador le sirvió una copa de vino y, mientras este se ponía cómodo y aún con los nervios recorriendo cada poro de su piel, imaginó a Helena cerca de la fuente mientras buscaba el amparo que le otorgaba la oscuridad. Apretó los dientes al suponer la preocupación que debía de sentir su amada y la angustia que padecería mientras esperaba. Agachó la cabeza intentando controlar las lágrimas. No quería que Helena sufriera por él. Las manos cálidas de Adriano, notando las dudas que remordían al esclavo por dentro, le recorrieron la espalda. Su tensión se mezcló con los besos que recibió en el cuello, y el miedo se enredó con el deseo que sintió imaginándose que era Helena quien le ofrecía sus caricias. El emperador le dio la vuelta, lo miró a los verdes ojos con pasión y no dejó de ensalzar la belleza de sus formas, las delicadas facciones de su rostro, mientras sus manos se mezclaban por el cabello del joven. Lo condujo de la mano hasta el lecho. Los maderos de la hoguera que calentaban la estancia no ardían con tanta intensidad como el fuego que recorría el pecho del emperador. Sentía un ardor y un deseo incontrolables por aquel joven. Las incontables copas de vino que Antinoo consumió no terminaron de apaciguar la repugnancia que sentía. Y entendió de la forma más dolorosa que el emperador no solo dominaba el destino del mundo, sino el de todas las almas que vivían en su Imperio.

Antinoo volvió en sí. La mano del emperador de nuevo acariciando sus cabellos lo devolvieron al momento actual.

—¿Te encuentras bien? —preguntó Adriano.

—Sí, mi césar —contestó el esclavo sintiendo vergüenza de sí mismo.

—Mi césar... —repitió el emperador—. Suena respetuoso y obligatorio en boca de cualquiera que se encuentre al otro lado de esa puerta, pero oírtelo decir a ti hace que la palabra retumbe en mis oídos como un mal sueño. Deseo que me llames por mi nombre. Entre tú y yo no quiero que haya condiciones.

—Así lo haré —contestó Antinoo con dudas.

Adriano se levantó y sirvió una copa de vino que ofreció al esclavo, quien la cogió a pesar de que a esa temprana hora no tenía ganas de beber.

—Quiero que vengas conmigo a Roma —dijo el emperador y empleó el mismo tono que al dictar cualquier orden.

—¿A... Roma?

—¿Acaso no es de tu agrado?

Antinoo no contestó; de nuevo la preocupación por Helena recorrió su cuerpo.

—Siempre puedes quedarte en este desapacible lugar. O puedes acompañar a Catilio Severo y a su fusta a África. —El emperador de nuevo se arrodilló encima de la cama y acarició la barbilla de Antinoo—. Si vienes conmigo, nadie jamás volverá a ponerte la mano encima, haré que tu vida sea más dichosa y nunca te faltará de nada. Tendrás mucho más que lo que hayas deseado.

—Pero ¿qué ocurre con la emperatriz? —preguntó el joven.

—¿Vibia Sabina? No temas por ella. No te causará daño alguno, ni dejaré que se acerque a ti.

Antinoo empezó a dudar. ¿Cómo contravenir una invitación disfrazada de orden del mismísimo césar? Con toda seguridad, si se negaba, acabaría con su vida. Sin embargo, se resistía a apartarse de Helena y a huir de Bitinia siendo el amante del césar.

—¿Tus dudas llevan el nombre de esa muchacha que ayer te miraba durante la cena?

Antinoo no respondió, pero su rostro lo delató. Aquello terminó de desesperar al emperador.

—Ordenaré que le den muerte hoy mismo. —Adriano volvió a apartarse de la cama—. O peor aún, haré que sufra un daño insoportable y que tenga una muerte lenta. ¿Es eso lo que deseas?

Antinoo se arrodilló ante los pies del emperador.

—¡No!, mi césar. Por todos los dioses... No le causes ningún daño. Te lo suplico.

—¿Cuál es su nombre? —preguntó el emperador.

Antinoo levantó la cabeza con el rostro cubierto de lágrimas.

—Helena.

—Si vienes conmigo, dejaré que siga disfrutando de la luz del sol y te prometo que no tendrás que temer por su vida. Sin embargo, si rechazas mi propuesta de acompañarme, la despellejaré viva, haré que el resto de su existencia sea un auténtico tormento y dejaré que esa anciana mujer, que vertió la bandeja sobre nosotros y a la que anoche llamó abuela, sea testigo del inmenso dolor que le causaré. Te repetiré la pregunta una vez más. ¿Es eso lo que ansías para Helena?

—No. Te acompañaré. Iré donde me ordenes, pero por favor no le hagas ningún daño —dijo Antinoo tratando de disimular la inmensa ira que lo invadía.

Adriano asió por los brazos al joven para levantarlo.

—Partiremos en pocos días. Te prometo que te haré mucho más feliz de lo que has sido hasta ahora y de lo que jamás hayas podido imaginar.

Adriano volvió a besar los labios de Antinoo, quien no pudo evitar que las lágrimas recorrieran sus mejillas.

Aquella jornada se vivió en la villa en un solemne y sepulcral silencio.

En silencio, se sirvió el desayuno.

En silencio, Helena buscó a un Antinoo a quien no encontró.

En silencio, Catilio Severo acompañó a la comitiva hasta la ciudad de Nicomedia.

Y aquel silencio únicamente fue interrumpido por el césar.

—Esta es la patria de mi querido amigo Arriano, el gran filosofo —comentó Adriano.

—Así es, mi césar —dijo el procónsul sin mucho entusiasmo—. También fue la ciudad que recibió la muerte del gran enemigo de Roma, Aníbal.

—Sobre ese tema se podría discutir. Un Imperio como el nuestro, querido Lucio, ha tenido a lo largo de su insólita historia no uno, sino muchos enemigos, y todos los que vendrán en siglos venideros. Por ese motivo, es importante que las gentes de nuestra vasta Roma se sientan arropados y atendidos por su emperador.

La ciudad, junto a su vecina Nicea, habían sido las más dañadas en el terremoto que asoló a la provincia. Las dos ciudades, que se disputaban la primacía de Bitinia, recibían como una esperanza, enviada por los mismísimos dioses, los sestercios que podía dejar la visita del césar.

Los habitantes aclamaron a Adriano, que quedó muy cautivado por la ciudad e impresionado por los destrozos causados por la ira de la diosa Tellus.[1]

Una vez que el emperador dio orden a sus arquitectos, constructores y canteros de que comenzaran las reparaciones del acueducto, el teatro y el gimnasio, decidió volver a la villa para disfrutar del monumento que más le apetecía visitar: el que le había tenido durante toda la jornada ensimismado, el de su nueva conquista, el joven Antinoo.

Helena había recorrido sin éxito la villa en busca de su amado.

Helvia no perdió de vista a su nieta. Sabía que estaba torturándose por dentro por ese chico que tenía un futuro oscuro, según ella había podido leer en sus ojos. Imaginaba dónde estaba el esclavo, así que sin pensarlo se dirigió hacia allí. Cargó una bandeja con fruta y una jarra llena de agua hasta el dormitorio que la noche anterior había ocupado el emperador.

Dos pretorianos custodiaban la puerta.

La anciana, sin un ápice de duda en su caminar y a

1. Diosa de la tierra.

pesar de los intimidatorios guardias con su negro uniforme, se acercó.

—Alto —ordenó uno de ellos—. ¿Adónde crees que vas?

—Me han ordenado traer una bandeja con comida y bebida.

Los dos guardias se miraron sonriendo.

—Déjala en el suelo, ya daremos cuenta de ella.

—Me han ordenado que la custodie hasta dentro.

—Vaya, ¿qué tenemos aquí? Una vieja que se cree muy lista. Márchate y no nos hagas perder el tiempo.

—Está bien, me iré, pero cuando el emperador venga y vea que su nueva perla está medio muerta de sed y de hambre y apenas tiene fuerzas para alimentar su otro apetito, su ira caerá sobre vosotros y os acordaréis de la vieja que se creía tan lista. —Helvia se dio la vuelta—. Me encontraréis en la cocina.

—Está bien, entra y deja lo que traes —ordenó uno de los pretorianos abriendo la puerta.

Helvia observó el interior de la estancia. Alguien se incorporó de la cama al sentir el crujir de las bisagras. La anciana frunció los ojos y pudo distinguir el rostro asustadizo de Antinoo.

Cuando pasó junto a los pretorianos, sus manos empezaron a temblar y la jarra y la bandeja se cayeron haciéndose añicos y esparciendo toda el agua y la fruta por el suelo.

—¡Maldita vieja estúpida! ¿Es que no puedes hacer algo tan sencillo?

—Lo lamento. Mis manos ya no son las de antaño. Enseguida traigo más.

El pretoriano la miró con el rostro lleno de ira.

—Será mejor que recojas todo esto y desaparezcas de mi vista si no quieres lamentarlo.

—Iré a por otra jarra.

—No la traigas tú, que otro esclavo traiga algo de comer. No quiero volver a verte.

—Como ordenes —respondió Helvia con una sonrisa disimulada. Había conseguido su objetivo.

Se dirigió hasta la cocina y encontró a su nieta.

—Helena, vete al dormitorio de la planta de arriba donde durmió ayer el emperador. Allí es donde encontrarás a tu adonis —dijo Helvia.

La joven esclava se quedó mirando fijamente a la anciana.

—Gracias, abuela —dijo enormemente agradecida.

—Tendrás que llevar una jarra con agua y algo de fruta. Diles a los pretorianos que son para el invitado del césar. No te dejes impresionar por ellos.

Helena obedeció y cogió lo que Helvia le había ordenado. Atravesó el patio y se encomendó a los dioses. Iba a volver a ver a Antinoo y la tensión se instaló en lo más profundo de su pecho. Aquel hombre con quien había deseado pasar el resto de su vida y que ahora sentía tan lejano, tan distante de ella. Iba tan abstraída en sus pensamientos que no oyó cómo por la puerta principal la comitiva del césar entraba en la villa. Llegó hasta el pasillo donde los pretorianos custodiaban la puerta. Esta vez se dieron con el codo al ver a la joven acercarse.

—Vaya, mucho mejor que la vieja arpía que vino antes —comentó uno.

Helena se quedó parada delante de ellos, nerviosa por ver a Antinoo y esperando que le abrieran la puerta. Siguiendo el consejo de su abuela, trató de no escuchar las palabras que le decían.

—Me han ordenado traer esto para el invitado del césar.

—Antes quizá te apetezca quedarte un rato con nosotros. Seguro que en estas tierras no has conocido nunca a dos hombres de verdad.

—Soy propiedad de Catilio Severo, quien como sabéis está muy unido al emperador. Cuando viene cansado, soy quien le calienta la cama y hace que descanse y su vida sea más placentera —mintió Helena—. ¿Qué creéis que le dirá al césar cuando esta noche descubra que su joven y complaciente esclava ha sido mancillada por dos de sus guardias?

Los dos pretorianos se miraron de nuevo.

—En esta villa todas las esclavas están locas —dijo uno—. Pasa y no tardes mucho.

El césar se apeó de su caballo ayudado por varios esclavos. Estaba ansioso por subir y darse un baño en la terma junto a Antinoo.

Helena volvió a suspirar y, con los nervios recorriendo su cuerpo, entró en la habitación. Antinoo se había incorporado desde la visita de Helvia. Se había puesto algo de ropa, imaginó que Helena no tardaría en venir. La esclava soltó la jarra y la bandeja y corrió para abrazarse a él. Sintieron el placer del reencuentro al apretar sus cuerpos el uno contra el otro. Antinoo estaba nervioso y profundamente triste. La joven se separó y buscó los labios del esclavo. Su beso fue ardiente, como si no lo hubiera besado en años; sin embargo, la actitud de él no fue la misma.

Helena lo percibió.

El césar subía, sin prisa pero con determinación, las escaleras hasta su dormitorio, distraído por la conversación que mantenía con Quinto Marcio Turbón.

—¿Qué ha pasado, Antinoo? Cuéntamelo todo —preguntó Helena.

—El emperador me obligó a cenar junto a él. No me atreví a contártelo en la fuente. Después me condujo hasta aquí y no me permite verte.

Helena suspiró al ver que era tal y como había imaginado.

—¿Te obligó a acostarte con él?

—Sí, pero no es lo que piensas. Estaba borracho y se durmió enseguida —mintió sin mirar a la joven, con la voz trémula.

—¿Por qué no me miras? —preguntó ella.

Antinoo se giró.

—¿Qué ocurre? —volvió a preguntar.

—El césar me ha pedido..., me ha ordenado que lo acompañe a Roma. No tengo elección, dijo que si me negaba te mataría de un modo espantoso. Prefiero la muerte a permitir que te haga daño.

Helena se llevó las manos a la boca ahogando un grito.

Adriano subió los últimos peldaños. Se disponía a enfilar el pasillo que conducía a su estancia cuando alguien lo detuvo.

—Lamento haber tirado la bandeja en la cena, mi césar —oyó que le decía la voz de una anciana a quien reconoció.

En la habitación, ajenos a lo cerca que estaba el emperador, la tensa conversación proseguía.

—No puede ser cierto. Te amo. No puedes irte, no puedes abandonarme —dijo Helena desesperada.

—¿Acaso crees que ese es mi deseo?

—Dile que no. Dile que no deseas ir.

Antinoo se revolvió el cabello con desesperación, mientras apretaba los dientes y trataba de contener la rabia que se apoderaba de él.

—No puedo hacer eso. Sabes que no lo permitirá. ¡Solo somos simples esclavos! Nuestros sueños no valen nada cuando quien te lo ordena es el emperador. Mi vida se convertirá en una tortura, pero al menos sé que seguirás con vida. Nunca te olvidaré, Helena, te amaré el resto de mi vida, pero sabes que debo ir con él.

—Pero no podré vivir lejos de ti.

Helena y Antinoo se besaron. Sin poder creerse que aquel fuera su último beso, el más deseado y a la vez el más amargo de cuantos se habían dado.

Al otro lado del pasillo, el césar, miraba con desprecio a la mujer que había interrumpido sus pasos.

—¿Qué quieres? —preguntó.

Quinto Marcio se pegó al césar.

—Esta vieja anciana, a la que no le queda mucho tiempo de vida, solo deseaba mirarte a los ojos. Veo que eres un gran hombre, pero tu corazón está lleno de miedo.

—¿Miedo? ¿De qué? ¿De quién?

—Esa pregunta tendrás que responderla tú —replicó Helvia.

—Espera, ¿por qué estás aquí? —preguntó mirando al fondo del pasillo, donde se encontraba la puerta custodiada por los dos pretorianos. Se imaginó el motivo por el que lo había detenido—. Maldita vieja, solo querías entretenerme, tu nieta está ahí dentro.

Adriano se dirigió con prisa hasta el dormitorio. Los guardias se cuadraron.

—¡Abrid! —ordenó—. ¿Hay alguien ahí dentro?

Los pretorianos se cuadraron nerviosos sin saber qué decir. Antinoo se separó de Helena al oír las voces en el pasillo.

—¡Rápido, márchate! —dijo el esclavo asustado.

—No. No me marcharé de tu lado. Te amo —respondió Helena llorando.

—Nunca amaré a nadie como te amo a ti —dijo mientras la abrazaba—, pero ahora tienes que irte, si nos descubre...

Las voces estaban cada vez más cerca.

—Nunca me separarán de ti. Te buscaré y te encontraré. Haré todo lo posible para que algún día volvamos a estar juntos, aunque me cueste la vida.

—¡Yo también, te lo prometo! Pero ahora márchate o te matará.

La puerta empezó a abrirse en ese momento y Adriano entró. Tras él, Quinto Marcio, los dos pretorianos y Helvia lo seguían.

Adriano examinó el dormitorio. Antinoo se encontraba tumbado y se levantó sobresaltado.

El prefecto, desde su posición, observó que una de las telas que daba a la pared y que parecía que escondía otra puerta se movía levemente. Se giró despacio y buscó la mirada de la anciana, que lo observaba fijamente. Por alguna extraña razón, no dijo nada.

—¿Quién ha traído esta fuente y esta jarra? —preguntó el emperador.

Los pretorianos no sabían si debían contestar.

—Yo misma, mi césar. Soy lo suficientemente vieja para saber que un joven sin comer ni beber durante todo un día no podrá satisfacer a su *dominus.*

Adriano dudó. Algo se le escapaba.

—Marchaos todos de aquí —ordenó—. Dejadnos solos.

Completamente desolada y ajena a lo que estaba sucediendo, en el dormitorio contiguo, Helena, sin nada ni nadie que la consolara, lloraba amargamente mientras juraba que se dejaría la vida por recuperar a su amado.

VIII

Nicomedia, 124 d. C.

Los caminos se quedaron desiertos y silenciosos cuando, tras el emperador, parte de su séquito y la multitud de las sandalias de los legionarios abandonaron Nicomedia con paso firme hacia la capital del Imperio. La villa, entre cuyas paredes y antes de la llegada de la comitiva se albergaba la esperanza, ahora se hallaba triste y vacía. Triste para Catilio Severo, por no haber conseguido su objetivo de volver a Roma. Vacía para Helena. Con el corazón roto en mil pedazos al ver partir a su amado, y con él, su sueño de tener una vida como la de cualquier mujer libre.

Catilio Severo debía abandonar la provincia y dirigirse a África. Por orden del emperador, debía encontrarse en su nuevo destino en un plazo de tres meses. Solo podría llevarse lo imprescindible, el césar no quería distracciones que retrasasen su llegada. Todos los esclavos, salvo Maro, su *atriense*, debían quedarse en Nicomedia, ya obtendría lo que necesitara en su nuevo destino. Antes de empezar los preparativos de su marcha, Catilio Severo deseaba liberar la frustración y la rabia que sentía por no haber conseguido su propósito.

El procónsul se sirvió unas copas de vino en su *ta-*

blinum[1] para él y para Polieno, su abogado y hombre de confianza. Su rostro era más serio de lo habitual. Observó la fusta que siempre lo acompañaba.

—Hice todo lo que estuvo en mi mano, Polieno. Mis esfuerzos no solo han sido inútiles y en vano, sino que además me envía a esa tierra donde solo encontraré sol y ruinas.

—El trabajo que has hecho aquí es encomiable. El emperador solo tuvo que intervenir cuando los dioses decidieron azotar a la tierra con esos temblores.

—¿Y este es el modo de premiarme? ¿Enviándome a la remota África?

—Si me admites un consejo, viejo amigo, no seas tan diligente en esa Cartago y pronto volverás a Roma —dijo Polieno bebiendo de su copa.

—¿Qué tratas de decirme? —preguntó Catilio Severo.

—Procura que tu trabajo y tus esfuerzos no sean tan eficientes y pronto estarás en la ciudad bañada por el Tíber disfrutando de tu gran pasión, las luchas de gladiadores.

—Cartago fue la ciudad que vio nacer a Aníbal, y esta la tierra que lo vio morir —dijo Catilio pensativo—. Ya sé de qué modo librar mi venganza. Haz que todos los esclavos, sin excepción, se presenten en el patio —le ordenó a Maro mientras acariciaba la fusta y daba cuenta de toda la copa de vino.

Helena se encontraba tumbada en el jergón del cuarto de los esclavos. Desde el día anterior no había podido evitar que la amargura fuera su único consuelo.

—Deberías levantarte —dijo Helvia.

La joven no contestó. Seguía encogida y silenciosa, sin

1. Despacho.

encontrar ningún motivo para vivir. Maro, el *atriense*, entró en el cuarto de las esclavas.

—¿Qué estáis haciendo aquí? Deberíais estar en las cocinas —preguntó.

—Mi nieta no se encuentra bien, Maro.

—Me da igual cómo se encuentre. El *dominus* ha ordenado que todos los esclavos se presenten en el patio.

—¿Qué quiere ahora ese hombre sin corazón? Bastante tormento ha sido para todos los esclavos su presencia aquí.

—Tú al menos no tendrás que viajar con él. Dile a tu nieta que se levante y acudid las dos inmediatamente al patio si no queréis que ni los dioses puedan calmar su ira.

—Deja que ella se quede, Maro —suplicó la anciana muy seria.

—¿Acaso te has vuelto loca?

—Recuerdo cuando eras un niño. Te cuidé como si fueras mi propio hijo, y también recuerdo los ojos con los que mirabas a Nysia, la madre de Helena. Deja que se quede aquí; no lo hagas por mí, hazlo por ella.

—Pídeme otra cosa, Helvia. Lo que sea menos esto.

—Mírala. Ese maldito emperador se ha llevado lo único que hace feliz a un esclavo, la esperanza. Por los dioses, espero que algún rayo lo parta en dos.

—No hables así —dijo el *atriense* mirando a todos los lados—. Alguien podría oírte. ¿Es que no vas a cambiar nunca?

—A mi edad lo único que cambiaría es quién ocupa ese triste jergón —comentó señalando con la cabeza el lugar donde se encontraba Helena—. Ojalá fuese el mismísimo césar quien estuviera postrado, amargado por el dolor, sin ningún otro consuelo que la pena, hecho un ovillo y lamentándose, como está mi nieta.

—Está bien, está bien... No sigas o conseguirás que nos maten. Tápala con alguna manta. Si el *dominus* la descubre, no quiero pensar en el castigo que nos infligirá a los tres.

Todos los esclavos, salvo Helena, se encontraban en el patio por orden de Catilio Severo. El amo se hallaba en el centro, paseando en círculos y haciendo restallar la fusta contra una mano mientras escrutaba las caras de sus siervos, que agachaban la cabeza al encontrarse con los ojos de su *dominus*.

—¿Acaso no fui lo bastante claro? —preguntó Catilio.

El silencio era sepulcral.

—¿Acaso no os hablé de la importancia de la visita del emperador? ¿Y qué recompensa he obtenido a cambio? Gracias a vosotros, abandonaré esta detestable y aborrecible tierra. Pero el lugar donde presuman de mi presencia no será mi adorada Roma. Por vuestra culpa, mi destino será esa maldita Cartago, y por los dioses que los culpables lo pagaréis. Solo con sangre saciaré el oprobio y la ignominia que me habéis causado.

Catilio Severo hizo un gesto a Theo, uno de sus hombres de confianza y encargado de su seguridad, que paseaba por detrás de sus esclavos. Este dio una patada en la espalda a Pelias, el cocinero de la cena.

El griego, dolorido por el fuerte golpe y sobresaltado por la acusación, imploró de rodillas.

—Mi *domine*, la cena fue un éxito. Yo mismo lo oí de los labios del majestuoso emperador —suplicó el heleno temblando y con tono amargo.

—¡Calla, maldito! Hablarás cuando yo lo diga —dijo Catilio acercándose y descargando un fuerte golpe con la fusta en el rostro del esclavo.

La sangre corrió rápidamente por la mejilla del griego, que lanzó un grito de dolor.

—¡Mi destino era Roma! —gritó el procónsul dirigiéndose a los esclavos—. Allí esperaba poder ver el duelo de cientos de gladiadores que, por culpa de este esclavo y de muchos de vosotros, mis ojos no verán.

—Mi *domine*, por todos los dioses, se lo ruego —suplicó Pelias besando los pies de Catilio Severo.

—Este esclavo implora por su vida —dijo con tono de burla, lanzando una patada a la boca del cocinero, que cayó golpeándose la cabeza contra el suelo—. Levanta el dedo hacia el cielo —ordenó el procónsul.

Pelias se incorporó y obedeció. En su rostro se mezclaban y confundían la sangre junto a sus lágrimas y la tierra del patio.

—¿Lo veis? Cree que es un gladiador —comentó Catilio Severo sin poder contener la risa—. Es vuestro favor el que solicita.

Ninguno de los esclavos que se hallaban en el patio levantó la mirada del suelo.

—Como si de un anfiteatro se tratara, vosotros decidiréis el destino y la suerte que ha de correr Pelias. Será la *missio*[2] o será la *iugula*[3] lo que merece este esclavo por sus actos.

El silencio se apoderó de todo el patio. Nadie se atrevió a decir nada.

—¡Vamos! Hablad o juro que os mataré a todos. Aquellos que deseéis que viva gritad con el puño en alto: *Missio!, missio!, missio!* Y aquellos que creáis que merece la muerte gritad: *Iugula!, iugula!, iugula!*

Todos los esclavos odiaban a Pelias.

Nadie deseaba estar en su piel y aquello podía hacer que la ira del *dominus* se calmara. Algunas voces tímidas sonaron primero casi inaudibles y poco a poco empezaron a hacerse notar.

—*Iugula!, iugula!, iugula!*

2. Libertad en las luchas de gladiadores.
3. Muerte en las luchas de gladiadores.

El griego no daba crédito. Miraba a un lado y a otro y su rostro era de auténtico horror.

—¡Malditos! —gritaba Pelias—. ¡Que la ira de Zeus caiga sobre todos vosotros! —El cocinero gimoteaba desesperado, sin poder contener las lágrimas que caían con amargura por su rostro.

—El pueblo ha hablado —dijo el procónsul—. No hay que llevar la contraria al pueblo.

Catilio Severo hizo un gesto con la palma de sus manos exigiendo orden para que todos guardaran silencio.

Theo, el hombre que había golpeado a Pelias en la espalda, se aproximó al condenado. Lo agarró del cabello y, como en la arena del anfiteatro, le colocó la punta de su *pugio* entre el cuello y la clavícula, observando a Catilio para que este diera la orden.

El procónsul se tomó su tiempo. Volvió a mirar a todos los esclavos. Extendió el brazo, dobló el codo y apuntó a su garganta con el pulgar.

—*Iugula!*

Theo, diestro en su oficio, sin un ápice de duda en los ojos ni temblor en la mano, clavó el *pugio* en el corazón del griego condenado, exactamente del mismo modo que hacían los gladiadores en los anfiteatros. Al cocinero le sorprendió la muerte de manera rápida y cayó al suelo sin vida.

Catilio Severo ordenó que varios esclavos más fueran ajusticiados. Todos ellos recibieron la muerte tras escuchar la sentencia de los siervos, quienes pensaban, cada una de las veces que gritaban *iugula*, que aquella sería la definitiva.

—La última en someterse al veredicto del pueblo será la que más deseo y es, además, una petición del mismísimo emperador. Helvia, da un paso al frente.

Todos contuvieron la respiración. La anciana era muy querida por todos los esclavos.

El procónsul hizo un recuento somero de sus siervos, echando en falta uno. Con el rostro lleno de ira, miró a Maro.

—¿Dónde está su nieta? Te dije que estuvieran todos sin excepción.

Maro contuvo la respiración.

—Yo la escondí —comentó Helvia—. Si lo que quieres es sangre, tendrás suficiente con la mía.

—No quiero escuchar ni una sola palabra más que salga por tu boca. Tiraste deliberadamente la bandeja y aquello provocó la ira del emperador. ¿Acaso crees que soy idiota? Eres la principal culpable de que mi familia no disfrute de mi presencia en Roma.

—Tu familia solo disfruta de ti cuando te quitas de en medio. —La anciana intentaba desesperar a Catilio Severo.

—Te crees muy lista.

—Yo al menos he vivido una larga vida y moriré aquí, donde me quieren. A ti ni siquiera eso te corresponde. Deambulas de una tierra a otra por orden de alguien que no eres tú, presumiendo de un poder que ni tan siquiera te permite elegir dónde vivir.

Catilio Severo se dirigió a Maro:

—Ve a buscarla —ordenó—. Borraré por fin esa estúpida sonrisa de su cara.

Helvia fue conducida al centro por Theo, que había sentido una enorme tristeza al oír el nombre de la anciana, a quien tanto quería.

Un momento después el *atriense* apareció arrastrando a Helena.

La joven esclava no entendía lo que sucedía. Al ver a su abuela tendida en el centro de un círculo formado por esclavos, recuperó algo el sentido y corrió para encontrarse con ella.

—¿Qué ocurre, abuela?

Helvia abrazó con ternura a su nieta.

—Tranquila, amor mío. —La acarició con cariño mientras agarraba sus manos—. No temas por mí.

Helena se dirigió a Catilio Severo:

—*Domine*, ¿qué ocurre?

—Los días de esta arpía han llegado a su fin. Pueblo de Roma, ¿cuál es el veredicto que sentenciáis para la acusada?

Todos los siervos rodeaban a las dos mujeres. El grito fue unánime:

—*Missio!, missio!, missio!* —vocearon todos con el puño derecho en alto.

Catilio Severo torció el gesto.

Helena, con los ojos cerrados y tumbada en el suelo, se aferraba con fuerza a la cintura de su abuela, que miraba orgullosa al procónsul. Por primera vez en muchos años, sus manos no temblaban.

Catilio Severo reaccionó:

—Vuestra decisión no es la que desea el césar.

El procónsul, con los ojos bramando ira, dio la orden señalando a Helvia al grito de:

—*Iugula!*

—No llores, Helena —dijo Helvia mirando a los aterrados ojos de su nieta y agarrando con fuerza sus manos—. Cuando el miedo ahonde en tu pecho, piensa en todo lo que pasamos juntas. Solo se muere lo que se olvida. Siempre estaré junto a ti.

Theo, quien como el resto de los esclavos sentía un afecto enorme hacía aquella mujer, quiso evitar que la duda se cerniera sobre su determinación y ejecutó la orden con rapidez. Sus ojos se despedían en silencio de la anciana cuando clavó el puñal en el hueco de la clavícula para dirigirlo al corazón mientras la hoja del cuchillo desgarraba todo lo que encontraba a su paso.

Helena, presa del dolor y de la angustia más insoportable, observó cómo los ojos de su abuela se apagaban para siempre. Contempló impotente cómo su cuerpo caía en el patio que ejercía de improvisado anfiteatro. Un dolor inmenso recorrió su ser cuando observó la mirada inerte de Helvia apuntando al cielo. Se abrazó a ella, besó su rostro desconsoladamente y acarició sus cabellos gritando, suplicando a los dioses que la devolvieran a la vida mientras que, por la mortal herida de la única familia que le quedaba, la roja sangre teñía la tierra de la villa.

IX

Tibur,[1] *124 d. C.*

Vibia Sabina recorría los jardines de la majestuosa residencia imperial mientras mantenía una conversación con Sulpicia, su inseparable *ornatrix.*[2]

Durante toda su infancia había vivido bajo la influencia de tres grandes mujeres imperiales, todas relacionadas con el fallecido emperador Trajano. No solo había recibido una educación exquisita, sino que sabía cuáles eran las obligaciones y compromisos a los que debía atender la esposa del césar. La emperatriz era descendiente de la *gens* Ulpia, por tanto una mujer inmensamente rica, y Adriano le dejaba distribuir su riqueza a su antojo, pues toda Roma sabía que el césar debía el Imperio, y la púrpura que vestía, al apellido de su esposa.

Su papel en la vida pública consistía en conocer las necesidades de las almas que poblaban el Imperio, preocupándose de escuchar y amparar a sus ciudadanos. Era muy amada por el pueblo de Roma. Parecía tenerlo todo, pero solo Sulpicia sabía que la verdadera obsesión de la emperatriz era el desamor. Y, a través de su esclava, la es-

1. Actual Tívoli, donde se encuentra la villa de Adriano.
2. Peluquera y asesora de belleza.

posa del césar procuraba favorecer a mujeres que hubieran sufrido el abandono de sus maridos o algún embarazo no deseado.

Las dos amigas volvieron al palacio y encararon el pasillo que llevaba al dormitorio de la emperatriz, mientras hablaban de un nuevo peinado que podía resaltar sus rasgos, cuando varias voces atormentaron la paz de la *domus*.

—¡Alto! —gritó una voz—. ¡La guardia pretoriana te ordena que te detengas!

Vibia, asustada, cruzó sus brazos por delante de su enjuto cuerpo, y Sulpicia se puso delante para protegerla al ver cómo una mujer corría despavorida hacia ellas delante de los guardias.

Cuando llegó a su altura, la mujer se arrodilló a sus pies.

—¡Mi emperatriz!... Mi emperatriz, le ruego que me escuche —suplicó la joven con la cabeza inclinada.

Uno de los pretorianos le propinó un puntapié que hizo que gritara de dolor.

—¡Maldita perra! —dijo el guardia—. Te enseñaré a obedecer.

Varios pretorianos más llegaron para levantar a la intrusa del suelo y golpearla con fuerza.

—¡Alto! —gritó la emperatriz—. Esa no es forma de tratar a una mujer.

—¿Se encuentra bien, *domina*? —preguntó con angustia el prefecto de la ciudad, Annio Vero, con el pecho agitándose como un caballo desbocado por el esfuerzo tras la persecución y preocupado por si le había sucedido algo a la emperatriz.

—Annio, ¿puedes explicarme qué es todo este alboroto y por qué tus hombres tratan de modo tan indecente a esta pobre mujer?

—Esta indigente, mi *domina*, ha conseguido, aún no sabemos cómo, saltar los muros de la *domus* y eludir a la guardia. Cuando hemos tratado de detenerla, gritaba que solo quería hablar con la emperatriz.

—Mi *domina*, por todos los dioses, le suplicó que me escuche —imploró de nuevo la mujer.

Uno de los guardias que la sostenían volvió a golpearla y sus ruegos se convirtieron en un amargo llanto.

—Lamento profundamente este incidente —comentó el prefecto con miedo a que el percance tuviera consecuencias hacia él—. ¡Pretoriano, lleváosla y acabad con ella!

—¡Alto! —repitió la emperatriz—. De ningún modo daremos muerte a esta pobre mujer sin saber cuál es la causa por la que ha puesto su vida en peligro y sin que antes exponga lo que ha venido a decirme.

—Mi *domina*, no conocemos sus intenciones.

—Por eso quiero escucharlas de su propia boca. Pretoriano, suéltala inmediatamente.

El guardia soltó con brusquedad a la joven, que se golpeó contra el suelo, y contuvo el aliento al ver la mirada de reprobación que le lanzó Vibia Sabina.

—Que entre en mi cámara y traed algo de comida y bebida.

—Mi *domina*, no puedo permitir que esta mujer entre sin ningún tipo de vigilancia.

—Que uno de los guardias nos custodie.

Un momento después las tres mujeres se encontraban en el dormitorio de la emperatriz. Vibia contempló con paciencia a la pobre muchacha mientras devoraba la comida y la bebida. Una vez calmado su apetito y templado su nerviosismo, la emperatriz la invitó a que se explicara.

—Mi *domina*, la desesperación es la causa de mi visita. La más cruel de las miserias es la que nos ha llevado a mi amado marido y a mí a la indigencia y a pedir limosna como único recurso para vivir. No hay una sola persona en Roma que no hable de la bondad de nuestra emperatriz. Mi *domina*, solo le pido unas pocas monedas para comprar un trozo de pan que llevarnos a la boca. Lamento haber entrado de este modo, pero la falta de esperanza y el hambre tienen la culpa de mis actos.

Vibia escuchaba atentamente las palabras de aquella pobre mujer.

—¿Dices que amas a tu marido? —preguntó.

—Por encima de todas las cosas —respondió extrañada la joven.

La emperatriz se levantó y suspiró. Sus ojos se perdieron con nostalgia en la pared.

Sulpicia, que sabía leer los silencios de su *domina*, sacó de su túnica una bolsa de monedas y vertió sobre su mano varias de ellas.

—Dale toda la bolsa —ordenó la emperatriz.

—¡Gracias, *domina*! Que los dioses la protejan eternamente —dijo la joven de rodillas sin poder aguantar las lágrimas.

Vibia acarició con ternura sus cabellos y la ayudó a ponerse en pie.

—Pretoriano, asegúrate de que abandona la *domus* sin ningún percance. Si alguien osa ponerle una mano encima, te hago responsable y mi ira caerá sobre ti.

La mujer abandonó la estancia principal de la emperatriz sin cesar en sus muestras de agradecimiento, y Vibia se quedó a solas con su esclava de confianza.

—¿Quién es más infeliz, Sulpicia? ¿Aquel que nada posee o el que no tiene a quien hacer dichoso?

—No sabría qué responder, mi *domina*.

—Cuántas mujeres ansían tener una vida como la mía, pensando que una patricia o emperatriz posee todo aquello que desea. Sin comprender que nuestra vida ya está designada antes de ser concebida, antes de haber siquiera visto por primera vez la luz del sol. Nos arrojan a los brazos de un hombre a quien debemos amar por deseo de alguien que se supone desea lo mejor para nosotras. Consideran que nuestro corazón debe latir impetuosamente por una persona que no hemos elegido por voluntad propia y que ni siquiera conocemos.

—Muere más gente de hambre que de amor.

—Sí, pero el hambre se puede paliar con comida; sin embargo, no hay remedio ni augur, no hay medicina ni calmante que cure la pobreza de espíritu. A la carencia de algo material le queda la esperanza; a la falta de amor, la angustia. Por tanto, no es más pobre ella, por no poseer nada, que yo, que vivo en la horrible amargura de no sentirme amada.

—Ya lo has oído, mi *domina*, todo el pueblo de Roma habla de tu bondad y te adora.

—Pero ese no es el tipo de afecto que tanto imploro. Yo ansío llenar mi alma de una pasión como la suya. De saber qué se siente cuando por tus venas corre la sangre enamorada. Oír latir mi corazón al verlo, haciendo tanto ruido como los miles de sandalias de los legionarios sonando al unísono en sus campañas. Ella deseaba dinero, algo que yo le puedo dar, pero yo ansío lo que ella posee y nadie me puede otorgar: amor. Dime, mi querida Sulpicia, ¿cuál de las dos bocas es más pobre: aquella que no tiene un trozo de pan para saciar su hambre o la que ansía otros labios que poder besar? ¿Quién es más desdichado: aquel que nada posee o el que no tiene a quien hacer afortunado?

—Supongo que, en la piel de cada uno, ambos son igual de infelices.

—Cuando tengo frío, enciendes fuego con el que calentarme. Esa mujer, cuando tiene esa misma sensación, se arrima a su amado. Son sus brazos, con sus caricias, los que calientan su cuerpo. Son sus besos, acompañados de ternura, los que le hacen sentir un fuego interior que yo no conseguiría ni lanzándome a las llamas. ¿Viste cómo la felicidad se dibujaba en su rostro al partir con tan solo un puñado de monedas? Sin embargo, por más que trato de ayudar a la gente, no consigo alejar la lobreguez que anida en mi pecho. Mi corazón se rompe al ser consciente de la gran desgracia que me atosiga cada día y de que lo único que no puedo comprar es la felicidad que tanto deseo. Al ver marcharse a esa mujer, siento más tangible mi inmensa falta de cariño, lo indigente que es mi alma y la amargura que sacude mis entrañas. Lo tengo todo y sin amor es como si no tuviera nada.

La esclava agachó la cabeza.

—Anoche sangré abundantemente —dijo la emperatriz recomponiéndose.

—Mi... *domina,* ¿cómo no me mandaste llamar?

—No quise alarmarte. Este es el segundo aborto que tengo.

—Pero podía haberte asistido.

—Ya nada se podía hacer, Sulpicia. No poseo el amor del emperador y sé que jamás tendré un hijo cuyo nombre pueda llevarme a la boca. Adriano solo desea que me comporte como una esposa casta, doméstica, una buena matrona. Solo anhela que traiga a este mundo un hijo suyo; mientras, él yace con tantas mujeres como le parece y se le antoja. Me odia, mi querida Sulpicia. Mis oídos en ningún momento han recibido de sus labios una palabra amable. Mis cabellos jamás han sido acariciados con ternura, ni mi cuello ha recibido sus besos. ¿Por qué, mi querida Sulpicia, por qué me casaron con él si nunca me ha tratado con amor? Espero que en los siglos venideros las mujeres puedan desposarse con aquel hombre a quien realmente amen. Espero que no sean tan desdichadas como lo soy yo y que su futuro no sea tan aciago como lo es el mío. Ojalá, mi querida Sulpicia, sea nuestra voz la que se escuche y no la de alguien que decide por nosotras. Sé que pensarás que soy una ilusa, que en el mundo siempre reinará el deseo de los hombres, que siempre estaremos a su sombra, pero déjame soñar con un mundo en el que nosotras, las mujeres, seamos dueñas de nuestro propio destino.

X

Roma, 124 d. C.

Las calles de Roma se hallaban abarrotadas de gente. Esa jornada comenzaban los juegos en el anfiteatro, y la fiesta por el acontecimiento se dejaba ver por todos los rincones, pero, sobre todo, en las sonrisas que lucían aquellos que habían conseguido una entrada.

Los tenderos se frotaban las manos por la cantidad de mercancías que venderían. Los clientes gastaban compulsivamente y las arcas del emperador celebraban la cantidad de sestercios que obtendrían de los impuestos.

Era una de esas jornadas que tanto adoraba el pueblo romano.

Valerio Iucundo, acompañado de su *atriense* Saurea, de sus dos hijas y de varios esclavos más, salió de su *domus* situada muy cerca del panteón de Agripa, que acababa de ser restaurado completamente por Adriano y que en breve sería de nuevo inaugurado para regocijo del pueblo de Roma. Su amigo y cliente, Tito Flavio, había conseguido entradas para ir a ver a Probus, el mejor gladiador del Imperio, quien a punto de caer la tarde lucharía en el anfiteatro más grande sobre la faz de la tierra.

Valerio no disfrutaba de las luchas de gladiadores. Habían sido prohibidas en su familia desde antes incluso de nacer. Sin embargo, sabía que sus hijas, especialmente Valeria, adoraban a aquellos luchadores y se sentía feliz al ver la cara de ilusión que tenían al acudir, por primera vez, al anfiteatro. Se mezclaron entre las gentes. Ese día no importaba la condición, los días de los *munera* toda la ciudad respiraba fiesta. El grupo encaró la calle que daba al mercado de Trajano y a los diferentes foros y, desde lejos, ya pudieron vislumbrar, en todo su esplendor, el increíble edificio que retaba al cielo y a los mismos dioses.

—Cuéntanos, Valeria. Cuéntanos todo lo que sabes sobre el anfiteatro —dijo entusiasmada Domicia, la pequeña de sus hijas.

—Pero si te lo he contado cientos de veces.

—Sí, pero hoy es el primer día que acudimos a sus gradas, así que es como si fuera la primera vez que lo viéramos, ¿verdad, padre?

Valerio asintió cómplice con una sonrisa. Tenía curiosidad por saber por qué el pueblo adoraba aquellos combates y deseaba hacerlo junto a sus hijas.

Valeria, con paciencia, volvió a explicar la historia del anfiteatro más grande e imponente del Imperio romano. Explicó que fue construido por los emperadores Flavios hacía ya treinta años. Doscientos cincuenta arcos de medio punto rodeaban el majestuoso edificio. En el interior de cada una de estas semicircunferencias, estatuas de mármol de héroes y los dioses del Olimpo recibían a la multitud que iba a presenciar los juegos. Valeria les señaló el primer conjunto de arcos, el más robusto y a la vez el más sencillo, adornado con columnas dóricas sobre el plinto romano. El segundo de los cuerpos era el más ligero, rodeado de columnas jónicas. Y el tercero, el que con sus piedras acariciaba el cielo, lucía columnas de orden corintio con sus encorvadas hojas de acanto. Por encima de ellos, cuarenta escudos de bronce engalanaban el que era, sin duda, el recinto más increíble que sus ojos verían jamás. Y un enorme *velum*, izado por cien marineros del cabo Miseno, ofrecía sombra a los espectadores, especialmente a las clases privilegiadas.

Valerio señaló y aconsejó a sus hijas que se fijaran en todos y cada uno de los detalles que vieran en su interior, recordándoles el gran privilegio que tenían al poder disfrutar de un espectáculo como el de ese día. Aquellas construcciones debían hacerlas sentirse orgullosas de ser romanas, pues ningún pueblo, ninguna civilización aunaba tantas bondades y privilegios como el pueblo de Roma.

Valeria continuó con sus explicaciones sobre la colosal estatua de bronce dorado que se alzaba a los pies del anfiteatro, mandada construir por el emperador Nerón, a su imagen y semejanza, y que ahora representaba al dios Sol.

—¿Recordáis que se necesitaron veinticuatro elefantes para poder moverla? —preguntó su padre.

—Claro que lo recordamos —dijo la pequeña de sus hijas—. Toda la ciudad estaba allí ese día para verlo.

—Es majestuoso e increíble ver estas dos obras del poder de Roma, la una junto a la otra —añadió Valerio—. Y ahora vayamos hasta allí, no quisiera hacer esperar a Tito Flavio.

Por el camino, cientos de mercaderes se afanaban en ofrecerles desde comida y bebida hasta lucernas de terracota y de bronce, vajillas y utensilios en forma de gladiadores, cojines para los asientos del anfiteatro. Todo aquello susceptible de ser comprado era vendido en los alrededores, todo tipo de gentes y curiosos abarrotaban la gran calle que conducía al anfiteatro y los foros de Roma.

Valeria y su hermana disfrutaban de aquel singular ambiente. Llamaban su atención, especialmente, los distintos olores que de allí emanaban y la amalgama de culturas que se daban cita. Gritos, risas, peleas, riñas, sexo. Todo se percibía y se vendía en los aledaños del anfiteatro. Jamás habían visto tantas personas juntas; la ingente cantidad de hombres y mujeres provocaba en ellas una extraña sensación: miedo y curiosidad, pánico y atracción.

—Hemos pasado cientos de veces por aquí y hoy es como si lo viera por primera vez —le dijo Valeria a su padre.

—No sentimos nada por algo hasta que ese algo se convierte en parte de nosotros mismos —respondió su padre.

El grupo llegó a buen paso hasta la inmensa estatua del dios Sol.

Entre la infinita cantidad de literas que transcurrían por un lado y por otro, Valerio reconoció la silla de Tito Flavio, custodiada por varios esclavos que no permitían que nadie se acercara. Se encontraba muy próxima a donde estaba el *pater familias* y sus hijas.

—Esperad aquí —ordenó Valerio mientras se dirigía junto a su *atriense* hacia el grupo donde se encontraba el famoso *magister,* abriéndose paso como podía.

Mientras esperaban a que su padre regresara, la pequeña de las Iucunda golpeó a su hermana con el codo para que observara quién se acercaba al anfiteatro.

Sexto, Décimo y Lucio el Grandullón caminaban entre risas y sin reparar en las dos hermanas.

Valeria se acercó a ellos.

—¿Dónde va, *domina*? —preguntó uno de los esclavos.

—No temas, solo voy a charlar con esos de ahí. Esperad aquí —contestó—. Acompáñame, Domicia.

Sexto hizo un gesto de desesperación cuando vio a las dos chicas acercarse a ellos.

—Os dije que sería como vuestra sombra —comentó Valeria.

—¿Es la chica a la que venciste, Sexto? —preguntó Lucio el Grandullón con la voz tomada por su marcado prognatismo.

—A la que ganasteis haciendo trampas —dijo Domicia dirigiéndose a él.

—Empiezo a estar cansado de vosotras —comentó Sexto—. ¿Acaso no habéis tenido suficiente?

—Sabes que, si no llega a ser por tu amigo, habrías perdido y que ahora no tendrías ese aire prepotente —dijo Valeria.

—Si tú lo dices... Pero el vencedor fui yo, al igual que en la carrera —contestó Sexto riéndose.

—Imagino que por la noche tus amigos fueron a tu dormitorio a acunarte y a decirte que habías sido mejor que mi hermana, ¿verdad? —preguntó la pequeña de las Iucunda—. ¿Te contaron alguna historia de Hércules para que pudieras dormir mientras mecían tu lecho?

Décimo tuvo que aguantar la risa y Sexto lo miró perdonándole la vida.

—Tu hermana tiene la lengua muy larga —dijo Sexto.

—¿Quieres que se la corte? —preguntó Lucio el Grandullón.

—Dile a tu perro que se calme o lo tendré que atar, aunque, viendo el tamaño de su mandíbula, necesitaré todo el *vellarium* del anfiteatro —comentó Domicia.

—¡Te estás pasando de lista, bocazas! —gritó Sexto señalándola con el dedo.

—Tranquilicémonos todos —interrumpió Valeria—. Solo he venido a decirte que la próxima vez no tendrás tanta suerte.

—¿La próxima vez? —preguntó Sexto—. Espero no volver a veros en mi vida.

Otros tres jóvenes se acercaron al grupo.

—¿Qué tenemos aquí? —preguntó el cabecilla, un chico rubio con aires de superioridad.

—Lo que faltaba —dijo Sexto al ver de quién se trataba.

—¿Desde cuándo dejan a los provincianos del *collegium*

de Reate venir a Roma sin la compañía de un adulto? —preguntó el joven recién llegado a sus amigos.

—Salve, Cneo, yo también me alegro de veros a los del *collegium* de Ostia —contestó Sexto.

—¿Quiénes son las chicas que os acompañan?

—Hemos venido por primera vez a ver las luchas de gladiadores —respondió Valeria.

Cneo negó con la cabeza.

—Ninguna mujer de clase alta debería poder entrar en el anfiteatro. Si de mí dependiera, estaríais en vuestra *domus* aprendiendo las tareas del hogar y no acudiendo a un espectáculo para hombres.

—Afortunadamente no eres tú quien lo decide —respondió Domicia.

—Quizá algún día lo sea, y entonces Roma volverá a ser lo que era: los hombres gobernando y haciendo la guerra, mientras disfrutamos de los placeres masculinos, y las mujeres con lo que sea que hacéis cuando estáis en vuestras casas. Pero antes venceremos a estos perdedores en los Ludi Iuvenales de este año.

—¿Qué son los Ludi Iuvenales? —preguntó Valeria.

—Son los juegos entre los diferentes *collegia* —contestó Sexto.

—Este año ganaremos en todas la categorías —dijo Cneo.

—Ya lo veremos.

—Si queréis, podemos medirnos ahora —dijo Décimo apretando los puños.

—¿Y arruinar el día de espectáculo a estas jóvenes?

—¿Acaso tienes miedo?

—No, simplemente no quiero arruinar mi toga con sangre de burdos como vosotros.

Los chicos se miraron desafiantes.

—¿Por qué no os venís con nosotros? —le preguntó Cneo a Valeria cortando la tensión—. Os podemos acompañar hasta vuestro hogar. Es importante para dos mujeres de vuestra clase que os vean con hombres de familias ilustres y no con provincianos.

—Gracias, pero como te decíamos queremos ver las luchas de gladiadores. Hemos venido en compañía de nuestro padre.

—Viendo vuestros elegantes vestidos, supongo que será un hombre importante. ¿Pertenece a alguna tribu senatorial?

—Nuestro padre es Valerio Iucundo —dijo Domicia.

Uno de los chicos dijo algo al oído de Cneo.

—¿El abogado de las mujeres? —preguntó este.

—El abogado que considera que las mujeres son tan válidas como los hombres.

—Vuestro padre debería tener cuidado con las causas que defiende.

—Más bien defiende nuestros derechos.

—¿Mujeres con derechos? —Cneo y sus amigos rieron desafiantes mientras se acercaban a las jóvenes.

Sexto y Décimo se pusieron en medio, Lucio el Grandullón imitó a sus amigos.

—Cneo, será mejor que os vayáis —ordenó Sexto.

El líder del otro *collegium* se colocó a escasa distancia del rostro de Sexto en un gesto intimidatorio.

Ninguno de los dos se amedrentó.

Los amigos de Cneo lo agarraron por el brazo para separarlo.

—Vámonos, Cneo. No merece la pena —dijo uno de ellos.

—Ya nos veremos —comentó Sexto.

—Lo estoy deseando —respondió Cneo.

El grupo se alejó en el sentido contrario al anfiteatro.

—Sé defenderme sola —dijo Valeria una vez que el otro grupo estaba lo suficientemente alejado.

—De nada —respondió Sexto dándole la espalda.

—Nos volveremos a ver, ya te dije que sería como tu sombra. Vámonos, Domicia.

—Espero que te equivoques, no quiero volver a verte. Ni a oírte a ti —comentó Sexto señalando a la pequeña de las hermanas.

—¿Le corto la lengua, Sexto? —preguntó Lucio el Grandullón.

—Dejemos que se marchen.

Valeria y su hermana se dirigieron hasta donde habían dejado a los esclavos. Era el día con el que tanto habían soñado. Disfrutarían viendo luchar nada más y nada menos que a Probus, el gladiador del que toda Roma hablaba. La mayor de la familia Iucunda lucía una gran sonrisa; estaba ansiosa, ávida de que los juegos comenzaran y poder disfrutar de un recuerdo que, sin duda, se quedaría grabado en su mente el resto de su vida. Un pequeño escalofrío subió por su espalda. Quería entrar sin demora. Las hermanas se abrieron paso entre la gente para llegar a donde su padre las esperaba. Valeria agarró a Domicia del brazo y se paró en seco. La pequeña, sorprendida, trató de tirar de ella, pero Valeria no se movía.

Conocía a su padre lo suficiente para discernir, en la mirada fija que le estaba dedicando, que algo no iba bien.

XI

Roma, 124 d. C.

Thais se despertó en el minúsculo cuartucho de su ínsula.

Miró el techo de la habitación mientras se desperezaba en el sucio jergón. Observó las telarañas que adornaban la madera corrompida, ya las retiraría, pensó, esa era la menor de las preocupaciones que se aturrullaban en su mente.

Thais suspiró al recordar que aún no había pagado el alquiler de la vivienda ese mes. Si el casero la echaba, no tendría donde ir. Solo tenía un mendrugo que llevarse a la boca. Cada mañana se enfrentaba al mismo dilema: si se alimentaba, no tenía con que abonar la renta, y si saldaba el alquiler, no podía comer. A pesar de la sensación de vacío en el estómago, decidió guardar el trozo de pan.

La joven se levantó y pasó por encima del gran agujero que había en la madera del suelo y por donde se veía la habitación del piso de abajo.

La estancia era muy pequeña, el precio desorbitado que pagaba por vivir allí resultaba insultante. Una palangana donde hacer sus necesidades, cuyo contenido lanzaba a la calle por la ventana, un caldero con un poco de agua, que recogía de una fuente, junto a una copa y un pequeño baúl, donde guardaba las pocas pertenencias que poseía, suponían prácticamente todo su ajuar.

Thais se fijó en que apenas tenía agua para lavarse. La noche anterior había llegado muy cansada y no había tenido las ganas ni la fuerza suficiente para bajar y subir las escaleras con el caldero lleno.

Peleas, gritos y los llantos de sus vecinos terminaron de espabilarla, recordándole que aquel era el lugar donde vivía y aquellos los ruidos propios con los que despertaba cada mañana y a los que nunca terminaba de acostumbrarse. Se sentó en el pequeño baúl. Miró a su alrededor: las paredes negras y sucias con lamparones de moho, el nauseabundo olor y la angustiosa falta de espacio. Solo el jergón ocupaba media habitación. Se lamentó por cómo había llegado hasta ese lugar.

Mientras se aseaba un poco, recordó con añoranza el único momento en el que fue feliz, aquellos días, cuando trabajaba en el pequeño taller de mosaicos de su *dominus* y disfrutaba entre teselas y pigmentos, trabajando en lo que verdaderamente adoraba, decorando estancias con las finas piedras, y que tan bien se le daba. Una mala inversión obligó a su *dominus* a prostituirla para conseguir dinero. Le prometió que solo sería esa vez. Desde entonces habían pasado bastantes años y ahora era a lo que Thais se dedicaba.

Ejercía la prostitución en la zona más peligrosa de Roma: el barrio de la Subura.

Una vez que Thais terminó de asearse, recogió su melena morena y se colocó una peluca rubia. Prefería esconder su pelo; de ese modo, al quitarse el postizo, sentía la liberación de que abandonaba por unas horas ese estigma que tanto odiaba.

Se maquilló las mejillas, se pintó los labios y se enfundó en un ajustado vestido de gasa fina de color naranja con el que mostraba un pecho al completo.

Antes de salir cogió su *palla*, una capa con capucha que le llegaba hasta los pies. Ese día quería pasar desapercibida hasta llegar al anfiteatro. Debía sortear a los legionarios que, por orden de los ediles, les cobrarían el impuesto por servicios. Normalmente pagaban por encuentro. Al haber juegos en el anfiteatro, cobrarían una tasa especial. Thais no estaba dispuesta a pagarla. Así que debía hacer todo lo posible por no llamar la atención hasta llegar al foro de Roma.

Abrió la puerta de madera a empujones, dado que se encontraba atascada. El vano que sujetaba las bisagras estaba roto y la puerta quedó descolgada.

Otra de las muchas cosas de las que tenía que ocuparse.

Los escalones por los que bajaba crujieron en cada pisada, dando la sensación de que caerían bajo sus pies. Varios estaban rotos, por lo que tuvo que sortearlos saltando para evitar caer desde varios pisos. En cada planta oía las voces y los gritos de gente cuya mayor preocupación diaria era sobrevivir. Thais no podía evitar maldecir a los dioses por permitir que aquellas personas vivieran de ese modo, en la indigencia y en un abandono tan cruel. Su vivienda estaba en lo alto de la ínsula. Era la más barata y peligrosa. Casi todo el edificio era de madera. Si había algún incendio, algo bastante habitual, sería inexorablemente pasto de las llamas, pues a los de la última planta nunca les daba tiempo a evacuar.

Thais se asomó desde el umbral a la estrecha y lúgubre calle con cuidado. Tan solo vio a dos borrachos sentados en el portal, apoyados en la pared, durmiendo la cantidad de vino que habían bebido la noche anterior, con el pecho manchado de vómito y las piernas llenas de orina seca.

Thais apartó con el pie a uno de ellos, que se acomodó hacia el otro lado roncando, y salió con cuidado. Estaba acostumbrada a que los borrachos durmieran en los portales, no suponían un peligro, ni siquiera eran capaces de mantenerse en pie, aunque debía tener cuidado porque muchos trataban de robarle para comprar más bebida. Se ajustó la capucha para pasar desapercibida y esconder su peluca a la vez que miraba hacia arriba con cuidado. Muchos vecinos tiraban sus heces por la ventana, no sería la primera vez que acababan en su cabeza y ese día no podía permitírselo.

El viento estaba viciado por un olor especialmente repugnante. Se cruzó con varios habitantes del inmundo barrio. Lo peor de Roma se encontraba en la zona donde ella vivía. Ladrones, violadores y asesinos eran la clase de vecinos que tenía que soportar. Una simple mirada podía convertirse en una amenaza y terminar en una pelea. Sorteó a un hombre que bebía directamente el agua putrefacta de un charco. Otros, vestidos con harapos, eran cadáveres andantes que vagaban por la calle sin destino fijo. Había quienes, al igual que ella, salían en busca de un modo de llevar un trozo de pan a la boca.

La joven continuó por las apestosas calles sorteando restos de basura y algún que otro cuerpo tirado en algún rincón y que la carreta de la parca, que recogía los cadáveres de los que no podían permitirse un entierro, no había retirado esa noche para llevarlos a la fosa común.

De una de las calles le llegó el ruido inconfundible de los pasos de un legionario; llevaba tantos años huyendo de ellos que sabía reconocerlos. Afortunadamente, pudo esconderse en la esquina donde estaba apoyada. Con cuidado, asomó un poco la cabeza para ver si el soldado se dirigía hacia allí o, por el contrario, a la calle principal.

La joven maldijo, escondiéndose de nuevo, cuando vio de quién se trataba.

Era Mamerco. El legionario más despiadado con las prostitutas que hacían la Subura. Famoso porque, además de querer cobrar el impuesto, extorsionaba a las chicas obligándolas a practicarle felaciones.

Thais volvió asomarse. Mamerco se dirigía hacia donde ella se encontraba.

—¡Maldita sea! —gritó la joven.

—¡Eh, tú! —dijo el legionario al verla corriendo para escapar.

La prostituta se remangó la falda del vestido y la capa para correr más deprisa. El suelo adoquinado en algunas zonas con grandes piedras y en otras cubierto de barro y restos de basura no le permitía ir muy rápido.

Mamerco giró la esquina por donde Thais había huido.

—¡Alto ahí! —gritó—. ¡Para o te arrepentirás!

La joven cruzó bajo un arco con una vivienda encima, donde una mujer discutía acaloradamente con un hombre lanzando una tinaja por la ventana que a punto estuvo de alcanzarla. Giró por una de las innumerables calles que formaban un laberinto esperando despistar a Mamerco.

Se paró detrás de otra esquina para recuperar el aire y se asomó. Vio a Mamerco mirando a un lado y a otro, sin saber hacia dónde podía haberse dirigido Thais.

—¡Será mejor que salgas o me las pagarás! —gritó—. ¡Vamos, prometo que no te haré nada!

El legionario se acercaba muy despacio, mirando entre las ventanas y empujando las puertas por si se hallaba detrás de alguna de ellas.

Thais estaba asustada. Si se movía, Mamerco la vería y no tardaría en darle alcance; si se quedaba quieta, llegaría de un momento a otro a donde estaba y las consecuencias serían nefastas.

No tenía escapatoria.

De repente, la puerta donde estaba apoyada se abrió. Una mujer anciana con la boca mellada tiró con fuerza de ella.

—¡*Vamoz,* entra! —dijo la mujer—. No *digaz* una palabra, *jovenzita.*

—¡Sé que estás por aquí! —volvió a gritar Mamerco impaciente—. ¡Sal o, además de la paliza que te daré, pagarás el doble!

El legionario pasó por delante de la puerta donde la anciana había escondido a Thais. En ese momento la vieja abrió la puerta y Thais se asustó pensando que la iba a delatar. La anciana tiró la orina que contenía una palangana a la calle y a punto estuvo de manchar los pies de Mamerco.

—¡Maldita vieja! —dijo el legionario—. ¡Ten más cuidado!

—¿*Acazo creez* que puedo *atravezar* la puerta con la mirada? —respondió la anciana—. Vete a *moleztar* a otro *zitio* y deja que tire la orina en mi puerta como me venga en gana.

—¡Alguien debería cerrarte esa maldita boca!

—¿Y *vaz* a *zer* tú? Vete a *buzcar proztitutaz* y déjame *zi* no *quierez* que también te tire mi mierda.

Mamerco vaciló. Era absurdo enfrentarse a aquella mujer.

—Estás loca, vieja —dijo mientras se daba la vuelta y se marchaba.

Thais tomó aire y respiró algo más tranquila.

—Gracias. Me ha salvado, no sé cómo agradecérselo.

—No *debez* hacerlo. Yo también *ze* lo que *ez ganarze* la vida en *laz callez. Ezpera* un poco *antez* de *zalir*, deja que *ze* aleje lo *zuficiente.*

Thais asintió.

La anciana se sentó y se quedó mirando por la ventana.

Thais observó a aquella mujer. Sentía una predilección especial por la gente mayor. Su pelo era blanco y liso, la piel tostada y curtida por años de sol, cubierta por cientos de arrugas que transmitían una enorme sensación de paz.

La joven le puso la mano en el hombro. La mujer le dedicó una sonrisa y, cuando había pasado un tiempo prudencial, asintió con la cabeza invitándola a salir.

No había rastro de Mamerco. Había conseguido despistarlo.

Llegó hasta la esquina que daba a la Subura Mayor, la calle principal donde vivía la gente trabajadora.

El ruido de los transeúntes ya se hacía notar. Sentado en la acera, se encontraba un indigente ciego hacia el que Thais se dirigió. La joven metió su mano dentro de su *palla* y sacó el pequeño mendrugo que había guardado.

—Salve, Teodosio —saludó.

—¿Eres tú, Thais? —preguntó el anciano buscando en el cielo con sus pupilas completamente blancas el sonido de la voz de la joven.

—Toma. Aquí tienes un poco de pan.

—Que Dios te bendiga, hija mía —dijo el anciano.

—Tu Dios o los míos abandonaron este lugar y a todos los que aquí habitan. No creo que haya un sitio peor, en todo el Imperio, que este maldito barrio.

—Sin fe es imposible agradar a Dios, hija mía, ya que cualquiera que se acerca a Dios tiene que creer que él existe y que recompensa a quienes lo buscan.

—Suerte, Teodosio —dijo Thais despidiéndose—. Espero que te den muchas limosnas.

—Ve con Dios, hija mía.

Thais pensó en la extraña religión del mendigo mientras se mezclaba con los transeúntes. Esos seguidores de Cristo que habían sido perseguidos por el emperador Nerón y que, a pesar de no tener absolutamente nada, jamás renunciaban a su fe.

Continuó andando. El ritmo era lento debido a la cantidad de gente que caminaba por la calle principal. Codazos, peleas, gritos de vendedores ambulantes. Un día normal y corriente en la bulliciosa Subura. Siempre se sorprendía al recordar que, en esas mismas calles, se crio el gran dictador Julio César, a quien el pueblo de Roma seguía adorando y recordando.

Llegó hasta el civilizado Argiletum, tramo inicial de la

calle más importante del barrio y que llevaba directamente al foro. El desagradable olor desapareció en cuanto abandonó la Subura. Enfrente de ella ya podía ver el impresionante anfiteatro de los Césares.

Thais se soltó la *palla*. La gran mayoría de los clientes contrataban sus servicios cuando acababa el espectáculo. Tras presenciar la sangrienta actuación de los gladiadores, muchos sentían la lujuria del sexo. Pero también había quienes deseaban vaciar su excitación antes de entrar al anfiteatro en alguna de las letrinas o, incluso, en las mismas arcadas.

La joven observó a posibles clientes. A pesar de que era una mujer inmensamente atractiva, ninguno, hasta ese momento, se sintió atraído por ella.

Pasó al lado de seis jóvenes que discutían acaloradamente con dos chicas. Llamó su atención lo atrevida que había sido la más pequeña al enfrentarse a ellos. Se paró disimuladamente para observar la escena y por si tenía que salir en defensa de las muchachas. Observó que eran dos hermanas y que manejaban la situación perfectamente. Thais se dio cuenta que sabían valerse por sí mismas.

Se quitó la *palla* para mostrar su llamativo vestido naranja. Un hombre se acercó y le dijo algo al oído. Thais asintió y se dirigió, detrás de él, hasta la letrina más próxima. Ambos entraron juntos y, un rato después, salieron por separado. Thais escupió al suelo y de nuevo sus pasos la guiaron hasta el anfiteatro en busca de más clientes. El día había empezado bien.

Tres chicos se le acercaron reclamando sus servicios. Thais los reconoció, eran tres de los seis jóvenes que habían estado discutiendo con las dos hermanas un momento antes.

XII

Roma, 124 d. C.

—No puedo creer que no lo supieras —comentó Valeria.

—Lo siento, hija, te doy mi palabra de honor que no lo sabía —dijo avergonzado Valerio.

—¿Es así como pretenden que nos sintamos orgullosas de ser romanas?

—Ya os he dicho que sé la ilusión que os hacía venir y que si queréis nos vamos. Yo tampoco entraré, si es que vosotras no lo hacéis.

—No te preocupes, sabemos que tienes temas importantes que tratar con Flavio. —Valeria miró a su hermana—. Tú decides, Domicia.

—¿Y dices que está muy alto? —le preguntó la pequeña a su padre.

—No sé cómo será la visibilidad, pero obviamente no será como mi asiento cerca del emperador. Nunca he asistido a un anfiteatro, por eso desconocía que las mujeres no pueden sentarse junto al resto de hombres. Solo os dejan sentaros en el tercer anillo, arriba del todo.

—Por mí está bien, Valeria, entremos. Quiero ver a ese tal Probus. Aunque desde arriba solo vea un bulto y padre pueda distinguir hasta los lunares de la espalda.

—No hagas que me sienta peor. Pensé que podríais entrar conmigo junto a las mujeres de los senadores. Sin embargo, ellas solo se dejan ver antes de que dé comienzo, prácticamente ninguna se queda a presenciar el espectáculo —dijo Valerio avergonzado.

—Está bien, padre —comentó Valeria—. Danos las entradas. Ve con Tito, nosotras haremos la cola junto a las otras mujeres y entraremos.

Valerio las miró con pena. Sufrió por Valeria y Domicia, sin dudarlo se habría cambiado por ellas.

—Saurea, dales algo para comer y beber, el día será largo.

Se despidieron de él dándole un abrazo y un beso en la mejilla. Cogieron un pellejo con agua fresca y un trozo de tela que contenía algo de comida que el esclavo les ofreció.

—Disfruta de los juegos, padre —dijo la pequeña.

—Nos veremos aquí cuando el último de los duelos, el de Probus, haya acabado —comentó Valeria.

Su padre asintió sin decir nada. Tenía un nudo en la garganta que le impedía siquiera pronunciar una palabra. Aquella era una de las cosas que cambiaría. Su rostro estaba rojo, sentía una inmensa vergüenza, debía haberlo preguntado antes de acudir. Él disfrutaría de unos asientos de mármol, con cojines y una gran separación entre unos y otros. Los esclavos pasarían constantemente bandejas con comida de todo tipo y ánforas cargadas con buen vino. Sus hijas verían el espectáculo desde arriba, probablemente de pie, aguantando codazos y seguramente apretadas e incómodas, dado que había oído que la mayoría de las veces dejaban entrar a más gente que la permitida por el aforo.

Las vio marcharse hacia la puerta que tenían marcada en la entrada. Otras mujeres hacían fila. A pesar del disgusto, no habían perdido el ánimo. Domicia, la pequeña, reía junto a su hermana. Al verlas sonreír, se sintió mejor. Estaba muy orgulloso de ellas.

Fue hasta donde se encontraba Tito, que lo estaba esperando apeado de la litera.

—Me alegra verte —comentó su amigo—. Por todos los dioses, conociéndote creí que no vendrías.

—Entremos —dijo Valerio con el tono serio.

Tito Flavio y su abogado accedieron por la puerta destinada a senadores al anfiteatro de los Césares.

El enfado de Valerio, poco a poco, fue calmándose al entrar en semejante estructura. Travertino en el exterior y otro tipo de mármol en las zonas nobles, aquello era un paraíso para los dioses, jamás había visto nada igual.

Salieron a la grada; el sol lucía con brío a esa hora y hacía que la piedra blanca brillara con tanta fuerza que deslumbraba. Entornó sus ojos hasta que se hicieron a la luz. No tuvieron que subir ni un solo escalón, otra de las ventajas de la tribuna de los senadores: los responsables de que el mundo fuera tal y como era no debían de hacer ningún esfuerzo para alcanzar su asiento.

Un esclavo se acercó con una bandeja de fruta fresca. Valerio observó el inmenso anfiteatro por dentro mientras saboreaba el aperitivo. Se había imaginado muchas veces cómo debía de ser su interior, pero nunca había logrado imaginar la magnitud de ladrillo y piedra de aquel recinto capaz de albergar a miles de personas.

Contempló también la arena, perfectamente peinada para la ocasión. Un esclavo esparcía agua mezclada con azafrán para evitar los malos olores. Los músicos ya hacían alarde de su don tocando una serie de melodías mientras la gente ocupaba sus asientos. Se percató complacido de que, entre los que tocaban la tuba romana y un par de *cornua,* una mujer tecleaba el órgano hidráulico.

Valerio pensó en sus hijas al observar a varias mujeres de senadores. Estas abandonarían el anfiteatro en cuanto empezara el espectáculo, pero gustaban de mezclarse con la alta sociedad romana mientras se paseaban por las gradas con sus mejores joyas y sus vestidos más espectaculares.

Varios senadores y sus esposas se acercaron a él.

—Valerio Iucundo —dijo Livia—. Es un placer ver aquí al abogado de las mujeres.

—Ten cuidado —dijo Cneo Hosidio Geta acercándose—. Si sigues con esa defensa tan a ultranza de las féminas, estas te limpiarán hasta el último de tus sestercios.

Varios rieron el comentario.

—No hagas caso a mi esposo, querido Valerio.

—La mujer reúne todos los vicios, y el principal de todos ellos es dejar la fortuna familiar tan limpia como una toga blanca recién lavada puesta al sol. Como diría mi padre: «Mis palabras son tan ciertas como que el día precede a la noche».

—¿Se sabe algo de esa banda que ataca a prostitutas? —preguntó la mujer.

—Nada —contestó Valerio—. Sigo investigando, aunque no cuento con mucha ayuda. Todas acaban del mismo modo, con el rostro completamente desfigurado y, lo que es peor aún, sin vida.

Las mujeres ahogaron un grito.

—Bueno, tan solo son prostitutas, nadie llora a las infames —contestó Tito Flavio.

Cneo Hosidio Geta rio el comentario.

La conversación cambió de rumbo, pero Valerio era ajeno a la charla. Miró hacia las gradas más altas en busca de sus hijas. Probablemente aún no habrían entrado. Sería difícil imaginar qué sitio ocuparían.

Valeria y su hermana esperaban para entrar en el anfiteatro. Enseñaron su *tessera*[1] con toda la información del vomitorio y la grada. Los mozos que se encargaban de distribuir a los espectadores las miraron extrañados al ver la calidad de sus vestidos. Una vez que les indicaron por dónde debían acceder, subieron un montón de peldaños de piedra excesivamente empinados. Pararon para tomar aire. Aquello era duro hasta para ellas, que estaban en perfecta forma. Continuaron subiendo; habían perdido la cuenta de los escalones cuando vieron la claridad que entraba por el arco por el que accedieron a la grada. Ambas apretaron el paso entre risas. Todo para ellas era una competición y siempre se intentaban ganar la una a la otra.

Valeria llegó antes, pero se dio la vuelta y esperó a su hermana para salir las dos a la vez y compartir ese momento tan especial juntas.

Cerraron los ojos, se agarraron las manos y dieron un par de pasos. Sintieron las voces y el ruido propio de un día de fiesta en el anfiteatro. Una gran algarabía que retumbaba en sus oídos.

—¿Lista? —preguntó Valeria.

—Lista —contestó Domicia.

Ambas abrieron los ojos y contemplaron, con la boca abierta, todo lo que su mirada era capaz de absorber, llevándolos sin prácticamente consciencia de un lado a otro, a cada rincón de las gradas, y de estas, a la arena. Todo era increíble.

—¡Por todos los dioses! —acertó a decir Valeria.

La pequeña de las Iucunda no alcanzó a decir ni una sola palabra. Se limitaba a señalar a su hermana aquello que llamaba su atención.

1. Entrada.

Aquella elipse era majestuosa. Las gradas empezaban a llenarse mientras los arcos de entrada vomitaban centenares de personas.

—Debajo de toda esa arena están las fieras —dijo Valeria—. Aquella debe de ser la puerta Triumphalis, por donde entran los gladiadores a la arena y salen los que vencen. No me gustaría salir por aquella de enfrente, la puerta Libitinaria, por donde salen los que mueren. Fíjate, padre debe de estar sentado ahí abajo. ¿Puedes verlo? —preguntó Valeria.

—¿Desde aquí? Me temo que es imposible distinguirlo.

—Mira abajo, aquellas columnas de mármol blanco que tienen un dosel son el *pulvinar*, donde se sienta el emperador.

—El espectáculo se debe de ver igual que desde aquí —dijo la pequeña con ironía.

Ambas se dirigieron a sus asientos, pero seguían sin pestañear escudriñando todos los detalles.

—¡Al lado del *pulvinar*, Domicia! —dijo Valeria señalando con el dedo—. ¡Hay músicos! Pero entre el ruido de las gentes y la distancia es imposible oír nada desde aquí.

Tuvieron que sortear a muchas mujeres y algún que otro hombre, probablemente algún visitante sin entrada o algún esclavo recién liberado.

Se miraron con el gesto torcido: el olor a sudor y a suciedad empezaba a ser un poco nauseabundo en contraste con el olor a perfume que ellas llevaban.

Llegaron hasta su asiento, afortunadamente tenían un pequeño banco de madera que, a pesar de estar roto, no suponía un peligro. Estaban muy apretadas pero se hallaban en primera fila, por lo que ninguna cabeza las molestaba. A pesar de que las circunstancias no eran las que ellas habían deseado, se miraron y sonrieron. Estaban eufóricas, rebosantes de alegría.

—¿De dónde crees que es la tela blanca de las sacerdotisas vestales? —preguntó una mujer con un niño en brazos a la joven que tenía al lado.

—Yo creo... —contestó pensativa su acompañante con voz estridente—, que están cosidas en Canusa.

—¿En Canusa? No te lo crees ni tú. Esas telas son de Miceno por lo menos.

Las hermanas Iucunda se miraron.

—Mira —dijo de nuevo la mujer señalando la grada de los senadores—. Aquella del vestido azul, la que viene del brazo de la esclava. Yo creo que es Cornelia Emilia.

—Esa no es Cornelia —dijo la de voz estridente—, esa es Paula Hosidea. Dicen que cuando acaba la lucha de los gladiadores se va a las termas y fornica hasta con los que están en la puerta.

—No te creo —dijo la que tenía al niño en brazos.

—Me lo ha dicho mi Luciano, que se entera de todo. Si fuera más espabilado y los dioses le hubieran otorgado el don de la iluminación, yo estaría paseando por ahí abajo con Paula y Cornelia hablando de vestidos, y no aquí, que apenas se distingue nada. Con perdón —dijo mirando a Valeria, quien negó sin darle importancia—. Por cierto, ¿de dónde son estos vestidos que lleváis? ¡Son preciosos!

—Mira aquella que acaba de entrar —dijo de nuevo la mujer del niño dándole con el codo a Valeria—. La de la túnica verde es Flaminia, la llaman la Devorafortunas. No tiene ni treinta años y ya lleva tres maridos, seguro que tiene todavía energía para seguir acumulando más hombres. Al último lo envenenó con una mezcla de hierbas compradas a un egipcio.

—Lleva un copete en el pelo, ¿no? —le preguntó la de la voz estridente a Domicia.

—No..., no lo sé —dijo la pequeña.

—Pues sí no lo ves tú, que de las cuatro eres la más moza...

El niño se puso a llorar.

—¿Me lo sujetas? —le preguntó a Valeria mientras se lo pasaba sin esperar una respuesta y, a la vez, se sacaba un pecho.

Un hombre que se encontraba al otro lado y que solo tenía un ojo les ofreció un pellejo de vino.

—¿Queréis? Es peleón y está tan avinagrado que te rasca la garganta como si masticaras un puñado de tierra seca pero, al menos, cuando corra por nuestras venas nos divertiremos —dijo riéndose, enseñando una colección de dientes negros.

La pequeña de las hermanas, viendo el panorama, no lo dudó y echó un buen trago.

—¡Domicia! —dijo Valeria sujetándola la mano.

—¡Déjame! Esto va a ser más duro de lo que pensaba.

El sonido de las tubas y las trompetas anunció la inminente salida de los gladiadores a hacer la pompa: el desfile para presentar al público a los que iban a luchar en la arena.

Debajo de la misma, en el hipogeo, la vida era frenética para que todo estuviera preparado.

La luz que desprendían los cientos de antorchas era tenue. La humedad podía masticarse y una corriente de aire frío recorría los pasillos. Cientos de animales se repartían en las innumerables celdas. Desde fieras salvajes como leones, leopardos y tigres, hasta elefantes, osos y jabalíes. Cada *bestiarius* se afanaba provocando a los animales para que salieran a la arena nerviosos. Los doctores gritaban y alentaban a sus grupos de gladiadores. Los esclavos y operarios corrían exaltados de un lado a otro cumpliendo las órdenes que les daban los *lanistae*.

Todo tenía que estar preparado y, por supuesto, perfecto.

El anfiteatro de los Césares dejaba poco a la improvisación y nada al azar.

La vida en las entrañas del recinto era incesante.

Los gladiadores entraron por el pasadizo que venía directamente del Ludus Magnus. Todos estaban concentrados, ese podía ser el último recorrido que hicieran en su vida y aquellos sus últimos pasos, y sus mentes lo sabían. En ese momento sobraban las palabras. Solo debían preocuparse del duelo que los enfrentaría esa jornada a la gloria o a un sueño eterno. Todos se detuvieron a examinar sus armas, infundiéndose aliento y rezando al ara en honor a Némesis, la diosa de la justicia y patrona de los gladiadores.

El último en entrar fue Probus, con su porte espectacular y cargado con una enorme confianza en sí mismo.

Se acercó a varios de los gladiadores que se encontraban en ese momento con la rodilla en el suelo mientras dedicaban una plegaria a sus dioses.

—Satur —llamó a uno de los *murmillos*—, recuerda no bajar la guardia cuando ataques. —Este asintió mientras Probus le golpeaba el hombro para infundirle ánimos antes de dirigirse a otro de los gladiadores—: Bassus —el hombre, al oír su nombre, se levantó—, lucha como sabes y ni Hércules podrá vencerte.

El veterano gladiador arengó a otros luchadores hasta que finalmente se detuvo para dirigirse a sus compañeros. Todos guardaban silencio. Desde los gladiadores novatos hasta los más experimentados, los *primi pali,* los condenados a morir, los doctores y los *magistri* que entrenaban a los luchadores, los esclavos, los operarios que se dedicaban a subir las trampillas, hasta los animales guardaron silencio cuando Probus tomó la palabra:

—¡Gladiadores! Negad los lamentos infinitos y el dolor

que sentiréis cuando vuestra piel se vea sorprendida por el acero de vuestro rival. Olvidad los túmulos que, mañana al alba, caerán sobre vuestras tumbas cuando el sol ya no caliente vuestro rostro. Simplemente preocupaos por levantaros y poneros de pie cada vez que caigáis, no desfallezcáis cuando vuestra sangre riegue la arena. No hay piedad para aquel que no lucha con valor. No hay recompensa para quien clava la rodilla en la arena solicitando clemencia. ¡Cerrad los ojos! Sentid el viento en vuestro rostro cuando salgáis ahí arriba. Imaginad vuestro nombre en boca de miles de gargantas, en los aplausos que van dirigidos a vosotros y en los gritos de aquellos que desean que os alcéis con la palma de la victoria. Sentidla, sentid la gloria en vuestro cuerpo como si ya hubierais vencido. Miles de personas están ahí arriba deseando veros a vosotros, los mejores gladiadores del Imperio. Lo peor que os puede pasar no es que perdáis, sino que no sepáis cómo vencer. Sentid el pomo del *gladius* como si fuera una extensión de vuestro brazo. Habéis venido a luchar, así que no dudéis de vuestro valor, no malgastéis vuestra fuerza y no escatiméis en vuestro arrojo. No hay dolor para quien no teme a la muerte. Vuestro destino os espera. ¡Enfrentaos a él!, ¿acaso queréis encontraros hoy con Caronte?

—¡No!

—¿Acaso queréis que este sea el último día de vuestra miserable vida?

—¡No!

—¿Qué somos?

—¡Gladiadores!

—¿Y qué ansiamos?

—¡La gloria!

—Pues vayamos a buscarla. Salgamos ahí afuera y démosle a Roma lo que ha venido a buscar.

Todos los gladiadores, contagiados por las palabras de

Probus, gritaron enardecidos y golpearon sus armas contra los escudos haciendo un ruido ensordecedor. Los animales se encontraban nerviosos y asustados.

El ambiente se rompió por el sonido de las tubas que anunciaban la salida a la arena. Una plataforma se abrió sobre el techo que cubría sus cabezas y la luz y las voces de los miles de aficionados entraron como un torrente. El ruido fue atronador cuando, uno a uno, fueron saliendo a encontrarse con el pueblo de Roma.

El espectáculo comenzó con las *venationes.* Cazadores y hombres a caballo dieron muerte a cientos de animales, como si de una cacería se tratara. Los mejores *venatores* del Imperio dieron caza a pie, tan solo ataviados con una lanza, entre escenarios y decorados que imitaban la selva de África, a bestias traídas desde todos los rincones del orbe. A continuación una exhibición de animales exóticos y fieras salvajes se enfrentaron entre ellos.

A la hora del mediodía varios senadores se levantaron para ir a almorzar, era la hora de las ejecuciones y, de ese modo, podrían descansar hasta que llegara el momento que todos ansiaban: la lucha de los gladiadores.

En las gradas más altas ninguna alma se movía por miedo a perder su asiento.

En nombre del emperador Adriano, que acudiría solo a la lucha de los gladiadores, se lanzaron regalos al público. Bolas de madera eran arrojadas entre las gentes. En ellas, grabada, una inscripción indicaba el premio que recibiría el portador de esta. Había desde aves de todas las especies, vales de grano, piedras preciosas, esclavos, incluso ínsulas y tierras.

La lucha por alcanzar cualquiera de estos premios fue cruenta. La sangre no tardó en llegar entre quienes recibieron golpes, empujones y heridas por hacerse con una de las bolas que contenía algún premio. La gran mayoría de ellas cayeron en las gradas de los senadores. En el segundo anillo cayeron otras muchas; algunos se acercaron hasta allí para probar suerte, pero el tropel de personas ansiosas era tal que algún ciudadano murió aplastado.

Una vez que los ánimos se calmaron y las revueltas cesaron, se continuó con el espectáculo.

—Tito, ¿cómo es tu vida en Reate ahora que diriges su *collegium iuvenum*? —preguntó Valerio Iucundo.

—Tengo todo aquello que deseo. Roma siempre es peligrosa para hombres de mi posición y de mi riqueza, estar a tan solo dos jornadas de aquí me permite vivir sin miedo a esas alimañas del Senado y, de ese modo, puedo visitar la capital del Imperio siempre que lo deseo —respondió Tito Flavio.

—Celebro que te vaya bien —musitó Valerio pensativo.

—Y ahora bien, querido amigo, ¿vas a contarme el motivo de que hayas aceptado, por primera vez, venir conmigo al anfiteatro?

—¿Acaso no te alegras solo con mi presencia? —replicó el abogado.

Ambos rieron.

—¡Por todos los dioses! Dudo mucho que uno de los mejores abogados de Roma haya venido al anfiteatro para que disfrute de su presencia cuando ha rechazado acompañarme en cientos de ocasiones —dijo sonriendo—. Cuéntame, querido amigo, ¿qué es lo que puedo hacer por ti?

—Reconozco que he venido por mis hijas, adoran las luchas de gladiadores, especialmente Valeria. Quería que vieran el anfiteatro por primera vez.

—Deben de estar ya en edad de desposarse. Venid a cenar un día a mi *domus*, Claudia se alegrará de verlas y trataremos el asunto.

—Hace años que nos conocemos, Tito. Desde entonces he sido tu abogado y te he considerado más que un cliente, más que un amigo, te he estimado siempre como a un hermano. He defendido siempre tus causas como si de las mías propias se trataran. He ganado todos los pleitos en los que he tenido que interceder por ti y, si bien es cierto que me has pagado en consecuencia, lo he hecho no por el dinero, sino por la gran amistad que nos une.

—No pongo en duda ni una sola de tus palabras. Yo también profeso por ti el mismo respeto, mi querido amigo. Pero no has contestado a mi pregunta. ¿Qué es lo que te preocupa y por qué has venido a verme? Haré por ti lo que necesites. Solo has de pedirlo.

Valerio estaba nervioso. Decidió no dar más rodeos y soltarlo sin más.

—Me gustaría pedirte que acogieras a mis dos hijas, como alumnas, en tu *collegium iuvenum.*

Tito Flavio se giró con la mirada cargada de sorpresa. Su tez de repente se tornó pálida.

—¿Acaso te has vuelto loco, Valerio?, ¿cómo puedes plantearme una cosa así?

El abogado suspiró.

—Sabes que no puedo hacer tal cosa —dijo Tito atónito—. Además, el *collegium* de Hostiliano, en Ostia, está alcanzando una fama majestuosa. Si acepto a tus hijas, todos sacarán de aquí a mis alumnos para llevar allí a sus hijos.

—¿Por qué no puedes hacerlo? No entiendo por qué dos mujeres de clase alta, dos *feminae,* no pueden entrar en tu *collegium*... —dijo Valerio levantando la voz.

—Llévalas al *collegium* de Tusculum,[2] allí sí aceptan mujeres. Las instruyen en tareas encaminadas a los ritos y

2. Actual ciudad de Frascati, en los montes Albinos.

prácticas relacionadas con las divinidades propiamente femeninas. Además, también las forman en competiciones atléticas.

—No es lo que quiero. Deseo que vayan a tu *collegium* y que se formen como los hombres.

—Nunca aceptaré mujeres en mi *collegium*, Valerio —interrumpió Tito—. El papel de la mujer es ocuparse de sus hijos, de su marido y de su hogar. Haz que reciban una educación propia de una buena matrona romana. Que aprendan a tejer para sus futuros maridos, pues esas son las funciones que han de hacer. Que aprendan a organizar y a mandar con mano dura las tareas que han de realizar las esclavas mientras nosotros instruimos a los hijos de las clases altas de Roma. En mi *collegium* educamos a los hombres en religión, deben conocer y respetar todas las divinidades que pueblan el Olimpo romano. ¿Qué lugar ocupa la mujer en todo eso? Adoctrinamos a nuestros futuros dirigentes en política y para ser buenos administradores. ¿Para qué necesita una mujer aprender política y oratoria? La élite social del Imperio nos confía a sus hijos para que el día de mañana las ciudades itálicas y las provincias imperiales sean gobernadas por los jóvenes de los *collegia*. Una mujer no puede ser votada en los comicios porque, como bien sabes, Valerio, no tienen derecho a presentarse. ¡No tienen influencia política en la sociedad del Estado romano!, ¿qué es lo que harían tus hijas en mi *collegium*?

—Todo eso podría cambiar, Tito. Las mujeres son igual de capaces que nosotros.

—Mira a tu alrededor, ¿pretendes que sea yo quien cambie toda nuestra forma de gobernar?, ¿toda nuestra historia?, ¿todo aquello que nos ha llevado a ser el Imperio que somos? Las mujeres nunca han gobernado porque son inestables. Ellas han de encargarse de la casa, y los hombres de los asuntos públicos, de los negocios y de las actividades legales y militares, de la vida fuera del hogar. Una mujer no puede arrojar una lanza o disparar una flecha, pero en cambio puede hilar telas mucho mejor que cualquier hombre y encargarse del resto de tareas domésticas espléndidamente.

Valerio endureció el tono.

—Durante más de ochocientos años Roma ha sido gobernada por hombres y mira dónde nos ha llevado. Imagina lo lejos que llegaríamos si además las mujeres tomaran parte en nuestra política, seríamos mucho más fuertes. Mucho más poderosos.

—¿Acaso ves a una mujer dirigiendo ejércitos? ¿De verdad quieres hacerme creer que los hombres pueden respetar las órdenes de las mujeres en el campo de batalla? ¿Que lucharán con la misma determinación y que tendrán el mismo valor y arrojo que cualquiera de nuestros legionarios si fuera una mujer la que los dirigiera y liderara?

—Nos abrazamos a un mar de prejuicios si no damos nunca el primer paso a la hora de dudar. Si no les concedemos, aunque sea solo por una vez, la oportunidad de demostrar su valía. Mis hijas han sido educadas y entrenadas para, si no ganar, sí plantar cara en cualquier actividad o disciplina en la que desees enfrentarlas contra alguno de tus chicos. Pueden recitar de memoria cualquier verso de la *Eneida* de Virgilio y saben traducir cualquier texto del griego.

—Ya basta, Valerio. En Roma empiezan a hablar sobre ti. Las calles tienen oídos. Nadie ve con buenos ojos la defensa, tan a ultranza, que haces de las mujeres. Vas a echar a perder tu fama por defender una causa perdida. Lo siento, tus hijas no tienen cabida en mi *collegium*, no aceptaré a una mujer por mucho que te respete y te admire, querido amigo. Pídeme cualquier otra cosa, lo que necesites, pero eso no.

El abogado se quedó pensativo en su asiento. La respuesta había sido muy contundente. Suficiente por ese día.

—Sé que lo haces por honrar la memoria de Domicia —continuó Tito Flavio con el tono más relajado—. Que la tierra le sea leve a tu difunta esposa, pero has de reaccionar y dejar que las cosas sigan como están. Y ahora será mejor que vayamos a almorzar.

Valerio Iucundo asintió con la cabeza. Cuando ambos se pusieron en pie, el abogado se giró para mirar fijamente a Tito Flavio.

—Es el vientre de una mujer el que durante meses nos acoge y nos convierte en lo que somos. Son ellas las que guían nuestros primeros pasos, las que sufren cuando nos caemos y las que se estremecen cuando algo nos perturba. Las mismas que nos acunan cuando no podemos dormir y los mismos ojos los que se emocionan cuando la risa asoma, por primera vez, a nuestro rostro. Cuando se convierten en nuestras esposas, deseamos volver al hogar, al calor de sus brazos, y en la alcoba son sus palabras, susurradas en nuestros oídos, las que nos hacen perder la cabeza. Pocos placeres nos producen más deleite que cuando levantamos a nuestras hijas, recién nacidas, del frío mármol reconociéndolas como nuestras. Y nada nos complace más que verlas crecer felices. Son ellas, Tito, ellas, las que nos convierten en lo que somos y nosotros no somos nada cuando las condenamos al abandono del hogar y les damos la espalda sin querer escuchar lo que piensan. Cuando, poco a poco, las apartamos de nuestra vida y renegamos de ellas hasta hacerlas infelices. Desaprovechamos su valía, su capacidad, su cariño, sus consejos. Cuando las olvidamos al ocaso de los días y al abandono del tiempo.

Tito Favio lo miró en silencio, sopesando cada una de las palabras que se habían clavado en su pecho como un afilado puñal.

—Lo pensaré, Valerio, pero no te hagas ilusiones.

El abogado asintió con la cabeza y ambos abandonaron sus asientos para dirigirse a almorzar a la cercana casa de Tito Flavio. Valerio observó, antes de irse, la grada superior donde se encontraban sus hijas, maldiciendo una vez más.

Arriba Valeria y Domicia disfrutaban de un increíble día de espectáculos.

La gente gritaba enfervorecida. Se desgañitaba cuando alguno de los hombres que estaba en la arena era ajusticiado.

La pequeña de las Iucunda se llevó las manos al rostro.

—Son violadores, asesinos y ladrones —le dijo el hombre de un solo ojo—. No debes sentirte mal. Roma se limpia así de los despojos humanos.

Cuando quedaban tan solo unos pocos condenados sobre la arena, la mujer que sostenía al niño sacó de una bolsa de tela un recipiente con comida; su acompañante hizo lo propio.

—He traído salchichas con salsa de vino —dijo.

—Yo he traído carne de cerdo cocinada con verduras. También varios mendrugos de pan.

Valeria y su hermana desanudaron el trozo de tela que les había dado Saurea y sacaron un poco de pan empapado en aceite de oliva. El hombre de un solo ojo observaba toda aquella comida relamiéndose.

—¿Solo habéis traído eso? —preguntó la mujer del bebé.

Valeria asintió con la cabeza.

—¡Por todos los dioses!, ¿cómo queréis que os crezcan los pechos? Mirad, estáis escuálidas. A los hombres les gustan las mujeres con curvas donde poder agarrarse. Tomad, anda, tomad y comed para que podáis encontrar un marido.

Las mujeres compartieron su comida y el hombre de un solo ojo hizo lo propio con el pellejo. Los cinco, entre risas y alegría, dieron cuenta de toda la comida y el vino.

Cuando terminaron las ejecuciones, empezaron los duelos de los gladiadores.

Tito Flavio y Valerio Iucundo volvieron a tomar sus asientos, al igual que muchos hombres que habían cerrado ya sus negocios para poder ver el espectáculo.

La tarde empezó, para que el público entrara en calor, con un *gregatim*, combate en grupo donde varias decenas de gladiadores sin experiencia lucharon hasta que todos salvo uno alcanzaron la muerte.

Varias parejas de gladiadores *tunicati*[3] abrieron los enfrentamientos individuales ante el abucheo del público e insultos y los lanzamientos de fruta podrida. Justo ese fue el momento en el cual el emperador Adriano entró en el *pulvinar* ante el aplauso y los vivas de toda la grada del anfiteatro.

—Curioso, ¿no es cierto? —preguntó Tito Flavio—. Cuando salen a combatir los gladiadores homosexuales, justo hace entrada el emperador.

—No lo acompaña Vibia —dijo Valerio.

—Parece que la emperatriz se ha vuelto completamente loca —contestó Tito—. Desde que el emperador se ha enamorado perdidamente de un efebo de Bitinia, Vibia Sabina ha entrado en una oscuridad que, dicen, le costará la vida.

—Pobre mujer —contestó Valerio.

—No me preocupa lo más mínimo ella pero, por todos los dioses, ¿qué será lo próximo que verán mis ojos? Si el primer hombre de Roma, el más ilustre de entre los habitantes del vasto Imperio, tiene la moralidad propia de los que visitan las termas en busca de placeres degradantes, la funesta ira de los dioses caerá sobre nosotros.

3. Gladiadores con túnica considerados homosexuales.

—Cada uno es libre de entregar su cuerpo a quien estime.

—¿Acaso te has vuelto loco? Cada día te entiendo menos, ¿ya no solo te parece suficiente defender a las mujeres, sino que vas a hacer lo propio con los sodomitas?

Valerio se encogió de hombros y Tito alargó la mano para coger su copa de vino y dar cuenta de todo su contenido, visiblemente indignado.

Las luchas individuales empezaron cuando el anfiteatro estaba lleno a rebosar.

Los combates se sucedieron uno tras otro. El público, extasiado por los duelos, decidía el destino de los luchadores solicitando la *missio* a quienes luchaban con valor o la *iugula* a quienes consideraban que no habían luchado con coraje. Todo tipo de gladiadores se dieron cita en la arena. Desde *essediarius*, gladiadores que luchaban en carros, pasando por los típicos —*thraeces, murmillones y oplomachi*—, hasta los menos frecuentes, como los andábatas, luchadores con casco cegado que provocaron las risas del público.

Un enfrentamiento entre un *retiarius* y un *scissor* levantó los mayores aplausos.

Tito se lamentó al ver a su tipo de gladiador favorito.

—Ya no hay *retiarii* como los de antes —dijo este apesadumbrado—. ¿Has visto cómo huía cuando su rival atacaba con la cuchilla?

—Valeria dice que estos gladiadores siempre han sido los infames entre los infames —contestó el abogado.

—Sí, pero es el único que tiene el valor de mostrar su rostro. El único cuya defensa, en la mayoría de los casos, es su inteligencia. Como Aracintho, el gran *retiarius* hispano a quien Trajano otorgó la *rudis*. Ese hombre era tan diestro con la red y el tridente que no había rival que quisiera enfrentarse a él.

En ese momento dos mujeres hicieron entrada en la arena del anfiteatro.

Vestían una greba alta en la pierna izquierda y un *subligaculum*.[4] En el brazo derecho una *manica* protegía toda su extremidad. Esa misma mano esgrimía un *pugio* y la izquierda un escudo alargado como el de los *provocatores*. El pecho estaba descubierto y en la cabeza un casco con dos enormes plumas apuntaba al cielo de Roma.

Una de ellas tenía la piel negra y lucía un cuerpo bastante esbelto. La otra gladiadora, con la piel muy blanca, era mucho más ancha, rozando la obesidad.

Valerio las observó sin decir nada, fijándose en todos los detalles.

Desde donde se encontraba, pudo ver que la luchadora de piel blanca lucía una enorme quemadura con la letra H en la pierna, a la altura del muslo. Imaginó que la otra gladiadora, a pesar de que en su piel no se distinguía, también llevaba el mismo signo.

—Pertenecen a Hostiliano —comentó Flavio—. Obsérvalo, está cerca del césar. Ese maldito *magister* de Ostia se está haciendo popular. Los senadores empiezan a preferir su *collegium* al mío. Además, presume de ser el primero en presentar en Ostia a quince mujeres gladiadoras en un solo día. No solo entrena a sus esclavas, sino que empieza a traer luchadoras de todos los rincones del Imperio.

—Espero que estas gladiadoras nos den un buen espectáculo —contestó Valerio.

—¿A quién le importa? Solo quiero ver cómo se bambolean sus pechos. ¿Para qué son las mujeres gladiadoras si no? Un día iré al lupanar de Domicia y solicitaré fornicar con una de sus chicas ataviada con esta panoplia. ¿Acaso no te gustaría tenerlas debajo de las sábanas con ropas que son propias de hombres?

Valerio no contestó.

4. Calzón.

Desde su entrada en la arena, los gritos y las barbaridades de los miles de gargantas masculinas no se hicieron esperar, arrojándoles todo tipo de insultos y obscenidades.

Valeria y su hermana se miraban perplejas.

El duelo comenzó entre los abucheos y las burlas del público. Nadie prestaba atención a sus movimientos ni a la destreza en su lucha. Nadie observaba sus golpes ni valoraba su arrojo. Solo les pedían que saltaran para ver cómo sus pechos se movían o solicitaban que se agacharan para comentar el tamaño de sus muslos.

—¿Por qué les gritan todas esas barbaridades? —preguntó en la grada alta Valeria a la mujer que sostenía al bebé.

—Todos los hombres tienen fantasías sexuales con ellas —respondió.

—Pero... ninguno presta atención al duelo, y están compitiendo con mucho valor —dijo Valeria.

—A los hombres no les interesan las luchas de gladiadoras. Solo quieren excitarse antes del duelo de Probus.

Valeria no comentó nada más, se quedó pensativa tratando de entender todo aquello.

El combate acabó en empate y las dos luchadoras abandonaron la arena acompañadas de las mismas vejaciones con las que habían hecho su entrada.

Los músicos tocaron sus instrumentos para anunciar que el duelo más esperado de la tarde, el de Probus, iba a comenzar.

Los dos gladiadores hicieron su triunfal entrada.

Probus era de la familia de los *thraeces*, por tanto, lucía un yelmo con un grifo y un extravagante penacho de plumas. Las grebas por encima de la rodilla, la *manica* en el brazo derecho, el pequeño escudo negro que mostraba un ave fénix y la *sica*, la espada curva, formaban toda su panoplia y su increíble puesta en escena.

Lo recibieron con un ensordecedor vocerío.

—Sabe cómo ganarse al público —dijo el hombre de un solo ojo—. Maldigo no poder disfrutarlo con los dos.

Valeria y su hermana no pestañeaban. Se pusieron de pie para ovacionar al hombre al que Roma aclamaba, contagiadas por el júbilo que mostraban el resto de los asistentes al duelo.

—Si a ese lo coge mi esposo, le dura menos que un rayo atravesando el cuerpo de un hombre —dijo la mujer del niño—. Menudo es cuando me agacho en la cocina. Se pone como un caballo desbocado, no lo frena ni toda la familia de gladiadores que han luchado hoy. Este es el décimo hijo que me hace.

—¿Qué le has dejado de comer? —preguntó su amiga.

—Caracoles. Que se le vaya calentando la lengua para cuando llegue yo.

Ambas rieron a carcajadas. Valeria y su hermana se miraron suspirando.

El duelo entre Probus y su rival, el *murmillo* Amandus, estaba a punto de comenzar.

El sol ya no penetraba por entre las telas del *velarium*, el día llegaba a su ocaso, pero quedaba suficiente luz para que el duelo pudiera celebrarse. Las apuestas ya estaban hechas, los puños cerrados y la enorme mole de piedra, mármol y ladrillo guardaba un respetuoso silencio.

La vara del *summa rudis* era lo único que separaba a los dos luchadores.

El árbitro sintió los miles de miradas que estaban clavadas en él esperando a que diera la orden.

No lo demoró más. Dirigió una última mirada a los dos luchadores levantando la vara por encima de su cabeza para gritar con fuerza:

—*Pugnate!*

XIII

Roma, 124 d. C.

Probus empezó atacando con una combinación de golpes rápidos, más para impresionar a su rival que por buscar hacer daño.

Amandus, el gladiador *murmillo*, también enseñó las garras desde el principio. A pesar de que conocía la experiencia y destreza de Probus y de que solo pronunciar su nombre suscitara miedo, no se amedrentó. Era el *primus palus* de la escuela de Capua y quería demostrar, delante del mejor gladiador del Imperio, que estaba a la altura de Probus.

Este hizo uno de los movimientos que más le gustaban. Golpeó con su pierna derecha, con mucha fuerza, la parte de abajo del escudo de su oponente; por la inercia del golpe, la defensa de su rival se abrió por arriba e intentó meter su *sica* por el hueco para encontrar la carne del pecho de su adversario. Amandus era conocedor de que este era uno de los golpes favoritos de su contrincante, había entrenado bien sus movimientos y se defendió perfectamente apoyando la rodilla en el escudo para que no se venciera.

Probus vio lo que otros no ven.

Un enorme hueco en la defensa entre el pecho y el cuerpo de su rival.

Lo volvió a intentar pero, en vez de buscar el golpe anterior, se echó a un lado para sorprender a Amandus y buscar la enorme cavidad que dejaba. La acción le salió perfecta. El costado del *murmillo* sufrió el primer tajo. La sangre empezó a teñir la arena del anfiteatro y eso enardeció más a la multitud.

El *summa rudis* intervino metiendo la vara entre ambos para ver si Amandus podía seguir luchando. No hizo falta preguntar al público: el rival de Probus se encontraba mermado, pero en perfectas condiciones.

El combate continuó.

Amandus aprovechó la pausa para infundirse ánimos. Debía ser más contundente.

Probus quería aprovechar la ventaja y empezó atacando de un modo distinto. Atacaba con su *parma* por un lado a su rival y con su *sica* golpeaba por el otro.

Amandus cambió el ataque; buscó con su *pugio* los muslos de su oponente. A continuación Probus bajó su pequeño *parma* en exceso y Amandus, de un modo muy rápido y con una enorme fuerza, golpeó con la parte de abajo de su enorme escudo en el casco de su rival. El impacto fue tan contundente que resonó por todo el graderío levantando un grito de asombro. La dureza de la acción hizo que Probus, por un momento, perdiera el conocimiento. Amandus vio su oportunidad y le lanzó otro golpe en el casco a la vez que metía por debajo del pequeño escudo de su contrincante su *pugio* para encontrar el estómago del *thraex* y hacerle un enorme tajo.

—¡Por todos los dioses! —le dijo Tito a Valerio—. Es la primera vez que veo cómo alguien encuentra el cuerpo de Probus.

El público se levantó. Los gritos de los espectadores volvieron a sentirse mientras los luchadores volvían a su posición.

La sangre, pero especialmente el golpe en el ego de Probus, hizo que recuperara la conciencia.

Eso estaba durando demasiado, pensó.

El gran gladiador de Roma tomó de nuevo la iniciativa. Atacó con toda su diversidad de movimientos, movió, amagó y fintó hasta agotar al *primus palus* de Capua.

La fatiga se empezaba a notar en el combate. El espectáculo estaba dejando exhaustos a los dos rivales. La tarde llegaba a su ocaso y podía producirse un empate. Todo lo que no fuera ganar sabría a derrota para ambos. A pesar de que sus heridas no dejaban de sangrar, hicieron acopio de sus últimas fuerzas. Probus lanzó una serie de golpes rápidos que hicieron que Amandus se escondiera detrás de su enorme escudo. Probus aprovechó su estrategia de despiste para echar un paso atrás y cargó con toda la fuerza que pudo, girando la cadera al tiempo que daba un potente paso al frente, mientras imprimía toda su fuerza en el brazo derecho y apuntaba a la cabeza de su contrincante para derribarlo y acabar con ese combate. Amandus recuperó la compostura demasiado tarde e intentó protegerse. Levantó un poco su escudo apoyándolo en el casco y la rodilla, y se encomendó a Némesis para detener ese devastador ataque. El silencio del anfiteatro era tan estremecedor que el ruido de las astillas volando, mientras el escudo se partía en dos, se oyó por todos los muros de las gradas.

Amandus, sorprendido al descubrir su escudo destrozado, no vio a Probus girar sobre sí mismo para hundir la parte curva de su espada en la herida que momentos antes le había provocado en el costado.

Mil dolorosas cuchillas se clavaron en el gladiador de Capua. Todo aquello que estaba a su alrededor comenzó a nublarse, y el día empezó a oscurecerse ante sus ojos. No soltó un solo grito. Estaba entrenado para soportar el dolor de un modo estoico.

Levantó el dedo al cielo implorando clemencia antes

de que el mundo de las sombras empezara a atenazarlo y a hacerle sufrir.

El público se levantó de sus asientos.

—¡Le ha partido el escudo! —gritó Valeria a su hermana poniéndose de pie—. He podido oír como crujía desde aquí arriba.

Probus, extenuado, se miró la herida del estómago, tenía el *subligaculum* empapado de sangre.

Colocó su pierna encima de lo que quedaba del escudo de su rival y esperó la decisión del público.

El grito era unánime.

Había sido el mejor combate que el público había visto en muchos años y lo hizo notar levantando un pañuelo blanco con el puño derecho.

—*Missio!, missio!, missio!*

Todos los ojos del anfiteatro miraban al emperador Adriano, expectantes ante su decisión.

Este cedió el honor a las sacerdotisas vestales, quienes levantaron un pañuelo blanco señalando que el luchador vencido merecía vivir.

Había llegado el momento que todos estaban esperando. Verían como el césar le entregaría a Probus la *rudis,* la espada que otorgaba la libertad. El gladiador estaba herido y perdía mucha sangre. Cuando las heridas impedían recibir el *gladius* de madera, la ceremonia se postergaba o se realizaba en el *ludus.* Pero Probus quería recibir la ansiada espada en ese lugar, no quería aplazar lo que tanto tiempo llevaba deseando.

Una vez acabada la ceremonia, Probus abandonó la arena por la puerta Triumphalis visiblemente exhausto por la cantidad de sangre que había perdido, pero aclamado por un público que no quería marcharse del anfiteatro.

Roma no se cansaba de ovacionar a su gladiador favorito.

Valeria y su hermana se despidieron del hombre de un

solo ojo y de las dos mujeres que habían sido sus acompañantes. Se habían acostumbrado a su malsonante conversación y les habían cogido cariño. Las dos jóvenes desalojaron la grada sin decirse nada, con enorme emoción, pero a la vez con gran pena, y bajaron las empinadas escaleras que conducían a la salida.

En muy poco tiempo el anfiteatro, que durante el día había latido junto a miles de personas, quedó vacío.

Cuando las dos hermanas llegaron a la colosal estatua, su padre junto a Saurea el *atriense* y el resto de los esclavos ya las esperaban.

Valerio fue al encuentro de sus hijas.

Estas empezaron a hablar pisándose una a la otra. Las palabras salían por sus bocas en tropel, contándole todo lo que habían vivido.

Valerio las observó emocionado. Con el corazón rebosante de alegría y la mente repleta de recuerdos, se dirigieron hacía su *domus*.

La noche empezó a cubrir con su manto la ciudad de Roma.

La zona del anfiteatro fue quedándose deshabitada y los peligros nocturnos volvieron a ceñirse sobre la Ciudad Eterna.

Probus acudió a la enfermería nada más terminar el combate. La herida del vientre le había hecho perder tanta sangre que le había dejado casi exangüe. El gladiador bebía abundante vino para soportar el dolor. Hermógenes, el médico de Adriano, curaba personalmente al herido. Hirvió en agua sus instrumentos, limpió la herida con abundante vino, aplicó hierbas para producir pus y que sanara como lo haría la propia naturaleza y cosió el tajo, tapándolo después con gasas y vendas.

Haterio Nepote, el viejo *lanista* y procurador del Ludus Magnus, entró en la enfermería cariacontecido. Quería saber el estado del rentable gladiador.

—¡Probus! —Lo buscó entre otros muchos gladiadores a los que también curaban de diferentes heridas.

Llegó hasta él, que estaba descansando en un camastro junto al médico.

—Hermógenes, dime, ¿cómo se encuentra?

—La grasa de su estómago ha salvado el órgano. Solo le quedará una bonita cicatriz, pero debe guardar mucho reposo, no quiero que corra ningún riesgo —comentó el médico.

—¡Gracias a los dioses! —dijo el *lanista*—. ¿Cuánto tiempo estará sin poder luchar?

—Creo que en varios meses estará en perfectas condiciones —dijo el médico mientras se limpiaba las manos tras la intervención.

Nepote el Viejo se dirigió entonces a su gladiador:

—¡Qué espectáculo Probus! Ha sido magnífico; qué digo, ha sido majestuoso, sublime. Has dado al público un espectáculo solo comparable al que dieron Prisco y Vero cuando se inauguró el anfiteatro. Cómo has jugado con ese hombre y le has hecho creer a todo el mundo que podía vencerte, para luego ganar del modo que lo has hecho. Te compensaré Probus. Juro por todos los dioses que te daré tal cantidad de oro que podrás bañarte en él.

Probus intentó incorporarse.

—Será mejor que descanse —dijo Hermógenes.

Nepote el Viejo, emocionado, agarró con fuerza a Probus a la altura del antebrazo.

—Ven al *ludus* en cuanto te encuentres mejor. Tendrás lo que ansíes. Mujeres, dinero, los mejores vinos y toda la comida que se te antoje. Todo aquello que desees será tuyo. Supongo que esa *rudis* que has recibido no te hará dejar de luchar. Ahora puedes hacerlo por mucho más de lo que jamás has imaginado. Te daré tanto como quieras, Probus.

Nepote abandonó la enfermería mirando hacia atrás constantemente y dedicando gestos de emoción a su gladiador favorito.

Probus no mostraba el mismo entusiasmo que el *lanista*. A pesar de lo que pensaba Nepote el Viejo, ganar no había resultado sencillo. Había utilizado sus mejores golpes, había movido a ese luchador y había combatido mejor que ningún otro día y, sin embargo, la victoria se le resistió como nunca antes. Desde ese día, la duda se implantó en su mente con determinación. Esa incómoda sensación no se apartaba de su cabeza. Era consciente de que, a la edad que tenía, la mayoría de los gladiadores se habían retirado.

Ya no se sentía invencible.

Por primera vez tenía miedo y se planteó seriamente que ese podía haber sido su último combate. Acababa de recibir la *rudis*, podía vivir el resto de su vida sin preocuparse por el dinero, tenía mucho más de lo que gastaría en siglos.

Aquellos pensamientos seguían atormentando su mente cuando alguien llegó buscando a Hermógenes. El emperador solicitaba su presencia en la *domus* imperial.

El médico se dirigió a uno de los esclavos haciéndole ver que tenía que velar por Probus, dado que Nepote el Viejo había pagado una desorbitada cantidad de dinero para que no le faltara nada al hombre del momento. A continuación se marchó.

El gran gladiador de Roma cerró los ojos. El lamento de algunos de sus compañeros agonizando, la incomodidad de sus heridas y, sobre todo, las dudas que se habían alojado en su cabeza le impidieron conciliar el sueño. Se levantó de su camastro. Deseaba estar solo, quería la tranquilidad de su *domus*.

El esclavo que había recibido las órdenes de Hermógenes se dirigió expeditivo hacia él.

—¿Qué...?, ¿qué...?, ¿qué estás haciendo? —dijo preocupado—. Has perdido mucha sangre. Debes descansar.

—Ya lo haré cuando Caronte me lleve al Hades —contestó Probus mientras con dificultad iniciaba el camino para salir de allí.

—No puedes marcharte. Hermógenes me hará responsable si te ocurre alguna desgracia.

Uno de los legionarios encargados de la seguridad y de que ningún gladiador esclavo pudiera escapar se dirigió a él con la mano en la empuñadura de su *gladius.*

—¿Vas a impedírmelo? —preguntó Probus parando sus pasos—. Soy un hombre libre.

El legionario miró al esclavo, quien se llevó las manos al pelo mientras negaba con la cabeza. Aquel hombre que tenía ante sus ojos era un gladiador libre y no podía retenerlo y mucho menos sería capaz de convencerlo de que se quedará. Sin embargo, no pudo evitar la preocupación; si le ocurría algo, la ira del *lanista* caería sobre él.

Probus fue apoyándose en las paredes y en todo lo que encontró hasta la salida. Su rostro estaba pálido y se sentía mareado, pero aun así quería marcharse a su hogar.

El mismo anfiteatro que esa misma tarde se desgañitaba ovacionándolo era testigo, unas horas después, de la soledad que recorría su cuerpo. Se apoyó contra una de las columnas de las arcadas. Cerró los ojos. El viento hizo que se sintiera mejor. No tenía ni una sola lucerna con la que iluminar sus pasos, pero afortunadamente había luna llena y aún era pronto, muchas de las calles estarían iluminadas.

Un ruido cercano desvió su atención.

Se incorporó.

Había oído muchos gemidos de ese tipo y supo, sin ninguna duda, que ese había sido un lamento.

—¡¿Salve?! —gritó.

Sin pensarlo, se dirigió hacia allí.

Probus recorrió varias arcadas del anfiteatro; algunas antorchas iluminaban los contrafuertes, pero aun así no vio nada. Se palpó la herida, que le molestaba y le tiraba con fuerza.

Pensó que quizá se lo había imaginado debido a su estado. Probablemente fuera fruto de su cansancio y de su debilidad.

Mientras se daba la vuelta, lo oyó de nuevo.

Cuando se acercó con sigilo, pudo ver cómo alguien se escondía detrás de una columna, seguido de unos rápidos pasos y de algunos murmullos.

—¿Quién va? —preguntó.

—Vámonos antes de que nos descubra —oyó que decían.

Los pasos se convirtieron en una carrera.

El gladiador pudo ver a tres hombres correr en distintas direcciones, pero la oscuridad le impidió distinguirlos con nitidez, salvo a uno. Hizo un esfuerzo para alcanzarlos sin saber por qué, pero consciente de que algo tramaban. El dolor del estómago lo hizo detenerse en seco. Apoyó una mano en una columna para recuperarse de la punzada.

Suspiró, debía llegar a su *domus* lo antes posible.

De nuevo oyó aquel quejido detrás la columna que se encontraba a su lado, de donde los tres hombres habían salido.

Asomó la cabeza. Miró al suelo para ver si había algo con lo que defenderse en caso de que alguien se escondiera y quisiera hacerle daño. Su mirada lo llevó al plinto de la columna de al lado. Observó con extrañeza algo que sobresalía de ese pilar. Entrecerró los ojos para visualizar entre las luces y sombras que formaban aquellos pilares el bulto informe que se encontraba en el suelo. La oscuridad era tan densa que le impedía distinguir nada.

Cuanto más se aproximaba, más claro lo empezaba a ver. A pesar del dolor, aumentó el ritmo de sus pasos.

Llegó por fin y lo vio con claridad.

Aquellas formas que sobresalían de la columna eran dos piernas. Probus subió la mirada por las extremidades. La imagen le pareció espantosa incluso para alguien como él, acostumbrado a ver todo tipo de heridas. Totalmente destrozada y ultrajada, se encontraba una mujer con un vestido rasgado y sucio. Se agachó para socorrerla. Dudaba que estuviera con vida, no parecía siquiera respirar. Apoyó la cabeza en su pecho y pudo oír el sonido de su corazón despacio, perezoso, como si en cada latido la vida abandonara poco a poco su cuerpo. La cara estaba embadurnada de sangre; apartó un mechón y la imagen lo sobrecogió. Tres enormes cortes atravesaban el rostro de la muchacha de un lado a otro. Las mejillas de la joven estaban desgarradas. Aquello no podía ser obra del hombre, aquello había sido obra de unos animales.

Con cuidado para no hacerle daño, y a pesar del dolor que recorría su cuerpo y la falta de fuerzas, cogió a la joven y se la echó al hombro.

No podía ir a la enfermería, el médico no estaba y no creía que quisieran atender a esa mujer.

No tuvo ninguna duda de adónde debía dirigirse.

Mientras andaba, a pesar de la sangre que teñía el vestido y de la oscuridad, pudo distinguir que el color de las finas gasas de la chica era de color naranja.

XIV

Tibur, 125 d. C.

Vibia Sabina se hallaba tumbada en la cama. Por deseo propio, durante días, había estado encerrada en su cámara con la única compañía de sus lágrimas y sus lamentos.

Sulpicia, su esclava de confianza, se sentó junto a ella agarrándole la mano.

—Cuéntame, *domina*, ¿cuál es la causa que te tiene tan afligida? Dime cómo puedo ayudarte.

La emperatriz se giró con el rostro pálido y los ojos hinchados por el llanto. Se incorporó y le rogó a su amiga que le acercara un vaso con agua.

—Mi querida Sulpicia —dijo tratando de recomponerse—. Una gran pena me abraza sin compasión.

—Demos un paseo, vayamos hasta el Canopo, te vendrá bien el frescor de sus jardines y la tranquilidad del lago.

La emperatriz asintió.

Salieron al pasillo. Los esclavos que se cruzaban en su camino la observaron sorprendidos, tras tantos días enclaustrada.

—El motivo de tanto dolor —comenzó la emperatriz con la voz rota— es lo que oí hace unos días de labios de Cneo Hosidio Geta, el gran amigo de Adriano. El senador mantenía una conversación con otro de sus colegas sin ser consciente de que yo, escondida, escuchaba cada una de sus palabras que, como puñales, se clavaban en lo más profundo de mi ser. Hosidio Geta narraba, con displicencia, que mi esposo, en su visita a la provincia de Bitinia, había conocido a un joven efebo de nombre Antinoo. Y que se había enamorado perdidamente de él como si fuera un bisoño que por primera vez conoce el amor.

Vibia hizo una pausa tratando de controlar las lágrimas. Nadie salvo su esclava la vería llorar.

—Otros hombres han sentido la tentación del cuerpo en otras amantes, en otras concubinas. Pero si solo se tratara de eso, del engaño con otra mujer, podría soportarlo con valentía. Como la historia que tantas veces hemos comentado, aquella del emperador Tito y su gran pasión por Berenice, la princesa judía de la que se enamoró y a quien no pudo desposar. Pero son los brazos de un hombre los que ha encontrado como consuelo y eso hace, mi querida Sulpicia, que las cadenas invisibles del desprecio abracen mi cintura y suban enredándose por mis caderas, agarrándose a mi pecho, envenenando mis pensamientos, y que la vergüenza recorra mi cuerpo y me haga sentir sucia y despreciable.

Vibia continuó hasta llegar a un peristilo.

Su corazón se calmó al respirar el olor de los suntuosos jardines y, gracias al pausado sonido de las fuentes, pudo sosegar su espíritu acerbo.

En una esquina un grupo de jóvenes que parecían esclavos reía ruidosamente. Se dirigieron hacia ellos para pedirles que se marcharan. Querían estar tranquilas, no querían que nada ni nadie las molestara.

—¿Quiénes sois y por qué perturbáis con vuestras voces la paz de la emperatriz? —preguntó Sulpicia con un tono irritado.

El grupo de chicos se puso en pie sobresaltado al ver a la esposa del césar.

—Lo siento, *domina* —dijo uno agachando la cabeza—. El emperador nos ha dado permiso para estar aquí. No queríamos incomodar. Nos marcharemos enseguida.

—¿Quiénes sois? —preguntó Vibia Sabina.

Todos se miraron confundidos.

—Somos... un grupo de actores —titubeó uno de ellos—. El emperador desea que interpretemos para él el rapto de Ganímedes y estábamos haciendo una pausa, enseguida nos marchamos.

—¿Cuál era el motivo de vuestra conversación? —preguntó Vibia.

—Hablábamos del amor entre Catulo y Lesbia, mi emperatriz —contestó el muchacho.

La mujer del césar los miró sorprendida.

—¿Y cuál era el fruto del debate?

—Comentábamos la historia de amor de Catulo y Lesbia y los poemas que el poeta dedicó a su amada y de cómo la amargura lo acompañó hasta el fin de sus días al no verse correspondido. Varios de nosotros creemos que Lesbia nunca estuvo enamorada de Catulo, que únicamente utilizaba sus cartas para sentirse viva, para que la llama del amor prendiera en su corazón.

—Lesbia lloró más la muerte de su adorado gorrión que el desamor de Catulo —dijo otro joven.

—No dudó en desposarse con otro de sus amantes cuando murió su primer marido; de haber amado a Catulo, se habría desposado con él —comentó el primero.

Vibia conocía de sobra la historia de los dos amantes, y recordarla hizo más fría su pena. Le iba a hacer un gesto a Sulpicia para continuar con el paseo cuando se fijó en un tímido joven oculto entre el resto que parecía mirar a otro lado y que no participaba en la conversación.

—¿Qué opinas tú? —le preguntó la emperatriz.

El joven se giró con el rostro sonrojado por la vergüenza.

—Yo..., mi *domina.* Supongo... que no se puede amar a dos personas a la vez.

Vibia observó las formas del joven, por alguna extraña razón su belleza la cautivó y no pudo despegar su mirada de sus carnosos labios. La emperatriz sintió cómo el deseo se apoderaba de ella al contemplar a ese efebo.

—Será mejor que nos vayamos, *domina* —dijo otro de ellos—, no era nuestra intención molestar.

El joven que había impresionado a la emperatriz bajó la mirada.

—Id vosotros —ordenó la emperatriz—. No hagáis esperar al emperador.

Vibia se dirigió al muchacho:

—¿Te apetece hacernos compañía?

El resto de los jóvenes se miraban nerviosos.

—Mi *domina,* el emperador se enojará si el encargado de hacer el papel de Ganímedes no regresa con nosotros —dijo uno de ellos inquieto, tratando de que la emperatriz desistiera de esa idea.

Vibia asintió y bajó la cabeza mientras se agarraba al brazo de su esclava para marcharse.

Uno de los jóvenes se dirigió al muchacho que había impresionado a la esposa del césar:

—Vamos, será mejor que no hagamos esperar al emperador, Antinoo —comentó y se arrepintió al punto de llamarlo por su nombre.

La emperatriz detuvo sus pasos como si las fuerzas de la naturaleza le impidieran seguir caminando.

Entendió por qué aquel joven era el desvelo de los deseos de Adriano.

Sin pensarlo dos veces, levantó la vista y volvió a encontrarse con los ojos verdes de Antinoo. Notó cómo la mirada del amante de su marido se tornó en miedo cuando las pupilas de la emperatriz penetraron en las suyas.

—¡Marchaos! —ordenó Sulpicia a los jóvenes—. Llevaos a vuestro amigo deprisa.

Los jóvenes obedecieron apresurados.

Vibia Sabina se serenó y se giró con dignidad para abandonar los jardines y desandar los pasillos de la residencia. No intercambió ni una sola palabra con Sulpicia ni se detuvo hasta llegar a su cámara.

Al entrar se derrumbó en su lecho.

Su esclava trató de serenarla encontrando como única respuesta a sus preguntas el mar de lágrimas en el que Vibia se hallaba.

La emperatriz le pidió que preparara un baño y ordenó a sus esclavas que lavaran y frotaran su cuerpo con los mejores ungüentos varias veces durante el resto de la jornada. Deseaba arrancar de su piel cualquier resto del emperador. Mandó que frotaran con vigor para borrar por completo el olor de su esposo, que negara todo recuerdo y que su presencia pasara al abandono del olvido.

Evocó el rostro de Antinoo. Su belleza era insólita. Se imaginó al emperador y a su amante en el momento previo al primer beso. ¿El emperador lo habría obligado?, se preguntó, ¿o Antinoo bajó los ojos deseando que sus labios se encontraran y el alma se preparara para un duelo en el que sobrasen las palabras?

Recordó la conversación en el jardín. Al igual que el poeta Catulo, no tenía a quien amar. El destino de sus caricias siempre se perdía entre el agua de su bañera, no en la espalda de la persona amada, y los besos se amontonaban en el fondo de su alma. ¿Por qué el emperador disfrutaba de una pasión que tanto ansiaba para ella?

Vibia apretó sus puños hasta que se clavó las uñas y le habló a su esclava con la mirada perdida.

—Prométeme que hallarás el modo.
—¡Claro!... pero ¿de qué mi *domina*?
—Necesita mi ayuda, he de prevenirlo.
—¿A quién, mi *domina*?
—A él, tengo que ayudar a Antinoo.

XV

Nicomedia, 125 d. C.

Había pasado ya el plazo que el emperador le dio a Catilio Severo para acudir a África. Cada día su mal humor iba en aumento y sus esclavos eran el blanco de su ira.

Helena no hablaba prácticamente con nadie desde que fue testigo, dos meses antes, de cómo el procónsul mandaba matar a su abuela. A la dolorosa pérdida de Helvia, el único familiar que le quedaba con vida y a quien adoraba, se sumaba la marcha de su amado. Echaba de menos a su abuela y a Antinoo especialmente cuando caía la noche y cerraba los ojos. No podía parar de llorar. Sentía una inmensa soledad sin su abuela, la recordaba en todas las tareas que realizaba y en cada rincón de la villa. Añoraba sus consejos y sus abrazos. No podía creerse que nunca volvería a verla. El resto de la noche sus pensamientos iban para Antinoo, soñaba con él lo poco que dormía. No existía cura cada vez que su recuerdo la atormentaba, sobre todo cuando tomaba conciencia de que había perdido para siempre a las únicas dos personas que significaban algo para ella. Sentía tanto terror a que llegara la noche que el sufrimiento se anticipaba a la tarde. Su cuerpo empezaba a temblar cuando veía cómo la luz del sol se perdía en el horizonte y el pánico comenzaba a atosigarla por otra inminente noche en vela llena de tortura. Los primeros rayos del día la encontraban siempre despierta, envuelta en lágrimas y hecha un ovillo. Los gallos le anunciaban el final de su martirio y le daban una tregua hasta la siguiente noche. Las tareas diarias conseguían que su mente descansara al menos mientras la luz continuaba iluminando un mundo que para ella se había vuelto solitario y oscuro. Estaba sola, de un día para otro se dio cuenta de su fragilidad y de cómo los dioses podían dártelo todo o cubrirte de desdicha.

Le costó días levantarse de su jergón. Aulo y Elia, dos esclavos que sentían su pena como si la vivieran en sus propias carnes y que querían a Helvia como si fuera su propia abuela, se apiadaron de ella y consiguieron hacer que comiera y que se levantara. Sabían que, de no hacerlo, la ira del *dominus* caería sobre ellos.

Helena, cada día, recordaba a su abuela diciéndole que cuando ella se fuera no tenía que sentirlo, que estamos aquí de paso y que el mundo es demasiado bonito para sentir la pérdida de alguien. Al principio es normal que duela, le decía, pero no mantengas el dolor, deja que fluya y agradece a los dioses todo lo que hemos pasado juntas.

Siempre le venía una y otra vez la misma frase: «Solo se muere lo que se olvida».

Catilio Severo había ordenado preparar una gran cena para despedirse de las personas más eminentes de la ciudad. Al día siguiente se marcharía a África.

Algunos esclavos, entre los que se encontraba Helena junto a Aulo y Elia, recogían frutos y hongos para el banquete.

—Ahora que no nos ve nadie, ¿os he dicho lo que será de nosotros tres a partir de mañana? —dijo Aulo mientras recogía unos higos de una higuera.

Helena y Elia lo observaban desde abajo expectantes. Aulo se bajó de la higuera.

—Veréis —dijo serio—. Ayer serví el vino al *dominus* y a ese malnacido de Polieno, su abogado, y pude escuchar una conversación que callaron mientras llenaba sus copas. Por cierto, debía de ser un buen caldo, porque los dos se relamían como dos zorros cuando dan cuenta de su presa...

—Sigue, Aulo —dijo desesperada Elia.

—Perdona, palomita. Decía que hablaban sobre el futuro de algunos esclavos de la villa una vez que él abandonara esta..., ¿cómo dijo...? ¡Ah!, sí: «inhóspita tierra». No tengo ni idea de qué significa pero debe de ser una palabra de esas que usan los amos para referirse a algo muy importante cuando no quieren que alguien como yo se entere.

Helena se puso tensa.

—Por todos los dioses, ¿quieres seguir, Aulo? —lo interrumpió Elia.

—Bueno, el caso, palomita, es que dijo que nosotros, los encargados de la cocina, iríamos a...

—¡Vosotros! —La voz de Anacrites sonó interrumpiendo a Aulo—. Si estáis holgazaneando, se lo diré al *dominus* para que os azote antes de irse.

—No debes preocuparte, Anacrites —dijo Elia—. Solo comprobamos la calidad de los higos. Queremos que la cena del *dominus* sea perfecta.

—Hacedlo rápido y continuad —concluyó el vigilante dándose la vuelta.

—Sigue —dijo Helena nerviosa por saber su futuro.

—El muy..., ese maldito chivato debe de tenerte entre ceja y ceja, Helena, porque tampoco te pierde de vista. Seguro que el *dominus* le ha ordenado que te vigile con algún premio como recompensa. Si pudiera, le arrancaría los ojos, hay que ser muy ruin para ir a delatar a otros esclavos...

—¡Juro que si no sigues te hago tragar la higuera! —dijo Elia enojada.

—Me encanta cuando te enfadas, palomita, se te pone una arruga aquí en la frente que te hace irresistible. Bueno, el caso es que quiere mandarnos nada más y nada menos que a...

—Aulo —la voz de otro esclavo sonó interrumpiendo, una vez más, al siervo—, ven a ayudarme, necesitamos más manos.

—Voy —dijo este.

El esclavo se dirigió presuroso a la higuera donde lo reclamaban ante la mirada desesperada de las dos esclavas.

—¡Un día le arrancaré la lengua! —exclamó Elia.

—¿Cuál crees que será nuestro próximo destino? —preguntó Helena.

—No lo sé, aunque imagino que nada puede ser peor que Catilio Severo. Pero ahora sigamos, luego le preguntaremos, hemos de buscar champiñones.

Continuaron andando.

—Cuidado, no toques esas —dijo Elia—. Son amanitas, se parecen al champiñón, pero que su aspecto no te confunda. Es una seta muy venenosa. Se dice que fue la especie de hongo con la que Agripina, la madre de Nerón, asesinó a su esposo, el emperador Claudio. El *dominus* no come setas por miedo a ser envenenado. Solo los champiñones, porque adora su sabor y, siempre y cuando algún esclavo los haya probado antes. Hacer pan no es tan peligroso, ¿verdad?

—¿Cómo los diferencias? —preguntó Helena.

—Los champiñones crecen en corros y su aspecto, por arriba, es rugoso. Además, si le quitamos el tallo, son rosáceos, mientras que las amanitas siempre son blancas y crecen solas.

Helena escuchaba pensativa mientras Elia le indicaba cuáles eran los champiñones que debían coger. No podía evitar que unos pensamientos, completamente nuevos, nacieran en su mente. Nunca había deseado la muerte de alguien, pero desde hacía varias semanas, desde que el amo acabó con la vida de su abuela, por primera vez en toda su vida, en las tristes noches que tanto la atormentaban, había deseado ver morir a Catilio Severo.

—Todavía no hay muchos champiñones. —Elia interrumpió los pensamientos de Helena—. Aún el otoño no ha entrado con fuerza. Iremos un poco más adentro, pediré permiso a Anacrites. Espera aquí.

La joven esclava observaba la seta venenosa que le había enseñado Elia. Pensó cogerla y mezclarla entre el resto de los champiñones. Las dudas la atraían y la dominaban a la vez que la aterrorizaban. Era una oportunidad que no podía dejar escapar, pero si algo salía mal podrían culpar a Elia y no quería que su amiga, quien tanto la había ayudado a superar la pérdida de su abuela, sufriera ningún daño.

—Vamos. Continuemos un poco más adentro —dijo Elia sin advertir que la seta venenosa que un momento antes lucía por encima de las hojas de la tierra había sido arrancada.

Continuaron charlando y recogiendo más champiñones. Empezaba a hacerse tarde, las cestas de Elia y de Helena estaban prácticamente llenas.

—Creo que tenemos suficientes —dijo Elia—. Será mejor que volvamos y empecemos con los preparativos.

En el camino de vuelta, Elia señaló con el dedo una planta.

—Hacía mucho que no veía una de esas —dijo sorprendida.

Su amiga la observó sin entender.

—Es una planta mortífera. La llaman belladona.

Helena se quedó petrificada. Sintió, al oír aquel nombre, una especie de revelación y recordó cómo le había contado su abuela que aquella era la planta con la que su madre había intentado envenenar al anterior procónsul.

Procuró que su actitud no resultara extraña para su amiga e intentó disimular la impresión que le había dado oír, de nuevo, el nombre de aquella planta.

—Si es tan peligrosa, ¿porque la llaman así? —preguntó la joven esclava sin poder evitar un pequeño temblor en la voz.

—Las patricias romanas usan sus hojas para embellecer su cutis —dijo Elia—. Dicen que una sola gota de su jugo, en cada ojo, puede hacer que luzcan una mirada tan sumamente bella que resulta irresistible para los hombres. Sin embargo, una sola de esas bayas puede matar a un niño y un puñado de ellas puede acabar con la vida de un hombre.

Helena observó la planta y las bayas en forma de cereza y, sin que Elia se percatara, dejó una de sus cestas en el suelo.

Cuando estaban a punto de entrar en la villa, Helena detuvo sus pasos agarrando el brazo de Elia.

—¡Mi cesta! —dijo—. Debí de olvidar una de ellas cuando nos detuvimos. Entra, iré corriendo a por ella.

—No te entretengas, o Anacrites se enfadará —contestó su amiga.

—No temas.

Helena regresó corriendo hasta el lugar donde había dejado a propósito la cesta. Removió los champiñones que estaban en la parte de arriba y sacó uno de los que se encontraban abajo, al cual le había atado una pequeña brizna de hierba para reconocerlo. Era la seta venenosa. La observó y la ocultó entre un puñado de tierra para que ningún animal pudiera comerla.

Miró con detenimiento la planta que, según su amiga Elia, era tan mortífera. Recordó la historia que su abuela le había contado sobre su madre y el modo en que fue descubierta al intentar envenenar también a su *dominus*. Aun así, no dudó cuando, con cuidado, cortó varias de las bayas a la altura del tallo y las introdujo en un pañuelo. Después regresó tan rápido como sus piernas le respondieron a la villa, donde la esperaba su víctima, Catilio Severo. Antes de entrar se detuvo y levantó la cabeza mientras el viento agitaba sus cabellos. Observó un cielo cargado de pequeñas nubes con extrañas formas. Sintió en ellas tan repentinamente la mirada de su abuela que hasta el vello de los brazos se le erizó. ¿Y si Helvia trataba de prevenirla? ¿Y si, desde donde estuviera, pretendía advertirla del peligro que corría? Cerró los ojos y recordó sus manos acariciando su piel, como le gustaba hacer siempre que algo la preocupaba. El áspero tacto de sus dedos surcando su pelo calmándola, como únicamente ella conseguía. Suspiró para expulsar el miedo que se apoderaba de su pecho a la vez que pensó: «Tengo que hacerlo y lo haré por ti». Helena dejó en la puerta las dudas y el nerviosismo que se intentaban apoderar de ella y se encaminó hacia la entrada de la villa con firmeza y sin un ápice de miedo.

Los preparativos para el banquete fueron más extenuantes que de costumbre. Catilio Severo quería que su última cena en aquella inhóspita tierra, que tanto odiaba y a la que nunca volvería, fuera recordada durante años. Los más ilustres personajes de la provincia se encontraban entre los invitados.

Helena se afanaba junto al resto de los esclavos en la organización de la cena. Las ánforas de vino se vaciaban y se rellenaban constantemente. Durante la tarde, mientras cuidaba de que el pan no se quemara, había machacado las bayas para extraer su jugo y con sumo cuidado lo guardó en un pequeño frasco de cristal que escondía en un bolsillo interior de su túnica esperando la oportunidad de verterlo en el ánfora de su víctima.

Estico, el nuevo cocinero, era bastante más respetado que su predecesor, pero ese día estaba mucho más nervioso de lo habitual, especialmente al recordar el modo en que el *dominus* acabó con la vida de Pelias tras una cena como la que iba a celebrarse esa misma noche.

Ordenó a Helena que ayudara a servir el vino. Ella salió al comedor con un ánfora en las manos y el frasco con el veneno escondido entre sus ropas. Notó el cristal en su vientre, sintió el vaivén del mortal líquido bailando en el interior del recipiente. Buscó con la mirada a Catilio Severo. Lo encontró en el lado contrario del comedor. Tuvo que controlar sus náuseas al verle disfrutar de la cena. Se quedó de pie observándolo a distancia. Todos sus movimientos le causaban repugnancia especialmente cuando lo veía reírse junto a los lisonjeros amigos que lo acompañaban. Odiaba a ese hombre que había acabado con la vida de su abuela. Sabía que no dudaría cuando tuviera la oportunidad de verter el veneno en la copa de su *dominus*. Y no se arrepentiría ni un solo día de su vida.

—¡Esclava! —oyó por encima del ruido de la música y la algazara.

Helena meneó la cabeza volviendo de sus pensamientos.

—¿Acaso he de llamarte cien veces? —dijo Polieno, el abogado de Catilio, que se incorporó para reprenderla.

—Perdón, *domine* —contestó ella.

—Sírveme vino —dijo de malhumor.

Helena se acercaba a escanciar el caldo en su copa cuando sintió la mano del abogado subiendo por encima de su rodilla. Se separó de inmediato.

—¿Acaso desprecias el tacto de mis manos? —dijo Polieno observando con lascivia las formas de Helena mientras limpiaba con el extremo de su toga la salsa de marisco que le caía por la barbilla—. Deberías aprender a ser servil. ¿No te ha enseñado modales ese viejo de Catilio Severo?

Helena permaneció con la cabeza agachada ante la atenta mirada del resto de los invitados que asistían divertidos a la escena.

—Si no me complaces, convenceré al *dominus* para que, en vez de llevarte a ese lugar que ha elegido para vosotros, siga mi consejo y te lleve al lupanar más próximo.

Polieno tiró de la cintura de la esclava colocándola en sus piernas mientras su mano derecha apretaba con fuerza uno de sus pechos.

Helena intentó escabullirse y luchó por zafarse.

—Si sigues comportándote como un animal, tendré que azotarte —dijo mientras los invitados estallaban en sonoras carcajadas—. Veamos si tu sabor es más jugoso que el de estas enormes langostas.

El abogado apretó la mandíbula de Helena atrayéndola hacia sí y comenzó a lamer su cara.

La esclava se revolvió con asco deshaciéndose del abogado.

Polieno protestó y, a la vez, empujó contra el suelo a la sierva con tal violencia que cayó encima del ánfora de vino haciéndola añicos.

—¡Maldita perra! Juro que, si no me complaces, convenceré a Catilio Severo de que mañana cuando venga el magistrado para vuestra venta te envíe al lupanar más lúgubre de Nicomedia, donde tu belleza despertará en los viejos lo que el tiempo se encargó de que no volviera a levantarse. Y ahora lárgate de mi vista y limpia todo este desastre que has organizado.

Helena se levantó con trozos de terracota bajo su cuerpo y vino esparcido sobre su túnica. Se dirigió a las cocinas con la vergüenza reflejada en su rostro y las risas de los amigos del abogado a su espalda.

Su corazón bombeaba con fuerza temiendo que el frasco del veneno podría haberse hecho pedazos.

Con cuidado, buscó entre los pliegues de su ropa el recipiente. Respiró aliviada al sentir el cristal intacto.

Entró en las cocinas. Su mirada no buscó con qué limpiar los restos de terracota del ánfora, sino a Aulo. Sin embargo, era incapaz de distinguirlo entre el gran número de siervos.

Sus ojos encontraron a Elia. Se dirigió hacia ella.

—¿Has visto a Aulo? —preguntó con la voz agitada.

—¿Estás bien? —preguntó su amiga sorprendida al ver a Helena con la túnica manchada completamente de vino.

—Sí, solo necesito hablar con Aulo. Necesito saber dónde tiene pensado mandarnos el *dominus*.

—Fue a las bodegas a por más vino, enseguida vendrá, pero ¿a qué vienen esas prisas?

Estico interrumpió la conversación:

—Helena, ¿qué ha pasado ahí fuera?

—Polieno me empujó y no pude evitar que el ánfora cayera al suelo —dijo la esclava.

—Ve a limpiarlo todo inmediatamente y cámbiate esa túnica, o el *dominus* se enojará.

Helena asintió y salió a recoger los trozos de terracota y a limpiar el vino, ante la atenta mirada del abogado, que no le quitaba ojo.

Cuando terminó, Polieno dejó caer a propósito su copa y el suelo volvió a teñirse del rojo líquido y de trozos de terracota.

—¡Vaya! Mira lo que acabas de conseguir —dijo haciendo gestos teatrales mientras sus compañeros seguían riéndole las gracias.

Helena no dijo nada mientras se agachaba a recoger los restos.

—Será mejor que lo limpies lo mejor que puedas

—dijo Polieno—. No querrás que ninguno de nosotros se corte —comentó mientras tendía sus pies sobre la espalda de Helena, que se encontraba agachada.

La esclava aguantó pacientemente la humillación y, al terminar, se levantó cargando en la palangana los restos de barro, cristal y vino.

—Ve y trae una copa para mí, y procura que esta vez no se te caiga —ordenó con desprecio el abogado.

Helena, con lágrimas en los ojos, entró de nuevo en la cocina. En ese momento Aulo hizo acto de presencia cargando varias ánforas junto a otros esclavos.

—Necesito hacerte una pregunta —le dijo Helena.

—Ahora no puedo entretenerme, Helena. ¿Podemos hablar luego? —dijo asustado.

—Solo quiero que me digas dónde tiene pensado enviarnos el *dominus*.

—Mañana lo hablamos, Helena. Ese cabrón de Estico no hace otra cosa que controlar todo lo que hago. Si me ve parado, sin hacer nada, se va a enojar. No sé por qué la tiene tomada conmigo, dice que me entretengo a hablar hasta con las piedras, cuando yo en realidad solo quiero...

—¡Aulo! —interrumpió Helena—. ¿Dónde nos va a mandar el *dominus*?

—Bueno, no a todos nos enviarán al mismo destino. Pero sí pude oír dónde te mandarán a ti, a Elia y a mí.

—¿Y cuál es ese lugar?

El esclavo miró fijamente a Helena a los ojos y, sin dudarlo, le dijo el sitio que había oído la noche anterior y que sería su próximo hogar.

Pasaron varias horas más. Helena era víctima de sus pensamientos y de todos los miedos que irrumpían violentamente en su mente. Polieno, durante el resto de la noche, la había asegurado que a partir del día siguiente sería la prenda más preciada del lupanar de Nicomedia.

La bella esclava era un mar de dudas. Hasta esa misma tarde tenía claro que quería acabar con la vida de Catilio Severo; sin embargo, la noche había dado un giro en los acontecimientos. Su próximo destino no era precisamente el Olimpo de los dioses; incluso le entraba pánico solo con pronunciar su nombre, pero era mucho mejor que el lupanar donde Polieno quería mandarla. Tenía que decidirse pronto, la cena estaba a punto de concluir y en breve todos se marcharían a sus habitaciones o a sus *domus* y entonces su suerte dependería de Polieno. Tenía dos opciones y ninguna era sencilla. O acababa con Catilio Severo o vaciaba el veneno en la copa del abogado. Ambos estaban reclinados en sus triclinios. Debía decidirse por uno de los dos.

La cena se encontraba en la *comissatio*.[1] Helena entró en la cocina medio vacía. Todos los esclavos estaban afanados en limpiar y empezar a recoger mientras los primeros invitados abandonaban, por última vez, la *domus* que durante tantos años había pertenecido a Catilio Severo. Echarían de menos el dispendio y las fastuosas veladas. Solo esperaban que su sustituto fuera igual de generoso.

Helena miró a ambos lados. Entró en la despensa donde estaban las ánforas de vino y empezó a llenar una pequeña jarra. Con disimulo, sacó el pequeño frasco del bolsillo. El miedo hacía que sus manos sudaran. Respiró hondo, sus nervios eran tan fuertes que provocaban que todo su cuerpo temblara. Ese era el momento que tanto había deseado y ahora se maldecía por sentirse tan torpe. Empezó a vaciar el veneno, que se mezcló entre el rojo purpúreo del vino.

—¿Qué haces aquí? —dijo a su espalda la voz de Estico.

Con disimulo, Helena escondió el frasco en la palma de la mano mientras se daba la vuelta con la jarra de vino.

1. Velada tras la cena.

—Solo rellenaba esta pequeña ánfora. El *dominus* quiere más vino. —Helena pasó por el lado del encargado de la cena con la cabeza agachada y sin levantar la mirada.

—Espera —dijo este sujetando su brazo.

La esclava levantó despacio su mirada hasta encontrarse con la de Estico temiendo que la hubiera visto verter el frasco.

El esclavo la miró de arriba abajo; había algo en esa joven que se le escapaba, pero no entendía qué era. Su instinto le decía que algo no iba bien. Con un gesto de la cabeza, y sin perderla de vista, la invitó a que continuara andando.

Helena suspiró al dejar atrás a Estico. Había faltado poco, pero lo peor estaba aún por llegar. Los invitados cada vez eran menos numerosos. Ya solo quedaban los de más confianza del *dominus*. La sierva esperó de pie y en silencio a que su víctima vaciara el contenido de su copa. Observó fijamente a los dos hombres. Ya no dudaba entre si vengar la muerte de su abuela o matar al hombre que tenía su destino en sus manos. Sabía sobre qué copa vertería el veneno mezclado con el vino. Pensó en su madre y entendió qué debió de pasar por su cabeza cuando años atrás intentó hacer lo mismo. Mientras el recuerdo de una mujer a quien no conocía inundaba su mente, se dio cuenta de que no sabía cómo actuaba el veneno. Desconocía si era instantáneo y sus efectos empezarían tan pronto como el vino alcanzara el estómago, o pasarían horas hasta que la ponzoña se mezclara con su sangre y acabara con la vida del hombre que deseaba ver muerto. Pronto lo descubriría. No había vuelta atrás.

La copa del hombre elegido se vació. Con el paso firme y decidido, Helena se acercó a él. Sus ojos se encontraron durante un eterno instante mientras vaciaba su jarra, y un mohín de desprecio asomó a la comisura de los labios de su víctima.

Helena, silenciosa y sumisa, se apartó a una esquina oscura. Suspiró al tomar conciencia de lo que acababa de hacer. Tan solo unos meses antes era una esclava con un puñado de sueños y, en ese momento, sus manos eran culpables de escanciar veneno en una copa para acabar con la vida de un ser humano. No se sentía orgullosa, pero sí se sentía mejor. En la sombra que le ofrecían las aristas de aquellas paredes sería testigo del final de ese despreciable hombre sin que nadie pudiera discernir en su rostro la mezcla de satisfacción y miedo que sentía.

Alguien alzó la copa y deseó a Catilio Severo que los dioses le fueran propicios y que la fortuna le sonriera en su nuevo destino.

Las copas chocaron en lo alto de la estancia y, a continuación, el vino, junto con el veneno, recorrió la garganta de la víctima.

XVI

Roma, 125 d. C.

Probus se echó al hombro a la mujer que había encontrado entre las columnas del anfiteatro. Calculó que la vivienda a la que se dirigía estaba a poco más de una milla; con una mujer en brazos y en sus circunstancias actuales, a pesar de estar acostumbrado al duro entrenamiento, sería bastante fatigoso. Con la herida en el estómago y la cantidad de sangre que había perdido, podría costarle la vida. A pesar de ser consciente del riesgo, no desistió en su empeño de intentar salvar la vida de esa pobre chica.

Salió del cobijo de las arcadas y los muros del anfiteatro.

Estaba confuso y mareado. El sudor recorría su frente como si acabara de salir del calor de las termas. El viento gélido, afortunadamente para él, le provocaba cierto alivio. Pero la fiebre se apoderaba de él. Las piernas, que durante años habían cargado enormes piedras para endurecerlas, serían incapaces de aguantar el peso de una joven de poco más de ciento veinte libras.[1]

Dudó qué camino tomar. Podía ir por el foro, a esa hora seguramente solo encontraría a los *vigiles*, las patrullas nocturnas que recorrían y protegían los catorce distri-

1. Cuarenta kilos.

tos de Roma. Sin embargo, rápidamente lo descartó; no podría explicar por qué iba cargado con una mujer con el rostro ensangrentado y malherida. Debía ir por las calles más oscuras, al abrigo de la noche, y sortear los diferentes peligros que encontrara. Se dirigió a una de las calles paralelas al foro. Unas pocas antorchas la iluminaban. Dejó a su izquierda el templo de Venus y Roma, y se movió por las sombras y la negrura de los muros.

Se apoyó en una pared para coger un poco de aire y descansar. Recostó a la joven en el suelo. Una vez más, se acercó al pecho de la muchacha para sentir su corazón. Suspiró aliviado, seguía con vida, aunque su respiración parecía lenta. Se palpó la herida del estómago: a pesar del dolor y los calambres no parecía húmeda, no sentía que se hubiera abierto.

Asomó su cabeza por la esquina. La calzada principal estaba a esas horas atestada de carros. Desde tiempos de Julio César, la circulación de mercancías en toda Roma se hacía de noche. El mercado de Trajano se encontraba a poca distancia, probablemente se dirigían hacia allí. Debía pasar desapercibido.

Se levantó y de nuevo, con un tremendo esfuerzo, cogió a la joven y la colocó en sus hombros. Siguió por el lado más oscuro de la calle, dejando a la izquierda el foro, y guio sus pasos por inercia y casi sin aliento hacia su destino.

El ruido de las *cauponae* y de sus habituales beodos sonaba por toda la calle, no debía seguir en esa acera. Tenía que cruzar la calzada. Esperó en una esquina a que el tráfico le permitiera atravesarla sin ser visto. Por la calle, a lo lejos, se acercaba un grupo de jóvenes que salían entre risas de una *caupona.* Debía darse prisa en cruzar, pero no encontraba el momento. Los jóvenes se acercaban. Empezó a ponerse nervioso; o cruzaba ya o se darían de frente con él. Ya podía oír sus voces, parecían ebrios. Podía tumbarse e intentar pasar por un par de borrachos entre las sombras, pero si algún chico los veía y los increpaban, no le quedaban fuerzas para defenderse de un grupo, y no sabía siquiera si además iban armados. Era un riesgo que no podía correr.

Los jóvenes estaban a pocos pies y podía oír perfectamente lo que decían. Estaba a punto de ser descubierto.

Probus cerró los ojos, agarró a la joven con fuerza y, encomendándose a Némesis, corrió haciendo un esfuerzo que le provocó una punzada de dolor. Tropezó con una de las hendiduras que los cientos de ruedas que a diario recorrían las calles habían provocado en la calzada. Cayó al suelo girando en el aire para que la chica no se golpeara contra la piedra basáltica, y su espalda aterrizó duramente contra el suelo.

Ahogó un grito de dolor. Un carro se dirigía hacia donde estaba. No tenía tiempo de lamentarse, si se quedaba ahí las ruedas los arrollarían haciéndoles pedazos. Movido por una fuerza invisible, agarró de nuevo a la joven, esta vez sin tanta ternura. Los relinchos de los caballos sonaron con vigor a escasa distancia, sintió cómo resoplaban por sus ollares. Apretó con fuerza a la chica, apoyó la rodilla en el suelo y tomó impulso para saltar y conseguir, apenas por un palmo, esquivar las ruedas del carro y los cascos de los animales, que rozaron su pierna.

Llegó hasta la acera. Se tumbó mientras su pecho se movía arriba y abajo como el de uno de los equinos que acababa de sortear. Apoyó sobre sus muslos la cabeza de la pobre indigente. El ritmo de su respiración era muy distinto al suyo, apenas se movía. Miró su ropa. El sudor de su túnica se mezclaba con la sangre que empezó a manar sin compasión por la herida de su estómago. Necesitaba un momento de calma. Se lamentó por no haber obedecido al esclavo de la enfermería y haberse quedado en el anfiteatro descansando. Sin embargo, al contemplar a la pobre muchacha, se arrepintió de esos pensamientos. Si no fuera por él, seguramente la joven no hubiera tenido ninguna posibilidad y la muerte habría sido el destino que esa noche abrazara su cuerpo y que enfriara las manos que, en ese momento, sentía cálidas entre las suyas.

Oyó ruidos, debía ponerse en camino de nuevo.

Cogió una vez más a la chica y, como si una extensión de su cuerpo se tratara, cargó con ella por las inmundas calles nocturnas de Roma. Sentía que un inmenso dolor en común los unía, aunque fuera muy distinto. Él, sufriendo un suplicio imposible de medir que no sabía cuánto tiempo más aguantaría, sumado a la agonía de no saber si llegaría hasta su destino sin desfallecer, sin desmayarse. Ella, con un hilo de vida en su aliento, ajena a un dolor invisible que la acompañaría toda su vida: el de la vergüenza de haber sido golpeada vilmente, atacada por unos desalmados que encontraron en su belleza la forma de saciar sus perversas almas.

Las heridas cicatrizarían, pero el sentimiento de culpa probablemente nunca desaparecería.

En ese momento su vida y la de la chica dependían de sus escasas fuerzas.

Atravesó el foro de Trajano, que se encontraba afortunadamente vacío. Calculó que le quedaba poco más de media milla, una distancia irrisoria, aunque le embargaba el pesimismo; no estaba seguro de que pudiera conseguirlo. Caminó por varias calles desiertas y llegó hasta la puerta del inmenso templo dedicado a todos los dioses del Olimpo romano. Ante el panteón de Agripa sus pies se detuvieron.

No podía continuar.

No podía dar un paso más.

No podía mantenerse siquiera en pie.

Su cuerpo cayó al suelo prácticamente inerte. Junto a él, el de la joven. El frío del empedrado envolvía su espalda. Miró el oscuro cielo repleto de un manto estrellado. Sintió que esas centelleantes luces serían lo último que sus ojos vislumbrarían. Unos ojos que se empezaron a cerrar.

Dejó de sentir dolor.

Vio su vida pasando por su mente. Cuando era un niño corriendo por las calles de Asturica Augusta,[2] su ciudad natal. Casi sintió los miles de gargantas que le aclamaban en el anfiteatro. Y a sus padres. A pesar de que hacía años que ya no estaban entre los vivos, podía ver a su madre envuelta en un halo de luz brillante, como siempre la recordaba, pero esta vez con los brazos abiertos, llamándolo, aunque de su boca no salía una sola palabra. Probus quería ir con ellos, quería abrazarse tan fuerte a ella que nada pudiera separarlos, pero algo lo frenaba. Algo le decía que no había llegado la hora de encontrarse con ellos.

Volvió a abrir los ojos.

El vientre lo sacudía con innumerables pinchazos. Entre las costuras que le había realizado el médico, la sangre se escapaba buscando abandonar el calor de su cuerpo y arrastrando, en su camino, las pocas fuerzas que le quedaban.

Giró la cabeza y vio a la chica. Ella era quien lo retenía en una vida que estaba más cerca que nunca de acabar. Observó sus ropas. Aquel vestido que debió de ser esa misma mañana un bonito atuendo naranja se encontraba sucio y hecho jirones y, sin duda, delataba su profesión. Él, que era una persona inmensamente rica, que había ganado miles de sestercios haciendo lo único que sabía hacer, luchar, que todos los días rechazaba la compañía de cientos de mujeres de toda condición y alcurnia que deseaban conocer cada poro de su cuerpo, acabaría sus días en una fría y solitaria acera de Roma por salvar la vida de una prostituta por la que no sentía más que compasión.

2. Astorga (León).

Se incorporó. Ignoró el dolor, que ya era parte de él.

Le quedaba una distancia muy corta. Quizá ese optimismo por verse cerca de su destino fue el que le hizo sentir que la joven no era tan pesada cuando la cargó sobre su hombro.

Giró por una de las calles. Se agarró a una esquina. Estaba seguro de que esa era la vía que estaba buscando. Con los dientes apretados, apreció las antorchas, que hacían su tramo final menos lúgubre. Se notaba que era una zona acomodada.

No había caído en la cuenta de que conocía la calle donde quería acudir, pero no la *domus* que andaba buscando. No podía llamar a todas las puertas.

Se detuvo de nuevo, la sangre corría entre sus muslos. Su aspecto era espeluznante. No había pensado quién, en su sano juicio, le daría cobijo. Debería haberse ido hasta su *domus* y haber hecho llamar a un médico. Se maldijo a sí mismo por no haber tenido la suficiente clarividencia, ya era tarde para eso. Pensó esperar al día siguiente, quizá por la mañana alguien podía indicarle cuál era la vivienda que buscaba, pero supo que si la chica y él no recibían ayuda inmediatamente, no volverían a ver un amanecer.

Probus se acercó a una puerta custodiada por varias antorchas y golpeó con fuerza la aldaba.

Esperó, pero el silencio fue la única respuesta. Volvió a golpear el llamador, pero nadie salió a recibirlo.

Continuó andando intentando discernir cuál podía ser la que buscaba. Una enorme puerta incrustada en un umbral llamó su atención.

Con energía renovada, volvió a golpear con ímpetu.

Un momento después se abrió un mirador de madera situado a la altura de los ojos.

—¡Salve! —gritó—. Por favor, necesito que me ayude. ¿Es esta la casa de...

No terminó la frase y el mirador se cerró con violencia delante de sus narices, dejándolo con las palabras en la boca y el ánimo por los suelos.

Se sentó en el suelo desesperado. Nadie le abriría la puerta y mucho menos le daría cobijo.

Se recostó y tumbó a la chica encima de sus piernas. La observó. Sentía que había hecho todo lo posible por salvarla y se lamentó por no haber conseguido su propósito.

Apoyó la cabeza contra la columna, desesperado. Observó la vivienda de enfrente. Varias antorchas iluminaban el umbral. El viento se confabuló con él y dirigió la luz de la llama hacia una inscripción tallada en el dintel.

Probus entornó los ojos para poder leer el escrito tallado en la pieza de mármol. Su cuerpo se echó hacia delante mientras iba leyendo cada una de las palabras.

Se levantó con cuidado de no hacer daño a la joven. Estaba seguro. No le cabía la más mínima duda. Aquella era la vivienda que ansiaba encontrar.

Se dirigió hasta allí volviendo a leer la inscripción: «Te amé como si nunca fueras a marcharte y te fuiste como si nunca te hubiera amado. A Domicia Drusilla».

Respiró hondo hinchando con fuerza el pecho. Apoyó a la chica contra una pared y llamó con fuerza a la puerta.

Al igual que en las viviendas anteriores, nadie abrió la puerta.

Movido por la desesperación, que corría por todo su cuerpo, volvió a golpear una y otra vez. Se sentía como si hubiera luchado durante todo un día para morir del modo más cruel e inicuo en el momento más inoportuno.

Siguió aporreando la puerta con ambas manos y propinándole patadas. El ruido que producía el bronce al ser golpeado casi le impide oír la voz al otro lado:

—¿Quién va?

—¡Necesito su ayuda! —gritó Probus.

—¿Quién es?

—Por favor, se lo ruego. Traigo a una joven que ha sido brutalmente atacada. Por favor, ayúdenme.

De nuevo el protagonista al otro lado fue el silencio.

Probus se sentía impotente. Se echó atrás alejándose. Se iba a sentar en el suelo, al lado de la joven, cuando oyó los bornes de la puerta chirriando. Un suspiro de alivio abandonó su cuerpo. Cogió a la muchacha en brazos.

Un hombre lo escrutó de arriba abajo. El aspecto del gladiador no era muy decoroso. El hombre sujetaba un palo en una mano y en la otra una lámpara de aceite.

—¡Salve! —dijo Probus—. Gracias, necesito su ayuda. ¿Es esta la casa de...?

—¿Es una prostituta? —preguntó el hombre señalando con la cabeza el cuerpo de la joven.

—Supongo que sí.

—¿Está viva?

—Lo está, pero necesita que la asista un médico.

El hombre asintió.

—Pase.

El gladiador entró en el recibidor de la *domus*. Varios esclavos se situaban a los lados con armas en las manos. Pudo notar la desconfianza dibujada en sus rostros.

Un hombre se acercó por un pasillo. Miró a su *atriense*.

—¿Dices que es una prostituta? —le preguntó.

—Así es, *domine*. Afortunadamente está con vida.

—¿Con vida? —le preguntó a Probus sorprendido.

Este asintió.

—Deprisa, ve a buscar a Oribasio, estará en su *domus* —ordenó—. Hazte acompañar por varios esclavos. ¡Ah!, y ve con cuidado.

El *atriense* obedeció. Y el anfitrión se dirigió ahora a Probus:

—Ven por aquí. Será mejor que tumbemos a la joven

en una habitación y la limpiemos hasta que puedan atenderla.

Lo siguió con dificultad, estaba mareado y apenas podía continuar andando.

—¿La conoces? —preguntó el anfitrión cuando llegaron a un cuarto.

Probus negó con la cabeza mientras tumbaba a la joven en una elegante cama.

—¿Dónde se encontraba?

—En las arcadas del anfiteatro de los Césares —respondió el gladiador con dificultad y llevándose la mano a la frente. Sus rodillas empezaban a temblar. No podía aguantar de pie mucho más tiempo.

—¿Qué te ha ocurrido?

—Es una larga historia.

—¿Por qué has venido a mi casa?

—Supongo que un médico no me habría abierto la puerta —respondió mientras sentía que todo se movía a su alrededor y que estaba a punto de desfallecer.

—¿Y qué te ha hecho pensar que yo sí lo haría?

—No lo sabía. Pero suponía que podía ayudarme. En Roma todo el mundo ha oído hablar del abogado de las mujeres...

Probus se desmayó nada más pronunciar la frase.

XVII

Nicomedia, 125 d. C.

El alba encontró a Helena despierta, como cada amanecer. Pero su desvelo no llevaba el nombre de su amado ni la pena por su abuela. En esta ocasión una apenas imperceptible sonrisa asomaba a sus labios recordando la agonía de su víctima la noche anterior.

Rememoró los hechos. Oculta entre las sombras, fue testigo de todo lo que ocurrió tras echar el veneno en la copa del hombre al que tanto deseaba ver muerto.

Pensó que la ponzoña no habría hecho efecto. No ocurrió nada después de que su víctima vaciara su copa. Pasó una interminable espera hasta que los primeros síntomas empezaron a sacudir a la víctima. Hasta que vio que la piel de ese hombre empezaba a enrojecerse y el sudor a apoderarse de su frente. Observó, sin apiadarse de él, cómo tuvo que apoyarse con ambas manos en la mesa más próxima antes de caer al suelo y arrastrar todas las copas a su paso, con un ensordecedor estruendo. Cómo se agarraba desesperadamente la garganta sintiéndola tan seca como la tierra cuando se agrieta por la falta de agua. Varias personas fueron a socorrerlo; ella no. Helena disfrutaba de esa agonía. Las convulsiones empezaron a apoderarse de su víctima. Los gritos recorrían el comedor, con los esclavos afanados en el sinfín de indicaciones y órdenes que les dictaban los que se habían erigido como improvisados salvadores. Su víctima ya tenía los ojos inyectados en sangre, mientras su vida se escapaba entre espantosos dolores de agonía. Solo un pequeño hilo de respiración acudió a sus pulmones, acompañado del sonido desgarrador que expiraba de su garganta.

Catilio Severo abría los ojos de par en par con la frente empapada de sudor. No entendía qué estaba sucediendo. La cena había sido un éxito. Los esclavos habían probado todos los platos que se sirvieron. Un miedo espantoso lo sobrecogió cuando fuertes convulsiones empezaron a apoderarse de Polieno, su abogado. Se sintió desolado cuando vio tumbado en el mármol de su comedor el cuerpo sin vida de su amigo.

Helena evitó la tentación de acercarse para observar la mirada vacía y carente de vida del hombre que deseaba verla en un lupanar. Se dio la vuelta fingiendo una enorme desazón, aunque por dentro sentía unas convulsiones muy distintas a las de su víctima. Las suyas eran de una inmensa liberación.

Catilio Severo se levantó de la cama apenado. Deseaba abandonar esa aciaga tierra que tanto aborrecía. Esperó la llegada del notario para cobrar por todos los esclavos que había vendido. Mientras, ordenó que todas las voluntades del testamento de Polieno fueran cumplidas según sus deseos, sin importar el dinero. Él correría con todos los gastos.

El notario apareció con su escribano para dejar constancia de la venta de la gran mayoría de esclavos que poseía el procónsul.

—Lamento tu pérdida, Catilio —comentó el funcionario.

—Gracias, querido amigo.

—¿Se sabe cuál ha sido el motivo de la muerte?

—Al principio creí que podía haber sido envenenado. Pero por todos los dioses, ¿quién querría ver muerto a alguien tan generoso como mi querido Polieno? Los médicos han dictaminado que pudo ser una extraña dolencia del corazón. Dicen que su pecho se ahogó por la falta de aire. Su garganta se fue hinchando hasta que expiró su último aliento. Pero acabemos cuanto antes, quiero abandonar esta maldita tierra de una vez.

Todo se dispuso según lo acordado. Estamparon el sello que daba validez al documento y levantaron acta de la venta.

Desde ese momento Helena y otra veintena de esclavos pertenecían a otro *dominus.*

—Me gustaría que sea un contubernio quien acompañe a los esclavos hasta Halicarnaso,[1] y no un tratante de esclavos. Quiero garantizar que mi mercancía llega en perfectas condiciones. Estarán unidos entre sí por cadenas para que no puedan escapar. Si acaso alguno lo intenta, los legionarios tienen orden de flagelarlos según el criterio del centurión. Aunque allá donde van no tardarán en encontrar la muerte. Los esclavos deben llegar hasta su destino o los legionarios se quedarán dos meses sin paga —ordenó el procónsul.

Los siervos, junto a los soldados, abandonaron la villa de Catilio Severo para siempre.

Mientras avanzaban, Helena miró varias veces hacia atrás, aunque intentaba seguir el rápido ritmo que habían marcado los legionarios. Sin poder evitarlo, un par de lágrimas irrumpieron en sus ojos. Abandonaba para siempre el único lugar que había conocido en su vida. Y, en cada paso que daba, sentía que se alejaba de las personas que

1. Actual Bodrum (Turquía).

había amado. Dos esclavos la separaban de Aulo y Elia; también su amiga tenía la mirada cargada de tristeza y miedo. El recuerdo de su abuela y de Antinoo volvió a sacudir a Helena con fuerza. También abandonaba el lugar donde había acabado con la vida de un hombre.

Uno de los legionarios que custodiaba la caravana de esclavos comentó a un compañero:

—Por Júpiter, nos quedan diez días de caminata, este sol nos va a matar. No me alisté para acompañar a un puñado de esclavos hasta la provincia de Asia. Debería ser un tratante de esclavos quien se encargase de llevar a estos miserables, y no los responsables de defender el Imperio.

—Y todo porque ese hijo de puta de Mario se quedó dormido en su guardia —dijo el otro legionario.

—El castigo ha sido demasiado duro. Podían habernos mandado fregar las letrinas, como otras veces, pero mandarnos durante diez días a custodiar a unos esclavos es una sanción excesiva. Nunca perdonaré esta ofensa.

Uno de los legionarios observó a Helena, mientras le daba al otro con el codo.

—Tú dale una lección a Mario, que, mientras tanto, yo pienso desahogarme con esta esclava —dijo mientras se pasaba la lengua por los labios y agarraba con agresividad una de sus nalgas—. Estás de suerte, hoy vas a conocer a un hombre de verdad.

Helena ahogó la respiración. Estaba tan absorta en sus pensamientos que no había pensado en el duro viaje junto a unos hombres que no tenían ningún tipo de remordimientos y que no se apiadarían de ellos.

Aulo, desde su posición, observaba atónito e impotente la desagradable escena.

—¡Legionario! Se lo diré al centurión —gritó.

Los dos hombres se miraron sorprendidos. El que se encontraba manoseando a Helena se acercó hasta el siervo.

—¿Qué acabas de decir?

Aulo empezó a temblar.

—Dejadla en paz —acertó a pedir—. Si no lo hacéis, se lo diré al centurión. Somos propiedad de Catilio Severo, seguramente os ha pagado para que lleguemos sanos y salvos a nuestro destino. Si no llegamos de una pieza hasta Halicarnaso se enfadará y entonces...

—¡Por todos los dioses!, este tiene la boca más larga que un puñado de viejas. ¿Acaso me estás amenazando, esclavo? Te juro por todos los dioses que cuando acabe con tu amiga te cortaré esa maldita lengua que tienes.

El centurión se acercó.

—¿Ocurre algo, Cneo?

—Nada, mi centurión, tenemos aquí a un esclavo muy valiente y me da que pretende darnos el viaje.

—¿Acabamos de salir de la villa y ya me vais dar problemas? —preguntó el oficial.

—No, mi *domine*. Es solo que este hombre quería aprovecharse de una de las esclavas —dijo Aulo.

—¿Alguien te ha dicho que hables? —preguntó el oficial haciendo un gesto a Cneo.

Este golpeó el costado del esclavo.

El puñetazo pilló por sorpresa a Aulo, que se quedó sin respiración y le costó seguir el ritmo de la marcha.

—Escuchad todos —dijo el oficial en voz alta—. Por vuestro bien espero que no me toquéis mucho los cojones. Bastante tengo con estar cuidando de un montón de mierda como vosotros. Comeréis cuando yo lo diga, pararéis cuando yo lo diga, cagaréis cuando yo lo diga y respiraréis cuando yo lo diga. Todos debéis llegar a vuestro destino, pero nadie ha dicho si de una pieza, así que no me pongáis a prueba o prometo que mi cara será lo último que veréis en vuestra miserable y apestosa vida. ¿Ha quedado claro?

Ninguno de los esclavos contestó.

Tras las largas horas caminando, el grillete empezó a hacer una herida en la pierna de Helena. El cansancio hacía mella en la esclava y se sumaba, una vez más, al miedo que sentía a que el sol llegara al ocaso y se escondiera por el horizonte. Pero en esta ocasión no le preocupaban las pesadillas; durante el viaje, todos los legionarios se habían acercado a verla mientras se frotaban las manos. Todos hablaban de quién sería el primero que la violaría esa noche.

—Alto. Ya está oscureciendo, pararemos en este sendero —dijo el centurión—. Quinto, baja de las mulas la tienda, y el resto, ayudadle a montar el campamento.

Los legionarios empezaron a organizarse. Los esclavos dudaron y algunos se sentaron en el suelo.

Helena se acarició la herida de la pierna. Miró a Elia y Aulo, que estaban muy cerca de ella, el miedo se reflejaba en los ojos de todos ellos.

—Será un viaje duro —dijo Aulo.

—¿Cómo te encuentras? —le preguntó Helena—. Te dieron un buen golpe.

—Bien, aunque creo que lo peor está por llegar.

Mientras los soldados se afanaban en montar el campamento, miraban a Helena, a Elia y a las otras tres esclavas del grupo bromeando entre ellos.

La noche fue cayendo. Los esclavos fueron atados mediante una cadena a un árbol. Un legionario les dio una escudilla con gachas que todos devoraron. A pesar de que la temperatura era agradable, los esclavos se hicieron un ovillo y se apoyaron unos con otros para protegerse del viento que se levantaba fresco sobre sus cuerpos.

Las risas y las voces de la tienda de los legionarios eran el único sonido que rompía la tranquilidad de un paraje acostumbrado a la soledad de la noche, junto al ulular de los búhos y el canto que emitían los grillos. En el grupo de esclavos, la respiración agitada que provocaba el miedo de las mujeres sonaba por encima de las plegarias de los más devotos.

—Seguramente se jugarán a los dados quién os viola primero —dijo riéndose Anacrites, el esclavo que solía ejercer de vigía para Catilio Severo.

—¡Cállate!, por todos los dioses —replicó Aulo—. Acaso quieres que el miedo se apodere de todas las mujeres.

—Y qué me importa a mí lo que les pase a todas ellas. Después de todo lo que hice por el *dominus*, me envían al otro confín de esta tierra junto a un puñado de miserables esclavos como vosotros. Por mí, como si todos esos legionarios y sus mulas violan todas las noches a vuestras mujeres.

—Si no cierras tu maldita boca, juro que no serán los legionarios los que te la callen, sino yo —dijo Cimón, otro de los esclavos.

El ruido en la tienda empezó a hacerse más audible hasta que uno de los legionarios salió empujado por el resto.

—Por Júpiter, que aquí no duermes —dijo Cneo—. Estamos en este lugar por tu maldita culpa, no pienses que no te lo haremos pagar.

El legionario intentó decir algo y recibió una fuerte patada en la boca que hizo que un chorro de sangre, junto a un par de dientes, salieran despedidos.

Varios legionarios más empezaron a golpearlo duramente, propinándole patadas sin mirar dónde.

—Está bien —dijo el centurión—. Desnudadlo y atadle las manos. Con una soga colgadlo de la rama de ese árbol por las extremidades, que solo las puntas de sus pies toquen el suelo. No quiero que pegue ojo, ni esta ni ninguna de las noches hasta que lleguemos a Halicarnaso. Quiero que se le quiten las ganas de volver a quedarse dormido bajo mi mando. Si sobrevive, quiero que recuerde durante toda su vida el nombre de Pompeyo, su centurión.

El resto de los legionarios obedecieron.

Cuando Mario ya estaba colgado, varios compañeros empezaron a golpearlo con varas por todo el cuerpo, especialmente en las plantas de los pies. Los espantosos gritos que daba el legionario encogían el corazón de los esclavos. Cneo cogió el *gladius* del condenado y, tras haberlo puesto al fuego, marcó el pecho del joven. Algunos se tapaban las orejas y otros miraban aterrados el cuerpo de Mario. El olor a carne quemada se podía oler por el improvisado campamento.

El legionario quedó inconsciente.

—Y ahora desahogaros con las mujeres, pero por turnos. No quiero que ninguna sea follada más de cuatro veces. Tenéis muchos días por delante y quiero que mañana sean capaces de andar —ordenó el centurión.

Los legionarios reían mientras señalaban a quien poseerían en primer lugar.

Los siervos miraban impotentes a las esclavas.

Las mujeres temblaban mientras respiraban aterradas.

—Yo me pido a la morena. Esta mañana le eché el ojo —dijo Cneo.

—De eso nada —respondió otro—, seré el primero en meterle la verga.

Varios más solicitaron ser ellos los primeros en violar a Helena. Comenzó una pequeña refriega que fue cortada de inmediato por el centurión.

—Está bien —dijo Cneo—, nos la jugaremos a los dados.

Cneo fue el vencedor de la partida. Se acercó a Helena, que temblaba de miedo. La empujó con dureza sobre la fría tierra, que primero se tiñó de la orina que salió de la aterrada esclava y luego de sangre.

El resto hicieron acopio de otras mujeres.

Elia fue seleccionada por uno de ellos. Aulo intentó impedirlo y el legionario lo golpeó varias veces hasta que el siervo se quedó tumbado en el suelo con la nariz rota, la boca ensangrentada y los ojos llenos de amargura.

Elia no dijo nada. Simplemente aguantó la respiración y apretó con sus manos la hierba sobre la que estaba tendida, mientras el hombre sacudía con violencia su cuerpo una y otra vez contra ella, hasta que finalmente llegó al orgasmo.

XVIII

Roma, 125 d. C.

Probus se levantó sobresaltado y sudando. Tenía la respiración entrecortada.

Se incorporó en la cama. Miró a ambos lados, no reconocía el lugar dónde se encontraba. Unas hermosas pinturas decoraban las paredes del confortable dormitorio. Observó la fina túnica que vestía, pulcramente limpia. Empezó a recordar. Se levantó la ropa y pudo ver la herida del estómago vendada. Dirigió su mirada a la puerta que daba al peristilo. Dos chicas lo observaban mientras cuchicheaban y enseguida desaparecieron.

Notó que no tenía apenas fuerza y sintió una punzada de dolor en el estómago que hizo que se volviera a tumbar.

—Por fin te has despertado —oyó.

—¿Cuánto tiempo he dormido? —preguntó Probus.

—No hagas esfuerzos. Has estado inconsciente durante cuatro días, lo normal es que te sientas débil. Me llamo Valerio Iucundo, esta es mi *domus*, aunque supongo que eso ya lo sabías. Has sobrevivido gracias a los dioses. Tuvimos que darte friegas de agua fría para que bajara la fiebre, durante este tiempo has delirado y hemos temido por tu vida. Perdiste mucha sangre durante el trayecto desde el anfiteatro cargando con esa chica, pudo costarte la vida.

—¿Qué tal se encuentra ella?

—No muy bien. La agresión de esas bestias fue horrible. —Valerio hizo una pausa para respirar profundamente—. Le dieron tres cortes que atravesaron su cara. Ha perdido la visión de un ojo. Por todos los dioses, que no puedo entender cómo alguien puede hacerle algo así a una persona. La pobre chica fue salvajemente golpeada y, además, seguramente violada, pero eso no lo recuerda. Físicamente parece que se puede recuperar, pero me temo que las heridas de su alma jamás sanarán. Desde que despertó, ha velado todas las noches a los pies de tu cama. Ahora descansa por recomendación del médico.

—Gracias por ayudarnos.

—Si no fuera por ti, sin duda habría muerto. Por toda Roma no se habla de otra cosa que de un grupo de hombres que tienen atemorizadas a las prostitutas. Violándolas y atacándolas salvajemente hasta que acaban con su vida. Esta es la primera que ha sobrevivido para contarlo, aunque apenas recuerda nada. Estoy intentando desenmascararlos, pero no encuentro muchos apoyos.

Dos chicas se acercaron a la puerta entre risas y cuchicheos.

—Hijas, no es momento de molestar.

—No importa —contestó el enfermo.

Valerio suspiró.

—Mis hijas quieren saber si eres el famoso Probus.

El gladiador asintió tratando de sonreír.

—Te lo dije, Domicia. Te dije que era él —le comentó Valeria a su hermana—. Le hemos visto entrenar en el Ludus Magnus de lejos y no distinguíamos bien su rostro, de ahí las dudas. Por Minerva, no puedo creerme que se encuentre en nuestra *domus.*

—No sabía adónde dirigirme. Todo el mundo ha oído hablar de las prostitutas que son salvajemente atacadas. Aunque a pocos, salvo a vuestro padre, les importe que acaben muertas. Había oído dónde vivía y por eso vine hasta aquí.

—Me temo que poco puedo hacer. A nadie le importa ni le preocupa que los autores sean capturados —contestó Valerio.

Probus lo miró sin saber a qué se refería.

—Esa pobre muchacha es una prostituta, una infame. Aunque recordara quiénes fueron los hombres que la agredieron y presentara una denuncia, no tendría derecho a un juicio, dado que no podría testificar en él. Me temo que su voz solo es un silencio en la Justicia. Nuestros derechos con los estratos más bajos de la sociedad, como las prostitutas, son más crueles que muchos de los crímenes que se cometen contra ellas.

—Pero esos hombres no pueden seguir cometiendo esos delitos.

—En eso estamos de acuerdo. Créeme que, en el supuesto caso de que supiéramos quiénes son los agresores y los atrapáramos, nada me produciría más satisfacción que conseguir que nunca volvieran a ver la luz del sol. Aunque, como digo, de nada sirve porque nuestras leyes no amparan a las prostitutas.

—Entonces, ¿el destino de todas estas mujeres está en las manos de unos desalmados?

—He hablado con mi mejor cliente, además de amigo, Tito Flavio, el *magister* del Collegium Iuvenum de Reate, uno de los más importantes de todo el Imperio. Le he planteado si podía interceder en el Senado y abrir una investigación. Su respuesta fue contundente, me temo. Al no tratarse de una mujer libre, no se puede hacer nada, salvo desear que el miedo de haberse expuesto demasiado y estar a punto de ser descubiertos haya templado el corazón de esos canallas. Aun así, no me cansaré de investigar por mi cuenta, aunque sea lo último que haga, hasta que esos mal nacidos sean encontrados.

—¿Qué se sabe de ellos? —preguntó Probus.

—Eso mismo iba a preguntarte. Eres el único que los ha visto junto a Thais y los dos habéis vivido para contarlo, pero a ella no he querido hacerla pasar por el trauma de revivir lo que sucedió. ¿Qué recuerdas de aquella noche?

Probus se quedó pensativo. Le contó a Valerio lo poco que recordaba. Eran tres jóvenes, de eso estaba seguro, pero no podía aportar mucha más información. La noche caía sobre el anfiteatro y, a pesar de las antorchas, no pudo verlos con claridad, salvo a uno de ellos, a quien probablemente reconocería si volviera a tenerlo enfrente. También recordaba que otro de los agresores era bastante grande. Solo eso.

Valerio Iucundo abandonó, acompañado de sus hijas, la estancia. El gladiador agarró con rabia las sábanas. Odiaba que las clases más bajas no tuvieran los mismos derechos que los hombres que decidían las leyes, y todo por tener, como única culpa, el haber nacido con una condición que ellos mismos imponían como distinta.

Durante varias horas estuvo en la cama tumbado, pensativo. Recordó su último duelo y cómo las dudas, por primera vez, se habían cernido sobre él. En cuanto se encontrara un poco mejor, se marcharía a su *domus;* no quería molestar. Además, ya poco más podía hacer por la joven a la que socorrió y, tal y como había dicho el abogado, le salvó la vida.

—Me han avisado de que te habías despertado —dijo la voz de una mujer.

Probus levantó la cabeza. Una joven con una larga melena morena se encontraba junto a la puerta. Tenía media cara cubierta con un aparatoso vendaje. En la mejilla que quedaba libre se veía un enorme tajo, aún cicatrizando, que atravesaba todo el rostro.

—Te he traído esta escudilla con un caldo que he preparado para ti. Te arreglará el cuerpo.

—Gracias.

—Mi nombre es Thais y aún no te he dado las gracias por salvarme la vida. Aunque viendo el estado en el que he quedado quizá habría sido mejor haberle puesto fin a mis días.

—Una vida siempre es una vida.

—Es curioso que sea un gladiador quien pronuncie esas palabras.

—Solo lo soy cuando lucho en el anfiteatro, el resto del tiempo soy un ciudadano normal —dijo avergonzado.

—Dicen que eres Probus, el famoso gladiador, ¿puedo saber por qué decidiste salvar mi vida?

—No podía dejarte allí tirada como si fueras un perro, aunque las leyes nos traten como tal.

—No sé cómo podría agradecértelo —comentó con voz temblorosa.

—De momento, esa escudilla será suficiente.

Thais le acercó el plato y se sentó a los pies de la cama. Ambos estuvieron, durante el tiempo en que Probus dio cuenta del caldo, en silencio.

—¿Qué harás cuando te mejores? —preguntó Thais.

—En cuanto me encuentre mejor, abandonaré la *domus*. Creo que ya he abusado suficiente de la amabilidad de esta buena gente. Además, imagino que el viejo de Nepote estará buscándome desesperado por toda la ciudad.

—¿Quién?

—El *lanista* del Ludus Magnus.

Thais asintió, seria y triste. Cogió la escudilla vacía y se levantó para abandonar la habitación.

—¿Qué harás tú? —preguntó el gladiador.

—No lo sé —dijo desde el umbral la joven—. ¿Quién querrá acostarse con una prostituta tuerta y con la cara desfigurada?

Probus no contestó, Thais salió y el silencio volvió a inundar la estancia.

Durante los días posteriores, desde el alba, Thais trataba de colaborar en todas las labores del hogar. Pero Valerio Iucundo insistía en que era su invitada y no la dejaba participar en ninguna tarea, por lo que la joven solo tenía una cosa que hacer, cuidar de Probus.

Thais entró con una palangana y un ánfora con agua templada en la habitación del gladiador, justo cuando este se estaba desperezando.

—¿Necesitas que te ayude a limpiarte? —preguntó avergonzada.

—Creo que puedo hacerlo solo —contestó Probus—. Aunque me vendría bien que me ayudaras con el vendaje. Siempre he detestado las heridas.

—¡Por todos los dioses!, ¿un gladiador que le teme a la sangre?

Los dos comenzaron a reírse.

Con suavidad y despacio, para no lastimarlo, Thais desprendió la venda del cuerpo de Probus.

—Creo que tiene buen aspecto —dijo ella—. Parece que empieza a cicatrizar.

—Me alegra oír eso, y tú ¿cómo te encuentras?

Thais no respondió. Su gesto pasó a ser serio y la sonrisa que un momento antes lucía se fue apagando y oscureciéndose. Aquel cambio no pasó desapercibido para Probus.

—¿He dicho algo que no debía?

—No, no es eso, has preguntado lo que correspondía.

—¿Entonces?

—Ese es el problema. Nunca nadie me había hecho esa pregunta.

Thais cogió un trozo de tela y lo empapó en el agua. Limpió la herida con delicadeza y ternura. Acercó la bandeja que contenía el desayuno y se dispuso a darle un trozo de pan recién horneado. El pequeño mendrugo cayó de sus manos y ambos hicieron el amago de cogerlo. Sus dedos se rozaron un instante, lo suficiente para que en su mente, y para siempre, la joven guardara la aspereza de su tacto y él la suavidad de su piel.

Thais notó los ojos de Probus clavándose en ella. Desde hacía varios días se había quitado el vendaje de la cabeza por recomendación del médico. Aún no había sido capaz de mirarse en un espejo y la vergüenza de que ese hombre, amable y atento, la viera como un monstruo hizo que se diera la vuelta.

Los días fueron pasando y Thais pasaba gran parte de su tiempo junto al gladiador. La joven le contaba todo lo que le habría gustado ser en la vida y cómo desde que tan solo era una niña sus sueños fueron rompiéndose por un destino que la había tratado sin piedad.

Una de las noches Probus se despertó sobresaltado. Con la respiración agitada y empapado en un sudor frío. Había soñado que se encontraba en el anfiteatro de los Césares luchando, como tantas otras veces, con los mejores gladiadores del Imperio. Sin embargo, ese día era distinto. Se sentía inmóvil, sus movimientos eran lentos, intentaba correr y sus pies no respondían. El público lo señalaba con el dedo hasta que su rival lo atravesó con su *gladius*.

Cuando sus ojos se hicieron a la realidad, Thais se encontraba a su lado con una lámpara de aceite. La joven limpió, con un paño húmedo, su sudor y consiguió calmarlo. Probus observó su rostro, anaranjado por la luz. La lámpara mostraba el lado más desfigurado de la joven, mucho más frágil y débil que la tenue luz que iluminaba la estancia.

Probus se tumbó y entendió que Thais era su luz entre las sombras.

Días después, Valerio Iucundo entró en la habitación

de su invitado. El gladiador se encontraba mucho mejor, estaba de pie y acababa de ataviarse con una túnica limpia.

—Cuando llegue a mi *domus* haré que te traigan una nueva —dijo.

—No será necesario —contestó Valerio.

—Ha llegado la hora de irme.

—Me sorprende lo rápido que te has recuperado.

—No es la primera vez que mi cuerpo recibe la herida de un *gladius*. Gracias por tu hospitalidad.

—¿Cuál es tu verdadero nombre?

—Todo el mundo me conoce por Probus. No acostumbro a recordar mi pasado.

—Yo nací en Pompeya —dijo Valerio sirviendo dos copas de vino y ofreciendo una a su invitado—, pero mis padres se mudaron a Roma cuando era pequeño y con buen criterio, el Vesubio nos habría arrastrado con su lengua de fuego como hizo con gran parte de mi familia y toda la ciudad.

—Mis padres también eran de Pompeya.

—¿De veras?, ¿a qué se dedicaban?

—Eran esclavos. Se enamoraron en la *domus* donde vivían. Mi padre fue un gran gladiador que consiguió la libertad, dicen que luchó contra Spiculus.

—Vaya, tuvo que ser bueno para enfrentarse a Spiculus, sí. Era el favorito de Nerón, ¿verdad?

Probus asintió. Bebió de la copa e hizo una pausa para coger aire.

—Aunque no fue un gladiador ni el Vesubio quien acabó con su vida. Ocurrió en mi ciudad natal en Asturica Augusta, en la *caupona* que regentaban. Durante un incendio consiguió ponerme a salvo, pero cuando regresó a por mi madre y el resto de la familia, el techo se les vino abajo y el fuego se cobró la vida de todos. Nunca me lo perdonaré —dijo con la voz rota.

—Lamento oír eso. ¿Por qué decidiste hacerte gladiador?

—No tuve muchas más opciones. Mi padre me enseñó a luchar desde pequeño, decía que solo era para que aprendiera a defenderme. Cuando ocurrió el incendio, mi vida se vino abajo por completo, perdí todo cuanto tenía. Supongo que hacerme gladiador fue mi única opción, aunque creo que ya soy un poco viejo para esto.

—No pienso lo mismo después del combate que nos brindaste. En mi familia también hubo un gladiador, mi tío. Aunque estaba prohibido siquiera hablar de él. Mi abuelo podía matarte con la mirada si pronunciabas su nombre. Por eso nunca me han gustado los combates.

—Un buen vino —dijo el gladiador.

—Era de mi abuelo. Murió años antes de que la ira de Vulcano arrasara la ciudad de Pompeya.

—¿Cuál era su nombre? —dijo Probus mientras llevaba la copa a sus labios.

—Publio Valerio. Debo mi nombre a él.

Probus se atragantó mientras bebía y empezó a toser. Su rostro se tornó súbitamente pálido.

—¿Te encuentras bien?

—Sí, será mejor que me vaya. He abusado demasiado de vuestra hospitalidad.

El gladiador le extendió la mano y ambos se despidieron agarrándose el antebrazo.

Probus se dio la vuelta confuso. El nombre de aquel hombre, Publio Valerio, el famoso comerciante de vinos, fue el que le había hecho atragantarse. Era el *dominus* de la *domus* donde sus padres, Ronet y Nailah, habían servido.

—Clodio —dijo el gladiador dándose la vuelta.

—¿Cómo dices? —preguntó el abogado.

—Mi verdadero nombre es Clodio.

Valeria y su hermana hacían compañía a Thais en uno

de los asientos del peristilo, junto al ruido de los pájaros y el agua de las fuentes y acompañadas del frescor que desprendían las plantas del jardín.

—Puedes quedarte más tiempo si quieres, padre dice que hasta que no estés del todo recuperada no irás a ninguna parte —dijo Valeria.

—Hay heridas que sanan por fuera, pero hay otras que tiñen para siempre nuestro corazón, y esas me temo que pesarán en mi vida eternamente. Habéis sido muy amables conmigo. pero debo seguir mi camino, no tardaré en irme.

—¿Y a qué vas a dedicarte? —preguntó la pequeña de las hermanas.

—¡Domicia!, no seas grosera —dijo Valeria.

—No importa... —dijo Thais—. No lo sé, no sé qué será de mí.

—Díselo —dijo la pequeña.

—Padre dijo que no habláramos de ello hasta que no tuviera la certeza.

—¿Decirme el qué? —preguntó la prostituta extrañada.

Valeria hizo un gesto de desaprobación.

—Padre está intentando que uno de sus clientes, un famoso mosaiquista, te dé trabajo —dijo de nuevo la pequeña.

Thais se levantó tapándose la boca con las manos.

—Eso sería algo maravilloso —acertó a decir.

—Domicia, no deberías habérselo dicho, padre se enfadará si se entera y si su cliente no accede a contratarla.

—Seguro que sí lo hace —dijo su hermana.

La figura de Probus interrumpió la conversación.

Las dos hermanas se miraron cómplices y se marcharon dejando solos a Thais y al gladiador.

—He venido a despedirme —dijo Probus.

—Te veo bien —contestó ella.

—Tú también estás mejor.

—Gracias... de nuevo por salvarme aquella noche. No todo el mundo pone en riesgo su vida por salvar la de una simple prostituta.

—Mi madre también fue violada. Supongo que, de no haberte ayudado, nunca me dejaría entrar allá donde vayan las almas una vez que abandonan este mundo.

—No me lo habías contado.

—Hoy he hablado dos veces de mi pasado y no acostumbro a hablar de él.

Los dos se quedaron en silencio observándose sin decir nada. O al menos, sin decir lo que querían escuchar sus corazones. Ninguno de los dos se atrevió a decir lo que pensaban. Desde la noche en que vivieron el tormento de ir desde el anfiteatro a la *domus* de Valerio Iucundo, algo había nacido entre ellos. Algo invisible que no sabían explicar.

Quizá a Thais el miedo a ser rechazada le impidió hablar. El miedo a que ese hombre no quisiera besar sus labios atravesados sin piedad por una enorme cicatriz. No podía contener la pena de tener un único ojo sano con el que mirar bien al único hombre que, a lo largo de su vida, había hecho algo heroico por ella. Tenía pánico de que esa persona, a la que no le temblaba el pulso a la hora de acabar con la vida de otros hombres, la rechazara por haber entregado su cuerpo durante toda su vida a tantos como él. Miedo de que la persona que tenía delante, al observar su rostro mutilado, viera el de un monstruo, aunque por dentro fuera solo una pobre chica débil y frágil. Sus pensamientos la atormentaban si, al acercarse, sintiera que la rechazaba y, sobre todo, encontrase en la mirada del hombre de quien se había enamorado más asco que el que podía sentir por las bestias inimaginables con las que luchaba en la arena de un anfiteatro.

A Probus fue la duda la que le impidió hablar. Durante días, tumbado en su jergón, pensaba en ella cuando se encontraba descansando solo, y, cuando la joven aparecía, simplemente enmudecía. No entendía qué le ocurría. Las heridas físicas sanaban y ahora era su alma la que enfermaba. Nunca había sentido por ninguna mujer lo que estaba sintiendo por esa joven, que cuando entraba en su cuarto conseguía que su pecho se agitara con fuerza y que su corazón bombeara con pasión al abandonarlo. No fue capaz de que sus labios pronunciaran aquellas palabras que tanto había meditado: convencerla de que se fuera con él a su *domus*. Pero las dudas de que viera en él una bestia que sembraba el miedo entre los hombres le hicieron callar. La indecisión le impidió decirle a Thais que sus lágrimas nunca más serían de dolor y que sus mejillas jamás volverían a mostrar una huella que dejara un rastro de amargura. Fue incapaz de jurar que, a partir de aquella fatídica noche, en la que los únicos monstruos de aquella historia destrozaron su rostro y su alma, nunca más nadie le pondría la mano encima mientras él viviera. Que jamás le faltaría de nada. La duda enmudeció sus sentimientos, aquellos que le gritaban que se había enamorado de ella y que le empujaban a hacerle ver que con él lo único que tendría sería un inmenso amor.

Querían decirse tantas cosas que al final no se dijeron nada. El miedo de ella y las dudas de él sellaron sus labios y el silencio de sus voces les impidió gritar su amor.

Probus, con un nudo en la garganta, se dio la vuelta y se marchó.

Thais observó irse a ese hombre mientras una única lagrima, solitaria y triste como ella, corría sin rumbo por su mejilla.

Esa misma noche Valerio llegó agitado y gritando a la *domus*. Valeria, su hermana y Thais acudieron a su encuentro, en el *atrium* del hogar, donde ya se hallaba Saurea, el *atriense*, atendiendo a su *dominus*.

El abogado estaba tumbado en el frío suelo de la entrada, con su toga sucia y rasgada, agarrando la mano de su esclavo y con los ojos arrasados de lágrimas. Soltando insultos y maldiciendo a los dioses.

Sus hijas tan solo le habían visto así cuando su madre falleció.

—¡Padre!, ¡padre!, ¿qué te ocurre? —gritaron asustadas.

Valerio las miró sin ser capaz de pronunciar una palabra.

Thais sintió el olor a vino que desprendía, acostumbrada, como estaba, a que fuera el olor típico de los hombres con los que solía acostarse. Valerio había bebido, y mucho.

Las hijas se abrazaron a su padre llorando junto a él.

Valerio hizo un gesto para que Thais también se acercara.

La joven no dudó y abrazó, junto a sus hijas, al hombre más bondadoso que había conocido en su vida.

—Lo siento, lo siento mucho —dijo Valerio roto por las lágrimas.

—¿Qué sientes, padre?, ¿qué ocurre? —preguntó Valeria.

—Lo he intentado..., he hecho todo cuanto estaba en mi mano..., pero ha sido en vano. De todas las criaturas que respiran y se mueven sobre la tierra, no hay ninguna que sea más cruel que el hombre.

—¡Padre, nos estás asustando! ¿Qué es lo que tanto te angustia?

—Esta tarde... —dijo entre lágrimas Valerio— han encontrado el cuerpo de otra pobre chica, por la ropa se cree que era otra prostituta. Se han cebado con ella. Su cuerpo... se encontraba... lleno de cortes y de golpes. —Publio tuvo que hacer una pausa—. Y había sido salvajemente violada.

Las chicas ahogaron un grito. Thais se llevó las manos a la boca; de no ser por Probus, ella habría acabado de ese modo.

—Tres enormes cortes cruzaban su rostro.

Valerio volvió a hundirse en un mar de lágrimas mientras se abrazaba con fuerza a sus hijas.

—Lo he intentado todo. He ido a la curia, a la salida del Senado, he rogado, he suplicado que hicieran algo por esas pobres mujeres que están perdiendo la vida. Varios lictores me apartaron a empujones y patadas. Impotente, fui hasta la *rostra* a gritar al pueblo de Roma que debemos interceder por esas pobres indefensas, pero nadie se paró a escuchar mis súplicas. ¿Qué clase de Imperio somos si las prostitutas, las actrices, las mujeres infames solo son una luz para que los cobardes se sientan valientes al caer el día, cuando se entregan a ellas sin condiciones, sin entender de clases sociales ni de derechos? Y, sin embargo, a la mañana siguiente esos mismos hombres no reconocen a las almas a las que se entregaban con pasión la noche anterior, mientras suspiraban y sus cuerpos mezclados sucumbían como uno solo. Su silencio grita demasiado y revela más que mil palabras..., son igual de asesinos que las bestias que decidieron cebarse con ellas.

—Será mejor que lo llevemos a su lecho —dijo Saurea.

Valerio miraba con los ojos fuera de sí, como si se hubiera vuelto completamente loco. No paraba de gritar y de insultar. Sus palabras estaban llenas de hiel.

—Estamos condenados..., ¿me oís?..., condenados si no hacemos nada por salvarlas.

Con dificultad llevaron a Valerio hasta su dormitorio y consiguieron calmarlo hasta que se durmió.

—Ya está más tranquilo —les dijo Thais a las dos hermanas.

—Hacía mucho tiempo que no lo veíamos tan alterado —dijo Valeria.

—Vuestro padre es un gran hombre. Nunca había visto a ninguna persona defender así a una mujer, y menos a una prostituta.

—Antes no era así —dijo Valeria—. Siempre fue un hombre que defendía las virtudes romanas y las costumbres que habían llevado al Imperio a ser lo que es hoy en día.

—Hasta hace un par de años, cuando madre murió —dijo la pequeña—. Una extraña enfermedad se apoderó de ella y... —le costó continuar— en menos de lo que tarda un ave en surcar el cielo se fue para siempre.

—Mi padre prometió en su lecho de muerte velar por nosotras y educarnos como si no fuéramos mujeres. Juró que seríamos libres de elegir nuestro destino en un mundo dominado por los hombres —continuó Valeria.

»Desde entonces no solo intercede por nosotras, sino por todas las mujeres que habitan en Roma. A veces sé que aún llora a madre en silencio.

—Una vez le pregunté que por qué se había convertido en el abogado de las mujeres —explicó Domicia—. Me contestó que el mismo día que mi madre murió tomó conciencia de los frágiles e insignificantes que son los hombres sin nosotras.

Un enorme pesar se instaló en el ambiente de la *domus* y, durante la larga noche, sus paredes emitían el eco de la pesadumbre y la tristeza de su *dominus*.

XIX

Provincia de Bitinia, 125 d. C.

A Helena la despertó el puntapié que le dio Cneo, el legionario.

—Vamos, hoy llegaremos a Halicarnaso. ¡Despertad todos o por el contrario os azotaré hasta que me sangren las manos!

Los esclavos estaban exhaustos, hambrientos y sucios y, con dificultad, fueron incorporándose.

Helena se miró la herida que el grillete le había provocado en la pierna. El aspecto era feo, la piel estaba completamente desgarrada, pero el mayor padecimiento no era el dolor, sino conseguir soportar la vergüenza que sentía. Además de que su túnica estaba negra por el polvo de los cientos de millas que habían recorrido, las suelas de sus sandalias estaban roídas y rotas, y la planta de los pies, ensangrentada. Una oscura amalgama corría por sus piernas: el sudor se mezclaba con la arena, la orina se entreveraba con la sangre seca de sus muslos y otros fluidos en los que no quería pensar.

Cada una de las noches los legionarios habían violado a las mujeres. Cada una de las noches cuatro salvajes, al caer el día, abusaban sexualmente de cada una de ellas.

Helena miró a Elia, que le devolvió la mirada sin decir nada y con el rostro sumido en la tristeza y el cansancio por el viaje más duro de sus vidas. Aulo tenía la cara hinchada por la paliza. Desde el segundo día había desistido de protestar cada vez que los legionarios se acercaban a las mujeres. Nada pudo hacer por defenderlas, y la impotencia pesaba y dolía más que la cantidad de golpes que había recibido. Aun así, los hombres de Pompeyo, el centurión, lo golpeaban cada vez que consideraban oportuno. Le costó ponerse en pie, una de las patadas que le habían dado varias noches atrás le había destrozado la rodilla.

El grupo comenzó a andar. Llevaban doce días de viaje, dos de retraso sobre lo previsto.

Aulo cojeaba demasiado y era quien más frenaba la marcha, de por sí ya lenta, pues al resto de los hombres y mujeres apenas les quedaban fuerzas. Varias horas después, Aulo no pudo más y cayó el suelo.

—¡Alto! —gritó Cneo—. Estamos a tan solo unas millas y este esclavo nos va a dar el día.

—¡Desátalo! —ordenó Pompeyo.

El legionario obedeció y le quitó el grillete, no sin antes darle una patada para que se levantara, pero Aulo fue incapaz de ponerse en pie.

Elia y Helena rogaban a los dioses para que se incorporara.

—Cneo, llevadlo detrás de aquel árbol. Estamos cerca de la ciudad, pero no quiero que nadie os vea. Abandonadlo allí, no ira a ningún sitio en su estado y no tendréis que mancharos las manos con su muerte, diremos que sufrió alguna enfermedad y que murió por el camino. Espero que no nos lo descuenten de la paga.

—¡No! —gritaron al unísono Elia y Helena.

—Cargaré con él, solo nos quedan unas millas, ya casi divisamos la ciudad —dijo Elia.

—Yo la ayudaré —comentó Helena.

Los legionarios empezaron a reírse.

—¿No te da vergüenza? —dijo Cneo mientras daba otra patada a Aulo—, dos mujeres cargando con un mierda como tú.

—No le pegue más... —dijo Elia—. Por todos los dioses se lo suplico.

—Tú —dijo Pompeyo mirando a Helena—, carga con él, si nos retrasáis yo mismo acabaré con su vida.

La joven esclava obedeció y cargó con dificultad con el cuerpo de Aulo. Colocó el brazo del siervo por encima de su hombro y reanudaron el camino.

El esclavo pesaba más de lo que Helena había imaginado. Además del cansancio acumulado, ahora había que sumar el esfuerzo de acarrear con el peso de su amigo.

Varias horas después Helena estaba exhausta. Creía que no conseguiría dar ni un paso más y sentía que estaba a punto de desfallecer. Al fondo, en el horizonte, por fin podía divisarse lo que la esclava entendió que era la ciudad de Halicarnaso. Aquella imagen acercándose lentamente le dio un pequeño empujón de motivación para continuar, aunque sabía que el último tramo sería interminable. El camino empezó a estar cada vez más concurrido, al menos podía sentirse el intenso ruido de los habitantes entrando y saliendo de la ciudad y eso daba esperanzas a Helena para seguir luchando, quedaba poco. Nadie reparaba en ellos, tan solo eran un puñado más de esclavos que habían sido vendidos.

—Ya nos queda poco, Aulo. Lo conseguiremos.

—¿Elia..., eres tú..., palomita? —dijo con un hilo de voz el esclavo.

—No, soy Helena. Aguanta, pronto llegaremos, un esfuerzo más.

Siguieron durante otra interminable hora, cada paso que la esclava daba era una tortura, una condena. Prácticamente arrastraba los pies. Las heridas y la sangre por el roce con la tierra le provocaban unos insoportables dolores. Un fuerte pinchazo mordía su espalda.

Helena sintió que su amigo ya casi no colaboraba, que arrastraba cada vez más los pies.

—¡Vamos, Aulo!, estamos a punto de llegar.

—Déjame aquí... —dijo el esclavo—, y dile a Elia... que la quiero.

—No pienso abandonarte. Se lo dirás tú, Aulo.

Helena notó cómo su amigo se volvía un poco más pesado y ella estaba a punto de desmayarse, no podía aguantar mucho más tiempo.

—Está bien. Hemos llegado —dijo Pompeyo—. Ayudadla.

Los legionarios obedecieron y cogieron a Aulo.

Helena sintió un alivio indescriptible. Se tumbó en el suelo mientras su pecho subía y bajaba buscando coger todo el aire que fuera capaz. Miró el cielo. Estaba agotada, empapada de sudor, hambrienta y sedienta.

—Está muerto —dijo Cneo riéndose.

Helena se incorporó como si el cansancio súbitamente la hubiera abandonado.

Observó cómo varios legionarios zarandeaban el cuerpo de su amigo.

—¡Aulo! —gritaba desesperada Elia—. ¡Aulo, amor mío!

Helena se llevó las manos al rostro, todo el esfuerzo había sido en vano. Los ojos eran el reflejo de su impotencia y lloraban desconsoladamente.

Los legionarios reían mientras le daban pequeños puntapiés esperando que el esclavo se reanimara. Pero todo fue inútil.

Aulo había muerto.

Un par de horas después los esclavos estaban en un recinto al aire libre. Elia y Helena lamentaban profundamente la muerte de Aulo, pero estaban tan exhaustas que ni las lágrimas acudían a sus ojos.

Se habían aseado en una especie de terma. Vestían una sencilla túnica que las habían obligado a ponerse. Después de comer un plato de gachas, se sentían físicamente mejor, aunque su corazón estaba roto por la pérdida de Aulo.

Ambas mujeres miraron a su alrededor. Se encontraban en el centro de una improvisada arena. Una gran cantidad de hombres y alguna mujer acordonaban el recinto y las rodeaban. Vestían las mismas ropas y charlaban mientras las señalaban con el dedo.

Se hizo un hueco entre los presentes y una mujer entró en el centro del óvalo por uno de los laterales. Un extraño hombre con ropas peculiares iba detrás de ella, custodiados por otros dos vestidos con túnica. Helena se sorprendió cuando vio el aspecto de la persona que acompañaba a la mujer. Vestía un insólito calzón largo rojo, como el que los legionarios llevaban en invierno. Lo pies iban cubiertos con una tela hasta la rodilla de color azul, entrelazada con cuerdas. Por encima, una túnica naranja con la manga larga hasta las manos y, sobre esta, una especie de protección de metal oscuro resguardaba todo su pecho, parecida a la loriga de las legiones pero mucho más compacta y tupida, hasta llegar al cuello. Vestía de un modo muy diferente a como hacían los romanos. Pero lo que más llamó su atención fue que en la cabeza llevaba un gorro, como el píleo de los esclavos cuando eran manumitidos. Sin embargo, este era más insólito y tapaba las orejas, nunca había visto nada igual. Llevaban un enorme *gladius* enfundado en la parte delantera del cinturón. Durante los diez días que había durado la travesía desde Apamea hasta allí, había podido observar muy de cerca el arma romana de los legionarios. El extraño hombre portaba uno mucho más delgado y fino. Helena pensó que debía de ser una especie de guerrero o luchador. Cuando el hombre giró la cabeza inspeccionando a todos los que se encontraban a su alrededor, Helena se sorprendió.

Aquello era imposible, ese hombre no podía ver. El insólito guerrero tenía los ojos cerrados.

Cuando la mujer, el extraño guerrero y los otros dos hombres llegaron al centro de la arena, uno de ellos levantó la mano y el silencio se apoderó del recinto.

—¡Esclavos! —dijo la mujer dirigiéndose a ellos—. Este es vuestro nuevo hogar. Desde hoy vuestras vidas nos pertenecen. Haréis todo lo que se os ordene, comeréis cuando se os diga y el resto del día entrenaréis.

Los esclavos se miraban sin saber muy bien dónde se encontraban. La mujer continuó hablando:

—Este de aquí es Cípetes, uno de los hombres que dirigen este lugar. Junto a él se encuentra Lisímaco y, por vuestro bien, espero que no enojéis al hombre que tengo detrás. Desde hoy mismo las mujeres os dedicaréis a limpiar y cocinar y los hombres entrenaréis. En este lugar podéis convertiros en héroes o bien morir mañana mismo, depende de vosotros, de vuestro valor y de vuestra entrega. Aquí os convertiremos en gladiadores. Bienvenidos al Ludus de Halicarnaso. Mi nombre es Flavia Lycia, soy la dueña y la *lanista* que dirige este lugar, y por Baco, que si me enojáis os arrancaré la piel a tiras.

Varias semanas después Helena se encontraba limpiando una letrina del *ludus*. Los primeros días habían sido duros. Al trabajo extenuante se sumaban las palizas que recibía de las mujeres que también servían allí.

La letrina era pequeña y muy estrecha. A ambos lados contaba con siete asientos de madera, cada uno de ellos con un agujero en el medio. El agua penetraba por un pequeño orificio en la pared, entraba en un enorme recipiente de piedra que la desbordaba por una canaleta en el suelo empedrado, recorría todo el perímetro y volvía a salir por otra abertura. Otro recipiente con agua, vinagre y sal servía para introducir los palos con la esponja que dejaban, al terminar de limpiarse, para que el siguiente visitante pudiera usarla. La única luz entraba por una pequeña ventana que no era lo suficientemente grande para que el lugar no pareciera lúgubre. Las paredes estaban pintadas hasta la mitad de un rojo que empezaba a desconcharse, y el resto, de blanco. El olor a humedad, la gran cantidad de moscas y cucarachas y alguna que otra rata eran la única compañía que Helena tenía.

La esclava levantaba las maderas de los asientos y limpiaba con agua y vinagre. Cada vez que frotaba con la esponja, un fuerte dolor le recorría todo el costado. El agua sucia la vertía por un orificio debajo del asiento para arrastrar toda la suciedad y los bichos que allí hubiera.

Se tocó el ojo, aún lo tenía hinchado y le dolía por los golpes. El labio seguía partido y, si pasaba la lengua, aún podía percibir el sabor de la sangre.

Pensó en Elia. Los primeros días su amiga no podía soportar la muerte de Aulo. Prácticamente no dormía y apenas era capaz de comer al descubrir que se había quedado embarazada como consecuencia de las violaciones de los legionarios. Se despertaba gritando y aterrada pensando que estos volverían para violarla de nuevo. Se aferró a una angustiosa soledad que, sumada al horror que sentía de pensar que traería a este mundo al hijo de uno de sus violadores, la sumieron en una oscuridad en la que no tardó en hallar la muerte. Helena, impotente, solo pudo acariciar su pelo y besar su frente mientras era testigo de cómo su amiga abandonaba este mundo para siempre. Eso le hizo rememorar la muerte de su abuela y la marcha de Antinoo. Se sentía sola e inmensamente desdichada.

Un ruido a su espalda la hizo volverse y apartar sus pensamientos.

Dos mujeres se encontraban delante de ella.

Helena suspiró. Eran las dos esclavas que le habían hecho la vida imposible desde que llegó al Ludus de Halicarnaso.

—Mañana vendrá una visita importante y nos vamos a asegurar de que no nos darás problemas —dijo una.

—Juro que no haré nada —contestó Helena retrocediendo aterrada.

—Ya lo creo que no lo harás, ¿verdad, Luciana?

—Me aseguraré de que así sea, Alda.

Las dos esclavas se acercaron rodeándola.

Luciana se acercó por su izquierda, por el lado donde tenía el ojo hinchado, y lanzó un puñetazo que impactó de lleno en el rostro de Helena. Un hilo de sangre salió despedido de la ceja. Alda la agarró por la espalda, le pasó los brazos por debajo de las axilas y la sujetó por el cuello para inmovilizarla.

Luciana la comenzó a golpear con fuerza en el estómago y Helena se dobló hacia delante por el dolor, pero Alda tiró hacia atrás para impedir que se venciera.

—Mi amiga y yo vivíamos bien aquí hasta que tú llegaste, y queremos que siga siendo así —dijo Luciana intimidante—. Complacemos a los doctores en sus fantasías sexuales y, de ese modo, ellos son benévolos con nosotras. Ganar el favor de los hombres es sencillo —dijo mientras volvía a golpear a Helena en el estómago, dejándola sin respiración—. Abres tus piernas y ellos caen rendidos ante nuestros hechizos. Así de simple, y una rata como tú no va a hacer que eso cambie. Haremos lo posible por dejarte el rostro de un modo que no te deseen ni las cucarachas de esta letrina.

—No haré nada, lo prometo —dijo Helena con la voz ahogada por la falta de aire.

—Eso dicen todas y, en cuanto pueden, intentan conquistar a los que mandan metiéndose su verga en la boca. No volveré a limpiar letrinas y no me acostaré con más gladiadores. Ese trabajo será para perras como tú. Mañana vienen importantes editores en busca de los mejores luchadores del *ludus* y no queremos que ninguno de ellos se fije más de la cuenta en ti.

Luciana cogió una de las esponjas con la que los gladiadores se limpiaban al terminar de hacer sus necesidades.

—Abre la boca. Antes de rajarte la cara, haré que te comas esta porquería.

—¡No, por favor, no! —suplicó Helena.

La esclava intentó introducir la esponja en la boca de Helena, pero esta se revolvió, golpeó con la nuca la nariz de Alda y consiguió zafarse. Luciana la zancadilleó y Helena cayó chocándose la frente contra el recipiente de piedra que recogía el agua de la fuente.

Luciana y Alda la golpearon una y otra vez e introdujeron su cabeza en el recipiente de agua sucia, donde se limpiaban las esponjas, con una fuerza que le impedía sacarla de allí. Desesperadamente, Helena intentó apretar con las manos en el borde empujando hacia arriba, pero los brazos de su agresora no cedían ante el empuje. El aire empezaba a faltarle y la angustia se apoderaba de ella. No podía respirar, se movía con fuerza desesperada, intentaba patalear y con las manos buscaba algo a lo que aferrarse, pero todo era inútil. Las fuerzas empezaron a ceder, la falta de aire comenzaba a hacer mella. El recuerdo de Antinoo, de su abuela, de Aulo y de Elia vinieron a su mente, eso era el final. De repente, la presión cedió y a lo lejos se oyeron unas voces. Helena no supo discernir si sonaban en su cabeza o fuera. Las manos sucumbieron y cayeron inertes justo en el momento en el que unos fuertes brazos sacaban su cabeza del agua.

Un par de manotazos en las mejillas la hicieron recobrar el conocimiento. Después de vomitar la gran cantidad de agua que había en sus pulmones, observó a su salvador: el extraño hombre con los ojos cerrados se encontraba delante de ella. Helena se incorporó gritando y con miedo. Miró a un lado y a otro, no había rastro de Luciana y Alda, se encontraba sola con aquella especie de guerrero.

—Me llamo Lü —dijo en un acento peculiar—. Estás a salvo.

Helena se fijó en sus ojos, no estaban cerrados como pensaba, sino que eran rasgados.

El hombre lanzó un *gladius* de madera al suelo. Aquel guerrero que la había salvado de una muerte segura le hizo un gesto para que cogiera el arma. Él tenía otro igual en la mano. La esclava obedeció y agarró el *gladius* sin saber muy bien cómo hacerlo.

Un par de gladiadores entraron para hacer uso de la letrina, pero el hombre de ojos rasgados hizo un gesto para que abandonaran el lugar y los dos luchadores se fueron sin decir una sola palabra. Helena había percibido que aquel guerrero infundía miedo y respeto a los otros hombres del *ludus*.

Lü se colocó en una extraña postura y con su *gladius* golpeó a la altura del rostro de Helena, que se defendió colocando el suyo sin apenas fuerza delante de sus ojos. La dureza del golpe del hombre fue tal que el arma se escapó de las manos de la esclava y cayó al suelo.

El guerrero esperó a que volviera a recogerlo y repitió el golpe. Esta vez Helena consiguió atajarlo con más fuerza. Lü se acercó, sin decir una palabra, y separó el codo de la esclava haciéndole ver dónde tenía que colocarlo para defenderse.

Así estuvieron varias horas, que se convirtieron en semanas y en meses.

Helena aprendía rápido y hacía todo lo que el hombre de ojos rasgados le enseñaba, sin comprender que había pasado de estar a punto de morir a convertirse poco a poco en una experta luchadora.

XX

Roma, 126 d. C.

Thais estaba concentrada colocando distintas teselas de colores que formaban un precioso mosaico en la *domus* de un cliente.

Estaba tumbada sobre el pavimento, absorta en esa delicada tarea, eligiendo el tono adecuado, siguiendo el trazo en carboncillo que, hábilmente, el *pictor* había realizado sobre la fina capa de mortero de cal, arena y polvo de ladrillo que otro artesano había extendido con anterioridad, todo ello con la suficiente agilidad y paciencia para impedir que esta fraguara antes de culminar su trabajo.

Era la parte más delicada de la obra. El éxito del resultado dependía, en gran medida, de su habilidad y de elegir adecuadamente las tonalidades de las pequeñas teselas para darle la perspectiva deseada.

Mientras se afanaba en esta tarea, su *dominus*, que se encontraba muy pendiente del proceso, golpeaba de manera repetitiva con un taco de madera las teselas ya colocadas para nivelarlas y asentarlas en el mortero.

Ni siquiera el ruido provocado por el golpeteo incesante y por el eco del mismo en las paredes recién estucadas de la estancia desconcertaba a una absorta Thais. Cuando trabajaba se aislaba del mundo. Solamente se incorporaba para escrutar las partes ya consolidadas de la obra.

Un momento después, junto a su *dominus*, se subió a un andamio para comprobar el resultado. Un hermoso mosaico con la lucha entre Aquiles y Pentesilea, reina de las amazonas.

—Es increíble lo que eres capaz de hacer.

—Gracias, *domine.*

—No me llames así, no soy tu señor, sabes que puedes llamarme Ceciliano.

Thais asintió sin decir nada.

—¿Conoces su historia? —preguntó su *dominus* mirando el mosaico.

Thais negó con la cabeza.

Ceciliano explicó la historia de cuando Aquiles mató a Héctor durante la guerra de Troya. Y de cómo el rey Príamo empezó a temer por el destino de su ciudad. Pentesilea acudió en su ayuda con su ejército, únicamente compuesto de trece mujeres guerreras, entre las que destacaba ella. Ante las inexpugnables murallas y frente al azul del mar, Aquiles y ella se batieron en un duelo que paró el curso de la guerra. La reina era incapaz de penetrar con su lanza la coraza de oro de Aquiles. Fue entonces cuando comprendió que su final estaba cerca, la vida abandonó el cuerpo de Pentesilea cuando la espada de Aquiles atravesó su mortal pecho. Pero el gran guerrero, al ensartar el hierro, contempló el hermoso rostro de la reina y la morbidez de su mirada. Mientras el corazón de ella se apagaba para siempre, el suyo quedó prendado de amor, y durante horas sujetó el cuerpo de la mujer de quien se había enamorado.

—Qué bonito y qué triste —comentó Thais.

Ceciliano mantenía la mirada fija en el mosaico, observando la escena de la guerra de Troya.

—No es pobre el que posee poco, sino aquellos que no valoran lo poco que poseen.

Thais lo observó hasta que su *dominus* volvió a tomar la palabra:

—Mientras le echo la última lechada de cal y de arena fina, puedes ir a comprar algo de comida. Trae también, si eres tan amable, un ánfora de vino. Cuando regreses, espero haberlo terminado y que podamos celebrar por la eternidad de Aquiles y Pentesilea.

Ceciliano le dio unas monedas.

Thais bajó del andamio. Ese mismo día entregarían el trabajo al dueño. Se disponía a salir, pero se detuvo en el umbral para observar a Ceciliano.

Delante de sus ojos se encontraba, asintiendo con la cabeza por el buen trabajo realizado, uno de los mosaiquistas más famosos de toda Roma. Su *dominus* rozaba los sesenta años, era un hombre con el pelo canoso y desaliñado y una tupida barba blanca. Su cuerpo era rechoncho y en ese momento se rascaba la enorme barriga. Pero sobre todas las cosas era un ser bondadoso y muy generoso. Se portaba bien con ella y le hablaba con una ternura como nunca nadie le había hablado. Permitía que durmiera en su casa, en una de las habitaciones, sin descontárselo del sueldo, y a veces le compraba vestidos y alguna joya, únicamente para que se gustara a sí misma. Ceciliano siempre la trataba con cariño. Le apasionaba la filosofía griega y le enseñaba todo aquello que sabía. Al igual que ella, era solitario; nunca había buscado una mujer porque su trabajo había sido su vida. Había recorrido todos los rincones del Imperio y eso le había impedido dedicarse al amor.

Nunca le había puesto la mano encima ni le había ordenado que se acostara con él. La joven adoraba a ese hombre que tenía delante.

Thais sonrió. La vida había cambiado mucho para ella desde hacía un año.

Por primera vez en su vida era feliz.

Thais abandonó la *domus* para irse a la *caupona* a por algo de comida. Sus pasos eran alegres, una extensión de la felicidad que sentía.

Levantó la cabeza para que el aire refrescara su rostro. Recorrió las calles sin miedo y sin vergüenza de sí misma. Había conseguido apagar el ruido de su cabeza, ese martilleo triste que la hacía compadecerse. Se sentía orgullosa y dejó de acusarse y perdonarse por todo lo que un día fue.

Pensó en lo distinta que podía ser una misma vida. Unos meses antes deseaba acabar con todo y ahora celebraba, por las calles de la misma ciudad donde quiso poner fin a sus días, lo bello que era vivir.

En la puerta de la *caupona* observó a un pintor que estaba recogiendo sus utensilios y que acababa de escribir una inscripción en la pared.

Entró sin pararse a leer y compró polenta, papilla de mijo y la pequeña tinaja de vino que Ceciliano le había encargado. Tras regatear el precio, salió del local.

Varios hombres leían el texto escrito en la pared del establecimiento dándose palmadas y celebrando lo que allí ponía.

—Lucha de gladiadores —dijo uno de ellos—. Lástima que Probus se haya retirado y que nunca volveremos a disfrutar de un combate suyo.

—Ningún gladiador es como él.

Thais se dio la vuelta movida por la curiosidad.

NUMISIO MODESTO, FLAMINE PERPETUO DE ADRIANO CÉSAR, HARÁ COMBATIR XX PAREJAS DE GLADIADORES Y NUMISIO MODESTO HIJO HARÁ COMBATIR X PAREJAS DE GLADIADORES EN ROMA, LOS DÍAS IV, III DE LOS IDUS DE MARZO Y LA VÍSPERA DE LOS IDUS DE MARZO. HABRÁ VELUM.

Thais no pudo evitar que su único ojo se llenase de lágrimas. A pesar de su felicidad, sus pensamientos, gran parte del día, los ocupaba aquel hombre que decidió poner en peligro su vida por salvarla a ella. Sintió una enorme nostalgia por alguien a quien nunca tuvo entre sus brazos, pero que le dejó una huella imborrable.

Volvió sobre sus pasos, más seria que cuando se dirigía a la *caupona*. Pensó en qué habría sucedido si, en aquella despedida, sus temores no la hubieran impedido decir lo que sentía por la única persona que la había tratado como una mujer. Imaginó qué se debía sentir cada noche abrazada al mismo hombre. Recordó a Probus, y su pecho suspiró con melancolía imaginando, como tantas veces, lo que pudo ser y nunca sucedió.

Cuando estaba a punto de llegar a la *domus*, el ruido en una calle colindante llamó su atención. Se acercó movida por la curiosidad. Era una vía oscura y poco concurrida, la mugre de los muros le daba un aspecto lúgubre. El grito de una decena de personas había alarmado a vecinos y viandantes, y se formó un corro que le impedía ver lo que sucedía en el centro. Intentó apartar con sus manos a las personas que tenía delante para vislumbrar lo que estaba ocurriendo. Cuando llegó y lo descubrió, soltó un grito desde lo más profundo de su ser.

XXI

Roma, 126 d. C.

Valerio Iucundo salió junto a sus hijas hacia la *domus* de Tito Flavio. El *magister* había mandado decorar el *atrium* de su vivienda en Roma al mosaiquista Ceciliano y, al encontrarse en Reate, había pedido a su colega que se acercara para supervisar el estado de la obra, dado que habían acordado que finalizara ese día.

Valerio deseaba acudir, no solo por el mosaico, sino para ver cómo se encontraba una de las trabajadoras que habían contratado por recomendación suya.

El recuerdo de Thais hizo que Valerio pensara en el caso de las prostitutas asesinadas. Hacía tiempo que no aparecía ninguna y, por supuesto, eso le satisfacía. No había cedido en su empeño de dar con los culpables. En sus investigaciones había estado muy cerca de encontrar a los salvajes que cometieron tales atrocidades, pero le faltaban pruebas. Si sus sospechas eran las correctas, los asesinos eran hijos de hombres poderosos y eso, sin duda, suponía un obstáculo que no pondría fácil la resolución. Esperaba que no hubiera más víctimas y, lamentándolo por las mujeres asesinadas que no recibirían justicia, quedaría como un triste recuerdo, al menos para él.

Muy cerca de la vivienda de Tito Flavio, llegó a la *domus*

de Tito Celsus, el famoso banquero. Ordenó a sus hijas que esperaran mientras él atendía unos asuntos y entró.

Valeria y su hermana se entretuvieron mirando los puestos de las tiendas en la calle.

Domicia vio que en la herrería de enfrente estaban Sexto, Décimo y Lucio el Grandullón, del Collegium Iuvenum de Reate, comprobando las armas.

Sexto observaba el filo de un *gladius.*

—Ten cuidado, no te hagas daño con eso, será mejor que antes aprendas a usarla —dijo la pequeña de las Iucunda mientras se acercaba a ellos.

—Vaya, si son la bocazas y su hermana la perdedora —dijo Décimo, que tenía un precioso puñal en la mano.

—Ten cuidado, no se te caiga y te atraviese el pie, o peor aún, destroces ese magnífico *pugio*—replicó la pequeña.

—¿Qué se os ha perdido por aquí? —preguntó Sexto.

—Os dije que sería como vuestra sombra. Estáis lejos de Reate y no hay juegos en el anfiteatro. ¿Qué habéis venido a buscar? —preguntó Valeria.

Los dos chicos dudaron, Lucio el Grandullón los miraba sin contestar.

—Ayer fueron los Ludis Iuvenales —comentó Sexto cabizbajo.

—¿Desde cuándo dejan competir a las mujeres? —dijo la pequeña.

—Me estoy empezando a acostumbrar a tu lengua —contestó Sexto—. Sí, hubo competición de mujeres entre otros *collegia*, seguro que si Flavio te permitiera entrar en el nuestro habrías podido competir y seguro que habrías podido vencer.

—Como te vencí a ti —contestó Valeria.

—¡Yo te derroté! —gritó cabreado Sexto—. Solo intentaba ser amable, pero está visto que es imposible con vosotras.

—Venga, no te enfades. ¿Cómo fue la lucha de gladiadoras?

Sexto la miró con resignación.

—Una mujer de Hostiliano luchó contra una del *collegium* de Tusculum.

—¿Quién venció? —preguntó Valeria.

—Digamos que perdió la de Hostiliano. Y eso le enfureció.

—Y vosotros, ¿qué tal lo hicisteis?

—Seguro que estos perdieron hasta las capas que llevan puestas y han venido a entregárselas a los vencedores —respondió la pequeña.

—¡Domicia! Ya está bien —la recriminó Valeria.

—Vámonos, no se nos ha perdido nada aquí —comentó Décimo mirando con desdén a la pequeña—. Sígueme, Lucio.

Los dos chicos echaron a andar.

Sexto tenía la cabeza agachada, avergonzado y, antes de seguir a sus amigos, levantó la mirada y se encontró con los ojos de Valeria.

—Nos ganaron en todas las categorías —dijo Sexto.

—¿Quiénes?

—Los chicos de Hostiliano. Cneo y sus amigos nos dieron una buena paliza —comentó con pena.

—Seguro que el año que viene se lo podéis devolver.

Sexto hizo un gesto con la cabeza de despedida y se marchó junto a sus compañeros.

Poco tiempo después apareció Valerio Iucundo.

—Perdonad, hijas. Espero no haber tardado mucho. Vayamos, quiero ver cómo está Thais.

Las dos chicas sonrieron y continuaron junto a su padre en dirección a la *domus* de Tito Flavio. Cuando se estaban aproximando, empezaron a ver un pequeño revuelo en una de las calles colindantes, acompañado de gritos y cada vez más personas que se acercaban a curiosear.

Valerio no lo dudó y se dirigió hacia allí.

—No os separéis de mí —ordenó a sus hijas.

Se mezclaron entre la gente intentando abrirse hueco. Valerio miraba hacia atrás para comprobar si sus hijas lo acompañaban entre la marabunta de gente que se apelotonaba en el lugar.

Varios legionarios de la cohorte urbana estaban en las primeras filas intentando apartar a los curiosos.

No obstante, por el hueco que dejaban, pudieron ver lo que había tendido en el suelo.

Valerio soltó un grito de impotencia. Valeria y su hermana se taparon el rostro con las manos.

Una mujer sin vida se encontraba en el suelo.

Uno de los legionarios colocó su vara de madera por delante de Valerio impidiéndole acercarse.

—Soy del colegio de abogados. Investigo los asesinatos —dijo.

El legionario llamó a un hombre que se encontraba cerca de la mujer.

Un tipo vestido con una toga blanca hacía gestos a dos legionarios que se preparaban para subirla a un carro. Al ver a Valerio, hizo un gesto de resignación llevándose la mano a la cara para, a continuación, permitir con hastío que el abogado se acercara.

—Valerio Iucundo, por todos los dioses, no podía ser otro —dijo el hombre mientras con el cálamo de una pluma se limpiaba restos de comida de entre los dientes.

—¿Qué haces aquí, Tiberio?, ¿desde cuándo el pretor manda a uno de sus ayudantes a investigar un asesinato?

—¿Investigar? El pretor urbano tiene cosas mejores que hacer que perder el tiempo con una prostituta más.

—¿Quién dice que es una prostituta?, ¿puedo mirar?

—Echa un vistazo rápido, pero no tardes mucho, quiero

llevarme el cuerpo a la fosa común. He dejado dos perdices en la mesa, junto a media cazuela de caracoles, y no saben igual si se enfrían mucho —dijo hurgando con la pluma.

Valerio observó el cuerpo de la mujer. Era joven y de piel negra, estaba tumbada de espaldas, desnuda, con los brazos en cruz y las piernas dobladas. Se agachó para ver los detalles. El empedrado mostraba un pequeño rastro de sangre que moría en el cráneo, eso parecía indicar que el cuerpo había sido arrastrado. La posición de la cabeza no era muy natural, probablemente tuviera el cuello roto. Valerio miró a los lados. Estaban en un pequeño cruce de una calle oscura y, a su entender, poco concurrida. Probablemente los asesinos querían llevarla hasta otro sitio y alguien pudo descubrirlos.

—¿Alguna persona ha visto algo? —preguntó.

—De ser así, se habría acercado a decírmelo —contestó Tiberio—. ¿Te queda mucho?

—Un herrero dijo que desde su tienda, en aquel rincón, vio perfectamente a tres hombres dejar el cuerpo cuando abría el negocio, antes del amanecer. Les llamó la atención y salieron corriendo —comentó un legionario.

El ayudante del pretor lo miró perdonándole la vida.

—¿Qué aspecto tenían? —le preguntó Valerio al legionario.

—Dice que uno era muy grande, no pudo ver mucho más porque encima de sus túnicas vestían una capa, aunque cree que podría reconocerlos porque no se taparon con la capucha hasta que les gritó.

Valerio continuó examinando el cuerpo. Comprobó que la mujer tenía varios mechones de pelo arrancados. Eso debió de provocarle un dolor insoportable. Apartó el pelo de la cara, allí estaban los tres enormes cortes con la sangre seca. Su rostro además presentaba numerosas contusiones. La nariz estaba rota y tenía una mezcla de mucosidades secas en los orificios. Apartó un poco los labios, no había rastro de los dientes delanteros; probablemente se los habrían arrancado a golpes.

El abogado tocó los músculos de la víctima. Los encontró muy tensos y rígidos, pero le llamó la atención que estaban muy tonificados.

Observó sus piernas y separó un poco los muslos, el interior estaba manchado de sangre y emanaban un olor nauseabundo. No hacía falta ser muy inteligente para deducir que había sido violada.

—¿Puedes ayudarme a girarla? Quiero comprobar algo.

Tiberio hizo un gesto de desesperación y ordenó a un legionario que se acercara.

Con esfuerzo consiguieron darle la vuelta.

El legionario se apartó al ver la pierna derecha de la víctima.

Desde la rodilla hasta la cintura, la piel del lado externo estaba arrancada dejando el músculo al aire.

—¡Por los rayos de Júpiter! ¿Cómo pretendes que dé cuenta de las perdices después de ver esto? Ya es suficiente, lleváosla de aquí.

Los legionarios obedecieron y subieron el cadáver al carro arengando a la mula para que se alejara.

La gente empezó a dispersarse para volver a sus vidas como si la muerte, tan solo un momento antes, no se hubiera deslizado entre ellos susurrando en sus oídos.

Valerio se reunió con sus hijas, que se encontraban junto a Thais e intentaban consolarla.

—Será mejor que vayamos a la *domus* de Flavio —dijo Valerio.

Los cuatro se dirigieron hasta su vivienda, cada uno de ellos envuelto en sus pensamientos.

Thais no podía evitar pensar en el trágico destino que habría tenido si Probus no la hubiera salvado.

Valeria y su hermana se miraban de reojo. Sus tres amigos encajaban en la descripción de los tres chicos, uno de ellos grande como Lucio, y vestían con capa.

Valerio estaba más preocupado. Tras examinar el cuerpo, por fin tenía claro quiénes estaban detrás de los asesinatos, pero no iba a ser fácil acusarlos.

XXII

Tibur, 126 d. C.

Vibia Sabina se encontraba en su cámara hablando con Sulpicia, su esclava de confianza, mientras observaba su rostro en un bello espejo de mano.

—Tengo miedo, *domina*, ¿y si el emperador te ve?

—Trataré de pasar desapercibida. Si, como dices, la fiesta está tan concurrida, no hará nada en público que lo deje en evidencia. Necesito ir, Sulpicia. Llevamos meses tratando sin éxito de averiguar dónde esconde a su amado. Seguro que en esa fiesta Antinoo estará.

—Vi cómo entraba la gente con todo tipo de disfraces. Cuando el vino haya corrido por sus venas, no quiero imaginarme qué otros placeres querrán satisfacer. Deje que vaya yo antes, *domina*.

—Debo ir yo, Sulpicia.

—Dos pretorianos custodian la puerta. La máscara puede ayudar, pero si reconocen a la emperatriz seguramente impedirán tu paso.

—Mi querida abuela Marcia —dijo Vibia sosteniendo las manos de Sulpicia— me enseñó lo distintas que somos las mujeres de los hombres cuando el amor llama a nuestras puertas. Si es el corazón de una mujer por el que corre la sangre enamorada, su entusiasmo comenzará en silencio en su interior. Todas las caricias de su amado irán poco a poco enloqueciendo su alma hasta que pierda la cordura. Hasta tal punto que todos aquellos que se acerquen oirán el latido de su corazón, como si cien caballos galoparan desbocados alrededor de ella. Desde que el amor inunde cada uno de sus pensamientos, su amado será una extensión de su cuerpo y la voz que salga de su garganta solo hablará de él. Sin embargo, si por las venas de los hombres corre la misma pasión, sus acciones serán muy distintas a sus palabras. Al contrario que ellas, será al principio cuando la locura presida todos y cada uno de sus actos y cada vez que acerque su cálida voz, susurrando al oído de su amada, la ternura del principio irá dando paso a la razón. Solo se entabla la igualdad entre ambos cuando se encuentran entre las sábanas, cuando sus corazones forman uno solo y cuando, en el mismo acto, sus cuerpos hablan el análogo idioma y el único lenguaje que entiende la pasión. Y desde ahí, en silencio y sin apenas hacer ruido, la locura que nace en las mujeres irá haciendo desaparecer la vesania en los hombres. Y los caballos desbocados que corren alrededor de los corazones de ellas serán, tan solo, batir de alas en los que intenten escuchar los efectos de él, quienes se lanzarán a buscar otra presa a la que embelesar. Necesito, mi querida Sulpicia, oír cómo late el corazón de Adriano cuando está cerca de Antinoo y qué siente el del joven cuando se encuentra junto al emperador.

La esclava bajó la cabeza resignada. No podía hacer cambiar de opinión a su ama.

Vibia llegó hasta el comedor que le había indicado su fiel esclava Sulpicia.

Sintió que los nervios se apoderaban de ella cuando se disponía a entrar. Tapó su rostro con la máscara y los pretorianos que custodiaban la puerta le prohibieron el paso.

—¡Alto! —ordenó uno de ellos—. La fiesta ya comenzó hace varias horas.

—Me he perdido —dijo Vibia Sabina tratando de que no le temblara la voz.

—¡Descubre tu rostro! —ordenó el otro.

—Lo importante en la fiesta que ha organizado el emperador no es el rostro que oculto, sino lo que escondo debajo de mis telas.

—¡He dicho que descubras tu rostro! —conminó el pretoriano levantando la voz.

Vibia dudó. Si la reconocían, su incursión habría terminado y también el deseo de volver a ver al emperador y a Antinoo.

La emperatriz se bajó la máscara con la cabeza agachada. El ruido que produjeron las bisagras de la puerta cuando esta se abrió la sorprendió.

—Lamento el malentendido, mi emperatriz —dijo mientras inclinaba la cabeza en señal de respeto.

Sin embargo, no pasó desapercibido para Vibia cómo los pretorianos trataban de no reírse. Pensó en cuál sería el motivo por el que no le impidieron entrar. Puede que por alimentar en los días sucesivos la comidilla de un aburrido palacio o, quizá, porque el emperador quería regocijarse en su desgracia y atormentarla con lo que estaba sucediendo en el interior su enjuto y débil corazón.

La música y la algarabía del interior la devolvieron a la realidad.

La emperatriz volvió a colocarse la máscara para no ser descubierta.

Entre aquellas paredes Adriano y decenas de invitados de todo aspecto y condición se hallaban en una velada donde se entregaban al vino y a los placeres no solo culinarios sino también aquellos que solo el cuerpo puede satisfacer. Vibia se sorprendió al ser testigo de cómo disfrutaban de una fiesta de disfraces, si es que la falta de estos en algunos de los participantes podía considerarse atuendos. Los invitados iban ataviados de todos los dioses y seres mitológicos de Grecia. A la emperatriz le pareció una auténtica aberración de sus costumbres y sus deberes, pero los deseos del emperador eran incuestionables y todos los asistentes parecían disfrutar con algarabía.

Al lado de la puerta varias ninfas se hallaban tumbadas mientras empapaban su cuerpo con vino y los invitados bebían directamente de su piel. Unos hombres vestidos de sátiros colocaban piezas de fruta y otros alimentos sobre partes de sus cuerpos desnudos. Vibia agradeció tener la máscara para no ruborizarse, tan solo Sulpicia y varias esclavas más la habían visto completamente desnuda. La máscara ocultó su cara de sorpresa al ver cómo seguían lamiendo con ansia aun cuando ya habían terminado con la comida.

A su espalda uno de los jóvenes trató de agarrar su mano.

Vibia se giró asustada.

Tumbados en un diván, un joven penetraba con fuerza a una chica vestida tan solo con una fina tela, mientras esta parecía disfrutar y trataba de agarrar el brazo de la emperatriz.

—¿Quieres acompañarnos? —preguntó con cara lasciva.

Vibia se soltó y negó con la cabeza con tanta fuerza que la máscara se agitó de un lado a otro y a punto estuvo de desprenderse.

—Tú te lo pierdes —dijo entre risas, mientras buscaba a alguna otra persona que los acompañara.

Los jadeos sonaban por encima de la música, los gritos de algunos de los hombres y mujeres antes de llegar al orgasmo retumbaban por todo el salón.

Incluso los músicos hacían una pausa para satisfacer su apetito carnal o contribuir a paliar el de algún otro invitado cuando eran requeridos.

La emperatriz se dio la vuelta y tropezó dándose de bruces con otro grupo que practicaba sexo y donde los jóvenes se encontraban en posturas imposibles de discernir.

Tuvo que echarse a un lado cuando varias mujeres desnudas y perseguidas por otros hombres casi colisionan con ella.

En un atril varios esclavos eran expuestos en una especie de subasta para yacer con ellos o para que alguien lo hiciera y poder ser testigo del acto. Como si fuera un reflejo, Vibia miró hacia otro lado cuando sus ojos se encontraron con los sexos desvestidos de los siervos.

La emperatriz, al tratar de apartarse por la impresión, se golpeó con una mesa, levantó la mirada y reconoció a uno de los jóvenes. Era uno de los efebos que se encontraba con Antinoo el día que lo vio por primera vez. El actor estaba con dos muchachas. Mientras copulaba con una, bebía con lascivia de los pechos empapados en vino de otra joven. El histrión tendió la mano a Vibia para ver si deseaba sumarse a la causa, la emperatriz volvió a negar y continuaron con su juego bajo risas y gemidos de pasión.

Sin apenas espacio, justo al lado de estos, otro grupo con los ojos tapados elegía quién sería la afortunada que recibiría los placeres a los que la someterían.

La emperatriz tuvo que contener una arcada.

Estuvo tentada de marcharse de allí, debido a la amalgama de olor a sudor, a vino y a sexo que impregnaba el ambiente. Aquello era demasiado para una moral como la suya. Imaginó que debían de llevar horas practicando esos ímprobos actos. Trató de mantener la compostura. No había un rincón donde no se estuviera practicando el acto sexual, donde no retozaran y se entregaran con concupiscencia a los juegos amorosos y a las lujuriosas caricias. Tuvo miedo de que ni siquiera la máscara pudiera ocultar la repugnancia que sentía dentro de sus entrañas.

Y entonces al fondo, en una de las esquinas de la exedra, los vio.

El emperador Adriano vestía como el dios Zeus. Cargaba un bastón de mando en una mano y un rayo de oro en la otra. Lucía un ligero clámide de seda echado a la espalda y recogido por delante, a la altura de la cintura, que tapaba vagamente con una fina gasa su cetro más importante. Junto a él, Antinoo, vestido de Ganímedes. Una fina gasa rodeaba su cuerpo, un gorro frigio cubría su cabeza y unas hojas envolvían sus extremidades.

Vibia recobró la entereza y, disimuladamente, se movió a una distancia prudencial, pero sin perder detalle de la pareja.

Se encontraban apartados, como si Antinoo fuera un tesoro que nadie podía tocar, que solo Zeus podía conquistar.

Un rictus de pesadumbre quedó escondido bajo la máscara de la emperatriz al contemplar que Adriano ya se encontraba sumido en esa falta de cordura que según ella solo padecen las mujeres enamoradas y, desde donde estaba, pudo oír su corazón latiendo como lo hacen las que han sucumbido al amor.

El emperador se ausentó un momento después de acariciar la barbilla de su presea.

Sin quitar los ojos de encima a Antinoo, Vibia Sabina trató de leer la mirada del joven, de escudriñar sus sentimientos. No podía evitar reconocer que era muy hermoso, pero su belleza se veía nublada por un aura de tristeza. Cuando estuvo lo suficientemente cerca, se quitó la máscara. Sus ojos se encontraron con los del efebo.

Vibia notó el respeto que su presencia le causaba y cómo el temor se apoderó de él.

—No has de temerme —dijo la emperatriz.

—Mi *domina.* Si el emperador te ve...

—Solo quiero hablar contigo —lo interrumpió—. Siento que estás en peligro y quiero prevenirte.

—¿En peligro?... —preguntó nervioso Antinoo.

—Conozco al emperador. Veo en tus ojos mi viva imagen. No me temas, solo yo puedo ayudarte.

Antinoo miraba a un lado y a otro nervioso por si Adriano hacía acto de presencia.

—Tarde o temprano hallaré el modo de que podamos encontrarnos. Recuerda, solo yo puedo ayudarte.

Antinoo se quedó en silencio, su corazón bombeaba con fuerza. Las palabras de la emperatriz le habían dejado absorto en un mar de dudas. Levantó la vista y observó cómo la emperatriz volvía a colocarse la máscara y se marchaba perdiéndose entre los invitados ajenos a la conversación.

XXIII

Roma, 126 d. C.

Valerio Iucundo atravesó el vestíbulo de la *domus* de Tito Flavio con determinación y visiblemente enfadado, pisando los mosaicos que Thais había compuesto en dirección a la salida.

—Espera, Valerio, por favor —dijo Flavio deteniéndolo por el brazo—. Lo siento, pero sabes que no puedo hacer nada.

—Esas mujeres no necesitan que alguien pueda, necesitan que alguien quiera —respondió Valerio.

—Sabes que, aunque estuviera de acuerdo y presentásemos una denuncia, no llegaría a ningún sitio. Es una causa imposible. Me buscarás la ruina.

—No hay nada imposible para quien, como yo, persigue a la injusticia. Tenemos que velar por esas indefensas muchachas, Flavio. Tenemos que impedir que vuelva a suceder. No he pensado en otra cosa desde que vi el cuerpo sin vida de esa chica abandonada en la calle, violada y mutilada, sin nadie que se apiadara de ella, sin nadie que la viera como a una persona. Simplemente la tiraron a un carro y siguieron con sus vidas.

—Estas cosas suceden todos los días en el Imperio. Me estás pidiendo que acuse a los hijos de importantes senadores. ¿Dónde quedará mi reputación después de esto? Dime, Valerio, por todos los dioses, ¿quién querrá que sus hijos estudien en mi *collegium*? Hazte un favor, vuelve a casa con tus hijas y olvídate de este asunto.

—¿Las olvidamos porque los culpables son hijos de patricios? ¿O realmente las abandonamos a la indiferencia porque son prostitutas?

Flavio lo miró serio.

—Son *mulieres,* Valerio —contestó—. A nadie le importan las *mulieres.* Si fueran *féminae,* sería distinto. Nuestras costumbres son ancestrales, no me compete a mí decidir si es o no es justo, pero así ha funcionado desde el inicio de nuestros tiempos y es lo que nos ha llevado a dominar el mundo.

—No son mujeres distintas. Son esas costumbres, son nuestros ojos los que las hacen diferentes. ¿Acaso no tienen sentimientos, no ríen, no lloran, no sienten, su destino hace que no sufran? ¿Acaso esas mujeres, por entregarse a distintos hombres cada noche, no tienen derechos?, ¿qué las hace diferentes? Si se vistieran con mejores ropas y vivieran en una casa como esta, ¿las haría eso distintas? El suelo que pisas y del que tanto presumes ante tus clientes lo hizo una mujer que se dedicó a la prostitución, ¿dirías que es de peor calidad? Las señalamos con el dedo tachándolas de indecentes. Nos escandalizamos de vivir en compañía de estas mujeres tratándolas por el día como perros y nos enojamos tanto que por la noche somos nosotros los que acudimos a su compañía en busca de nuestro hueso, ¿quiénes son entonces los animales? ¿Quiénes son los monstruos?

—¡Son solo prostitutas, Valerio! —dijo Flavio gritando—. A nadie le importa lo que les pase. Por todos los dioses, ¿piensas tirar toda tu carrera por defender a esas infames? Además, destruirás la mía si presentas esa acusación. No lo hagas, te lo suplico por nuestra amistad.

—Ningún hombre o mujer nacido libre o esclavo puede eludir sus actos. Esto no puede quedar así, Flavio. No puedo permitirlo y tú tampoco deberías. Mañana presentaré la denuncia en el Senado.

—No sabemos si son los chicos del *collegium* de Hositiliano o los del mío, Valerio, tendrás que acusarnos a los dos. Me arruinarás —dijo Flavio en un tono derrotista.

Valerio asintió con la cabeza mirando fijamente a los ojos de su cliente. Avanzó para abandonar la *domus*. Cuando iba a salir, se dio la vuelta dirigiéndose a su amigo:

—¿Podrías dormir sabiendo que tus chicos son unos asesinos?

—No son asesinos. Tan solo eran prostitutas.

—Llegaré hasta el final con o sin tu ayuda. No descansaré hasta que los culpables cumplan su condena, aunque me cueste la vida.

—No tendrás mi apoyo en esto. Si mañana presentas una acusación contra mis chicos, o tan solo insinúas que pudieron ser ellos, te convertirás en mi rival.

—El valor de los hombres se mide por sus ideas y el uso que hacen de ellas.

—Espera —dijo Flavio—, es tarde, se ha hecho de noche, deja que te acompañen mis mejores esclavos, duerme y mañana lo hablamos con más calma.

—No necesito a tus esclavos, Flavio, te necesitaba a ti —dijo abandonando definitivamente la casa.

—¡Valerio!, ¡Valerio!

El abogado no se giró. La noche estaba despejada, la luna iluminaba las calles y el viento corría silbando entre las viviendas. La *domus* de Flavio se encontraba cerca del templo de Saturno, en la zona capitolina. Su casa estaba a tan solo un paseo placentero por el día e intranquilo de noche.

Valerio pensó en las opciones. Se sentía frustrado, no quería tener a su socio y amigo de rival, la conversación no había salido como él esperaba. A la mañana siguiente presentaría una acusación, estaba convencido de que era lo que debía hacer. Había investigado por su cuenta, desde hacía tiempo sabía perfectamente quiénes eran los asesinos, pero no se lo había dicho a Flavio porque quería saber hasta dónde estaba dispuesto a llegar. Necesitaba saber si tendría en sus *collegia* a asesinos. La respuesta le había dolido en el alma.

Se sentía solo, no le quedaban apoyos. Seguramente al día siguiente se ganaría cientos de rivales, tenía fama de ser el abogado que defendía a las mujeres. Era conocido por todos los rincones de Roma por ser el único en defender los derechos de las *feminae*, algo que sus conciudadanos veían hasta ese momento con benevolencia. Sin embargo, ser el abogado de las prostitutas le granjearía más odio que respeto. Era consciente de ello, pero no cejaría en su empeño hasta que se hiciera justicia con esas pobres mujeres, aunque hubiera que crear leyes nuevas.

Estaba absorto en sus pensamientos, concentrado en discernir por dónde debía llevar la acusación, cuando llegó hasta la zona de las *cauponae*. La algarabía de sus embriagados clientes sonaba de fondo en la noche y lo devolvió a la realidad. Notó unos pasos a su espalda, muy cerca de él, se giró y le pareció ver una cabeza esconderse. Había estado tan concentrado en la causa de las prostitutas asesinadas que no había reparado en si lo seguían. La tensión se apoderó de él, era un hombre cuya mayor arma, cuya mayor destreza, eran las palabras, no la fuerza bruta. Hasta ese momento no había imaginado que alguien pudiera seguirlo y mucho menos saber con qué intenciones. Continuó caminando, pero no con tanta determinación. Prestó atención por si oía de nuevo las pisadas. Una sensación de angustia se apoderó de su pecho. No debía tener miedo, era lo que siempre les decía a sus hijas: «El miedo es la ausencia de valor», pero no podía evitar los nervios. Actuaría con rapidez. Giró una esquina y esperó en la oscuridad, su respiración era agitada y sus manos sudaban. Apretó los puños, sentía sus músculos atenazados.

Permaneció así durante un breve tiempo, que para él fue eterno, pero nadie dobló la calle.

Valerio cerró los ojos, respiró y apoyó su espalda contra la pared. Pensó que se estaba volviendo loco. Todavía no había presentado ninguna acusación. Era imposible que alguien pudiera conocer sus propósitos y mucho menos lo siguiera.

Solo Flavio conocía sus intenciones.

El abogado continuó andando, estaba cerca de su casa, aceleraría el paso porque no quería más sobresaltos.

Tenía un mal presentimiento, estaba convencido de que algo no iba bien. Continuaba con la extraña sensación de que lo perseguían, sentía unos ojos clavados en su nuca mirándolo desde las sombras. De nuevo, un extraño sonido. Se paró y comenzó a caminar de espaldas. No había ni rastro de un alma por las calles, pero eso no lo tranquilizó. Cruzó con cuidado una de las vías principales para no ser arrollado por los carros que atravesaban la ciudad de noche. Quedaba poco para llegar a su vivienda cuando volvió a sentir unas pisadas corriendo a su espalda. Se detuvo y alzó la vista; tan solo se oía el invisible viento golpeando puertas y ventanas. Volvió a apretar el paso. Se encontraba al lado de la curia de Pompeyo, de ahí a su *domus* la distancia era muy corta.

Giró la siguiente calle, su hogar se encontraba cerca, muy cerca, casi podía oler y notar el calor de su familia. Tenía ganas de llegar y abrazar a sus hijas. Continuó hasta la calle donde se hallaba su *domus* y empezó a relajarse sintiéndose más seguro.

Se encontraba a tan solo unos pasos, llamaría esperando que Saurea le abriera. Respiró tranquilo, agradeció a los dioses encontrarse a salvo, seguramente todo había sido fruto de su imaginación. Observó el relieve de mármol que le dedicó a su mujer, «Te amé como si nunca fueras a marcharte y te fuiste como si nunca te hubiera amado», iluminado por el fuego de las antorchas que crepitaban con fuerza. Pensó en ella. Cuánto la echaba de menos. Ya estaba en el umbral de su puerta, levantó el brazo para golpear la aldaba.

En ese preciso instante notó algo en la cabeza. Sin darse la vuelta, se tocó la nuca, algo corría rápido por su cuello. Se miró la punta de los dedos, iluminados por la luz de las antorchas, un líquido oscuro brillaba sobre ellos. Era sangre. Se giró. Tres hombres se encontraban detrás de él. El más grande le tapó la boca con fuerza. Impotente, solo pudo observar cómo otro lo golpeaba de nuevo en el rostro y cómo la luz que iluminaba el mármol se fundió en una negra y absoluta oscuridad.

XXIV

Halicarnaso, 126 d. C.

Helena se afanaba en las limpiezas del comedor del *ludus*. Los gladiadores acababan de terminar de comer y ella, junto a otras esclavas, recogía las escudillas y limpiaba los restos que habían quedado sobre las mesas.

Por el día, Anacrites, que se había convertido en el encargado de dirigir los quehaceres, le ordenaba hacer todas las tareas para mantener el *ludus* limpio y recogido. Bien entrada la tarde, cuando acababa sus extenuantes jornadas, el hombre de ojos rasgados, de nombre Lü, la enseñaba a utilizar las armas y a defenderse con las manos. Cuando las sombras de la noche caían sobre la ciudad, Flavia, la *lanista*, la obligaba a acostarse con los mejores gladiadores varias veces a la semana. Cada vez que mantenía relaciones sexuales debía lavar con agua muy fría su vagina por orden de Flavia para evitar quedarse embarazada. Estaba agotada, aunque se había acostumbrado al cansancio y su cuerpo caía rendido en cuanto se tumbaba en el jergón. Lo que más la mortificaba no eran las interminables jornadas ni el fatigante entrenamiento; tampoco era que la obligaran a practicar sexo con aquellos animales, lo que más la entristecía era no sentir nada. Notaba que los días pasaban dejándose llevar. Recordó cuando estaba en la villa de Catilio

Severo, cuando se sentía viva al lado de los que más quería, pero su mente siempre le devolvía al momento en que se quedó sola, cuando se pasaba las noches mirando por la ventana sin ser capaz de cerrar los ojos. No había un solo día que no siguiera pensando en Antinoo. Se preguntaba qué sería de él, no había dejado de recordar a la persona que tanto amaba. Aunque intuía que jamás volvería a verlo, albergaba la esperanza y recordaba cada una de las veces que habían hecho el amor. Intentaba evocar cada una de las palabras, de los suspiros y de los besos que se dieron. No imaginaba cómo acabaría aquella historia, pero era imposible olvidar como comenzó. También echaba de menos a Aulo y a Elia, sus dos mejores amigos, y recordaba lo que sufrieron. Pero, sobre todo, recordaba a su abuela; cuánto ansiaba sus abrazos, el calor de su piel y el tono de sus palabras para calmarla. Cuánto la añoraba. Solo tenía sus recuerdos y temía que el tiempo en ese penoso lugar hiciera que los olvidara a todos para siempre.

Estaba absorta en sus pensamientos mientras recogía los últimos cuencos cuando se giró y vio que Luciana y Alda, las dos esclavas que le habían hecho la vida imposible desde el primer día, la miraban riéndose y comentando algo entre dientes. Desde que Lü la enseñaba a defenderse no habían vuelto a molestarla. Aun así, temía enfrentarse a ellas.

Helena agachó la cabeza evitando la mirada de las dos esclavas. Entró en la cocina y se disponía a dejar los cuencos cuando oyó a su espalda la voz de Luciana hablándole despacio:

—Mañana podré darte una paliza sin que nadie pueda impedírmelo. Tu amigo el medio ciego no solo no podrá hacer nada, sino que será testigo. Cuando acabe contigo, no te reconocerá ni la puta de tu madre —dijo Luciana.

Helena se giró sin saber a qué se refería.

—¿Acaso no te has enterado? —le preguntó Alda al ver la duda en su rostro.

En eso momento Lü entró en el comedor haciendo un gesto a Helena para que lo acompañara.

La esclava lo siguió. Atravesaron un pasillo y comenzaron a subir las escaleras que llevaban al piso superior.

—¿Dónde vamos? —preguntó Helena, que nunca había subido allí.

Lü no contestó.

Continuaron por un pasillo que tenía varias habitaciones a la izquierda y a la derecha. La esclava imaginó que debían de ser las de los doctores y sus ayudantes, y donde probablemente guardaran las armas.

Llegaron a una estancia muy lujosa que se encontraba vacía. El suelo estaba decorado con un precioso mosaico, las paredes lucían pintadas con escenas de todo tipo. Delante de una de ellas, un enorme busto presidía la escena. El agradable olor procedente de varios incensarios llamó la atención de Helena. En uno de los lados varios divanes de distintos tamaños rodeaban una enorme mesa. En el otro lado de la habitación una especie de piscina estaba flanqueada por enormes cojines donde Helena imaginó que se tumbaban los comensales. Varias bandejas de madera flotaban en el agua. La esclava supuso que la comida se disponía en las mismas y los invitados se servían y empujaban los azafates como si fueran barcos flotando. De frente había una terraza amplia custodiada por pequeñas columnas. Apoyada contra el muro de madera se encontraba Flavia, la dueña del *ludus*, contemplando el entrenamiento de los gladiadores que se ejercitaban en el patio.

La *lanista* se giró, vio a Lü con su acompañante y entró en la habitación.

Se sirvió una copa de vino sin apenas despegar los

ojos de la esclava. Dio un trago y volvió a dejar la copa en la mesa.

Helena levantó la cabeza para observar muy brevemente a la dueña del *ludus.* Calculó que debía de tener treinta años, pero se conservaba muy bien. Era alta, morena, llevaba el pelo recogido en un bonito peinado y le pareció que vestía un elegante vestido.

Flavia se acercó y dio un rodeo alrededor de Helena. Apretó sus brazos a la altura del bíceps, levantó sus extremidades y observó sus músculos. Elevó la túnica sucia de la esclava y palmeó sus muslos. Miró a Lü negando con la cabeza.

La esclava estaba asustada y le temblaban las manos, no sabía qué estaba ocurriendo.

—Abre la boca —ordenó Flavia.

Helena obedeció mientras examinaban sus dientes.

—Lü dice que puedes luchar. Que te ha enseñado a defenderte. Dime, ¿crees que serías capaz de aguantar un duelo?

—No..., no lo sé, mi *domina.*

—¿No lo sabes? La indecisión es la primera de las derrotas. ¿No le has enseñado eso? —preguntó mirando al hombre de ojos rasgados—. Por Baco, mírala, está temblando de miedo solo por estar en mi presencia. Es demasiado dócil.

—También lo es el agua, y sin embargo corroe y mina lo más duro —contestó el hombre con su acento extraño aunque entendible.

—Eres el hombre en el que más confío, pero creo que aquí te equivocas.

Helena agachó la cabeza sin decir nada.

—Publio Estertinio el nuevo procónsul que ha enviado Roma, quiere conmemorar su puesto celebrando juegos en el anfiteatro. Dicen que en la capital del Imperio se ven luchas de mujeres en la arena y el procónsul quiere que lo recuerden por ser el primero en ofrecerlas aquí.

Flavia se dio la vuelta y llenó su copa de vino. Antes de girarse, escanció otra y se la ofreció a Helena.

—Bebe conmigo. Calmará tus nervios.

Helena la aceptó, pero dudó si debía beber.

—Por Baco, ¿nunca has probado el vino? —preguntó Flavia.

La esclava dio un pequeño trago y le entraron arcadas. Era la primera vez en su vida que bebía, y a punto estuvo de vomitar.

—Por todos los dioses, Lü, ¿qué tengo delante de mis ojos? No le durará a Luciana ni un suspiro.

Flavia se sirvió otra copa de vino, que apuró de un trago.

—Mañana te enfrentarás a otra de las esclavas, no tengo muchas mujeres que puedan luchar. Alda será una de ellas y Lü espera que tú seas la otra, aunque, por lo que tengo entendido, a Estertinio no le interesa ver cómo os batís en la arena. A ese mal nacido solo les interesa ver mujeres haciendo cosas de hombres, al parecer se excita viendo a gladiadoras. ¿Serás capaz de aguantar el combate?

—No lo sé, *domina* —repitió Helena.

—Si no fueras tú quien la ha traído, Lü, te mandaría azotar por hacerme perder el tiempo. Llévatela de mi vista, espero que mañana cuando se enfrenten no te deje en evidencia. Eres mi hombre de confianza y mi protector, no puedo permitirme el lujo de que pierdas el respeto que tienes entre los animales de este recinto.

Helena y el hombre de ojos rasgados abandonaron la sala. Flavia se sirvió otra copa de vino.

Cuando bajaban las escaleras, Helena se dirigió a Lü:

—Lo siento. No sé si seré capaz de enfrentarme a Luciana, es mucho más fuerte que yo.

El hombre no respondió.

Helena pensó que debía de estar enfadado por haberlo dejado en evidencia delante de Flavia, pero Lü nunca mostraba sus sentimientos. Tan solo le hablaba para corregirle sus movimientos o para darle alguna indicación.

Llegaron de nuevo al pasillo que daba al comedor. Antes de entrar, Helena se paró seria y preocupada.

—Espero poder aguantar mañana el combate. Lo haré por ti.

Esas palabras consiguieron que Lü se detuviera.

Helena aguantó la respiración mientras ese hombre, con el que había pasado todas las tardes pero a quien apenas conocía, se dirigía a ella con el gesto serio. Lü colocó las manos sobre los hombros de la esclava y, por primera vez desde que entró en aquel recinto, Helena oyó que alguien le hablaba con ternura:

—Aquel que puede conquistar a los enemigos es fuerte. Aquel que se ha conquistado a sí mismo es poderoso. No lo hagas por mí, hazlo únicamente por ti.

Lü no añadió nada más y dejó a Helena sola con sus pensamientos.

A la mañana siguiente todo estaba dispuesto para que las mujeres hicieran la prueba. Las dos esclavas se encontraban en la arena del *ludus,* una enfrente de la otra. Vestían únicamente un *subligaculum* y una pequeña tela que cubría sus pechos.

Todos los doctores, ayudantes, esclavos y gladiadores hicieron un enorme círculo para ser testigos del duelo. Nadie se lo quería perder.

Luciana daba pequeños pasos a su izquierda y a su derecha, estaba impaciente, respiraba como un caballo desbocado y no apartaba, ni por un instante, la mirada de su rival. Deseaba con todas sus fuerzas que el combate empezara, ansiaba darle una paliza a la mujer que tenía enfrente y a la que tanto odiaba.

Helena tenía la cabeza agachada. Se sentía mareada, no era capaz de aguantar la mirada de Luciana. Eso duraría poco, la mano derecha le temblaba como le ocurrió cuando esperaba a que el veneno hiciera efecto en Polieno, el abogado a quien había asesinado.

No había pegado ojo en toda la noche, estaba nerviosa y el miedo recorría cada poro de su piel. Miró a un lado y a otro, todos la señalaban y la observaban haciendo comentarios y riéndose de ella.

Por el lateral que daba acceso al recinto, algunos de los improvisados espectadores se abrieron paso para dejar un espacio por donde apareció Flavia custodiada por Lü.

La *lanista* se acercó a las luchadoras y las observó fijamente.

Asintió al ver a Luciana. La esclava tenía la actitud que ella deseaba en sus luchadoras. La mirada cargada de ira, los puños apretados y los movimientos nerviosos de sus piernas. Solo deseaba que el duelo comenzara para destrozar a su rival. La *lanista* pensó que aquella mujer, ese día, podría vencer a algún hombre.

Sin embargo, Helena era todo lo contrario. Las piernas le temblaban, sus hombros estaban caídos y todo su cuerpo revelaba lo tremendamente asustada que se sentía.

La *lanista* se dirigió a Lü:

—Mírala, tiembla como el hombre con el que me acosté por primera vez.

Todos los que allí se encontraban soltaron unas carcajadas.

Luciana empezó a poner cara de asco señalando las piernas desnudas de su rival.

Helena se estaba orinando encima.

Flavia se llevó las manos a la cara mientras maldecía

mirando a Lü, que se acercó para remover con los pies la arena empapada de orina. Miró a la esclava, que no se atrevió a devolverle la mirada.

—Por Baco, terminemos con esto —ordenó Flavia—. Juró que, si esa chica me defrauda, dejaré que la penetren sin descanso los cien gladiadores del *ludus*.

Helena miro el cielo buscando alguna señal de su abuela o de alguno de sus amigos que le inspirara el valor que le faltaba. Por primera vez en su vida deseó que todo acabara y poner así fin a sus días.

Uno de los doctores se acercó con varios *gladii* de madera y un escudo cóncavo ni muy largo ni muy corto. Las dos cogieron las armas y se dispusieron a comenzar el combate.

Se situó delante de ellas y colocó una vara de madera entre ambas. Era lo único que separaba a las dos rivales.

Luciana se reía mientras daba pequeños saltos deseando que diera la orden de comenzar.

Helena respiró hondo y, sin conseguir apaciguar sus nervios, levantó el escudo y colocó el *gladius* como Lü le había enseñado.

El *doctore* miró a Flavia, que dio la orden.

Levantó la larga vara al cielo.

—*Pugnate!* —gritó.

XXV

Roma, 126 d. C.

Valerio Iucundo abrió los ojos.

Estaba oscuro, la imagen que percibía era borrosa, sus ojos tardaron en hacerse a la tenue luz de varias lámparas de aceite. Un fuerte dolor en la nuca terminó de devolverlo a la realidad. Intentó llevarse las manos a la cabeza pero las tenía atadas.

—El abogado de las mujeres —oyó a su espalda.

Trató de darse la vuelta pero fue incapaz debido a que también tenía las piernas atadas.

Unos brazos fuertes giraron la silla donde estaba sentado.

Valerio pudo ver a tres jóvenes delante de él, no le hizo falta pensar mucho para imaginarse quiénes eran.

Intentó adivinar dónde se encontraba, era una habitación oscura pero parecía lujosa por las pinturas que adornaban las paredes y por el mosaico que tenía bajo sus pies.

—Mi padre se encuentra de viaje y no regresará hasta dentro de unos meses. Así que tenemos la *domus* para nosotros. Podemos hacer contigo lo que queramos.

Valerio escuchó sin decir nada. Observó a los tres chicos. El que le había dado la vuelta era grande y se encontraba a su lado. El que hablaba parecía el líder del grupo, detrás de él otro chico lo miraba con las manos a la espalda.

—¿Por qué? —preguntó Valerio.

El joven grandullón que se encontraba a su lado le dio un puñetazo.

—Aquí las preguntas las hago yo —dijo el que se erigió como líder—. ¿Entendido?

Valerio asintió sin decir nada con el sabor que le devolvía su labio partido.

El chico se levantó.

—Así que tenías que investigar hasta dar con nosotros. El abogado de las mujeres tenía que hacer su propia justicia y buscar a quienes estaban limpiando esa inmundicia que vaga por nuestras calles. Hacemos un favor a Roma y mira cómo nos lo quieren hacer pagar.

Los otros chicos se rieron.

—¿Quién más sabe que fuimos nosotros? —preguntó.

—Nadie, solo yo —contestó Valerio.

El joven grandullón volvió a golpearlo.

—Podemos hacerlo fácil o difícil, Valerio, depende de ti.

—Antes dime, ¿por qué lo hacéis, por qué hacéis sufrir a esas mujeres?

El Grandullón fue a golpearlo, pero su amigo lo frenó con un gesto de la mano.

—Espera, ahora nos divertiremos con él. ¿De verdad no lo sabes? Desde que Roma se fundó, los patricios hemos gobernado hasta convertirla en un Imperio. Durante siglos nosotros hemos ordenado a quién declaramos la guerra y a quién perdonamos la vida. Los plebeyos se quejaban de sus derechos pero, mientras hubiera dinero para sobornarlos, todo seguía funcionando. No hay nada más ruin que un palurdo con ansias de poder, pero la gente se enorgullecía de ser romana, de ser ciudadanos del Imperio. En las últimas décadas nuestras calles se han llenado de miserables y rameras, y cada vez son menos los que se sienten orgullosos de nuestro pasado. Los agricultores se han convertido en cicateros que abandonan sus tierras para venir a la ciudad a que el Gobierno les regale el alimento sin esforzarse en ganárselo. Nosotros limpiaremos la ciudad de toda esa inmundicia, conseguiremos que la gente vuelva a sentirse orgullosa de lo que nos ha llevado a dominar el mundo. Perderemos la prosperidad de nuestro Imperio si no hacemos que la gente recupere los valores y la moral.

—¿Y pensáis que las prostitutas son las culpables?

—Por algo se empieza.

—Ese gran plan, ¿vais a conseguirlo vosotros? Roma es tan solo un espejo de su sociedad, perseguís un imposible.

—Por Júpiter, ¿acaso crees que esto lo hemos organizado nosotros tres? Solo somos brazos ejecutores de una organización que extiende sus raíces hasta el mismísimo Senado. Muchos ciudadanos no solo piensan así, sino que aceptan nuestros métodos. Tito Livio decía que el ansia de poder es el que mueve a los hombres a empuñar las armas, pero nuestra organización piensa que el miedo es quien las guía y, a veces, es más convincente que la propia sangre. Empezaremos por prostitutas, proxenetas e indigentes, y luego continuaremos por todos aquellos que, como tú, se interpongan en nuestro camino. Y ahora se acabó la conversación, volveré a preguntártelo: ¿quién más sabe que hemos sido nosotros?

—Nadie, solo yo, ya te lo he dicho.

El Grandullón volvió a golpearlo.

—Tus hijas a lo mejor te ayudan a recordar. Valeria es una mujer con carácter, he visto a pocas como a ella. Además es atractiva, tiene que ser una delicia tenerla entre las sábanas.

—Si tocas a alguna de mis hijas...

—A veces hay que anteponer la patria a la propia sangre, Valerio. ¿Qué me dices de la pequeña Domicia? Tiene la lengua afilada como el *pugio* de un legionario, pero seguro que por dentro es muy sensible. Sería una lástima que alguien destroce toda esa ternura.

Valerio apretaba los puños con furia.

—Te lo preguntaré una tercera vez. ¿Quién más sabe que fuimos nosotros?

—Te doy mi palabra, nadie más lo sabe.

El joven le hizo un gesto a su amigo. Este salió y volvió enseguida con una jarra de barro que traía agarrada con un trozo de tela para no quemarse.

—El agua hirviendo a veces ayuda a recordar.

El chico vació el contenido en los pies desnudos de Valerio.

El abogado dio un grito desgarrador que retumbó por las paredes.

La piel se arrugó dejando a la vista un tono mucho más rosado, inundado de pequeños puntos de sangre.

—¿Oléis eso? —preguntó el chico que había vaciado el contenido de la jarra mientras los otros dos amigos se reían—. Huele a carne cocida.

Valerio estuvo a punto de perder el conocimiento. Resoplaba desesperadamente y su frente estaba empapada en sudor. Jamás en su vida había sentido un dolor tan inmenso.

—Te vimos salir de casa de Flavio, ¿qué fue lo que hablasteis? Vamos, cuéntanos todo lo que sabes y esto acabará. Si no lo haces, te causaremos un dolor mayor y te aseguro que hasta tus hijas lo pagaran.

Valerio seguía jadeando por el dolor.

—Le dije que quería presentar una acusación, pero no le di vuestros nombres. Solo quería saber si iba colaborar, pero Flavio no está dispuesto a manchar su reputación.

—Eso ya lo veremos.

—¿Cómo supiste que fuimos nosotros?

Valerio estaba a punto de desmayarse, no sin antes añadir:

—Cuando juntas a muchos cobardes, se creen tan valientes que tarde o temprano cometen algún error.

—Acabemos con esto. Pero antes quiero que, cuando estés en el Hades, te atormente saber que nos encargaremos personalmente del cuidado de tus hijas. —El chico hizo un gesto con la cabeza al grandullón—. No te olvides de las marcas en la cara.

El joven obedeció riéndose y saco un *pugio*. Empezó a marcar la cara del abogado entre los gritos de dolor de Valerio Iucundo.

En el inmenso suplicio que sus homicidas le estaban causando, pensó en Domicia, su mujer. Caronte facilitaría el encuentro que tanto ansiaba desde el momento en que el corazón de su amada dejó de latir y su voz se apagó para siempre. Pronto volvería a abrazarla, de nuevo volvería a besarla. El último pensamiento que tuvo en su vida fue para sus hijas. Todo dejó de doler en el momento en que su corazón se despidió de ellas. Se iba demasiado pronto, sin embargo él las había educado para que fueran independientes. Era inmenso el amor y el orgullo que sentía por ellas. Aquella fue la última imagen que pasó por su mente, sus hijas. Su pecho exhaló un último aliento envuelto en miedo, no por morir, sino por todo lo que dejaba y el desconocido lugar a donde iría. Aun así, los tres responsables de su temprana muerte no pudieron apagar la sonrisa con la que Valerio Iucundo abandonó este mundo para siempre.

XXVI

Halicarnaso, 126 d. C.

Luciana y Helena se encontraban una enfrente de la otra.

El árbitro acababa de dar comienzo al combate.

Luciana no lo dudó y levantó su brazo atacando con fuerza y buscando la cabeza de su rival, que consiguió detener la contundencia de la embestida con su escudo. La dureza del ataque fue tal que Helena casi se golpea con su propia defensa al intentar contenerlo. Sin dejarla apenas respirar de nuevo, Luciana volvió a atacar con ímpetu con otra combinación de movimientos que su oponente pudo rechazar.

La esclava que tanto odiaba a Helena se echó hacia atrás para coger carrerilla y saltó buscando un hueco entre el escudo y el cuerpo de su rival, que pudo levantar su protección para impedir que el golpe encontrara su destino.

Helena dio varios pasos hacia atrás intentando coger aire. A pesar de que Luciana había comenzado con mucha furia, se sorprendió a sí misma al comprobar que era capaz de defenderse, aunque fuera con dificultad, de los golpes que su rival había ejecutado. Aquello le insufló unos ánimos que hasta ese momento le habían faltado.

Buscó un ataque con la espada, no con la contundencia de su oponente pero sí con intención. Luciana se defendió bien, pero al caminar de espaldas se resbaló y cayó al suelo. Helena se acercó sorprendida con la intención de golpearla, pero el *doctore* interpuso su vara para que la luchadora no pudiera aprovecharse de la ventaja. Luciana, aún tumbada en la arena, no perdió la oportunidad y, cuando Helena se daba la vuelta, con un ágil movimiento de los pies, la zancadilleó para que cayera al suelo. Se levantó con mucha rapidez y lanzó una patada en la cara de su oponente, que no vio venir el ataque. Un borbotón de sangre salió despedido de la boca de Helena. El *doctore,* en esta ocasión, no detuvo a Luciana, quien volvió a dar otra patada a su rival en el rostro.

Lü, desde su posición, agarró su espada con fuerza. Imaginó que el *doctore* tenía algún interés en la rival de Helena. Más tarde se lo haría pagar.

Cuando Luciana fue a dar una tercera patada, el improvisado público empezó a abuchear y el *doctore* no tuvo más remedio que interponer la vara en el medio para detener la furia de la esclava.

Flavia asintió con la cabeza. Estaba sorprendida y sobre todo satisfecha de lo que veía. No imaginaba, antes de que empezara el duelo, que la esclava que ahora yacía en el suelo no solo pudiera presentar batalla, sino siquiera parar un golpe.

Helena respiró hondo, la boca le sabía a sangre. Escupió. Una mezcla de la saliva y el líquido rojo tiñó una pequeña parte de arena. Cerró los ojos. Los gritos de los que allí se encontraban se fundieron en un silencio sepulcral. En su cabeza, el miedo se desvaneció y en ese momento vio la imagen nítida de su abuela dirigiéndose a ella. Intentó agarrarla, pero no podía tocarla, todo era parte de su imaginación, sin embargo pudo entender perfectamente las palabras de la anciana Helvia.

El *doctore* se dirigió a ella:

—Vamos, no tenemos todo el día.

Helena, por primera vez, deseó enfrentarse a su rival. Tenía el ánimo renovado. Se levantó movida por una fuerza invisible y volvió a colocarse detrás del escudo, esta vez sin rastro de los nervios que antes le impedían ver con claridad que era capaz de vencer. Se preparó para combatir; su mano, antes temblorosa, en esta ocasión agarraba con fuerza el *gladius* de madera.

Luciana ya estaba preparada con una leve sonrisa.

Igual que al comienzo del duelo, la larga vara se interponía delante de ellas y de nuevo volvía a ser levantada al cielo de Halicarnaso, pero esta vez algo había cambiado. Helena ya no tenía miedo.

Luciana buscó el cuerpo de su rival, pero su oponente no se movió. Cuando levantó el *gladius* para golpearla, Helena se agachó, protegió su cabeza con el escudo y buscó el costado de su atacante, que no esperaba ese ataque y solo pudo notar cómo el arma la golpeaba con fuerza y le partía varias costillas.

El grito de Luciana se oyó por todo el *ludus*.

Helena no se detuvo, se levantó con mucha agilidad y con la parte cóncava y baja del escudo golpeó horizontalmente a su contrincante. El crujido de la nariz de Luciana partiéndose en dos hizo que Flavia girara la cabeza.

El *doctore* puso la vara en el medio para evitar que Helena siguiera cebándose con su rival. Pero la esclava estaba movida por una fuerza invisible y apartó la vara para seguir descargando golpes. El árbitro tuvo que tirar el bastón y agarrar a Helena por la espalda para contenerla. Eso hizo que perdiera sus armas.

Luciana, que intentaba contener la sangre de la nariz, al ver a su rival sujeta y sin defensa alguna, agarró con fuerza su *gladius* y se dirigió a ella con intención de golpearla. Helena se zafó del agarre del *doctore* y esperó el ataque, lo esquivó y con el puño golpeó el estómago de su enemiga. A continuación le sujetó la cabeza y descargó la rodilla en el rostro de la mujer que le había hecho la vida imposible desde que llegó.

Luciana cayó en la arena del *ludus* de espaldas y completamente inconsciente.

El silencio en la improvisada arena se cortaba con un puñal. Los gladiadores y los esclavos que observaban el duelo empezaron tímidamente a aplaudir hasta irrumpir en vítores para la ganadora.

Flavia y Lü se acercaron.

El hombre de ojos rasgados se colocó a escasos pasos del *doctore* y lo miró fijamente con el rostro cargado de ira. El árbitro del duelo tragó saliva y apartó la mirada.

La *lanista* se dirigió a Helena:

—Por Baco y por todos los dioses del averno, ¿qué es lo que acaban de ver mis ojos? Hace un momento pensé que un bebé amamantando podría vencerte y le has dado una paliza a una de mis mejores luchadoras. Que alguien llame al médico y cure a Luciana.

Flavia se dirigió a Lü, que seguía mirando al *doctore.*

—Llévala a la terma y que se limpie. Vigila que ningún gladiador entre. Quiero que se relaje y que pueda disfrutar de un momento de intimidad para ella. Cuando haya terminado, que vuelva a mi estancia.

Helena empezó a volver a la realidad. Aún estaba aturdida por lo que acababa de pasar. Siguió a Lü sin pensarlo ni ser consciente. Tan solo la imagen de su abuela seguía en su cabeza junto a las palabras que esta le había dirigido:

«Eres hija de una amazona, dale una buena paliza».

Llegaron a las termas. Ninguno de los dos había pronunciado una sola palabra. Helena observó su mano derecha, que volvía a temblar. La sujetó con la izquierda para intentar controlarla. Notó un fuerte dolor en el antebrazo que, imaginó, sería fruto de los nervios.

Lü seguía sin hacer ningún comentario, simplemente asintió con la cabeza e hizo un movimiento para que la esclava entrara sin apenas cambiar la expresión de su rostro. Helena entró y por primera vez desde que la vendieron a ese lugar pudo disfrutar de un momento de placer.

Al acabar, subió acompañada de Lü hasta la sala de la dueña del *ludus*.

La *lanista* se encontraba comiendo y divirtiéndose con dos efebos vestidos de dioscuros. Cuando vio aparecer a la esclava junto a su hombre de confianza, se sirvió una copa de vino y ordenó a los jóvenes que se quedaran en los divanes.

Flavia le ofreció una copa a Helena.

—¿Quieres? —preguntó.

—No, gracias mi *domina* —contestó Helena.

—Yo lo bebo a todas horas. Por Baco, que si no lo hiciera, sería incapaz de aguantar este antro. ¿Sabes lo difícil que es dirigir este lugar? Todos los hombres te miran pensando que son superiores a ti, lo noto en sus ojos. Cada vez que viene un editor, algún rico comerciante o un simple tratante a hacer negocios, tengo que aguantar sus propuestas obscenas. Les excita que una mujer domine a tantos hombres. Todos quieren poseerme solo porque tengo poder. Así de simples son.

Helena miraba a aquella mujer sin saber si debía añadir algo.

—Te he subestimado, pensé que Luciana te destrozaría en un suspiro. Dejarás de limpiar y de hacer las tareas que tenías encomendadas hasta ahora. Te entrenarás como gladiadora. Lü se encargará de tu formación. Dentro de un mes lucharás contra Alda en el anfiteatro de Halicarnaso. Pero no creas ni por un instante que tu vida mejorará. Los hombres te desearán, muchos de ellos me propondrán que deje que se acuesten contigo. Sé que me ofrecerán grandes sumas de dinero, todos querrán pasar una noche con una mujer que lucha en la arena como si fuera un hombre y yo cobraré un alto precio por tus servicios. Si, además, mientras te fornican estás vestida de gladiadora, la suma será mucho mayor. Así son los hombres y así será el nuevo lugar que ocuparás.

Flavia volvió a servirse otra copa de vino y rodeó a Helena.

—Voy a darte la oportunidad que yo no tuve. Puedes decidir continuar como una simple esclava y acostarte con los gladiadores como vienes haciendo, seguir limpiando y haciendo lo que sea que te ordena Anacrites. O puedes luchar en la arena. Me temo que seguirás acostándote con todos los hombres que yo elija, pero el aliento no les olerá a gachas ni el cuerpo estará empapado de sudor, sino que tendrán sus barbas llenas de marisco y el aliento sabrá a *garum* y a vino de Falerno. Además, con el tiempo, cuando ya no me seas útil, podrás ganarte tu libertad.

Helena miró a Lü sin saber si debía contestar.

—Por Baco, no se lo he preguntado a él. Te lo he preguntado a ti. ¿Qué clase de vida quieres?

—Quiero ser gladiadora, *domina.*

—Buena elección, aunque no tenías otra y ahora puedes marcharte, tengo cosas que hacer. Vosotros —dijo llamando a los efebos—, continuad vuestro trabajo.

Helena suspiró y se dio la vuelta para abandonar el lugar junto a Lü.

—Espera —dijo la *lanista* mientras los dos jóvenes le besaban el cuello cada uno por un lado y le acariciaban los pechos—. Si vas a convertirte en gladiadora, deberíamos escoger un nombre para ti. Aunque aún no hayas luchado ni una sola vez, te dejaré que puedas elegirlo. ¿Has pensado cómo te gustaría que te llamaran?

Helena pensó en su madre, una mujer a quien no recordaba, pero sí le vinieron a la memoria las palabras con las que su abuela siempre la describía.

—Sí, *domina* —dijo sin un ápice de duda—. Sé cómo deseo llamarme.

Flavia la miró sorprendida, no esperaba una respuesta tan firme.

—Y bien, ¿cuál es el nombre con el que harás que los hombres te deseen?

—El nombre con el que quiero luchar es Amazona.

XXVII

Halicarnaso, 126 d. C.

El anfiteatro de Halicarnaso despertó vestido de gala para impresionar a Publio Estertinio, el nuevo procónsul enviado por Roma para dirigir la provincia de Asia.

Los mejores gladiadores se dieron cita para gloria del magistrado romano, a quien le apasionaban estos duelos.

El día había sido un gran éxito. La mañana había comenzado con las *venationi,* las luchas de animales. Bestiarios de toda la provincia dieron un espectáculo magnífico. Los dos mejores gladiadores iban a disputar el duelo que todo el público esperaba, pero antes dos mujeres, Helena y Alda, ofrecerían un combate en la arena del anfiteatro.

Estertinio, un hombre cuyo peso excedía bastante del habitual, se removió en su silla regocijándose, adoraba las luchas de gladiadoras. Sentía especial devoción por ver los cuerpos prácticamente desnudos de esas luchadoras. No le importaba mucho el resultado del duelo, tan solo disfrutaba viendo a las mujeres imitando a los hombres.

Las dos gladiadoras se hallaban en las entrañas del anfiteatro, esperando a que les dieran la orden de salir.

Helena, además de los nervios y el temblor de la mano, sentía un bochorno enorme. Flavia se había acercado durante los combates previos y, tanto a ella como a Alda, les había dado orden de quitarse la tela que se habían puesto para taparse los pechos. Según la *lanista,* Estertinio había ordenado que las esclavas debían luchar sin apenas ropa. Por supuesto, esperaba que el combate no fuera breve y que ambas luchadoras mostraran al público toda su naturaleza.

Flavia Lycia se encontraba dos asientos por detrás de Estertinio. No le gustaba que trataran a las mujeres de ese modo, pero ella se debía a su negocio y tenía la obligación de satisfacer los deseos de sus clientes. Muy cerca de ella, pendiente de la salida de Helena, Lü no despegaba sus ojos de la puerta que daba acceso a la arena, esperando ansioso a que saliera la esclava.

Había sido un hombre entrenado desde su infancia en el honor y en el deber. En el honor de un guerrero y en el deber de la obligación. En su país de origen, su padre había sido general del emperador He Di, de la dinastía Han. Al morir este, cayó en desgracia y el nuevo emperador le ordenó darse muerte junto a toda su familia. Lü consiguió escapar, escondido por su tío Zhang, famoso comerciante de la ruta que comerciaba con seda, porcelana y otros productos con los países occidentales. Tras varios viajes, donde defendía de los peligros a las caravanas, conoció a uno de los clientes de Zhang, Claudio Lycio, el padre de Flavia. El viejo *lanista,* en el lecho de su muerte, buscaba un hombre entrenado en el uso de las armas que protegiera a su hija cuando esta ocupara su lugar.

Lü aceptó aquella oportunidad que le ofrecía el destino. Si volvía a su país, moriría.

Durante años el hombre de ojos rasgados había cumplido diligentemente su cometido. A pesar de haber aprendido rápidamente el idioma de su nueva patria, las palabras que pronunciaba al cabo del día eran escasas. Tan solo las necesarias, tal y como le habían instruido. Apenas se relacionaba con otras personas. Era un hombre temido y respetado. Sin embargo, su hermético y desconcertante mundo se había desmoronado desde que vio, por primera vez, el rostro de Helena. Y no había más honor ni deber al que servir que ese que había nacido en su interior.

Siempre había cumplido todas y cada una de las órdenes de Flavia, sin un ápice de duda, por muy excéntricas que fueran o por muy duras que le parecieran. Sin embargo, no podía soportar ver cómo enviaba a Helena a las habitaciones de los gladiadores. No podía interceder por ella, por más que ansiara liberarla de ese tormento; no podía entrar y atravesar con su espada a esas bestias como habría deseado. Se estremecía cada vez que custodiaba la puerta de los luchadores y esperaba a que ella terminase de satisfacer a otros hombres que no sentían nada por ella, que no la merecían. Al otro lado de la pared, el corazón se le teñía de pena mientras los gemidos que oía torturaban su alma.

Lü amaba a esa esclava en silencio y así seguiría siendo. En su mente tenía a Helena para siempre, y apartarla de sus pensamientos era como arrancar la sal del mar. Se conformaba con contemplarla cuando entrenaba y ella no era consciente de sus miradas. Cuando estaba cerca, su presencia lo incomodaba y temía que lo delataran los suspiros que llevaban su nombre.

Volvió a la realidad cuando el público recibió con gritos la salida de las dos gladiadoras.

Helena y Alda pisaron la arena ataviadas con tan solo un *subligaculum*, el escudo, un *pugio* y luciendo en el casco dos enormes plumas.

Todos los hombres, incluidos los del palco, voceaban procacidades. Lü agarró con fuerza su espada. Sin dudarlo, habría dado muerte a todos los que se desgañitaban gritando obscenidades.

Estertinio se sumó a los vítores. Lanzó desde el palco

monedas a las gladiadoras pidiéndolas que se agacharan a recogerlas para ver sus senos bambolearse.

Los gritos pasaron a los hechos. Algún hombre quiso saltar el muro que separaba las gradas de la arena. Los nervios entre el público, caldeados por los efectos del vino, provocaron que varios legionarios tuvieran que mediar en alguna refriega para preservar el orden.

El duelo estaba a punto de comenzar y las gradas a punto de estallar.

Helena respiraba nerviosa dentro de su casco. A pesar de haber ensayado en el *ludus*, los diminutos agujeros le impedían la visibilidad y prácticamente la ahogaban. Tal y como le había recomendado Lü, intentó no escuchar las voces de la gente, pero no podía evitar que su mente registrara cada una de las humillaciones.

De repente notó que los temblores volvían a su mano. Esta vez el dolor no solo se agarró a su antebrazo, también trepó por el hombro con tanta virulencia que a punto estuvo de perder el arma.

Helena apretó los dientes ante el dolor. Agitó un poco el brazo para que sus músculos se desentumecieran y eso mitigó un poco la molestia.

El *summa rudis* miró a Estertinio para que diera la orden del inicio del duelo. El procónsul limpió los restos de vino que caían por su barba y con muchos aspavientos accedió a que comenzara el combate, ante las risas de la gente.

Alda comenzó esperando, no quiso subestimar a su rival después de ver cómo había acabado con Luciana. El público no tardó en abuchear, no porque ninguna hubiera lanzado un primer ataque sino porque todas las partes de sus cuerpos no bailaban al ritmo de sus movimientos.

Helena atacó y Alda la contuvo con su *gladius*. La gente empezó a desgañitarse al ver a las dos mujeres sacudiendo sus cuerpos por la arena. A pesar del casco, las dos esclavas podían oír las voces de los espectadores animándolas a seguir y entendieron que debían moverse si querían ganarse la aprobación del editor, así que giraron de un lado a otro mientras atacaban, más por divertir al público que por ganar.

Helena volvió a sentir el entumecimiento en el brazo derecho y eso la desconcertó. Como si hubiera leído sus pensamientos, Alda le golpeó el escudo con la pierna para desequilibrarla; la patada fue tan contundente que Helena cayó de espaldas. El griterío fue en aumento y hasta Estertinio se levantó de su asiento. Helena respiraba con agitación, pero aun así, se alzó con un rápido gesto y contraatacó para buscar el cuerpo de Alda, quien, sorprendida por la acción, cayó también de espaldas. El duelo estaba ganando en ritmo y ni una sola de las personas que eran testigos del combate podía siquiera tomar asiento.

Un sentimiento en el interior de Lü se batía con más fuerza incluso que la de los golpes. El miedo. El pánico de que algo le pasara a Helena hacía que en su pecho se viviera una lucha mucho más desgarradora que en la arena.

Helena tenía la vara del *summa rudis* delante de su cuerpo esperando a Alda. Lü le había explicado que, para ganarse el favor del público, debía esperar a que su rival se levantara. Un gladiador que vence con honor es aquel que logra derrotar a su oponente mirándolo de frente.

Sentía un inmenso dolor en el brazo y en el hombro. La espada le pesaba y no aguantaría mucho más ese suplicio.

Alda se levantó y, dolida en su orgullo, combinó una serie de golpes que hicieron que Helena tuviera que esforzarse para contenerlos. Helena buscó poner fin al duelo, estaba al límite de sus fuerzas. Golpeó con la pierna el escudo de su rival y, cuanto este cedió, introdujo su espada por el hueco que ofrecía. La espada encontró su destino y un enorme tajo se abrió paso en el pecho de Alda, haciendo que la sangre asomara por primera vez. La esclava herida lanzó un grito dirigido al cielo de Halicarnaso que su casco camufló.

El árbitro preguntó al público si querían que continuara luchando. Los miles de almas aún no habían saciado su voraz apetito sexual, querían ver más. Alda, movida por la rabia, continuó con más ímpetu. Helena era incapaz de frenar sus embestidas. En una de ellas consiguió encontrar uno de los muslos de Helena, que yacía en el suelo respirando con fuerza, buscando un aire que apenas entraba por el casco.

Flavia asentía complacida. Sin duda, estaba siendo todo un espectáculo. Lü se removía incómodo en su asiento; su gesto era imperceptible, pero su corazón no podía soportarlo.

Helena se levantó, para consuelo del hombre de ojos rasgados y del público, que quería seguir viendo a esas mujeres. Las gladiadoras estaban demostrando un valor mayor que el de muchos de los hombres que se enfrentarían a continuación.

Con el rostro cubierto de lágrimas por el dolor, Helena continuó luchando, no contra su rival, no contra el público que seguía animándola a que se quitara toda la ropa, sino contra todo lo que había padecido en el último año, contra todo lo que había perdido y lo que había sufrido.

Alda, consciente de las debilidades de su rival, buscó acabar con el duelo, amagó una finta y embistió de frente. Helena la esperó, dejó pasar la espada entre su cuerpo y su arma, se giró sobre sí misma y, con toda la rabia que pudo imprimir a su brazo izquierdo, golpeó con el escudo el casco de Alda a la altura de la nariz. El encontronazo fue tan seco y directo que su rival perdió momentáneamente el conocimiento.

Alda, mareada y aturdida, golpeaba el aire con su *gla-*

dius sin saber dónde, sin encontrar a su rival; estaba desorientada.

El público alentaba a la gladiadora para que le diera el golpe de gracia, pero Helena, a pesar del sufrimiento que Alda le había hecho pasar en el pasado, no quería herirla de muerte. Se acercó esquivando los golpes desesperados y, con el pomo de su pugio, atacó en el mismo lugar donde había golpeado con el escudo, mientras con su pie levantaba las piernas de Alda para que esta cayera al suelo de espaldas. El golpe en la arena fue tan contundente que por unos instantes la gladiadora se quedó sin respiración.

El *summa rudis* colocó la vara para impedir que Helena pudiera acercarse. Sin embargo, el combate había llegado a su fin. Alda no podía seguir luchando y levantaba el dedo índice al cielo pidiendo clemencia.

Lü respiró aliviado.

Estertinio se levantó de su asiento gritando y celebrando el resultado del duelo. Se dirigió a Flavia, que esgrimía una sonrisa que trataba de disimular llevándose el vino a los labios.

—Un duelo increíble, esa mujer estaba un momento antes en la arena con el duelo en su contra y ha conseguido vencer. Nunca pensé que las gladiadoras, además de excitarme, pudieran entretenerme. Quiero un encuentro con la vencedora, pon tú el precio.

Flavia asintió y Lü negó en silencio mientras cerraba los ojos.

El público arrancó en vítores.

Estertinio sacó un pañuelo blanco, apretó el puño y decidió perdonar la vida de Alda.

Helena sintió por fin un pequeño momento de felicidad. Había vencido, había logrado ganar su primer combate. Miró al cielo, quería dedicarle aquel pequeño instante a todos los que desde el otro mundo la observaban. Se quitó el casco y dio una vuelta a la arena con la palma que la acreditaba ser, por primera vez, vencedora de un duelo; pero ni siquiera en ese momento de reconocimiento, el público pudo evitar lanzarle vulgaridades.

El miedo se iba apoderando de ella en cada doloroso paso que daba, en cada cara con la que se encontraba, en cada gesto obsceno que le dedicaban. Vio la locura en los ojos de muchos hombres, algunos se relamían y le hacían gestos con la lengua.

Algunos espectadores, los menos, aplaudían y le hacían gestos de reconocimiento por la victoria. Otros la insultaban, le lanzaban fruta y hasta le escupían. Esa, más que la vuelta de la victoria, se convirtió en un suplicio mayor que el dolor que arrastraba en el muslo. El brazo poco a poco dejó de dolerle. Deseaba terminar con esa ceremonia, solo quería desaparecer de ese lugar.

Un momento antes de atravesar la puerta de la victoria, un exaltado espectador consiguió saltar el muro que separaba la arena de la grada. El hombre se dirigió hacia ella logrando esquivar a los operarios que intentaban frenarlo. Helena no supo cómo actuar, el espontáneo corría completamente fuera de sí. El dolor del brazo acudió con tanta fuerza que le impidió defenderse cuando el hombre se abrazó a su cuerpo y empezó a sobar sus pechos y a manosear sus muslos, ante las risas de los miles de espectadores que señalaban con sus índices la escena.

Flavia se levantó de su asiento exigiendo que hicieran algo. Lü estuvo a punto de imitar al espontáneo y saltar el muro para salir a defender a Helena. La esclava, una vez superada la sorpresa y a pesar del dolor del brazo, soltó la tan ansiada palma y consiguió deshacerse con dificultad del hombre. El espontáneo dejó de reírse cuando la gladiadora le torció la mano y, ayudándose de la rodilla, le dobló el brazo hasta partirle el codo. El hombre berreaba de dolor exigiendo que lo ayudaran y que apresaran a esa mujer. Los operarios lo alzaron del suelo y lo llevaron a la enfermería.

Helena abandonó finalmente la arena por la puerta de la victoria, se apoyó en los muros y suspiró; por fin terminaba.

Varias horas después se encontraba descansando en el lecho de una lujosa habitación del anfiteatro. Un médico había curado sus heridas y vendado el corte de su pierna para luego ordenarle que se volviera a vestir de gladiadora. El dolor del brazo también parecía haber remitido gracias a una de las pócimas de Lü.

En aquel momento se abrió la puerta y Helena se puso en pie.

Publio Estertinio entró en la sala acompañado de un esclavo. Observó a la gladiadora y se limpió los restos blancos de saliva que se acumulaban en las comisuras de sus labios.

—Desnúdate, no tengo todo el día —ordenó mientras se relamía.

Helena suspiró y se desprendió de las protecciones que vestía dejando su cuerpo como el procónsul le había ordenado.

El bofetón que recibió el siervo de manos de su *dominus* le hizo levantar la cabeza.

—¡Maldito estúpido! Me has clavado la fíbula. Ten más cuidado o servirás de alimento a los leones, aunque seguro que ni para eso vales.

El esclavo se acarició el rostro tratando de mitigar el dolor y ayudó a su *dominus* a desvestirse.

Helena aprovechó para ver el cuerpo del procónsul.

Estertinio era un hombre obeso y desprendía un fuerte olor a sudor. Su barriga era tan gruesa que no se veía su sexo.

—Agáchate —ordenó.

Helena suspiró.

—¡Vamos! ¿Tengo que enseñarte cómo se hace?

La esclava cedió.

—¿Te gusta, verdad? La diosa Fortuna te ampara. Podrás presumir ante las de tu clase de ser la primera mujer en estar con Publio Estertinio, procónsul de estas tierras.

Un momento después agarró a Helena y la puso en pie.

—Ya es suficiente. Date la vuelta —ordenó mientras la giraba con violencia.

Helena acató sumisa y dio la espalda al procónsul.

—¡Ayúdame! —gritó al esclavo.

El siervo obedeció introduciendo el sexo de su *dominus* en el de la gladiadora.

Helena notó los vaivenes del hombre y cómo su miembro cada vez se introducía más adentro.

—¿Te gusta, verdad? ¡Lo estabas deseando!

Estertinio agarró con fuerza sus caderas hasta hacerle daño. Helena aguantó el dolor cerrando los ojos y apretando los dientes.

Tras unas pocas embestidas, Helena pudo oír el sonido gutural que emitió Estertinio, como el gruñido de un cerdo, cuando llegó al orgasmo mientras se dejaba caer encima de su espalda.

El hombre que estaba llamado a gobernar aquellas tierras se dispuso a abandonar la sala, no sin antes dirigirse a la gladiadora:

—Hasta las niñas que desvirgo en el lupanar se mueven mejor que tú. Hablaré con Flavia para que no te abone ni un solo sestercio.

Helena ignoró el comentario mientras se limpiaba con agua fría en una palangana. Introdujo en su vagina una bola de lana embadurnada en aceite, miel y un bálsamo a base de resina de cedro para evitar quedarse embarazada.

Sin embargo, pese al dolor y a pesar de pelear a muerte, pese al bochorno de pasear desnuda ante los miles de almas que se habían dado cita allí y por encima de la repugnancia que sentía por acostarse con hombres como el procónsul, algo invisible había nacido dentro de ella. A pesar de la amarga experiencia, percibía el dulce sabor de la victoria.

Se sentía más viva que nunca. Tras ganar su primer combate, ya era merecedora de un seudónimo y desde ese momento lucharía en la arena de un anfiteatro bajo el nombre de Amazona.

Esa era su nueva vida.

XXVIII

Roma, 126 d. C.

En la *domus* de Valerio Iucundo, todas sus paredes respiraban tensión.

Valeria y su hermana Domicia recorrían nerviosas el peristilo y, cuando lo acababan, desandaban sus pasos para volver a cruzarlo. Desde hacía varios días nadie sabía del paradero de su padre.

Valeria trataba de serenarse pensando que, seguramente, Valerio se encontrara bien, pero el rumor de voces en sus cabezas y la ausencia de noticias era para su alma la más inclemente de las esperas. Había ordenado a Saurea que lo buscara por las *cauponae* que frecuentaba, pero el *atriense* había vuelto informando que no lo habían visto y que no acudía a ninguna de ellas desde hacía meses. Su padre nunca había estado ausente tanto tiempo. A medida que pasaban las horas, la inquietud se hacía insostenible. A su hermana Domicia se le hacía insoportable no saber dónde se encontraba su padre, tenía los ojos secos, carentes de lágrimas que poder derramar, y en el pecho sentía un presentimiento lleno de amargura.

Marco, el abogado ayudante de Valerio, entró en la *domus*. Su rostro enjuto empezaba a mostrar el cansancio de varios días buscando al hombre que más admiraba. Sus ojos reflejaban el agotamiento y el desasosiego que sentía por la falta de noticias.

Valeria y Domicia corrieron a su encuentro.

—Vengo de la *domus* de Tito Flavio —dijo el abogado respirando agitado—, vuestro padre estuvo allí hace varias noches. Tuvieron una pequeña discusión. Al magister le sorprendió que al día siguiente no acudiera a la curia, no me ha dicho para qué.

—Pero ¿sabe adónde se dirigió? —preguntó Valeria.

—Dijo que venía aquí. He recorrido varias veces el camino de ida y vuelta, pero no he encontrado ningún rastro.

Domicia se llevó las manos a la cara y volvió a gritar llorando desconsolada.

—Flavio ha ido a buscar al pretor. Ordenará a las legiones urbanas que busquen y pregunten hasta en las mismísimas cloacas. Tranquilas, lo encontraremos sano y salvo. Ahora he de marcharme, quiero seguir buscándolo.

—Iremos contigo —dijo Valeria.

—Será mejor que esperéis aquí —ordenó el abogado.

—Aquí no hacemos nada —dijo Domicia mientras se disponía a salir—. Por todos los dioses, nuestro padre nos necesita, vayamos a buscarlo.

Cuando estaba a punto de caer la noche, las dos hijas de Valerio Iucundo entraron de nuevo en la *domus* con el rostro aún más angustiado que al comenzar el día, acompañadas de Marco. No habían encontrado ninguna pista que los llevara hasta el paradero de su padre, no había ningún rastro que les diera alguna esperanza ni nadie que lo hubiera visto. Era como si se le hubiera tragado la tierra.

Saurea intentó que las chicas comieran algo y preparó sus platos favoritos, para que recuperaran fuerzas, pero las dos hijas del abogado no pudieron probar un solo bocado.

Esa noche fue la más larga en la vida de Domicia.

Aún de madrugada se levantó con una pequeña lámpara del aceite hasta el peristilo. Tenía el presentimiento de que a su padre le había pasado algo. Se sentó en un banco de piedra del jardín y miró hacia el cielo; sentía que Valerio ya no estaba con ellas, que su vida estaba en el aire en dirección al Elíseo, estaba segura, solo quería despedirse de él. A los ojos volvieron las lágrimas, al corazón regresó la pena y al alma la soledad. Sintió las tiernas manos de su padre acariciando su rostro, reconoció sus suaves palabras hablándole al oído y sus fuertes brazos rodeándola. En aquella lúgubre noche pasó de gemir de rabia, por no poder disfrutar más de esos momentos, a reír por algún recuerdo o alguna de las palabras de su padre.

Con la tenue luz de la lámpara de aceite se acercó despacio arrastrando los pies hasta el *tablinum*, que se encontraba al lado. Descorrió la cortina que dividía las estancias y recordó a su padre allí sentado, recibiendo a sus clientes mientras le sonreía o le dedicaba algún gesto de amor. No podía ni quería imaginar que no volvería a verlo.

A la mañana siguiente los esclavos la encontraron en el banco del peristilo. Saurea la despertó con delicadeza, Domicia abrió los ojos y miró al cielo nublado de Roma. El día estaba tan triste como su alma, ni siquiera los pájaros trinaban en los árboles. El *atriense* le anunció que Tito Flavio esperaba en el *tablinum* junto a Marco, traían noticias sobre su padre.

La pequeña de las Iucunda no necesitó saber cuál era la información que portaban. Recorrió la misma distancia que hizo la noche anterior. La cortina que separaba las dos estancias estaba tal cual la había dejado ella y, a su espalda, se encontraba el hombre que vio por última vez a Valerio Iucundo. No necesitó entrar.

Valeria se hallaba con ellos. Flavio le dijo algo que

hizo que su hermana se pusiera de rodillas y se llevara las manos al rostro gritando. Todo quedó en silencio.

Y la espera pasó de atormentar sus entrañas a convertirse en realidad.

Y la esperanza dejó de ser un sufrimiento para ser una tortura.

Y la muerte fue mejor opción que la propia vida.

El *magister* se acercó hasta la pequeña de las hermanas. Aún seguía de pie, rígida y con la mirada perdida y ausente en algún punto fijo. Estaba fría, como imaginó que estaría el cuerpo de su padre. La noche anterior había vaciado sus ojos de lágrimas y ya había comenzado en su alma su particular duelo.

El *magister* la agarró de los hombros y le habló con la voz rota por el dolor. Habían encontrado el cuerpo sin vida de su padre. Omitió los detalles de las torturas a las que lo habían sometido y la muerte tan dolorosa que tuvo que sufrir.

Tito Flavio prometió a las hijas de Valerio Iucundo que se encargaría personalmente de encontrar a los culpables. Que él correría con los gastos del sepelio y que su padre recibiría los ritos funerarios acordes a su excelente persona y condición.

En cuanto estuvieran preparadas, las esperaba como alumnas del *collegium* de Reate. Él se encargaría de ellas.

Ni siquiera eso que tanto deseaban calmó sus pobres corazones. Cambiarían todo cuanto tenían por abrazar, tan solo una vez más, a su padre y desprenderse así de la tortura que suponía ser consciente, de una forma tan abrupta, de saber que no habría una próxima vez.

Marco se dio la vuelta cuando abandonaba la *domus* junto a Flavio. Difícilmente olvidaría esa imagen el resto de su vida: las dos jóvenes hermanas lo despedían desconsoladas en el centro del recibidor donde tantas veces lo hizo su padre. Se maldijo por ser el portador de la fatal noticia, en ese mismo momento cambiaría su vida por la de su mentor. Maldijo a los dioses por permitir que esas niñas se quedaran huérfanas, con el corazón helado entre unas paredes en las que solo se respiraba soledad, tristeza y una amarga pesadumbre.

XXIX

Roma, 126 d. C.

Ceciliano discutía con el conductor del carro que iba a llevarlos al puerto de Ostia e iniciar el largo viaje para abandonar Roma por un largo periodo.

El famoso mosaiquista había aceptado en la ciudad de Lucus Augusti,[1] al norte de Hispania, un encargo de un rico comerciante que quería adornar su lujosa villa con sus famosos mosaicos.

Thais cerró los ojos antes de subir al carro, respiró profundamente y sintió algo de nostalgia. Notó el gélido aire entrando por las hendiduras de las cicatrices de su rostro. Nunca había salido de la capital y ahora se marchaba de la ciudad que la había visto nacer, aquella que la convirtió en un estrago de las calles y donde, desde hacía un año, a pesar de la miserable vida que había tenido que sufrir, por fin era feliz.

Todo había cambiado drásticamente desde la fatídica noche que la atacaron. Todo había sido distinto desde que Probus a punto estuvo de morir por salvarla y desde que Valerio Iucundo le dio una nueva oportunidad. Le costaba creer que el abogado, a quien tanto le debía, hubiera fallecido hacía tan solo unas semanas a manos de quienes intenta-

1. Actual Lugo.

ron también segar su vida. Cuando oyó que el abogado lucía las mismas marcas en el rostro se estremeció. No podía dejar de pensar en la cantidad de gente que fue a llorar al hombre más generoso de Roma el día del sepelio, ni jamás olvidaría el inmenso dolor que sentían sus dos hijas por la pérdida de su padre.

Se estremeció al pensar que esas muchachas, a las que tanto quería, habían perdido a su progenitor porque unos cobardes habían decidido matar a la única persona que defendía a las prostitutas.

Ceciliano, quien no paraba de discutir con el conductor del transporte, le había permitido posponer el viaje para cuidar de las huérfanas, pero ese mismo día debían partir sin más demora o darían el trabajo a otro taller musivario.

—Tiene que dejar uno de los sacos. —Las palabras del cochero la devolvieron a la realidad.

—Le pagaré más —propuso el mosaiquista.

El conductor de la *raeda*[2] se desprendió del gorro y se limpió el sudor de la calva con un pañuelo mientras mordisqueaba una espiga de paja que había arrancado de la comida de los caballos. Tenía el rostro curtido por el sol y la túnica llena de lamparones.

—La ley de las calzadas es clara —comentó mientras escupía la pasta en la que había quedado el tallo—. No quiero que me multen por exceder el peso.

—Pagaré la multa, pero necesito todos mis utensilios.

El hombre mordisqueó de nuevo el tallo e hizo un gesto para indicarle que subieran.

—Si nos paran, la multa correrá por su cuenta —añadió.

Thais subió y, junto a otro de los pasajeros, ayudaron a Ceciliano para que pudiera ascender al carro.

2. Carreta cubierta destinada al transporte de personas y equipaje.

El vehículo emprendió el viaje en dirección a Ostia, desde donde un barco los llevaría hasta el puerto de Olissipo.[3] Thais miró la ciudad que dejaba a su espalda sin decir una sola palabra. Tenía la sensación de que su lugar estaba ahí, entre tanto dolor y alegría, entre tanto sufrimiento y a la vez tanto amor, y cuanto más se alejaba mayor era su pesadumbre.

Ceciliano miró a la joven, ausente y con la mirada perdida, mientras soltaba un suspiro lastimoso.

—¿Qué sentimiento nos embarga más fuerte, amar o perder a quien amamos? —preguntó el anciano.

—Supongo que los dos —contestó Thais.

—La pasión siempre dura mucho menos que el olvido, pero la peor de las angustias, la más dolorosa, es echar de menos un amor que nunca sucedió.

Thais se quedó pensativa, conocía perfectamente ese sentimiento.

—Te he querido como a una hija, sin duda has llenado mi vacío corazón durante el tiempo que me has acompañado —continuó el anciano.

La joven lo miró extrañada.

—Puede que tus huesos estén debilitados, pero son muchas las teselas que aún tienen que pasar por esas tiernas manos.

—No me refiero a mí.

—¿A quién si no?

—No sé lo que nos deparará el futuro, pero si sé quién tiene tu presente en sus manos.

—Ceciliano, no has de temer nada, mi futuro está ligado al tuyo, te quiero como si fueras mi padre, aunque a veces seas un cascarrabias.

El anciano rio la broma.

3. Actual Lisboa.

—Si hubiera tenido cuarenta años menos, jamás te habría dejado marchar. Toda mi vida ansié encontrar una mujer como tú, pero los dioses no conceden al mismo hombre todos sus dones.

Thais le acarició el pelo.

—Habría sido la mujer más dichosa del mundo.

—Nacemos y morimos solos, no hay nada malo en la soledad, te acabas acostumbrando, e incluso, en ocasiones, no ansías otra cosa. Lo peor es cuando llega alguien que llena tu vida de luz; cuando se marcha, la más amarga de las penumbras te acompaña el resto de tus días.

—No entiendo. ¿Qué es lo que tanto te preocupa?

—Tú, Thais, me preocupa tu felicidad desde que los dioses te enviaron a mí de la mano de mi querido Valerio Iucundo, que la tierra le sea leve. Si pudiera cambiar el pasado, iría a buscarte a esa triste casa en el Subura y cambiaría el daño que te causaron, pero eso te habría impedido encontrarte con tu destino.

La joven miró al anciano con pena. Él siguió hablando:

—¿Cuánto tiempo más quieres que continúe el cochero? Estaremos una larga temporada en Hispania, así que no sé si alguna vez regresaremos a Roma, y no quiero que toda tu vida te arrepientas de no haber hecho lo que debías por amor.

Los otros dos viajeros asistían a la escena atónitos.

—Yo... iré contigo a donde tú vayas. Soy feliz a tu lado —dijo Thais con la voz cortada.

—No te engañes. Sé que anhelas a ese gladiador desde la misma noche en que vuestros caminos se encontraron. Desde que te anuncié que nos iríamos de Roma, cada uno de tus suspiros clama por él. Date la oportunidad que yo nunca tuve. Ve y lucha para evitar que tu vida sea tan amarga y solitaria como la mía.

—¿Y si ya no me espera?

—Es mejor morir de una vez que temer siempre a la vida. Por Júpiter, ¿quién en su sano juicio no iba a esperarte?

—¿Y si su corazón pertenece a otra persona?

—Entonces sabrás dónde encontrarme. Estaré en el puerto de Ostia hasta un día antes de las calendas. Si ese gladiador ha perdido el juicio tanto como para dejarte marchar, te estaré esperando.

—Pero no quiero dejarte solo.

—Me quedaré vacío, pero inmensamente feliz.

Los ojos de Ceciliano refulgían con un brillo especial.

—¡Cochero! —dijo el anciano golpeando la madera del carro—. ¡Para, ya no tendrás que preocuparte por la multa! Vamos, no esperes más, solo hemos recorrido unas millas.

Thais abrazó con fuerza a ese bondadoso hombre que anteponía su felicidad a la suya propia. Sentía una amalgama de sentimientos: por un lado, abandonaba a su suerte a ese anciano que tan bien la quería; por otro, las palabras de Ceciliano habían calado hondo en su corazón.

El cochero paró el carro sin entender nada.

Thais agarró el pequeño saco con sus pertenencias y se bajó, sin querer pensar en lo que hacía para evitar arrepentirse. Cada instante que pasaba dudaba con más fuerza si abandonar a Ceciliano.

El cochero se quitó el gorro con una mano mientras con la otra despegaba de sus labios la espiga de paja.

—¡Por todos los dioses, no puedes bajarte! Tendrás que pagarme el trayecto completo —ordenó.

—Lo pagaré —dijo Ceciliano hastiado—. Solo hay una cosa que el dinero no puede comprar, el corazón, porque solo se regala a quien lo merece. Tú, Thais, te has ganado el mío para siempre, ahora ve y conquista el de ese hombre.

El cochero se limpió el sudor con el pañuelo, se caló el gorro y volvió a colocarse en su puesto mientras arengaba a los caballos.

Thais se quedó inmóvil observando cómo se marchaba el hombre más generoso que había conocido en su vida. La lluvia empezó a caer tímidamente sobre ella mientras emprendía el camino de regreso a Roma.

A la altura de la Via Ostiensis, que unía las ciudades de Roma y Ostia, un mar de gente corría de un lado a otro para escapar de la tormenta. Solo Thais andaba como si un aguacero no cayera sobre ella, como si enfrentarse a su destino fuera una batalla como la que Probus libraba en el anfiteatro.

Se paró y se giró. El carro que conducía a Ceciliano se había perdido entre la cortina de agua y el horizonte.

Thais pensaba en que solo tres hombres, a lo largo de su vida, se habían preocupado por ella. Uno, Valerio Iucundo, yacía muerto; el otro, Ceciliano, recorría el mismo camino que ella desandaba en sentido contrario, y el último era el destino que ansiaba encontrar.

Sintió en su propio cuerpo los mismos instintos primitivos de muchos de sus clientes. Imaginó los besos de Probus en su cuello mientras acariciaba su rostro. Percibió, como si fuera real, tener entre sus manos las del hombre que tanto amaba. Soñó con las caricias de sus dedos recorriendo con lentitud sus muslos, mimando con ternura su piel a la vez que las palabras se confundían en su oído con alientos de placer.

Sin embargo, el miedo y las dudas irrumpieron de nuevo en esos deseos. ¿Y si la boca que tanto deseaba besar obedecía a otros labios? ¿Y si los ojos que tanto ansiaba contemplar pertenecían a otros en los que mirarse? ¿Y si las manos que tanto anhelaba acariciar tenían otras que sostener? Durante todo el tiempo que estuvo con Ceciliano, había ido varias veces hasta la *domus* donde le dijeron que vivía el hombre a quien amaba. La puerta de la vivienda siempre estaba atestada de gente que quería conocer al gladiador más importante de Roma. Decenas de mujeres soñaban con su cuerpo y gritaban con intención de que las oyera, pero la puerta nunca se abría. Ella siempre se marchaba con la sensación de ser una más entre todas aquellas que veneraban a aquel hombre.

Pensó en el momento en el que llegaría a la *domus* y llamaría a la aldaba, imaginó que la entrada tampoco se abriría para ella.

A lo lejos empezaba a vislumbrarse la puerta Ostiensis. El camino estaba vacío. La gente, a gran velocidad, se había resguardado del chaparrón.

Thais llevaba una *paenula* que la protegía de la lluvia. Había untado con grasa la suya y la de Ceciliano consiguiendo de ese modo que el agua resbalara y no se calara.

Entró por la puerta de acceso a Roma. Las calles, habitualmente abarrotadas de gente, estaban desiertas, una extensión de su vida. De nuevo volvía a estar sola. A medida que se acercaba a la *domus* de Probus el miedo y los nervios se apoderaron con más ímpetu de ella. El vaho que exhalaba de su garganta salía agitado y entendía que era por las dudas que se apoderaban de su pecho. Llegó hasta la calle que llevaba a la vivienda de Probus. Su futuro se encontraba al final de esta. Se acercó con pasos aún más vacilantes. Deseó estar al calor del fuego junto a Ceciliano, escuchando los sabios consejos que el anciano siempre le regalaba, o leyéndole algún pasaje de la *Ilíada*. Llegó hasta la puerta, no había ni rastro de las numerosas personas que se arremolinaban cada día. La tormenta había alejado a todas las almas que querían conocer al gladiador.

A todas menos a ella.

Se desprendió de la capucha y dejó que el agua empapara su rostro y sus cabellos. Cerró los ojos y respiró profundamente. Su mano dubitativa sostuvo la aldaba y golpeó la puerta débilmente. En sus oídos, el eco del golpe sonaba por encima del estruendo de la tormenta y el ruido de la lluvia golpeando contra las vías.

La puerta no se abrió.

Volvió a llamar con más fuerza. De nuevo el mutismo dentro de la *domus*. Se apoyó contra la madera empapada. Sus lágrimas se mezclaban con las gotas que caían por sus mejillas recorriendo las hendiduras de sus cicatrices.

Llamó desesperadamente una y otra vez, como las olas del mar golpeando contra las rocas. Nadie abría al otro lado.

Una vez más las sombras volvieron a ceñirse sobre ella. Suspiró como si fuera el último aliento que salía de sus labios.

Se puso la capucha para marcharse. Dio un primer paso que fue el más duro de su vida, el que más le costó.

Comenzó a andar, desolada y cabizbaja, sin mirar atrás. Cuando giró la esquina la presencia de un hombre le impidió continuar. Levantó la cabeza. Delante de ella se encontraba Probus.

El gladiador dio un par de pasos hacia la joven.

No hizo falta hablar, porque hay palabras que no dicen nada y silencios que lo dicen todo. Esta vez no dudarían como la última vez que se vieron. Los dos se miraron a escasa distancia. El agua empapaba los dos cuerpos, pero nada podía contenerlos en ese momento. Probus se acercó y, sin pensarlo, ambos se fundieron en el beso que tantas veces habían soñado. Era tal el ansia que tenían el uno del otro que ni siquiera fueron conscientes de que, en el instante en que sus cuerpos se mezclaron, la lluvia cesó.

XXX

Halicarnaso, 126 d. C.

Helena se agachó mientras el *gladius* pasaba por encima de su cabeza, sintiendo el silbido que hizo al rasgar el aire. Se levantó y contraatacó con su espada, pero la estocada encontró la defensa de su oponente. Las armas resonaron con fuerza al chocar.

La esclava atacó el cuerpo de su rival. El movimiento hizo que el dolor de sus extremidades se acrecentara, aunque era una molestia a la que se había acostumbrado. De nuevo su contrincante volvió a atacar una y otra vez mientras Helena se defendía con solvencia. Se levantó y embistió contra el escudo alternando golpes dirigidos a la principal defensa de su rival. Los dos contrincantes se entregaban al duelo. Atacaban y se defendían incansablemente.

El escudo de Helena era de mimbre con apliques de plomo para que pesara mucho más que los que se usaban en los combates. Su espada estaba cubierta por una funda de cuero rellena de arena para conseguir más resistencia y fuerza en los brazos. El entrenamiento era duro y agotador.

Uno de los movimientos de su rival hizo que Helena cayera al suelo. La esclava levantó el cuello con fuerza hacia arriba para alzarse. El movimiento le provocó un dolor desconocido. Un enorme calambre recorrió toda su columna vertebral. Las convulsiones se extendieron por sus brazos y piernas haciéndole exhalar un grito de dolor mientras arrojaba sus armas al suelo.

Lü, que se encontraba entrenando con ella, se desprendió también de las suyas y se acercó con urgencia.

La esclava abrió los ojos cuando el breve ataque remitió. El rostro pálido de su entrenador fue lo primero que vio.

—¿Estás bien? —preguntó el hombre de ojos rasgados, aún con la tensión reflejada en su rostro.

Helena asintió mientras agarraba la mano de Lü para levantarse.

El contacto con la piel de la esclava provocó en el hombre un escalofrío.

—Este dolor ha sido nuevo, nunca me había ocurrido antes.

—Ve a descansar, ya hemos entrenado suficiente por hoy.

La joven se levantó ante la atenta mirada de Flavia, que observaba el entrenamiento desde la tranquilidad del balcón de su dormitorio. Cuando Helena abandonó la arena del *ludus* para dirigirse a las termas, la *lanista* hizo un gesto a Lü para que subiera a sus dependencias.

Flavia Lycia había vivido toda su vida al amparo de su padre, uno de los mejores *lanistas* de todo el Imperio. La sombra era muy alargada, y para ella, estar a su altura llegó a ser incluso inalcanzable. Claudio Lycio siempre soñó con tener un vástago varón, pero los dioses le otorgaron cinco hijas a las que nunca amó, a las que siempre repudió como castigo por no haber tenido descendencia masculina. Anhelaba tener un hijo con quien pasear mientras conversaban, con quien ir a cazar y a quien dejar en herencia el negocio familiar. Había sido inmensamente rico y había gozado de una vida llena de opulencia y, sin embargo, lo habría cambiado todo, incluso a sus cinco hijas, por un único sucesor. Flavia era la pequeña de sus hermanas y a la que decidió, muy a su pesar, dejar en herencia el Ludus de Halicarnaso. La menor de las Lycia tenía un sexto sentido para los negocios, pero su padre jamás reconocería en ella su valía y siempre la acusaba de ser demasiado blanda. Al parecer de Claudio, Flavia nunca sería una buena *lanista* porque anteponía sus sentimientos al negocio, pensaba más con el corazón que con la cabeza. La *lanista* tuvo un comienzo difícil, siempre con el buen nombre de su padre en sus oídos y en boca de otros. Al principio pensó que no sería nunca respetada por estar a la sombra de su padre. Siempre tuvo en mente vender el negocio cuando Claudio falleciera, pero el orgullo le hizo tener claro que no debía permitir que aquella oscuridad se cerniera sobre ella, no debía dejar que nadie dirigiera sus pasos y que la fama de su progenitor la cubriera de lobreguez. Cuando su padre abandonó el mundo de los vivos, Flavia Lycia decidió demostrar que una mujer podía dirigir un *ludus* donde convivían hombres capaces de matar con tan solo un suspiro que saliera de sus gargantas. No se lo quería demostrar al mundo, ni siquiera a su padre; quería demostrárselo a sí misma, vivir una vida sin preocuparse de las sombras que tanto la perseguían.

Mientras esperaba a Lü, Flavia pensaba en sus opciones.

Helena había ganado tres combates, le estaba dando unos beneficios que jamás habría imaginado, pero esos ataques que sufría la gladiadora la preocupaban. Cada vez aguantaba menos los duelos y procuraba terminarlos rápidamente en cuanto la extraña enfermedad acuciaba su cuerpo.

Flavia había contratado los servicios del mejor médico de Asia, pero no habían dado con la solución. Tan solo anunció que cada vez irían a más y mermarían el cuerpo de la esclava de un modo cruel y doloroso hasta su muerte.

Lü entró en la estancia y observó a Flavia, que caminaba por la habitación sin un rumbo fijo, absorta en sus pensamientos.

—¿Qué ha pasado ahí abajo? —preguntó la *lanista* cuando se percató de la presencia de su guardaespaldas.

—Un fuerte dolor.

—¿Le había pasado antes?

—No en ese lugar.

—Esta noche tenemos la visita de uno de los mejores *lanistas* de Hispania. Vienen con intención de comprar a Helena, han oído hablar de sus victorias hasta en las Columnas de Hércules. ¿Crees que debería desprenderme de ella?

La tensión que reflejó el rostro de Lü no pasó desapercibida para Flavia.

—Sé lo que sientes por esa esclava. Te conozco demasiado. Jamás nadie me ha mirado a mí como tú miras a esa mujer y nunca te he visto tocar a nadie como la tocas a ella. Siempre has sido parco en palabras y huraño en el contacto, y con Helena tus músculos se estremecen en cuanto notan el tacto de sus manos. Mi padre siempre me dijo que en los negocios tenía que apartar los sentimientos de la razón y ahora te pido a ti que hagas lo mismo. ¿Cuántos combates más crees que podrá aguantar?

Lü se ruborizó por el análisis que Flavia había hecho de él y se limitó a encogerse de hombros.

—Si la vendo hoy, puedo sacar una buena cantidad —continuó la *lanista*—. Si dejamos que siga luchando, podemos ganar mucho más dinero, pero ¿y si uno de esos ataques, como el que ha tenido hoy, sucede durante un combate y encuentra la muerte? Entonces ya sería demasiado tarde.

Lü respiró hondo, incómodo, mientras Flavia continuaba hablando:

—¡Por todos los dioses! Una oportunidad así, un gladiador que sale de la nada se presenta tan solo pocas veces en la vida y, cuando nos llega, encima una mujer, tiene que sufrir esa extraña enfermedad.

El hombre de ojos rasgados seguía sin decir nada.

—¡Vamos, Lü, di algo! Tú eres quien entrena con ella.

—Cada día es mejor luchadora, tengo que emplearme a fondo para alcanzar su cuerpo. Si no fuera por esos ataques, podría ser mejor incluso que muchos hombres. Llena la arena del anfiteatro como jamás he visto.

Flavia Lycia suspiró. Observó el busto de su padre, que presidía la estancia y que observaba mudo la escena. Se tumbó en uno de los divanes, donde hizo un gesto a uno de los esclavos para que, con un enorme flabelo, la abanicara. Otra sierva le ofreció una bandeja de fruta fresca.

—Dale alguno de esos remedios que tú utilizas y márchate, esta noche tenemos invitados. Quiero que vayas a prepararte para la cena —ordenó la *lanista* mientras daba cuenta de una copa de vino.

Lü se giró para marcharse con el rostro apesadumbrado.

—Será mejor que te vayas despidiendo —añadió Flavia—. Sabes tan bien como yo que lo mejor es deshacernos de ella.

El hombre bajó las escaleras y se dirigió a la cocina. Sacó de su zurrón una amalgama de hierbas que machacó con ayuda de un mortero. El ruido de los gladiadores y las órdenes de los doctores, entrenando en la arena, recorrían cada uno de los rincones del *ludus*, pero en la cabeza de Lü una lucha más cruenta se apoderaba de sus pensamientos. Cuando terminó de mezclar las hierbas, añadió miel a la pasta resultante, que guardó con cuidado en el zurrón.

Helena se encontraba aseándose. Flavia intentaba que

hombres y mujeres no coincidieran en la terma, por ese motivo ellas podían acudir antes de que ellos terminaran su entrenamiento.

Luciana y Alda también estaban aseándose, distanciadas de ella. Las dos esclavas que habían hecho la vida imposible a Helena cuando esta entró el *ludus* llevaban tiempo sin molestarla; no solo la respetaban, ahora sentían miedo de ella.

Helena embadurnó sus brazos y su torso con aceite mientras se pasaba el estrígil para retirar toda la suciedad pegada a su piel. Aquel momento relajaba su cuerpo y le hacía sentirse mejor. El último ataque, el que acababa de sufrir en la arena, la había dejado especialmente fatigada.

Mientras se aseaba pensó en cómo había pasado de ser una simple esclava a convertirse en una infame, en una gladiadora que luchaba en un anfiteatro. Aunque al principio sentía pánico y recordaba las voces obscenas que solo ansiaban verla desnuda, en el último combate había notado un pequeño cambio: algunos hombres coreaban su nombre. No en gran número, pero había quienes la empezaban a respetar como gladiadora y disfrutaban viéndola luchar.

Sentía que ya no tenía miedo, ya no agachaba la mirada ante Luciana y Alda ni temía enfrentarse a ellas. Lü le había hecho sentirse, por primera vez desde que había dejado de estar al cobijo de su abuela, segura de sí misma. Su vida había cambiado y en parte se lo debía a ese extraño hombre que la miraba de un modo inquietante, que apenas hablaba pero que se preocupaba por cómo se encontraba. Lo notaba en la manera en que se comportaba con el resto de las mujeres y en cómo se dirigía a ella, en cómo agachaba la mirada cuando sus ojos se encontraban y en el modo en que curaba sus heridas o se preocupaba por sus ataques. Habían llegado a entenderse sin apenas palabras.

Lü entró en la terma sin preocuparse de que las mujeres estuvieran desnudas. Observó a Luciana y Alda sin fijarse en ellas. Cuando llegó donde se encontraba Helena, le hizo un gesto con la cabeza.

La esclava lo miró y le contestó con preocupación.

—No sé qué es lo que ha pasado. He sentido un calambre que recorría todas las partes de mi cuerpo, parece que masajear los músculos con aceite me ayuda.

Lü les hizo un gesto a Luciana y Alda para que se marcharan. Las dos esclavas abandonaron con rapidez el lugar.

El hombre de ojos rasgados ordenó a Helena que se tumbara en uno de los jergones que había en una habitación contigua. La esclava se tumbó desnuda, con el cuerpo aún cubierto de aceite sin entender muy bien las intenciones de su entrenador.

Lü extrajo de una bolsa de piel que llevaba en la cintura varias bolas de incienso y las prendió. La estancia se volvió acogedora por el aroma y la tenue llama de las lámparas de aceite. Sacó la pasta de hierbas y miel que había preparado y se la dio a la gladiadora para que la masticara. Helena obedeció sin preguntar. La textura de las hierbas moviéndose por su boca le provocó una arcada, pero la miel conseguía que el sabor fuera al menos dulce. Sus músculos empezaron a relajarse y el hormigueo y los dolores a calmarse. Cerró los ojos. Su cuerpo se distendía y su mente se calmaba.

El hombre de ojos rasgados cogió de su bolsa una especie de agujas de marfil.

—Esto te calmará —dijo mirando a Helena.

Entre el dedo pulgar y el índice clavó una de las puntas que había sacado. La esclava notó un leve pinchazo, pero rápidamente pasó a sentir un cosquilleo.

Lü repitió la operación por diversas partes de su cuerpo. En los tobillos, en las muñecas y en alguna otra zona.

—Duerme hasta la noche —comentó Lü—. Tu sangre debe moverse. Si fluye no duele y si duele no fluye.

Por primera vez Helena sentía que los dolores empezaban a menguar y consiguió que sus músculos se destensaran. Una enorme sensación de paz empezó a recorrer su cuerpo hasta que logró dormirse.

La tarde cayó sobre el *ludus*, donde Flavia Lycia disfrutaba de la comida en compañía de sus invitados hispanos, tumbada en uno de sus divanes.

Sus tres huéspedes gozaban de la abundante comida y bebida. La música presagiaba una noche grata y entretenida para hacer negocios, como tanto le gustaba a la *lanista*.

Luciana, Alda y varias esclavas más se deshacían en caricias con los invitados de Flavia.

Lü también daba cuenta de la comida, aunque no así del vino, pendiente como estaba de que nada molestara a su señora.

—Querido Emilio, espero que la hospitalidad de mi tierra sea tan grata como el calor y la temperatura de vuestro hogar.

—Sin duda —contestó el hombre—. Estoy encantado con el trato y la acogida que nos brindas. Sabes cómo tratar a tus invitados, Flavia. No esperábamos menos de la hija de Claudio Lycio.

Flavia esbozó una sonrisa.

—He traído estas ánforas con vino de Mosela de las Galias y este *garum* de Baelo Claudia,[1] de la tierra y el sol que me vieron nacer, el mejor del Imperio, como muestra de buena voluntad y que espero aceptes —comentó Emilio.

1. Ciudad romana en la bahía de Bolonia, actual provincia de Cádiz.

—Sin duda, Emilio Eliano sabe cómo complacerme —respondió Flavia ante la risa de los presentes—. Háblame de tu tierra, ¿cómo es vuestro anfiteatro?

—Nuestro anfiteatro en Corduba es el tercero más grande del Imperio, por detrás del anfiteatro de los Césares en Roma y el de Cartago. Casi cincuenta mil almas pueden ocupar sus gradas. Ser un *lanista* cordobés es una responsabilidad para con mis ciudadanos.

—Eres modesto, querido Emilio, yo diría que tu carga es más pesada. ¡Por todos los dioses! Eres el *lanista* del Ludus Hispanianus, el más importante de toda Hispania.

Emilio asintió con la cabeza levantando el mentón arrogante.

—Y eso me hace buscar los mejores gladiadores por todos los rincones de nuestro vasto Imperio. Adelantarme a los hombres que trabajan para el Ludus Magnus en Roma no es una empresa sencilla.

—Hablemos por tanto de lo que has venido a buscar.

—Publio Estertinio, el procónsul, me ha hablado maravillas de dos de tus gladiadores. Bassus, el *murmillo*, y una que dejó especialmente atónitos sus ojos y otro miembro de su cuerpo. Una gladiadora, algo que jamás se ha visto allí de donde vengo.

Flavia miró de reojo a Lü, que agachó la cabeza.

—Puedo ofrecerte a Bassus junto a una partida de gladiadores que harán tus delicias por mil denarios.

—Tú pones el precio, ser hija de Claudio es sinónimo de la calidad que me proporcionas. Pero ¿qué me dices de tu luchadora?, ¿cuál es el nombre con el que combate?

Flavia hizo un gesto a Anacrites para que fuera a buscar a Helena.

—Su nombre es Amazona. Tus ojos nunca verán una mujer tan sublime, no solo lucha como si no temiera a la muerte, su destreza con el *gladius* hará que tus conciudadanos vibren. Además, su belleza levantará otras armas, las que esconden bajo sus túnicas los miles de espectadores que tengan la suerte de ir a verla, y eso llenará los bolsillos de los dueños de los lupanares. Si eres inteligente, podrás satisfacer a tus ciudadanos por el día en la arena y las fantasías sexuales de tus compromisos por la noche; nunca por menos de diez mil sestercios cada vez que la ensarten.

Lü apretaba con fuerza los puños.

—Eres buena vendiendo tu mercancía —dijo el *lanista* de Corduba—. Sin duda, has heredado el talento para los negocios de tu padre.

La *lanista* no despegaba los ojos de su guardaespaldas, que era el único ajeno a la fiesta.

—Mandaré moldear lucernas con mi imagen copulando con semejante diosa. —El *lanista* lanzó una mirada cómplice a sus dos acompañantes—. Subiré la cantidad que estoy dispuesto a ofrecerte si, además, esta noche tú, Flavia, visitas mi alcoba y me enseñas qué otras cosas sabes hacer con esa prodigiosa lengua en mi entrepierna —dijo Emilio acariciando su barbilla ante la risa de sus acompañantes.

El gesto de Flavia tornó de la alegría a la ira.

Helena apareció en ese momento. Vestía una sencilla túnica blanca hasta la rodilla y llevaba su melena recogida en una trenza.

El *lanista* de Hispania se levantó con esfuerzo debido al vino y a las horas que llevaba tumbado. Dio un rodeo alrededor de la esclava, que tenía la cabeza agachada. Levantó con su mano el mentón de la joven para examinar sus dientes. Asentía con la cabeza mirando a sus dos colegas. Levantó sus brazos para examinarlos y palpó sus pechos ante las risas de sus dos amigos. Agarró los muslos examinando la dureza de sus músculos. Emilio Eliano se limpió los restos de vino y baba que caían por su barba y, mirando a sus colegas, subió la mano por el muslo para escudriñar las partes íntimas de la esclava.

Helena cerró los ojos mientras el *lanista* acariciaba su sexo. Lü echó mano de su *pugio* y Flavia suspiró.

—Venid —dijo Emilio a sus dos colegas—. Será mejor que los tres comprobemos la mercancía.

Los dos hombres se levantaron entre risas y golpes en la espalda.

—¿Cuánto va a costarme semejante luchadora y su dueña? —preguntó Emilio.

Flavia Lycia miró el busto de su padre que observaba la escena. Sus ojos se cruzaron con los de Lü y se centraron en el gesto de repugnancia que mostraba Helena siendo manoseada por esos tres hombres.

—No está en venta —dijo con rotundidad la *lanista.*

Emilio rio la gracia.

—Sin duda me costará caro, pero no imaginaba que tanto. Te ofrezco dos mil denarios.

—He dicho que no está en venta. Y ahora apartad las manos de ella.

Emilio y sus dos amigos se quedaron callados y observaron a Flavia con el rostro serio. Las palabras fueron pronunciadas tan tajantemente que cortaron la respiración de los tres hombres.

—Ya habéis oído lo que ha dicho, apartad las manos de ella —añadió Lü.

—¿Puedes explicarme todo esto? —preguntó Emilio—. Nunca un esclavo se había dirigido a mí en ese tono.

—No es un esclavo, y ahora coged vuestras cosas y marchaos —ordenó Flavia.

Los tres hombres se miraron extrañados.

—Esta broma está empezando a resultarme incómoda —dijo con el rostro serio el *lanista* del Ludus de Corduba.

—Puedes meterte la incomodidad por ese oscuro agujero que tienes donde termina la espalda, y ahora largaos de mi propiedad.

Emilio hizo un gesto a uno de sus hombres, que sacó un puñal de entre los pliegues de su túnica y se dirigió con rapidez a la *lanista*.

Lü se interpuso en su camino agarrando el brazo que portaba el arma y lo retorció por detrás de su cuerpo hasta que la soltó. El otro acompañante del *lanista* se dirigió a su compañero para socorrerlo. Lü se agachó ante el primer ataque que este le dirigió y golpeó en la rodilla al que tenía agarrado para que cayera definitivamente al suelo. Cuando el segundo hombre iba a realizar una segunda ofensiva, un brazo lo agarró por el cuello para impedirle terminar el movimiento. Helena sujetaba la garganta del guardaespaldas de Emilio por la espalda. Lü lo golpeó en el estómago con toda la rabia que acumulaba. El hombre cayó al suelo casi sin respiración por el puñetazo y, con rapidez, el entrenador de Helena levantó a quien un momento antes había retorcido la mano, volviendo a neutralizarlo del mismo modo. La víctima, que disfrutaba de la velada hacía tan solo unos instantes, se alzó como un resorte por el dolor. El guardaespaldas de Flavia hizo un gesto a Helena, que se acercó y lanzó una patada a los testículos del hombre. Su grito de dolor sonó por todo el *ludus* mientras caía al suelo como un saco.

Emilio Eliano observaba la escena con el rostro serio y sin entender qué estaba ocurriendo.

—Nunca olvidaré esta ofensa. Me has insultado, me encargaré de que nadie jamás haga negocios contigo. Tu padre debe de estar retorciéndose en el Hades, has echado por tierra su buen nombre.

—Estás en mi casa, donde viven decenas de hombres adiestrados en el arte de matar. Será mejor que guardes tus amenazas y te marches si no quieres que sea tu lengua la que pruebe la entrepierna de todos mis gladiadores.

Lü se dirigió a él, pero Emilio retrocedió mientras con las manos suplicaba que no le hicieran daño; sus dos acompañantes se levantaron con gestos de dolor y los tres abandonaron la estancia.

Flavia Lycia tiró la copa de vino contra la mesa, donde descansaba toda la comida y bebida.

—¡Largaos todos de aquí! —gritó.

Lü, Helena y todos los esclavos, incluidos los músicos, abandonaron el comedor dejándola sola.

La *lanista* volvió a servirse otra copa, con pulso tembloroso, derramando gran parte del vino. Bebió varios tragos de golpe, con ansia, y se dejó caer derrotada sobre uno de los divanes, pero ni siquiera el vino arrastraba el sabor amargo que inundaba su boca. Los labios le temblaban de impotencia y se sorprendió haciendo un gran esfuerzo por no llorar. Era una mujer fuerte, se decía; nunca, desde que era tan solo una cría, había derramado una sola lágrima por nada y mucho menos por nadie. El busto de su padre la miraba fijamente, como si pudiera escudriñar su mente y apoderarse de su alma. Como si el artista que pulió la pieza de mármol hubiera proporcionado vida a aquellos ojos de piedra. Se soltó el elaborado peinado que llevaba y sacudió su melena. Su agitada respiración sonaba incluso por encima del crepitar del fuego. Se miró las manos y su vestido, observó la mesa con los restos de comida. El eco de la algazara que se vivía tan solo un momento antes aún pesaba en la estancia. La tensión empezó a desaparecer de su cuerpo. Se levantó con el paso firme y decidido, no permitiría que ningún hombre la pisoteara como si fuera una mercancía. No, ella era una mujer libre y decidía sobre sí misma, ni su padre ni ningún hombre que viviera sobre la faz de la tierra le dirían lo que tenía que hacer y con quién tenía que acostarse. Esta era su casa y este era su negocio, y nadie jamás vendría a su hogar para tratarla de un modo inferior y mucho menos para insultarla de ese modo. Se prometió a sí misma que ningún hombre jamás pisaría su nombre.

Flavia Lycia se volvió a servir otra copa y se dirigió hasta el busto de su padre, donde el tono naranja del fuego reverberaba sobre el mármol. Se quedó mirando fijamente esos ojos que tanto la inquietaban y cuya sombra la atormentaba.

Con voz firme se dirigió al busto:

—No, no soy el hijo que tanto anhelabas, pero no ha nacido el hombre que tenga las agallas de venir a mi casa a mancillar mi nombre. Puede que me aborrecieras, pero soy feliz de haber nacido mujer y, a pesar de tu desprecio, me siento orgullosa de mí misma. Solo deseo que te pudras en el Hades, maldito cabrón —dijo mientras tiraba la cabeza de mármol de su padre contra el suelo.

XXXI

Reate, 127 d. C.

Tito Flavio observaba desde el balcón de su *tablinum* el entrenamiento que se realizaba en la palestra. Valeria y su hermana Domicia se ejercitaban sin descanso separadas de los hombres, que eran adiestrados en el lado contrario.

Le preocupaban las hijas de su amigo Valerio Iucundo, a quien tanto echaba de menos. Una de las sospechas que tenía el abogado es que los asesinos de las prostitutas pudieran ser los alumnos de su *collegium*. A Flavio le angustiaba que eso fuera cierto y que aquellos desalmados que acabaron con la vida de su amigo convivieran bajo el mismo techo que las chicas y las hubiera metido en la boca del lobo.

Flavio también tenía dos hijas, aproximadamente de la misma edad que Valeria y Domicia, quince y dieciséis años. No imaginaba a sus hijas entrenando allí, ni aceptaría que se comportaran de un modo distinto al que les correspondía. Pronto las dos se casarían y pasarían de su cuidado al de los hombres con los que había decidido unir sus lazos.

En los meses que llevaban allí, no las había quitado el ojo del encima y, cuando sus negocios lo obligaban a abandonar el *collegium* para ir a Roma, se encargaba de ordenar a sus hombres de confianza que no dejaran de vigilar a las muchachas.

Flavio se dio la vuelta y se sentó en su silla de ébano. Se sirvió una copa de su mejor vino y se encargó de poner al día sus tareas y de mirar la correspondencia. Pensó en la muerte de su amigo, no era capaz de arrancar aquella última y fatídica noche de su cabeza ni la discusión que mantuvieron. Prometió que encontraría a los culpables. Los primeros días, tras aparecer el cuerpo de Valerio desfigurado y con claros síntomas de haber sido torturado, se creó un gran revuelo en Roma. Los asesinos habían marcado su cara como habían hecho con las prostitutas. Eso, a su entender, fue un gran error. Roma exigía respuestas y sobre todo quería a los culpables, poco o nada preocupaban las prostitutas que habían muerto y que seguían apareciendo abandonadas, torturadas y con el rostro desfigurado. A nadie le importaba que aquellas mujeres, del estrato más bajo de la sociedad, fueran descubiertas sin vida, sobre el fango de las calles y la inmundicia de sus vías. Pero sí importaba que un importante patricio y destacado miembro de su sociedad hubiera muerto del mismo modo que aquellas infames. Habían matado a un abogado, a un hombre de cuna y nobleza; eso era imperdonable y el pueblo exigía a gritos que se encontrara a los culpables.

Flavio observó su copa de vino. Probablemente Valerio se estaría revolviendo en su tumba pensando que la ley era injusta por tratarlo de un modo distinto a las mujeres asesinadas, pero así era Roma. Los asesinos habían cometido, a ojos de la ciudad, tan solo un único delito: matar a uno de sus patricios. La ley caería inexorable sobre ellos, aunque los responsables fueran hijos de senadores y gente influyente.

Un esclavo apareció agachando la cabeza hasta que Flavio ordenó que entrara. El siervo le entregó un mensaje que acababa de llegar a su nombre y cuyo portador esperaba en el recibidor para llevarse una respuesta.

Una tablilla de cera sellada con el lacre de la organización de los *collegia* de Italia esperaba para ser abierta.

Flavio imaginó de lo que se trataba y despegó la cera roja que unía las dos partes de la tablilla y garantizaba la confidencialidad del mensaje.

Una invitación a participar un año más en la competición de *collegia* en Roma esperaba contestación. El año anterior sus chicos habían recibido una buena paliza en todas las categorías a manos de los de Hostiliano en Ostia. Aquello hizo que su centro ya no fuera el más popular entre los romanos, y muchos senadores y caballeros con importantes fortunas decidieran llevar a sus hijos al de Hostiliano, su principal competidor. Ese maldito *magister* estaba por todos lados. Además de tener a los hijos de los patricios más influyentes, celebraba luchas de gladiadores y se vanagloriaba de ser el primer *lanista* en ofrecer al pueblo de Roma peleas de mujeres. Los romanos empezaban a adorar este tipo de luchas, algo que a Flavio le parecía irracional. Las costumbres romanas se estaban perdiendo, esa ciudad que los había llevado a dominar el mundo y sentirse orgullosos de su pasado se dirigía a la perdición. Hasta el emperador se paseaba con su amante masculino por toda Roma. El Grieguito, como los romanos llamaban al césar, se había corrompido hasta tal punto que estaba más entretenido en visitar todos los rincones del Imperio acompañado de su querido que preocupado por los problemas de la ciudad.

El esclavo se movía incómodo esperando la respuesta de su *dominus* para entregársela al mensajero.

Tito Flavio meditó la respuesta. Si este año perdían, su *collegium*, su negocio, dejaría de recibir alumnos y, con ellos, las importantes donaciones de sus padres.

Se dio la vuelta y marcó, con el sello de su anillo, la tablilla de cera que confirmaba su presencia.

Valeria y Domicia recogían el material con el que se habían estado ejercitando. El cansancio del adiestramiento las hacía respirar con dificultad.

La muerte de su padre todavía pesaba en el alma de las hermanas, especialmente en la de Domicia. Para la pequeña de las Iucunda no había consuelo ni palabras alentadoras que calmaran el asesinato del hombre a quien tanto echaba de menos. No había alivio, solo dolor. Añoraba las cálidas palabras de su progenitor al calor del fuego, los consejos que les daba y los buenos momentos que pasaron juntos.

Llevaban varios meses en el *collegium* de Reate, el lugar en el que siempre habían deseado entrar, pero en su corazón había un vacío que nunca llenarían.

Durante el día eran instruidas en religión, política y finanzas, recibían clases de griego y de oratoria. Por la tarde se esforzaban al máximo en las pruebas físicas, tanto en las atléticas como en el adiestramiento cuerpo a cuerpo; sin embargo, aunque sus mentes estaban ocupadas, nada aliviaba el dolor y la pérdida que sentían en su pecho.

El futuro para ellas no era alentador. A pesar de estar instruyéndose como otros hombres, sabían que jamás podrían presentarse a unas elecciones, que no ocuparían ningún puesto de responsabilidad en el gobierno de ninguna de las ciudades del Imperio y que mucho menos dirigirían legiones en el campo de batalla. Aun así, querían tener una buena educación y ser dueñas de su propio destino, tal y como su padre siempre les había prometido.

Sexto, Décimo y Lucio el Grandullón se acercaron a ellas.

—Quizá en su día no empezamos con buen pie. Si

podemos hacer algo por vosotras, no tenéis más que pedirlo.

—No necesitamos vuestro consuelo —dijo la pequeña de las Iucunda.

—¡Domicia! —la reprendió Valeria—. Gracias —comentó mirando a Sexto.

—¡Eh! —dijo uno de los doctores—. Os recuerdo que el *magister* no quiere que os acerquéis a ellas.

Los chicos levantaron las manos para indicar que solo estaban hablando.

—Dentro de dos semanas viajaremos a Roma para celebrar las Saturnales. Si lo deseáis podéis acompañarnos, siempre que no se entere Flavio —dijo Sexto a modo de despedida—. Al final nos acostumbraremos a vosotras y a vuestra dichosa sombra.

Valeria asintió con la cabeza. Aún seguía albergando dudas sobre si esos tres chicos tenían algo que ver con la muerte de su padre y ese era el modo de descubrirlo.

Se dieron la vuelta para marcharse cuando Sexto se giró para dirigirse a las hermanas:

—No os preocupéis por nada, nosotros cuidaremos de vosotras.

XXXII

Halicarnaso, 127 d. C.

Helena observaba a sus rivales con tanta rabia que era capaz de masticarla.

El anfiteatro de Halicarnaso rugía, una vez más, con el duelo de la gladiadora a la que el público no solo había empezado a respetar sino también a adorar. Su nombre se mencionaba en las *cauponae*, aparecía en las apuestas, y hombres venidos de toda la provincia de Asia deseaban ver con sus propios ojos a la mujer que peleaba como un hombre, y nunca se iban decepcionados.

Helena había ganado diez combates y no contaba con ninguna derrota. Si bien los dolores seguían atormentándola, la pasta de hierbas junto a las agujas de Lü le permitían mantener a raya sus ataques. Seguía teniendo esos calambres que la paralizaban y la dejaban completamente fatigada, pero eran cada vez más espaciados. Sin embargo, cuando se apoderaban de su cuerpo, eran mucho más intensos y se extendían por rincones por donde antes el dolor no había asomado.

La gladiadora esperaba a que el *suma rudis* diera la orden de comenzar. Dos hombres se iban a enfrentar a ella. Cuando Flavia le había dicho que ese día lucharía con dos gladiadores no sintió nada, el miedo ya no formaba parte de ella. Lü le había enseñado a luchar sin un ápice de temor, sin que este sentimiento la atormentara, le había mostrado cómo vencerlo, cómo enfrentarse a su destino con valentía. El miedo bloqueaba y ella estaba entrenada para enfrentarse a sus rivales dando al público lo que había venido a ver. Sin embargo, la *lanista* había omitido que sus rivales llevarían una mano atada a la espalda. Eso le había parecido humillante. Helena se enfrentaba a los hombres de Flavia como parte de su entrenamiento y no contra los más débiles o los recién llegados, luchaba contra los *secundi o primi pali*, los mejores gladiadores del *ludus*, y no siempre perdía.

El árbitro levantó la larga vara.

—*Pugnate!*

Los dos gladiadores que se enfrentaban a ella luchaban con la impedimenta de los *murmillones*. Uno portaba un escudo y el otro un *gladius*. Tenían la mano izquierda atada a la espalda con una cuerda que rodeaba sus cuerpos y les apretaba la extremidad para que no pudiera soltarse.

Amazona observó a sus rivales analizando sus movimientos como le había enseñado Lü. El duro entrenamiento al que la sometía el hombre de ojos rasgados incluía evaluar siempre la mejor estrategia. Buscaba temor e inseguridad en sus rivales, algún punto débil por donde atacarlos. Se dirigió al gladiador que portaba el *gladius* mientras colocaba su escudo protegiendo su cuerpo para que el otro *murmillo* no la atacase mientras golpeaba.

Su rival se defendió con la espalda en alto. Helena observó que no agarraba el arma con contundencia y no lo dudó: atacaría constantemente a ese gladiador. El que portaba el escudo era mucho más alto, por lo que Helena intentó sorprenderlo con su espada por la parte de abajo buscando la pierna que quedaba descubierta. A su rival le costó esquivar el embate.

La rápida combinación de movimientos hizo que el público, al unísono, lanzara un grito de júbilo e irrumpiera en intensos aplausos.

Los dos gladiadores decidieron juntarse. Iba a ser más difícil de lo que habían imaginado.

Amazona se giraba hacia la derecha, donde estaba el gladiador con el escudo. Eso, pensó, dificultaría los movimientos del otro.

De nuevo la gladiadora atacó con ímpetu y con toda la fuerza de la que fue capaz de imprimir a su arma. Intentó sorprender hincando la rodilla en el suelo y combinando una serie de movimientos rápidos. Se protegió perfectamente con su escudo las partes más expuestas y penetró una y otra vez con su espada. El gladiador que portaba el arma se escondió detrás de su compañero para que Amazona no lo alcanzara. El movimiento, tan cobarde, sorprendió a la luchadora, que no vio el golpe que lanzaba el otro rival con su defensa en el frontal de su casco. La fuerza de la colisión la hizo caer de espaldas a la arena. Los dos *murmillones* intentaron aprovechar la ventaja, pero Helena, desde el suelo, lanzó patadas desesperadas, muchas de ellas al aire, aunque varias encontraron a los dos gladiadores haciéndoles retroceder.

El *summa rudis* actuó colocando la vara en el medio para que la mujer, que se defendía con uñas y dientes, pudiera levantarse.

Amazona notó que el golpe le había roto la nariz. Se levantó y supo que algo no iba bien. Su casco se movía demasiado, probablemente el ataque había roto la cincha de sujeción partiéndolo en dos. El combate continuó y un par de movimientos fueron suficientes para que Amazona sintiera que de ese modo no podría luchar y sería víctima de una derrota casi segura. El yelmo no se sujetaba bien y la holgura le hacía perder parte de la visión. Sin pensarlo dos veces, buscó un ataque alto intercambiando golpes arriba y abajo, y así logró hacer retroceder a los dos rivales, que se defendían como si fueran uno solo. Amazona aprovechó para quitarse el casco y lo arrojó con ira sobre uno de los gladiadores. Este se agachó esquivándolo con mucha dificultad.

Lü observaba cómo el público no daba crédito. Jamás habían visto a un gladiador, ya fuera hombre o mujer, luchar del modo en que lo hacía Amazona. Era una muestra de valor y coraje como nunca habían presenciado.

Flavia también estaba orgullosa, la esclava le estaba haciendo ganar una fortuna. Rezaba para que los ataques no mermaran a su gladiadora. Bebía para apaciguar los nervios que se apoderaban de ella y, por una vez, disfrutaba de ver duelos en el anfiteatro. Todo gracias a esa mujer que, con tal de vencer, se rebozaba por la arena, daba patadas a todo aquel que se pusiera en su camino o lanzaba el casco a sus oponentes, era como un ariete en el campo de batalla.

Amazona se encontraba enfrente del gladiador que tenía el escudo. El otro se escondía detrás, consciente de que sin la protección era un blanco más fácil.

La gladiadora buscó de nuevo la pierna y, cuando su rival bajó el escudo, en un movimiento muy rápido atacó por encima. El arma rozó el hombro de su oponente y ahogó un grito. Había faltado poco para seccionar el músculo y, de ese modo, hacerle soltar la defensa. En ese momento el otro *murmillo* sacó su *gladius* y encontró también el brazo que portaba la espada de la aguerrida luchadora. La *manica* de telas y cuero que protegía su extremidad consiguió amortiguar el golpe.

Los dos gladiadores pasaron a tomar la iniciativa y se separaron lo suficiente para rodear a la mujer, que intentaba mantenerlos juntos para tener alguna opción.

El público no despegaba los ojos del apasionado enfrentamiento del que se hablaría largo y tendido durante los días siguientes.

Lü se removía incómodo en su asiento. Su cuerpo no delataba un ápice de la enorme angustia que sufría en la boca del estómago. Cada vez que Helena combatía, sentía que el mundo se detenía y apenas respiraba mientras duraba el combate.

Amazona observaba a uno y a otro rival. Su respiración era agitada. Por primera vez combatía sin casco, respiraba por la boca, dado que de la nariz manaba constantemente sangre. Al menos se sentía aliviada por no tener la asfixia que sufría cada vez que combatía con el pesado metal sobre la cabeza, pero eso era muy peligroso. Cualquier golpe dirigido a su rostro no solo podría causarle un inmenso dolor sino dejarla ciega.

Movía la cabeza a izquierda y derecha intentando controlar los movimientos de sus rivales. Los dos giraban a su alrededor, despacio, con una pausa más que meditada para ponerla nerviosa; en cuanto tuvieran ocasión, atacarían a la vez. La gladiadora pensó que solo tenía una posibilidad, embestir a uno de ellos y separarse rápidamente para buscar otra vez espacio.

Amazona miró al gladiador que tenía el escudo y amagó un ataque. En ese momento el otro luchador se dirigió a ella y la esclava se volvió, sorprendiendo a los dos hombres, buscando al que portaba la espada.

El rápido movimiento hizo que el luchador descuidara su defensa. Amazona atacó con todas sus fuerzas y su segunda acometida fue tan rápida que su espada encontró el costado del *murmillo.* En ese momento el otro gladiador, que se giraba para socorrer a su compañero, embistió con la parte cóncava de su escudo en el cuello de la esclava, a quien no le dio tiempo a huir como tenía pensado, y sintió mil agujas clavándose en su nuca.

La gladiadora cayó hacia delante. De nuevo el hormigueo y el dolor paralizante se apoderaron de ella. Estaba sufriendo uno de sus ataques.

Lü se puso en pie. Desde donde estaba, podía ver las dolorosas convulsiones que sufría la mujer a quien amaba. El golpe había sido contundente.

El gladiador se acercó para golpear a Amazona. Levantó el escudo en alto con intención de dejarlo caer sobre el rostro desprotegido de la luchadora por la parte metálica con la que ya había golpeado su nuca.

Sin embargo, la larga vara del *suma rudis* interponiéndose entre ellos le impidió atacarla.

El público ahogó un grito y contuvo la respiración. Todo el anfiteatro se encontraba de pie. Ni siquiera los músicos podían apartar los ojos de la arena y sus instrumentos esperaban a volver a ser utilizados.

Una voz gutural resonó tímidamente por la grada, empezó a ser repetida una y otra vez hasta convertirse en un grito unánime.

—¡Amazona!, ¡Amazona!, ¡Amazona!

La esclava abrió los ojos, el ataque empezaba a ceder y volvía a conseguir respirar con normalidad por la boca. Sin embargo, como le ocurría siempre, estaba fatigada. Su mirada, nublada, y los gritos, que percibía levemente, eran confusos. Las apuestas ahora se gritaban en contra de ella. Los sestercios se movían de unas manos a otras aventurando que la gladiadora perdería.

Intentó ponerse de rodillas. Sintió la sangre caer desde su nuca y corriendo por su espalda. Apenas notaba el brazo izquierdo, lo tenía paralizado y no respondía a sus órdenes. Con mucha dificultad, agarró el escudo con la mano. Con la otra sujetó la espada y se colocó delante de los gladiadores. Uno de ellos estaba claramente mermado. El otro daba pequeños saltos intentando hacerle ver que estaba impaciente por atacar de nuevo en cuanto el *summa rudis* diera la orden.

El combate se reanudó, los dos gladiadores utilizaron la misma táctica y se separaron para atacarla a la vez.

Amazona sabía que sus oportunidades pasaban por vencer rápido, no podría aguantar mucho más tiempo, estaba al límite de sus fuerzas.

Los dos gladiadores se movían de lado, no querían verse sorprendidos. De nuevo Amazona huyó hacia delante y se dirigió con rapidez, a pesar de la fatiga, hasta el luchador que tenía la espada. El primer ataque fue predecible y defendido por su oponente sin dificultad. Era lo que Amazona esperaba. El segundo movimiento le produjo a su rival un profuso tajo en el muslo, que salpicó de sangre el rostro de la luchadora. Amazona se giró con rapidez. El otro gladiador intentaba repetir la misma hazaña y se dirigía con el escudo en alto. La luchadora hizo un giro con el brazo por encima de su cabeza para transmitir más fuerza a su golpe, y su arma rasgó el estómago del *murmillo*, a quien su pesado escudo le impidió defenderse y cayó sujetando con su mano la sangre que salía de su vientre a borbotones.

Amazona soltó sus armas y se arrodilló. El sudor le corría por la frente y se mezclaba con la sangre de sus rivales, su pecho se agitaba como el de un caballo desbocado. Había vencido, pero se encontraba al límite de sus fuerzas.

El público gritaba solicitando al editor la corona de la victoria, la que se reservaba para los grandes combates.

Flavia apretó los dientes y miró a Lü, que no podía evitar el sudor de las manos y un gesto de rabia contenido y apenas perceptible por la dura victoria.

Todo el anfiteatro celebraba a su heroína.

Amazona respiraba con dificultad. Las manos le volvieron a temblar, el dolor resurgía. Con las rodillas hincadas en el suelo, levantó la cabeza para oír el clamor del público, miles de gargantas coreaban su nombre, pero el sonido llegaba confuso a sus oídos. Intentó agradecer el apoyo levantándose mientras soltaba un grito cargado de terquedad. Apretó los dientes, tenía la frente empapada de sudor y la espalda bañada en sangre. Luchaba por mantenerse de pie, el peso de su cuerpo se volvía plúmbeo. Cuando el *summa rudis* se dirigió con la corona de la victoria hacia ella, sus piernas sucumbieron. Ya no veía nada, ya no tenía el control sobre su cuerpo, lo único que sentía era la fría arena sobre su rostro, poco a poco esa sensación también se fue apagando, hasta fundirse en una completa oscuridad.

Varios días después, Helena abrió los ojos en su catre de madera. Estaba sudando y tenía un aparatoso vendaje en la cabeza que palpó con la yema de los dedos.

No recordaba nada. Ni siquiera sabía cómo había llegado hasta ahí.

—¿Te encuentras bien? —preguntó Anacrites, el esclavo que había servido junto a ella en la villa de Catilio.

—¿Dónde estoy? —contestó Helena.

—Llevas varios días dormida. Luchaste en el anfiteatro de Halicarnaso contra dos hombres, pero te desmayaste nada más vencer y ahora te encuentras con los tuyos.

Helena miró con desprecio al esclavo. Le repugnaba su actitud amistosa.

—¿Recuerdas cómo murió mi abuela, Anacrites? Tú estabas allí y pudiste ver cómo Theo le daba muerte.

El esclavo se quedó en silencio.

—Quítate de mí vista —dijo Helena.

—Ese hombre de los ojos raros dijo que me quedara contigo. Hallarme en tu presencia me resulta igual de desagradable que a ti estar junto a mí.

—Pues lárgate y ve a buscarlo, no quiero verte.

—No sé si ha sido el tiempo lo que te ha cambiado o tu fama, pero prefería a la niña medrosa que eras antes.

—Esa niña murió cuando salimos de aquella maldita villa.

—Todos perdimos algo, yo perdí a mi querida Mancina.

—A mí me arrebataron al hombre a quien amaba. Tú no viste cómo mataban a tu abuela delante de tus ojos, ni te violaron todas las noches en el duro viaje hasta aquí. No hiciste nada por defender a Aulo y no derramaste ni una lágrima cuando Elia perdió la vida. Lárgate de mí vista, no quiero compartir contigo la misma alcoba.

Anacrites miró con miedo a esa mujer que le hablaba escupiendo las palabras. No añadió nada más, dio dos pasos de espaldas sin apartar la vista de ella y se marchó.

Un momento después apareció Lü, con el rostro preocupado y desencajado.

Helena se encontraba sentada en la cama. La conversación con Anacrites la había dejado más agotada aún.

El hombre de ojos rasgados la observó.

—Si sobreviviste a una tormenta, no te molestará la lluvia —dijo finalmente.

Helena asintió con la cabeza, Lü siempre parecía leer sus pensamientos.

—¿Te encuentras mejor?

La joven miró de reojo a su entrenador y esbozó una sonrisa.

—Vencí a dos gladiadores, Lü. Conseguí ganarlos.

—La tentación de rendirse es mucho mayor justo antes de la victoria. Muchos se habrían rendido, pero tú no, tú te levantaste y seguiste luchando. Cuanto más dura es la batalla, más grande es la gloria.

Helena escuchaba con atención a Lü, siempre tenía palabras que la reconfortaban.

—Y ahora será mejor que nos vayamos, Flavia quiere verte.

Con gran esfuerzo se dirigieron hacia la habitación de la *lanista*. Helena agarró el brazo de Lü, quien no pudo evitar que un escalofrío subiera por su espalda. Temió que el ruido que su corazón producía sonara por encima del silencio.

Recorrieron el pasillo. Helena sintió, por primera vez, algo extraño por ese hombre. Se preocupaba por ella y siempre estaba pendiente de ofrecerle todo lo que necesitaba. Cada palabra que salía de su boca era justo la que necesitaba oír, la entendía, la cuidaba y, lo más importante, la respetaba. Helena imaginaba el motivo por el cual la trataba mejor que a las demás esclavas. No podía evitar escuchar los comentarios de las otras, que cuchicheaban a su espalda cuando ella pasaba por su lado. Pero sobre todo, no podía evitar sentirlo en cada palabra y en cada gesto que Lü le dedicaba y en cómo él apartaba bruscamente los ojos cuando lo sorprendía mirándola fijamente. Por primera vez Helena se sintió confundida, no había sentido nunca nada por otro hombre que no fuera Antinoo. Quizá había llegado el momento de olvidarlo, estaba segura de que nunca más volvería a verlo. Cientos de veces había imaginado su vida en Roma junto al emperador y cómo serían sus días. Para ella por fin las cosas empezaban a ser diferentes y el amor volvía a aflorar en su corazón.

Un pinchazo y un pequeño calambre en los ojos la hicieron volver de sus pensamientos. Se detuvo mientras se llevaba la mano instintivamente al puente de la nariz.

Las palabras de Lü interesándose por ella llegaban ininteligibles a sus oídos. Abrió los ojos, el dolor iba remitiendo. La imagen era borrosa, había perdido por unos instantes la visión.

La figura de Lü empezó a ser nítida. Cuando por fin

recuperó la vista, se sorprendió al ver que sus manos apretaban con fuerza las de ese hombre. Lü la apoyó contra la pared del pasillo mientras le preguntaba cómo se encontraba, sus palabras empezaban a ser comprensibles. Notó que se entregaba a esa sensación que empezaba a nacer en su interior. Acercó a Lü contra ella. Sus corazones latían con fuerza cerca el uno del otro, bombeando el mismo sentimiento. Los labios de Lü se acercaron a los de ella. Sus bocas estaban a punto de encontrarse, cerraron los ojos para dejarse llevar por la pasión.

Unas pisadas en el pasillo les hicieron volver del intenso momento. Se apartaron presurosos, justo antes de que el primer beso se cumpliera.

Varios doctores del *ludus* pasaron por detrás de ellos sin detenerse, tan solo observándolos.

Lü y Helena se miraron cómplices, una leve sonrisa asomó a sus labios mientras las mejillas se ruborizaban en el mismo tono.

Sin decir nada, pero con el deseo latente en sus cuerpos, llegaron hasta la habitación de la *lanista.*

Flavia Lycia se mostraba ufana ante dos hombres que bebían junto a ella. Ofreció una copa de vino a Helena que esta rechazó.

—Aquí la tenéis, mi mayor tesoro —dijo la *lanista.*

Uno de los hombres se dirigió a la gladiadora:

—Lo que hiciste en el anfiteatro fue algo que jamás han visto mis ojos.

La esclava miró a Flavia, que asintió con la cabeza para que hablara.

—Gracias, *domine* —contestó Helena con la cabeza agachada.

—Toda Asia la adora —continuó Flavia haciendo aspavientos con las manos—. He recibido ofertas inimaginables de las mayores fortunas de la provincia solicitándome pasar una noche con ella, ofreciéndome cantidades que harían retorcerse en su tumba a Catón, el censor. Mujeres con sus hijas en brazos esperan tras la puerta del *ludus* que Amazona simplemente toque con sus manos a sus pequeñas.

—El hombre a quien representamos puede ser muy complaciente y dadivoso.

—Deberá serlo si quiere, al menos, que tome su petición en cuenta, aunque os advierto que muchos antes que vosotros ya han venido con ese propósito y escaso éxito —respondió Flavia orgullosa mientras se servía otra copa de vino.

—Como procuradores de nuestro *dominus* tenemos libertad para ofrecer todo aquello que sea necesario para que el trato se cierre. La fama de Amazona ha llegado a cada uno de los rincones del Imperio. Las palabras del hombre a quien servimos fueron claras: «Traedla cueste lo que cueste». Pon tú el precio, Flavia.

Lü y Helena se miraban de reojo. No prestaban atención a la conversación. Sus ojos rememoraban el momento en que sus labios habían estado tan cerca de fundirse.

Flavia sabía que Helena empezaba a ser feliz en su *ludus*, estaba disfrutando de la fama y del trato que recibía por sus victorias.

—Por todos los dioses, voy a ser benévola con vosotros. Que sea Amazona quien decida. Se ha ganado ese derecho. Aceptaré la decisión que ella tome, y el precio será el que ella decida —dijo Flavia divertida conociendo la respuesta negativa que daría la gladiadora—. Pero para que la diosa Justicia esté satisfecha de este encuentro, sería razonable que sepa de qué lugar venís.

Los dos hombres se miraron abatidos. Sabían lo difícil de esa empresa.

—Nuestro *dominus* representa a una de las escuelas más importantes del Imperio. Te ofrecemos la posibilidad de luchar en el anfiteatro más increíble que hayan visto tus ojos, en el anfiteatro de los Césares. Somos procuradores de una escuela de Roma.

Helena sintió que su corazón dejaba de latir. Los sentimientos que estaban empezando a surgir un momento antes se derrumbaron por completo. Antinoo volvió a inundar cada recoveco de su mente, era la oportunidad que tanto había soñado y que ahora se presentaba delante de sus ojos. Volver a Roma y conseguir salvar a su amor. Miles de pensamientos se cruzaron por su mente en un interminable instante. Allí podría conseguir la libertad y lograría recuperar al hombre de su vida.

Ni siquiera reparó en Lü, el hombre que tan bien la había tratado. Ni siquiera se fijó en cómo la sonrisa de Flavia se tornó en asombro. Ni siquiera observó los gestos complacientes de los dos procuradores al oír la respuesta. Desde su corazón, desde su pecho y desde sus entrañas un claro y nítido «Acepto» salió de su garganta.

Flavia la miró sorprendida. Su cabeza pensaba con rapidez: si bien venderla le haría ganar una desorbitada cantidad de dinero, Amazona estaba dando una fama al *ludus* como nunca había conseguido ningún otro gladiador.

Lü no supo discernir en qué momento la mano de Helena se había soltado de su brazo. No pudo recordar cómo su respiración, tras oír esa respuesta, se había apagado súbitamente. Hacía tan solo unos instantes era feliz, nunca había sentido esa tensión en su estómago, y ahora lo único que deseaba era salir de ese lugar.

Flavia recuperó el control de sí misma y tomó la palabra:

—¿Estás... segura?

—Ha dicho claramente que sí —dijo uno de los procuradores haciendo alharacas.

Flavia lo miró perdonándole la vida y el hombre intentó controlarse con mesura.

—Sí, *domina*, deseo ir a Roma, pero quiero un trato justo para ti. Pide lo que creas que valgo.

La *lanista* la miró condescendiente.

—Debemos velar por su seguridad hasta llegar a nuestro destino —dijo uno de los procuradores, aún con emoción en sus palabras.

—Está bien. Y ahora marchaos todos, decidiremos los detalles en la cena.

Lü se dio la vuelta sin esperar a Helena. Flavia se giró sirviéndose otra copa de vino.

Los hombres hicieron un gesto a la gladiadora asintiendo con la cabeza, complacidos y alegres ante la respuesta afirmativa.

Un momento antes de salir, la esclava, con un destino muy diferente al que tenía cuando entró en esa misma sala, se giró hacia ellos.

—¿Pertenecéis a alguna escuela imperial?

Uno de ellos contestó con la sonrisa aún dibujada en su rostro.

—No, somos procuradores de uno de los mejores *lanistas* privados del Imperio. Pertenecerás al *collegium* de Hostiliano.

XXXIII

Tibur, 127 d. C.

Antinoo recorría nervioso la lujosa cámara donde vivía. Andaba y desandaba los mosaicos que cubrían el suelo con la preocupación instalada en su pecho. Recordó cómo había cambiado su vida los dos años que llevaba viviendo junto al emperador.

Los primeros días en Roma no podía evitar llorar amargamente cuando se encontraba solo. Era incapaz de olvidar a Helena, su recuerdo pesaba mucho más de lo que habría imaginado. Pero, sobre todo, tenía miedo de que llegara la noche y el emperador lo convirtiera en el blanco de sus caricias. Se odiaba a sí mismo por todo lo que Adriano lo obligaba a hacer. Detestaba cuando las manos del césar acariciaban su piel, el modo en que sus labios buscaban los suyos y sus cuerpos se fundían en uno solo. En las miradas de los invitados del césar, de los pretorianos e incluso de los esclavos, leía el desprecio que sentían por él, pero nunca vio compasión.

Sin embargo, el emperador lo colmaba de todo lo que deseaba. Nunca nadie lo había tratado con tanta bondad ni con tanta gratitud. Recordó cómo quedó cautivado al ver por primera vez el teatro, y Adriano, al descubrirlo, ordenó que en la villa se representaran para él las mejores funciones de la mano de los actores más famosos del Imperio, incluso permitiéndole participar como histrión. El hombre que dominaba el mundo había colmado su existencia de placeres y de lujos desconocidos para alguien de su posición, y poco a poco comenzó a abrazar esa vida regalada. No olvidaba a Helena, pero su recuerdo era cada vez más lejano y era consciente de que la vida que tanto había imaginado junto a ella nunca sucedería. Lentamente se había acostumbrado al amor de Adriano, pero meses atrás Vibia Sabina le había puesto en alerta durante la fiesta de disfraces. Había pasado tanto tiempo que prácticamente se había olvidado del encuentro, hasta hacía una semana. Sin saber aún el modo en el que lo consiguió, Sulpicia se acercó para informarle de un viaje en el que el emperador no necesitaría la presencia de la emperatriz para aparentar por el día y la suya para disfrutar de la noche. Pasaba muchas horas solo y el miedo había vuelto a apoderarse de su mente. ¿De qué quería prevenirlo la emperatriz?, ¿qué era cuanto tenía que temer? Aquellas preguntas, desde entonces, martilleaban su mente día tras día.

La primera parte se había cumplido y el emperador se encontraría ausente varios días. Ahora quedaba la segunda: la esposa del césar hallaría el modo de entrar en su alcoba.

Antinoo pensó que esa mujer, lejos de parecer celosa, parecía sincera.

El modo en que lo miraba y el tono de sus palabras le hacían ver que sus intenciones eran las de alguien que únicamente quería ayudarlo, pero ¿y si la emperatriz tenía otro propósito? Antinoo se debatía entre si debía habérselo contado al emperador, pero por otro lado no podía vivir con la duda de saber si las intenciones de la emperatriz eran nobles.

El emperador volvería al día siguiente y Vibia aún no había visitado su estancia.

Antinoo sintió cómo la tensión recorría su cuerpo cuando la puerta se abrió para dar paso a dos esclavas.

Una de ellas portaba una bandeja y la otra, con la cabeza agachada, sostenía una tinaja con vino.

El joven suspiró hondo al ver que solo eran dos siervas y se dirigió a ellas en un tono fatuo:

—Dejad todo ahí y salid de mi vista inmediatamente.

Las dos esclavas no obedecieron y Antinoo las miró asombrado por que lo hubieran desobedecido.

Enseguida reconoció a una de ellas. Era Sulpicia, la *ornatrix* de la emperatriz. La otra mujer levantó la cabeza y Antinoo ahogó un grito al ver, vestida con ropas de esclava, a la mismísima Vibia Sabina.

—*Domina* —dijo Antinoo poniéndose de rodillas—, ruego me disculpes, desconocía que era la emperatriz con quien estaba hablando.

Vibia Sabina buscó asiento.

—No temas, pues solo debe inquietarte aquel que te mira con celo y no quien desea tu propio bien. ¿De dónde eres, Antinoo?

—Soy de la provincia de Bitinia, mi *domina.*

—Y ¿a qué te dedicabas allí?

—Yo..., mi *domina,* era un simple esclavo.

Vibia tomó dos copas y sirvió vino ofreciendo una al joven.

—Bebe —ordenó la emperatriz mientras se sentaba junto a él—, a mí suele calmarme cuando estoy nerviosa. Cuéntame, Antinoo, ¿cómo conociste al emperador?

El joven dudó. Vibia bebió para demostrar que el vino no estaba envenenado.

—No debes temerme, Antinoo, solo deseo ayudarte.

El amante del césar bebió para ganar tiempo y luego se decidió a hablar:

—Sé que parecerá extraño, mi *domina*, pero el césar me salvó de las garras de un león.

—Vaya, qué forma más heroica. Un león como protagonista, al igual que en la historia de amor entre Píramo y Tisbe, ¿la conoces?

—No, mi *domina.*

—Píramo se suicidó pensando que una leona había matado a la mujer de quien se había enamorado y Tisbe se suicidó al descubrir sin vida el cuerpo de su amado, pero continúa, no quiero interrumpir tu relato —dijo la emperatriz haciendo el gesto de escuchar atentamente.

—Esa noche el emperador me invitó a cenar junto a él.

—Sin duda alguna lo impresionaste, pues nunca suele comer junto a desconocidos. ¿Eras feliz en Bitinia?

—Todo lo feliz que puede ser un esclavo, *domina.* Pero sí, era feliz porque tenía aquello que amaba.

—¿Estabas enamorado, Antinoo?

—Sí, *domina,* estaba muy enamorado.

—Supongo que debió ser muy duro para ti, ¿cómo se llamaba?

—Helena.

—Helena... —dijo sorprendida la emperatriz al oír el nombre de una mujer—. ¿Eres feliz en Roma?

—Tengo más de lo que jamás he podido imaginar.

—Eso no contesta a mi pregunta.

—Perdón... —dijo sonrojándose Antinoo—. Sí..., soy feliz.

—Sin duda alguna, Adriano te estima. No ha vuelto a acercarse a mi dormitorio desde que disfruta de tu presencia.

Antinoo trató de negar con la cabeza.

—No, no lo lamentes —continuó la emperatriz—. Hace mucho que no desprendo una sola lágrima por Adriano. Cuando tan solo contaba con doce años me entregaron a sus brazos, un hombre diez años mayor. Siempre pensé que su amor llenaría un día mi corazón. Pero nunca he recibido una palabra amable por su parte, ni mi piel se ha estremecido al contacto con sus labios. Me utilizó, solo fui un medio para convertirse en emperador. He vivido una vida en la que he tenido todo aquello que se puede poseer, pero he sufrido la carencia de lo más necesario, el amor. Solo me he enamorado una vez y no ha sido de Adriano, pero este debe ser nuestro pequeño secreto, ¿puedo contártelo sin miedo, Antinoo?

El joven asintió levemente, embelesado por las palabras de la emperatriz.

—Un hombre, hace algunos años, vino un día a palacio para narrar la vida del emperador y dar una imagen idolatrada de su existencia. De un modo casual, entablé conversación con él, y sus palabras y el tono de su voz por primera vez en la vida conmovieron mi pecho. Al pensar en él, me movía en mi lecho deseando que fueran sus manos y no las sábanas las que acariciaran y rozaran mi cuerpo. Cada vez que me encontraba en su presencia en palacio, me quedaba ausente y me faltaba la voz cuando se dirigía a mí. Sentí, por primera vez, esa sensación que nace cuando el amor se instala en el pecho, esos primeros aleteos que me hacían volar cuando se acercaba a mí. Sin embargo, solo pude disfrutar del nacimiento del amor. Cuando Adriano sospechó de nuestros encuentros, súbitamente lo expulsó de palacio, y si no acabó con su vida fue porque nada, desgraciadamente, ocurrió entre nosotros. Su nombre es Suetonio y está llamado a ser el mejor historiador que ha dado Roma. Lo único que conseguí fue regalarle, sin ser descubierta, un cálamo de Egipto que impregné de mi perfume, para que mi recuerdo, cada vez que escriba, le inspire unas palabras que sean tan imborrables en el tiempo como su memoria lo será eternamente en mi alma.

Vibia se acercó a escasa distancia de Antinoo y cambió radicalmente el tono de voz:

—Sé que cada uno de los suspiros del emperador llevan tu nombre, pero tú, Antinoo, ¿amas a Adriano?

El amante del césar dudó, nunca se había hecho esa pregunta ni se había planteado sus sentimientos. No sabía qué contestar. Al principio lo odiaba por haberlo separado de Helena, pero aquel rencor había desaparecido hacía mucho tiempo. A veces deseaba que llegara la hora en que el emperador entraba en su estancia, pero tampoco podía contestar con certeza si lo amaba.

Vibia sabía leer los silencios y ese le indicaba que en el corazón de Antinoo poco a poco estaba venciendo el amor.

—La causa de la que quise prevenirte era esta. Veo que tu alma es noble y por eso no quiero que te conviertas en alguien como yo. Un ser infeliz que vive en una jaula de oro y no tiene unos labios que besar y nadie a quien amar.

—Y ¿cómo puedo evitar que eso ocurra?

—Yo puedo enseñarte y prevenirte, puedo evitar que tu vida sea tan desdichada como la mía. Pero ahora será mejor que me marche.

—Ven mañana... Las horas aquí son largas y no tengo con quien hablar.

—Está bien, pero nadie puede saber de estos encuentros, y mucho menos Adriano.

—Nadie salvo nosotros lo sabrá.

Durante los días que el emperador se encontraba ausente, Vibia sobornó al pretoriano que custodiaba la puerta y acudió a la estancia de Antinoo ganándose la confianza del joven. Incluso fue testigo de cómo, cuando el emperador estaba atendiendo asuntos del Imperio, las visitas de la emperatriz no solo entusiasmaban al joven sino que animaban su espíritu.

El amante del césar empezó a sentir un inmenso cariño hacia quien al principio de sus encuentros temía. Cuando estaba triste, Vibia siempre encontraba palabras que lo reconfortaban. La emperatriz trató de aconsejarle sobre cómo hablarle al césar, cómo comportarse en su presencia y cómo satisfacer cada uno de los deseos de Adriano, que, sin saber que detrás estaba la mano de la mujer a quien tanto repudiaba, cada día se moría un poco más de amor por él.

Hablaban de todo y todo les parecía poco. La emperatriz le contaba el modo en que ayudaba a todas las personas que iban buscando su ayuda. Cómo trataba de socorrer a muchas mujeres que no tenían los medios para sobrevivir. Protegía a pobres indefensas que eran maltratadas por la crueldad de algunos hombres o eran abandonadas a su suerte tras quedar embarazadas. El joven comenzó a adorar a esa mujer que tenía un corazón tan bondadoso, y sentía que la emperatriz también lo había salvado a él.

Antinoo era cada día más feliz, su vida había cambiado gracias a las visitas de Vibia Sabinia. Y, cuando le volvió a preguntar si amaba a Adriano, no lo dudó un instante y contestó con un firme y contundente «sí».

XXXIV

Roma, 127 d. C.

Valeria y su hermana observaban los cipreses que jalonaban el camino, hasta que entre sus copas divisaron a lo lejos la ciudad de Roma. Mientras se acercaban a la *domus* de Tito Flavio, sus ojos contemplaban, con la mirada distinta, el que siempre había sido su hogar.

El corto viaje en carruaje que separaba la ciudad de Reate de Roma fue el más largo de sus vidas.

Domicia contemplaba en silencio el paisaje, zarandeada por el traqueteo del carro sobre los adoquines. Era la primera vez que regresaban a Roma tras la muerte de Valerio. Notaba su olor en el ambiente, cerraba los ojos y podía oír el suave tono de su voz o sus cálidas manos acariciando sus cabellos. No quería volver a Roma. Temía que, al entrar por sus calles y rememorar la presencia de su padre, no pudiera aguantarlo y se desmoronara, pero Flavio había decidido que debían recuperar, cuanto antes, la normalidad en sus vidas. La ciudad ya no le resultaba tan atractiva como antes, hasta el rojo de sus tejados se le antojaba de un tono gris.

—Mis hijas os gustarán, ya lo veréis —dijo Tito Flavio—, son de vuestra edad, disfrutaremos todos juntos de las Saturnales. Cornelia, la mayor de mis hijas, se casará el próximo año, así que serán las últimas que celebre con ella. El año próximo lo hará en su nuevo hogar.

Las dos hermanas lo miraron sin decir nada.

—He pensado —continuó Flavio— que debemos empezar a hablar de con quién uniremos tus lazos, Valeria. Sin la presencia de tu padre, me veo en la obligación de ejercer como tutor y velar por que te unas a alguien de buena estirpe. Ya tienes edad más que de sobra para casarte, he considerado que Marco podría ser un buen acuerdo, es de buena familia y se trataría de una buena unión.

—Padre siempre nos dijo que no elegiría por nosotras y que dejaría que nos casáramos con quien amáramos.

Tito Flavio torció el gesto.

—¿Elegirlo tú?, ¿desde cuándo una mujer escoge al marido que le conviene?

—Nos gustaría ir a visitar a nuestra amiga Thais —dijo Domicia cambiando de tema.

—Por supuesto, pero siempre que os hagáis acompañar y en todo momento sepa dónde estáis. Por lo menos hasta que demos con esos desalmados.

Las dos hermanas asintieron. Habían quedado con los chicos de Reate, Sexto, Décimo y Lucio el Grandullón, para pasear, pero no dijeron nada por si Flavio les negaba ese deseo, en el *collegium* apenas dejaba que se mezclaran.

El entrenamiento y las enseñanzas que recibían tenían a las hermanas extenuadas. Valeria se preparaba de un modo escrupuloso para las pruebas de los *collegia* que se celebrarían en un par de meses, ella sería quien representaría a las mujeres por la escuela de Reate.

Sus doctores la entrenaban en el uso de las armas, y especialmente con las de gladiadora. Valeria tenía un instinto nato para la lucha. Con el extenuante entrenamiento al que la estaban sometiendo podría sin duda combatir con gladiadoras profesionales que se ganaban la vida en la arena.

Llegaron a Roma y, una vez que conocieron a Cornelia y Julia, las hijas de Tito Flavio, se instalaron en sus respectivas habitaciones.

—No pienso estar toda la tarde con esas dos mojigatas, haciendo... lo que quiera que hagan —dijo Domicia.

—Vamos, intenta comportarte por unos días.

Domicia suspiró mientras miraba el techo.

—¿Has pensado que este fue el último lugar donde vieron a padre con vida? —preguntó la pequeña.

—Lo sé. No he pensado en otra cosa desde que hemos entrado, pero tenemos que intentar superarlo. Es mejor que no hablemos de él a todas horas.

—¿Cómo puedes decir tal cosa? ¿Acaso ya estás pensando en olvidarlo?

—No he querido decir eso.

—Entonces, ¿qué has querido decir? Hablaré de él tantas veces como desee. No quiero estar aquí, quiero irme a casa.

—No podemos ir, no por el momento, ya lo sabes. Será mejor que pasemos con Tito Flavio y su familia, que tan bien nos ha acogido, la fiesta y poco a poco nuestra vida irá calmándose.

—Quiero salir de aquí.

—De acuerdo, vamos. El aire de la calle nos sentará bien.

Las dos hermanas se dirigieron al mercado de Trajano custodiadas por varios esclavos del *magister* de Reate que tenían orden de no perderlas de vista y protegerlas.

La amistad entre Sexto, Décimo y Lucio el Grandullón y las hermanas había crecido en las últimas semanas. Los jóvenes habían calmado su fanfarronería con ellas y se mostraban más amables, ya no discutían por cualquier nimiedad, y Valeria poco a poco fue alejando las dudas que tenía sobre si ellos estaban implicados en la muerte de su padre.

Llegaron al foro de Trajano y entraron en el edificio semicircular. Miles de personas hacían sus compras en las decenas de tiendas. Las hermanas se encontraron con Sexto y sus amigos, seguidos muy de cerca por los hombres de Flavio, y se dirigieron hacia el foro principal para disfrutar de la decoración que tendría engalanado el corazón de Roma.

Por toda la ciudad se respiraba el ambiente propio del día previo a la fiesta más importante de los romanos. Los chicos pasaron la tarde divirtiéndose. Fueron a alguna *caupona*, donde bebieron y comieron algo, además de pasar por diferentes tiendas. Por primera vez desde la muerte de Valerio, las hermanas disfrutaron de una tarde divertida y olvidaron, al menos por unas horas, la tristeza que sentían por su pérdida.

Valeria intercambió miradas cómplices con Sexto buscando adelantarse o quedarse un poco más atrás para despistar a los esclavos de Flavio y charlar más íntimamente.

Domicia tomaba constantemente el pelo a Lucio el Grandullón, a quien las bromas de la pequeña parecían divertirle.

La tarde comenzaba a caer, los puestos se cerraban para decorar con plantas y colocar las antorchas y lucernas para el día siguiente, y los chicos decidieron que ya era suficiente.

Todo estaba preparado, Roma se vestía para celebrar su fiesta más importante en honor al dios Saturno durante seis días. Además de celebrar el término de la siembra, se festejaba el fin del periodo más oscuro del año y el nacimiento del nuevo ciclo de luz o Sol Invictus, que coincidía con el solsticio de invierno. Los sacrificios empezarían temprano en el mismo templo de Saturno y, a continuación, el pueblo entero estaba invitado a un banquete público seguido de intercambio de regalos. Todos los actos oficiales o privados estaban prohibidos, salvo lo que tuviera que ver con los juegos, la diversión y el placer. Los esclavos disfrutaban, una vez al año, de la que era considerada su fiesta.

Recibían más raciones de comida y bebida que de costumbre y estaban liberados de sus funciones.

Los chicos acompañaron a Valeria y Domicia a casa de Tito Flavio. La *domus* del *magister* estaba cerca del templo de Saturno, donde se preparaban los últimos detalles. Un nutrido grupo de personas hacían complicado el acceso por la vía principal. Se introdujeron por una calle más angosta para escapar del bullicio. En una mesa fuera de las *cauponae*, prácticamente ocupando toda la calzada, un grupo muy numeroso contemplaba una partida de dados donde al parecer se estaba jugando una importante suma de dinero. Las apuestas estaban prohibidas fuera del anfiteatro. En las *cauponae* existían reservados donde la gente iba a jugar y apostar sin ser descubiertos por las cohortes urbanas. Solo en las Saturnales se permitían las apuestas y, como era ya la víspera, los legionarios hacían la vista gorda.

Cuando se acercaron al grupo reconocieron a Cneo, Cayo y Julio, del *collegium* de Ostia, que observaban la partida. Intentaron evitarlos.

Julio le dio un golpe a Cneo en el brazo y le señaló a las muchachas.

Valeria y sus amigos intentaron pasar desapercibidos por el lado contrario a donde se desarrollaba la partida. La cantidad de gente era tal que tuvieron que pegarse a la pared. Cuando se alejaban del grupo, oyeron la voz inconfundible de Cneo:

—Vaya, vaya, los perdedores de Reate.

Los cinco amigos se dieron la vuelta.

—Salve, Cneo, ¿por qué no seguís disfrutando de los placeres de un buen romano jugando a los dados? —dijo Sexto.

—Disfrutaremos mucho más dentro de dos meses, cuando volvamos a ganaros en todas las categorías de la competición de los *collegia*.

—Ya lo veremos, puede que esta vez descubráis el sabor de la derrota.

—Este año será un evento por todo lo alto, vendrán escuelas de todas las provincias y aquella que gane, que seremos sin duda los de Ostia, ostentará el título de mejor *collegium* de todo el Imperio. Todos los patricios irán, junto a todos los senadores. Incluso el emperador ha anunciado que acudirá a entregarnos el primer premio. Espero que el de los perdedores os lo entregue su amante, ese sodomita de Antinoo.

—¿Os lo dijo él mientras observaba vuestra espalda desnuda? —dijo Domicia.

Los chicos de Reate empezaron a reírse.

—Valeria y su hermana Domicia, con su lengua tan mordaz como siempre —dijo Cneo dirigiéndose a ellas—. Lamento la pérdida de vuestro padre.

Las chicas asintieron.

—¿Quién de vosotras luchará por las mujeres?

—Yo —contestó Valeria.

—No os preguntaba a vosotras, les preguntaba a ellos.

Los amigos de Cneo fueron ahora los que rieron a carcajadas.

—Será mejor que nos vayamos, no vaya a ser que se nos pegue algo —dijo Cneo—. *Io Saturnalia!*[1]

—*Io Saturnalia!* —contestaron los chicos de Reate mientras se alejaban por las calles.

—¡Malditos idiotas! —dijo Valeria.

—Este año los venceremos —comentó Décimo—. Nosotros también somos hijos de los patricios más importantes del Imperio. Nuestra sangre es la de hombres que han dirigido legiones en el campo de batalla. El año pasado nos vencieron porque era nuestra primera competición, pero

1. ¡Felices Saturnales!

este año demostraremos que somos los mejores y que nadie puede vencer a los de nuestra estirpe.

—No empieces otra vez con ese tema —dijo Sexto interrumpiendo bruscamente—. Además, ellos también habrán entrenado duro. Ya lo has oído, este año acudirá hasta el emperador.

—Recuperaremos el honor del *collegium* de Reate.

Las chicas continuaron por las calles hasta llegar a la puerta de la *domus* de Tito Flavio y se despidieron de sus amigos hasta el día siguiente.

Un par de días después toda Roma se encontraba inmersa en la festividad de las Saturnales. Por las calles solo se respiraba fiesta y el buen ambiente reinaba en la capital del Imperio. Valeria y su hermana eran cómplices de los festejos. Desde hacía mucho tiempo no disfrutaban de una celebración como la de esos días. A la pequeña Domicia eso le hacía sentirse mal, consideraba que no rendían respeto a su padre, pero aun así se dejaba llevar por el clima de solemnidad.

La noche cayó sobre la ciudad. La temperatura era fría y la gente dormía después de un intenso día donde el vino, las risas y la abundante comida habían sido los protagonistas. Por las calles aún sonaban los ecos de la celebración. Las primeras antorchas empezaban a apagarse tras consumir el aceite que les daba vida, y la ausencia de luna, oculta entre las nubes, sumía a Roma en la más profunda oscuridad.

Escondidos al amparo de la noche, tres jóvenes caminaban con determinación y sigilo hacia la *domus* de Tito Flavio. El *magister* sabía demasiado, estaba cerca de descubrir quiénes habían acabado con la vida de Valerio Iucundo y debían hacerlo callar para siempre.

La antorcha de la puerta de su vivienda refulgía tímidamente luchando por no apagarse. Los chicos esperaron, no tenían prisa. Respiraron profundamente. Sus manos cargaban con el peso de muchas muertes, pero casi todas eran prostitutas o proxenetas que a nadie importaban. Muy diferente había sido cuando segaron la vida de un patricio y, como en aquella ocasión, los nervios se apoderaron de sus estómagos. El propósito de la organización no era acabar con las estirpes que habían ayudado a convertir a Roma en lo que era, pero sí con los que estaban en contra de sus métodos. Los hombres que les daban las órdenes los reprendieron por marcarle la cara al abogado de las mujeres, en aquella ocasión debía parecer que varios borrachos habían acabado con su vida, no pensaron en las consecuencias de marcarle el rostro. Aquel acto inmaduro los hizo culpables de un delito a ojos de Roma. Si daban con ellos, serían juzgados y condenados a muerte.

Marco, el ayudante de Valerio, y Tito Flavio tenían una pista sobre ellos, y en esta ocasión no estaban dispuestos a fallar. Habían ido allí a acabar con su vida, entrarían y le taparían el rostro hasta que el *magister* expirara el último aliento. Nada de marcas ni ninguna otra señal que los relacionara con el homicidio. Debía parecer que Flavio moría de un modo natural y toda Roma debía señalar, como único culpable, al deseo de los dioses.

Los jóvenes asintieron, había llegado el momento de actuar.

Salieron de su cobijo y se dirigieron a la puerta cubiertos bajo una capa negra que los confundía con la noche.

El más grande de los tres apoyó su espalda contra el muro por el único sitio que días atrás, inspeccionando la *domus*, habían encontrado vulnerable. Los otros dos corrieron y, estribando sus pies en las manos del que estaba apoyado, entraron en la vivienda del *magister* de Reate. Desde ese momento estaban solos, únicamente se bastarían ellos dos para acabar con la vida de Flavio.

Los jóvenes descendieron por el tejadillo por el que habían saltado y, cuando llegaron al final de este, uno brincó sobre el peristilo amortiguando el golpe para que ningún esclavo pudiera oírlo.

El pórtico de columnas estaba iluminado por las antorchas, alumbrando gran parte del jardín.

El joven, con mucha cautela para no ser descubierto, se escondió entre los setos y plantas para inspeccionar que no hubiera ningún siervo vigilando. A pesar de ser las Saturnales y de que, probablemente, la fiesta habría terminado tarde para todos los miembros de la *domus*, temía ser descubierto.

Cuando se cercioró de que nadie se encontraba por la zona y que todos seguramente estuvieran descansando, imitó el ulular de un búho para que su compañero bajara.

Con el mismo oficio que el primero, este descendió con tanta discreción que habría pasado desapercibido aunque el peristilo estuviera lleno de gente.

Desde donde estaban, inspeccionaron las puertas que daban al jardín.

A un lado la cocina y el comedor, al otro las habitaciones de los esclavos, al fondo se hallaba la exedra y, al frente, la habitación principal de la *domus*, el *tablinum*. Todo parecía en orden, a esas horas ninguna alma con vida, aparte de ellos, asomaba por allí.

Caminaron agachados entre los setos y se dirigieron al interior de la vivienda. La puerta que separaba las estancias, en el *tablinum*, se encontraba abierta y salieron por el otro extremo de la habitación.

Desde el vestíbulo rodearon el recibidor. Los hombres de la asociación que conocían el hogar de Tito Flavio les habían indicado cuál era el dormitorio del *magister*.

Cuando encararon el pasillo que daba a las habitaciones, oyeron un ruido a sus espaldas. Se escondieron aprovechando la penumbra. Uno de los esclavos se dirigía con una jarra de agua y una lucerna a una de las habitaciones.

Los dos chicos se pegaron a la pared. Uno de ellos agarró el mango del *pugio* que llevaba en la funda del cinturón por si lo necesitaba. No dudarían en acabar con la vida del siervo si era necesario, pero, si los descubrían, la excusa de la muerte accidental de Tito Flavio se esfumaría. El esclavo pasó por el lado contrario rodeando la fuente de la entrada a la *domus*. Los chicos se escondieron en un lugar más seguro esperando a que regresara.

El siervo desanduvo sus pasos y se fue hacia las habitaciones de los esclavos sin imaginar que, escondidos entre las columnas del vestíbulo, se hallaban unos asesinos dispuestos a sembrar de violencia la *domus*.

Despacio, con cautela, los jóvenes volvieron a dirigirse hacia las habitaciones. Una pequeña antorcha iluminaba tan solo la parte donde comenzaba el pasillo, donde estaban más expuestos, el resto quedaba en penumbra. Contaron las puertas: en la primera y segunda se hallaban probablemente los invitados y casi con seguridad sería la que ocuparían Valeria y su hermana Domicia. Sintieron el deseo de entrar pero tomaron conciencia de lo que estaban haciendo, la misión exigía de una enorme concentración. Avanzaron hasta la tercera puerta, donde supuestamente descansaba Tito Flavio; la luz del pasillo empezaba a ser débil y el crepitar de la llama prácticamente era inaudible. El hombre a quien habían ido a asesinar se hallaba en el interior de esa estancia.

Se detuvieron al llegar. La zona estaba prácticamente a oscuras aunque sus ojos se habían acostumbrado a la falta de luz. Uno de ellos sacó de su túnica un trozo de tela tupida que utilizaría para asfixiar a la víctima.

El pasillo se hallaba tan en silencio que podía oírse su respiración nerviosa. La adrenalina empezó a subir por sus cuerpos e incluso su boca se llenó de saliva producida por el placer del acto que iban a cometer.

Asintieron con la cabeza; tal y como habían acordado, uno de ellos abrió la puerta despacio para que las bisagras no los delataran y lo justo para que su compañero entrara. El segundo se adentró en la habitación agachado.

Ya estaban dentro y Tito Flavio a su merced. Cuando el criminal se incorporó con la tela preparada para asfixiar a su víctima, su compañero estaba de pie mirándolo.

La habitación estaba vacía.

Hicieron gestos de rabia contenida. No daban crédito, no entendían qué había salido mal. Ese era, sin duda, el dormitorio del *magister* y no se encontraba ahí. Respiraron con más calma.

—Será mejor que nos vayamos —dijo uno de los chicos prácticamente en un susurro—, volveremos mañana.

—No me iré con las manos vacías —contestó el otro—, estoy cansado de cumplir órdenes. Somos nosotros los que nos exponemos, pienso divertirme un poco —comentó mientras se disponía a salir de la habitación.

—¿Qué vas a hacer? —dijo su compañero intentando disuadirlo y agarrándolo del brazo.

—Tú haz lo que quieras, pero yo pienso ir a la habitación de Valeria, llevo todo el día deseándolo. Si quieres, puedes acompañarme y así nos divertimos los dos.

—No es una buena idea —dijo sujetándolo del brazo—. Puede descubrirnos.

—Suéltame. No seas cobarde, por mucho que haya entrenado sigue siendo una mujer contra dos hombres.

—No estoy seguro... Jugamos un poco con ella y nos vamos.

Recorrieron el pasillo de nuevo con sigilo hasta llegar

a la primera puerta. Del mismo modo que en la habitación del *magister*, abrieron y uno de ellos entró.

La tenue llama de una lucerna se dibujaba en el techo dando a entender que la habitación sí estaba ocupada.

Cerraron la puerta a su espalda y, agazapados, se dirigieron a la cama.

La luz de la lámpara de aceite que descansaba en una mesa reveló el cuerpo de espaldas de una mujer dormida. Vestía una túnica blanca y su pelo castaño caía sobre las sábanas.

Por las formas, y sobre todo por la melena, imaginaron que era Valeria; su hermana era más pequeña y tenía el pelo más corto.

Apagaron la lámpara de aceite y la habitación se sumió en la oscuridad. Uno de ellos tapó con violencia la boca de la víctima para que no gritara y ella abrió los ojos aturdida, envuelta en la penumbra, sin saber qué estaba sucediendo.

La joven intentó zafarse lanzando puñetazos, luchando por defenderse.

Un brazo le rodeaba el cuello, sentía que le faltaba el aliento. Pudo notar cómo uno de los agresores luchaba por abrir sus piernas y lanzó una patada que golpeó con violencia el pecho de su asaltante haciéndole caer al suelo.

—Hazla callar o despertaremos a todos —comentó el joven incorporándose del suelo mientras se llevaba la mano al pecho.

—No puedo con ella —dijo el joven que la agarraba del cuello y que trataba con esfuerzo de mantenerla sujeta—, coge algo con lo que golpearla.

Su compañero fue a tientas por la habitación buscando alguna jarra u objeto.

—No te resistas, Valeria, prometimos a tu padre que cuidaríamos de ti. Tan solo nos divertiremos un poco. Disfrutaremos más que con esas sucias prostitutas.

La joven, al oír estas palabras, intentó zafarse con más ira lanzando patadas y moviéndose con rabia por la cama. Las lágrimas caían desconsoladas por sus mejillas, sus gritos se perdían en la palma de la mano de su agresor y sus movimientos se confundían en la oscuridad.

La presión que ejercían en su cuello fue haciéndole perder las fuerzas, no veía nada y empezó a dejar de tener conciencia. Su mirada solo hallaba la lobreguez de la habitación, pero sus ojos reflejaron terror al pensar que, si despertaba, su vida habría cambiado para siempre.

XXXV

Halicarnaso, 127 d. C.

Helena observó el mar; estaba agitado, al igual que ella. Nunca había viajado en barco y por primera vez en mucho tiempo sentía que el nerviosismo se apoderaba de su cuerpo.

Lü se encontraba a su lado, en silencio y con la mirada perdida oteando el horizonte. Desde que Flavia aceptó la oferta de los hombres que la habían comprado no se había dirigido a ella. Ni una sola palabra había salido por su garganta, ni siquiera cuando, como parte del acuerdo, Flavia ordenó, a su pesar, que debía acompañarla hasta Roma para garantizar la seguridad de la gladiadora. El precio, si llegaba sana y salva, era una fortuna, pero si durante el viaje Amazona encontraba la muerte, la cantidad que recibiría sería mucho menor. El riesgo de desprenderse durante unos meses de su hombre de confianza merecía la pena.

Por primera vez en su vida, Lü intentó convencer a Flavia tras recibir de ella una orden directa. No quería hacer ese viaje, no quería despedirse de un modo tan doloroso de Helena, y prácticamente suplicó a la *lanista* que le otorgara ese deseo. Flavia conocía los sentimientos del hombre por la gladiadora y precisamente debido a eso ordenó que la acompañara. Sabía que, a pesar de tener el corazón roto, su amor por ella haría que defendiera a la joven hasta con su propia vida. Solo confiaba en ese hombre. La gladiadora no debía ni podía ponerse en peligro. Ya que se privaba de la luchadora, al menos cobraría hasta el último de los sestercios. Lü deseaba desprenderse del recuerdo de Helena cuanto antes, aunque su verdadero miedo era despedirse de la mujer a la que había amado durante los últimos años. Era consciente de que la recordaría el resto de sus días. Flavia insistió, solo tendría que acompañarla a Ostia y regresar.

—Enseguida partimos.

La orden del patrón de la nave lo sacó de sus pensamientos. Lü lo observó. Era un hombre de mediana edad, gordo y con una enorme calvicie. A pesar del frío, solo vestía una túnica, no llevaba capa que lo protegiera, ni nada que resguardara su piel de las bajas temperaturas. En los pies calzaba unas sencillas botas de cuero ni siquiera forradas de lana.

—Me llamo Claudio y esta que ven es Agripina, la nave que los llevará al puerto de Ostia. Solo un loco haría un viaje con este tiempo, pero por todos los dioses, me van a pagar una fortuna. Eso me permitirá disfrutar de la *caupona* Las Tres Garzas, ¿la conoces?

Lü negó con la cabeza.

—No eres de por aquí, ¿verdad? No hay más que mirarte a los ojos —dijo riéndose—. Déjame que te cuente algo, he recorrido todos los puertos que hay en este condenado mar y no he probado unas aves como las que preparan en la *caupona* de la que te hablo. —El patrón de la Agripina miró a Lü y bajó el tono de voz para que Helena no lo oyera—: Si vienes sin tu amiga, te enseñaré por qué se llama Las Tres Garzas. Por una cantidad considerable, tres pichones suben a tu cuarto y, durante toda la noche, te dejan seco como la vela de un barco que lleva meses varado. No te imaginas lo que esas tres garzas son capaces de hacerle a un hombre.

—¿Cuánto tardaremos en llegar? —preguntó Lü.

Claudio lo miró con desconfianza, molesto por el cambio de tema.

—En unas veinte jornadas, puede que más. La mar en esta época del año está bastante picada. Haremos gran parte del trayecto en cabotaje. Viajaremos por la costa y cada noche fondearemos. Navegaremos a la vista. Llevamos pájaros a bordo para soltarlos y conocer dónde está la tierra en caso de que el viento nos aleje mucho, aunque a lo que más debemos temer es a Neptuno. Si tiene el día torcido y nos manda una de sus tormentas, la nave se moverá como si estuviera en un catre con las tres garzas —dijo el hombre riéndose por la comparación mientras se rascaba la enorme barriga.

Lü lo miró con el rostro serio.

—No temas, ya he hecho este viaje en muchas ocasiones, navegué en las legiones. Durante la travesía te contaré la historia de cuando estuvimos a punto de naufragar y sobreviví por la gracia de la diosa Fortuna, nadie conoce estas aguas cómo yo, estáis en buenas manos. Vosotros dos dormiréis en mi camarote, es el único que hay, tengo una pequeña cocina y un catre, eso sí, tendréis que dormir juntos —dijo el hombre dándole con el codo a Lü—. Mis hombres y yo dormiremos en la cubierta. Enseguida partiremos. —Claudio se fue hablando entre dientes—. Por todos los dioses, ¿quién no querría conocer a las tres garzas?

Embarcaron en la Agripina. No era muy grande, pero a Helena le pareció acogedora. Tenía un mástil con una enorme vela cuadrada. Atravesaron la cubierta; hacia la mitad, un escalón donde descansaba un tablero tapaba la bodega. Claudio le explicó que ahí abajo guardaban la carga.

Llegaron a una pequeña caseta, por detrás se encontraba el timonel en el puesto desde donde se gobernaba la nave.

El camarote de Claudio era pequeño, olía a vino y a humedad y estaba bastante sucio.

—Poneos cómodos. Agripina no es gran cosa, pero esta vieja nave os llevará hasta Ostia, solo le falta navegar en el río Aqueronte junto a Caronte. Nos espera un largo viaje. Dentro de unas diez jornadas haremos noche en Corinthus para reponer provisiones y vaciar un cargamento de ánforas, ya aprovecho el viaje y gano un dinero extra. Si queréis, cuando lleguemos allí, puedo conduciros a una *caupona* donde preparan unas bolas de queso maceradas en vino rosa y unas torrijas con miel que hacen volverse loco hasta al dios Baco.

Ninguno de los dos dijo nada.

La nave zarpó. Los marineros empezaron a bogar con los remos y, cuando se distanciaron lo suficiente, desplegaron la vela. El viento hizo que la Agripina rápidamente tomara velocidad.

Helena se tumbó en el catre y se quedó dormida. Llevaban varias horas de navegación cuando el fuerte viento y la lluvia la despertaron. De pie y de espaldas a ella se encontraba Lü examinando por la ventana las maniobras de Claudio y sus marineros, quienes luchaban contra el temporal. Helena lo observó sin decir una sola palabra, era consciente de que le había partido el corazón. Ella también había sentido algo por él, sus labios a punto estuvieron de besarse, en aquel momento deseaba hacerlo. En su pecho había sentido la llama del amor, pero cuando oyó que tenía la posibilidad de ir a Roma, a pesar de que hacía años que no sabía nada de Antinoo, no lo dudó. Helena sentía que ese deseo que había empezado a nacer en su corazón por Lü aún no había desaparecido del todo. Pensó que quizá había perdido el juicio al pensar que amaba a dos hombres a la vez. Había pasado mucho tiempo desde que no veía a Antinoo, su corazón prácticamente lo había olvidado y había empezado a latir por el hombre que tenía delante de sus ojos y que, además, sentía por ella un amor verdadero; sin embargo, deseaba con todas sus fuerzas ver al primero.

Helena se levantó despacio, sin apenas hacer ruido, y se acercó por detrás a Lü. Los nervios hicieron que dudara, pero no lo suficiente para impedirle extender los brazos y abrazarlo por detrás.

Lü sintió cómo su piel se estremecía al contacto con esa mujer; sin embargo, el encuentro con su cuerpo tenía un sabor distinto al que había imaginado. Notó que su corazón le suplicaba que se entregara a sus caricias, que se dejara llevar como tantas noches había deseado en el silencio de su alcoba. Había añorado un cuerpo que nunca había sido suyo. Deseaba darse la vuelta y entregarse, recoger en un solo abrazo todos los que no se habían dado desde que se vieron por primera vez. Mientras luchaba por no derramar lágrimas, cerró los ojos y las palabras salieron de su boca con orgullo, sin apenas ser consciente, sin apenas desearlas.

—El amor no se mendiga, se merece.

Lü se deshizo del abrazo y abandonó el camarote para salir a la cubierta. El fuerte viento, acompañado del movimiento del barco, hizo que estuviera a punto de caerse. La Agripina navegaba entre dos mares, el del agua y el de la tempestad.

—¡Agárrate! —voceó Claudio a su espalda, desde donde manejaba el timón—. ¡Con este temporal, si te caes por la borda, sería imposible que mis hombres te encontraran!

Lü levantó la cabeza y miró el cielo. Pudo sentir el sabor de la sal en sus labios. La madera del barco crujía cada vez que se levantaba y golpeaba las olas. Lü se estremeció.

—¿Puedo ayudar? —le gritó a Claudio.

—¡Sí! —contestó el patrón—. ¡Puedo contarte la historia de cuando estuve a punto de naufragar en las aguas del Mare Superum[1] por una tormenta peor que esta, o puedes meterte dentro y así no tendré que preocuparme por ti!

Lü dudó, no deseaba encontrarse de nuevo con Helena, estaba dispuesto a dormir en cubierta como el resto de los marineros, pero el temporal lo cambiaba todo. A pesar del poco tiempo que había pasado en el exterior, su capa estaba empapada y al entrar en el camarote dejó un pequeño charco en el suelo. Dio la espalda a Helena y, sin dirigirle una sola palabra, se puso a observar de nuevo el temporal.

Horas después Claudio consiguió dominar la nave y, cuando por fin el temporal les dio un respiro, fondearon cerca de la orilla para reponer fuerzas hasta el día siguiente. Dieron cuenta de un caldo y un poco de vino para calentarse.

Helena paseó por la cubierta ante la mirada de los marineros. La noche era gélida y podía ver el vaho de su respiración. El mar estaba en calma, nada que ver con la furia que había mostrado durante el día.

—¿No tienes frío? —le preguntó a Claudio, quien, al igual que por la mañana, vestía tan solo con una sencilla túnica.

—¿A esto lo llamas frío? Demasiada ropa me estorba, estoy acostumbrado, además el vino me calienta, ¿quieres un poco?

Helena negó con la cabeza.

1. Mar Adriático.

—Espero que estéis disfrutando del viaje —dijo Claudio entre risas—, y que la habitación os resulte cómoda.

—La tormenta de hoy ha sido fuerte.

—No temas, no hay temporal capaz de doblegar a Agripina, está en buenas manos. ¿Quieres que te cuente una historia?

—Sí, me encantaría —contestó Helena sentándose a su lado.

—Cuando era tan solo un crío, mi padre y yo salíamos a pescar por el puerto de Bayas, cerca del cabo Miseno, así era como nos ganábamos la vida. Una noche, navegando, rescatamos a una mujer del agua y conseguimos ponerla a salvo; estaba al límite de sus fuerzas y pudo contarlo de milagro. Aunque empapadas, vestía unas elegantes ropas y durante la travesía hasta nuestro hogar, mi padre sospechó que se trataba de una mujer importante. Mi madre cuidó de ella y varios días después la extraña mujer nos pidió que la lleváramos hasta Anzio, donde tenía su villa. Allí nos entregó una auténtica fortuna por haberla salvado. Fue entonces cuando supimos que aquella patricia era la emperatriz Agripina, la madre del emperador Nerón y, bueno..., ya sabes lo que ocurrió después, aunque eso forma parte de otra historia. Mi padre, con aquella cantidad, compró esta nave a un anciano marinero, la restauramos y no dudamos en llamarla Agripina, como la mujer que cambió nuestra vida. Como decía, la nave es vieja, pero igual de fuerte que la emperatriz a la que debe su nombre. No hay tormenta que pueda con ella.

—Es una bonita historia.

—Sí que lo es, aunque nadie la cree. ¿Por qué os dirigís a Ostia?

—Pertenezco al Ludus de Halicarnaso, soy gladiadora, he sido vendida a un *ludus* de Roma.

—¿Existen mujeres gladiadoras?

Helena se encogió de hombros.

—¿Cuál es el *ludus* al que pertenecerás?

—Me dijeron que me había comprado Hostiliano.

Claudio silbó mientras movía la mano de arriba abajo.

—¿Lo conoces? —preguntó Helena.

—¿Quién no conoce a Hostiliano?

—¿Qué tal es? —preguntó Helena movida por la curiosidad.

—Es probablemente uno de los hombres más ricos que hay en el Imperio. Es *magister* del Collegium Iuvenum de Ostia, tiene su propio *ludus* además de otros negocios, digamos que la vida le sonríe. Eso sí, es más despiadado que una manada de lobos y su carácter es agrio como un mal vino. Por tu bien, no le hagas enojar, Hostiliano tiene rachas malas y rachas peores.

Helena torció el gesto.

—Será mejor que vayas a descansar, mañana partiremos temprano —dijo Claudio terminando la conversación.

Helena obedeció y se volvió, pensativa, al camarote donde se encontraba Lü. El mutismo que se había generado entre ambos pesaba en el ambiente y le hacía sentirse responsable. Tenía la certeza de que en el corazón de ese hombre existía un inmenso lugar para amar en silencio, pero no para almacenar el engaño. Sería honesta con él, no se merecía menos.

Pensó en cómo explicarle que se sentía confundida. Que una parte de ella lo deseaba, pero que no podía hacer desaparecer su amor por Antinoo.

Lü estaba tumbado en el suelo, con una manta echada por encima.

Helena se acercó y pudo comprobar que estaba tiritando.

—Por todos los dioses, estás ardiendo. Iré a avisar a Claudio.

Fue a buscar al patrón, que enseguida acudió. Entre los dos tumbaron al hombre en el camastro y lo arroparon.

—Probablemente haya cogido frío, necesita entrar en calor. Iré a ver si hay algo caliente —dijo el patrón mientras se marchaba presuroso.

Con las manos trémulas y tiritando, Lü abrió su zurrón y sacó varias hierbas, clavo y una rama de canela.

—Tengo que hervir esto —dijo con la voz temblorosa.

—Yo lo haré.

Helena lo tapó con todas las mantas que había en el camarote y salió para calentar la mezcla. Cuando estuvo preparada, regresó con la única idea de hacer todo lo posible para que Lü se sintiera mejor. Esa era la primera vez que hacía algo por él. Durante los cerca de tres años que habían estado juntos, todos los cuidados iban dirigidos a ella, ese hombre se había esmerado en protegerla, y ella no había sido consciente de la fragilidad y la soledad de Lü, siempre dispuesto a dar todo sin recibir nada a cambio.

El hombre de ojos rasgados, en silencio, dio cuenta de la escudilla y, una vez acabada, se arropó y pronto empezó a sudar y a sentir un insoportable calor a pesar del frío.

Helena se tumbó junto a él, bajo las mismas mantas. Se abrazó a su espalda e inspiró el aroma de sus cabellos húmedos por el sudor. Empezó a deshacerse en caricias que terminaban en su empapada nuca, en un sinfín de besos cargados de ternura y el peso de la culpa.

Su corazón seguía manteniendo una lucha con sus sentimientos, pero no albergaba ninguna duda de que esa noche estaba completamente desarmada ante ese hombre. Desde que hizo el amor por primera vez con Antinoo nunca había elegido libremente a quién ofrecía su cuerpo. Desde hacía mucho tiempo se entregaba por voluntad de alguien que no era ella.

Lü pareció leer su mente y se giró.

Se miraron con esa duda eterna antes del primer beso. El mundo se paró para esas dos almas que tanto necesitaban ser amadas, y mientras el mar rumoreaba, sus labios se encontraron.

Alimentada únicamente por el deseo, Helena se deshizo de su ropa y, con agresividad, como si su tiempo se fuera a acabar, lo desnudó completamente. Besó su cuello con pasión mientras apretaba su cabeza con fuerza.

Lü se dejó hacer en ese baile sin música en el que danzaban al ritmo que marcaban sus corazones.

Se olvidó de la fiebre que recorría su cuerpo; el calor del deseo, largamente esperado, acuciaba con más fuerza. Mordisqueó los labios de Helena, despacio, como tantas veces había deseado en silencio, acarició cada una de las cicatrices y heridas que la gladiadora se había hecho y que él había lamentado como si fueran en su propio cuerpo. Las manos se perdieron en sus muslos y contó el número de besos que cabían en su espalda. Se tomó su tiempo deleitándose en cada caricia. Helena se entregó sin defensas y cedió en un combate donde no había vencidos, solo vencedores, y donde no lamentaba perder, solo el tiempo perdido. Se amaron como si el mundo se hubiese detenido y respiraron el mismo aire, suspiraron con la misma pasión y bebieron el mismo sabor.

Helena disfrutó de cada una de las veces que hicieron el amor, de los innumerables besos y de todas las veces que Lü susurraba su nombre al oído. Pensó en Publio Estertinio, el procónsul, y en los otros hombres con quienes la habían obligado a acostarse y cómo el mismo acto podía ser la peor de las torturas o el más maravilloso de los placeres.

Lü se dejó llevar con devoción como tantas veces en su cabeza había imaginado. El vello de su piel se erizaba sorprendido de que no fueran, como cada noche, las frías sábanas las que hallaran el tacto de sus dedos, sino el cuerpo de su amada.

Sus cuerpos fueron una extensión del otro y el mutismo incómodo de hacía unas horas se convirtió en un hermoso silencio mientras hicieron el amor durante toda la noche hasta que la aurora los sorprendió abrazados.

XXXVI

—

Roma, 127 d. C.

Tito Flavio había tenido que interrumpir, durante una jornada, las tan ansiadas Saturnales para arreglar unos asuntos en el *collegium.* El trabajo estaba prohibido durante las fiestas, pero era un asunto importante que no podía dilatarse y tuvo que acudir a Reate. Regresaba a Roma con ganas de seguir disfrutando del festejo que hacía vibrar a todos los ciudadanos. Desde que se levantó esa mañana temprano, tenía una extraña sensación, un presentimiento de que algo no iba bien. Nacía en la boca del estómago, en forma de angustia, hasta agarrarse con fuerza en el pecho y, lejos de desaparecer, iba en aumento según se acercaba a la capital del Imperio. Tomó la calle en dirección a su casa incómodo en su litera; deseaba llegar y relajarse en la terma, probablemente todo se debía al cansancio de esos días.

Los esclavos que portaban la litera se detuvieron en la puerta de su *domus.* El *magister* se bajó ayudado por su *atriense,* estiró los músculos de la espalda, cansada por el viaje, y observó su vivienda dispuesto a entrar cuando Marco, el abogado, salió a recibirlo con el rostro desencajado.

—Flavio, será mejor que entres y me acompañes hasta tu *tablinum* —dijo con la voz entrecortada.

—¿Qué ocurre? —preguntó Flavio con preocupación.

—Hablemos dentro.

Atravesaron el vestíbulo. Los nervios recorrían el cuerpo de Tito Flavio y rompió a sudar. Miró a un lado y a otro extrañado, a esas horas la vivienda debía estar sumida en el clima propio de la fiesta. La música debía amenizar el ambiente, la algarabía de las voces y las risas tendría que resonar por las paredes. El vino debía correr por las gargantas y la comida por los estómagos y, sin embargo, un enorme silencio envolvía cada rincón de su casa.

Le pareció oír un llanto que provenía del pasillo de las habitaciones. Se sintió como si fuera un extraño en su propia *domus* hasta que llegó al *tablinum*. Estaba asustado, algo espantoso había ocurrido en su ausencia.

—¡Por todos los dioses!, ¿vas a decirme de una vez qué está pasando? —soltó a bocajarro.

—Será mejor que te lo cuente sin rodeos. Anoche dos hombres entraron en tu vivienda sin ser descubiertos. Debieron de entrar por el tejado del peristilo, he comprobado que es el único sitio por el que se puede acceder.

El rostro de Tito Flavio se ensombreció.

—Creo que venían buscándote a ti, los esclavos encontraron la puerta de tu habitación abierta. Puede que tu ausencia enfureciera a los asaltantes.

Tragó saliva sin saber cómo seguir.

—Continúa, Marco. —Flavio lo exhortó a hablar.

—Los agresores entraron en una de las habitaciones de invitados y violaron a una de las chicas.

Tito Flavio se llevó las manos al rostro mientras se dejaba caer en su silla.

Marco deseaba terminar de contarlo, pero Tito Flavio, desolado, lo interrumpía maldiciendo y haciendo una pregunta tras otra sin dejar al abogado continuar. Se sirvió una copa de vino de una jarra que tenía en su mesa.

—¡Por todos los dioses!

—Al parecer, exclamaron que habían prometido a Valerio cuidar de sus hijas y que disfrutarían más con ella que con las prostitutas, pero, Tito...

—Le prometí a mi amigo, cuando encontramos su cadáver, que las cuidaría y las protegería. Lo pagarán. ¡Por todos los dioses! —dijo golpeando la mesa—. ¡Juro por Júpiter que los responsables lo pagarán!

—Tito..., no...

—¿Has avisado al pretor urbano? —preguntó el *magister* interrumpiendo al abogado.

—Aún no, hasta que no acaben las Saturnales no se puede presentar una denuncia, Tito, no te he...

—Debieron de ser mis chicos. Solo ellos sabían que estaríamos aquí. Debí haberlo imaginado. Valerio intentó advertirme y no quise escucharlo, y ahora, por mi culpa, él está muerto y una de sus hijas ha sido ultrajada. Dime, Marco..., dime que no le han dejado marcas.

—Visibles no, si te refieres a los tres cortes del rostro, pero han dejado una que nunca podrá borrarse, la de la vergüenza, aunque aún no he...

—¿Quién de las dos ha sido, Valeria o la pequeña?

Marco tomó aire y lo soltó.

—Tito, escúchame, no ha sido ninguna de las hermanas Iucunda, ha sido Cornelia, tu hija.

La copa de vino que sostenía el *magister* cayó de sus manos y se hizo añicos contra el suelo. No es que no sintiera la violación de una de las hijas de Valerio como si de una de las suyas se tratara, hasta ese momento había sentido una gran aflicción. Pero, cuando Marco pronunció el nombre de su hija, la pesadumbre se convirtió en dolor, el de la propia sangre, y ese dolor lo envolvió dándole una punzada en el corazón.

Tito se llevó la mano al pecho, sintió cómo sus rodillas flaqueaban, cómo su visión se nublaba hasta caer al suelo.

Las palabras de Marco llegaban a sus oídos apagadas, ininteligibles hasta convertirse en un silencio.

El *magister* se despertó con un acibarado sabor en la boca y el estómago encogido; aun cuando estaba inconsciente, su cuerpo seguía sintiendo los estragos de la noticia que Marco le había dado.

Cuando abrió los ojos, Oribasio, el médico, se encontraba a su lado dándole algo para que oliera.

Tito intentó incorporarse.

—Despacio —dijo el médico griego—, has sufrido un pequeño desmayo por la impresión de la noticia.

El *magister* observó a su alrededor. Junto a él se encontraba Marco, varios esclavos, y Claudia, su mujer. Alargó los brazos para encontrarse con los de su esposa, que no pudo aguantar el llanto.

—Nuestra hija —dijo Claudia con la voz rota por el dolor—, nuestra pobre hija.

—¿Cómo se encuentra? —preguntó Tito—, ¿puedo verla?

—Será mejor que la dejes descansar. Oribasio le ha dado algo para que duerma —dijo Claudia—, está asustada, tiembla de miedo cada vez que alguien se acerca a ella. Ha sido muy doloroso, los agresores la dejaron inconsciente, pero cuando abrió los ojos aún seguían allí cebándose con su cuerpo. Dice que intentó defenderse pero que eran muy fuertes. Necesitará días para recuperarse del dolor, pero mucho más para limpiar la humillación. Hemos avisado a Vero, su prometido, pero tu hija no quiere ver a nadie. Varias esclavas la asisten. Me ha pedido que te dijera que le prometas algo.

Tito Flavio, mientras se limpiaba las lágrimas por el relato de Claudia, la miró fijamente.

—Lo que sea, aunque tenga que emplear mi propia vida en ello.

—Tu hija quiere que encuentres a los responsables, que hagas lo posible por que ninguna mujer más, prostituta o libre, sufra lo que ha tenido que padecer ella.

—Te juro por todos los dioses que daré con esos desalmados.

En ese momento Valeria y Domicia, acompañadas de Thais y de Probus, entraron en la *domus* de Tito Flavio y se dirigieron al *tablinum.*

—Tito, Claudia —dijo Valeria—, acabamos de enterarnos, lamentamos mucho lo que le ha ocurrido a Cornelia.

—¿Dónde estabais? —preguntó el *magister* sin encontrar una respuesta.

Valeria y su hermana agachaban la cabeza avergonzadas.

Tito Flavio miró por encima del hombro de Valeria y descubrió a la mujer que, junto al gladiador, los acompañaba. Quizá por la impresión de sufrirlo en su propia familia o quizá porque estaba sumamente sobrecogido, vio, por primera vez, en ella a una víctima. El *magister* entendió lo que Valerio Iucundo había tratado de explicarle tantas veces. Aquellas prostitutas, a las que él mismo había definido como infames y que por ser *mulieres* no importaban a nadie, también eran personas que habían sufrido la misma humillación e idéntico dolor por el que había pasado su hija esa misma noche. Se sintió un ser despreciable por pensar del modo en que lo había hecho y deploró que el Imperio, por el que daría su propia vida, estuviera tan ciego, no solo haciendo caso omiso del dolor de aquellas prostitutas, sino dejándolas desamparadas y, sobre todo, permitiendo que las heridas de la tortura a la que habían sido sometidas tuvieran que limpiarlas ellas mismas en soledad. Con su silencio, dejaban a los culpables libres de seguir cometiendo sus atrocidades y destrozando las vidas de más mujeres. Recordó las palabras de su amigo: «No hay nada imposible para quien, como yo, persigue a la injusticia. Tenemos que velar por esas indefensas muchachas». Tito Flavio pensó que la manera de pensar de Valerio no solo era muy distinta de la suya, sino de la de todo un imperio. A él solo le había interesado su propia vida, solo le había preocupado la reputación de su *collegium* y que los hijos de los senadores acudieran a su escuela. Roma desoía las voces de todas las infames que habían sufrido esos mismos actos solo porque eran de una clase social que a nadie importaba. Sin embargo, en cuanto la noticia de la violación de su hija corriera por las calles de la ciudad, sus habitantes exigirían justicia y pedirían la cabeza de sus agresores, pero ¿por qué antes no?, ¿por qué la vida de una sola mujer, solo por heredar un apellido, solo porque sus antepasados fueran notables, valía más que la de decenas o cientos de mujeres que no habían tenido la suerte de poseer un puñado de letras detrás de su nombre? Ojalá pudiera deshacer cada una de las palabras que había dicho, lamentaba que los dioses no le hubieran dado la clarividencia del abogado para haber perseguido a los responsables. De ese modo, no solo esas mujeres, incluida su propia hija, podrían haberse salvado, también su querido amigo estaría vivo. Incluso su propio destino: de no haber ido a Reate, habría sido víctima de esos despiadados hombres y en ese momento su cuerpo yacería sobre el mármol del suelo.

Tito Flavio se dirigió a esa mujer que ahora lloraba por el recuerdo de su propia agresión, que volvía a sacudirla fuertemente.

El *magister*, con sus propias manos, limpió las lágrimas que caían por las cicatrices del rostro de Thais.

—Los encontraré, creo saber quiénes son y haré que paguen con su vida el dolor que os han infligido. Lo siento, lamento profundamente no haberte ayudado cuando debía.

Thais asintió con la cabeza sin añadir nada. Tito se dio la vuelta y se dirigió a Marco:

—Han debido de ser los chicos de mi *collegium*. Venían buscándome a mí y quisieron cebarse con una de sus hijas, tal y como exclamaron. Solo ellos sabían que Valeria y su hermana dormían aquí. Iremos juntos a buscar al pretor, quiero presentar una denuncia, me da igual que sean las Saturnales, las Lupercales o todas las fiestas romanas juntas. Quiero ir a buscar a esos desalmados y ponerlos a disposición de las autoridades; si no, juro por todos los dioses que aplicaré mi propia justicia.

Valeria y Domicia se miraron.

—No me importa si son hijos de importantes senadores y que estos se opongan a que sean encarcelados —continuó Tito—. Iremos a por ellos, Marco, han intentado acabar con mi vida, aunque te juro que habría sido mejor que ver lo que han hecho con mi pequeña Cornelia. Intentarán sobornar al jurado, intentarán todo para que su nombre quede limpio de toda sospecha, pero acabaremos con ellos, aunque me cueste la vida.

—Estoy contigo, Tito, haré todo lo que esté en mi mano —dijo Marco.

—Vayamos, quiero que Sexto, Décimo y Lucio el Grandullón duerman esta noche en la cárcel Mamertina.

Domicia miraba a Valeria, que no sabía qué hacer.

—Tito... —dijo en un tono prácticamente imperceptible la mayor de las Iucunda.

El *magister* dio órdenes a su *atriense*:

—Ve junto a varios esclavos más a buscar a mis mejores clientes, quiero que me acompañen a casa del pretor. Explicadles lo que ha ocurrido, mi hija no sentirá vergüenza —Tito miró a Thais—, y ninguna mujer debería lamentar la deshonra por un execrable acto del que ellas no han tenido la culpa. Bastante dolor y miedo deben sentir por haber sido ultrajadas de esa manera, como para que los ojos de Roma vean una ignominia en su reputación.

—Tito... —repitió Valeria lo suficientemente alto para que el *magister* se diera la vuelta.

—Dime, Valeria.

—Sexto, Décimo y Lucio el Grandullón no pudieron ser.

—¿Qué quieres decir? Solo ellos sabían que estabais bajo mi protección. Marco me ha informado que vinieron a buscarme, probablemente para darme muerte, y que cuando... violaban a mi hija... exclamaron que habían prometido a Valerio cuidar de vosotras. Es una confesión que los relaciona con el crimen de vuestro padre y, a la vez, con la violación de mi hija. He intentado manteneros alejadas de ellos, pero mis esfuerzos han sido en vano. Esos chicos pensaban que te estaban violando a ti, Valeria, o a tu hermana, pero ha sido Cornelia la que ha sufrido la desgracia en su propio cuerpo, y ¿aun así quieres seguir defendiéndolos? ¿Después de todo el dolor que han causado en esta familia y en la tuya? —terminó diciendo Tito Flavio visiblemente enfadado.

Valeria respiró hondo, levantó la cabeza y se dirigió hacia él:

—Mi hermana y yo no hemos sido del todo sinceras y lo lamentamos. Nos habéis tratado como si fuéramos hijas vuestras y hemos sido unas desagradecidas. Tu hija se ofreció a cambiarme el dormitorio porque sabía que estabas pendiente de todos nuestros movimientos y, de ese modo, tus esclavos creerían que estábamos en nuestro cuarto. Lamento profundamente lo que le ha ocurrido a Cornelia, yo debería haber ocupado su lugar —dijo Valeria intentando contener las lágrimas que durante todo el día había vertido en cuanto tuvo conocimiento de la noticia—. Es cierto que fuimos a casa de Thais a pasar la noche con ellos. Por la tarde estuvimos con Sexto, Décimo y Lucio y nos acompañaron hasta su casa, sabían que íbamos a dormir allí, por eso sé que no fueron ellos...

—Puede que pensaran que cualquiera de los criados o

incluso Probus os acompañarían hasta aquí. Estoy convencido de que fueron ellos, las pruebas son claras.

—Te ruego que no los acuses y que me dejes terminar. Te doy mi palabra de que ellos no han sido. Estoy convencida de que fueron los chicos de Hostiliano...

—Si el único motivo que posees para no acusarlos es que os acompañaron a casa de vuestros amigos, no es suficiente. Haré que esos chicos se lamenten de haber nacido.

Tito Flavio se giró a su *atriense*:

—Ve a avisar a mis clientes, iremos sin dilación a casa del prefecto.

—No, no es el único motivo que tengo para pensar que ellos no han sido.

Tito Flavio se volvió a girar, hastiado por la nueva interrupción.

—¿Acaso no ves que están jugando contigo?

—¿Y acaso crees que sería capaz de defenderlos si pensara por un solo instante que son responsables de la muerte de mi padre? —dijo Valeria Iucunda levantando la voz mucho más de lo que habría deseado.

Tito Flavio la miró sin decir nada.

—La víspera de las Saturnales nos encontramos con los chicos de Hostiliano. Tengo el presentimiento de que nos siguieron y planearon cometer el acto tan sumamente abominable que han cometido.

—Un presentimiento no es suficiente, Valeria, se necesitan pruebas. Si solo tienes tu intuición, me temo que no podemos ayudarlos.

—Hay una causa mucho más fuerte.

—¿Y cuál es, Valeria? Dilo, mientras esos bárbaros estén en la calle todos los que estamos en esta habitación seguimos en peligro.

—¡Porque pasé toda la noche con uno de ellos! ¿Acaso existe mayor prueba?

Todos guardaron silencio.

—¿Qué acabas de decir? —preguntó Marco.

—Que es cierto que Domicia durmió en casa de Thais, pero yo estuve toda la noche abrazada a Sexto, en su mismo lecho. Contestad: ¿cómo es posible que fuera él si durante toda la noche no dejó de besarme?

Tito Flavio, en otras circunstancias, habría montado en cólera, pero si algo había aprendido ese día era que cualquier acto que cometieran los demás, aunque estuviera en contra de sus principios, no debía ser juzgado, y menos por él.

—Eres libre de decidir a quién le entregas tus caricias, ninguno de los que aquí nos encontramos debe opinar sobre algo que solo te compete a ti. —Tito Flavio se dirigió a todos los que allí se encontraban con el tono serio—. Si nadie tiene nada más que añadir, iremos a buscar al prefecto para que den orden de detener a los chicos de Hostiliano. Mientras tanto, quiero que hasta que estén entre rejas os pongáis todos a salvo.

El *magister* miró a Probus.

—¿Puedes proteger en tu casa a las hijas de Valerio hasta que esos desalmados estén en manos de la Justicia? Ha quedado demostrado que no puedo hacerme cargo de la seguridad de todos.

—Por supuesto —contestó Probus—. Todos aquellos que necesiten cobijo tienen las puertas de mi *domus* abiertas.

—Que los dioses te amparen por ello y ahora pongámonos en marcha. Que toda Roma sepa y juzgue los actos de esos desalmados.

XXXVII

Ostia, 127 d. C.

El mar mecía la nave en el horizonte mientras una suave brisa acariciaba el rostro de Helena. La travesía estaba siendo, a pesar de lo que creía antes de partir, uno de los mejores momentos de su vida. Por la mañana practicaban ejercicios, Lü quería que estuviera en plena forma cuando llegaran a Ostia, y por las noches se deshacían en caricias tratando de recuperar todo el amor que se debían.

En ocasiones pedía a su amante que le hablara en griego, una lengua que no entendía pero cuyo sonido le resultaba maravilloso. Lü, rendido a esos momentos de amor que tanto había deseado, cumplía todas y cada una de las exigencias de Helena. Le recitaba poemas en ese idioma que tanto le gustaba escuchar, masajeaba los músculos de la gladiadora con ayuda de sus alfileres de marfil o, simplemente, se tumbaban en el jergón del camarote de Claudio, abrazados, sin decir nada, intentando leerse las almas.

El hombre de ojos rasgados intentó preparar a Helena para lo que estaba a punto de venir, quería trabajar su mente para que pudiera aguantar su nueva vida. En Roma se daba cita la élite del mundo. Flavia Lycia podía ser una mujer dura en ocasiones, pero tenía principios y era capaz de defenderlos hasta las últimas consecuencias. Allí donde se dirigían serían implacables con ella, solo había dos opciones: sobrevivir o morir.

Helena no quería oír hablar de su futuro cuando el barco atracara en el puerto. Durante toda su vida había soñado lo que deseaba ser, y su destino era la antítesis de todo lo que había pensado. Cuando llegara, ya se preocuparía y viviría el momento.

Lü estaba angustiado por Helena, no por si era capaz de sobrevivir en aquel mundo nuevo y desconocido para ella, sino por la extraña enfermedad que atacaba con tanta violencia su cuerpo. Nunca había visto nada igual. Los repentinos ataques que la acuciaban eran cada vez más fuertes. La amalgama de hierbas, que en un primer momento la calmaba, ya no tenía el mismo efecto. Podía ayudarla con sus agujas cuando sus músculos se contraían y se volvían rígidos, incluso los ligeros mareos que le daban remitían con la mezcla de distintas hierbas. Pero era incapaz de encontrar un remedio contra esos otros síntomas que habían comenzado: los calambres en el cuello y los pinchazos que recorrían sus brazos hasta dejarla inconsciente. Y, sobre todo, la falta de visión y la fatiga de la que cada vez le costaba más recuperarse. Por eso le preocupaba qué ocurriría cuando él no estuviera para ayudarla, cuando no pudiera cuidar de ella.

Conocía lo suficiente a Flavia Lycia para saber que, si bien al principio se había mostrado sorprendida cuando Helena aceptó ir a Roma, era una oportunidad magnífica para desprenderse por fin de la gladiadora, esa era la verdadera realidad. Igual de cierta era la promesa que le hizo a Helena de que allí en Halicarnaso siempre tendría un hogar si encontraba la libertad.

—No tardaremos en llegar a Ostia —dijo Claudio estirando los músculos de la espalda y mostrando la enorme barriga—. Hemos lanzado los pájaros y vamos en la dirección correcta. Dentro de una semana partiremos de nuevo a Halicarnaso, en el trato se incluía que volvías conmigo. Podrás encontrarme cada mañana en el puerto o bien llenando mi enorme panza de todos aquellos manjares de los que pueda dar cuenta. Si no me encuentras, pregunta por mí a Graco, el dueño de Las Tres Garzas, él sabrá dónde encontrarme. Pero en una semana, justo al alba, partiré con o sin ti, Agripina y yo no esperamos nunca a nadie.

Lü asintió con la cabeza.

—Por todos los dioses, es difícil arrancar una sola palabra de tu garganta —dijo Claudio—. Una vez conocí a un hombre así, ¿quieres que te cuente la historia?

El hombre de ojos rasgados le devolvió la mirada sin hablar.

—Estas noches atrás sí que se te oía en mi camarote —dijo el patrón dándole con el codo—. Seguro que habéis dejado mi jergón más aplastado que la hierba al paso de una legión completa.

Lü no apartó los ojos del horizonte, donde ya se divisaba la tierra de Italia.

—Será mejor que os preparéis, no tardaremos en llegar —dijo Claudio, quien, como siempre, se fue hablando entre dientes—. No le saco una palabra ni aunque le estén cortando la mano.

La Agripina realizaba las maniobras oportunas para entrar en el puerto de Ostia. Helena estaba maravillada de lo que tenía ante sus ojos. Un enorme faro recibía a los barcos que, a través de un canal rodeado por majestuosas edificaciones, introducía a los navegantes en un fondeadero hexagonal donde cada nave, según el género que cargara, debía atracar en un lugar u otro. La joven fue incapaz de imaginar el número de barcos que allí había.

Miraba impresionada a los cientos de estibadores que se afanaban en descargarlos mientras otros contabilizaban las mercancías. El ajetreo era desorbitado y estresante, pero increíblemente bien organizado.

Cuando los marineros amarraron la nave, Lü pudo ver, esperando en la dársena, entre la maraña de trabajadores y hombres de negocios, a los procuradores de Hostiliano que habían cerrado el trato con Flavia.

—Te deseo mucha suerte, jovencita, y recuerda, por tu bien, no enojar a Hostiliano o lo lamentarás, hazme caso, no acostumbro a hablar por hablar. En cuento a ti —dijo Claudio mirando a Lü—, ya sabes dónde encontrarme. Si no tienes dónde dormir, puedes hacerlo en el jergón que tan buen servicio te ha dado estos días. Si deseas hacerlo en otro lugar, ya sabes que en una semana partimos. No te demores, cuando vengas te contaré la historia de un hombre al que dejé una vez en el puerto por no llegar a tiempo, pero ahora marchaos, tengo que descargar y quiero ir cuanto antes a Las Tres Garzas.

Lü y Helena se apearon del barco junto a sus pocas pertenencias y siguieron a los procuradores hasta el *collegium iuvenum* de Hostiliano.

Mientras caminaban, Helena observaba a las gentes de toda clase y condición que abarrotaban el puerto, desde obreros y cientos de esclavos que trabajaban duramente hasta ciudadanos que buscaban un medio de transporte para dirigirse a Roma o para embarcar en alguna nave que remontara el Tíber hasta la capital del Imperio. La algarabía era ensordecedora.

—Tengan cuidado con sus pertenencias —dijo uno de los procuradores de Hostiliano—, si algo nos sobra en Ostia son ladrones y esclavos fugitivos.

Helena no podía dejar de mirar con estupor las ínsulas de dos y hasta tres plantas, así como el pavimento y la buena organización de las vías. Desde que habían llegado al puerto no había conseguido cerrar la boca. Lü la miraba y sonreía recordando la primera vez que estuvo con su tío en ese puerto.

Lü respiró nervioso cuando los procuradores se pararon delante de un enorme edificio donde una inscripción de mármol anunciaba el nombre de su nuevo *dominus:* Hostiliano.

Entraron en el *collegium* y se dirigieron al *tablinum* para ver al *magister.* Cuando llegaron, un hombre alto, de unos cincuenta años, de complexión fuerte y de piel cetrina, con una incipiente calvicie y el pelo completamente blanco, recriminaba algo a otro que se encontraba arrodillado.

—Si hay algo que no soporto, por encima de todas las cosas, es el fracaso, y algo que tolero menos aún es a aquel que fracasa —estaba diciendo.

—Pero..., *domine* —contestó el arrodillado.

—¿Acaso te he dado permiso para hablar?

El hombre agachó la cabeza.

—¿Crees que es fácil tener el control de todo esto? ¿Acaso piensas que el peso de la responsabilidad que cargo sobre mis hombros es llevadero? ¿Qué harías en mi situación? Confío en hombres como tú, y ¿esta es la gratitud que recibo? El poder es como tener sed y beber alcohol, cuanto más bebes, más acuciante se hace la sed. Pero mi generosidad también es una forma de poder. —Hostiliano levantó la cabeza y vio a Helena, a Lü y a sus ayudantes—. No voy a castigarte del modo que debería. Dentro de un mes, se celebran los Ludi Iuvenales y quiero ganar en todas las categorías. Ahora ve de nuevo con los chicos, otros asuntos me esperan.

El esclavo se incorporó y se dirigió a la salida cuando la voz de su *dominus* hizo que se girara de nuevo.

—¡Domicio! Si tus chicos vuelven a quedar últimos en los entrenamientos, yo mismo te mataré con mis propias manos.

Hostiliano se dirigió a Helena:

—¿Y tú eres?

—*Domine,* esta mujer es la gladiadora que mandaste comprar en Halicarnaso —dijo Julio.

—¿Acaso me tomas el pelo?, ¿he pagado una fortuna por esta... *mulier*? No tiene pinta de gladiadora, más bien parece una prostituta que acaba de terminar su jornada en un lupanar.

Lü apretó los dientes y acarició la empuñadura de la daga escondida entre sus ropas. Habría dado muerte a ese hombre ahí mismo.

—Cuando la vea luchar, *domine,* cambiará de opinión.

—Más te vale. De no ser así, alguien pagará caro dilapidar mi dinero. Y este hombre que apenas ve, ¿quién es?

—Ha sido su entrenador durante estos años. Parte del acuerdo con Flavia Lycia era que Amazona, como se hace llamar la gladiadora, llegara sana y salva aquí. La ha acompañado para protegerla si era necesario.

Hostiliano miró fijamente a Lü.

—Veamos si es tan bueno el trabajo que dicen que has hecho. Llamaremos a mis mejores chicos. Si eres tan buena, no te dará miedo enfrentarte a ninguno de ellos.

Helena asintió.

—Haced que se preparen en la palestra Cneo, Cayo y Julio —ordenó a sus hombres—. Deberías estar orgullosa. Una mujer de tan baja condición va a tener el placer de enfrentarse con aquellos por cuyas venas corre sangre romana de verdad, auténticos patricios. Sus ancestros han conseguido que miles de bocas, por todos los reinos, pronuncien el nombre de nuestra ciudad con miedo. No me he presentado, mi nombre es Hostiliano y desde que has embarcado me perteneces. Eres una *mulier,* una mujer de condición baja, así que no espero que ganes a ninguno de mis chicos ni aunque tuvieran las manos atadas a la espalda. Si veo algo que pueda ser de provecho, mañana mismo iras al Ludus de Roma, pero si no agradas a mis ojos, dado que ahora eres mi esclava, haré que pagues con mucho sufrimiento cada sestercio que me has costado.

Se dirigieron a la palestra.

Cuando llegaron, todos los jóvenes del *collegium* esperaban en una especie de elipse que haría las veces de arena. El grupo comandado por Cneo, Cayo y Julio se había situado en el centro de esta, observando a la nueva gladiadora con los brazos cruzados mientras se decían cosas al oído que provocaban sus risas. Vestían solo un *subligaculum* y sus cuerpos estaban bañados de sudor. Helena dedujo que habían estado ejercitándose; si alguno de esos chicos era su rival, podría estar cansado y ese era un punto débil.

Hostiliano hizo un gesto a Helena para que se dirigiera hasta el centro. Una vez allí el *magister* y *lanista* habló a todos sus chicos:

—Esta *mulier* que veis aquí no es una nueva esclava que haya comprado para limpiar la mierda de vuestras letrinas —dijo Hostiliano ante la risa de todos—. Dicen en oriente que es una gladiadora y que es la mejor que han visto aquellas tierras. Por Júpiter, si esta es la mejor de sus luchadoras, ¿imagináis cómo deben ser las peores?

Todos los jóvenes se reían a carcajadas.

Helena buscó a Lü entre todos los hombres. Este le devolvió la mirada serio, pero la joven había aprendido a leer en sus ojos todo cuanto quería transmitirle. El hombre con quien había pasado los últimos años de su vida no solo la había enseñado a defenderse, no solo la había entrenado en superar el dolor y cualquier adversidad, también había entrenado su mente. Esos ojos rasgados la conminaban a recordar sus primeros combates cuando las voces de los hombres la humillaban y la despreciaban con sus abucheos. Helena asintió con la cabeza y decidió dejar de escuchar las palabras que salían de la garganta de su nuevo *dominus* para únicamente escuchar su voz interior.

—Te voy a dar el honor de que decidas a cuál de estos tres hombres deseas enfrentarte —dijo Hostiliano.

—Soy gladiadora, no temo enfrentarme a ninguno y puedo vencer a los tres.

La risa de Cneo, Cayo y Julio se cortó de manera tajante, mientras Hostiliano negaba con la cabeza.

—Yo me enfrentaré a ella —dijo Cneo.

—De acuerdo —dijo Hostiliano haciendo un gesto a un esclavo para que entrara.

El siervo apareció con dos espadas de madera y dos escudos. Mientras, Cneo se acercó a Helena y le comentó en voz baja:

—Que sea la última vez que te diriges a mí en ese tono. Te daré un adelanto de lo que hacemos aquí a las mujeres de tu condición.

Helena lo observó sin mover un solo músculo de su cara.

El esclavo se acercó, le ofreció una de las armas y ella la agarró con fuerza junto al escudo.

—Un momento —dijo Hostiliano—. No sé cómo será en ese apestoso lugar del que vienes, ni me interesa lo más mínimo, pero aquí en Roma las pocas mujeres que juegan a ser hombres lo hacen para despertar las fantasías sexuales de los romanos, no para demostrar lo buenas luchadoras que son. ¿Acaso crees que le interesa a alguien cómo luchas? Les interesa ver cómo mueves tus pechos. Así que quítate toda la ropa, lucharás desnuda, como lo harás en el anfiteatro.

Helena, sin titubear, dejó las armas en el suelo y se quitó la sencilla túnica quedándose solo con un sencillo *subligaculum*. Todas las miradas se posaron en la desnudez de su cuerpo y en sus pechos. Helena calentó un poco los músculos, ajena a los ojos y los comentarios obscenos que le lanzaban, esa no era la primera vez. Respiró hondo, había sido entrenada para vencer a cualquier rival.

Domicio, el entrenador de los jóvenes, se colocó con la vara para ejercer de *summa rudis*.

Hostiliano se acercó a los dos hombres encargados de traer a Helena al *ludus* junto a Lü y se sentó en una lujosa silla en forma de tijera y decorada de un modo muy ostentoso.

—¿Cómo decís que es el nombre con el que lucha? —les preguntó Hostiliano.

—Amazona, *domine*.

—¿Y acaso este adefesio que decís que es una gladiadora no es ya de mi propiedad?

Los procuradores se miraron extrañados.

—Así es, *domine*, desde el mismo momento que pisó el suelo de Ostia —contestaron.

—Y recuerdo haber pagado solo por ella, ¿no es cierto?

—Así es.

—Y entonces, ¿qué sigue haciendo aquí este hombre de ojos tan raros? Ya tengo a mis propios entrenadores, haced que se marche de mi vista —dijo Hostiliano sin ni siquiera mirar a Lü.

Lü se quedó inmóvil, mientras el corazón le latía con fuerza. Miró a Helena, quien ya estaba preparada para combatir. Así era su despedida. De ese modo tan distante se alejaba de la mujer a la que tanto había amado, sin ni siquiera mirarse a los ojos, sin ni siquiera fundirse en un abrazo, sin ni siquiera poder decirle que la amaba. La abandonaba del mismo modo en que había empezado todo, en una pelea. Todos los momentos que había vivido junto a ella durante los últimos años se amontonaron en su cabeza, especialmente los días que habían navegado juntos en los que tuvieron por fin tiempo para amarse. Quizá fuera mejor así, pensó, de otro modo no tendría valor para alejarse de ella. El hombre de ojos rasgados dijo algo al oído de uno de los procuradores de Hostiliano, quien asintió con la cabeza. Se volvió a girar para mirar por última vez a Helena, tragó saliva y se marchó.

—Bien, ya hemos perdido demasiado tiempo, empecemos —ordenó Hostiliano.

Mientras Domicio volvía a colocarse, todos los jóvenes hacían comentarios sobre el duelo que estaba a punto de comenzar, alabando las virtudes en la lucha de Cneo. Helena miró fijamente a los ojos de su rival y en aquella mirada solo pudo ver arrogancia.

El duelo comenzó con un ataque de Cneo, muy previsible, sobre el escudo de Amazona, que la gladiadora defendió sin ninguna dificultad. El siguiente golpe buscó el muslo de su rival y, dada la fuerza del primer impacto, la joven sabía que ese segundo ataque no llevaba la misma contundencia, por lo que dejó que golpeara su muslo y fingió que sentía un gran dolor mientras retrocedía.

Cneo se dio la vuelta con los brazos en cruz dando a entender que sería mucho más sencillo de lo que creía.

Hostiliano se llevó las manos al puente de la nariz sin dar crédito a lo que veía.

Los procuradores temían las consecuencias que podría traerles ese combate.

Los jóvenes estudiantes aplaudían a Cneo entre risas y abucheaban a Amazona señalándola con el dedo.

Helena, por dentro, sonreía satisfecha. Había conseguido su propósito: hacer que todos se confiaran.

Imitando una leve cojera, Amazona se puso de pie para seguir con el combate, apretando los dientes y haciendo entender que le suponía un gran esfuerzo seguir luchando.

Cneo se colocó delante de ella, pero ya no empuñaba la espada con la misma determinación.

En cuanto Domicio levantó la vara y dio la orden de continuar, Amazona cambió el gesto y la leve cojera desapareció por completo. Se dirigió deprisa hasta su rival y golpeó una y otra vez con su espada buscando el escudo y aquellas zonas que quedaban descubiertas, intentando sorprender por arriba o por abajo, en una combinación de movimientos magnífica. La rapidez de los ataques hacía que a Cneo le costara defenderse, solo podía retroceder, hasta que finalmente trastabilló y cayó de espaldas.

La improvisada elipse se quedó en silencio.

Jamás habían visto a una mujer luchar de ese modo.

Amazona no se inmutó y volvió a su sitio colocándose en posición de ataque.

Hostiliano se levantó de la silla entre sorprendido y ofendido. Sorprendido por lo que acababa de hacer esa mujer que le había costado una fortuna, y ofendido porque uno de sus mejores chicos yacía en el suelo, humillado por una esclava.

Cneo se levantó furioso sacudiéndose el polvo, estaba avergonzado. Tiró la espada y se dirigió con rabia hasta esa mujer que lo había puesto en evidencia delante de todo el *collegium.*

En ese momento un esclavo, desencajado, entró corriendo, cruzando la elipse.

—*Domine!, domine!* —gritaba.

Hostiliano lo miró preocupado, ningún esclavo suyo se atrevería a interrumpir de ese modo si no fuera por un buen motivo.

El siervo llegó a su altura y se arrodilló ante él mientras todos observaban atónitos.

—Habla, ¿qué ocurre?

—*Domine!...* —dijo el siervo con el pecho agitándose mientras intentaba controlar la respiración.

—¡Habla, maldito, o te mandaré azotar! —ordenó el *magister* nervioso.

—Una cohorte urbana con el pretor a la cabeza ha preguntado por el *dominus*. Trae una orden para detener a tres de tus chicos.

Hostiliano levantó la cabeza y observó a Cneo, que le devolvía la mirada sin entender qué estaba ocurriendo.

—Se acabó el juego —les dijo el *magister* a sus procuradores—. Llevaos a esa de aquí. Antes de partir a Roma, marcadle la pierna.

Los hombres obedecieron y se dirigieron a Helena, que tampoco entendía qué estaba ocurriendo. Uno de ellos la agarró del brazo mientras el otro recogía sus ropas.

Por el lado contrario de la palestra un hombre encabezaba un pequeño *contubernio* que caminaba con decisión hacia ellos. Hostiliano se dirigió hasta allí.

—Annio Vero, prefecto de la ciudad de Roma, ¿a qué debo esta intromisión? —preguntó el *magister* cuando alcanzó al grupo.

—Traigo una orden de arresto contra tres de tus chicos —contestó el prefecto mientras extendía el pergamino que lo acreditaba.

—¿Contra quiénes? ¿Y de qué se les acusa?

—La orden me ha sorprendido tanto como a ti, Hostiliano. Tito Flavio presentó ayer una demanda, dice que tres de tus muchachos violaron a su hija durante las Saturnales.

El *magister* leyó el mandato con el rostro lívido y completamente desencajado.

—Estoy seguro de que todo esto es un error. Son mis mejores chicos.

—Yo también lo lamento, Hostiliano, son hijos de importantes senadores, seguro que podrán pagarse un buen abogado. Y ahora no me lo pongas difícil y terminemos sin incidentes. Entrégame a Cneo, Cayo y Julio.

El *magister*, completamente abatido, señaló al prefecto quiénes eran los hombres que habían ido a detener.

Varios legionarios se acercaron a los tres acusados, que no daban crédito, y les ordenaron ponerse de rodillas mientras les colocaban unos grilletes en las muñecas.

El prefecto se dirigió a ellos:

—Cneo Servilio, Cayo Sabino y Julio Apio Agrícola, en nombre del Senado y el pueblo de Roma, y bajo la ley que el emperador Adriano me otorga, quedáis detenidos, acusados del asesinato de Valerio Iucundo y de violar a Cornelia Flavia.

Los tres jóvenes comenzaron a gritar su inocencia.

Hostiliano le dijo al oído a Cneo:

—Yo te sacaré de esta, lo juro por los dioses.

—Más te vale —respondió Cneo escupiendo las palabras—, tú nos metiste en esto.

Hostiliano respiró agitado. No había nada que lo relacionara con las muertes, si lo acusaban simplemente lo negaría y dejaría que los chicos corrieran con toda la culpa. Sus padres eran senadores influyentes, que se preocuparan ellos; si caía él, arrastraría a todos. Ahora lo más importante era actuar con normalidad, debía parecer que él no estaba al tanto de nada y que era una víctima más. Tan solo quedaba un mes para los famosos Ludi Iuvenales. La acusación sería un duro golpe, ya que el futuro de su *collegium* estaba en esos juegos. Si ganaba, todos los senadores seguirían llevando allí a sus hijos y eso le daría más dinero y una influencia que no estaba dispuesto a perder, pero sin sus tres mejores jóvenes dudaba de poder vencer. Al igual que el año anterior, habría competición de mujeres, pero no tenía ninguna que presentar. Entonces pensó en la gladiadora que se acababan de llevar.

Lü llegó hasta la puerta del *collegium* cabizbajo y, extrañado, tuvo que apartarse a un lado para dejar paso a un *contubernio* que entraba con decisión en el recinto de Hostiliano, encabezado por un hombre que vestía una túnica con franjas moradas. Se detuvo y observó a ese grupo con intención de seguirlos, pero apartó la idea de su cabeza con la misma rapidez con la que vino a su mente. Eso ya no era asunto suyo. Pensativo, miró un extraño letrero que indicaba los lugares públicos de la ciudad. A la derecha marcaba el camino por el que habían venido, hacia el puerto, pero el hombre de ojos rasgados giró hacia el otro lado.

Lü paseaba por esas calles que años atrás recorrió con su tío. La mezcla de gentes era tal que sus rasgos pasaban desapercibidos. Su cabeza no pensaba en otra cosa que no fuera Helena y en el hecho de que no volvería a verla. Giró por una calle paralela al foro, decenas de pensiones, *cauponae* y *thermopolia* se presentaban ante él. De repente vio el cartel que estaba buscando, no lo pensó y entró. Acababa de tomar una decisión.

El lugar era un antro oscuro. El olor a sudor, vino y otros hedores pestilentes, que no supo discernir, sacudieron sus fosas nasales de tal modo que no pudo evitar echar la cabeza hacia atrás. Las paredes estaban desconchadas, aunque se intuía que alguna vez tuvieron bonitos frescos. Sobre el suelo se extendía una mezcla de escupitajos, restos de comida y orina. El fragor de las voces y las conversaciones de los beodos hacían poco acogedor el local, abarrotado de gente. No había ni rastro entre las mesas del hombre al que buscaba, hasta que lo vio acodado en la barra y se dirigió allí. Se colocó a su lado sin decir una sola palabra, derrotado, como si en ese momento tomara conciencia que su mundo se había roto en mil pedazos.

—¡Por todos los dioses! —dijo el hombre nada más verlo—. Sabía que vendrías a Las Tres Garzas... ¡Graco!, ven a servirnos vino, este es el hombre del que te he hablado.

El hombre se acercó y, sin decir nada, dejó una jarra con dos copas.

—Sé lo que estás pensando —continuó Claudio dirigiéndose al dueño del local—, no entiendes cómo puede ver con los ojos cerrados.

Graco asintió con la cabeza y los dejó solos.

—Te voy a contar la historia de un hombre al que conocí y al que le faltaba un ojo, porque se le clavó la punta de una flecha —le dijo Claudio a Lü—. El muy cabrón no fallaba un tiro con la onda. Seguro que veía mejor por ese agujero negro que lucía donde antes había estado su ojo que tú por los tuyos, que apenas puedes abrirlos —dijo golpeando la espalda de Lü.

Claudio observó al hombre, que no abría la boca.

—¿Dónde está tu amiga la gladiadora?, ¿ya te has deshecho de ella? Si has venido por las tres garzas, me temo que están ocupadas toda la semana. Por todos los dioses. ¡Graco! —dijo gritando—. ¡Hazme un hueco con tus chicas! —Claudio se dirigió de nuevo a Lü—: Podemos ir a otro tugurio si lo deseas.

—Solo necesito un lugar donde dormir.

—Entonces te llevaré a otro sitio, aquí las camas tienen unas chinches del tamaño de una rata. Ya que no podemos disfrutar de las tres garzas, al menos que durmamos bien. Una vez conocí a un tipo que, por no descansar...

—No necesito otro lugar, dormiré aquí el tiempo que sea necesario. No partiré dentro de una semana.

—No podemos estar más tiempo, tengo el amarre contratado para esos días. Además, tengo que llevarte de vuelta, es parte del trato que cerré con Flavia.

—Te irás sin mí, no regresaré a Halicarnaso.

—¿Y qué voy a contarle a Flavia?

—La verdad. Le dirás que me quedaré el tiempo que sea necesario por si Helena me necesita.

Helena era arrastrada por los dos procuradores que la habían conducido hasta allí. Llegaron hasta la herrería, donde un corpulento hombre trabajaba dando forma a algunas armas. El olor a la leña quemada que desprendía el horno, el del hierro fundido y el sudor del herrero dominaban el ambiente. El calor era sofocante.

El herrero levantó la mirada del yunque que golpeaba y los observó sin mover un solo músculo de su rostro y sin despegar los labios para pronunciar una sola palabra.

—El *dominus* quiere que marques su pierna; date prisa, no tenemos todo el día —ordenó uno de los procuradores de Hostiliano.

El herrero cogió una vara que terminaba en H y la introdujo en el horno. Helena se sentó, empujada, en una pequeña silla. No había tenido tiempo a vestirse y se volvió a cubrir con su túnica. Estaba confundida, no sabía qué estaba pasando. Mientras abandonaban la palestra, había buscado entre todos los hombres a Lü y no había dado con él.

Ayudándose de unas tenazas, el herrero cogió la vara cuya punta empezaba a enrojecerse, la observó y la volvió a colocar en el horno.

Helena suspiró y cerró los ojos. Ese hombre iba a marcar su pierna con el símbolo de Hostiliano, una señal que, desde ese momento, revelaría a quién pertenecía. Intentó concentrarse como Lü le había enseñado, los recuerdos junto al hombre de ojos rasgados en la nave de Claudio inundaron su mente, sus caricias, sus besos y sus palabras en griego, ese idioma que tanto le gustaba oír.

El herrero, con la calma sobre sus espaldas de quien ha hecho eso mismo en cientos de ocasiones, agarró la vara. Cuando tenía el color que consideraba oportuno, levantó y miró con atención la punta de esta, la H, que marcaría la pierna de la esclava para siempre. Helena observó la incandescente vara que se dirigía a ella, su mente ya empezaba a sentir el calor y sus manos comenzaron a sudar antes siquiera de que abrasara su piel.

El hombre acercó la vara, sin vacilar, hasta su pierna. Helena no podía evitar respirar con fuerza apretando todos los músculos de su cuerpo. Cuando el hierro estuvo a punto de encontrarse con su muslo y Helena ya notaba el calor del hierro incandescente, un grito detuvo el brazo del herrero.

—¡Alto! —La voz de Hostiliano hizo que todos se giraran—. ¿Cuántos años tienes? —le preguntó el *magister* a Helena.

—Dieciocho —contestó la gladiadora con los dientes aún apretados.

—Levántate, te haremos pasar por una joven patricia que estudia aquí, competirás en los Ludi Iuvenales.

Helena se levantó extrañada, no sabía qué significaba eso.

—Entonces, ¿no iré a Roma? —preguntó.

Hostiliano empezaba a exasperarse.

—Sí, irás a Roma, pero no como gladiadora; lucharás en los Juegos de la Juventud contra otras patricias sin apenas experiencia. Si eres tan buena como dicen los sestercios que me has costado, no debería costarte vencer sin dificultad.

—Pero entonces, ¿no lucharé contra otras gladiadoras?

—Da igual a quién te enfrentes, ahora me perteneces, pero por tu bien espero que venzas a la chica de Tito Flavio, quiero darle una lección que no olvidará.

Hostiliano ya se daba la vuelta para dirigirse a otras funciones cuando se dirigió por última vez a Helena:

—Que venzas es lo único que me importa en este momento. Será mejor que recuerdes bien su nombre porque tu vida depende de ello. Te enfrentarás a Valeria Iucunda.

XXXVIII

Roma, 128 d. C.

Marco golpeaba repetidamente con su anillo la madera de la silla curul donde estaba sentado. Tito Flavio, detrás de él, pudo sentir el nerviosismo del abogado y trató de transmitirle tranquilidad palmeando el hombro de su amigo.

Marco suspiró. Aunque era hijo y nieto de abogados y su mentor fuera el mejor abogado de Roma, Valerio Iucundo, era el primer juicio al que se enfrentaba y no era cualquier causa, temía no estar a la altura. Había pedido a Tito Flavio que dejara que otro letrado más cualificado y con más experiencia dirigiera el litigio, pero el *magister* de Reate confiaba plenamente en él.

El foro de Roma estaba repleto de cientos de personas que deseaban ser testigos de uno de los juicios más importantes de los últimos años. Nadie en la ciudad quería perderse la acusación contra los tres hijos de los senadores más prominentes de la curia. Todos miraban hacia la *rostra*, lugar del foro donde tendría lugar el juicio, esperando que los protagonistas tomaran la palabra.

Tito Flavio había solicitado, dada la naturaleza de la denuncia, que el propio emperador Adriano dirigiera el proceso, pero el príncipe del Senado delegó en el prefecto de la ciudad, Annio Vero, la responsabilidad del juicio, quien nombró como juez al famoso jurista Juvencio Celso dándole totales poderes para dictaminar una sentencia.

Todo estaba preparado para que diera comienzo la causa.

Marco paseó la mirada inquieto por entre los asistentes. No encontraba al herrero que vio a los tres acusados, el único testigo que podía dar fe de quiénes eran los asesinos, pero había tanta gente que quizá había pasado desapercibido a sus ojos.

Valeria y Domicia respiraban nerviosas. Apenas habían pronunciado una sola palabra desde que esa mañana se habían levantado, ni siquiera se habían reconocido la una a la otra que no habían pegado ojo en toda la noche. Desde hacía varios días los recuerdos de su padre irrumpían con fuerza en sus cabezas, la voz de Valerio sonaba impetuosa en sus oídos, su anhelada imagen aparecía cada vez que cerraban los ojos. Domicia derramó una lágrima, tenía miedo, miedo de que algún día todos sus recuerdos se desvanecieran como las nubes arrastradas por el viento. Habían dormido en casa de Thais y Probus, quienes se encontraban a su lado. La pareja vivía en concubinato, dado que ella era infame y no se podían unir en matrimonio. Los cuatro habían acudido juntos hasta el foro para ser testigos del juicio, con el rostro serio y con un pesar en el alma que se notaba en sus gestos, en sus miradas y en cada uno de los pasos que daban. Era un día muy triste para aquellos que conocieron en vida a Valerio Iucundo, pero esperaban que se hiciera justicia.

Todos se apartaron para dejar paso a la guardia pretoriana que custodiaba al emperador Adriano, que tomó asiento como testigo ejemplar de la causa que iba a celebrarse. Se oyó un murmullo entre la gente al ver el rostro del mismísimo césar acudir a un juicio de ese tipo. Detrás de él, con aire de importancia, hizo lo propio Annio Vero, prefecto de la ciudad, y por último, Juvencio Celso, quien ejercería de juez y disponía de plena confianza por parte del emperador. Sería quien elaboraría el edicto que dictaminaría la sentencia.

Todo el foro se quedó en silencio, ni siquiera se oía el eco de las respiraciones. La sobriedad se interrumpió cuando empezaron a subir los escalones de la *rostra* los tres acusados por la causa, con la cabeza alta y porte altivo, acompañados de los abucheos de quienes los consideraban culpables y vítores de ánimo de aquellos que los veían como inocentes.

Thais agarraba con fuerza el brazo de Probus. Tenía la vista clavada en el suelo y respiraba deprisa y entrecortadamente. Le aterrorizaba levantar la mirada y encontrarse con los hombres que la violaron, la golpearon y le desfiguraron la cara hasta casi darle muerte. Solo quería olvidar, pero los recuerdos de aquel día inexorablemente volvían a su cabeza en forma de imágenes, como si cada uno de los golpes lo viviera de nuevo, con la misma intensidad, dolor y miedo. Tomo airé y levantó la cabeza para encontrarse con la dureza de su pasado.

Probus estaba convencido de que uno de ellos, el que tenía el pelo rubio, era sin duda el hombre que vio aquel fatídico día. Pero era de noche, además se encontraba mal herido y tenía miedo a equivocarse. Sintió la mano de la mujer que amaba agarrándose con más fuerza a su brazo. Notó cómo los dedos de Thais se clavaban en su piel con rabia. Giró la cabeza y la miró. La boca le temblaba mientras observaba a esos tres hombres, su mirada era oscura, sin brillo y llena de terror. Las lágrimas corrían sin rumbo por sus mejillas. Las dudas que pudo tener de que hubieran sido esos chicos desaparecieron al ver cómo las manos de la pobre muchacha, a la que tanto amaba, sudaban y cómo su cuerpo temblaba. No necesitó más pruebas para saber que eran los culpables de su violación.

Se giró para acariciar sus brazos, para decirle al oído palabras de amor que solo ellos entendían. Probus la hablaba con ternura; mientras él estuviera allí nadie le haría daño, no corría el más mínimo peligro. Valeria y Domicia también se dieron cuenta del momento que estaba atravesando Thais y la abrazaron con fuerza. Las hermanas agarraron sus manos hasta que vieron cómo poco a poco recobraba la calma.

Hostiliano se encontraba sentado muy cerca de los chicos acusados y junto a los progenitores de estos. A pesar de tener el rostro serio, una leve sonrisa asomaba a sus labios. Había hecho todo lo que debía hacer, no tenía la más mínima duda de que ganaría ese proceso y estaba concentrado en su mayor preocupación: que su imagen saliera reforzada.

Juvencio Celso tomó la palabra para hacer las libaciones correspondientes a Jano, dios de los comienzos, y a Júpiter, por ser el juez principal de entre los dioses, dedicando una oración a los mismos para que el juicio comenzara y se diera de un modo justo.

—Ilustre césar, padres conscriptos y pueblo de Roma. Bajo el poder que nos han concedido los dioses y al amparo de las leyes que nos rigen, nos encontramos aquí para atender y solucionar la causa que denuncia el senador Tito Flavio contra Cneo Servilio, Cayo Sabino y Julio Apio Agrícola, acusados del asesinato de Valerio Iucundo y de la violación de Cornelia Flavia.

Juvencio Celso se dirigió a su asiento y tomó de nuevo la palabra:

—¿Quién actúa como abogado de la acusación?

—Yo, Marco Albinus.

—¿Quién lo hace en nombre de la defensa?

—Yo, Lucio Neracio Prisco.

—Cada uno de los abogados —continuó el magistrado— dispondrá de seis tiempos, marcados por clepsidras, que podrán consumir en el tiempo y forma que estimen oportunos hasta la finalización de estos, presentando tantos testigos como consideren y tantas pruebas como sean necesarias. Antes de comenzar, cedo la palabra al emperador.

—El motivo de mi presencia aquí hoy es por una súplica que ha presentado por escrito la acusación al prefecto de la ciudad y que Annio Vero ha elevado a mí, pidiendo el cambio de juez por un presunto soborno al mismo, además de solicitar mi asistencia para garantizar la objetividad del proceso —comentó el emperador mirando con desconfianza al abogado—. Es una acusación muy grave, ¿qué pruebas tienes para tal petición?

—La acusación desea retirar la súplica, mi césar, por no poder presentar dichas pruebas —dijo Marco nervioso.

El foro clamó en comentarios y en voces incrédulas.

Adriano levantó la mano para que todo el mundo guardara silencio.

—¿Por qué motivo presentó entonces el escrito?

—Pensábamos que podía haber, además de los graves hechos que hoy se van a dar cita, intereses políticos que requerían la intervención del emperador. Fue un error del que pedimos disculpas al césar y al juez.

Adriano se mostró pensativo. No le convencían los argumentos del abogado. Una acusación así y la retirada de la súplica no era habitual, pero decidió, dada la repercusión que estaba teniendo la causa, quedarse para presenciar el juicio.

—¿Deseas continuar con esta causa tras la acusación? —preguntó el césar al juez.

—Continuaré dirigiendo la misma, pero no voy a permitir que se ponga en duda mi honestidad —dijo visiblemente enfadado y envalentonado Juvencio Celso, el magistrado, por el apoyo del emperador—. No es a mí a quien se juzga y no toleraré más insultos como ese. Estoy aquí para dictar sentencia de un modo justo, no volveré a permitir la más mínima duda sobre mi integridad. ¿He sido suficientemente claro?

—No pretendía ofenderte, magistrado, un desagradable malentendido por el que reiteramos nuestras disculpas. Nos tranquiliza saber que la naturaleza del juicio será justa para ambas partes.

—Prosigamos, pero espero, por tu bien, que puedas acusar con algo más que sospechas si deseas ganar esta causa —zanjó Adriano.

Tito Flavio respiró aliviado, había salido tal y como buscaba. Si bien era muy grave acusar a un magistrado de cohecho, conocía lo suficiente a Juvencio Celso para saber que era tan arrogante y se sentía tan orgulloso de llevar personalmente este juicio que ni siquiera una acusación lo privaría de su momento de gloria. Marco y él habían convenido que esa estrategia era arriesgada, pero consideraban imprescindible la presencia del césar en el juicio.

—Puede comenzar la acusación —comentó de nuevo el juez haciendo un gesto al encargado de las clepsidras de hacer girar la primera de ellas.

Marco respiró profundamente. Se levantó de su silla con decisión y, con el paso firme, se dirigió hasta el centro de la *rostra*, consciente de que todas las miradas estaban puestas en él. Cualquier duda, cualquier tropiezo, cualquier indecisión serían considerados como un mal augurio.

—Mi césar, magistrado, padres conscriptos y pueblo de Roma. Nos encontramos hoy aquí para tratar de demostrar que esos tres hombres —dijo señalando con el dedo a los chicos acusados— violaron y dieron muerte a decenas de prostitutas...

—No estamos aquí para juzgarlos por la muerte de esas infames —comentó molesto Lucio Neracio Prisco, el abogado defensor, levantándose.

—Magistrado, pretendo demostrar que los hombres que dieron muerte a las prostitutas fueron los mismos que asesinaron a Valerio Iucundo y violaron a Cornelia Flavia —argumentó Marco.

—Continúe —dijo el juez.

—Decía que estos tres hombres violaron, asesinaron y mutilaron a decenas de prostitutas por las calles de Roma con total impunidad. La condición social de las víctimas las impide defenderse y obtener justicia, pero la valentía de un hombre quiso que esas muertes no quedaran impunes. Nosotros lo desoímos. Su voz no sonó lo bastante alta para que le prestáramos la debida atención, pero eso no fue suficiente para que cejara en su empeño de demostrar que son más infames esos tres salvajes que hoy se sientan ante nosotros que las pobres víctimas que nada podían hacer para defenderse. Ese hombre, asesinado vilmente por los acusados, ese respetado miembro de nuestra sociedad a quien todo el mundo admiraba era Valerio Iucundo, que la tierra le sea leve. —Marco hizo una pausa para que sus palabras calasen—. Todos lo conocían como el abogado que defendía a las mujeres. Un hombre justo, que encontró el mismo destino que las víctimas para quienes pedía justicia. Hallaron su cuerpo torturado. Probablemente había padecido un dolor indescriptible antes de morir. Su rostro... —Marco tuvo que respirar compungido ante el recuerdo de su mentor— apareció con tres profundos cortes que los asesinos hicieron para dejar su seña, como si de una marca personal se tratara, como la cera de un pergamino que se firma con un anillo. La misma seña de identidad que lucían las prostitutas a las que los acusados dieron muerte. El motivo es que se acercaba peligrosamente a la verdad y había descubierto que estos tres hombres, que se sientan hoy ante nosotros, eran los culpables. Lo asesinaron. Pero no satisfechos con este execrable crimen, y viendo que sus actos seguían indemnes, los acusados quisieron dar muerte a Tito Flavio, senador y *magister* del Collegium Iuvenum de Reate, y amigo íntimo de Valerio Iucundo, quizá por el mismo motivo que los condujo a acabar con su abogado; las pistas conducían siempre a ellos. Once días antes de las calendas de enero,[1] mientras la ciudad de Roma disfrutaba de las Saturnales, los tres acusados irrumpieron en su domicilio en el silencio de la noche para dar muerte, ante sus familiares y sus esclavos, a este buen ciudadano romano. —Marco fue levantando la voz—. Los dioses quisieron que esa noche Tito Flavio no se encontrara en su domicilio, pero eso no fue óbice para que esas bestias acudieran a la habitación de una de sus hijas y violaran salvajemente a Cornelia Flavia. Estos tres hombres lo hacían creyendo que violaban a una de las hijas de Valerio Iucundo, como si darle muerte de un modo tan atroz no fuera suficiente. Como si quisieran regodearse con el abogado incluso después de muerto. —Marco tomó aire visiblemente afectado—. Roma se fundó bajo el mandato de siete reyes y, tras la violación de Lucrecia a manos de la tiranía del hijo de Tarquino el Soberbio, rey de Roma, el destino de nuestra ciudad cambió para siempre. Aquello llevó a la joven a darse muerte por la vergüenza que recorría su piel. ¿Acaso es necesario recordar lo que ocurrió entonces? El ultraje hizo resquebrajar los pilares de nuestra historia y nos trajo nuestra conocida república. Si permitimos que la ley no caiga sobre los acusados, si permite el magistrado que esos hombres salgan indemnes de estos graves delitos, corremos el riesgo de repetir nuestra historia y pondremos en peligro nuestro Imperio. Yo le imploro que condene a esos hombres, magistrado. Solicitamos que se les sentencie a la pena capital.

1. 22 de diciembre.

Marco tomó asiento observando a Tito Flavio, quien le devolvió la mirada asintiendo con la cabeza. Había sido un buen discurso preliminar, pero no le pareció excesivamente contundente.

El reputado abogado, miembro del Senado y excónsul, Lucio Neracio Prisco se levantó. Era un hombre acostumbrado a ser escuchado y avezado en todo tipo de causas. Con un tono de voz solemne se dirigió a los concurrentes.

—Mi césar, magistrado, padres conscriptos y pueblo de Roma. ¿Por qué estamos hoy aquí? Las palabras de mi colega sobre nuestro tristemente desaparecido Valerio Iucundo sin duda nos han conmovido a todos. Los delitos que ha detallado el abogado acusador son excesivamente graves, pero ¿por qué no estamos buscando a los verdaderos culpables? Lo preguntaré de otro modo, magistrado, ¿por qué se juzga a tres de los hombres cuyo *gen* y estirpe es de los más ilustres de Roma y cuyo futuro es el más esplendoroso de todos los jóvenes patricios? —Quinto hizo una más que meditada pausa—. Yo le responderé, magistrado: por la envidia.

Un rumor de voces empezó a sonar entre el público que acudía al foro.

—La envidia. —Neracio Prisco continuó levantando la voz y acercándose hasta donde estaba Hostiliano, colocándose detrás de él—. De un hombre que creemos honorable y a quien, además, muchos de los senadores que aquí nos hallamos en el pasado le confiábamos a nuestros hijos para que los educara en unos valores que consideramos indispensables en aquellos que están llamados a dirigirnos en el futuro. —Neracio colocó las manos encima de los hombros de Hostiliano, que se mostraba visiblemente abatido—. La envidia y el rencor de Tito Flavio a este honrado y venerable hombre es el verdadero motivo que nos ha traído hoy hasta aquí. Todos conocemos a Hostiliano, tengo la suerte de contarlo entre mis amigos. ¿Es así como Roma paga a los hombres que diariamente se dejan hasta la última gota de sudor, hasta su último aliento, por este Imperio, acusándolo junto a sus chicos de actos tan viles? Y lo más importante, ¿se merece un hombre de su talla semejante difamación en su reputada honradez? Y todo ¿por qué? —Neracio se dirigió ahora adonde estaban sentados los tres acusados—. ¿Quizá porque estos tres brillantes jóvenes el año pasado consiguieron vencer en todas las categorías a los hombres de Tito Flavio? ¿Qué pensarían antepasados como Julio César, que afirmaba que prefería ser primero en una aldea que segundo en Roma? ¿En qué tiempos vivimos para que el precio que han de pagar nuestros jóvenes, por destacar en nuestra sociedad, sea la muerte? Magistrado, este será un juicio sin pruebas porque no las hay. Prepárense para una causa sin ninguna evidencia, simplemente porque no existe nada contra los hombres a los que defiendo, salvo la envidia. La envidia de Tito Flavio a Hostiliano por recuperar una hegemonía que ya no posee. No debería sorprendernos, pues, que la acusación haya comenzado su alegato difamando al magistrado sin ninguna otra evidencia, salvo la sospecha, y eso es lo único que veremos hoy aquí, sospechas infundadas.

Lucio Neracio Prisco se sentó, satisfecho, mientras el rumor sobre su excelente intervención corría de boca en boca por el foro.

—Tu turno de nuevo, abogado —dijo el *magister.*

—Deseo llamar como testigo a Tiberio Trebio, ayudante del prefecto de la ciudad —dijo Marco.

Tiberio subió al estrado con su característico cálamo de pluma con el que hurgaba sus dientes y que guardó entre los pliegues de su toga mientras tomaba asiento.

—¿Puedes indicarnos cuál era tu ocupación hace aproximadamente dos años? —preguntó Marco.

—Era el ayudante del pretor.

—¿Y puedes decirnos qué fue lo que encontraste en las calendas de septiembre de ese año?

—Dímelo tú, abogado. Como ayudante del pretor urbano en una ciudad como Roma, son muchas los accidentes y las circunstancias a las que debía acudir, ¿a cuál de ellas te refieres?

Un pequeño murmullo de regocijo y risas corrió entre parte del público. Marco vio que ese hombre no se lo iba a poner fácil.

—Imagino que no todos los días se da el asesinato de una gladiadora.

—Supongo que se refiere a la mujer negra que encontramos. No sabía que fuera una gladiadora. ¿De verdad lo era?

—¡Aquí las preguntas las hago yo! —gritó Marco empezando a perder la paciencia—. Supones bien, sabes perfectamente a quién me refiero. ¿Qué recuerdas de aquel día?

—No mucho. Estaba muerta cuando llegamos, no pudimos hacer nada por ella. Era una infame, nadie reclamó su cadáver, así que la enterramos en una fosa.

—¿Cómo la encontraron?

—Ya se lo he dicho, muerta.

De nuevo el murmullo de risas corrió entre el público.

—¿Recuerdas que tuviera signos de haber sido salvajemente violada, golpeada y asesinada? —preguntó Marco levantando la voz.

—Puede ser, pero apenas lo recuerdo.

—¿Recuerdas que su rostro estuviera cercenado por tres enormes cortes?

—No.

—¿Tampoco recuerdas que hubieran arrancado la piel de su muslo?

—No me fijé en los detalles.

—¿Hubo algún testigo del asesinato?

—Creo recordar que un herrero.

—¿Lo interrogaron?

—Uno de mis legionarios lo hizo.

—¿Qué recuerdas de aquella declaración?

—Nada, yo no lo interrogué.

—¿No recuerdas que viera a tres jóvenes dejar el cuerpo y que esos tres jóvenes vestían una capa propia de los *collegia*?

—No, no lo recuerdo, ya le he dicho que no pudimos hacer mucho por ella.

—¿No pudisteis o no quisisteis?

—¡Por todos los dioses, está presionando al testigo! —grito Lucio Neracio Prisco.

—No hay más preguntas, magistrado —interrumpió Marco.

—Su turno —dijo el juez.

Hostiliano sonrió para sus adentros. Tiberio había hecho justo lo que le habían pedido, contestar con evasivas, decir que apenas recordaba nada y confundir a Marco. Había invertido bien los sestercios con los que compró su declaración. Neracio Prisco se levantó de nuevo triunfante.

—¿Puede señalar el testigo a los asesinos de tal despreciable homicidio? —preguntó el abogado.

—No puedo, no tengo la más mínima idea —contestó Tiberio.

—¡Vaya!..., pero ¿no estabas allí?

—Yo tan solo acudí para llevarme el cuerpo a la fosa.

—Y ¿entonces puedes decirme quién o quiénes pudieron ser los asesinos?

—Ya he dicho que no tengo la menor idea.

—Pero ¿no sabes quién mató a Valerio Iucundo o quién violó a Cornelia Flavia?

—No.

—¿Y eras el ayudante del pretor el día que asesinaron a Valerio Iucundo?

—No.

—¿Y tienes alguna pista que pueda esclarecer su muerte?

—Ninguna.

—¿Fuiste a casa de Tito Flavio cuando violaron a su hija?

—Ya no era ayudante del pretor; por lo tanto, no, no fui.

—No lo entiendo, si no tienes ninguna respuesta sobre ninguno de los hechos que hoy se juzgan, ¿qué estás haciendo aquí?

—No lo sé, pregúntaselo al otro abogado.

Las risas ya eran descontroladas entre el público. Valeria miraba con el rostro serio entre el gentío, el juicio no iba por buen camino.

Lucio Neracio Prisco siguió durante bastante tiempo con la estrategia de ridiculizar y desprestigiar al abogado acusador a través del testigo.

Tito Flavio se acariciaba el puente de la nariz. A pesar de que el juicio no iba por buen camino, aún quedaba el herrero, el testigo más importante.

Hostiliano miraba satisfecho a uno y a otro lado. Estaba resultando más sencillo incluso de lo que había pensado. De momento, la acusación no había presentado ninguna prueba contundente que situara a sus chicos en ninguno de los crímenes. No había nada contra ellos. Solo un testigo que podía ponerles en un serio aprieto, pero de nuevo sonrió al pensar cómo se había ocupado de él.

—Lamento profundamente, Tiberio, haberte hecho venir aquí para perder el tiempo —continuó Neracio Prisco—. Puedes marcharte si, tal y como has referido, no tienes ninguna pista que esclarezca quién pudo asesinar a Valerio Iucundo y violar a Cornelia Flavia.

Juvencio Celso tomó la palabra:

—¿Quieren llamar a algún otro testigo?

—Deseo llamar a declarar al herrero que puede dar fe de que esos hombres son los culpables —respondió Marco.

Nadie entre el público se movió. Las cabezas giraban a uno y otro lado sin encontrar al hombre que, supuestamente, podía reconocer a los asesinos.

Marco miró a Flavio inquieto, ese testigo era crucial. Hostiliano interpretaba con aire apenado la ausencia de noticias sobre el herrero.

El rumor de voces empezó a inquietar tanto al juez como al emperador.

El magistrado hizo un gesto para que se guardara silencio.

—Que dos legionarios acudan a su taller para traer a ese hombre y que pueda dar testimonio. Mientras tanto, haremos una pausa para que los abogados preparen sus discursos.

Juvencio Celso se levantó y se dirigió hacia el emperador y el prefecto de la ciudad. Marco hizo lo propio con Tito Flavio, y los acusados también se reunieron junto a su abogado y Hostiliano. Cada grupo conversaba en voz baja y analizaba las sensaciones del juicio, las declaraciones y todos los detalles. Nadie albergaba la más mínima duda, la causa no pintaba bien para la acusación. No se había presentado ninguna prueba contundente que involucrara a los detenidos en la muerte de Valerio Iucundo y la violación de Cornelia Flavia. No había nada a lo que aferrarse, ni siquiera la duda.

—Por todos los dioses, ¿dónde está ese hombre? —preguntó Marco.

Tito Flavio no contestó, concentrado en ver de qué manera podían dar la vuelta a la situación.

En el público Valeria, Domicia, Probus y Thais se observaban en silencio. Sus miradas eran pesimistas. La causa no iba como ellos esperaban, pero ninguno quiso verbalizarlo. Tampoco eran ajenos a los comentarios del público y a aquellos que, incluso, se mostraban enojados por permitir que tres brillantes hombres se sentaran acusados sin mayor prueba que la sospecha.

La impaciencia empezaba a hacer mella en unos y otros y el juicio corría el riesgo de aplazarse cuando los dos legionarios que partieron en busca del herrero regresaron.

Hostiliano miro a los chicos, quienes le devolvieron la mirada con complicidad. Marco cerró los ojos y maldijo por dentro al ver que los dos hombres regresaban solos.

XXXIX

Ostia, 128 d. C.

Helena se ejercitaba con la misma intensidad que en su antiguo *ludus.* Los entrenadores de Hostiliano estaban sorprendidos de la fuerza y la resistencia que poseía la joven. No habían visto nada igual en una mujer. Cuando terminaran los Ludi Iuvenales, para los que solo faltaba una semana, iría al *ludus* que Hostiliano poseía en Roma y allí, seguramente, el público acudiría al anfiteatro no solo para satisfacer sus fantasías sexuales, sino también para disfrutar de su lucha. Hostiliano había ordenado encontrar rivales a su altura, los romanos eran muy exigentes y les gustaba ver combates igualados. Estaba convencido de que Amazona le haría ganar una gran suma de dinero.

Helena, desde que había llegado un mes antes, dormía junto a las esclavas que limpiaban y atendían el *collegium.* A pesar de las esperanzas que habían vertido sobre ella, no había recibido ningún trato de favor. Pensó que, al menos, allí no obligaban a las siervas a acostarse con los jóvenes, como Flavia en el Ludus de Halicarnaso. Helena pensó que seguramente fuera porque aquellos chicos eran los más distinguidos de la sociedad romana. Entrenaba durante gran parte de la mañana y por la tarde. Dado que las esclavas no tenían la más mínima formación en combate y no eran rivales para ella, la gladiadora se ejercitaba junto a los otros jóvenes, que ya habían empezado a respetarla. Afortunadamente, los brotes a los que tanto temía no se habían repetido. Sin embargo, no había habido un solo día ni una sola noche que no pensara en Lü. Le había sorprendido que se fuera sin despedirse, pero entendió que su antiguo entrenador no podría soportar separarse de ella después del inmenso amor que había nacido en su corazón. Aun así, Helena tenía la extraña sensación de que Lü no se había ido del todo, que no había regresado a Halicarnaso y que una parte de él seguía allí con ella.

Durante los últimos días el ambiente en el *collegium* había sido más tenso de lo habitual. El juicio que se estaba llevando a cabo esa jornada en Roma lo había vuelto insoportable. Hostiliano estaba especialmente irascible y había azotado con dureza a esclavos por cualquier nimiedad, como una excusa para desahogar su ira.

La joven estaba entrenando con un *doctore.* Cargaba un escudo de mimbre y habían lastrado su cuerpo para que le costara moverse con tanto peso, de ese modo ganaría en agilidad cuando se desprendiera de las pesas.

—¡Vamos, Amazona! —decía el *doctore*—. Lo estás haciendo bien.

Helena sudaba profusamente ante la atenta mirada de Julio, uno de los procuradores que la habían llevado a Ostia. A pesar de la ausencia de Hostiliano, el entrenamiento no había bajado ni un ápice en su intensidad. Si a la vuelta del *magister* cualquier detalle le hacía pensar que se habían relajado durante su partida a Roma, las consecuencias serían nefastas.

Helena se agachaba esquivando los ataques y se volvía a levantar, sus muslos ardían como consecuencia del entrenamiento. En uno de los movimientos sintió que perdía el equilibrio y cayó al suelo.

—¡Vamos, levántate! —gritó el *doctore*—. Puedes hacerlo mejor.

Helena se puso de pie, pero notó que algo no iba bien. No tenía la fuerza de costumbre y estaba especialmente fatigada. Empezó a temer que fuera a sufrir uno de sus ataques y eso la hizo desconcentrarse. Recibió un fuerte golpe de su entrenador y de nuevo cayó al suelo.

Intentó levantarse, pero debido al peso que llevaba encima, subió con fuerza la cabeza y, al igual que le ocurrió en Halicarnaso, sintió como si miles de agujas se clavaran en su columna vertebral y se concentrasen en su estómago. De nuevo el dolor irrumpió con fuerza en cada extremidad, en cada poro de su piel.

El *doctore* se acercó preocupado gritando su nombre, pero Helena no oía nada a su alrededor, tan solo deseaba que el dolor remitiera. Julio se acercó también con el rostro serio, más por las consecuencias que podía acarrear por culpa de Hostiliano que por la salud de la joven.

Los chicos se empezaron a acercar sorprendidos por los gritos de dolor de Amazona.

—Haz que vengan varias esclavas, que le den paños de agua fría para ver si consiguen calmar sus dolores —dijo Julio al *doctore*—. Vuelvo enseguida.

—¿Adónde vas?

—A buscar ayuda —respondió el procurador.

Julio salió a toda prisa del *collegium*, tan nervioso que no recordaba el lugar que debía buscar. Trató de hacer memoria, quizá si leía el nombre de la hospedería lo reconocería. Recorrió varias calles de Ostia sin éxito, algunas varias veces. Se maldecía a sí mismo por haber olvidado un detalle que ahora le parecía vital.

Entró por una calle que aún no había recorrido y leyó un nombre que le resultó conocido. A medida que lo repetía en su cabeza, más seguro estaba de que aquel podía ser.

Finalmente entró convencido en el establecimiento llamado Las Tres Garzas, donde el hombre de ojos rasgados le anunció que se hospedaría por si necesitaba su ayuda.

Julio observó el local, aquel sitio apestaba. Se dirigió al dueño:

—Estoy buscando a alguien que se aloja en este establecimiento.

Graco lo miró con desconfianza, siempre que alguien acudía buscando a otra persona había problemas.

—¿Algo de beber? —preguntó sin inmutarse.

—Ahora no tengo tiempo, es importante que me diga si un hombre de ojos rasgados se hospeda aquí.

—No sé de quién me habla.

—Necesito que me diga si está aquí.

—La especialidad de la casa es la carne de garzas. Si viene buscando a las tres chicas, están ocupadas toda la semana.

—Le pagaré, pero contésteme, ¿hay aquí un hombre de ojos rasgados? No recuerdo su nombre, pero una joven necesita su ayuda.

De entre las mesas, alguien que había escuchado la conversación se puso de pie y se acercó.

—¿Se trata de Helena?

Julio reconoció a Lü bajo la capa con la que se había ocultado.

—¡Por todos los dioses, te he encontrado! Sí, se trata de la gladiadora que vino contigo, Amazona. Ha sufrido una especie de ataque, no sabemos qué le ocurre. Recordé que me dijiste que si algo iba mal podíamos encontrarte aquí.

—Vayamos.

Lü le hizo un gesto a Graco, que asintió con la cabeza. No le hubiese delatado por nada del mundo, no era fácil encontrar clientes que, como aquel extraño hombre de ojos rasgados, pagaran bien y no dieran problemas.

Julio y Lü se dirigieron a toda prisa al *collegium*.

Cuando llegaron, Helena dormía encima de un jergón algo más recuperada. El brote parecía haber remitido. Varias esclavas cuidaban de ella.

Lü respiró profundamente al volver a ver a su amada. Sin pensarlo dos veces, sacó de su bolsa de piel sus agujas de marfil y, como en otras muchas ocasiones, fue colocándoselas a Helena en los puntos en los que solía hacerlo. Pidió un mortero y extrajo la amalgama de hierbas que cada semana compraba frescas por si le necesitaban. Sabía que no tardarían en hacerlo. Durante el mes que había estado en Ostia, la mayor parte de los días se hacía pasar por un mendigo y se instalaba en la puerta del *collegium.* Allí se pasaba las horas esperando ver si Helena salía por algún motivo, hasta que anochecía y entonces regresaba a la hospedería.

Cuando terminó de elaborar la pasta, levantó con cuidado el cuello de su amada y le colocó la mezcla en la boca.

Helena abrió los ojos y lo vio.

—Lü, ¿eres tú?

—Soy yo.

—¿Has vuelto?

El hombre de ojos rasgados asintió con la cabeza mientras las lágrimas asomaban a sus ojos.

—Nunca me he ido. Nunca te abandonaré.

XL

Roma, 128 d. C.

El público asistente al juicio esperaba expectante cuando los dos legionarios regresaron sin rastro del herrero que debía testificar.

Uno de ellos se acercó a Juvencio Celso y le susurró algo al oído. El magistrado hizo un gesto de asombro. El juez miró al emperador y a los abogados con el rostro serio, antes de anunciar:

—Han encontrado muerto en su taller al herrero.

Tito Flavio se llevó las manos al rostro, desolado. Era un golpe duro. En el foro, el público comenzó a comentar sus impresiones a voz en grito, y el juicio se convirtió en una algarabía.

—¡Magistrado! —dijo Marco levantando la voz para que sonara por encima del bullicio—. Ese hombre era mi principal testigo.

—A menos que creas que tengo la capacidad de ir hasta el reino de los muertos y sacarlo de la barca de Caronte, poco más puedo hacer, abogado —comentó el juez.

—Esos hombres —dijo Marco señalando a Hostiliano y a sus chicos— son los responsables de su muerte, ¿quién si no iba a asesinar a un testigo principal y al único que podía identificarlos?

Lucio Neracio Prisco se levantó con gestos teatrales.

—¿Quién ha dicho que lo hayan asesinado? Empezamos a estar cansados, al igual que el público, de las graves incriminaciones sin fundamento que dejan en evidencia a la acusación. —Neracio señaló con el dedo de forma intimidatoria a Marco—. ¡La defensa lamenta más que nadie el fallecimiento de ese pobre hombre! Sin duda, el único capaz de demostrar que los acusados nada tuvieron que ver con la muerte de esa prostituta y mucho menos fueron responsables del asesinato de Valerio Iucundo y de la violación de Cornelia Flavia. Estamos consternados ante tal noticia, esperábamos ansiosos el testimonio de ese herrero que pudiera revelar, de una vez por todas, que esos tres chicos son inocentes y que lo único que mueve a la acusación es la envidia.

Marco estaba abatido.

—¿La acusación o la defensa desean llamar a algún otro testigo? —preguntó el juez intentando poner orden.

Neracio se adelantó.

—Si, magistrado. Para terminar con esta inicua causa, más propia de una obra teatral de Plauto que de un Estado civilizado como el nuestro, y para demostrar, si acaso no lo está ya, la inocencia de los acusados, quiero llamar a declarar a la víctima, Cornelia Flavia.

Tito Flavio se levantó indignado.

—¡No permitiré que mi hija sea expuesta al escarnio público!

—Su testimonio será crucial para dejar limpia, como una toga blanca puesta al sol, el honor y el prestigio de los injustamente acusados —comentó Neracio—. La defensa no pretende desprestigiar el buen nombre de una ilustre *femina*, no pretende humillar el *gen* Flavio vinculado incluso a emperadores en el pasado, ni regocijarse en su tormento. La vida de tres pobres inocentes está en juego y solo buscamos la verdad.

Juvencio Celso se llevó la mano al mentón. En sus juicios nunca permitía que las mujeres subieran a declarar, salvo que fueran quienes realizaran la acusación. A su entender, eran inestables y sus declaraciones estaban movidas más por el sentimentalismo que por la razón. Pero esa mujer era una ilustre *femina*, solo por ese motivo accedería a la insólita petición.

—Que suba a declarar Cornelia Flavia. Pero te advierto, abogado —dijo refiriéndose a Neracio—, no permitiré que profundice en el dolor de esa pobre mujer y ni por asomo consentiré que se manche su reputación por un acto en el que la joven no ha tenido la más mínima culpa.

—Doy mi palabra, magistrado, al igual que a Tito Flavio, el padre de la pobre víctima.

Cornelia Flavia subió al estrado de la *rostra* sintiendo los cientos de ojos que se posaban sobre ella. Vestía una *stola*, una discreta túnica de color verde y, sobre la cabeza, un manto que prácticamente dejaba su rostro oculto.

La hija de Tito Flavio se sentó y se descubrió un poco la cabeza.

Neracio Prisco se dirigió a ella:

—Lamento profundamente los aborrecibles actos que se cometieron contra ti. No pretendo hacerte recordar, más de lo verdaderamente necesario, los hechos que ocurrieron la noche once días antes de las calendas de enero.

El abogado hizo un gesto para que seis chicos subieran al estrado y se colocaran delante de los acusados.

—¿Puedes decirme si alguno de estos chicos que acaban de subir fue alguno de los que abusaron de tu cuerpo esa noche?

Cornelia levantó la cabeza y observó a los jóvenes para negar con la cabeza.

—¿No puedes decir si alguno de estos seis hombres fue quien te violó?

—¡Por todos los dioses! —dijo Tito Flavio con el rostro colorado por la cólera.

—Mis disculpas —contestó el abogado—. ¿Puedes reconocer entre estos seis hombres a quienes cometieron un acto tan abyecto?

—No.

—Vaya. ¿Y puedes decirme por qué?

—Porque no les vi el rostro. Todo estaba a oscuras, siempre duermo con una lucerna, pero la habían apagado.

El abogado hizo un gesto a los seis jóvenes para que bajaran.

—Y no puedes entonces, por la misma razón, señalar a ninguno de los hombres que están hoy acusados.

Cornelia negó con la cabeza.

—¿Y puedes dar fe si fueron estos? —dijo señalando al azar al público—. ¿O decirme si quizá fueran esos? ¿Por qué no? Yo te responderé: no puedes identificarlos simplemente porque no fueron estos hombres, no los viste, por tanto es imposible saberlo. Estaba oscuro y en la oscuridad de la noche todos los hombres somos iguales. No hay ninguna forma de que puedas identificar a los agresores que cometieron el abominable y condenable acto contra tu persona.

—Tan solo oí sus voces. Eran dos hombres, decían que habían prometido a Valerio Iucundo, antes de asesinarlo, cuidar de sus hijas y que estuviera tranquila, no dejarían las marcas de las prostitutas en mi rostro. Creían que yo era Valeria Iucunda o su hermana.

—¿Dos? La acusación ha denunciado a tres hombres.

—Solo fueron dos.

—¿Y podrías reconocerlos por las voces, teniendo en cuenta que estabas asustada y que te despertaste sobresaltada?

—No —dijo Cornelia a punto de echarse a llorar.

Neracio miró las clepsidras, a ambos les quedaban tan

solo una. Aprovechando el testimonio de Cornelia, levantó la voz para lanzar su alegato final dirigiéndose al magistrado y al público del foro.

—Todos conocéis mi honestidad, no habría aceptado este caso de no creer en la inocencia de estos jóvenes. Son hijos de los mejores senadores, cuya *gen*, a lo largo de los años, ha contribuido a que las fronteras de Roma sean más extensas de lo que han sido nunca. —Neracio hizo una pausa esperando que su introducción calase—. A estos chicos les espera un futuro tan brillante como ellos mismos. Magistrado, a la única conclusión cierta a la que hemos llegado hoy aquí es que esta causa no debería haberse celebrado. Nada ni nadie ha podido presentar ninguna prueba, ninguna, contra estos pobres jóvenes simplemente porque ellos no fueron. Lo único que podemos reprocharles es que el año pasado dejaran en evidencia al *collegium* de Tito Flavio. Ese es el verdadero motivo por el que están ahí sentados, la envidia del *magister* de Reate. Desde el comienzo del juicio los han acusado sin pruebas. Pero no han sido los únicos. También han inculpado a la defensa, solo con sospechas, de haber sobornado a nuestro admirado juez, reconocido por su trayectoria impoluta. Una acusación que no debería haber quedado impune. Y también, sin pruebas, se nos ha acusado de la muerte del herrero, el único testigo que podía reconocer a los asesinos. Nos señalan a nosotros, que estamos consternados y abatidos por la muerte de un hombre que podría haber puesto fin a esta pantomima, confirmando que esos tres brillantes jóvenes no se encontraban en aquel lugar y que no son quienes deberían estar hoy aquí sentados. —Neracio levantó la voz—. ¡Por la buena disposición de los dioses! Nos hemos visto obligados a hacer subir al estrado a Cornelia Flavia, una mujer cuya presencia aquí arriba nos conmueve a todos, que, además, en su desgarrador testimonio, asegura que fueron dos hombres y la acusación denuncia que fueron tres. Que no puede reconocer a las viles almas que le causaron un dolor inimaginable, simplemente porque no sabe quiénes fueron. Pero ¿ella es la única víctima que está hoy aquí sentada? No, magistrado, estos tres acusados son también víctimas. Y yo le pregunto al pueblo de Roma: ¿vamos a privar a nuestro Imperio de tres jóvenes cuyas virtudes nos diferencian del resto de pueblos? Piense, magistrado que dirige esta causa, ¿qué mensaje daremos a las juventudes venideras si condenamos sin pruebas? Les diremos que la virtud, que durante sus vidas debería ser su compañera para alcanzar la gloria, se convertirá en su muerte. Y que la envidia, aquella propia de los pueblos bárbaros, triunfará por encima de todas las virtudes romanas, porque si es así, si esa es la Roma que queremos, yo, Lucio Neracio Prisco, me avergüenzo de ser romano.

Neracio terminó su discurso señalando con el dedo al foro mientras su clepsidra llegaba a su fin. Los acusados sonreían viendo su libertad cada vez más cerca.

El público estalló en clamores. La falta de pruebas y sobre todo el alegato del abogado defensor habían terminado de convencerlos.

—Tu turno, abogado —dijo Juvencio Celso.

Marco no se levantó. Seguía pensativo y con aspecto fracasado. Pensó en Valerio Iucundo y en cómo habría él dado la vuelta a un juicio que se presentaba complicado. Solo había una opción, ser valiente.

—¿Abogado? —preguntó el juez ante la atenta mirada de los acusados, del emperador y de todo el foro.

—Quisiera llamar a declarar a la víctima —dijo finalmente Marco.

Todo el foro y la defensa se echaron a reír.

—Abogado, tiene a la víctima en el estrado —dijo el juez paciente.

—No me refiero a esa víctima. Quisiera llamar a declarar a Thais, una mujer que se halla en el público y que también sufrió la violación de esos tres hombres.

Neracio Prisco, atónito, miró con ira a Hostiliano, que se encogió de hombros mientras los tres acusados agachaban la cabeza.

—Estamos aquí para aclarar la causa del asesinato de Valerio Iucundo y la violación de Cornelia Flavia, por tanto, ¿quién es esa mujer? —preguntó Juvencio.

—Es la única prostituta que pudo sobrevivir a la violación de estos tres hombres.

—¡Magistrado! No permitirá que una *mulier*, una prostituta, suba a declarar. Nuestras leyes lo impiden —dijo completamente fuera de sí Neracio Prisco.

—Conozco perfectamente las leyes, abogado, y ahora que todo el mundo guarde silencio o proseguiremos la causa en el basílica Emilia a puerta cerrada —dijo enojado Juvencio Celso.

Marco miraba al juez impaciente, delante de sus ojos se encontraba su única opción para demostrar la culpabilidad de los acusados.

—¿Dónde crees que estamos? —dijo el juez mirando a Marco—. ¿Crees que voy a permitir en mi juicio la presencia de una infame, de una mujer cuya reputación y modo de vida disoluta degrada la moral romana?

—Ya han oído a la anterior testigo. Los hombres que mancillaron su cuerpo fueron los mismos que violaban y asesinaban a las prostitutas, y aquí tenemos a una que ha sobrevivido para contarlo y puede dar fe de que ellos son los culpables. ¿Es únicamente la infamia el motivo por el que prohibimos a esa mujer subir al estrado?

—¿Le parece poco motivo, abogado? No permitiré a esas denigrantes mujeres ensuciar mi estrado, son paradigmas del deshonor que atentan contra la dignidad de la alta ciudadanía, contra la moral que debe adornar a un romano.

—Le repetiré la pregunta, magistrado. ¿El único motivo por el que niega que suba es por ser una infame?

—¡Por supuesto que sí! —dijo el juez perdiendo la paciencia.

—Si el único motivo por el que nos privamos de escuchar el testimonio de esa mujer es la infamia, quisiera entonces llamar a declarar a Probus, el exgladiador.

Juvencio Celso se volvió rojo de la ira.

—¿¡Acaso pretende, abogado, reírse de este tribunal!?

—El juez ha indicado que el único motivo es la infamia. Clodio Elio, que es el verdadero nombre de Probus, es un *rudiarius*, liberado por el emperador, aquí presente, hace cuatro años en el anfiteatro de los Césares. ¿Va a negar la ciudadanía a un hombre que ha sido manumitido por el mismísimo césar?

El emperador, Publio Elio Adriano, entendió que esa era la causa por la que habían solicitado su presencia. Una acción, a su entender, brillante. Ningún juez, senador o miembro de la sociedad podría negar que un hombre liberado por él mismo y que había adoptado su segundo nombre era un ciudadano romano.

Juvencio Celso no tuvo más opción que aceptar, a pesar de no estar de acuerdo.

—Sea —dijo delatando su disgusto.

Probus se bajó la capucha de la capa, ante la sorpresa de las personas que tenía a su lado y que no lo habían reconocido, y se dirigió al estrado.

—¿Cuál es tu nombre? —preguntó Marco.

—Mi nombre es Clodio Elio.

—¿Fuiste un gladiador liberado por el emperador aquí presente?

—Así es.

—Cuéntanos lo que ocurrió el mismo día que el emperador te concedió la espada de la libertad.

—El combate había sido duro. Tenía un corte bastante feo en el estómago y preferí pasar esa noche en mi *domus* antes que en la enfermería del anfiteatro de los Césares, donde los lamentos de decenas de gladiadores me impedirían descansar. Salí a las calles de Roma y oí lo que parecían los gritos de auxilio de una mujer...

—¿Cómo estabas tan seguro? Era de noche y has dicho que estabas herido —interrumpió Neracio visiblemente nervioso.

—Magistrado, el abogado defensor ha terminado su tiempo, ruego permita al testigo hablar sin ninguna interrupción —solicitó Marco.

—Continúa con tu testimonio —ordenó el juez.

Neracio Prisco se movió incómodo y miró molesto a Hostiliano por no conocer la presencia de más personas implicadas.

Clodio continuó hablando:

—Me acerqué al lugar donde me pareció oír esas quejas y entonces la vi tirada en el suelo, parecía que estaba muerta. Pude ver a tres hombres que huían. Pensé hacer el esfuerzo de alcanzarlos, pero habría sido inútil. Además, la pobre chica necesitaba ayuda. Estaba malherida, inconsciente, respiraba con dificultad y temí por su vida. Sin pensarlo dos veces, cargué con ella y me dirigí al único lugar donde entendí que podrían atenderla.

—¿Cuál era ese lugar?

—La casa de Valerio Iucundo, era conocido por ser el abogado de las mujeres. Todos sabemos que las calles de Roma son peligrosas de noche. Tenía que pensar rápido y entendí que ningún médico me abriría la puerta y que la única opción era ir a ver al abogado. No me equivoqué, Valerio y sus hijas nos recibieron con una enorme hospitalidad. —Probus decidió omitir el suplicio del trayecto—. Hoy puedo decir con orgullo que ayudar a esa mujer ha sido lo mejor que he hecho en mi vida. Puede que para los ojos de Roma solo sea una prostituta, una infame de la clase y la condición más baja. Una *mulier* cuyo despreciable medio para subsistir era vender su cuerpo, pero para mí es la mujer más maravillosa que puede existir. Yo les pido que piensen qué ocurriría si cerráramos los ojos y la hiciéramos subir para escuchar su testimonio, su suplicio. ¿Distinguiremos sus lamentos de los de una *femina*? ¿Acaso si la oyéramos reírse notaríamos alguna diferencia con una dama de alta alcurnia? Entonces por qué no la vemos como a una mujer, por qué desoímos sus palabras y nos mostramos ciegos ante su dolor.

»He visto el miedo en los ojos de los hombres en cientos de ocasiones cuando se disponían a salir a la arena del anfiteatro. Hombres que serían capaces de luchar con sus propias manos contra el mismísimo dios Marte y cuyas piernas temblaban cuando les tocaba combatir. Sé reconocerlo, sé perfectamente a qué huele el miedo, y hoy lo he visto en esa mujer a la que no consideramos digna de subir aquí cuando se ha encontrado con sus atacantes. Podemos arrebatarle su dignidad, pero nunca podremos arrancar de sus entrañas el pánico que ha recorrido su cuerpo en cuanto ha visto a los cobardes que le provocaron un dolor del que nunca se recuperará. Ni el pavor que siente cuando se despierta de noche atormentada por las pesadillas, rememorando la angustia que vivió aquel día. Ni podremos quitar jamás el temor que la hace mirar atrás constantemente cuando paseamos por las calles de Roma.

»Hasta que no condenemos a esos hombres, nadie acabará con la vergüenza que recorre su cuerpo, no por haber sido algo que tanto detestan, una prostituta, sino cada vez que alguien posa sus ojos en los tres enormes cortes que luce en la cara y que esos hombres le produjeron. Por todo ello, solo cuando la justicia caiga sobre esos hombres brillantes que cometen actos horribles contra los más débiles, solo entonces estaremos orgullosos de ser romanos. Porque la mayor desgracia no es ser un infame, es merecerlo.

Marco miraba la clepsidra, quedaba muy poco.

—¿Puedes señalar si esos tres hombres se encuentran aquí?

—Por supuesto. Recuerdo perfectamente sus caras y Thais los reconocería a una milla de distancia. Son esos tres chicos —dijo señalando a Cneo, a Cayo y a Julio, los acusados—. Y si no me levanto y yo mismo les doy muerte por haber asesinado a Valerio Iucundo, por haber violado a Cornelia Flavia y a todas las prostitutas con las que se cebaron, es porque soy un ciudadano romano y no un infame con un futuro brillante.

El público estaba mudo, nadie parecía respirar. Hasta que estalló en vítores y clamó en abucheos hacia los culpables. Habían permanecido en un respetuoso silencio mientras Probus dio su versión de los hechos y habían creído cada una de las palabras que había pronunciado el exgladiador. Los legionarios tuvieron que subir al estrado para proteger a los acusados de la cantidad de fruta y verdura podrida que les lanzaban desde el foro, incluso la guardia pretoriana tuvo que salir a custodiar al emperador.

Un pequeño grito empezó en uno de los laterales y se fue extendiendo poco a poco por los cientos de gargantas hasta convertirse en un clamor que podía percibirse en varias calles a la redonda. Todo el foro al unísono voceaba la misma petición, como si estuvieran en un anfiteatro:

—*Iugula!, iugula!, iugula!*

Juvencio Celso, una vez que los ánimos se calmaron, decidió retirarse a deliberar junto al emperador y el prefecto de la ciudad, quienes fueron custodiados y alejados del tumulto que se había organizado.

Todo el mundo esperaba con tensión el dictamen del juez.

Tito Flavio se encontraba calmando a su hija. Seguía enfurecido porque hubieran mandado declarar a Cornelia Flavia. Marco se acercó a él y ambos respiraron, el plan había salido bien, ahora solo cabía esperar una sentencia favorable.

Probus bajó de la *rostra* mientras el público hacía un pasillo a su paso, para encontrarse con Thais, quien lo esperaba con los ojos inundados de lágrimas. Valeria y Domicia lo miraron con ternura y acariciaron su hombro cuando pasó a su altura, infundiéndole ánimos y reconociendo su testimonio. Todos los que se encontraban alrededor fueron testigos del beso de pasión que se dieron el gladiador y la prostituta. Desde ese momento todas las miradas se clavaron en Thais, que levantó la cabeza sin miedo alguno, con la valentía de no importarle lo que pensaran de ella. Sentía una enorme gratitud por Probus, por cómo había hablado de ella mientras testificaba pero, sobre todo, en su mirada, por primera vez en su vida, había un inmenso orgullo por sí misma.

Los tres acusados miraban a sus padres, convencidos de que estos harían todo lo que estuviera en sus manos para salvarlos.

Lucio Neracio Prisco hablaba con Hostiliano en voz baja, pero con el rostro colérico por desconocer la existencia del testigo que acababa de testificar.

—¡Por Júpiter! ¿Puede saberse cuál ha sido el motivo por el que desconocíamos la existencia de una prostituta viva? —le preguntó el abogado a Hostiliano.

—Estoy tan sorprendido como tú. De haberlo sabido, me habría encargado de ella —respondió el *magister* de Ostia.

—Esto nos puede costar el juicio. Agoté mi tiempo con Cornelia y perdí demasiado con el ayudante del pretor porque desconocía que la acusación tenía un testigo reservado. Me dijisteis que solo existía el herrero.

—¿Cuáles son las opciones? —preguntó el padre de uno de los chicos.

—El testimonio de ese gladiador puede ser determinante —dijo Neracio preocupado—. Lo más lógico es pensar que serán puestos en libertad. Si los declaran culpables, solicitaré una *relegatio* temporal. Un exilio sin pérdida de bienes, mantendrían la ciudadanía y en unos años podrán volver a Roma.

—¿Hay alguna opción peor? —preguntó uno de los senadores.

—Podrían condenarlos a la pena de muerte o a ser apaleados, pero dado que son hijos de senadores, no veo posible esa opción.

—Haz lo que sea, Lucio, pero por todos los dioses evita la pena capital.

Hostiliano temió que ese juicio pudiera ser su perdición. El *magister* pensaba con rapidez. Junto con otros senadores pertenecía a la sección de los optimates. Su organización, unos pocos hombres mucho más radicales, buscaban recuperar el pasado glorioso de Roma junto a las costumbres y las tradiciones que los habían llevado a conquistar el mundo conocido. No conseguían convencer al resto de los senadores y al emperador de abandonar las provincias menos prósperas y más costosas y recuperar el esplendor de la ciudad. Habían decidido tomarse la justicia por su mano.

La misión que le habían encomendado a él era sencilla: dar muerte a las prostitutas para limpiar Roma de toda la inmundicia que empezaba a habitar sus calles y marcarlas el rostro con el símbolo de la organización. Tres cortes en nombre de la triada capitolina: Júpiter, Minerva y Juno. Él mismo había llenado las cabezas de Cneo, Cayo y Julio con sus propias ideas para convertirlos en los brazos ejecutores. Todo iba bien hasta que ese Valerio Iucundo se entrometió. Aquella mujer que encontró era una de sus gladiadoras. Había perdido varios combates y mandó a los chicos que la mataran como si fuera una prostituta más, para que todos vieran lo que les ocurría cuando fracasaban, no pensaría que traería consecuencias.

Además de la confesión del herrero, quien vio a tres jóvenes con el uniforme de un *collegium*, Valerio los descubrió por el trozo de piel que faltaba en el muslo de la joven, la H de Hostiliano, sin duda ató cabos y descubrió quién estaba detrás. La organización ordenó asesinarlo, estaba demasiado cerca. Debía parecer un robo como tantos en Roma con un triste desenlace, pero los jóvenes cometieron el error de marcar su cara, con el símbolo de la triada, una acción desacertada que Hostiliano achacó a la juventud y la inmadurez. No pensó que le traería mayores problemas si seguían ciñéndose al plan. El único error era no haber acabado con las hijas de Valerio.

Cuando mandó asesinar a Tito Flavio, fue muy claro, debía parecer una muerte natural. Los chicos le dijeron que no estaba en su dormitorio y que se marcharon, pero obviaron decirle que habían violado a una de sus hijas. De nuevo las mujeres habían puesto en peligro todo el plan. Aun así, se había asegurado de abonar una generosa cantidad a Juvencio Celso para salir impune. Ahora lo más importante era actuar con normalidad.

El silencio se apoderó del foro cuando Juvencio Celso volvió a ocupar su puesto acompañado de varios pretorianos para que lo custodiaran una vez declarara la sentencia.

Neracio Prisco y Hostiliano se miraron con el rostro sosegado, ese gesto del juez era una buena señal, probablemente quisiera protegerse del público cuando fallara a favor de los acusados. Los senadores miraron al abogado, quien hizo un gesto afirmativo con la cabeza para tranquilizarlos.

Marco respiraba soplando con fuerza. Valeria, Domicia, Probus y Thais tenían las manos enlazadas.

Juvencio Celso miró todos los rostros antes de tomar la palabra. Todo el foro aguantaba la respiración esperando su decisión. El juez hizo un gesto a los pretorianos que le custodiaban, tenía muy claro su veredicto y no quería postergar más su decisión:

—Pónganse en pie los acusados.

Los tres jóvenes lo hicieron con altanería. Estaban seguros de que sus padres se habían ocupado de que nada malo les ocurriera.

—Por el poder que me ha otorgado el emperador Publio Elio Adriano, este tribunal declara a los acusados... —Juvencio hizo una pausa mirando fijamente a los jóvenes, que aún se mostraban arrogantes. El público contenía la respiración, algunos incluso tenían los ojos cerrados y rogaban a los dioses— declaro a los acusados culpables de la muerte de Valerio Iucundo y de la violación de Cornelia Flavia.

—¡No hay ninguna prueba contra estos tres hombres! —gritó Lucio Nereacio Prisco.

—Es evidente que los jóvenes que violaron a Cornelia Flavia y asesinaron a un hombre tan respetable como Valerio Iucundo fueron los mismos que mataron a esas prostitutas, por tanto a este magistrado no le cabe ninguna duda de que fueron los hombres que defiende... —argumentó el juez.

—¡Tú nos metiste en esto! —gritó Cneo señalando a Hostiliano.

—¡¿Cómo te atreves?! De haberlo sabido, jamás habríais entrado en mi *collegium*. ¡Malditos asesinos! —respondió el *magister* de Ostia.

—No estamos aquí para juzgar a un hombre tan respetable como Hostiliano —exclamó el juez—, sino los delitos de estos tres jóvenes. Hostiliano no es responsable de los despreciables actos a los que son condenados los acusados.

El clamor de voces en el público le impidió seguir hablando. Los tres acusados miraban perplejos a sus padres. Valeria y su hermana se abrazaron junto a Thais y Probus.

—Por ese motivo —continuó Juvencio levantando la voz para ser oído— este tribunal los condena a la pena capital.

Por primera vez los tres chicos se pusieron de rodillas, incrédulos, llorando y suplicando perdón.

—Solicitamos voluntariamente el derecho de exilio temporal, sin privación de ciudadanía y sin pérdida de bienes —dijo intentando mantener la calma Lucio Neracio Prisco.

—Sea, pero no será temporal, el propio emperador Adriano, aquí presente, prohibió esa pena, debería saberlo, abogado. Por lo tanto se les condena al exilio permanente, a una isla o desierto donde prácticamente carezcan de medios para sobrevivir. Además, se les privará de la ciudadanía romana desde este momento. Este tribunal les prohíbe regresar, bajo amenaza de muerte, a cualquier ciudad del Imperio. Dado que son dependientes de sus padres, serán estos los que tengan que pagar por los delitos de sus hijos. Todo su dinero, todas sus *domus*, todas sus tierras y todos sus bienes serán cedidos a las víctimas; por tanto, se entregarán a Tito Flavio, dado que es el *pater familias* de Cornelia Flavia y posee su *patria potestas* y también por ser tutor de las hijas de Valerio Iucundo.

—¡Esto es inaudito, son hijos de senadores, por todos los dioses! ¡Son miembros de la alta sociedad! —dijo Hostiliano lleno de ira.

—Y sin embargo con sus delitos distan mucho de mostrarse como tales. El único sitio donde nunca podrán volver a hacer daño a una ciudadana romana es lejos de nosotros —respondió el juez.

Marco tomó la palabra:

—Magistrado, solicito que la otra víctima, Thais, sea admitida como beneficiaria.

Juvencio miró serio al abogado.

—¿Una infame? De ninguna manera. Que esta sentencia se cumpla en el plazo de cinco días. Se levanta la sesión.

El público, eufórico, fue abandonando el foro. Varios legionarios se llevaron a los acusados, quienes seguían rogando y llorando la condena.

Valeria y Domicia estaban felices, se había hecho justicia por su padre y por Cornelia, pero no podían evitar sentir lástima por su amiga.

—Lo lamento, Thais —dijo Valeria.

—¿Qué es lo que lamentas? —dijo extrañada la exprostituta.

—Lamento que no se haya hecho justicia contigo, pero sabes que nunca dejaremos que te falte de nada.

Thais pensó que sí se había hecho justicia. Por primera vez en su vida tenía algo más grande que el dinero, tenía el amor de Probus y de esas dos jóvenes. La condena no devolvería a Valerio Iucundo a la vida, pero la muerte de los agresores tampoco. La antigua prostituta suspiró al pensar en todas aquellas víctimas que habían sufrido, o en el futuro padecerían, algo tan horrible como una violación. Lamentaba que la justicia no pudiera despojar a todos los agresores de todo cuanto poseían y verlos exiliados allí donde nunca pudieran volver a cometer sus actos. Puede que por haber sido una infame no tuviera derechos, pero si todos los agresores sexuales estuvieran lejos de Roma, ninguna mujer pasaría por lo que ella había pasado. Thais asintió satisfecha. Había recibido algo mucho más importante que bienes, había ganado su dignidad y la libertad de andar por las calles de Roma sin tener que agachar la cabeza y, sobre todo, sin el miedo que recorría su cuerpo en cada paso que daba.

XLI

Roma, 128 d. C.

Los primeros rayos de sol zarandearon la noche. Valeria se despertó sobresaltada por los empujones de su hermana Domicia, que estaba más nerviosa que ella. Era el día que tanto habían esperado, la jornada en la que se enfrentaría a otra joven patricia en los Ludi Iuvenales.

—Vamos, despierta, tienes que prepararte —oyó decir a su hermana.

Valeria se levantó aún somnolienta, suspiró y se espabiló rápidamente al tomar conciencia del día tan importante que era.

Domicia estaba eufórica y prácticamente tiraba de ella, no había pegado ojo en toda la noche. Su hermana mayor la dejó hacer, era la primera vez que la veía reírse desde la muerte de su padre. Rememorarlo le recordó el juicio. Había pasado tan solo una semana desde que se hizo justicia.

—Vamos, Valeria, tienes que desayunar, ya está todo preparado. —El entusiasmo de Domicia, de nuevo, la devolvió a la realidad.

Mientras esperaban a Tito Flavio, las dos hermanas desayunaban entre risas analizando el día que tenían por delante. El anfiteatro de madera, en el campo de Marte, seria testigo de su primer duelo, de su primer combate.

Domicia, de repente, se puso seria; estaba tan entusiasmada que había olvidado que habría dado todo cuanto tenía para que su padre estuviera allí con ellas. Para que pudiera presenciar el duelo que protagonizaría Valeria.

Su hermana pareció leerle la mente y se levantó para darle un abrazo.

—Gana por él, Valeria, prométeme que le dedicarás la victoria.

—Te lo prometo.

Tito Flavio apareció en ese momento, traía el rostro serio y desencajado.

—Ya estamos listas, cuando quieras podemos marcharnos —comentó Valeria.

El *magister* se sirvió un poco de agua de una de las jarras y la bebió de un trago intentando ahogar la desazón que traía.

—¿Qué ocurre, Tito? —preguntó Valeria preocupada.

—Hay algo que quiero decirte.

El tono inquietó a las hermanas, que se sentaron preocupadas.

—Habla, nos tienes en vilo.

—Mis hombres han descubierto algo —dijo Tito visiblemente enfadado—. Debía haberlo imaginado. Viniendo de Hostiliano, sabía que trataría de vengarse de algún modo.

—¿Vengarse de qué? —preguntó de nuevo Valeria, que empezaba a impacientarse.

—La mujer con la que te deberías enfrentar. Creemos que no es una patricia sino una gladiadora traída desde Asia Menor. No puedo permitir que luches contra ella, no me perdonaría que te pasara algo.

Valeria y Domicia se miraron.

—He entrenado duro, Tito. Sé que no es lo mismo que luchar contra una patricia, pero no temo enfrentarme a ella, las armas no tienen filo y no pueden cortar, no es una lucha a muerte.

—El medio de vida de esa mujer es la arena, ¿y si te hace daño?

—Eso será si antes no se lo hago yo.

Los tres rieron.

—Lucharé contra ella, saber que es una gladiadora hará que me esfuerce más aún.

Tito la miró pensativo.

—Está bien. Pero sí antes de salir a luchar piensas que algo no va bien y, por el motivo que sea, decides no combatir, no sientas vergüenza alguna. Todo el mundo lo entenderá y dejaremos en evidencia a Hostiliano.

Valeria asintió y los tres se dirigieron al campo de Marte a los Ludi Iuvenales.

Hostiliano se encontraba con los chicos de su *collegium* en el anfiteatro donde se estaban realizando los juegos. Estaba colérico, desde que sentenciaron a sus chicos se encontraba irascible, y nadie, desde hacía una semana, podía dirigirle ni una palabra que no recibiera un bramido como respuesta. Había conseguido salir indemne del juicio, pero su *collegium* había quedado muy mermado. Su honestidad estaba en tela de juicio ante los otros senadores, algunos incluso ya habían retirado a sus hijos de su institución por considerar que no era el clima adecuado para que se formaran. Para colmo sus muchachos estaban recibiendo una paliza a manos del *collegium* de Tito Flavio, quien, sin duda, estaba destacando ese año como el mejor del Imperio. Sin Cneo, Cayo y Julio, sabía que no tenía opciones de vencer.

Mientras su mundo se desmoronaba, lo único que quería era al menos una victoria donde más le doliera a Tito Flavio, y esa solo podía venir si vencía a la hija de Valerio Iucundo.

Se acercó hasta donde estaba Amazona, entre las arcadas de madera del anfiteatro. El ruido de los jóvenes calentando y animándose unos a otros le produjo cierto desagrado que no disimuló. Para los muchachos era parte de su formación, poder hablar con compañeros de otros *collegia* y estrechar lazos, dado que en el futuro sus caminos se volverían a encontrar.

Helena estaba calentando junto a otro joven. Las luchas individuales habían dado comienzo y no faltaba mucho para que le tocara a ella. Una joven guapa y atractiva llamó su atención.

—Salve —oyó que le decía.

Helena se giró.

—Creo que somos rivales, te deseo mucha suerte —comentó Valeria Iucunda.

Helena estaba sorprendida, en sus años de gladiadora jamás una rival se había acercado a desearle suerte, pero entendió que esa competición era distinta. No solo servía para que los alumnos midieran sus fuerzas, el verdadero objetivo era otro.

Hostiliano se acercó, vio cómo Valeria Iucunda charlaba con Amazona y aligeró el paso para interrumpir la conversación.

—Basta —dijo de un modo brusco—. Márchate de aquí.

Valeria se quedó sorprendida, no esperaba una reacción tan desagradable.

—Solo estábamos hablando —dijo Helena.

—No quiero que hables con ella —comentó Hostiliano antes de dirigirse de nuevo a Valeria—: Y ahora lárgate y no se te ocurra volver a hablar con mi... alumna.

Valeria se fue avergonzada mientras Helena trataba de disimular la ira que sentía hacia Hostiliano.

—Quiero que no tengas piedad con ella. Aunque no sea un combate de gladiadoras de verdad, dale una lección, algún golpe perdido que haga que sufra. Si la vences sin más, te lo haré pagar con sangre, ¿me has entendido?

Helena hizo amago de quitarse el *mamillare*[1] para prepararse. Hostiliano la disuadió mirando hacia todos los lados.

—Estás loca. Aquí no eres una infame, debes comportarte como una patricia. Una *femina*. Una mujer de clase alta jamás enseñaría los pechos en público. Lucharás con esa tela, y por todos los dioses, no me dejes en evidencia o juro que te mataré.

La competición continuó.

Helena se acercó a una de las arcadas que daba a la arena y se preparó para salir. Mientras esperaba, vio uno de los combates. Los chicos que estaban al lado trataban de animar a sus compañeros.

—¡Vamos, Sexto! —oyó decir a la chica que se había acercado a darle ánimos.

Sexto estaba luchando contra uno de los muchachos de otro *collegium*. El combate iba por buen camino y Helena pudo observar que, si bien no tenían la destreza de los hombres del Ludus de Halicarnaso, se movían con pericia. Con un poco más de entrenamiento, podían ser grandes luchadores.

El joven terminó venciendo para alborozo de Valeria, que celebró la victoria como si fuera la suya propia.

—Es vuestro turno —dijo un operario a las mujeres.

Helena asintió mientras observaba a su rival y cómo sus compañeros le daban palmadas en la espalda, acompañadas de palabras de ánimo. Ninguno de los chicos del *collegium* de Hostiliano fue a animarla a ella ni a desearle suerte. La gladiadora se dio la vuelta y pudo sentir la mirada penetrante e intimidatoria de Hostiliano, instigándola a vencer del modo que le había dicho.

1. Tela en forma de sujetador que cubría y apretaba el pecho.

Las dos chicas se prepararon para salir, se miraron y asintieron con la cabeza en un gesto de respeto. Sus rostros ya estaban concentrados esperando que les llegará el turno de competir.

Cuando salieron a la arena, Helena cerró los ojos y tomó aire mientras se dirigían al centro de la elipse; le resultaba muy liberador no combatir con el casco. Las dos combatientes vestían un *subligaculum* y la tela que cubría sus pechos, protecciones en piernas y en el brazo que portaba el *pugio*, además de un escudo cuadrado. A pesar de la concentración, se giró al oír, en las gradas, a una chica más joven que su rival animando a esta de un modo entusiasta. Tenían un gran parecido y entendió que debía de ser su hermana. Helena siguió paseando la mirada por entre el público, era asombrosa la cantidad de personas que habían acudido a presenciar la competición. Le sorprendió que los abucheos y los insultos con los que solían recibirla habían cambiado por aplausos y vítores. Las gradas del anfiteatro estaban repletas de gente con ganas de contemplar a los futuros dirigentes y generales que llevarían el nombre de Roma por el mundo. Buscó entre todas las miradas la de Lü, pero fue imposible localizarlo. Miró hacia el palco, ese era el lugar donde acostumbraba a sentarse en Halicarnaso, cerca de Flavia, pero obviamente allí no se encontraba. Un escalofrío recorrió su cuerpo, su corazón empezó a bombear con fuerza y sus manos comenzaron a sudar al ver sentado en el lugar de preferencia al hombre que cambió su vida, el emperador Adriano.

Valeria salió a la arena con decisión para disimular los nervios que recorrían sus piernas y cada uno de sus pasos. Temblaba, pero no era de frío, sino fruto de la ansiedad. Para una mujer era lo más parecido a experimentar lo que un hombre sentía cuando se enfrentaba a sus enemigos en el campo de batalla. Había soñado tantas veces con ese momento que quería deleitarse con cada detalle. La voz de su hermana dándole ánimos le hizo esbozar una sonrisa. Estaba más entusiasmada que ella. Caminaba al lado de su rival y no pudo evitar fijarse bien en ella. Tenía unos músculos muy definidos, especialmente los de las piernas, probablemente debido a las horas de entrenamiento, así que no tuvo dudas de que aquella joven era una gladiadora. Eso, lejos de asustarla, le infundió ánimos. Se enfrentaría a una mujer experimentada, acostumbrada a combatir, nada podía ser mejor.

El árbitro les explicó las normas, cualquiera de las dos luchadoras podía abandonar cuando lo deseara. El combate podía llegar hasta donde sus fuerzas les permitieran, pero en cuanto se produjera algún corte o si había sangre, el duelo terminaría.

Helena tenía el gesto diferente desde que había visto al emperador. Se encontraba de espaldas al palco y hacía grandes esfuerzos por no girarse y mirarlo. La ira había nacido dentro de su pecho, pensó incluso dirigirse a donde estaba el césar para atacarlo, pero sería imposible hacerlo sin que su guardia se le echara encima. Además, le costaría la vida. Pensó que tenía que concentrarse y olvidarse de la presencia del hombre que había cambiado su destino.

El árbitro dio la orden de empezar.

Valeria lanzó un ataque alto que Amazona defendió sin dificultades. Estaba exaltada y quería demostrar a la gladiadora que no se lo iba a poner fácil. De nuevo buscó la parte baja y de nuevo encontró con mucha rapidez la defensa de su rival.

Amazona aguantó, sin dificultad, los primeros embistes de su oponente, que había lanzado dos ataques muy predecibles pero que no estaban del todo mal. Decidió dejarse llevar un poco, estaba convencida de que no le costaría vencerla, así que pensó, a pesar de las palabras de Hostiliano, hacer que disfrutara. Durante la breve conversación que había mantenido con ella le pareció una buena persona; dejaría que brillara en el que, probablemente, fuera un día importante para ella.

Valeria de nuevo atacó y lanzó una combinación de golpes junto a una patada en el escudo de su oponente para intentar introducir la espada por el hueco, pero la gladiadora estaba acostumbrada a ese tipo de ataques y lo repelió sin problema.

Amazona giró alrededor de Valeria, había notado que tenía el escudo demasiado bajo. Lanzó un ataque sin mucha fuerza, más con la intención de mostrarle el error que cometía. De nuevo volvió a buscar ese punto y Valeria pareció entenderlo.

El público no se percataba. Nadie sabía leer cómo Amazona jugaba con su rival, salvo un espectador que, desde que empezó el combate, sabía que podría haber acabado al poco tiempo. Ese hombre no era otro que Lü.

El combate siguió. Valeria se empleaba con fuerza mientras Amazona atacaba procurando que sus golpes pudieran ser interceptados. Frenaba sus ataques cuando buscaba los huecos que dejaba su rival, pero tenía la habilidad suficiente para que el público no pensara que lo estaba haciendo intencionadamente.

Valeria volvió a embestir y Amazona giró para defenderse, colocándose de frente al palco. Sin poder evitarlo, levantó la vista para observar al emperador, que se encontraba charlando con alguien que tenía a su espalda, ajenos al combate. Al igual que al principio del duelo, los músculos de Helena se tensaron, un sudor frío recorrió su cuerpo, y su respiración de nuevo se volvió agitada. Delante de sus ojos se encontraba Antinoo hablando con el emperador. Su mente pareció abstraerse del combate para centrarse en el hombre a quien tanto había amado. Defendía los golpes de Valeria de un modo distinto, sin brío y sin apenas ser consciente, mirando más la escena que se producía en el palco que la que ella estaba viviendo con su rival. Lo que más la inquietó no fue ver al hombre con quien había imaginado un futuro muy distinto al que tenía. Ni siquiera le sorprendió que Antinoo no se hubiera percatado de su presencia, que hubiera pasado desapercibida a sus ojos, que no la reconociera. Era imposible que imaginara que la joven que estaba luchando abajo fuera ella. Lo que de verdad la angustió, por sus ropas y su manera de expresarse, es que parecía feliz. Mientras contenía los ataques de Valeria, vio cómo se reía junto al emperador. Ambos no parecían disimular su amor y eso fue lo que más dolió, lo que más la atormentó. Miles de pensamientos rondaron su cabeza. Si las armas hubieran tenido filo y hubiera estado en un combate de verdad, se habría dejado vencer, en ese momento deseaba más que nunca la muerte. Durante años había pensado en el tormento que debía estar sufriendo su amado. Verlo tan alegre le suscitó un irrefrenable deseo de morir. Después de esa imagen no quería seguir viviendo. Había recorrido medio mundo. Había luchado contra la propia vida. Todo su sufrimiento, todo cuanto había tenido que padecer, sin las comodidades de las que habría gozado Antinoo. Había tenido que sobreponerse a todas las dificultades desde que el emperador los separó para siempre, únicamente por salvarlo, por rescatarlo de los brazos de un hombre con el que en ese momento se fundía en caricias. Había sido violada, golpeada y sometida a cientos de humillaciones, y había tenido que luchar por llegar hasta ahí, sobreviviendo únicamente por intentar estar cerca de él y por, de un modo que ni ella misma sabía, la promesa de salvarlo. Pero el hombre por el que había dado su vida, por el que había perdido toda dignidad, se había olvidado de ella hacía mucho tiempo, seguramente en cuanto salieron de Nicomedia.

Las lágrimas empezaron a correr por sus mejillas. Solo un hombre se había preocupado por ella desde que se conocieron. Un hombre que daría su vida entera por tenerla entre sus brazos. Por primera vez estaba arrepentida de viajar a Roma, pero ya no podía deshacer sus decisiones, ya no podía volver a Halicarnaso y devolver a esa persona todo el amor que estaba dispuesto a darle y que ella no supo ver. No podía regresar a su tierra junto a Lü. Helena se echó hacia atrás simulando que cogía aíre, que se tomaba un respiro, buscando al hombre de ojos rasgados. A la única persona que sabía ver lo realmente frágil que era, y el único que solo con la mirada podía hacer que se calmara. Lo necesitaba más que nunca.

Todos aquellos pensamientos se volvieron contra ella en forma de ira, que nacía de lo más profundo de su alma. Se odiaba a sí misma por haber estado tan ciega, y una enorme cólera se apoderó de su ser. Tanto que sus golpes ya no fueron para hacer que su rival brillara sino para descargar su frustración. La adrenalina que recorría su cuerpo ya no frenaba su brazo sino que lo empujaba con más brío a atacar con contundencia.

El cambio de actitud no pasó desapercibido para Valeria, que notó cómo le costaba frenar el ímpetu renovado que había nacido en su rival.

Incluso Lü, sentado en la grada, notó que algo nuevo y desconcertante había surgido en su amada. Domicia, que durante todo el combate había albergado la esperanza de que su hermana venciera, también vio que el combate daba un giro.

Valeria no pensó en rendirse, lucharía con fuerza hasta el final. Atacaba, pero sus golpes eran rápidamente inmovilizados y contrarrestados. Sin embargo, no pensaba abandonar.

Helena lanzó un ataque al escudo de su rival y este rebotó con fuerza en el rostro de su oponente haciéndola caer al suelo. El golpe hizo que el labio de Valeria se partiera por dentro. El sabor de la sangre le insufló algo de energía. Hizo un gesto con la cabeza al árbitro para indicarle que todo iba bien, dobló la rodilla derecha y con fuerza levantó la parte inferior del escudo buscando la cabeza de Amazona. El movimiento fue perfecto, un ataque directo que con otra oponente le habría hecho ganar el combate, pero no con Helena, que se encontraba poseída por la furia que recorría sus entrañas. La gladiadora neutralizó la embestida colocando su escudo delante y sujetándolo con fuerza para que no le golpeara el rostro. El movimiento hizo que diera la espalda al árbitro, quien no se percató de que la parte del escudo que había recibido el contundente golpe se había partido, astillándose en una de las esquinas. Helena devolvió con la misma violencia el mismo ataque, sabiendo que su rival estaba desprotegida y sin ser consciente tampoco de que el escudo se había roto. Valeria no tuvo tiempo de recuperar la posición de defensa y le resultó imposible parar el golpe. La esquina astillada encontró el cuello de Valeria y un gran número de esquirlas de madera se clavaron en su garganta.

Helena, sorprendida, retiró el escudo y la sangre salió disparada de la herida con tanta fuerza que salpicó el rostro del árbitro, que se encontraba muy cerca.

Valeria sintió, mientras caía al suelo, que las fuerzas de su cuerpo la abandonaban, que el ruido de los cientos de almas que la animaban se apagaban y que el azul del cielo se volvía gris. Helena corrió hacia ella; a pesar de que había sido un accidente, estaba arrepentida por lo que acababa de hacer, había atacado movida por la ira, con demasiada fuerza. Cuando llegó hasta su rival, quiso taponar la herida con sus manos, pero estaba llena de astillas de madera y temió que se clavaran y le provocaran un daño mayor. Aun así, taponó la herida con la palma mientras la sangre se escapaba por sus dedos. Gritó al árbitro, que estaba conmocionado mirando incrédulo el rojo de la sangre por toda su túnica.

El público se levantó sobresaltado con las manos tapándose la boca.

El emperador interrumpió su conversación y también se puso de pie al oír los gritos de la gente. Antinoo, asustado, quiso ver a la mujer por la que se había montado tanto revuelo y no dio crédito cuando la reconoció. Al principio pensó que era imposible y que el parecido era asombroso, pero tras frotarse los ojos una y otra vez, no albergó ninguna duda de que la mujer que había clavado el escudo en la garganta a su rival era Helena.

Tito Flavio abandonó el palco con el rostro pálido para dirigirse a donde se encontraba Valeria.

Varios legionarios corrían por la arena, junto a Marco y otros chicos del *collegium* de Reate, para socorrer a la patricia.

Domicia bajaba los escalones de dos en dos, con el miedo recorriendo su cuerpo y sin poder creerse que la persona que había caído al suelo con una herida tan grave en el cuello fuera su hermana.

Solo Hostiliano se cubría la boca para disimular la enorme sonrisa que lucía en el rostro, satisfecho por lo que acababa de ocurrir.

Valeria abrió los ojos, sintió que flotaba mientras varios brazos cargaban con ella para llevarla urgentemente al médico. Lo único que vio fue el rostro de Amazona, su rival, a la que veía mover los labios pero cuyas palabras eran inaudibles. Sus párpados volvieron a cerrarse.

—¡Aguanta, aguanta! —gritaba Helena, que no podía creerse lo que estaba ocurriendo.

Cuando Valeria abrió los ojos de nuevo, vio a un hombre que gritaba dando órdenes mientras le tapaba la herida del cuello, de la que no paraba de salir sangre. El rostro del médico se convirtió en el de Valerio. Allí estaba él, parecía tan real que sonrió al volver a verlo. En ese momento Valeria dejó de sentir dolor, una sensación agradable se apoderó de ella en cuanto vio a su padre.

Domicia llegó corriendo a la enfermería sin intención de detenerse. Solo quería abrazar a su hermana.

Varios legionarios trataron en vano de impedirle el paso.

Tito Flavio se acercó a ella intentando que se calmara y asegurándole que su hermana se pondría bien. Sexto y Décimo no pudieron sujetarla, solo Lucio el Grandullón consiguió detenerla agarrándola por la espalda y levantándola, mientras la pequeña daba patadas y gritaba tratando de zafarse.

Helena la observaba sin saber qué hacer, con el cuerpo empapado de una sangre que no era suya.

Todos se quedaron inmóviles aguantando la respiración, incluso Domicia dejó de patalear y Lucio se deshizo de su abrazo cuando el médico se acercó negando con la cabeza para anunciar que Valeria Iucunda había muerto.

Nadie dijo nada. El silencio se apoderó de todos los que allí se encontraban.

Tito Flavio intentó abrazar a Domicia, pero esta, llorando desconsoladamente, corrió hacia Helena y la golpeó una y otra vez. Ella no se defendió, ni trató de impedir ni uno solo de los golpes que recibió de la pequeña de las hermanas.

Sexto y sus amigos trataron de detenerla, pero Domicia se zafó de los fuertes brazos de Lucio el Grandullón y abandonó la enfermería a gran velocidad. La pequeña de las Iucunda corría por las arcadas limpiándose con el dorso de las manos los cientos de lágrimas que inundaban sus ojos. Lucio trató en vano de alcanzarla. Cuando llegó a la arcada que daba a la calle, miró a un lado y a otro y no pudo ver, entre todas las personas que entraban y salían, hacia dónde se había dirigido su amiga.

Domicia recorría las calles de Roma buscando a la única persona con quien quería estar, sin que su corazón pudiera creer lo que acababa de ocurrir. La gente la dejaba pasar atemorizada al verla correr de ese modo. La joven gritaba y chillaba de rabia, de dolor y de tristeza. El día que estaba llamado a ser el más importante de su vida se había convertido en su mayor pesadilla. No podía ser, se negaba a creer que su hermana hubiera muerto.

Había recorrido varias millas cuando llegó a su destino.

Domicia llamó a la puerta trasera de la *domus* por donde siempre entraban para evitar la principal.

Thais, al verla tan desencajada, la abrazó llorando junto a ella sin saber aún por qué lo hacía.

Pasaron varias horas hasta que consiguieron que se calmara.

Probus y Thais la habían tumbado en una cama y se encontraban velando cada lado de la misma. Habían escuchado su relato y no habían podido evitar sentir un dolor inmenso por la mayor de las Iucunda. Probus intentó explicarle que había sido un accidente. Thais trataba de controlar sus propias lágrimas para evitar agrandar el dolor de la pequeña, pero no podía creerse que Valeria hubiera fallecido.

Una esclava trajo una infusión de extracto de sauce para que se calmara.

Probus y Thais se levantaron para que descansara.

—No te vayas, Thais —dijo Domicia con un hilo de voz.

—Me quedaré aquí todo el tiempo que quieras —respondió su amiga. Thais despidió con la cabeza a Probus para que las dejara solas.

—No puedo creer que se haya ido, Thais, no puedo creer que ya no tenga a mi hermana. Ya no me queda nadie.

—No digas eso. Nunca estarás sola. Nos tienes a Clodio y a mí.

—Lo sé, pero voy a echarla tanto de menos —dijo Domicia sollozando de nuevo.

—No pienses en eso ahora.

—Quiero que Clodio me entrene, quiero vengar a mi hermana. Retaré a esa gladiadora, quiero enfrentarme a ella.

—Vamos, duerme, seguro que cuando descanses te sentirás mejor. Nada puede hacernos recuperar a Valeria. La venganza únicamente sirve para cubrirnos de odio, un odio que jamás nos abandona ni aun habiéndonos resarcido.

Domicia fue relajándose. Las hierbas que le habían dado empezaban a surtir efecto.

—Nunca te lo he preguntado, ¿tienes familia, Thais? —preguntó la pequeña mientras se dejaba vencer.

—Mi única familia sois Ceciliano, Clodio y tú.

—¿Y antes?

—No, nunca conocí a mis padres.

—¿Y quién te puso el nombre de Thais?

—Thais y Laís son los nombres que suelen darle a las prostitutas en los lupanares. Hace tanto que me llaman así que ya me he acostumbrado.

Domicia fue cerrando los ojos.

—Y tú estarás orgullosa de llevar el nombre de tu madre.

—Mi nombre es horroroso. Lo detesto. Mis padres adoraban todo lo que tuviera que ver con Grecia, especialmente mi madre. —Domicia iba hablando cada vez más despacio dejándose vencer por el sueño y el efecto del extracto de sauce—. Las patricias romanas debemos heredar los nombres de nuestros padres, así que nunca pudieron llamarme como verdaderamente querían.

—¿Y cuál era ese nombre que deseaban ponerte? —preguntó Thais.

Domicia contestó junto antes de quedarse dormida:

—El que usaré para vengar la muerte de mi hermana. Ese nombre es... Achilia.

XLII

Tibur, 130 d. C.

Antinoo recorría nervioso los pasillos de la *domus* imperial en dirección a la habitación de Vibia Sabina. El deseo de contarle a su amiga que días antes había visto a Helena superaba el miedo a ser descubierto por Adriano. Entró en la habitación ante una sorprendida emperatriz, que no entendía qué estaba ocurriendo y veía cómo el joven ahogaba su angustia vaciando una copa de vino, una y otra vez, hasta que la jarra llegó a su fin.

—¿Qué ocurre, Antinoo? ¿Qué hace que estés tan afligido?

—La he visto... Era ella.

—¿Quién?... Me estás preocupando —dijo angustiada la emperatriz.

—A Helena. La esclava de Nicomedia que te conté que fue mi gran amor. ¿Y si ha venido por mí?

Vibia se dio la vuelta y pensó con rapidez mientras trataba de recomponerse bebiendo agua.

—Tranquilo —contestó nerviosa—, intentaré averiguar todo lo que pueda sobre ella. No te preocupes, mi querido Antinoo, te ayudaré.

—¡Gracias! —dijo el joven exultante—. Sabía que

solo tú podías hacer algo por mí. Necesito verla, necesito hablar con ella.

Varios días después Vibia le contó todo lo que había podido descubrir sobre la chica. Le dijo que se había convertido en gladiadora y que vino de Asia en compañía de un hombre, que todo hacía pensar que era algo más que su entrenador. Antinoo llevaba mucho tiempo sin saber de Helena, habían pasado seis años desde que abandonó la provincia de Bitinia y hacía tiempo que la había olvidado, pero una pequeña llama se volvió a prender al imaginar que fuera él la causa de que ella se encontrara en Roma. Sin embargo, la emperatriz le dijo que el verdadero motivo era el desorbitado precio que Hostiliano había pagado por ella. Vibia le contó con pesar a Antinoo lo que le habían dicho sus fuentes: ese amor no era flor de un día, sino el que lleva años superando tempestades, el que nace del corazón, y le aconsejó que se olvidara rápidamente de ella.

Antinoo no albergó ninguna duda, estaba convencido de que Helena se había olvidado de él al poco de partir de Nicomedia.

La emperatriz trató de prevenirle de que la presencia de Helena podía ser un mal augurio, y que si el emperador notaba algo raro, podía tener consecuencias fatales para él.

Días después Antinoo estaba compungido una vez más. Adriano le había anunciado que volvería a viajar sin él, por Egipto, durante semanas. Ese podía ser el mal augurio al que se refería la emperatriz y necesitaba contárselo. Antinoo temía que llegara el día en el que el emperador se cansara de su presencia. ¿Y si ya no era el dueño de su corazón? Tenía que hacer todo lo que estuviera en su mano por mantener la llama de su amor viva.

No paraba de pensar en las palabras del emperador. Adriano le había explicado que sería un viaje donde no tendría tiempo para atender a sus caricias. Donde la obligación primaría por encima de la devoción y lamentaría enormemente hacerle viajar sin poder atenderlo durante el periplo como se merecía. ¿Acaso el emperador ya no lo veía con los mismos ojos que cuando viajó con él seis años antes desde Bitinia? Antinoo se martirizaba con esa y otras miles de preguntas. Se había sentido el hombre más dichoso de la tierra, el ojo derecho y la tentación del dueño y señor del mundo, y ahora temía perderlo todo. Helena se había olvidado rápidamente de él, ¿y si el emperador también se había cansado de su presencia? En sus frecuentes encuentros, la emperatriz le había enseñado a ver los peligros que se cernían a su alrededor y el modo en que debía dominarse cuando llegara el momento. En el amor ella sabía ver mucho más allá de donde ven el resto de los mortales.

Antinoo estaba confuso, no quería disgustar al emperador, no porque fuera el hombre más importante de Roma sino porque por fin se daba cuenta de lo enamorado que estaba del césar. Adriano se deshacía en detalles que le permitían sentirse el hombre más dichoso del mundo. Como la mañana que salieron juntos de caza: para conmemorar ese día, el emperador mandó pintar un fresco con la imagen de ambos. Nunca nadie le había hecho sentir único. Sin embargo, estos eran capítulos esporádicos y no habituales. No entendía por qué los senadores y la más alta sociedad del Imperio desaprobaban su relación. Por qué a alguien podía ofenderle tanto que dos hombres se amaran como lo hacían ellos. Por qué nadie entendía que el amor solo entiende de pasión, sin comprender el género. No soportaba imaginar que el emperador pudiera compartir sus besos con otros labios que no fueran los suyos. No quería que su cuerpo se estremeciera con otra piel distinta y que su sudor se mezclara con el de otra persona que no fuera él.

Llegó la noche y Antinoo seguía atormentándose, pensando en quién de su entorno podía haber robado su corazón. Se tumbaba en la cama y se volvía rápidamente a levantar, se miraba nervioso en el espejo. ¿Y si al emperador no le gustaba su aspecto? Había decidido probar a vestirse y maquillarse como una *femina*, por si era del gusto del emperador, aunque ahora dudaba de haber hecho lo correcto.

Al amante del césar le costaba dominar su impaciencia, a esa hora la mayoría de las noches Adriano ya estaba en la alcoba con él. ¿Por qué hoy tardaba tanto? No paraba de pensar en qué causa, o mejor dicho, quién era la causa que hacía que se retrasara tanto.

La puerta del dormitorio se abrió y Adriano entró en la alcoba.

Se quedó inmóvil y con gesto de asombro al ver a su amante vestido y maquillado de ese modo. Antinoo se levantó de la cama y, con el dedo índice, jugó con los bucles de pelo como sabía que le gustaba al emperador.

Adriano se dirigió hasta la pequeña mesa y se sirvió una copa de vino que bebió de un trago.

Antinoo se acercó por detrás. Acarició sus hombros y apoyó su rostro contra la espalda del emperador.

—¿Dónde estabas? —preguntó.

—¿Por qué te has vestido así? —contestó el césar sin darse la vuelta.

—Quería sorprenderte. Pensé que te gustaría.

Adriano se giró hacia él.

—Me gustas tal y como eres. Sin vestirte ni pintarte de algo que nunca serás. Antinoo, quítate esas ropas y límpiate toda esa pintura que enturbia tu rostro.

El joven se dio la vuelta con tristeza.

—¿Qué es lo que he hecho mal? —dijo ahogando un llanto que a punto estaba de brotar mientras se tumbaba en la cama.

Adriano se acercó a él y acarició su rostro.

—Nada, ¿por qué estás tan disgustado?

—Tengo miedo.

—¿Miedo de qué, amor mío?

—De que ya no me ames. De que mis besos ya no sean suficientes y que tu mirada brille por otro rostro que no sea el mío.

—Mi corazón solo te pertenece a ti, ¿qué te hace pensar eso?

—¿Por qué no quieres que vaya contigo? Siempre te has hecho acompañar por mí en los viajes. Me siento solo y me ahogo en esta habitación cada día, pensando que me abandonas porque es otro el cuerpo que deseas amar.

—¿Y por eso vengo cada noche a tu alcoba? No te pedí que me acompañaras porque es un viaje agotador. Iré a Egipto, donde el calor es incómodo, y viajaremos durante semanas. Navegaremos en barco y no quiero ponerte en peligro.

—¿Acaso corro menos riesgos si me quedo aquí sin ti? Si te pasara algo, tus enemigos me arrastrarían por las calles de Roma como si fuera un botín, como si fuera un perro. No me importa que me arranquen hasta la piel a tiras si es por ti, moriré con tu nombre en mi boca, pero quiero estar cerca de tu olor, donde al menos, si te pasara algo, pudiera quitarme la vida por ti.

—No digas eso, es solo pensar en tu muerte y siento que me falta hasta el aliento. El poder conlleva enemigos, pero siempre he procurado apartarlos de tu presencia.

—¿Qué harías si ya no estuviera?

—No me gusta llenar mi mente de pensamientos infaustos. —Adriano vio que Antinoo necesitaba palabras que reconfortaran su alma—. Pero si tuviera la desdicha de que la diosa Fortuna te arrancara de mi lado, mandaría erigir una ciudad, únicamente, en tu nombre. También en tu nombre haría levantar cientos de estatuas con tu viva imagen, para que en los siglos venideros aprecien tu belleza, aquella que un día fue mía. Elegiría la efigie que más se te pareciera para que me acompañara en todos mis viajes y, al observarla, dejaría que las lágrimas que llevan tu nombre corrieran hasta alcanzar mi pecho y que tu recuerdo se clavara con fuerza en mi piel. Mandaría alzar un templo custodiado por un pórtico de columnas donde levantaría un mausoleo para que tu cuerpo descansara eternamente. Cambiaría el Imperio, si fuera necesario, únicamente, en tu nombre.

Antinoo parecía más calmado.

—¿Me llevarás contigo? —preguntó.

—Te llevaré conmigo si es lo que tanto ansías. ¿Has estado todo el día preocupado solo por eso?

—No tengo mayor distracción que pensar en ti.

Adriano cogió un paño de tela, lo mojó en un aguamanil y limpió el rostro de su amado despojándole del maquillaje.

—¿Estás enfadado por cómo me he vestido y maquillado? —preguntó de nuevo el efebo.

—¿Por qué iba a estarlo? Te quiero demasiado para enojarme contigo.

Con ayuda de Antinoo, Adriano se deshizo de sus ropas y, apasionadamente, durante toda la noche, se entregaron a la pasión del único idioma que se habla sin palabras, dejándose llevar por el lenguaje del amor.

Semanas después de abandonar Roma, Antinoo, junto a Adriano, viajaba en un trirreme que surcaba el Nilo. Durante varios años seguidos la crecida del río no había sido todo lo abundante que debería y, en consecuencia, por la escasez que padecía la provincia, habían solicitado la intervención del césar.

Se dirigían a Hermópolis Magna[1] para visitar la ciudad y el templo de Thot.

Mientras el trirreme hendía el río, Antinoo, agarrado con fuerza en el acrostolio del barco, un adorno donde le gustaba apoyar la cabeza, pudo sentir cómo el sol se agarraba a su piel, percibiendo un calor en el cuello que le resultó apacible. Observó decenas de pequeñas barcas que sorteaban al gran buque romano con los pescadores asustados por el ruido que hacían los remos al golpear el agua. Incluso cuando se acercaba a tierra, podía ver los ojos de los agricultores abriéndose de par en par admirados por la grandeza de Roma a través de sus imponentes naves. Antinoo contemplaba, desde la cubierta, la vida que se desarrollaba en el Nilo. El aire provocado por la velocidad de la nave se mezclaba entre los bucles de sus cabellos, y la frescura de un manto húmedo le otorgó un breve momento de paz. Si bien disfrutaba de la travesía, maravillándose de todo cuanto sus ojos veían durante el día y de todos los placeres que Adriano le proporcionaba de noche, no podía arrancar de sus pensamientos la extraña sensación de no ser suficiente para el emperador. Los celos, que tanto lo atormentaban, le martirizaban el pecho y le impedían disfrutar de un viaje que en otro tiempo habría considerado maravilloso. Su mirada se volvió fría cuando percibió una de las señales que Vibia Sabina le había enseñado a ver. Se enfureció al notar cómo intentaban agasajar al césar, cómo procuraban apartarlo de su presencia. Probablemente buscaban no solo la aprobación del emperador, a través de toda clase de presentes, seguramente también ansiaban conquistarlo a través de su cuerpo.

La actitud de Antinoo no pasó desapercibida para Adria-

1. Hoy en día quedan los restos de la ciudad con el mismo nombre.

no, quien pensó que acercándose más a su amado, ofreciéndole más su presencia, sin preguntarle por sus preocupaciones, conseguiría no angustiarlo más de lo necesario. Aunque en su interior deseaba saber qué estaba ocurriendo en el corazón del joven a quien tanto amaba.

Esa tensión preocupaba en exceso al prefecto del pretorio, Quinto Marcio Turbón, quien en otros tiempos, aparte de ostentar el título más importante para el emperador, gozaba además de una amistad que se había ido enfriando. Adriano ya contaba con cincuenta y cuatro años. No confiaba en nadie. Todos los que estaban a su alrededor temían lo poco que le temblaba el pulso al emperador en los últimos tiempos. Se había vuelto desconfiado e irascible y ordenaba a quien no le correspondía como él consideraba quitarse la vida. Apolodoro de Damasco, el gran constructor de confianza de Trajano, había desaparecido misteriosamente tras llevarle la contraria al discrepar por la ubicación de las estatuas del templo de Venus y Roma. Platorio Nepote, cuya relación se remontaba a más de cuarenta años, había sido considerado de la noche a la mañana su enemigo, y él mismo, el prefecto del pretorio, mano derecha del emperador, por motivos que nadie conocía, había ido desapareciendo del consejo del césar.

Quinto no veía con buenos ojos la relación con el joven pues, a su entender, el césar estaba tan enamorado del efebo que ejercía un efecto negativo en él y por ende en el Imperio.

Llegaron a Hermópolis Magna, donde les ofrecieron una magnífica recepción con el gobernador de la provincia, Flavio Triciano, en primera fila para acoger la visita imperial.

Un gran número de esclavos acudieron con bandejas llenas de comida y con ánforas rebosando bebida. Adriano buscaba no alejarse demasiado de su amado, pero las obligaciones hacían que cada vez se distanciara más. El emperador apartó de su cabeza la preocupación por Antinoo y se dedicó a contemplar la maravillosa ciudadela con su enorme muralla bajo el yugo del Imperio que gobernaba.

Acudieron al templo de Thot y un sacerdote les explicó que allí veneraban al dios de la sabiduría y de la escritura, inventor de todas las palabras. Esa visita marcó el corazón de Antinoo, quien no encontraba las que definieran cómo se sentía.

Cuando embarcaron de nuevo en el trirreme, el césar se acercó a Antinoo.

—¿Has disfrutado de la visita?

Antinoo asintió intentando disimular que estaba enojado porque el emperador no se había acercado a él durante todo el día.

Adriano continuó hablando:

—Esta provincia necesita de la ayuda de Roma. El Nilo no ha crecido lo que debería, a pesar de que en años pasados no solo alcanzó el pleno nivel sino que creció más aún, haciendo que la tierra produjera cosechas abundantes. Probablemente hayan hecho algo que ha provocado la ira de los dioses y ahora se acerca un periodo de hambruna. ¿Crees que deberíamos concederles una exención tributaria?

Antinoo, que no entendía lo más mínimo de política, asintió con la cabeza. Esas palabras le habían dejado de nuevo pensativo. Probablemente él también había provocado la ira de los dioses.

—Esta tarde no podré cenar contigo —continuó diciendo Adriano—. Me reuniré con mis asesores para buscar el modo de solucionar los problemas de la provincia. Pondré a tu disposición todos los esclavos que necesites para que hagan tu espera más apacible.

Antinoo miró desconcertado al emperador, con ojos

de quien descubre algo por primera vez. Esa, según Vibia, era la última señal a la que debía estar atento.

El emperador percibió cómo el rostro de su amado se había tornado pálido y le agarró la mano.

—¿Estás bien, querido mío? —preguntó Adriano.

Antinoo respiraba sofocado, intentando contener las lágrimas. Sin atreverse a expresar sus sentimientos.

Quinto Marcio se aproximó.

—Mi césar, un asunto urgente requiere tu presencia y consejo.

—Encargarte tú, Quinto, o que lo haga Caninio Céler, por algo le he nombrado mi secretario imperial.

Quinto tomó aire tratando de no desconcertar al emperador.

—Mi césar..., él mismo es quien me manda en tu busca.

Adriano no quitaba los ojos de Antinoo, preocupado por esa mirada brillante como el mar iluminado por el sol que en ese momento se encontraba nublada y vacía. No lo postergaría más, esa misma noche, después de la cena, hablaría con él y trataría de descubrir qué le ocurría a la persona por la que sentía tanta debilidad y el porqué de sus miedos.

Sin decir una sola palabra, siguió a Quinto para atender los asuntos que tanta urgencia corrían. Desde la posición de mando, al otro lado de la nave, observó cómo Antinoo se acercaba al acrostolio del barco y, por algún extraño presentimiento, no despegó los ojos de él.

Antinoo sintió que el dolor se amontonaba en su pecho, que su rostro se embadurnaba con la sal de sus lágrimas y que su alma pendía de un hilo que a punto estaba de resquebrajarse. No soportaba ese sentimiento que tanto lo atormentaba, ese sabor era como bilis subiendo por su estómago.

Se agarró al mástil de madera que encabezaba la nave,

entendió la dureza del sentimiento al que Thot, el dios de las palabras que había descubierto ese mismo día, había llamado amor. Tan pétreo en el dolor como inquebrantable en el placer. Sintió cómo el corazón puede latir, por la misma persona, de formas tan distintas y lamentó no haberse quedado en Roma, donde sus ojos, sus oídos y su alma no tuvieran que martirizarse de ese modo.

A su mente acudió el recuerdo de Helena. Había oído que era una excelente gladiadora y seguramente obtendría pronto la libertad para disfrutar de una vida sencilla, como habían soñado juntos, pero no sería unida a él, sino al abrigo de ese entrenador a quien tanto amaba. Recordó también a Helvia, su abuela. Durante un instante intentó acordarse de su augurio antes de salir de la villa de Catilio, hasta que dio con ellas: «Los dioses te guardan un futuro lleno de riquezas, pero la oscuridad brillará en tu alma hasta el final de tus días». Cuánta razón llevaba la anciana. Empezaba a entenderlo todo.

Antinoo asomó la cabeza por la borda. El espolón cortaba el agua con la misma virulencia con la que las palabras de Adriano habían penetrado en sus entrañas. Miró el cielo. ¿Qué lugar concedía Thot a las almas que, como la suya, sufrían incomprensiblemente? Pensó, una vez más, en la emperatriz, la única persona que se preocupaba por él. Estaba convencido de que ni siquiera sus palabras servirían para sosegarlo y, entonces, lo vio todo con tanta claridad que se sorprendió de no haberlo visto antes. No quería convertirse en Vibia Sabina, condenado a la mejor y la peor de las torturas. Sin el amor del emperador, ¿qué clase de futuro lo esperaba? Él no era la emperatriz. No tendría ningún lugar a donde ir ni nadie que lo acogiera. Todos los enemigos de Adriano lo arrastrarían por las calles de Roma como si fuera un trofeo. Todos renegaban de él. Helena lo había olvidado tan pronto como se fue de Nicomedia y el emperador no tardaría en hacerlo, ese pensamiento lo angustió. Por primera vez sentía una inmensa soledad. Se volvió para cruzarse con la mirada de Adriano, quien, a pesar de que los separaba todo el trirreme, pudo sentir que algo no iba bien. Antinoo, mientras se subía a la madera que protegía la cubierta de la nave, no pudo ver cómo Adriano soltaba los papiros que atendía, ni cómo se deshacía de quienes lo acompañaban, apartándolos a empellones. Antinoo se giró para ver, por última vez, al hombre a quien tanto amaba y el modo en que corría por la cubierta con el rostro desencajado y la mirada dominada por el pánico, gritando algo ininteligible.

Antinoo se despidió de Adriano gritando la promesa que el emperador le había hecho antes de salir de Roma:

—¡Únicamente, en tu nombre!

Antinoo cerró los ojos y se dejó caer de espaldas. Antes de hundirse en el agua, su cabeza golpeó con violencia contra el espolón partiéndose el cuello en dos con un ruido que quedó ahogado bajo el ruido de los remos batiéndose contra el río. La orden de detener el trirreme llegó demasiado tarde para impedir que su casco pasara por encima del joven.

Adriano llegó hasta el lugar que Antinoo había pisado por última vez en vida. Se asomó para buscar algún rastro del cuerpo de su amado, tentado en seguir sus pasos, hasta que Quinto Marcio lo sujetó. Adriano lloraba amargamente gritando el nombre de Antinoo, impotente por no haber podido salvarlo de la muerte por segunda vez. No podía creerse que el joven a quien tanto quería, su razón de ser, el amor de su vida, lentamente, estuviera hundiéndose en el fondo del río.

XLIII

Roma, 130 d. C.

Helena, tras ganar el combate, escuchaba la ovación que recibía del anfiteatro de los Césares.

—¡Amazona!, ¡Amazona!, ¡Amazona!

Observó a los miles de almas que poblaban las gradas. Los romanos, al igual que en Halicarnaso, consideraban inapropiado que una mujer luchara en la arena de un anfiteatro. De igual manera que en la tierra que la vio nacer como gladiadora, los primeros insultos se habían transformado en halagos y los gritos de aversión en ánimos apasionados. Ya no la veían únicamente como un objeto sexual ni le lanzaban tantos improperios lascivos.

Habían pasado dos años desde que combatió por primera vez en Roma, en aquellos Juegos Juveniles donde, desgraciadamente, segó la vida de aquella joven llamada Valeria. Desde entonces no había perdido ninguno de los seis combates que había disputado. No tenía rival y, aunque muchas mujeres empezaban a imitarla y querían ser como ella, ninguna gladiadora estaba a su nivel.

Toda Roma había oído su nombre, pasaba de boca en boca. Se hablaba de ella en las *cauponae*, en las barberías y en cualquier otro comercio donde el tema de conversación fuera la gladiatura. El nombre de Amazona sonaba por todos los rincones del Imperio.

Incluso cientos de leyendas sobre su figura habían aparecido para regocijo de los ciudadanos. Algunas decían que era inmortal. Otras trataban de suscitar el miedo entre los niños diciéndoles que, si no se portaban bien, Amazona vendría y se lo haría pagar. Pero la que más gustaba a los romanos era la que anunciaba que su nombre se debía a que era descendiente de la reina que murió a manos de Aquiles. Esa leyenda era la favorita del pueblo, por eso muchos la llamaban Pentesilea, la Amazona.

Mientras abandonaba la arena, sujetando la palma de la victoria, observó su mano. Ya no era capaz de extender completamente los dedos, los tenía entumecidos. Sus pies andaban curvados, tratando de mantener un equilibrio que cada vez le costaba más gobernar. Cuando recibía uno de sus ataques, algún nuevo síntoma aparecía para quedarse. Las hierbas de Lü ya no le causaban ningún efecto, aunque mentía sobre ello para que Hostiliano, que era capaz de darle él mismo muerte si no podía seguir luchando, permitiera que el hombre de ojos rasgados, su gran amor, se encargara de ella y de su entrenamiento. Aunque el *magister* no consentía que este durmiera en el *ludus*.

Helena salió por la puerta Triumphalis entre vítores y gritos que repetían su nombre. Muchos gladiadores la esperaban para felicitarla. Había combatido, una vez más, de un modo increíble y todos los luchadores la respetaban.

—Hoy has terminado demasiado pronto, Hostiliano estará furioso —dijo Lü mientras cargaba con su casco y la ayudaba a desprenderse de las protecciones.

—Apenas puedo con el *gladius*, mira mi mano —dijo enseñando los dedos completamente rígidos.

—¿Te duele?

—Más que nunca, empiezo a estar fatigada, pronto me

dará uno de los ataques, lo siento en los huesos, por eso quise poner fin al combate. Sé que cada vez acabo antes, pero en cada golpe mil agujas como esas tuyas de marfil se clavan en mis manos, en mis extremidades, en todo mi ser. Temo quedarme sin fuerzas o desplomarme mientras lucho.

Desde hacía varios meses el habla de Helena también había empeorado. Se había vuelto más lento y articulaba las palabras con dificultad, incluso en varias ocasiones no había podido controlar su orina. Podía estar meses sin empeorar, sin ningún ataque o, de repente, sufrir uno que la dejaba devastada y más mermada. Lü no había visto nunca una enfermedad así, era como si su cuerpo se fuera deteriorando de un modo más rápido que el del resto de los mortales, como si no quisiera seguir viviendo.

Helena empezó a encontrarse mal hasta que se desplomó.

Lü consiguió sujetarla como pudo y, con ayuda de un esclavo que se encargaba de la organización de los juegos, consiguió tumbarla en el suelo.

—Será mejor que la lleves a la enfermería —dijo el esclavo—. Si la ve alguno de los oficiales aquí tirada, se enfadará.

Lü cargó con Helena con dificultad. Su duro entrenamiento y, sobre todo, su completa alimentación hacían que pesara bastante más que cualquier joven de su edad.

—¿Puedes ayudarme a llevarla? —preguntó Lü.

—¿Estás de broma? —replicó el siervo con renuencia—. Si abandono mi puesto, me cortarán una mano.

Lü no insistió y se dirigió a la enfermería, sin nadie que lo ayudara.

—¡Helena! ¡Helena!, ¿puedes oírme? —preguntaba desesperado el hombre de ojos rasgados, entre dientes, preocupado de que la mujer a la que amaba no se despertara.

Llegó a la enfermería tras recorrer decenas de arcadas

del anfiteatro con los dientes apretados y la frente brillando por el sudor del esfuerzo.

Lü situó a Helena en una de las camillas que se empleaban para curar a los gladiadores.

Un médico llegó limpiándose las manos llenas de sangre con una tela.

—¿Qué le ocurre? —preguntó parsimonioso con un marcado acento griego.

—Se ha desmayado —contestó Lü.

—¿Dónde está la herida?

—No está lesionada, se ha caído sin más.

El médico se dio la vuelta sin contestar.

—¿No va a atenderla? —preguntó Lü.

—Soy cirujano —dijo con calma—, mi labor es curar heridas, no enfermedades.

Lü no supo cómo actuar. Hacía tan solo un momento miles de personas gritaban el nombre de la mujer que yacía inconsciente y, en ese instante, nadie parecía querer ayudarlos.

Sin pedir permiso llenó una jofaina de agua y cogió una tela que parecía limpia.

El médico fue a protestar, pero la mirada que le lanzó el hombre de ojos rasgados lo hizo desistir y alejarse rezongando a atender a otros gladiadores.

Lü humedeció el paño y con cuidado fue limpiando la frente de Helena. Varias veces escurrió la tela para limpiar la suciedad adherida al cuerpo. El agua se mostraba ya negra debido a la mezcla del sudor, polvo y la sangre de algún arañazo producido durante los entrenamientos y que se había abierto durante el duelo.

Lü acercó la mano a la nariz de Helena, sintió el calor de la respiración. Suspiró al comprobar que estaba viva, seguramente el combate la había dejado agotada. Al verla tumbada y tranquila, le pareció inverosímil que no tuviera ni una sola herida, que no la hubieran alcanzado ni una sola vez. Era una luchadora extraordinaria y no solo porque en la arena no tuviera rival, sino por todo lo que había tenido que superar desde que la conoció. Lamentó que el único combate que estaba perdiendo fuera contra su propio cuerpo.

La observó con ternura. Ojalá hubiera podido darle la vida que ella tanto ansiaba. Ojalá, en vez de estar en la enfermería de un anfiteatro, estuvieran en una humilde casa donde su mayor ocupación fuera cuidar de ella y donde nadie jamás pudiera lastimarla. Donde el único ruido que se oyera fuera el de sus besos y el de sus corazones bombeando con fuerza por amor, y no el de cientos de almas ansiosas de sangre.

Daría todo lo que fuera posible por cambiarse por su amada, por sufrir en su cuerpo los ataques y, en sus huesos, esa enfermedad que poco a poco estaba acabando con ella.

Helena abrió los ojos.

Lü sonrió al verla despierta, estaba convencido de que era más fácil doblegar su cuerpo que su voluntad. Le acarició el rostro y le preguntó al oído cómo se encontraba. Helena cerró los ojos tranquila al comprobar que Lü estaba junto a ella, que una vez más ese hombre no desfallecería y siempre estaría protegiéndola.

—¡Eh, vosotros! —dijo el médico—. Aquí nada de fornicar.

Lü lo miró perdonándole la vida.

El medico se volvió a girar impulsado por el miedo que le suscitaba ese extraño hombre.

—¿Te encuentras mejor? —preguntó Lü.

Helena asintió, aunque él sabía que lo hacía para dejarle más tranquilo.

—¿Crees que algún día podré ser libre?

—Claro, mi amor, algún día podremos vivir sin mayor preocupación que la que nos den nuestros hijos.

Helena sonrió, qué inalcanzables parecían esos sueños.

Durante horas siguieron hablando y compartiendo todas las ilusiones que tenían para cuando acabara esa profesión que Helena no había elegido, pero que, al menos, le daba la oportunidad de ser libre algún día.

Los juegos llegaron a su fin y poco a poco el anfiteatro fue liberándose de toda la vida que poblaba sus gradas.

Julio, el procurador de Hostiliano, entró en la enfermería con los ojos abiertos de par en par, con el nerviosismo de quien busca algo desesperadamente y no lo encuentra. Cuando vio a Lü y a Helena suspiró.

—¡Por Cástor y Pólux! ¿Dónde demonios estabais? —preguntó.

—Helena se ha desmayado, no se encuentra bien —contestó Lü.

—No hablarás en serio. Ya sabes que Hostiliano quiere que todos los gladiadores pasen la noche en el *ludus*. Debemos irnos.

—Helena no puede levantarse.

—¿Quieres acaso que venga él? Vamos, levántala, dale alguna de esas hierbas tuyas y vayamos enseguida.

Helena se intentó incorporar antes de que Lü siguiera protestando. El brazo izquierdo de la gladiadora estaba completamente rígido. No podía moverlo. Los movimientos de sus piernas no eran mucho más ágiles. A Julio le sorprendía ver cómo esa mujer, que se incorporaba tan lentamente, era la misma que tan solo unas horas antes, en el anfiteatro, había cautivado a miles de personas.

Empezaron a recorrer el pasillo subterráneo que separaba el anfiteatro del Ludus Magnus, el lugar donde entrenaban los gladiadores.

Durante los doscientos pies[1] que separaban ambos lugares tuvieron que parar varias veces.

Helena era prácticamente incapaz de moverse. Cada uno de los pasos era como uno de los combates que había librado en la arena del anfiteatro. Cuando llegaron, solo podía arrastrar los pies con Lü cargando prácticamente con ella.

Varios gladiadores salieron a su encuentro y lo ayudaron a tumbarla en una cama.

Helena estaba inconsciente por el esfuerzo.

En ese momento apareció Hostiliano visiblemente enfadado. Entró, seguido de varios de sus hombres, en el cubículo donde se encontraba Helena.

—Levántate, montón de mierda —dijo el *magister*—. Quiero que me expliques cuál es el motivo por el que tu combate hoy ha acabado tan pronto. ¿Acaso pretendes arruinarme? Descontaré de tu parte lo que no me has hecho ganar.

—Amazona no se encuentra bien, ha sufrido otro de sus ataques —respondió Lü.

Hostiliano lo miró con el rostro hierático, como si no hubiera oído sus palabras.

—¿Y a qué estas esperando para curarla?

—Mi medicina ya no puede hacer nada por ella.

—Entonces lárgate de mi vista, ¿me oyes? Si no puedes hacer nada por ella, no quiero volver a verte aquí nunca más, ¿entendido?

Hostiliano se acercó a Helena y con el dorso de la mano golpeó el rostro de la gladiadora.

—¡He dicho que te levantes!

El anillo del *magister* hizo un corte en la piel de la joven, quien, inconsciente, no hizo ningún gesto.

1. 60 metros.

—¡Levántate o juro por todos los dioses que yo mismo te mataré! —dijo Hostiliano mientras la zarandeaba.

Lü apretó los puños y lo agarró con fuerza por la toga.

—Si tú o alguno de tus hombres vuelve a ponerle una mano encima, por la tumba de Buda, que será lo último que hagas en tu vida.

—¡Cómo osas amenazarme, haré que mis hombres se encarguen de ti!

—Inténtalo, da la orden, y serán las últimas palabras que salgan de tu miserable garganta —dijo Lü a escasa distancia del rostro del *magister*.

Hostiliano pudo leer en los ojos de ese hombre que no dudaría en cumplir su amenaza.

—Está bien, id a avisar al médico, que venga inmediatamente. Él sí sabrá que hacer.

Lü lo soltó y se colocó cerca de Helena.

Sorano de Éfeso era un reputado médico conocido por ser experto en el cuerpo de las mujeres. Cuando llegó, pidió a todos que abandonaran la exigua habitación para quedarse solo con la paciente.

Durante varias horas trató de hallar la causa de la enfermedad que tenía postrada a Helena sin poder moverse. Utilizó varios remedios como la triaca, opio y otros medicamentos, pero Helena no mostraba ninguna mejoría.

Cuando salió de la habitación, Hostiliano se dirigió a él.

—Es una rara dolencia, nunca había visto nada igual —comentó el médico.

—Tienes que hacer algo. Esa mujer debe recuperarse enseguida.

—Lo haría si supiera cuál es la causa que la tiene postrada, pero me temo que nunca había visto esos síntomas.

—¡Toda Roma adora a esa mujer, necesito que hagas algo!

—Sus huesos parecen los de un anciano y sus músculos están muy rígidos. He aplicado un relajante a base de hierbas, ya solo queda esperar que hagan algún efecto.

—¿Cuándo podrá volver a luchar? —preguntó Hostiliano con el rostro inexpresivo.

—¿Luchar? Esta mujer no puede volver a luchar. Estimo que no le deben de quedar muchos meses de vida.

XLIV

Roma, 130 d. C.

Paulus hostigó a los bueyes para que tiraran con fuerza.

—¡Vamos!, empujad o no llegaremos nunca —gritó a los hombres que empujaban el *carpentum.*

La rueda que se encontraba encajada en una de las hendiduras del camino se liberó por el empuje, y el carro consiguió salir.

Los hombres fueron a subirse para continuar cómodamente sentados, pero Paulus lo impidió.

—Estamos cerca. Será mejor que vayáis andando para fortalecer vuestras piernas.

Los cuatro hombres hicieron un gesto de protesta.

—No seáis holgazanes. ¿Cómo queréis vencer a los mejores gladiadores si no sois capaces de andar varias millas?

El carro continuó. Paulus se atusó la barba, en un típico gesto suyo, mientras pensaba en lo mucho que le había costado llegar hasta ahí. La mañana era gélida y aún quedaban horas para llegar a su destino. Mientras recorrían el sendero se le venían a la mente miles de recuerdos.

Desde que tenía uso de razón siempre quiso ser gladiador. De pequeño le encantaban todas las leyendas que pudieran contarle de los mejores luchadores de todos los tiempos. Hermes, Spiculus, Borea, Prisco y Vero, había crecido con sus historias, soñando con ser uno de ellos. Quería que en los años venideros el eco de su nombre sonara con fuerza durante toda la eternidad. Su carrera empezó bien, luchando en pequeños anfiteatros donde ganaba todos los enfrentamientos, hasta que llamó la atención del *lanista* de Corduba, quien, tras verle en un enfrentamiento, no dudo en enrolarle en su *ludus*.

Para Paulus combatir en la arena era más que un simple duelo, era una filosofía de vida, un reflejo de la tierra en la que convivían los mortales. Todo aquel que se convertía en gladiador lo hacía por la fama, esa sed de estar de boca en boca que nunca se ve saciada y que cada vez demanda más. Para todos menos para él. Quizá lo fue al principio, en aquellos primeros combates de escasa importancia, o cuando era un crío que solo buscaba imitar a sus ídolos. Pero cada vez que libraba un nuevo combate era una forma de encontrarse a sí mismo. El tiempo le fue enseñando que solo los mediocres, aquellos con el alma pequeña, no veían más allá de un simple duelo. La gladiatura era mucho más que el talento marcial de dos hombres, era algo que superaba lo físico y trascendía a lo espiritual. Todos pueden luchar, pero no todos son dignos de ser gladiadores.

Un verdadero gladiador nunca luchaba contra su oponente, luchaba con su igual. Para Paulus, solo aquellos que persiguen vencerse a sí mismos, los que buscan superarse en cada enfrentamiento, alcanzan la gloria. Es un baile en el que ambos contendientes se ayudan a sufrir y mostrarse dignos ante ese sufrimiento, cayendo pero siempre levantándose, hasta las últimas energías. Cuando un rival cae, hay que permitirle que vuelva a ponerse en pie para que pueda seguir sufriendo y demostrar que es digno de los antiguos, de los primeros gladiadores. Cuando un contrincante está débil, se le golpea con fuerza, para demostrarle que lo respetas. Cuando no puedes seguir y siguen golpeándote, es un acto de admiración, están respetando tu fortaleza.

Golpear, ser golpeado, caer, hacer caer, levantarse, permitir levantarse, siempre, hasta las últimas consecuencias y hasta que el público sea parte de ti y decida que es suficiente, porque están sufriendo contigo a tu lado. Solo cuando percibía esa conexión indeleble con los espectadores se sentía satisfecho. Si su rival estaba en el suelo, esperaba siempre a que se incorporara, aun a pesar de que al ponerse de pie pudiera vencerlo, porque para Paulus ese era el modo en que se honra la lucha, combatir mirando a tu oponente a los ojos.

Eso era ser un gladiador y era lo que trataba de transmitir a aquellos que querían escucharlo.

Pero todos sus sueños se vieron truncados por una lesión que le impidió seguir combatiendo. En un entrenamiento contra uno de sus compañeros, hizo un movimiento arriesgado, su pie se enganchó y cayó al suelo arrastrando a su rival, que cayó encima de su pierna. El ruido seco que hizo su rodilla al quebrajarse cortó el aliento de los doctores y gladiadores que presenciaban la pelea. Pero algo más que varios huesos se rompieron ese día: se quebró un sueño, un modo de vida.

Quizá porque, según él, la muerte respeta al que compite y se alienta con aquellos temerosos que la miran con miedo, desde entonces se dedicaba a combatir de otro modo: reclutando luchadores e inculcándoles su filosofía sobre la gladiatura.

Sus cuatro gladiadores, junto a sus bueyes y su *carpentum*, como único ajuar, iban de pueblo en pueblo. Eran un *ludus* itinerante, cuyo único objetivo era que el público disfrutara de esa filosofía de combate, de ese modo tan distinto de luchar.

Paulus miró hacia atrás y observó a Lucio Voreno, su mejor gladiador. Un joven increíblemente habilidoso para su enorme estatura, un *retiarius* que le recordaba mucho a él.

Voreno no tenía rival, ningún luchador lo había vencido y el público de toda Hispania lo adoraba. Habían combatido en Emérita Augusta, en Segóbriga, en Tarraco y en el foro de decenas de pueblos de toda la península, y todos los duelos los había contado por victorias.

A pesar del agotador viaje, Paulus sonrió al ver en el horizonte la ciudad de Roma. Estaba convencido de que había llegado la oportunidad de medirse al mejor luchador de todo el Imperio, era el momento de retar a Probus. Sabía que estaba retirado desde hacía tiempo, pero no había nadie como él. Trataría de convencer a su *lanista* con la cantidad de sestercios que podrían enfundarse por un único combate. El pueblo de Roma perdería la cabeza por volver a ver luchar a su ídolo.

No muy lejos de allí, Probus levantó el brazo con el escudo para parar el ataque. Su rival amagó y, con un movimiento de la cadera, cargó con la espada en el vientre. El exgladiador sonrió y consiguió, con dificultad, rectificar su *pugio* para contener el improvisado ataque. Esa finta era el golpe favorito de su oponente, siempre intentaba golpear su cuerpo con ese movimiento. Aunque el ímpetu que mostraba su rival cada vez lo obligaba a esforzarse más.

De nuevo Probus lanzó una patada con fuerza al escudo de su oponente y atacó con un golpe alto buscando la separación que quedaba entre el pecho y la defensa. Su rival, en vez de hacer fuerza con las piernas para absorber el golpe, amagó de nuevo y se apartó para dejar que el *pugio* de Probus le pasara por delante, en un movimiento increíblemente rápido. Antes de que el exgladiador pudiera, una vez más, rectificar el golpe, su contrincante, aprovechando que Probus tenía gran parte de su cuerpo expuesto, golpeó con su arma de madera en su vientre y lo hizo caer.

El pecho de Domicia se movía agitado por el esfuerzo, pero sobre todo por ese momento. Llevaba dos años entrenando con el hombre que había sido el mejor de todo el Imperio. Probus la hacía entrenar con lastres para que ganara en agilidad y la sometía a un duro trabajo con pesas y con todo aquello que considerara útil para mejorar el cuerpo de la joven. Durante dos años, desde la muerte de Valeria, había entrenado en muchas ocasiones, se había lesionado, había llorado de dolor y de rabia por no ser tan buena como quería. Había entrenado muy duro tanto física como mentalmente para llegar a ese momento. Era la primera vez que conseguía doblegar a Probus y una increíble sensación de júbilo recorría su cuerpo.

Domicia oía los aplausos que Thais, desde un rincón, le dedicaba emocionada y orgullosa. Su amiga, que la había acogido en su casa como si fuera su propia hermana, sabía todo lo que Domicia había peleado. Recordaba las palabras de Probus: «Solo cuando seas capaz de alcanzarme una sola vez, estarás lista para enfrentarte a una gladiadora». Ambas corrieron y se fundieron en un abrazo.

Un crío de dos años se acercó corriendo a abrazar a Probus, que estaba en el suelo respirando con dificultad pero con una enorme sonrisa en los labios.

—Parece que tú eres el único que vela por mí —dijo el exgladiador levantando en brazos al pequeño.

—Raro me parece, pues nuestro hijo solo tiene ojos para Domicia —dijo Thais mientras seguía estrechando a su amiga.

Un esclavo se acercó con varias copas de vino y Probus, junto al pequeño que no se bajaba de sus hombros, fue a enjuagarse los labios tras el esfuerzo.

Domicia dudó, no sabía si era el momento de decirlo,

pero ansiaba conocer la respuesta del hombre que la había tratado como un padre. Esperó a que dejara al crío y se limpiara el sudor con un trozo de tela. Estaba nerviosa, más incluso que en el duelo que antes había librado con él, pero tenía que saber si todo el entrenamiento, esos dos años de esfuerzo, habían sido en vano.

Probus se acercó a Thais y la besó en los labios.

—Así que ansiabas que perdiera —dijo el gladiador abrazando a su amada.

—Tan solo deseaba que Domicia venciera —respondió Thais devolviéndole el abrazo.

Domicia observaba la escena, esa pareja se había portado con ella de un modo que jamás podría corresponder. A pesar de que no los unieran lazos de sangre, eran su única familia.

—¿Cumplirás tu promesa? —preguntó la joven Iucunda.

Esa pregunta hizo que Probus y Thais se deshicieran del abrazo y que el rostro alegre del exgladiador se tornara adusto.

—Dijiste que si algún día te vencía estaría lista para enfrentarme a Amazona.

—Así es, pero no fue lo único que dije aquel día, Domicia.

—Solo tú puedes ayudarme.

—Y lo he hecho, acepté entrenarte. Nunca imaginé que llegaras tan lejos. He sido duro contigo porque solo en el esfuerzo, en la lucha y en la entrega podemos verter nuestra ira y vaciarnos de ella, pensé que el entrenamiento iría cerrando tu herida y que solo así conseguirías superar el dolor tan grande que anida en tu pecho. Veo que me equivoqué, pero recuerda el resto de mis palabras: por muy fuerte que sea tu pena, no participaré en ninguna venganza.

—La retaré con o sin tu ayuda. Lucharé contra ella con el nombre de Achilia.

—¿Cómo piensas hacerlo? Aunque quisiera, no puedo

hacer nada por ti. Eres una *fémina*, una mujer de clase alta. No es necesario que te recuerde, porque lo sabes tan bien como yo, que el Senado hace años prohibió a las mujeres libres menores de veinte años luchar en la arena. También sabes que, años después, el propio Senado no solo prohibió a las mujeres libres luchar, sino también, tajantemente, a las hijas, nietas y biznietas de senadores, así como a las esposas, hijas y nietas de caballeros cualquier aparición en el anfiteatro.

—Tú conoces a los *lanistas* y a los editores, solo tú puedes ayudarme. Amazona se hizo pasar por una patricia para matar a mi hermana, tú puedes hacerme pasar por una infame para que pueda saciar mi sed con la sangre que corre por sus venas.

—Es la mejor gladiadora de todo el Imperio, Domicia, la has visto luchar, te destrozará como si fueras una pequeña barca en medio de una tormenta.

—Te he vencido a ti.

—Tan solo ha sido un golpe, en dos años solo me has alcanzado una vez.

—Pues me convertiré en una infame, abandonaré mi ciudadanía romana para poder luchar contra ella.

—¿Crees que eso es lo que tu padre habría deseado?

—No te compete a ti pensar eso, no te consiento siquiera que un infame como tú mencione su nombre.

El rostro de Probus se endureció.

—¿Eso es lo que ves en mí y en Thais, a dos infames?

Domicia iba a responder que no había querido decir eso, pero fue su amiga quien se adelantó:

—Ya está bien. Seguiremos con esta conversación en otro momento, estáis cansados por el esfuerzo y ninguno pensáis con claridad.

Probus no dijo nada más y abandonó el peristilo que hacía las veces de palestra sin mirar a Domicia.

La joven patricia se fue a su dormitorio con el rostro cubierto de lágrimas. No podía creerse que todo su esfuerzo, todo el entrenamiento fuera en vano. Se tumbó en la cama y pensó en su hermana, jamás se perdonaría no poder vengarla, no dar muerte a la mujer que acabó con su vida. No era justo, no podía acabar así. Pensó en ir a ver a Hostiliano, pero sabía del odio que profesaba a la familia Iucunda y descartó la idea.

Fue entonces cuando, decidida, se levantó y se atavió con una sencilla túnica, se recogió el pelo y se echó por encima una sencilla *palla* para pasar desapercibida. Cogió una pequeña bolsa con monedas que tenía guardada desde la muerte de su hermana. Tras la condena de los tres senadores era una de las mujeres más ricas de Roma, aunque su vida junto a Probus, Thais y el pequeño fuera bastante frugal. También se guardó, entre los pliegues de su túnica, un pequeño *pugio* para protegerse en caso necesario.

Abrió la puerta con cuidado, vigilando que nadie se encontrara en los pasillos. Se movió por la *domus* con sigilo hasta llegar a la parte de atrás. Quería salir sin ser vista. Sabía que Thais no tardaría en ir a su cuarto a calmarla, por lo que no tenía mucho tiempo para marcharse. Le sorprendió no encontrarse con nadie a su paso, que ningún esclavo se cruzara con ella. Dudó antes de abrir el portón por el que tantas veces había entrado para pasar desapercibida a la gente del exterior. La intención era la misma, pero distintas las circunstancias. Las personas de las que quería huir se encontraban en el interior.

Justo cuando Domicia abría la puerta trasera para marcharse de casa del exgladiador, Probus salía por la parte delantera.

Domicia caminó por las calles de Roma. A esa hora del día la ciudad bullía con la barahúnda y el desorden propio de la capital del Imperio. Los comerciantes clamaban a voz en grito que los transeúntes se detuvieran a contemplar la mercancía de sus negocios.

La joven continuó hacia su destino con una firmeza mayor en sus pasos que la que mostraba en su corazón. No estaba segura de hacer lo correcto y lo más probable era que recibiera un no como respuesta; sin embargo, no tenía otra opción.

Una hora después de salir de casa de Thais y Probus, llegó a la puerta Fontinalis, al norte de la ciudad. Nada más salir de Roma vio un carro donde varios hombres bromeaban, luchando entre ellos, mientras otros dos daban de comer a los bueyes que seguramente los habían traído hasta ahí. Domicia se fijó en el grupo. Eran hombres muy corpulentos y parecían gladiadores, especialmente uno de ellos, al que el resto llamaba Voreno.

Se acercó a un puesto de alquiler de transportes y caballos.

—¿Cuánto pides por llevarme y traerme a Reate?

El conductor levantó la mirada, la observó de mala gana y dio un bocado a la ciruela que se estaba comiendo.

—Cinco denarios —respondió con la boca llena, concentrándose de nuevo en la fruta.

—¿Acaso crees que soy una joven inocente y desesperada a quien puedes engañar fácilmente?

El hombre dejó de masticar, justo era eso lo que había pensado.

—Por ese dinero —continuó Domicia— puedes llevarme hasta Hispania.

—Hay que parar en una posta, el viaje es un día y medio, el coste es caro. Puedes viajar por un denario si lo haces en el *carpentum* junto a otros viajeros.

—No quiero viajar con más gente. Te pagaré dos si salimos ahora mismo.

—Tres, y cuando me termine las ciruelas.

—Está bien. Pero vayamos ya.

El hombre se limpió con la manga el chorretón de ciruela que caía desde su barbilla hasta su túnica y con increíble parsimonia contestó:

—He dicho que cuando me coma todas las ciruelas.

Domicia miró la bolsa desesperada, aún le quedaban seis o siete.

Por otro de los rincones de Roma, Probus caminaba en dirección al lugar donde pensó que nunca regresaría. Llevaba la cabeza cubierta por la capucha de su *paenula*. A pesar de que habían pasado seis años desde que abandonara la gladiatura, aún había gente en Roma que lo reconocía.

Giró alrededor del anfiteatro de los Césares y anheló las tardes en las que su nombre había sonado por encima, incluso, de esos muros. También observó las arcadas y recordó la última noche que combatió, cuando al salir vio el cuerpo de Thais tirado justo en el sitio que dejaba a su derecha en ese momento. Aquella noche, a pesar de estar a punto de morir, su vida cambió para siempre. No solo encontró a su gran amor, sino que decidió no volver a luchar nunca más. Pensó que, aunque había tomado la mejor elección, echaba de menos aquellos días; cuando se despertaba con el hormigueo del combate recorriendo su piel, cuando se enfundaba las protecciones, cuando recorrían el pasillo subterráneo en dirección al anfiteatro. Los nervios que erizaban el pelo de su nuca antes de salir a la arena. Y, sobre todo, lo que más echaba de menos era el clamor del público gritando su nombre cuando levantaba la palma de la victoria. Sin embargo, aquellos recuerdos eran lejanos y formaban parte de su pasado. No volvería a luchar nunca más.

Continuó envuelto en sus pensamientos hasta que llegó al Ludus Magnus.

Varios legionarios flanqueaban la puerta. Se presentó y comentó a uno de ellos que quería ver a Haterio Nepote el Viejo, *lanista* y procurador del *ludus*.

El legionario lo reconoció; sabía que el visitante no necesitaba autorización, simplemente asintió con la cabeza y lo dejó pasar.

Cruzó el pórtico de la palestra. En ese momento decenas de gladiadores entrenaban. Todo el ruido de las armas golpeando unas con otras, de los esfuerzos por el ejercicio y de las voces de los doctores dando órdenes se detuvo en seco cuando uno de los gladiadores lo reconoció. Aquellos que habían sido sus compañeros se giraron y lo observaron en silencio. Probus era respetado por todos los que formaban la familia gladiatoria. Por la mente de cada uno de ellos se batía la misma pregunta: ¿qué hacía allí el mejor gladiador del Imperio?

Probus llegó hasta las dependencias que hacían las veces de oficina del *ludus*. Varias personas esperaban para reunirse con Nepote el Viejo. El escribano y ayudante del *lanista* salió a su paso al ser informado de quién se encontraba allí.

—¡Probus! Qué ilustre visita. ¿Vienes a ver a Nepote?

El exgladiador asintió con la cabeza.

—En cuanto salga un *lanista* que está reunido con él te dejaré pasar.

Un hombre que estaba allí sentado protestó:

—Llevo dos horas esperando. Me da igual que sea Probus o el mismísimo Caronte. Yo he llegado antes.

El escribano contestó:

—Yo decido quién entra y quién sale. Y en este momento entrará Probus o ya puedes irte por donde has venido.

El hombre protestó entre dientes pero no añadió nada más.

En ese momento la puerta de Nepote se abrió.

Un hombre alto y con una visible cojera salió. Se quedó plantado delante de Probus, se acarició la barba junto a una ligera sonrisa y continuó andando.

El escribano entró para presentar la siguiente visita y acto seguido le indicó a Probus que entrara.

Nepote el Viejo salió de detrás de su escritorio.

—¡Por Júpiter! Los dioses han oído mis plegarias. Justo departía sobre ti con ese hombre que acaba de salir.

—Salve, Nepote, veo que sirves bien a los dioses y que ellos te guardan con fortuna.

El *lanista* sirvió dos copas de vino y ofreció una al exgladiador.

—Ese hombre —dijo Nepote— es un *lanista* de poca alcurnia, llamado Paulus. Tiene a un gladiador de nombre Voreno que puede reportarnos grandes beneficios.

—Ya te dije que no volvería a luchar.

—Piénsalo. La vuelta de Probus. Solo sería un combate, pero sería uno de los más grandes de todos los tiempos. El público se volvería loco, no hay ningún gladiador ahora mismo con el que se emocionen tanto como lo hacían contigo. Sería un duelo excepcional. Te veo bien, ¿has estado entrenando?

—No estoy aquí para hablar de mí.

—Por Júpiter, Probus, ¿qué puede haber más importante? Justo un hombre viene desde Hispania con un gladiador que solo cuenta sus combates por victorias y, nada más salir de mi despacho, después de años sin pisar el *ludus*, la diosa Fortuna te posa ante mí. Si no es una señal de los mismísimos dioses, dime qué es.

—Vengo en busca de tu consejo para ayudar a alguien, pero puedo ofrecérselo a otro.

Nepote bebía el contenido de su copa pensativo, intentando encontrar las palabras que convencieran a Probus.

—Habla —dijo finalmente.

—¿Cómo puede una *femina* luchar en un combate en el anfiteatro?

—Y ¿cómo puedo convencerte para que luches contra ese Voreno?

—Gracias por tu tiempo, Nepote —dijo Probus haciendo el amago de salir.

—Está bien, está bien. Es harto imposible, hay una ley que impide a las *feminae* luchar en el anfiteatro, ni siquiera podemos convertirlas en *auctorati*,[1] pero cuéntame más.

Probus dudó. No quería mencionar el nombre de Domicia pero vio que no tenía más opción.

—Recordarás que Valeria Iucunda, la hija de Valerio Iucundo, el abogado de las mujeres, participó en los Ludi Iuvenales.

—Oí que un desafortunado golpe en el cuello segó su vida, pero que fue un accidente.

—Así es, sucedió tal y como te han contado. Pero lo que nadie sabe es que la luchadora que acabó con la vida de Valeria, por accidente, es nada más y nada menos que Amazona.

—¡Por Júpiter! Esa mujer es la mejor gladiadora de Roma. ¿Cómo estás tan seguro?

—Porque varias personas la vieron.

—¿Y por qué no denunciaron a Hostiliano?

—Por eso he venido a verte, porque una de aquellas personas que la vieron convenció a Tito Flavio para que no presentara una denuncia.

—¿Por qué motivo?

—Porque se trata de la hermana de Valeria. Me he ocupado de ella todo este tiempo, entrenándola en mi *domus*. No solo creo que está preparada para enfrentarse a Amazona, sino que estoy convencido de que puede vencerla.

1. Ciudadano romano que se convierte en gladiador.

Nepote el Viejo recorría el mármol de su *tablinum* de un lado a otro, pensativo y nervioso, hasta que finalmente preguntó:

—¿Cuál es su nombre?

—Su nombre es Achilia.

—¿He oído bien? Hoy los dioses me son favorables —dijo Nepote visiblemente ilusionado—. Sería un duelo épico. Piénsalo, Achilia es el nombre femenino de Aquiles, quien mato a Pentesilea, la reina de las amazonas. Podemos recrear ese duelo en el anfiteatro de los Césares, haremos que en toda Roma no se hable de otra cosa, el duelo del año, qué digo del año, sería el mejor en décadas. El combate más importante librado por dos mujeres. Achilia y Amazona, algo más allá de un combate, un duelo personal. ¿Sabes lo que este tipo de leyendas gustan a los romanos?

Probus se sentó e interrumpió a Nepote, que hablaba pisándose unas palabras con otras.

—Pero has dicho que es imposible. Que no pueden luchar.

Nepote se serenó y se sirvió otra copa de vino. Observó el caldo del color de la sangre mientras daba vueltas a la copa. Bebió con mesura a pequeños tragos. Cuando dio cuenta de todo el contenido se giró.

—Existe un modo —dijo finalmente—. Hay una manera en que puede organizarse. Solo podría ser un combate, pero no necesitamos más.

Probus se levantó de la silla.

—¿Cuál es? —dijo nervioso—. Habla, ¿cómo puede hacerse?

—No tan deprisa, Probus. Te ayudaré, lo organizaré y conseguiré que luchen del único modo que se puede, pero únicamente lo haré si accedes a luchar contra Voreno.

XLV

Cerca de Roma, 130 d. C.

Domicia abrió los ojos. Estaba dentro del carro que la llevaba en dirección a Reate. Se había quedado profundamente dormida.

—¿Queda mucho? —preguntó.

—Estamos a tan solo una milla —contestó el cochero.

Suspiró nerviosa. Hacía dos años que no volvía al *collegium iuvenum*. Sexto, Décimo y Lucio el Grandullón se licenciaron hacía un año, por lo que solo quedaban recuerdos de su estancia en el lugar donde se había formado junto a su hermana. Una ligera sonrisa se dibujó en su rostro al acordarse de lo mal que sus amigos se lo hicieron pasar al principio de su estancia ahí y la bonita amistad que nació después. Sus tres compañeros, cada vez que volvían a Roma con algún permiso, no dudaban en ir a visitarla a casa de Thais y de Probus. A Domicia le costaba mucho volver a todos los lugares donde había estado con su hermana. Rememorar cada rincón, cada risa, cada llanto que había sufrido junto a Valeria era terriblemente doloroso. Pero lo que le provocaba una enorme presión en el pecho, y hacía que en la boca tuviera un sabor amargo, era la enorme inscripción que Tito Flavio había mandado erigir en la puerta del *collegium* y que no se atrevía a ver. A su corta edad había entendido que hay días en la vida, o situaciones, que irrumpen con tanta fuerza que se quedan clavados en el alma, como si el resto de los días, desde entonces, no existieran. Como si su mente y su cuerpo se quedaran anclados en el momento en que Amazona segó la vida de Valeria. Todos los amaneceres olían igual que el de aquella fatídica mañana y todas las noches el corazón dolía con la misma intensidad que en aquella ocasión. Las estaciones solo tenían un día, el día que su hermana perdió la vida. Domicia se lamentaba cada vez que pensaba todo lo que ocurrió en aquella jornada, se maldecía por no haber llegado a tiempo de despedirse de ella, que muriera sin nadie que la acompañara o que tan solo le agarrara la mano, que acariciara su rostro mientras sus ojos abandonaban esta vida y empezaban a vislumbrar otro lugar.

Domicia siguió el recorrido con la mirada perdida en el horizonte, pensando en cómo afrontar el tema con el *magister*, de qué modo convencerlo para que le permitiera enfrentarse a Amazona. Por su cabeza no pasaba otro pensamiento que no fuera el de enfrentarse a la gladiadora que dio muerte a su hermana. A pesar de que Probus, Tito Flavio y sus tres amigos habían intentado convencerla en no pocas ocasiones de que fue un fatal accidente, Domicia no podría perdonarse en su vida no vengar la muerte de Valeria Iucunda.

Si algo había aprendido es que la muerte siempre llega demasiado pronto, independientemente de la edad. No era fácil para nadie enterrar a un ser querido, pero para ella había sido demasiado cruel dar sepultura a sus tres familiares. Los dioses le arrebataron a su madre antes incluso de conocerla, cuando apenas era una cría. Doloroso fue el asesinato del hombre a quien más quería en el mundo, su padre. Y, cuando aún no se había recuperado, le arrebataron a su hermana, a la que la unía un vínculo indisoluble y a quien no había un solo día que no echara de menos. Era una de las mujeres más ricas de Roma, pero el dinero no podía comprar sus sentimientos. Daría todo el dinero que poseía por pasar unos momentos con su familia. No necesitaba ninguna de las comodidades que pueden comprarse con oro o plata, de hecho prefería la más amarga miseria si eso le devolvía a su hermana.

Domicia alzó la cabeza oteando el horizonte, la ciudad de Reate se confundía con los últimos rayos del sol que languidecían a punto de expirar. Tendría que pasar la noche en el *collegium*.

Durante un instante se sintió mal por Thais y por Probus. Estaba tan enfadada que se había marchado sin decirles adónde se dirigía. La ira había dominado sus palabras y se había comportado de un modo injusto con quienes tanto cariño le habían dado. Sabía que era muy impulsiva, su padre siempre decía de ella que era como una lámpara de aceite, una vez que se prende la mecha o esperas a que se consuma sola o la apagas violentamente. Estaba arrepentida, pero ya no podía hacer nada por cambiar su actos, únicamente pedir perdón cuando tuviera ocasión.

El conductor paró el carro cuando llegó hasta el Collegium Iuvenum de Reate.

—Mañana volveremos a Roma pronto, en cuanto despunte el alba.

La joven Iucunda se apeó del carro con las piernas temblorosas.

Domicia se dirigió al interior del recinto con su corazón bombeando con celeridad. Cuando estaba justo enfrente de la entrada suspiró con fuerza, levantó la cabeza y entonces la vio. Una enorme inscripción recibía a todos aquellos que entraban en el recinto homenajeando a la primera mujer que se formó entre esas paredes y de quien se sentían orgullosos. Sus ojos se llenaron de lágrimas al ver el nombre de su hermana tallado en el mármol.

A las divinas sombras de Valeria Iucunda, que pertenecía al cuerpo de los Iuvenes. Vivió XVII años y IX meses. Tito Flavio, magister

Domicia sintió una mezcolanza de sentimientos: orgullo y rabia. Orgullo, por ver el nombre de su hermana, la mujer a quien más había admirado en su vida, escrito eternamente en esas paredes. Y rabia porque Amazona, aquella mujer a quien odiaba sin conocer, hubiera sido la responsable de que su vida fuera tan efímera, aunque su nombre pudiera leerse durante siglos. Al ver el relieve sintió que había hecho lo correcto, que debía buscar el modo de vengar su muerte. Lejos de lo que había pensado, ver esa inscripción le infundió un ánimo renovado. Entró con el paso firme y se dirigió directamente a la estancia del *magister.*

A esa hora ya habrían terminado la cena y Tito Flavio estaría en su *tablinum* revisando sus papiros y organizando la administración de su negocio.

Subió las escaleras que daban a sus dependencias. Al llegar a la puerta, golpeó la aldaba con ímpetu, debía mostrar una actitud muy diferente a la que Tito Flavio estaba acostumbrado en ella si quería doblegar el corazón del hombre que tenía la llave para poder ver cumplida su venganza.

Nada sucedió ni se oyó la voz del *magister* invitándola a entrar.

Volvió a golpear y de nuevo no percibió ni un solo ruido en el interior. Intentó abrir la puerta, pero se encontraba cerrada con llave. Se puso nerviosa al pensar que quizá se habría precipitado al ir sin asegurarse de que Tito Flavio estuviera en Reate; quizá se encontraba en Roma y había hecho el viaje en balde.

Se dispuso a darse la vuelta maldiciendo su mala suerte cuando se encontró de frente con el *magister,* que subía las escaleras.

—¡Por todos los dioses! —dijo Tito Flavio—. ¿Son mis viejos ojos los que me engañan o por fin la pequeña Domicia se ha dignado a visitarme?

—Supongo que ya no soy tan pequeña.

—Para mí siempre serás la pequeña Iucunda. —Flavio abrió la puerta mientras hablaba—. He ido a verte a casa de esos amigos tuyos en no poco menos de una decena de ocasiones y siempre me despedían con excusas, imagino que concebidas por ti para evitar mi presencia. Te he escrito cartas y no he recibido respuesta ni a una sola de ellas. Hasta el mismo día de hoy, que te presentas en mi puerta, imagino que con la intención de pedirme algo.

Domicia hizo un gesto de resignación. El encuentro no empezaba como ella deseaba.

—Soy tu tutor, Domicia. Es mi obligación velar por tu futuro, el motivo de mis cartas y de mis visitas eran para darte la opción de que puedas elegir la persona con quien te unirás en matrimonio en vez de obligarte a casarte con alguien que no desees.

—Soy libre de tomar mis propias decisiones.

—Eres una mujer, aunque tus actos sigan siendo los de aquella niña deslenguada que conocí, y como tal, sabes que la ley me obliga a elegir, porque así además se lo prometí a tu padre, un matrimonio que sea provechoso para ti. Tienes ya diecisiete años y en Roma no se ve con buenos ojos que una mujer a esa edad no haya contraído nupcias. Te recuerdo que tengo tu patria potestad, puedo emparejarte con quien considere justo. He recibido ofertas por tu unión de las mejores familias romanas, las *gens* más importantes del Imperio desean emparejar a sus vástagos contigo, pero siempre quise que la decisión la tomaras tú, porque así era el deseo de tu padre, y ¿este es el modo en que me lo agradeces?

—¿Agradecer? ¿Debería estar agradecida por casarme con un hombre que yo no he elegido?

—La obligación de las mujeres romanas es traer hijos al Imperio. Así ha sido desde el inicio de nuestros tiempos y así seguirá siendo. He aprendido a no juzgar los sentimientos de las mujeres, pero no cederé en la opinión que tengo sobre cuál es vuestro deber.

—¿Y es el deber de los hombres decidir por nosotras?

Tito Flavio calló para evitar un diálogo banal que no llevaría a ninguna parte.

—¿Qué es lo que te trae por aquí? ¿A qué debo tu visita?

—Quiero que me digas qué puedo desayunar mañana y deseo saber si los vestidos que pensaba comprarme son de tu agrado, dado que no sé si podré tomar tales decisiones. Quizá debería ir a verte cada noche para preguntarte si ves con buenos ojos la cena que me han preparado antes de acostarme. De hecho, no sé cómo he podido vivir todo este tiempo sin que los hombres decidan todas estas cuestiones por mí.

—No tiene ninguna gracia, Domicia.

—Ya lo creo que no la tiene. Nunca entenderé por qué las mujeres soportamos vivir en un mundo donde solo gobierna la voluntad de los hombres.

—Vuestro padre os inculcó esas ideas. Él pensaba que estabais igual de capacitadas y que atesorabais el mismo raciocinio que los hombres, pero tu padre se equivocaba. Este mundo que tanto detestas ha sido, es y será dirigido, mientras se tenga en pie, por hombres.

—Pues entonces no durará mucho.

—Podemos estar así hasta el amanecer, pero dudo que el motivo por el que has vendido a verme sea para discutir sobre vuestras aptitudes.

—Quiero preguntarte cómo un patricio puede luchar en la arena de un anfiteatro sin perder su ciudadanía romana. Sin tener que hacer el juramento de gladiador y ser considerado un infame.

Tito Flavio la miró con recelo.

—¿Para qué quieres saberlo?

—Simple curiosidad.

—Dudo que sea la curiosidad la que te ha traído hasta aquí, más bien diría que ha sido la voluntad de saberlo por algún motivo que se me escapa.

—Contesta a mi pregunta y te lo diré.

Tito Flavio relajó su gesto mientras pensaba.

—Hay un modo de luchar sin perder la ciudadanía, pero no suele ser muy habitual.

—¿Cuál es? —preguntó Domicia nerviosa.

—Por saldar una pérdida personal.

—¿A qué te refieres?

—Cuando un gladiador mata a otro gladiador. Un familiar directo, un amigo o incluso un compañero del fallecido pueden retar al vencedor por la ignominia que ha podido causar en el honor de la familia, es decir, por venganza, por honrar la memoria del muerto.

—Nunca lo había oído.

—Es un acto muy valeroso, y si algo valoran los romanos es que alguien ponga en riesgo su vida por salvar el honor de un fallecido. Ese es el único modo en que no es un acto infame. Y una vez dicho esto, contesta a mi pregunta, ¿para qué quieres saberlo?

Domicia tardó en contestar, esa solución se le presentaba delante de sus ojos como un rayo de sol que se abre paso por las negras nubes en medio de una tormenta.

—Quiero que me ayudes a luchar contra Amazona, la gladiadora que mató a mi hermana. Es un acto como el que has descrito, deseo limpiar el apellido y la honra de Valeria.

—¡¿Acaso te has vuelto completamente loca?!

—Si vas a darme otra de tus charlas sobre lo que más me conviene, será mejor que te la ahorres. No necesito que me expliques que las armas cortan y hacen heridas que sangran y, al igual que con quién decidiré casarme, no es una decisión tuya, sino mía.

—Por encima de mi cadáver, Domicia.

—Sé que te une a Hostiliano un odio recíproco, te estoy dando la oportunidad de resarcirte mientras yo consigo alcanzar mi venganza. Durante dos años Probus me ha entrenado día y noche con el único fin de acabar con la vida de la mujer que cambió la mía.

—He tenido que enterrar a tres Iucundo, mis ojos no verán el funeral de un cuarto.

—No puedes negarme un deseo que no te compete a ti decidir.

—Puedo casarte mañana mismo con el patricio que yo decida. Si lo hago, le pertenecerás y, por tanto, podrá decidir sobre todo lo que tenga que ver con tu vida. No me fuerces, Domicia, o te desposaré con aquel que tenga las costumbres más tradicionales de toda Roma.

—Si permites que luche, me casaré con Marco, el abogado. Es lo que siempre has querido.

—Es un enlace que sin duda me complace, pero no permitiré que luches.

—Al menos, no me lo prohíbas; si consigo el modo, no me niegues ese derecho.

Tito Flavio sopesó sus opciones.

—No facilitaré tal combate jamás. En el mes de junio te unirás en matrimonio con Marco, con o sin tu voluntad. Y ahora otros asuntos me esperan. Puedes dormir donde lo hacías, quédate aquí el tiempo que necesites.

—He visto el relieve que pusiste en nombre de mi hermana. Quiero darte las gracias por un gesto que te honra, y más teniendo en cuenta que nunca nos quisiste aquí.

Tito Flavio suspiró intentando hacer ver a la joven Iucunda que estaba cansado de sus insinuaciones.

—No soy yo quien decide cómo deben ser las cosas, Domicia. Simplemente me limito a aceptarlas. He abierto los ojos a muchas verdades que me eran completamente ignoradas, pero no lo haré sobre cuáles son las funciones de la mujer, pues son tan claras como el agua del lago Benaco.

—Si todos los hombres pensaran como tú, nunca podríamos cambiar nada. Gracias a mi familia descubriste que te equivocabas juzgando a las mujeres de clase baja, y ahora también te equivocas al no permitirme tomar mis propias decisiones. Todo esto es porque soy una mujer, si fuera un hombre media Roma se frotaría las manos por un duelo que nadie querría perderse. ¿Acaso un hombre siente más aflicción por la muerte de un ser querido?

—Hazme caso, todo lo que necesitas es casarte y tener un par de niños que den alegría a un corazón que, no lo niego, ha sufrido más de lo que debería. Ahora mismo mi preocupación estriba en encontrarte un esposo adecuado. Mañana le anunciaré a Marco el enlace. Llegará un día en que las cicatrices de tu pecho sanarán como lo hacen las de cualquier otro ser humano. Has de tener paciencia, acepta el enlace con Marco y dentro de unos años me lo agradecerás. La próxima semana le diré que te visite. No le hables de esto o le dará tal vergüenza que no querrá desposarte.

—Si no me acepta tal y como soy, entonces no me merece.

Tito suspiró, agotado, y le dio la espalda haciéndole ver que la conversación había terminado. Esa joven era igual de terca que su padre.

—¿Me dejarás luchar? —preguntó Domicia.

—No mientras estés bajo mi protección. Cuando te desposes con Marco y tenga potestad sobre ti, que sea él quien decida, y el tema queda zanjado. Gracias por tu visita.

—El día que venza a Amazona espero no verte en las gradas —replicó airada Domicia.

Se dio la vuelta y dejó a Tito Flavio suspirando por la ingobernabilidad de la joven.

Cuando el alba despuntó, Domicia se despertó con la misma sensación amarga en la boca que había tenido al acostarse. La impotencia corría por su cuerpo como la sangre por sus venas. Todos parecían saber qué era lo que la convenía, pero nadie deseaba escuchar que era lo que ella quería.

Nunca encontraría a alguien como su padre, alguien que preguntara a una mujer qué deseaba sin tener que decidir por ella. Alguien que la amara por cómo era y no por cómo le gustaría a él que fuera.

Con la pena arrastrando sus pasos y los hombros cargando su lamento, abandonó el *collegium*. Llegó hasta la puerta y levantó la vista para contemplar, por última vez, la inscripción de su hermana. Esa que recibía a los visitantes y a los alumnos anunciándoles que una mujer formidable había sido alumna de ese lugar. Pero sus ojos se anegaron en lágrimas al pensar que no podía tener un descanso eterno, que no podía ser vengada porque esa era la voluntad de los hombres, a quienes únicamente preocupaba con quién debía casarse. Los mismos que soñaban con venganzas y guerras siempre que no fueran ellas las que las emprendieran.

El conductor del carro de alquiler dormitaba tumbado en el suelo con medio cuerpo apoyado en las ruedas y una bolsa con varias ciruelas encima de las piernas. Domicia pensó que si alguien en el *collegium* seguía dormido, no sería por los ronquidos que soltaba ese hombre, capaces de despertar hasta a los que pernoctaban en las Columnas de Hércules en Hispania.

Domicia lo golpeó con suavidad en el pie.

—Vamos, Morfeo, ya nos podemos ir.

El hombre se despertó con un bufido, se restregó los ojos y se llevó una pieza de fruta a la boca.

—Cuando me coma las ciruelas —protestó.

Domicia llegó a Roma con más dudas que cuando se había marchado y sin la certeza ni el modo en que pudiera enfrentarse a Amazona. El viento corría con fuerza. Mientras recorría las calles de la ciudad en dirección a la *domus* de Thais y de Probus, el fuerte viento empujaba sus lágrimas hacia la sien, colmadas de una impotencia que podía sentirse en el rechinar de sus dientes y en la forma en que apretaba sus puños. La pena se apoderaba de cada paso que daba.

Cuando llegó al umbral sintió, además, la vaga tristeza del arrepentimiento. No se había comportado bien con aquellos que le habían ofrecido su cariño sin recibir nada a cambio.

Los esclavos empezaron a llamar a los *domini* al ver a Domicia cruzar la puerta. Thais apareció con rapidez, con el rostro desencajado por la preocupación de no saber dónde se encontraba quien consideraba una hermana y a quien quería como a una hija.

—Por todos los dioses —dijo abriendo las manos para recibirla con un abrazo—. ¿Dónde has estado, mi querida Domicia?

—Lo siento. Siento mucho haberme ido del modo en que me fui.

Probus se acercó y observó, algo apartado, la escena en silencio.

Domicia lo vio y se deshizo del abrazo de su amiga, sabiendo que debía una disculpa a ese hombre.

—Lo siento, Clodio, siento mucho lo que te dije, espero que puedas perdonarme algún día.

—No tengo nada que perdonarte —contestó el exgladiador—, era tu ira la que dictaba tus palabras, no tu corazón. Lo importante es que has vuelto. Hemos estado muy preocupados.

—Lo siento. Necesitaba ir a Reate a ver a Tito Flavio para encontrar el modo de luchar contra Amazona.

Probus se mostró pensativo. Esa joven no cejaría en el empeño hasta que consiguiera su propósito.

—¿Cuál fue su respuesta? —preguntó el exgladiador.

—La misma que la tuya, no me ayudará, mientras sea mi tutor no me permitirá luchar. Quiere que me case con Marco el abogado y que sea él, cuando pase a su potestad, quien decida.

—Invítalo a cenar mañana, puede que lo convenzas.

—¿Cómo dices?

—He hallado el modo en que puedes luchar con Amazona.

Domicia y Thais miraron a Probus sorprendidas.

—¿Hablas en serio? —dijo la joven con el rostro demudado—. El otro día no parecías dispuesto a ayudarme.

—No lo apruebo, pero no es una decisión que a mí me competa. Si es tu deseo, no soy quién para negártelo. Te ayudaré a cumplirlo. Lo he hablado con Nepote el Viejo y puede organizarlo.

Domicia corrió a abrazar a Probus.

—¿No te ha pedido nada a cambio? —preguntó Thais extrañada.

—Nada —mintió Probus.

Al día siguiente Marco aceptó la invitación. Antes de acudir a la cena en la *domus* del exgladiador, la incertidumbre se respiraba en cada uno de los muros de la casa. Probus caminaba por el peristilo pensativo. Lamentaba haber tenido que mentir a Thais, pero era la única manera de poder interceder por Domicia. Había hecho prometerle a Nepote que, tras el combate con Voreno, no volvería a luchar nunca más. Que jamás habría una causa que lo convenciera de volver a esgrimir un *gladius*. Sin embargo, a pesar de haber aceptado por la obligación de ayudar a la joven Iucunda, se sentía ilusionado, algo había crecido en su interior al decir que sí, algo que llevaba tiempo dormido. Deseaba volver a combatir, volver a sentir todo lo que su cuerpo experimentaba cada vez que salía a la arena del anfiteatro de los Césares. Cómo decirle a Thais que amaba la sensación de peligro, de reto, casi tanto como a ella. Le resultaba imposible explicar que se puede amar el sufrimiento. Cómo explicar que la arena le transformaba en otra persona, que sufrir una herida, recibir y causar dolor, puede ser honroso y que anhelaba ese sentimiento. Una voz invisible y constante le hacía estar eufórico por poder vivir, una vez más, un combate de gladiadores.

Thais lo observó desde el *tablinum*, sabía que Probus le ocultaba algo, así que decidió preguntarle sin más.

—Puede que me engañes con palabras, pero tus ojos nunca me han mentido. ¿Qué te ha pedido Nepote a cambio?

Probus se dio la vuelta al oír a Thais. No quería seguir mintiéndole. Si Marco aceptaba que Domicia luchara y él se enfrentaba a Voreno, tarde o temprano su vuelta al anfiteatro correría por todos los rincones de Roma. No era justo que se enterara por boca de otros labios que no fuesen los suyos.

—Si queremos... —Probus buscó hacer también partícipe de su decisión a Thais— que Domicia vea redimida su venganza, debo luchar yo también en el anfiteatro.

Thais se llevó las manos al rostro cubierto de cicatrices mientras apretaba los dientes. No podía ni quería imaginarse que algo pudiera pasarle al hombre al que amaba con todo su corazón.

—¿Qué debía hacer, Thais? Contéstame.

La joven pasó por su lado con gesto apesadumbrado.

—He visto el dolor de Domicia durante los dos años que lleva aquí. Desde que murió su hermana, su mirada no tiene el mismo brillo. He intentado convencerla en cientos de ocasiones. Sueña de noche y de día con enfrentarse a Amazona. Cree que hasta que su alma no colme su venganza, no podrá llenarse de felicidad, ese es el motivo por el que sus heridas no pueden sanar. No hay modo de convencerla de lo contrario, de hacerle ver otra realidad distinta, porque su cabeza y su corazón se niegan a creer que haya otro modo que no sea luchar contra esa gladiadora.

—La peor de las torturas es la espera, lleva aguardando este momento demasiado tiempo. Aunque nos negáramos a ayudarla, encontrará el modo de luchar contra Amazona, conozco la codicia de los hombres tan bien como tú y temo que el precio que pague sea demasiado alto.

—Domicia sería capaz, si no convence hoy a Marco, de ir a hablar con ese hombre perverso llamado Hostiliano.

—Hostiliano no solo accedería, sino que no la dejará marchar tan fácilmente. No es necesario recordarte el odio que siente por la familia Iucunda.

—No podemos permitirlo. ¿Qué crees que dirá Marco?

—Dudo que lo permita. Seguramente si el resto de sus colegas de profesión o amigos íntimos descubre que su esposa quiere luchar en la arena como un gladiador, no lo dejaría en buen lugar ante el *collegium* de abogados. No creo que ese desprestigio le convenga.

—A ti no te importó que tu *ludia*[1] fuera una prostituta.

1. Mujer de un gladiador.

—Pero no soy yo quien tiene que decidir sobre el futuro de Domicia.

—En parte, sí. Nunca te animaré a que arriesgues tu vida en un anfiteatro, pero tampoco te impediré que lo hagas. Te amo, Clodio, al igual que a Domicia, os quiero con toda mi alma. Tú y su familia cambiasteis mi vida y por eso mi alma se estremece al pensar que algo terrible pueda ocurriros. Si Marco acepta, el destino de Domicia dependerá también de ti, no dudaría en pedirte que lo hicieras por ella, pero ¿y si te pasa algo? No podría soportarlo, ni conseguiría perdonarme. Tengo miedo, miedo de perderos a todos.

—Tengo un hijo que criar y una mujer a quien amar, la vida es demasiado corta y una sola nunca será suficiente para amarte. No has de temer, no me expondré a demasiado peligro, será solo un combate. —Probus la abrazó para tranquilizarla—. Son muchos más los besos que me faltan por darte de los que ya te he dado.

Thais se estremeció y se dejó llevar en los brazos de aquel hombre.

—Prométeme que nunca más —dijo finalmente.

Probus levantó su cabeza y besó sus labios.

—Te prometo que esta será la última vez.

—Domicia no debe enterarse.

—Por mi parte, así será. Y ahora iré a cambiarme, debo ponerme una toga elegante, tenemos que dar una buena impresión si queremos convencer a Marco.

Thais asintió mientras veía cómo se alejaba el hombre de su vida y el padre de su hijo. Sabía que Probus no solo lucharía en el anfiteatro por Domicia, no albergaba ninguna duda de que también lo hacía por él mismo.

En otra de las habitaciones la joven Iucunda se movía con nerviosismo. Una vez más, su destino dependía de un hombre. Se había cambiado hasta en tres ocasiones de vestido, y el peinado le parecía que no era el apropiado. Había ensayado qué decir y cómo, y había jurado comportarse del modo que debía y no hablar más de la cuenta.

Las llamas de las lucernas tintinearon con fuerza cuando la puerta se abrió y entró Thais.

—Estás preciosa —dijo a modo de saludo.

—¿Crees que accederá? —preguntó la joven.

—No te centres en eso. Deberías preguntarte cómo deseas que sea el hombre con el que quieres pasar el resto de tu vida. Si Marco accede, si finalmente luchas contra Amazona, como tanto deseas, pensarás que has hecho lo correcto porque es lo que llevas esperando desde hace dos años. Pero ¿qué ocurrirá si ese hombre no te ama como te mereces? Tendrás que estar junto a alguien de quien no estás enamorada, lamentándolo durante muchos más años de los que has sufrido desde que Valeria se fue.

—No me importa cómo sea mi futuro marido. Solo deseo luchar contra Amazona.

—Eres una patricia, Domicia, tienes ventajas con las que gente de mi condición solamente puede soñar. Sin embargo, las mujeres de tu clase no pueden decidir algo tan simple como a quién entregar su amor el resto de su vida. La gran mayoría de las jóvenes de clase alta conocen a sus maridos el mismo día del enlace, simplemente porque su padre así lo decidió. Antes incluso de nacer, antes incluso de dar los primeros pasos, antes incluso de saber lo que es el amor, son lanzadas a los brazos de un hombre que ellas no conocen y a quien no saben si llegarán a querer.

Domicia miró a su amiga sin añadir una sola palabra.

—Flavio te ha dado una oportunidad que muchas otras mujeres de tu posición no tienen, algo que debería ser tan obvio que hasta resulta absurdo decirlo: elegir, poder decidir con quién quieres casarte.

—¿Y qué me aconsejas que haga?

—Aunque solamente te importa que Marco te permitiera luchar siendo su esposa, escúchalo. Presta atención al sonido de su voz, observa si es cálida y fíjate en cómo te habla. Contempla sus manos y sobre todo analiza cómo te toca. Y, por último, presta atención a cómo te mira. En los ojos de un hombre puede leerse lo que calla en silencio, puede decirnos algo con palabras y otra cosa muy distinta con los ojos. Si aprendes a leer sus miradas, puedes saber cómo es. Si sus pupilas brillan cuando te ve, entonces ese hombre puede amarte más de lo que te imaginas. No apuestes todo a si está dispuesto a dejarte luchar, sino a cuanto es capaz de amarte.

—Si no está dispuesto a dejarme luchar contra Amazona, no me casaré con él.

—Sabía que dirías eso, pero déjame decirte que el día que el amor se instale en tu pecho vencerá a cualquier odio que anide en tu corazón.

Unos golpes en la puerta, pidiendo permiso para entrar, interrumpieron la conversación.

—Adelante —dijo Domicia.

Un esclavo entró.

—*Domina*, el invitado, Marco, ha llegado.

Domicia suspiró.

—Gracias, Servio, enseguida vamos. Sé tú misma —dijo Thais mirando a su amiga—. Y, por supuesto, intenta no decir todo lo que te pase por la cabeza.

Domicia no puedo evitar reírse y siguió a Thais al *triclinium*.

Probus recibió a Marco como correspondía al anfitrión y se dirigieron al *tablinum* para tomar una primera copa de vino.

—Nunca tuve la ocasión de felicitarte por tu buen papel en el juicio contra los chicos del colegio de Hostiliano —dijo Probus.

—A decir verdad, todo el mérito fue tuyo. Tu excelente declaración fue lo que sin duda hizo decantar la balanza, afortunadamente, a favor de que se hiciera justicia.

—Pero la estrategia vencedora fue tuya. Hubo momentos que pensé que no lo conseguiríamos.

—Te confesaré que no eres el único, yo también lo pensé.

—Solo hablé por boca de Thais, dije lo que ella misma habría dicho.

—Se os ve muy felices.

—Supongo que imaginarás que el motivo de nuestra invitación es porque Tito Flavio no solo ha dado su consentimiento, sino que espera que Domicia y tú os comprometáis en matrimonio.

—Sería un gran honor desposar a Domicia. Su padre fue un ejemplo para mí. Es decisión del *pater familias* decidir con quién se casan sus hijas, pero sé que Valerio quería que ellas eligieran a su marido y no imponérselo, como dictan nuestras costumbres, así que espero poder convencerla.

—No lo dilatemos más, por tanto, y pasemos al *triclinium.*

Marco y Probus se dirigieron al comedor donde se encontraban sentadas en un diván Domicia y Thais.

Varios esclavos esperaban al invitado con un aguamanil para que pudiera lavarse las manos. El abogado saludó a las mujeres inclinando la cabeza y, mientras se enjuagaba las manos, su mirada se detuvo en Domicia, que lo miraba fijamente. Marco se sorprendió del denuedo de la joven, porque lo normal era que hubiera agachado la mirada con timidez. Sonrió al ver que seguía siendo la misma mujer atrevida que recordaba.

Se acomodaron en los divanes; los hombres apoyándose con el codo izquierdo y las mujeres sentadas. Los esclavos empezaron a servir los entrantes de la cena.

Probus preguntó a Marco sobre cuáles eran las causas que estaba defendiendo y el abogado señaló los juicios en los que había estado trabajando desde aquel que los unió hacía ya dos años.

La cena continuó distendida y entre los cuatro invitados podía apreciarse una suerte de armonía.

—El mar me apasiona. Quizá algún día —dijo Marco mirando a Domicia— pueda adquirir una gran villa en alguna costa donde la brisa marina me despierte cada mañana...

—¿Qué opinas de la lucha de gladiadores? —interrumpió Domicia cansada de una conversación que no llevaba a ninguna parte.

Thais y Probus se miraron con resignación por la rudeza con la que su amiga se lanzaba a abordar el tema.

Marco dudó y miró al exgladiador.

—Con todos mis respetos a Probus. Nunca he sentido una gran inclinación hacia la lucha de gladiadores.

—¿Por qué motivo? —preguntó de nuevo la joven.

—No me gusta la violencia que se respira en esos eventos.

—¿Pero aun así apruebas que haya luchas en el anfiteatro?

—Por supuesto. Simplemente no acudo a verlas. Me apasionan más las carreras de cuadrigas, me une además una gran amistad a Cayo Apuleyo Diocles, el gran auriga de Hispania.

—¿Cómo puedes preferir ver a caballos corriendo y dando vueltas en círculo que a hombres enfrentándose por su vida?

—Simplemente porque me parece más apasionante —dijo Marco.

—¿Más apasionante que ver a dos hombres combatiendo con honor?

—¡Domicia! —interrumpió Probus—. ¿Qué hay de malo en que Marco tenga su propia opinión?

—¿Y qué opinas de las mujeres gladiadoras? —volvió a preguntar Domicia obviando la interrupción de Probus.

Marco se anduvo con tacto, sabía que Valeria había perdido su vida luchando contra una en los Ludi Iuvenales.

—Ya he dado mi punto de vista sobre la gladiatura, ¿cuál es el motivo por el que me preguntas por las mujeres?

—Es muy importante para mí. De tu respuesta depende que quiera o no casarme contigo.

—Entonces no te responderé.

—Entonces no me casaré.

Marco se incorporó.

—Thais, Probus, gracias por esta magnífica cena, espero que podáis disculpar mi falta de educación, pero creo que lo mejor será que me vaya —dijo mientas abandonaba el *triclinium.*

Probus salió detrás de Marco, y Thais se quedó con Domicia, quien mantenía la cabeza alta con orgullo.

—Espera, Marco —dijo Probus—. Te ruego disculpes a Domicia. Ha sufrido mucho en estos dos últimos años.

—Yo sentí en mis propias carnes la muerte de su padre como si del mío se tratara. Soy solo un abogado, no he venido a ser juzgado, no considero que la opinión de un hombre sea un motivo para que se produzca un matrimonio.

—Domicia no ha querido decir eso, lo mejor será que os dejemos un rato a solas y podáis conoceros un poco más.

—Está bien, lamento haberme levantado del modo en que lo he hecho.

El exgladiador y su invitado regresaron sobre sus pasos.

Domicia asentía a la reprimenda de Thais.

—Será mejor que los dejemos solos, querida —dijo Probus.

Domicia evitó la mirada de Thais cuando esta se marchaba y ladeó la cabeza mirando de soslayo a Marco. El abogado se sirvió una copa de vino con calma, sin ninguna prisa, como si preparara un alegato en un juicio.

—¿Qué es lo que verdaderamente quieres preguntarme?

La joven Iucunda suspiró.

—¿Has oído hablar de Amazona?

—¿La gladiadora?

Domicia asintió.

—Sí, claro que he oído hablar de ella. Las gladiadoras no son muy comunes. Dicen que es una de las mejores, si no la mejor, que han visto los ojos de Roma.

—Ella fue quien mató a Valeria.

Marco la miró en silencio.

—Desde hace dos años solo pienso en el modo de vengarme, solo quiero luchar contra ella y así redimir el dolor tan grande que la pérdida de mi hermana me causó.

—¿Has pensado que el odio solo conduce a más odio?

—Todos intentan convencerme de ello, pero yo sé que mis heridas solo sanarán cuando Amazona muera bajo mi *gladius* en la arena del anfiteatro.

—No veo, entonces, el modo en que yo pueda ayudarte.

—Me casaré contigo, Marco, solo te pido que cuando me convierta en tu esposa me permitas luchar contra Amazona.

La mirada del abogado se tornó atónita. Volvió a servirse otra copa de vino y se paseó pensativo por la sala, sopesando sus opciones en un silencio que a Domicia se le hizo hasta doloroso.

—Voy a decirte algo. Muchos pensarán que estoy aquí porque es una manera de agradecer a Valerio Iucundo todo lo que hizo por mí, y en parte es cierto, nada me honraría más que desposarme contigo. Otros convendrán que es tu fortuna la que me ha movido a aceptar. Admiraba mucho a tu padre, mi mentor, y lo respetaba tanto que nunca le manifesté mi opinión sobre que las mujeres pudieran decidir ciertas cosas, entre otros motivos porque nunca me preguntó. Censuro a los hombres que levantan la mano a una mujer, independientemente de su clase social, como demostré en el juicio de la violación de Cornelia

Flavia, y perseguiré tales actos hasta la extenuación. Incluso veo con buenos ojos que una mujer se instruya en ciertos asuntos, cultive su intelecto y tenga cierta libertad, dado que eso conduce a una relación y una conversación más interesante. Una cosa es que respete ciertas ideas, mientras a mí no me afecten, y otra muy distinta que permita que mi esposa haga algo que pueda estar en boca de la gente. Bajo ningún concepto permitiré que la *femina* con quien contraiga matrimonio no cumpla los más estrictos ideales de la mujer romana. Tu obligación, si aceptas este enlace, es traerme descendientes. Y, por supuesto, no toleraré que hagas algo tan indecoroso que pueda afectar a mis *dignitas.* Aunque no lo comparta, respeto que Tito Flavio te pregunte tu opinión sobre este matrimonio, pero si aceptas ser mi esposa no te consentiré luchar en un anfiteatro.

—Solo me casaré con un hombre que me permita vivir conforme a los ideales de mi padre y deje que tome mis propias decisiones, como la de combatir con Amazona.

—Entonces buscas un imposible. Si luchas en un anfiteatro, ningún ciudadano romano de buena posición querrá desposarte. Te tengo mucho más afecto del que imaginas, y ese es el motivo que me ha movido a venir aquí. Defiendo alguno de los principios de tu padre, pero nadie en todo el Imperio comparte sus pensamientos.

—Mi padre, con sus ideas sobre la capacidad de las mujeres, era mucho más hombre que todos vosotros.

Marco volvió a levantarse.

—No te auguro un buen destino. Piénsalo bien, pues es la última oportunidad que voy a darte. Permitiré que puedas administrar tu fortuna, siempre que cuentes con mi opinión, obviamente, y que puedas emprender algún negocio, comprar libros, tantas joyas y vestidos como desees. Muchos hombres ni siquiera te concederían ese privilegio, pero en mi casa vivirás bajo mis normas y luchar en un anfiteatro está fuera de ellas. Y ahora será mejor que me vaya. No me guardes rencor, Domicia, solo busco lo mejor para mí. Cuando lo hayas pensado, hazme saber tu decisión.

—Nunca pediré consentimiento para nada al hombre con quien me case. He oído tu propuesta y puedes irte con mi respuesta. Por nada del mundo me casaré contigo.

—¿Merece la pena todo esto por ver cumplida tu venganza?

—Tú estimas tus *dignitas*, y yo, el recuerdo de mi hermana y el modo en que acabaron con su vida. Encontraré la forma de luchar contra Amazona con o sin tu ayuda.

—Si luchas en un anfiteatro por ver redimida tu venganza, te convertirás en una infame y pasarás el resto de tu vida sola. Nadie se casará contigo y el resto de tus días serán tristes y vacíos.

—No me la imagino mucho mejor viviendo del modo que me has propuesto.

Marco volvió a darse la vuelta indignado. A los pocos pasos se detuvo y se pasó la mano por la cabeza pensativo.

—Hay otra opción —dijo finalmente.

—¿Cuál? —preguntó la pequeña de las Iucunda impaciente.

—Que conste que lo hago por la memoria de tu padre, realmente lo admiraba más de lo que crees.

—Tras oírte, cualquiera lo creería.

—¿Quieres que te lo diga o prefieres que me vaya?

Domicia suspiró tratando de contenerse.

—He comprobado que tu padre no hizo testamento, por tanto puedes solicitar legalmente el *sui iuris*.

—¿El qué? —preguntó Domicia sin entender.

—Dado que no tienes ascendientes legítimos masculinos vivos, puedes someterte a tu propia voluntad. Te ayudaré a solicitar en un acto jurídico la emancipación y desde ese momento tendrás poder sobre tus actos.

—Pero Tito Flavio es mi tutor, él tiene que dar el consentimiento a todas mis acciones.

—En el momento en que te emancipes, te convertirás legalmente en *sui iuris* y podrás poseer propiedades e incluso disponer de ellas libremente. Un tutor no podrá objetar nada sobre tu vida privada, por lo que incluso podrías casarte a tu antojo si es que consigues un marido y, lo más importante, tomar tus propias decisiones.

—Tito Flavio no lo permitirá.

—No te preocupes por él. Hay vías legales que puedo aplicar en caso de que el tutor intente impedir la emancipación.

—¿Entonces podría luchar contra Amazonas?

—Sí, podrías. La mayoría de los abogados no solicitan este derecho porque se tienen que dar una conjunción de muchas casualidades, que por supuesto tú cumples. Aunque la verdadera razón es porque pocos estamos de acuerdo con esta ley, todos salvo uno, claro.

—Mi padre.

—Él consiguió el *sui iuris* para muchas mujeres en Roma. Por eso lo llamaban el abogado de las mujeres.

—Gracias, Marco, no sé cómo agradecértelo.

—Puede que mis ideas no sean tan permisivas como las de tu padre, pero eso no me convierte en un mal hombre. Y ahora, si me lo permites, será mejor que me vaya a descansar, mañana me espera mucho trabajo para que en dos o tres meses puedas luchar en el anfiteatro de los Césares.

XLVI

Roma, 131 d. C.

Helena se despertó sobresaltada al sentir el agua helada sobre su rostro. Ahogó un grito mientras se levantaba del suelo de piedra donde estaba echada.

—Vamos, despierta —oyó que le ordenaba la misma voz de siempre.

Su cuerpo temblaba por el frío. Oyó cómo la puerta de su celda se cerraba dejando el eco del portazo retumbando en las paredes, mientras el ruido metálico del cerrojo indicaba que volvía a echarse.

Helena se incorporó, con esfuerzo, para entrar en calor.

Su brazo izquierdo se encontraba prácticamente rígido, trató de moverlo, pero sentía un dolor inhumano. Apretó los dientes intentando insuflar más fuerza a la articulación hasta que esta respondió. Repitió el ejercicio varias veces, con menos esfuerzo, pero no exento de dolor. Hizo varias sentadillas y algunas flexiones, no por mantenerse en forma, sino para intentar entrar rápidamente en calor. Cogió la escudilla que su carcelero había dejado después de despertarla y vertió el contenido en el pasillo, después se sentó en un extremo de donde había estado dormida, dado que ese rincón estaba seco.

Había perdido la cuenta del tiempo que llevaba en ese

lugar lúgubre y angosto, puesto que no había ninguna ventana por donde entrara la luz para poder contar los días. Tampoco había nadie con quien pudiera hablar. El lugar era húmedo, frío, varias gotas caían del techo y golpeaban en un pequeño charco que acumulaba el agua en el pasillo. Al principio ese sonido la tenía completamente desconcertada, pero intentaba no pensar en él. El olor era nauseabundo, Helena supuso que estaba debajo o muy cerca de la letrina de los gladiadores. Tenía un único cubo para hacer sus necesidades en un rincón. La luz era tenue, casi inexistente, tan solo el pequeño reflejo de una antorcha iluminaba un pasillo donde se podían entrever otras celdas, donde no había nadie más. Calculaba que llevaba varias semanas encerrada. Siempre la despertaban del mismo modo, no sabía si dormía de día o de noche. Le dolía el estómago, sus tripas demandaban algo de comer desde el día anterior. Su boca estaba seca y pastosa como consecuencia de la falta de agua. A veces sentía mareos y se notaba muy débil y, en ocasiones, se había descubierto a sí misma hablando sola. Tenía la sensación de que estaba enloqueciendo. Recordó las últimas palabras que le dirigió Hostiliano: «Si no me sirves para luchar, dejaré que te mueras como un perro». Desde entonces estaba encarcelada. El *magister* de Ostia tenía la obligación de alimentarla, según la ley, pero ella se había impuesto luchar hasta la noche anterior. Esa misma mañana había decidido que dejaría de comer. Ya no quería seguir viviendo, dejaría de alimentarse hasta que su cuerpo no aguantara más. Aunque fuera de un modo muy agónico, por primera vez en la vida dejaría de luchar hasta morir.

No había tenido más brotes desde que estaba ahí, pero el brazo izquierdo no tenía la misma movilidad desde el último ataque tras ganar en el anfiteatro de los Césares.

Se puso de pie y comenzó a andar en diagonal, daba

cuatro pasos, los que medía la celda, se giraba y repetía el mismo recorrido, una vez y otra. Cuando llevaba una hora, se volvió a sentar en el suelo debido al agotamiento por la falta de comida. Sentía sed, una enorme necesidad de agua acuciaba su mente, pero no probaría una sola gota. Se tumbó y, con las uñas, fue arañando el hueco que quedaba entre una piedra y otra mientras pensaba, en voz alta, en Lü. Seguramente habría vuelto a Asia Menor y probablemente todas las noches miraba al cielo estrellado intentando que sus dioses le contaran qué había sido de ella, sabiendo que su ausencia dejaría una huella inmensa en su corazón, y su recuerdo, una herida eterna en su alma.

Se hallaba absorta en estos pensamientos cuando la puerta de la celda volvió a abrirse. Impulsada por el miedo al agua helada, se levantó rápidamente, como un resorte, tapándose el rostro con el antebrazo, mientras su cuerpo ya empezaba a temblar anticipándose a la sensación de frío. Sin embargo, fue la voz de Hostiliano lo que encontró al otro lado.

—No parece que te vayan muy mal las cosas por aquí —dijo la voz del *magister* tapándose la nariz por el olor de la celda—. Esperaba encontrarte muerta, aunque puedo sentir el olor que los despojos andantes como tú tienen cuando están cerca de encontrarse con Caronte.

Helena pensó en abalanzarse sobre él. Fue un pensamiento fugaz. Ella moriría, estaba segura, pero, al menos, ese perverso hombre abandonaría este mundo antes que ella. Rápidamente lo descartó porque sintió que no tenía la capacidad de hacer gran cosa, estaba realmente débil y no tendría fuerza para acabar con esa bestia a quien odiaba.

—En cualquier caso, los dioses te han brindado una nueva oportunidad —continuó Hostiliano—. ¿Crees que en tu estado podrías librar un combate?

Helena no le contestó, no le daría la oportunidad de cumplir sus deseos, había aceptado abandonarse a la muerte.

—Vaya, vaya, así que te niegas a luchar. Te doy la oportunidad de salir de aquí y enfrentarte a una mujer que te ha retado. Toda Roma habla de ese enfrentamiento. Achilia contra Amazona. ¿Qué me dices?

Helena no dijo una sola palabra y volvió a sentarse en el suelo.

Hostiliano intentó contener su furia y se giró.

—Haré que cambies de opinión, me cueste lo que me cueste, aunque tenga que torturarte para que luches.

El portazo retumbó por el pasillo y por la celda, pero sobre todo en la mente del *magister*, quien maldijo por lo que consideró que sería la tarea más sencilla.

Al día siguiente la puerta de la celda volvió a abrirse y Hostiliano amenazó a Helena con todos los modos que halló, pero la gladiadora ni siquiera se molestó en contestarle.

Varios días después Helena se encontraba muy débil, ya ni siquiera se levantaba para cubrirse o protegerse de los baños de agua fría y oía a Hostiliano sin escucharlo siquiera. El *magister* se dio la vuelta escupiendo su cólera en los gritos que daba y en la impotencia que cargaba.

—Si no hacemos algo, pronto morirá —le dijo Hostiliano a Julio, uno de sus procuradores, que agachaba la cabeza, consciente de que cuando el *dominus* era presa de la furia era capaz de pagarlo con cualquiera que estuviera a su alcance.

—Quizá si la torturamos podamos convencerla —dijo Julio.

—Si hacemos tal cosa, pedazo de idiota, ¿crees que tendrá fuerza para luchar contra esa Iucunda y vencerla? No, debemos persuadirla o dentro de poco no podrá ni siquiera coger un *gladius*. O puede que muera cualquier día de estos y entonces todo será en balde. No me importa su muerte, pero que sea después del duelo con Achilia. El combate es dentro de dos meses. Además, como sabéis, soy el editor de los juegos, me presento a pretor de la ciudad en los próximos comicios y quiero ganarme el favor de Roma. La diosa Fortuna me sonríe dándome la oportunidad de acabar con la vida de esa Iucunda a quien odio, y no consigo lo más fácil, hacer que mi gladiadora acabe con ella. Pensad, para eso os pago —dijo gritando.

—Solo se me ocurre que podamos convencerla con la libertad como recompensa —dijo Tiberio, otro de los procuradores.

—Por nada del mundo le daré la libertad —dijo Hostiliano escupiendo las palabras.

—Piénsalo, Hostiliano, para qué te sirve en el estado en que está. Esa mujer no durará mucho. Prométele que la manumitirás solo con la condición de que mate a su rival. Una vez que acabe con ella, esa mujer no durará más de un par de años.

Hostiliano sopesó la propuesta atusándose la toga.

—No me creerá —dijo finalmente.

—Entonces, que sea el hombre de ojos raros quien la convenza —dijo Julio—. Sé dónde pernocta, no se ha marchado ni siquiera cuando no tiene la más mínima esperanza de volver a verla con vida.

—No estoy dispuesto a ofrecerle la libertad. Esa mujer me engañó, tenía una enfermedad que me ocultó, podía haberme hecho inmensamente rico y por ello quiero que sufra una muerte lenta y dolorosa, pero, por todos los dioses, convencedla de que luche solo este combate, de lo contrario sufriréis vosotros las consecuencias.

Hostiliano se marchó dejando a los dos procuradores mirándose con tensión.

Julio y Tiberio intentaron todo lo que estaba en su mano. La amenazaron con causarle un dolor insufrible llevando elementos de tortura. Uno de ellos propuso cortarle la lengua, dado que no era necesaria para luchar, pero, dado su débil estado, tenían miedo de que la hemorragia pudiera matarla desangrada. Trataban de darle de comer a la fuerza, pero Helena se encontraba más cerca de la otra vida que de esta.

Una mañana Helena oyó cómo la puerta se abría una vez más. Con la mirada nublada por la ausencia de comida y bebida, abrió los ojos y pudo ver cómo dos hombres forzudos con el rostro mohíno la desnudaban y la obligaban a levantarse. La joven se encontraba prácticamente inconsciente mientras la arrastraban por el pasillo.

—Lo siento, Amazona. Nos han obligado —dijo uno de ellos.

Helena aún tenía algo de raciocinio para imaginar que eran dos gladiadores quienes la arrastraban y que no les habrían dado muchas más opciones.

En el exterior, el sol le produjo un dolor indescriptible en los ojos. Por más que apretaba con fuerza los párpados, no conseguía liberarse de la sensación de quemazón que sufrían sus pupilas.

Un olor nauseabundo e indescriptible inundaba el ambiente. Helena pudo sentirlo cada vez con más fuerza. Varias arcadas dejaron tan solo un sabor a hiel en su boca, dado que no había alimento que expulsar.

Aún sin poder abrir los ojos, sintió cómo ese olor penetraba cada vez con más virulencia. Los vómitos y los gritos de sus acompañantes, mientras manipulaban algo a su alrededor, llegaban con total claridad a sus oídos. Notó cómo la introducían en el lugar de donde provenía la fetidez y cómo, de repente, el calor se apoderaba de ella. La peste a podrido estuvo a punto de dejarla inconsciente. Las voces se fueron alejando y poco a poco sus ojos se acostumbraron a la luz.

Cuando consiguió abrirlos, la joven se descubrió metida dentro del vientre de un burro; habían dejado la cabeza de Helena por fuera, y habían cosido el resto de la tripa del animal. El pestilente hedor era consecuencia de la descomposición del rucio. Sintió cómo los gusanos del interior trepaban y se movían por su cuerpo y cómo el sol le golpeaba con fuerza la cara. Un hombre con un pañuelo que prácticamente le cubría toda la cabeza se sentó frente de ella. Varias aves merodeaban al animal y Helena imaginó que la presencia de ese individuo era para evitar que se la comieran a ella.

Las horas y la canícula hacían que la pestilencia cada vez fuera más insoportable. El sol brillaba con fuerza en lo alto y sus labios estaban cubiertos de llagas y ampollas como consecuencia de la falta de agua. El calor que le producía el animal, sumado al del exterior y el olor, le hicieron sufrir alucinaciones.

Helena pudo ver a su abuela acercarse a ella, hablarle y hasta casi pudo sentir cómo le acariciaba el rostro.

—¡Aguanta, Helena! —le decía dulcemente Helvia.

El calor fue remitiendo cuando se hizo de noche, sus párpados se cerraban agotados. El hombre que la custodiaba se acercó varias veces, primero le colocaba un trozo de cristal en la nariz o en la boca para comprobar que seguía respirando y luego le golpeaba el rostro para espabilarla.

—¿Lucharás? —le preguntaba, pero Helena no respondía—. No te mueras o lo pagaré con mi vida —repetía cada vez que su víctima abría los ojos.

Helena no lo soportaba más, quería que todo terminara, que su vida acabara de una vez para siempre.

Los primeros rayos de sol aparecieron en el horizonte y, cuando Helena abrió los ojos, pudo ver a un gran número de gladiadores discutiendo con el hombre. Parecían dispuestos a amotinarse si ese suplicio no acababa de una vez.

Hostiliano llegó junto a Julio y Tiberio, y Helena oyó, sin entender las palabras, cómo el *magister* deshacía el pequeño motín.

—Sacadla de ahí e id a buscar al hombre de ojos rasgados.

El contacto con el agua fría volvió a despertarla. El agua gélida caía por su cuello y su espalda y le otorgó un pequeño momento de alivio. Dos hombres la sujetaban mientras varias esclavas frotaban su cuerpo apartando los gusanos, las tripas y los restos del animal que se habían quedado adheridos a su piel. Su lengua, instintivamente, buscaba algo del agua que esparcían por su cuerpo. La vistieron y la tumbaron en una cama. Le ofrecieron comida, que una vez más rechazó.

De repente una voz conocida la sacó de su letargo.

Helena puso un gesto de satisfacción deleitándose con ese acento tan característico. Su nombre se oía una y otra vez, con esa entonación tan acostumbrada, en sus oídos. Percibió cómo le palpaba la cara. Todo resultaba tan irreal que Helena imaginó que era otra de sus alucinaciones y que se encontraba ya muy cerca de la muerte.

Unos dedos la obligaron a abrir los ojos. Frente a ella se encontró con el rostro de Lü.

—Perdóname, Lü —repetía una y otra vez Helena completamente ausente, sin poder discernir si era real.

—Juro que, si muere, no quedaréis ni uno solo de vosotros con vida —repetía el hombre de ojos rasgados.

Lü le acercó una escudilla con un caldo.

—Bebe despacio, amor mío, hazlo por mí.

—No, no quiero. Solo ansío morir.

—Aún no. Soy yo, Lü, estoy aquí contigo. Si tú mueres, me moriré junto a ti. Tienes que comer, si lo haces, tenemos una posibilidad de vivir el resto de nuestra vida juntos.

—Perdóname, Lü, perdóname por no haberme quedado junto a ti cuando debía.

—No hay nada que perdonar. Conocerte ha sido lo mejor que me ha pasado. Y ahora come y juntos saldremos de aquí.

Helena obedeció y poco a poco fue tolerando la comida. Lü no se separó de ella ni un solo momento, ni un solo suspiro. Veló junto a su cama durante los primeros días, los más críticos. Sus mejillas fueron abandonando el color cetrino y empezaba a tener mejor aspecto.

Una mañana Lü la despertó temprano.

—Vamos, Helena, levántate, tenemos que trabajar duramente.

La gladiadora obedeció más por inercia que por deseo.

—No quiero seguir luchando, Lü —dijo mientras se ponía en pie—. Estoy cansada, todo esto no servirá para nada.

—Solo un combate más. Si vences, Hostiliano ha prometido darte la libertad. Es la única oportunidad que tenemos de cumplir nuestro sueño.

—Sabes que nunca lo permitirá.

—Entonces acabaré con su vida. Y ahora levántate, tenemos algo más de un mes hasta el combate.

—¿Contra quién he de luchar?

—¿Acaso importa?

Helena se levantó.

—Apenas puedo mover el brazo —dijo.

—Una vez conocí a una mujer que no tenía miedo. Que soñaba con venir hasta aquí a liberar al hombre del que creía estar enamorada, superando todos los obstáculos que salían a su paso. A pesar del dolor, te he seguido durante todo este tiempo porque te amo. No voy a pedirte que luches por mí, voy a pedirte que solo lo hagas por ti, por tu libertad. Da igual contra quién te enfrentes, Amazona, véncete a ti misma y alcanzarás la gloria.

Helena se dirigió al centro del *ludus* con una firmeza en sus pasos como hacía años que no sentía. Se giró mirando a Lü.

—Vamos, entonces, empecemos, no me importa el rival, lucharé contra toda Roma si es necesario, únicamente por pasar lo poco que me quede de vida junto a ti. Porque si me das a elegir una vida llena de sufrimiento o acabar de una vez por todas con mi dolor, elijo quedarme a tu lado.

XLVII

Roma, 131 d. C.

El alba comenzó a iluminar las calles de Roma. Sus habitantes llevaban tiempo despiertos, impacientes por que diera comienzo, en el anfiteatro de los Césares, uno de esos días que se recordarían durante siglos. Incluso los dioses habían atendido a las plegarias dotando a la jornada de un sol que brillaba de un modo especial.

Probus volvía a la arena, y el duelo entre dos mujeres, Achilia y Amazona estaba en boca de todo un Imperio.

Días antes los jornaleros, patricios o caballeros que no habían conseguido una entrada intercambiaban toda clase de productos a quienes habían tenido la suerte de hacerse con una preciada *tessera* de hueso para acudir al anfiteatro. Desde vajillas de terracota hasta joyas y toda clase de lustrosos vestidos o túnicas se trocaban con tal de presenciar ese combate.

Por el anfiteatro, los patricios paseaban con sus mejores togas, muchos de ellos acompañados de sus mujeres, quienes únicamente iban a empaparse del entorno, a comparar sus vestidos con los de otras damas linajudas y sus trabajados peinados con los de otras *feminae.*

Marco caminaba en silencio, absorto en sus pensamientos. Se había levantado nervioso y cansado, dado que apenas había dormido en toda la noche. Durante varios meses había recibido todo tipo de amenazas para impedir el combate; muchos patricios, como Tito Flavio, no querían permitir que una *femina* luchara en el anfiteatro. Pero eso no le impidió seguir adelante, tal y como le había prometido a Domicia.

Llegó hasta las inmediaciones del anfiteatro. No le gustaban las luchas de gladiadoras, pero le había prometido a Domicia que iría. Sus ojos se abrieron, sorprendidos, ante la impresionante afluencia.

Pasó por los puestos. La mezcolanza de personas entre las que se movía era asfixiante. Podían adquirirse toda clase de objetos y recuerdos que inmortalizaban el fastuoso día. Lucernas, vasos, vajillas y hasta juguetes para los más pequeños.

Unos actores con máscaras escenificaban la muerte de Pentesilea a manos de Aquiles. En el escenario estaban pintados los nombres de Achilia y Amazona.

Vendedores que lo agarraban del brazo para llevarlo a sus puestos anunciándole que tenían los productos más baratos de toda Roma, las lucernas de Amazona que más luz emitían o puñales con el nombre de Achilia para acabar con la vida de algún enemigo.

La comida rápida pasaba de mano en mano junto a los sestercios. El vino se trasladaba con rapidez de las ánforas a los estómagos.

Con esfuerzo, Marco consiguió llegar hasta las arcadas del anfiteatro. Allí, al lado del Coloso mandado construir por Nerón para decorar el vestíbulo de la Domus Aurea, se había citado con los amigos de Domicia: Sexto, Décimo y Lucio el Grandullón.

Sexto tenía el rostro serio. Por un lado, estaba feliz por la pequeña de las Iucunda, aunque no podía evitar la preocupación por el hecho de que se enfrentaría a la mejor gladiadora del Imperio. Sin embargo, también la tristeza se había apoderado de él por el recuerdo de Valeria. Miró al cielo y se imaginó, allí donde estuviera, lo orgullosa que estaría de su hermana. Sonrió al pensar en lo mucho que la detestaba al principio de conocerla y cómo poco a poco prendió una llama en su corazón que nunca se extinguiría. La echaba tanto de menos. La vida era mucho más oscura desde que su luz se apagó. Desde que la perdió, ni siquiera él se había encontrado.

Marco se acercó a donde estaban los jóvenes.

—Domicia decía que no vendrías por nada del mundo —comentó Décimo.

—Media Roma discute con la otra media si se debe permitir a una *femina* luchar en el anfiteatro. Mi reputación quedaría en entredicho si el abogado que lo ha hecho posible no acudiera a ver el duelo.

—¿Esperamos a Thais? —preguntó Sexto tratando de recomponerse.

—Sería inútil, no podrá sentarse con nosotros dado que es una mujer, deberá hacerlo arriba, en el tercer anillo —contestó Décimo.

—Pues vayamos, entonces —comentó Marco.

Al girarse para dirigirse a la entrada del anfiteatro, chocó con un hombre y el golpe provocó que el zurrón que portaba el desconocido cayera al suelo.

—Lo lamento —dijo Marco mientras se agachaba para recoger la bolsa.

—No tiene importancia —comentó el hombre consciente de que el encontronazo había sido fortuito—. Vaya con sus amigos, yo lo recogeré.

Marco observó el extraño rostro del desconocido, tenía los ojos rasgados.

El hombre se levantó una vez que había recogido todas las hierbas y se volvió a dirigir a Marco:

—Disfrutad del espectáculo.

—No creo que lo haga —contestó Marco.

—Yo tampoco —respondió el hombre de ojos rasgados a modo de despedida.

Los tres amigos de Domicia se dirigieron con Marco a la puerta que marcaba su entrada; al ser patricios, era una de las mejores.

Lü se giró para comprobar que ninguna hierba se hubiera quedado en el suelo. Había ido a comprar algunos ingredientes. Quería hacer una mezcla que ayudara a Helena a aguantar el dolor sin que la adormeciera demasiado. Sabía que poco podía hacer ya por ella, pero que al menos le diese energía para luchar un combate más.

Continuó sorteando a la gente hasta llegar a una de las puertas de acceso. Un legionario le impidió el paso. Lü le enseñó su *tessera* y el hombre apartó su lanza para que el hombre de ojos rasgados pudiera entrar.

El ritmo en las entrañas del anfiteatro era frenético. Cientos de personas se afanaban para que todo estuviera listo bajo la luz de las antorchas que iluminaban los enormes túneles. Los látigos de los bestiarios resonaban mientras silbaban hasta encontrarse con los lomos de los animales. Las voces a los esclavos, para que tuvieran preparadas las escenografías a tiempo, y los gritos de ánimo y las plegarias de los gladiadores se oían por todo el hipogeo.

Lü llegó hasta donde se encontraba Helena, que estaba haciendo esfuerzos tratando de mover el brazo izquierdo.

—Hoy estoy especialmente fatigada, creo que no tardará en darme uno de los ataques.

—Será mejor que te prepare una mezcla de hierbas. Te daré una ración mayor, necesitamos que aguantes tu último combate.

—Antes prométemelo.

Lü la miró sin contestar.

—Prométeme que, si hoy muero, cumplirás lo que te he pedido —repitió Helena.

—No será necesario. No vas a morir.

—Prométemelo, Lü —interrumpió sujetándole el brazo.

El hombre de ojos rasgados asintió con la cabeza.

—Dilo.

—Te lo prometo. Lo haré.

Helena se quedó en silencio, contemplando a ese hombre mientras mezclaba la amalgama de hierbas. Gracias a él se encontraba mucho mejor, aunque el brazo izquierdo seguía rígido. En esos dos meses había cuidado de ella como llevaba haciendo durante años. Imaginó cómo habría sido su vida junto a quien mostraba ese amor desinteresado. Qué distintos y qué lejanos le parecían aquellos sueños, cuando tan solo era una cría y lo único que deseaba en su vida era tener una vida como la de cualquier mujer romana. Qué diferente habría sido junto a Lü, capaz de dar tanto amor para recibir tan solo una ínfima parte a cambio. Un fugaz pensamiento se le cruzó por la cabeza: tener un hijo con ese hombre que tanto la amaba. Lucharía por esa idea. Ese día combatiría con toda su alma por conseguir esa libertad que siempre había ansiado y vivir la vida que tanto anhelaba junto a él.

Un ruido alertó a Helena y a quienes se encontraban entre esos muros. Todos miraron en dirección al pasillo que unía el anfiteatro con el Ludus Magnus. Cientos de pisadas sonando al unísono retumbaban por el túnel haciendo que del techo se desprendieran polvo y arena. Eran los pies de decenas de gladiadores que recorrían el camino para hacer la pompa y ser presentados al pueblo de Roma para salir al lugar donde los esperaba su destino. Esos serían los últimos pasos en la vida de algunos luchadores, pero para otros tan solo era la senda que los separaba de alcanzar un día de gloria.

Helena miró la oscura galería, iluminada únicamente por la tenue luz de las antorchas. Imaginó que su rival, la mujer que la separaba de ese destino que anhelaba, se sumaba a esas pisadas, en ese ruido que cortaba el aliento y helaba el corazón, en medio de esa algarabía que, a cada paso, sonaba con más intensidad. Muchos otros se concentraban en el duelo y algún pusilánime se miccionaba encima. Era el olor, el ruido y la tensión de lo que ocurría debajo de las gradas.

Entre ese bullicioso ruido, Achilia caminaba junto a Probus. A veces también se unía a los gritos para soltar los nervios que acumulaba, mientras su voz era repetida por las paredes. Estaba nerviosa, por fin su día había llegado, por fin podría resarcirse y vengar la muerte de su hermana. Pensó en Valeria y en su padre, y en que seguramente no estarían de acuerdo con su decisión, pero aun así quería hacerlo.

Sintió que una mano se posaba en su hombro. Era la de Probus, quien casi podía leer lo que pasaba por la cabeza de la joven.

—Lo harás bien. Llevas años soñando con este momento, sé tú misma y no te rindas —dijo el gladiador infundiéndole ánimos.

Domicia lo miró y apretó los dientes para contener las lágrimas de emoción que pugnaban por brotar. Todo superaba lo que tantas veces había imaginado.

Probus respiró con fuerza mientras caminaban por la galería. Ya se veía la luz al otro lado del túnel. Exaltado, a pesar de haber recorrido esa distancia en decenas de ocasiones, expiró profundamente. Una vez más volvería a luchar.

Cuando llegaron al sistema de túneles del anfiteatro, todos los gladiadores lo rodearon y lo miraron esperando la arenga que solía dedicarles años atrás.

Probus observó los rostros de esos hombres que lo idolatraban. En sus miradas pudo ver miedo, nerviosismo, emoción, toda clase de sentimientos corría por las mentes de los cientos de ojos que lo observaban. Sin embargo, había algo que era común a todos, tan real como las historias personales, atroces o fascinantes, que escondía cada uno de ellos: la supervivencia. Ninguno, independientemente de la clase de vida que llevase, del sufrimiento que hubiera soportado para estar ahí, ninguno quería que su vida terminara ante los miles de almas que abarrotaban el anfiteatro como testigos. Todos deseaban volver por la puerta de la vida y harían lo que fuera por conseguirlo.

—Gladiadores, ¿oís esas voces de ahí arriba?, ¿oís esos gritos anhelando que salgáis a luchar? Somos nosotros quienes enardecemos sus corazones y, cuando vencemos, es a nosotros a quienes miran con envidia. Porque solo aquellos valerosos hombres que se enfrentan con coraje a un combate, sin importarles si viven o mueren, alcanzan la gloria. Estamos bendecidos por los dioses y, si no somos dignos de ellos, si no luchamos con hambre, si no nos enfrentamos al dolor y si nuestro mayor anhelo, únicamente, es volver de una pieza, entonces lo mejor que podéis hacer con vuestra vida es perderla. Desoíd las infinitas veces que vuestro cuerpo dirá basta, no escuchéis las innumerables ocasiones en que deseéis morir y seguid luchando. Y si, tras haberos enfrentado a vuestro rival con valor, con honor, con orgullo, con dignidad, abrís los ojos y estáis a punto de sucumbir, no penséis en el dolor, estad orgullosos porque habéis vencido a la muerte. Cuando vuestro escudo pese por la fatiga, cuando vuestro brazo no golpee con fuerza por el cansancio, cuando la sangre de vuestras heridas corra por vuestra piel, manteneos firmes. Apretad los dientes y seguid luchando, porque ahí ya no combatís contra otro gladiador, no es la muerte vuestro mayor rival, en ese momento os enfrentáis a vosotros mismos. Pensad en vuestra vida y salid ahí, imaginad mientras os dirigís al centro de la arena si hay algún otro lugar mejor donde morir. Recordad que los gladiadores que caen sin vida entre los muros de un anfiteatro nunca mueren del todo, pues son recordados durante toda la eternidad. ¿Qué somos?

—¡Gladiadores!

—¿Y qué ansiamos?

—¡La gloria!

—Pues vayamos a buscarla. Salgamos ahí afuera y démosle a Roma lo que ha venido a buscar.

Todos los luchadores vitorearon y gritaron con una renovada fuerza por las palabras de aliento y la arenga del gladiador.

Probus pensó en sus palabras y en el amor de su vida, que, seguramente, estaría ocupando una de las gradas más altas, la de las mujeres.

Thais llegó hasta el anfiteatro y se fijó en las prostitutas que lucían llamativos vestidos y pelucas de colores intentando buscar clientes. La vista desde el tercer anillo le pareció increíble, jamás había presenciado nada igual. Intentó alcanzar su asiento en el reducido pasillo que se encontraba ya ocupado por decenas de personas. Llegó hasta un banco de madera y se sentó entre dos mujeres y un hombre.

Levantó la mirada y observó a su alrededor. Nunca había estado en un anfiteatro y esa visión imponía.

—Aquella de la *stolae matronae* de color verde, la del pelo moreno, la que tiene pinta de haber salido de un lupanar, yo creo que es Cornelia Emilia —dijo la mujer que estaba a su lado a su compañera.

—Desde aquí no se distingue, pero yo diría que la tela es de lino de Egipto —respondió su acompañante con una voz estridente.

—Bonito vestido —comentó refiriéndose a Thais.

—Gracias... —respondió esta avergonzada.

—¿De dónde es la tela, de Miseno?

—No lo sé, me regaló el vestido mi marido.

—¿Tu marido? Qué suerte tienen algunas. Mi marido no me compraría un vestido así ni aunque tuviera todo el oro del mundo. Solo piensa en fornicar a todas horas. O me voy a vivir a casa de mi madre o me tiene pariendo hasta que me muera.

Thais sonrió.

—¿Quiere un poco de vino? —le ofreció el hombre de al lado.

Thais negó con la cabeza.

—Un amigo me ha conseguido estas entradas, nunca había estado en el anfiteatro de los Césares. Si tenemos tiempo, le contaré la historia de cómo lo conocí. Seguro que ve menos por esos ojos rasgados que tiene que tú por el único que te queda.

—¿Cómo? —preguntó Thais molesta.

—Nada, cosas mías. Tengo ganas de ver a Probus, hace años que no lucha, yo creo que ya no debe de estar muy en forma. Pero si algo estoy deseando ver es el enfrentamiento de esas dos mujeres. Conocí a Amazona, ¿saben? —dijo dirigiéndose a todos—. Fui yo, personalmente, quien la trajo desde Asia Menor. Me llamo Claudio, y si alguna vez quieren que los lleve en barco a algún lugar, cuenten conmigo y Agripina, mi vieja nave. Pueden encontrarme en Ostia, pregunten por mí en Las Tres Garzas.

—Ayer en la *caupona* comentaban que en la tierra que

la vio nacer la alimentaban cada día con carne humana —comentó un hombre que estaba detrás de ella con la boca llena de pan.

—A mí me han contado que ha matado a más hombres que la Legión X Gemina en las Galias.

—Yo creo que estáis exagerando —interrumpió Claudio—. Amazona le debe su amor solamente a un hombre que habla menos que un mudo durmiendo. Achilia lucha únicamente por venganza, al parecer Amazona mató a su hermana. Conozco a un hombre que me contó la historia. Hay que tener mucho valor para enfrentarse a la mejor gladiadora de todo el Imperio. Por todos los dioses, esa Achilia tiene más agallas que todos nosotros juntos.

—No lo sabes tú bien —respondió Thais.

—Ya empiezan a llegar los senadores —dijo el hombre del pellejo de vino.

Hostiliano se movió por los pasillos rebosante de orgullo. Era el editor de los juegos y jamás, en años, había visto un ambiente como el de ese día. Se apoyó en la balaustrada de mármol. Miró las gradas, que ya estaban prácticamente llenas. Inspiró para sentir el olor de la arena húmeda recién rastrillada. Un hombre, muy cerca de él, también disfrutaba de la vista. El *magister* lo reconoció enseguida y se acercó.

—Lucio Catilio Severo, ¿por fin el emperador ha decidido poner fin a tus días en Asia Menor?

—Hostiliano, celebro saludarte. Así es, no ha habido ni un solo día que no deseara volver a presenciar esta increíble vista.

—Parece que los años te han tratado bien —dijo haciendo referencia a la enorme barriga de Catilio Severo.

—Si no fuera por los placeres culinarios, nada nos diferenciaría de esos pobres desgraciados que se sientan a partir de la segunda grada.

Hostiliano rio ante el comentario.

—Dicen —continuó Catilio—, además, que una de las luchadoras de tu *ludus* es de la tierra de donde vengo.

—Compro aquello que se me antoja sin la necesidad de saber cuánto me va a costar y luego decido si realmente lo necesito. Otra de las cosas que nos diferencia de los que se sientan a partir de la segunda grada. A veces, como es el caso, uno tiene suerte con esa calaña.

—No puedo estar más de acuerdo. Por el Senado se oye que tienes muchas posibilidades de convertirte en pretor. Como editor de los juegos, has conseguido que no se hable de otra cosa en Roma que de los enfrentamientos de hoy, así que no albergo la menor duda de que conseguirás los votos que necesitas. Te felicito.

Hostiliano no puedo evitar una leve sonrisa de satisfacción.

Una voz interrumpió sus pensamientos:

—Supongo que debes estar orgulloso.

El *magister* se dio la vuelta y pudo ver a una extraña que se dirigía a él.

—¿Qué quieres? —preguntó molesto por que una mujer interrumpiera su conversación.

—He venido desde muy lejos únicamente para ver a una de tus gladiadoras.

—¿Y tú eres?

—Mi nombre es Flavia Lycia y soy la mujer que entrenó y convirtió en gladiadora a Amazona —dijo mientras bebía de su copa de vino.

—Así que fuiste tú quien me la vendió sabiendo que tenía esa rara enfermedad. Tendría que exigirte que me devolvieras cada uno de los sestercios que pague por ella.

—Deberías estarme agradecido. A diferencia tuya,

vendo aquello que ya no necesito sin pensar en las consecuencias, es lo que nos diferencia a los de la segunda grada. Aunque, por lo que veo, no te ha ido muy mal, hasta Halicarnaso ha llegado la fama de Amazona y el duelo que hoy se va a celebrar.

—Y ¿cómo has conseguido entrar?

—Es mi acompañante —respondió Catilio Severo—. En el pasado nos han unido grandes negocios. Antes de que salgan los gladiadores abandonará las gradas.

La presencia del emperador interrumpió la conversación.

—Iré a saludar al césar y bajaré a la arena para ser aclamado en la pompa —dijo Hostiliano despidiéndose únicamente de Catilio Severo.

—¿Esa mujer que va detrás del emperador es Vibia Sabina? —preguntó Flavia.

—Así es. Desde que murió Antinoo, el amante del césar, a quien no sé si sabes tuve en mi nómina de esclavos, la emperatriz acompaña en todos los actos al emperador.

—Vaya, es todo un detalle de afecto por parte de la emperatriz. ¿Por qué crees que su amante se quitó la vida? Dicen que estaban muy enamorados.

Catilio Severo negó con la cabeza.

—Media Roma cree que se sacrificó para asegurarle al emperador una vida larga y exenta de infortunios.

—Y ¿qué piensas tú?

—A mí lo único que me interesa es disfrutar de los placeres de Roma y no volver a esa execrable tierra que me vio nacer. Por lo que respecta a ese esclavo, no me inquietaba lo más mínimo lo que le ocurriera cuando me pertenecía, así que mucho menos me preocupa ahora.

—He oído que esa tal Achilia lucha por vengar a su hermana —dijo Flavia cambiando el tema de conversación.

—Así es, tu gladiadora puso fin a sus días y esa joven ha

sacudido el polvo de todas las leyes de nuestro Imperio, únicamente para resarcirse de la muerte de su hermana.

Flavia Lycia asintió con una sonrisa.

El emperador Adriano recibió los saludos de todos los senadores, de Hostiliano y de todos aquellos que deseaban vanagloriarse de estar con él.

A su lado, Vibia Sabina cumplía también con sus obligaciones.

Cuando tomaron asiento, el emperador se dirigió a Quinto Marcio, el prefecto.

—Mañana quiero que dispongas todo para trasladar la residencia imperial de la emperatriz aquí a Roma.

Vibia lo miró sorprendida.

—¿A qué esperabas para comunicármelo?

Adriano sonrió.

—No hay nada que comunicarte, soy el emperador, no tengo que darte explicaciones de las decisiones que tomo. Este juego que te traes de acompañarme a cada sitio terminará. No soporto tu presencia ni un instante más. No viajarás conmigo y desde mañana no saldrás de tu nueva residencia, salvo cuando yo lo ordene. No volveré a verte disfrutar de los jardines y la paz de mi villa ni un día más. ¿He sido suficientemente claro?

Vibia Sabina no contestó.

Adriano se giró hacia el lugar donde se solía sentar su amante, el asiento se encontraba vacío por orden expresa suya. Recordó aquella mirada que tanto echaba de menos y sintió, una vez más, una indescriptible amargura. Daría lo que fuera por cambiar la vida de la mujer que tenía a su lado y que aborrecía, por la de su amante, a quien aún amaba. Se sentía tan huérfano del cariño de Antinoo que incluso por su mente pasó la idea de imitarlo y quitarse la vida. No soportaba ver el rostro de su amado en la piedra de las estatuas con la mirada sin vida, ni abrazarlas con el frío del mármol en vez del calor de su cuerpo. Cuánto sentía no poder volver a mirarlo, cuánto echaba de menos besar sus labios y cuánto se arrepentía de esconder su amor por aquel tímido joven que conquistó de un modo irracional su corazón.

El ruido de las tubas y los *corni* le devolvieron a la realidad.

El espectáculo estaba a punto de comenzar.

XLVIII

Roma, 131 d. C.

La tarde empezaba a asomarse. Probus se encontraba ejercitándose en el Ludus Magnus cuando un esclavo se acercó a anunciarle que debía prepararse para volver al anfiteatro.

Tras una jornada ejemplar, donde el pueblo de Roma disfrutó de un día espléndido de espectáculos, llegaba el momento de los gladiadores más esperados.

Domicia anduvo de nuevo el túnel que separaba ambos recintos junto a él. Cuando acabara el combate de Probus, sería su turno. Los dos amigos recorrieron la galería en silencio, concentrados y con el único pensamiento de la victoria en sus mentes. Los nervios irrumpían en sus cuerpos y la tensión se notaba en sus rostros.

—Te espero aquí cuando venzamos —dijo Probus antes de colocarse el yelmo.

Domicia lo miró suspirando y asintió. Su turno se acercaba y la presión producida por la excitación se instauró en su pecho.

El gladiador se acercó a la arcada. Observó a su rival, Voreno, un hombre alto que, con la rodilla hincada en el suelo y la mano en el pecho, ofrecía una plegaria a la pequeña estatua de Némesis.

Paulus, el *lanista*, se acercó a su gladiador y le dijo unas palabras que no pasaron desapercibidas para Probus:

—No es un combate, es tu vida. No es el dolor, es el sufrimiento. No eres tú, son miles de almas. No es el enfrentamiento, es el respeto. No es la posteridad, es el momento. No es una victoria, es ser eterno.

Voreno se abrazó a su *lanista*, mientras este lo ayudaba a colocarse el casco, pues ese día no lucharía como un *retiarius* sino como un *murmillo*.

Probus se concentró. Volvía a revivir ese momento que tanto anhelaba. Su respiración golpeaba contra el casco, el sudor le corría por la espalda y un hormigueo le subía por las piernas. Miró sus pies descalzos y los apretó contra la arena, sintió los granos clavándose en sus plantas. Movió los músculos de brazos y piernas para ver si respondían mientras expulsaba de golpe el aire de sus pulmones.

El sonido de las tubas y los *corni* anunció su salida.

Probus y Voreno se miraron a través de las hendiduras de sus yelmos, asintieron con la cabeza en señal de respeto y comenzaron a andar hasta la arena del anfiteatro.

Los gritos de miles de almas ensordecieron el cielo de Roma. El público, que durante todo el día solo pensaba en ese combate y en el siguiente, saltó como un resorte gritando con fuerza los nombres de los dos gladiadores.

Thais se agarró las manos cuando anunciaron la salida de Probus. Se puso de pie para verlo.

—¿Quién de los dos es Probus? —preguntó Claudio a su lado—. ¿El *thraex* o el *murmillo*?

—El del corazón más grande —contestó Thais—. Aquel que hace que mi vida tenga sentido. El hombre responsable de todo lo bueno que me pasa. El que en cada paso que da demuestra la grandeza de su espíritu.

—¿Quién? —preguntó Claudio mirándola sorprendido.

—El *thraex*, el del escudo negro con el ave fénix —contestó el hombre de al lado.

Los dos gladiadores llegaron hasta el centro de la arena. Saludaron al público con la mano y se colocaron en posición para empezar el duelo. El silencio para ambos se volvió denso, solo oían el sonido de sus latidos, solo les importaba lo que veían frente a ellos. En las gradas se bramaban las últimas apuestas, aún había tiempo hasta que se diera el comienzo. En aquel momento, para la ciudad que dominaba el orbe, nada había más importante que lo que sucedía en la arena del anfiteatro.

El *summa rudis* miró a Hostiliano para que diera la orden. El *magister* levantó la cabeza, consciente de que miles de ojos lo observaban ansiosos. Bebió de su copa de vino mientras el público empezaba a impacientarse, se levantó con altanería y con un gesto estudiado de su mano dio la orden.

La vara del *summa rudis* se levantó entre ambos gladiadores al grito de:

—*Pugnate!*

Los dos hombres se movieron en círculos midiéndose, estudiando cada paso, cada movimiento.

Voreno era alto, su postura encorvada, para que el largo *scutum* protegiera gran parte de su cuerpo. Únicamente dejaba a la vista la protección de su pierna izquierda y el casco por encima de sus ojos, con el *gladius* escondido para atacar.

Probus tenía la pose de quien lleva años acostumbrado a luchar. Sus movimientos eran precisos, elegantes, y cada paso que daba lo hacía con un estilo que no había olvidado en los años que había estado sin competir. Su escudo era más pequeño, las dos protecciones que llevaba en las piernas brillaban tras haber sido creadas únicamente para este duelo. Su *sica*, afilada como el miedo, zigzagueaba el aire a la espera de un ataque.

Voreno dio varios pasos y atacó con su *gladius*. El sonido de los hierros al chocar martilleó el cielo del anfiteatro.

Los dos gladiadores se tomaron un respiro entre tanta tensión y se separaron buscando el poco aire que entraba en sus cascos.

Probus protegió su cuerpo con el escudo mientras la espada curva buscaba la espalda de su rival. Voreno levantó el escudo y neutralizó el ataque. Sus movimientos eran muy ágiles para alguien de su altura. Retrocedió unos pasos y, con la parte inferior de su escudo, golpeó contra el casco del *thraex*. El impacto contra el metal resquebrajó el aire.

Probus sintió el olor de la sangre dentro de su casco. Por su nariz brotó un hilo del líquido rojo hasta sus labios dejándole un poco aturdido. Se echó hacia atrás y movió el cuello intentando espabilarse de nuevo.

En las gradas, Thais se llevaba las manos a la boca en cada golpe, en cada gesto, cada vez que el peligro se cernía sobre el hombre a quien tanto amaba.

Voreno, con respeto, esperó a que su rival se recuperara.

El duelo continuó. Ambos gladiadores estaban ofreciendo el combate más vistoso del día. Luchaban con gran maestría y mostraban su mutuo respeto y admiración.

El combate siguió con la misma intensidad. Probus empezaba a estar exhausto, ni siquiera había conseguido estar cerca de alcanzar a Voreno. Su rival era un excelente luchador que apenas dejaba un resquicio por donde introducir su *sica*. Intentó mostrarse más agresivo antes de que la fatiga, implacable, acudiera.

Probus amagó a la izquierda, Voreno colocó su escudo en ese lado y el *thraex* introdujo su arma entre el escudo y el pecho del gladiador, quien sintió cómo el filo de la espada rozaba su piel. Voreno contraatacó para desembarazarse de su rival, que había vuelto a colocarse en posición. Había faltado poco, pensó, no debía confiarse, se encontraba bien y percibió que Probus estaba más cansado y empezaría a atacar con menos determinación.

Voreno buscó con la espada la parte baja de Probus, que bajó demasiado su defensa y, con la parte inferior del escudo, el *murmillo* volvió a golpear el casco del *thraex*. El golpe fue mucho más contundente que el anterior y el ruido heló el corazón de Thais, sintiendo en su propia alma el dolor de ese golpe.

Tras el ataque, Probus estaba mareado, no había visto venir ese golpe por segunda vez. De nuevo sintió el sabor de la sangre.

Ambos gladiadores se movieron en círculos. Voreno no atacó, esperando a que su rival recuperara el aire. Así era como le habían enseñado a vencer, respetando a su rival.

Los movimientos de Probus ya no eran tan elegantes como al principio, sino más bien desesperados e impotentes, y a Voreno no le costaba contener sus golpes. Ya no recogía el brazo al atacar, y quedaba al descubierto dejándolo prácticamente inerte. El *thraex* buscó algún resquicio con su *sica*. A su rival le sorprendió que no se protegiera antes de atacar y vio el enorme hueco que dejó en su costado. Sin dudarlo, introdujo por ahí su espada. Probus intentó enmendar su error demasiado tarde y, si bien su defensa llevaba una buena trayectoria, fue frenada por el dolor que sintió cuando el arma de su rival desgarró parte de su piel.

Su espada cayó al suelo junto al escudo, y su rodilla, protegida por la greba, se hincó en la arena. Intentó recuperar el aire, se miró la mano, la sangre cubría su palma.

El árbitro preguntó al gladiador si podía seguir luchando.

Thais lanzó un grito al ver a Probus de rodillas y deseó que no se levantara, que ese duelo llegara de una vez por todas a su fin.

Probus se levantó y asintió con la cabeza. Quería seguir luchando.

Se movía renqueante mientras recuperaba sus armas. El público se puso de pie para agradecer esa muestra de valor.

Probus y Voreno se volvieron a colocar uno enfrente del otro.

El combate se reanudó.

El *thraex* intentó combinar una serie de golpes para sorprender a Voreno, que los contenía como un muro. Paraba todos los ataques y se defendía apenas sin dificultad. Eso terminó de mermar la voluntad de Probus, quien nunca se había encontrado a un rival tan completo.

Voreno atacó de nuevo con la parte inferior de su escudo, sus golpes ya no encontraban defensa y golpeó sin resistencia en el casco de su rival. Probus estaba aturdido. Por su cabeza pasaron miles de pensamientos, como si fueran alucinaciones. En vez de a Voreno, vio a los jóvenes que tanto dolor le causaron a Thais y atacó sin dudarlo.

Probus buscaba estocadas sin saber dónde impactaban, sus golpes únicamente rasgaban el aire. Voreno lo esquivaba sin dificultad, se acercó y con el escudo empujó al veterano gladiador, que cayó una vez más al suelo. Su pecho subía y bajaba rápidamente a un ritmo que demostraba que el cansancio lo vencía.

—¡No te levantes! —gritó Thais desde la grada intentando que su voz se abriera paso por entre las de los miles de aficionados que lo animaban a que siguiera luchando.

Probus se levantó una vez más. Quería seguir combatiendo, quería vencer a ese hombre. Le costó arrodillarse a recoger sus armas, había perdido mucha sangre por la herida del costado.

El combate se reanudó. Lanzó un par de golpes buenos intentando demostrar que aún era el gladiador del que todo el mundo hablaba, aquel que el público soñaba con volver a ver luchar.

A pesar del cansancio.

A pesar de la sangre.

A pesar de su gran rival.

Probus luchó con toda su alma, imprimiendo hasta el último aliento en cada golpe, hasta la última gota de sudor. Cuando ya estaba exhausto y buscaba al *murmillo* más por la inercia que por la intención, su rival lo alcanzó en el otro costado. Voreno podía haber terminado mucho antes ese suplicio, pero respetaba tanto al hombre que tenía enfrente que trataba de hacer que brillara ante su público.

El grito de los miles de almas enmudeció de repente cuando Probus clavó las dos rodillas en la arena y cayó al suelo.

Thais no quiso verlo, cerró su único ojo sano. No quería sufrir de ese modo, deseaba que todo acabara. Quería estar junto a él, en la *domus*, y curar sus heridas y sobre todo su alma.

Probus se sintió exhausto, la sangre salía sin piedad de sus heridas, pero lo que más le dolía era sentir por primera vez el sabor de la derrota. Reconociendo la valía de su rival, lo miró y levantó el dedo índice al cielo indicando que se rendía.

El público no daba crédito, Probus sufría una contundente derrota contra un desconocido pero hábil gladiador.

El grito fue unánime.

—*Missio!, missio!, missio!*

Probus había luchado bien y sentía el respeto del público, que reconocía las veces que se había levantado para seguir luchando y valoraba la entrega del gladiador que tantas grandiosas tardes les había dado, levantándolos de sus asientos en innumerables ocasiones.

Hostiliano bebió de su copa de vino para tratar de disimular una leve sonrisa. Llevaba todo el combate deseando ese desenlace, rezando para que Probus perdiera. En todos los combates anteriores había dejado que la decisión sobre la vida de aquellos que perdían la tomara el emperador, pero esta ocasión fue distinta. A su mente acudió con total nitidez el juicio en el que Probus declaró. El modo en que, por su testimonio, sus chicos fueron exiliados lejos de Roma. La manera en la que un infame lo dejó en evidencia. Todas las miradas estaban puestas en él. Hostiliano se levantó y, sin dudarlo, con seguridad en sus movimientos y con determinación en su gesto levantó el pulgar y se lo llevó al cuello, indicando que su decisión era *iugula*. La muerte.

La indignación recorrió cada rincón del anfiteatro. La gente lanzó un grito cuyo eco retumbó en el travertino de sus muros.

El público gritaba indignado.

—¡Está loco! —dijo Claudio.

Thais se levantó sin asumir la realidad.

—¿Qué ocurre? —preguntó.

Claudio la miró sorprendido.

—Algo indignante —contestó—. Acaba de sentenciar a muerte a Probus.

El día se hizo de noche para Thais. De repente, el ruido de miles de personas gritando se silenció en la cabeza de la joven. Se quedó inmóvil, sin poder articular una sola palabra, un golpe helado la mortificó en lo más profundo de su ser. Abatida y complemente desolada, se dejó caer en su asiento.

El *summa rudis* dio la orden a Voreno.

El gladiador se acercó a su rival, que no mostró el más mínimo atisbo de miedo. Probus hizo un gesto y se quitó el casco, quería respirar profundamente antes de recibir a la muerte. Miró el cielo despejado que empezaba a tornarse anaranjado, recordó a Ronet, su padre, y a Nailah, su madre, pensó en su hijo y las lágrimas a punto estuvieron de brotar cuando Thais acudió a su mente. Sin embargo, contuvo el dolor por el recuerdo de su amada, era un gladiador y debía abandonar este mundo de un modo estoico.

Voreno colocó la punta de su *pugio* en el hueco de la clavícula y Probus agarró el mango. No había sido digno del combate y él mismo se quitaría la vida. El gladiador levantó la cabeza por el extraño rumor que empezó a surgir entre las gradas. Miró hacia la puerta de la vida, todos los gladiadores salían a la arena del anfiteatro. El murmullo empezó a ser más audible, nadie recordaba un hecho parecido. Los gladiadores rodearon a Probus en una enorme elipse y, con un profundo respeto, clavaron la rodilla en la arena para despedir a quien tanto estimaban y al que todos admiraban.

Probus bajó la cabeza agradecido al ver aquel acto de reconocimiento. Miró a Voreno para indicarle que había llegado el momento. El gladiador obedeció y volvió a colocar el *pugio*. El silencio del anfiteatro era sepulcral, únicamente cortado por la música luctuosa que se batía en el aire. Muchos espectadores lloraban, no podían creerse que el hombre que tanto los había emocionado y a quien adoraban fuera a perder la vida. Probus agarró el mango, cogió aire por última vez, cerró los ojos y, con pulso firme, dejó que el puñal atravesara su carne abriéndose paso y segando todo lo que encontró hasta llegar al corazón. El último pensamiento de su vida fue para Thais: «Hasta siempre, amor mío».

La joven lanzó un grito al ver el cuerpo de Probus caer sin vida en la arena. Se abrió paso por entre todos los que estaban allí sentados, quienes la miraron desconcertados, antes de bajar las escaleras sin saber hacia dónde dirigirse. El dolor anidaba en su pecho, en su costado y en cada paso que daba. Trastabilló y a punto estuvo de caer, se movió por los pasillos desorientada, completamente perdida, transitaba una y otra vez las mismas galerías y desandaba las que ya había recorrido. Se encontró con un esclavo y, haciendo un gran esfuerzo por articular varias palabras seguidas, le preguntó por el lugar al que llevaban a los gladiadores que acababan de morir. El operario, sorprendido por la desesperación de la joven, le indicó cómo llegar al *spoliarium*. Thais corrió movida por la convicción de que Probus seguía con vida, que llegaría y su amado estaría esperándola para juntos volver a su hogar. Que aquello era una dolorosa pesadilla.

Llegó hasta la entrada flanqueada por dos legionarios.

—Por favor, dejadme entrar. Soy la mujer de Probus.

—Tendrás que esperar a que le despojen de la sangre y de las ropas antes de reclamar su cuerpo —contestó uno de ellos con frialdad.

Thais era incapaz de contener las lágrimas, cada una de esas palabras golpearon con fuerza en su pecho.

—Por favor, te lo suplico.

El otro legionario la miró con compasión.

—Espera un momento —dijo.

—¿Adónde vas? —preguntó el primero sin encontrar respuesta.

Thais esperaba desesperada. Jamás en su vida había sentido un dolor tan desgarrador removiendo sus entrañas, como si un rayo la hubiera partido en dos.

El legionario regresó.

—¿Estás segura de que quieres entrar? Le han golpeado la cabeza varias veces con un martillo para comprobar que estaba muerto y tiene un enorme corte en el cuello del que están extrayendo su sangre.

Thais asintió sin ser capaz de decir nada.

—Acompáñame —dijo el legionario haciendo un gesto de resignación.

La joven siguió a ese hombre por la galería inundada por un olor nauseabundo.

El legionario llegó hasta una sala y dio una orden para que los esclavos que se ocupaban del cuerpo de Probus salieran.

—Date prisa, no tienes mucho tiempo.

Thais se asomó y lo vio.

El cuerpo del gladiador se encontraba desnudo encima de una litera. Varias palanganas recogían la sangre que aún manaba de la enorme incisión que le habían hecho en el cuello y en las muñecas.

Thais se acercó despacio.

Lanzó un grito sordo cuando vio el rostro desfigurado del hombre de su vida. Agarró sus manos cubiertas de sangre y arena. Notó que estaban frías, que no tenían la calidez con la que tantas veces esos mismos dedos habían recorrido su cuerpo. Aún no podía creerse que Probus no pudiera volver a abrazarla, volver a besar sus labios, volver a amarla, y esa revelación fue la más dolorosa que había sentido en toda su vida.

Acarició las heridas de su costado, atusó con delicadeza sus cabellos, sus manos se detuvieron en su rostro desfigurado. Thais no podía soportar ese dolor tan desgarrador que le quemaba en el pecho. No podía imaginar el resto de su vida sin ese hombre por quien sentía algo que no podía describir con palabras. Por su cabeza asomó la idea de quitarse la vida y junto a su amado recorrer el camino a la muerte.

El legionario entró y carraspeó indicando a Thais que debía salir ya para que siguieran encargándose del cadáver.

La joven apoyó su cabeza contra el pecho de Probus mientras las lágrimas caían por sus mejillas. Se acercó a su oreja y, con la intención de que su amado pudiera oírla por última vez, susurró del modo más desgarrador:

—Hasta siempre, amor mío.

XLIX

Roma, 131 d. C.

Domicia se encontraba en la arcada que daba a la arena y no podía creerse, mientras Voreno recibía la palma de la victoria, que Probus hubiera perdido la vida. Ese gladiador que recorría el anfiteatro aclamado por el público acababa de vencer y de dar muerte a su amigo, a quien quería como a un padre. Pensó en Thais, imaginó el tormento tan grande que debía de estar sintiendo su amiga en ese momento. Conocía aquella sensación y deseó estar junto a ella, abrazarla y consolarla mientras el dolor, lejos de desaparecer, se iba haciendo más grande y una inmensa pena iba creciendo en su interior. No podía dar crédito, otro buen hombre se iba demasiado pronto.

Intentó que sus sentimientos no se apoderaran de ella, era su turno; aunque le resultara egoísta, ya tendría tiempo de llorar a Probus. Recordó el consejo que le dio su amigo: «Pase lo que pase en el combate anterior, solo debes centrarte en tu victoria».

Sobre su enorme trenza se colocó el casco que la oprimía más de lo que había imaginado. Dos aberturas a la altura de los ojos, protegidas para que no entrara la punta del arma, eran la única oquedad. Había entrenado constantemente con el yelmo, pero los nervios, la muerte de Probus, los años esperando esa venganza le hicieron sentir que se asfixiaba. Sus piernas temblaban, tenía frío y sin embargo sus manos sudaban. Cerró los ojos para concentrarse como Probus le había enseñado, pero a su mente solo venía el momento en el que su amigo perdía la vida.

Sintió unos pasos detrás de ella.

Allí estaba Amazona, la veía por primera vez desde que murió su hermana. No le pareció tan imponente como la vez anterior. Todos sus miedos se desvanecieron como la niebla con el sol de la mañana, la sensación de odio volvió a acuciar en su pecho, no había cedido ni un solo ápice su sentimiento hacia esa mujer, la mujer que mató a su hermana.

Amazona se acercó junto al hombre de ojos rasgados, que sujetaba su casco, su escudo y su arma. El hombre la agarró del brazo y la hizo darse la vuelta al ver que su rival la observaba.

—Déjame que te ponga las protecciones, no quiero que vea que apenas puedes mover tu brazo izquierdo —le ordenó Lü en voz baja.

Helena se dejó hacer. El hombre la ayudó a ponerse el casco y le colocó el escudo. La gladiadora intentó moverlo, pero la mano no respondía.

—Pégalo todo lo que puedas a tu cuerpo y procura que no se te caiga o seguramente no puedas recuperarlo.

—Me encuentro bien, no temas —respondió—. Trataré de no tardar mucho. Espérame aquí, junto a mi libertad —dijo con la voz lenta y apenas sin vocalizar.

Amazona sujetó el *gladius* corto y golpeó su escudo justo delante de su rival para tratar de meterle miedo. Desde los dos agujeros de su casco, idéntico al de Achilia, pudo ver los ojos de su oponente clavándose fijamente en ella. Giró la cabeza para evitar el contacto visual, sin ignorar que esa mirada destilaba odio.

En ese mismo momento, Flavia Lycia apareció por detrás. Saludó con la cabeza a un sorprendido Lü y con un tono solemne se dirigió a las gladiadoras:

—¿Oís eso? Son los miles de almas que gritan para veros combatir. Salid ahí fuera, pero no luchéis por ellas. Hacedlo por vosotras. Da igual si os mueve la venganza o el anhelo de libertad. Demostradles que habéis combatido contra las mejores gladiadoras, que habéis desafiado las rígidas costumbres de todo un Imperio y aun así no han podido venceros. Levantaos cada vez que caigáis y no os rindáis cada una de las veces que vuestra mente diga basta, únicamente dejad de luchar cuando la vida os abandone. Puede que el miedo a morir nuble vuestra determinación, desoídlo, vencedlo también a él, porque si la muerte os alcanza nunca moriréis del todo. Vuestro recuerdo será un ejemplo para todas las mujeres y el eco de vuestros nombres resonará con fuerza durante toda la eternidad. Y ahora salid a la arena con la cabeza bien alta y dadle al pueblo de Roma lo que ha venido a buscar.

El fulgor de los cascos brillando por el sol bajo la tarde fue lo primero que el anfiteatro vislumbró. Las dos gladiadoras fueron recibidas con una ensordecedora ovación. Helena pensó lo lejos que quedaban los gritos de odio que le manifestaron en su primer combate, los insultos, los escupitajos y la cantidad de comida podrida que le lanzaban quienes ahora deseaban verla luchar.

Domicia no podía apartar la mirada de las gradas. Estaba completamente absorta, no se creía que todas esas personas a quienes no conocía gritaran su nombre. Superaba con creces lo que durante tantas noches había imaginado mirando el techo de su alcoba. Respiró y se concentró en su cometido, debía vencer a esa gladiadora como tantas veces había soñado para vengar a Valeria.

Sexto, Décimo y Lucio el Grandullón, desde las gradas, no podían evitar emocionarse al ver a Domicia aparecer por la arcada hacia el centro de la arena. Sus amigos recordaron con una sonrisa cómo defendía a su hermana cuando la conocieron el día de la carrera por las calles de Roma y cuánto había cambiado su relación desde entonces. Marco leyó sus pensamientos y posó una mano sobre el hombro de Sexto.

—Lo hará bien —dijo el abogado—. Es muy valiente.

Sexto observó al patricio afirmando con la cabeza.

—Es la mujer más valiente que he conocido en mi vida —respondió.

Vibia Sabina observó de reojo el rostro del emperador tratando de discernir algún gesto. El césar no imaginaba que una de esas gladiadoras era la joven a quien había arrancado de sus brazos a Antinoo.

Las dos mujeres llegaron hasta el centro del óvalo.

Con la muerte de Probus aún en sus mentes, el público vitoreó la salida de esas luchadoras con rabia, ansiosos por ser testigos de ese momento que se escribiría y sería inmortalizado para siempre en la historia de los gladiadores.

En cada espectador había un sinfín de pensamientos.

El duelo de la venganza.

El combate de la eternidad.

La lucha entre Achilia y Amazona.

El *summa rudis* colocó la larga vara entre las dos combatientes esperando que Hostiliano, por última vez esa tarde, diera la orden.

El *magister* observó a las contrincantes. A una la odiaba de una manera irrefutable y a la otra de un modo incuestionable. Tras la muerte de Probus, estaba ansioso de otro golpe de suerte: quería ver a las dos morir.

Justo cuando iba a dar la orden, Domicia hizo un gesto para que esperara y se quitó el casco. El *summa rudis* la miró sorprendido.

—¿Qué haces? —preguntó.

Helena no daba crédito: «¿Por qué se quita el yelmo?».

Domicia miró fijamente a su rival sin poder evitar que las lágrimas le corrieran por el rostro y con voz gutural se dirigió a Amazona:

—¡Tú mataste a mi hermana! Quiero que veas el rostro de la mujer que acabará con tus días. Así, sin el yelmo, es como la asesinaste, y así es como yo te mandaré al Hades.

Helena la observó. Reconoció a esa joven como la hermana de la patricia a quien mató por accidente. No, no deseaba tener que acabar con su vida, como le había ordenado Hostiliano, pero era quien la separaba de la libertad junto a Lü. Lamentó que fuera con la muerte de esa muchacha como la conseguiría.

Sin dudarlo y sin soltar el escudo, dejó la espada en el suelo y, únicamente con su mano derecha, se deshizo de la correa que sujetaba el casco a su mentón.

El yelmo rodó por el suelo mientras Amazona miraba fijamente a la joven.

—Espero que algún día puedas reparar tu dolor, pero tendrá que ser en otra vida. Perdóname por lo que voy a hacerte, pero ansío mi libertad mucho más que tú la venganza.

Catilio Severo se levantó de su asiento con el rostro sorprendido. Prácticamente se había quedado sin aliento al ver, cuando Amazona se quitó el casco, que se trataba de la nieta de Helvia, la vieja sierva a quien él mismo sacrificó.

El *summa rudis* miró a Hostiliano para ver si permitía que el duelo se diera de ese modo. La respuesta del editor, con una enorme sonrisa, fue afirmativa y dio la orden.

La vara volvió a subir para que el combate comenzara. Las dos luchadoras estaban preparadas con la mirada cargada de odio y carente de compasión. Con el anhelo de la libertad y la vesania de la venganza.

—*Pugnate!*

Las dos corrieron una hacia la otra para atacar. El ruido

de sus espadas retumbó por todo el anfiteatro. Ni un alma respiraba en las gradas, solo se oían los gritos de ira que lanzaban con ímpetu las luchadoras en cada acometida.

En los primeros momentos, la ansiedad fue la protagonista del duelo. Las dos mujeres golpeaban y se movían sin ningún tipo de estrategia, sin intentar hallar los puntos débiles de su oponente, movidas por el distinto destino que las había llevado hasta ahí. Golpeaban, una de ellas contra los años de sufrimiento y una libertad que acariciaba con los dedos, la otra contra la fatídica mañana que perdió a su hermana y los años esperando su venganza. Una oleada de embestidas se repetía sin control encontrando la rápida defensa y el contrataque de la otra. Por sus cabezas cientos de imágenes acompañaban cada golpe, con el único fin de acabar con la vida de su rival.

Amazona quiso comprobar la destreza de su contrincante y lanzó varios ataques bien dirigidos; sin embargo, Achilia no solo los defendió con pericia sino que respondió con inteligencia. El ritmo del combate era vertiginoso.

Amazona fue la primera en sucumbir. No aguantaría sin que su enfermedad apareciera si no bajaba la intensidad. Disimuladamente, colocó el escudo en su mermado brazo izquierdo con ayuda de la otra mano. «No será tan fácil como deseaba», pensó.

El pecho de Achilia también subía y bajaba con gran viveza. Golpeó el escudo con su *gladius* para darse ánimos. «Puedes vencerla, hazlo por Valeria», se dijo.

Las dos empezaron a moverse en círculo. Una vez superado el arrollador comienzo, se dedicaron a analizar y estudiar a su rival sin apartarse la mirada ni pestañear mientras recuperaban el aliento y la exaltada multitud seguía alentándolas a continuar.

Achilia buscó encontrar a su rival desprevenida y lanzó un ataque alto. Amazona, debido a la rapidez de la embestida y a la rigidez en ese brazo, levantó el escudo tarde. Achilia combinó el ataque buscando los muslos, y la hoja de su *gladius* rozó la pierna derecha de su contrincante. El grito al desgarrarse la piel heló el corazón de todos los que deseaban que Amazona se hiciera con la victoria.

Las dos se apartaron mientras el público volvía a vitorear el lance.

Achilia sonrió, motivada, al encontrar la recompensa de la carne.

Amazona respiró para mitigar el dolor de la herida y asintió reconociendo el buen movimiento mientras volvía a recuperar el control de su cuerpo. Nunca había estado tan cerca de la libertad, sus días no podían acabar de ese modo. Tenía que vencer, se lo debía a Lü, pero su principal deuda era con ella misma.

Animada por sus pensamientos, se lanzó a un ataque rápido. El primer movimiento buscó intencionadamente el escudo de Achilia, quien contuvo el embate como Probus le había enseñado cientos de veces. De nuevo golpeó con una patada la defensa y a continuación saltó en un golpe muy espectacular buscando, con la hoja de su *gladius*, un golpe de arriba abajo. La hoja encontró el pecho y rasgó la tela del *mamillare* de la patricia.

Achilia lanzó un grito mientras se echaba hacia atrás y caía perseguida por su atacante, que clavaba la punta de su espada en la arena mientras ella rodaba por el suelo.

El *summa rudis* intervino poniendo la vara delante de Amazona cuando esta se disponía a golpear con furia el cuerpo de su adversaria para terminar el duelo.

Achilia se levantó con la arena pegada a su cuerpo en las zonas donde el sudor había aparecido. La herida sangraba y empapaba el jirón de tela que cubría su pecho. Maldijo por el enorme dolor físico al que no estaba acostumbrada. Pensó en su padre y sobre todo en su hermana, en el motivo que la había llevado hasta ahí. Ninguna herida era tan lacerante como la que sentía en su alma por la pérdida de Valeria. La responsable se encontraba delante de ella.

Sexto y sus amigos se taparon la cara con la mano al ver caer a su amiga, ante los gritos de quienes pensaban que ese marcial combate acabaría ahí. Cuando miró de nuevo, las dos gladiadoras volvían a encontrarse una delante de la otra.

Ambas mostraban el resultado de los primeros ataques y de sus respectivas destrezas. Respiraban sofocadas. Helena sintió su brazo izquierdo completamente rígido, notó los síntomas previos a cada brote. O terminaba pronto el duelo o no podría acabarlo.

Achilia empezaba a sufrir el cansancio de un verdadero combate de gladiadores. Aun así, no sucumbiría fácilmente, vendería cara hasta la última gota de sudor.

Continuaron ofreciendo un duelo espléndido a ojos de los romanos. Los ataques se repetían hacia un lado y a otro. En muchas de las impetuosas acometidas, las dos gladiadoras acababan entrelazadas, buscando golpearse con la cabeza, con los codos, con cualquier parte de su cuerpo, hasta que eran separadas por el *summa rudis* para de nuevo buscar el modo de vencer. Las dos mujeres se entregaban con determinación a la causa que las había llevado hasta ahí. Nadie en todo el anfiteatro podía apartar la mirada de un combate con un brío como nunca antes habían visto.

Achilia buscó, con la parte inferior de su escudo, el rostro desprotegido de Amazona. La gladiadora, incapaz de levantar el brazo para protegerse, se defendió de un modo aparatoso y poco vistoso. Para evitar que su rival pudiera percatarse del estado en el que se encontraba, atacó, más como un modo de distracción que como una finalidad. Achilia intuyó que algo le ocurría a su contrincante y buscó pinchar por los costados, cambiando constantemente la dirección de su *gladius*. Amazona movía su cuerpo intentando intuir por dónde vendrían los ataques, completamente mermada por la inmovilidad de su brazo. Achilia, con la parte inferior de su escudo, golpeó una y otra vez el de su rival. La defensa crujía por las acometidas y, detrás, la gladiadora sentía cómo miles de cuchillas afiladas se clavaban en su extremidad. Amazona pensó que estaba perdida si esa mujer descubría su punto débil. Trató de zafarse de una enorme patada contra su escudo. La protección se abrió por debajo. Achilia introdujo el suyo entre el de su rival y su cuerpo y tiró con toda la fuerza que pudo, acompañando el gesto con un rugido. El escudo de Amazona golpeó varias veces el suelo antes de detenerse en la arena del anfiteatro.

Las dos gladiadoras se miraron a los ojos.

Amazona lo intentó, pero era incapaz de agacharse a recoger su escudo. Achilia, desconcertada por que no pudiera mover el brazo izquierdo, y a su vez perpleja, pues no quería atacar a una mujer desprotegida, lanzó su escudo al suelo. Quería vencer en igualdad de condiciones.

Amazona la miró sorprendida y asintió con la cabeza admitiendo su nobleza. Tan solo un momento antes creía que todo había acabado.

El público se miraba incrédulo, vitoreaba y daba las gracias a los dioses por concederles un combate como ese.

Las dos gladiadoras volvieron a medirse. Amazona lo hacía en una postura muy poco atractiva. Con el brazo izquierdo tullido, se colocó completamente de lado, evitando ofrecer el costado débil. Achilia giraba en círculos y, ladina, buscaba el modo de atacar el lado impedido de su rival.

El ruido de los *gladius* golpeándose una y otra vez con rabia alentó los corazones de muchos espectadores, incluida Vibia Sabina, que imaginó que detrás de ese combate había algo más que la sed de la victoria y la voluntad de vencer.

El increíble duelo empezaba a ser mucho más largo de lo habitual.

La joven Domicia golpeó una y otra vez intentando encontrar un hueco, amagó y atacó el brazo mermado de su enemiga, encontrando la piel y abriendo un enorme tajo por donde rápidamente empezó a brotar la sangre. Amazona lanzó un grito de dolor y sucumbió de rodillas en el suelo, pero antes de caer sacó el brazo y su *gladius* rasgó los músculos del muslo de Achilia.

Las dos gladiadoras se encontraban en la arena del anfiteatro más grande del Imperio exhaustas y heridas. Demasiado cerca para atacar con sus espadas, Amazona golpeó con el codo sano la nariz de su rival; el ruido del hueso resquebrajándose se oyó hasta en el último de los asientos. La sangre luchaba con más ahínco incluso que las gladiadoras por manar del rostro de Achilia, quien, a pesar del dolor, se lanzó contra Amazona golpeándola con el hombro en el estómago. Las dos armas se desprendieron de sus manos y ambas empezaron a golpearse con los puños y con el alma, rodando por la arena. Un puñetazo y otro eran recibidos por sus rostros amoratados y cubiertos de sangre. El *summa rudis* era incapaz de separar a esas dos mujeres que se golpeaban con un inusitado odio. Con ayuda del *secunda rudis*, consiguieron apartarlas, no sin esfuerzo.

De nuevo agarraron sus armas, se pusieron de pie y, sin esperar a que les dieran la orden de continuar, volvieron a atacar. El aspecto era el de una sangrienta batalla. En las gradas no daban crédito a lo que se estaba viviendo. Algunas voces empezaron a solicitar al emperador que parara el combate, estaba siendo demasiado belicoso.

Adriano desoía las voces y el duelo continuó, a pesar de que su duración ya excedía con creces el de cualquier otro.

Hostiliano no lo detendría hasta que una cayera sin vida en la arena.

Sexto y sus amigos miraban al suelo, desde hacía rato habían decidido no seguir contemplando lo que para ellos era un suplicio.

Lü observaba el enfrentamiento desde la arcada con el rostro serio, preocupado por que ese último combate estuviera resultando tan duro. Amazona pronto no podría mantenerse en pie.

Las dos gladiadoras siguieron el combate exhaustas, con el cuerpo cubierto de sangre y el polvo de la arena, pero con el espíritu inquebrantable.

El pecho de Achilia subía y bajaba con celeridad.

Amazona sabía que no podría dar muchos golpes antes de que su cuerpo sucumbiera a su enfermedad. Notaba algunos pinchazos en el cuello y en la columna. Veía a su rival doble y apenas sentía el tacto del *gladius* en su mano.

Achilia levantó su arma y la bajó con fuerza hacia el cuerpo de su rival. Amazona esquivó el ataque, sin apenas fuerzas para contenerlo. Cuando su adversaria la rebasó, buscó, aprovechando el hueco, el costado de su rival, pero el arma de Achilia se interpuso antes de que alcanzara su cuerpo. Las espadas volvieron a encontrarse, esta vez encima de sus cabezas. Sus ojos se hallaban a escasa distancia. Sus miradas se atravesaban luchando, al igual que sus armas, por derrotar a su rival. Mientras empujaban hacia abajo con sus espadas, intentando doblegar a la otra, Amazona sintió que ya no podía contener esa arma que se acercaba a su rostro. La experimentada gladiadora golpeó con la rodilla el estómago de Achilia, que lanzó el brazo dirigido al rostro pero alcanzó el cuello de su rival. En ese momento Amazona cayó al suelo, sin apenas poder moverse. La pierna empezó a sufrir calambres y la espalda, a la altura del cuello, volvía a ponerse rígida. Se acabó, pensó, no podía seguir.

Achilia hincó una rodilla en el suelo sin aliento y cayó de espaldas. No podía respirar debido al golpe que su rival le había propinado.

El público estaba puesto en pie. Si una de las dos gladiadoras se levantaba, podía ser la vencedora. Los espectadores contenían la respiración y empezaban a desear que vencieran las dos.

Lü sabía que el combate estaba casi perdido, Amazona apenas podía moverse.

Flavia bebía de su copa de vino deseando que esa esclava, a quien ella convirtió en gladiadora, se alzara con la victoria, mientras que Vibia Sabina se llevaba las manos al rostro al pensar en cuáles eran las causas que habían llevado a esas mujeres a luchar de ese modo.

Achilia estaba tumbada mirando el cielo naranja de Roma. Su pecho se movía intentando desesperadamente encontrar aire. Lo había intentado todo, había hecho cuanto le habían enseñado para vencer a esa mujer invencible. Esperaba haber estado a la altura de su hermana, esperaba haber defendido su apellido con orgullo. Con un grito de dolor, debido a las heridas del pecho, del muslo y la destrozada nariz, por la que no podía respirar, se incorporó apoyando una rodilla en el suelo, ante el grito de los miles de personas al ver que una de las dos gladiadoras reaccionaba.

Amazona sentía que los espasmos recorrían su cuerpo. Con los dientes apretados, esperó a que sus músculos dejaran de estremecerse. Su cuello estaba completamente rígido, su brazo contraído había quedado por detrás de su espalda al caer y era incapaz de sacarlo.

Intentó ponerse en pie, pero fue incapaz. No podía creérselo, había estado tan cerca de la libertad que no podía imaginar que todo acabara ahí.

Lanzó un grito por la impotencia de luchar no solo contra una excelente rival, ni contra todo un Imperio, sino por no vencer a su propio cuerpo. Los estremecedores alaridos que daba helaron el anfiteatro y el eco retumbando en sus paredes hizo que las lágrimas aparecieran en el rostro de Lü. Con un dolor inimaginable, Amazona se intentó incorporar, giró la cabeza y vio a su rival de pie, enfrente de ella con el arma esperando para seguir luchando. Con el rostro cubierto de sudor y bramando por la ira que sentía, Amazona apoyó la mano en el suelo y apretó con los dedos para intentar levantarse, mientras la arena se introducía en sus uñas. Poco a poco consiguió que una rodilla, tambaleante, la obedeciera. Cuando se disponía a levantar la otra pierna, su cuerpo claudicó y volvió a caer el suelo. Las lágrimas y los gritos de impotencia emergieron con fuerza, no podía seguir con ese combate.

Una sombra apagó el escaso sol que quedaba a la altura de sus ojos. Achilia estaba delante de ella, de pie, observándola. Amazona no daba crédito cuando sintió que su rival introducía su brazo izquierdo por detrás de su cuello y a la vez agarraba su antebrazo con la mano derecha, tirando de ella para ayudarla a levantarse.

Las dos gladiadoras luchaban contra el cuerpo derrengado de Amazona.

Achilia gritaba para levantarla y su rival lo hacía por el dolor y la impotencia de no poder alzarse. Amazona apoyó el pie en el suelo y el impulso fue determinante para que finalmente pudiera incorporarse.

Los aplausos del público irrumpieron con fuerza, eso era más que un duelo, más que un combate. Cientos de personas aplaudían el gesto que acababan de contemplar y se giraron hacia Hostiliano para que lo parara. Para que pusiera fin a esa lucha que transgredía los límites de lo racional.

El *magister* no hizo ni un solo gesto que denotara que había llegado el final.

Las dos gladiadoras se encontraban de nuevo en pie, enfrente una de la otra. Amazona no podía imaginar que la única persona capaz de ayudarla era esa que tanto odio sentía hacia ella. Esa mujer era la mejor luchadora con la que se había enfrentado. Se acercó a su espada arrastrando la pierna izquierda, incapaz de moverla. Se giró para tratar de agarrar el arma con la mano derecha. Su brazo temblaba mientras pretendía alcanzar el *gladius*. Amazona se volvió a incorporar debido al dolor que le provocó intentar agacharse. No podía, era incapaz de recoger el arma. Los gritos de impotencia estremecieron el corazón de todos los testigos del duelo.

Achilia observó las gradas, la gente ya no animaba a las luchadoras, en sus rostros podía leerse que habían presenciado un duelo majestuoso pero que no debía continuar.

Observó de nuevo a su rival, quien hacía esfuerzos desmesurados por intentar seguir luchando. «¿Por qué no se ha rendido ya? —pensó—. ¿Por qué ninguna de las dos hemos decidido acabar ya con ese combate?» Imaginó la clase de vida que había debido llevar esa mujer, el dolor tan imaginable que debía de estar sufriendo. Levantó la cabeza al cielo, respiró hondo mientras cerraba los ojos. La imagen de su hermana apareció nítida, prácticamente real. Fue la primera vez que sintió que parte del dolor que anidaba en su pecho se había liberado y, como si Valeria le indicara el camino, entendió lo que debía hacer. Sin dudarlo, extendió el brazo y dejo caer su *gladius* a la arena. El combate había terminado. No podía matarla, no de ese modo.

Amazona levantó la cabeza al oír el ruido del acero golpeando el suelo. Miró fijamente los ojos de esa mujer, ya no había tanto odio en su mirada. Se incorporó con dolor y asintió con la cabeza accediendo también a dejar de luchar.

El público las contemplaba perplejo. Los gritos y las ovaciones volvieron a irrumpir con fuerza en las gradas. Cientos de aficionados se abrazaban por haber sido testigos de un combate que estaría durante años en boca de toda Roma.

Sexto, Décimo y Lucio el Grandullón suspiraban con una enorme sonrisa, orgullosos de su amiga.

Marco, el abogado, lo hacía satisfecho por ser el letrado que había permitido tal combate. Eso le otorgaría una enorme fama.

Lü respiró aliviado. Asintió con la cabeza reconociendo el espíritu combativo y la capacidad de sufrimiento de la mujer a quien había acompañado por medio mundo.

En una de las arcadas en las gradas, atenta durante todo el combate, a pesar de que su corazón estaba despedazado y en las cuencas de sus ojos no quedaba una sola lágrima, Thais miraba orgullosa a su amiga: ese gesto era, sin duda, el que su hermana y su padre, habrían querido que hiciera.

—¡Por todos los dioses! Nadie me va a creer en Las Tres Garzas cuando cuente lo que hemos vivido esta tarde —dijo Claudio a quienes tenía alrededor.

Un murmullo apareció poco a poco por distintos rincones, hasta que empezó a repetirse por todas las gargantas convirtiéndose en un grito unánime:

—*Rudis! Rudis! Rudis!*

Todo el júbilo de los miles de espectadores contrastaba con la ira interna, disfrazada detrás de una sonrisa, que sentía Hostiliano. Por nada del mundo daría la libertad a su gladiadora; sin embargo, no podía condenarla a morir. Ese combate no era un empate, no habían tenido que parar el duelo porque aburrieran al público, como se solía hacer en los enfrentamientos donde no se veía claro un ganador. No, eso era muy distinto. Habían vencido las dos gladiadoras y, tras ordenar la muerte de Probus, el público no aceptaría un desenlace distinto al que solicitaban. Con la cólera de no haber presenciado la muerte de ninguna de las dos, se giró hacia el emperador.

Adriano observaba un anfiteatro que se dirigía a él, esas exaltadas almas no solicitaban la *rudis*, la exigían. Sin embargo, su odio hacia las mujeres había crecido en su pecho en los últimos años, especialmente tras la muerte de Antinoo, y no estaba dispuesto a concederles ese premio. No era ajeno a que sería impopular a los ojos de Roma, más aún cuando llegara la noticia del retiro al que iba a someter a la emperatriz, así que no lo dudó.

—Te concedo a ti la decisión —dijo mirando a su esposa.

Vibia Sabina, perpleja tras esa orden, se levantó conmovida por las dos mujeres. Le habría gustado saber cuál era la causa por la que habían arriesgado sus vidas de ese modo y si el amor era protagonista del duelo. El pueblo de Roma la observaba mientras seguía repitiendo esa palabra, mientras le exigían, ahora a ella, la espada de madera que para Amazona suponía la libertad. La emperatriz no lo dudó y la algarabía se hizo ensordecedora cuando todo el anfiteatro vio cómo su emperatriz concedía la *rudis* a las dos luchadoras.

Helena, sin apenas poder mantenerse de pie, cerró los ojos. Por fin todo había acabado. Por primera vez en su vida podía gritar que era libre. Todos los años de sufrimiento brotaron desde lo más profundo de su pecho, por sus ojos anegados de unas lágrimas que llevaban el sabor de la rabia, del miedo, del dolor y del enorme sufrimiento que había padecido durante años, pero sobre todo, del amor, del increíble amor que sentía por Lü y que era lo que la había mantenido con vida.

Domicia observó a esa luchadora que lloraba amargamente su libertad. Ella tampoco podía evitar las lágrimas, su venganza había llegado a su fin, no del modo que había deseado, pero con la misma sensación de redención en el alma.

Se acercó a ella. Hasta hacía tan solo un momento había sido su enemiga. El último rostro en quien pensaba cada noche y el primero que aparecía cada mañana durante años. Visiblemente cojeando se acercó a esa mujer.

Helena la observó y se dirigió a ella con la voz renqueante:

—Aquel día, sin dudarlo, habría cambiado mi vida por la de tu hermana. Ahora, cada paso que dé como una mujer libre será gracias a ti. Espero que, cuando tu herida deje de sangrar, puedas perdonarme.

Una mezcla de sentimientos atravesaba la mente y el corazón de Domicia, que aún no sabía qué era exactamente lo que sentía.

—No dejaré de odiarte ni uno solo de mis días, no pienses que sentiré por ti la más mínima compasión. Dudo mucho que mi pecho pueda silenciar tu recuerdo, aunque te concedo mi perdón.

Incapaces de dar una vuelta al anfiteatro con las palmas de la victoria, las dos gladiadoras se miraron por última vez en sus vidas antes de abandonar la arena.

L

Roma, 131 d. C.

Habían pasado varios días desde el combate de Achilia y Amazona, y por las calles y las *cauponae* de toda Roma presumían aquellos que habían sido testigos del épico duelo y lo lamentaban quienes no pudieron disfrutarlo en las gradas.

Hostiliano se levantó de buen humor, a pesar de que seguía colérico por tener que haber presenciado cómo le daban la libertad a Amazona y pagarle por todos los combates que había ganado; también se lamentaba de que la pequeña de las Iucunda no perdiera la vida. Aun así, ese día presentaría su candidatura al cargo de pretor en el Senado.

Rápidamente, su buen humor se vio truncado cuando Estrico, su *atriense*, como cada mañana, lo ayudó a ponerse la toga e, inconscientemente, le rozó la piel. Hostiliano era una persona muy celosa de su cuerpo y se sentía muy incómodo si alguien lo tocaba, mucho más si, además, se trataba de un esclavo. El siervo, consciente y preocupado por las represalias que podía ocasionarle tal desliz, rápidamente le informó de las novedades de la mañana. Los primeros clientes esperaban en el vestíbulo para acompañarlo a presentar su candidatura. Hostiliano respiró para intentar calmarse, era un día excelso y no quería que nada lo estropeara. Estaría atento a cada detalle para que los auspicios le fueran favorables. Vio su reflejo en un espejo de bronce y se sintió orgulloso de sí mismo. Abrió un pequeño cofre y sacó un anillo que heredó de su padre, también *magister* de Ostia, Hostiliano. Un camafeo con una piedra preciosa adornó su mano derecha. Una vez más, sus ojos se posaron orgullosos en el espejo, con creces en esa jornada superaría todo lo que su progenitor había logrado.

Su infancia no había sido fácil, siempre hostigado por su padre, que de pequeño lo trataba de un modo cruel y le imponía severos castigos por todo lo que no consideraba propio de su clase. Hostiliano creció sin disfrutar de su infancia, y la carencia de afectos provocó un carácter hosco. Sin embargo, dejaría de estar a su sombra, por fin, una vez que alcanzara el cargo de pretor, dejarían de recordarle que fue su padre el primero en llevar luchas de mujeres a un anfiteatro, junto a todos los éxitos que habían engrandecido su persona y su brillante carrera.

A pesar de que no estaba satisfecho con el resultado del combate femenino, todo el mundo hablaba de los excelentes juegos que había patrocinado y eso le daba muchas posibilidades de alcanzar su objetivo. Tenía la edad que correspondía para ocupar todos los puestos en el *cursus honorum*, y dentro de unos años convertirse en cónsul, el mayor honor y la más alta responsabilidad que podía alcanzar un romano. Aunque, para él, tan solo una cosa sobrepasaba todo eso: superar a su padre.

Salió de su dormitorio. Un esclavo que iba despistado chocó con su orondo cuerpo cuando se dirigía al comedor.

—¡Por todos los dioses! ¿Es que no ves por dónde caminas? —gritó.

El esclavo continuó andando con la cabeza agachada y el miedo por la fama de su *dominus*.

El *magister*, molesto por la segunda señal negativa que recibía nada más levantarse, se dirigió a Estico.

—Quiero que ese esclavo reciba veinte latigazos para sosegar a los dioses —ordenó a su *atriense.*

—Sí, mi *domine* —contestó el esclavo.

Hostiliano, a diferencia de lo habitual en él, fue incapaz de probar bocado en la primera comida del día. Estaba nervioso. A pesar de estar acostumbrado a cruciales jornadas, esa mañana no era como cualquier otra. Cuando se disponía a levantarse de su silla, su toga se quedó enganchada impidiéndole levantarse. El *magister* era un hombre tremendamente religioso y achacó esa circunstancia, junto al esclavo tropezando con él y su *atriense* rozándole la piel, a un mal augurio. Se quedó sentado y empezó a preocuparse por que aquel día, tan importante para su carrera, no saliera del modo que deseaba. Cuando finalmente se puso en pie, un par de gotas de vino cayeron en un pliegue de la túnica y eso fue definitivo. Un ataque de ira empezó a dominarlo.

—¡Rápido! Ordena que me llenen la terma. He de purificarme. Y ve inmediatamente a buscar a un sacerdote —ordenó.

—Pero, *domine,* todos los clientes lo esperan para acompañarlo al foro —contestó su *atriense.*

—Si tengo que volver a repetirlo, te cortaré la lengua para que jamás vuelvas a cuestionar una de mis órdenes.

El siervo tragó saliva y obedeció presuroso.

—Que dos esclavos me acompañen a los baños y procurad que, hasta que el sacerdote venga, nadie toque nada, o juro por todos los dioses que si por culpa de alguno de vosotros recibo otro augurio negativo acabaré con su vida del modo más cruel que pueda imaginar.

Hostiliano se hizo acompañar de los esclavos, visiblemente preocupado; habría pospuesto presentar su candidatura a otra jornada, pero ese era considerado uno de los días *fastos* del calendario. Además, todos los ciudadanos tenían frescos en la memoria los juegos que había ofrecido, por lo que no quería postergarlo.

El sacerdote llegó hostigado por los esclavos que fueron a buscarlo, acompañado de varios clientes cuando les expusieron la situación.

El augur, con ayuda de una pequeña pátera y tras hacer una serie de ruegos a los dioses, purificó y lustró la toga manchada, el suelo y la silla que habían sufrido lo que Hostiliano entendió como un mal presagio.

—¿Debo considerar un mal augurio lo ocurrido? —preguntó el *magister.*

—Sin duda podría haber signos de ello. En cualquier caso, he purificado todo lo que haya podido ser tocado por la toga, por lo que creo que, en caso de haber enfurecido a los dioses, hemos calmado su ira.

Varias horas después de lo previsto, y más calmado tras haber recibido la visita del sacerdote y su visto bueno, Hostiliano salió en compañía de un buen número de clientes que lo acompañarían hasta el foro con intención de ofrecer una buena imagen al pueblo de Roma.

Más cordial de lo habitual, saludó y entabló conversación con todos aquellos que lo pararon por la calle para desearle fortuna y, muy a su pesar, tuvo que dejar que palmearan su espalda, le estrecharan la mano o, incluso, lo abrazaran. Debía mostrar una imagen afable si quería ocupar el cargo al que se presentaba, a pesar de lo incómodo que se sentía cada vez que alguien lo tocaba.

Se encontraba cerca del foro cuando un grupo de senadores salió a su encuentro.

—Hemos de felicitarte, Hostiliano, hacía años que no disfrutábamos de una lucha de gladiadores como la que nos brindaste con la generosidad de tu bolsillo —comentó uno de los senadores.

Hostiliano suspiró tratando de controlar la ira que le

producía pensar en las gladiadoras. Si al menos una de las dos hubiera muerto, sentiría una inmensa alegría, pero el resultado no había sido, ni mucho menos, el esperado.

—Desde el combate del otro día, al parecer un buen número de mujeres se han presentado en diversos *ludi* con intención de emular a esas dos gladiadoras —comentó otro senador.

—Aun así, jamás mis ojos verán luchar a dos mujeres del modo que lo hicieron Achilia y Amazona, un combate así se da solo una vez en la vida —contestó el primero.

—Espero que lo recordéis cuando tengáis que decidir a quién votar —comentó Hostiliano.

Los senadores rieron.

Un mendigo con aspecto sucio, con una túnica que le cubría los hombros y le tapaba completamente el rostro, se acercó a Hostiliano. Tras una genuflexión, alargó una mano solicitándole una limosna por caridad. El *magister*, con un gesto de repugnancia, lo apartó con buenos modales, le dio varias monedas para que todos vieran que no trataba de un modo avaro a los que menos tenían e hizo una señal acordada a dos de sus clientes para que quitaran de en medio al incómodo visitante, que no dejaba de palparlo.

Hostiliano comenzó a notar una extraña sensación de frío en la espalda. Decidió no darle importancia y siguió charlando tranquilo con los senadores. Sin embargo, antes de entrar en el foro y dirigirse a la curia Julia, sintió que su malestar iba a más. Le costaba respirar, apenas tenía ningún dolor, pero la piel estaba fría y su frente sudaba profusamente. Cada paso le costaba más que el anterior y apenas podía seguir el ritmo de los otros senadores. Hacía ya un rato que había perdido el hilo de la conversación, únicamente estaba preocupado por controlar el malestar. El ruido de un caballo pasando cerca de él hizo que se mareara. Las nubes ya encapotaban el cielo. El tronar de unos rayos le hicieron despejarse, pero mucho más por entender ese signo como un indicio definitivo de su mala fortuna. La lluvia empezó a descargar con fuerza cuando entraban en el foro. Varios esclavos con mantas fueron raudos a socorrer a sus *domini* para que no se mojaran. Hostiliano, antes de que Estico llegara hasta él, se resbaló en una piedra y cayó al suelo. El golpe le provocó una gran contusión en la nuca; sin embargo, no sintió dolor. Hacía ya un rato que había dejado de sentir nada. Su *atriense* le dio la vuelta y lo llamó a gritos, pero el *magister* no oía su voz, ni la de los esclavos y otros senadores que fueron a socorrerlo. Únicamente se lamentó al pensar en los augurios que esa mañana le anunciaron que esa jornada no era propicia. Entre varios hombres lo cogieron y trataron de conducirlo hasta la basílica Emilia para ponerlo a salvo. Hostiliano abrió los ojos aturdido y pudo ver cómo lo llevaban en volandas mientras la lluvia caía sobre su rostro. Oía las voces que aseguraban que el golpe al caer había sido el motivo de su inconsciencia, pero él sabía que había sido de camino al foro. Varios esclavos corrieron en busca de un médico. Hostiliano sabía que sería inútil. El *magister* no tuvo el menor recelo, por primera vez en su vida, a que lo tocaran. Había sido culpa de que alguien, en ese momento no acertaba a saber quién, lo había envenenado durante el recorrido. Poco a poco fue sintiendo que sus fuerzas sucumbían. Justo antes de cerrar los ojos por última vez, recordó a su progenitor. Una punzada de rabia, acompañada de una inmensa impotencia, volvió a acuciarlo cuando por su mente apareció un pensamiento. Justo en el momento en el que expiraba su último aliento y con el rostro serio, se despidió de este mundo para siempre sabiendo que no superaría los éxitos de su padre.

LI

Roma, 131 d. C.

Domicia paseaba por el peristilo de la *domus* de su padre, y que ahora le pertenecía. Sus amigos Sexto, Décimo y Lucio conversaban con ella.

Había pasado una semana desde su enfrentamiento con Amazona y algunas heridas no habían sanado. Tenía el rostro algo amoratado por los ojos y parte de los pómulos debido a la nariz rota, y un delicado vendaje cubría su pecho, donde el *gladius* de Amazona había provocado una profunda herida.

—Toda Roma habla de tu enfrentamiento, Domicia —dijo Sexto.

—¿Por quién apostasteis? —preguntó la pequeña Iucunda.

Los chicos se sorprendieron por la pregunta.

—Por ti, por supuesto —respondió Sexto.

—No me creo ni una sola palabra que salga por vuestra boca. Seguro que apostasteis por Amazona y luego fuisteis a robar al dueño de las apuestas, como hicisteis a mi hermana en la carrera por las calles de Roma o cuando te estaba machacando en la palestra.

Los chicos empezaron a reírse.

—¿No vas a cambiar nunca?

—Bueno, quizá os deje porque en el fondo os he cogido cariño. Pero no creáis que se me ha olvidado lo que le hicisteis a mi hermana, tarde o temprano me las pagaréis.

—Reconocemos que al principio no nos portamos bien con vosotras, pero también reconoce que eras una bocazas insoportable.

—¿Quieres que le corte la lengua, Domicia? —preguntó Lucio el Grandullón.

—Dejémosla en su sitio, Lucio. Si lo desea, podemos arreglarlo en un anfiteatro. Aunque no me gustaría tener que machacarla delante de toda Roma.

Saurea, el *atriense*, apareció por el pasillo del peristilo.

—¿Qué ocurre? —preguntó Domicia con una enorme sonrisa.

—*Domina*, tiene una visita urgente —respondió Saurea.

—¿De quién se trata?

—Es Thais, dice que no quiere molestar, pero que ha venido a darte un mensaje urgente.

—¿Y por qué no la has dejado pasar?

Domicia, angustiada, hizo un esfuerzo por levantarse, pero Sexto se lo impidió.

—Os dejaremos solas.

—Gracias por todo, chicos —dijo la pequeña Iucunda—. Sin vuestra ayuda no lo habría logrado.

—Lo has hecho tú sola, Domicia.

—Lo sé, pero cada vez que creía que no lo conseguiría pensaba en vosotros y la rabia me hacía sacar fuerzas de donde no las había.

Sexto y Décimo no pudieron evitar reírse y Lucio el Grandullón, una vez más, los imitó.

—En serio —dijo Domicia—. Gracias, amigos.

Los chicos asintieron.

Thais entró en el jardín acompañada de Saurea.

—Thais, esta es tu casa, ya sabes que aquí no necesitas permiso para entrar y salir.

—No quería molestarte, desconocía si estabas descansando.

—Tú nunca molestas. Tenía muchas ganas de verte.

—¿Cómo estás, mi pequeña? —preguntó.

—Bien, si sigo aquí en la cama es porque mis amigos piensan que soy una mujer sensible y delicada y que no puedo valerme por mí misma.

—Si pensáramos de ese modo, los que estaríamos postrados seríamos nosotros —dijo Sexto—. Será mejor que os dejemos solas. Mañana volveremos a verte.

Domicia asintió con la cabeza y los jóvenes se marcharon.

—¿Qué tal estás tú? —preguntó Domicia.

—No muy bien. No consigo quitarme de la cabeza la última imagen de Clodio y, sin embargo, tengo miedo de olvidarme de sus besos y de no recordar el olor de su cuerpo. Me despierto y pienso que sigue a mi lado, que todo ha sido una pesadilla y que pronto volverá para abrazarme.

—Ha pasado poco tiempo, sé que es duro. Sabes que puedes venir aquí el tiempo que necesites, que tú y el pequeño Valerio, podéis vivir aquí conmigo.

—No, Domicia, sabes lo mucho que te lo agradezco, pero ya has sufrido bastante.

—Te noto distinta, ¿qué ocurre? —preguntó la joven Iucunda.

—No puedo seguir viviendo en Roma. No me veo capaz de superar el dolor tan grande que siento por la pérdida de Clodio. Su recuerdo resuena constantemente en nuestro hogar, en las paredes, en la alcoba y hasta en el ambiente. Ni siquiera tengo fuerzas para andar por estas calles. Tengo que irme, alejarme de esta ciudad durante una temporada para intentar comenzar una nueva vida junto a mi hijo.

—Quiero pedirte perdón.

—¿Por qué? —preguntó sorprendida Thais.

—Sé que Probus aceptó el duelo para que yo pudiera combatir. Me siento en parte responsable y espero que alguna vez puedas perdonarme.

—No. Tú no eres responsable de su muerte, no quiero que pienses eso. Clodio aceptó aquel combate por él mismo, ansiaba con todas sus fuerzas volver a oír su nombre en miles de gargantas y la sensación de enfrentarse al miedo que solo sienten quienes han luchado en un anfiteatro. Cada persona asume sus actos.

—¿Dónde iras?

—Donde el viento nos lleve.

Un nudo en la garganta impidió a Domicia contestar. Sentía que si Thais se marchaba se quedaría un poco más huérfana; sin embargo, entendía que su amiga, a quien quería como una hermana, tomara esa decisión.

—Domicia, ven con nosotros, ya nada te retiene aquí.

—Te lo agradezco, Thais, pero mi sitio está junto a los míos. Estas paredes, estos jardines aún me recuerdan a mi familia. He conseguido superar gran parte del dolor que su pérdida me dejó, pero no puedo abandonarlos. He pasado mucho tiempo anclada en el pasado y ahora necesito tiempo para aprender a sonreír al recordarlos. No me importa la soledad. Al menos puedo decidir por mí misma sin que por el hecho de ser patricia un hombre me diga dónde tengo que ponerme. Prefiero estar sola y ser dueña de mis propias decisiones.

Thais sonrió por primera vez en mucho tiempo.

—Voy a echarte tanto de menos —dijo acariciándola.

—No dudes en enviarme un mensajero si me necesitas. Estéis donde estéis, aunque sea en los confines de la tierra, sabes que si me llamas iré a buscaros. Cuando estéis ubicados, hazme saber dónde os encontráis.

Las dos amigas volvieron a abrazarse. El destino las había hecho conocerse de un modo atroz. Habían cuidado la una de la otra cuando más lo necesitaban, y por ese motivo procuraron no alargar mucho la despedida, para que no se convirtiera en algo doloroso.

—Espero que seas muy feliz. Te lo mereces —dijo Thais despidiéndose.

Dos lágrimas cayeron por las mejillas de Domicia, incapaz de contestar mientras su amiga salía de su dormitorio. Tenía miedo de no volver a verla nunca más.

Thais recorrió la distancia que separaba su *domus* de la de Domicia envuelta en sus pensamientos. Dado que era una infame, no podía heredar todos los bienes que tenía Probus. Sin embargo, Marco lo arregló antes del enfrentamiento que acabó con la vida del gladiador, para que, en caso de que le ocurriese algo, toda la herencia pasara a Domicia, y de ese modo Thais dispusiera de todo el dinero sin que la ley pudiera impedirlo.

La joven no necesitaba gran cosa, había liberado a todos los esclavos y tan solo uno, Servio, había decidido quedarse voluntariamente. Thais aceptó a cambio de que no la tratara como su *domina*. Cuando llegó, el liberto tenía lo poco que iban a llevarse preparado y los muebles cubiertos.

A la mañana siguiente Thais, Servio y el pequeño Valerio abandonarían Roma en un *carpentum* que los llevaría a Ostia para embarcarse.

Cuando la mañana irrumpió sobre los tejados de Roma y abandonaron la casa, Thais se detuvo con el corazón apocado y el alma cubierta de tristeza. Ya no había decenas de personas, como antiguamente, esperando para ver a Probus, ya no había a quien llamar, a quien admirar, no había nadie tras esos muros a quien la gente adorara.

Se marchó sin mirar atrás. Salvo Domicia, no había nada en esa ciudad para retenerla. Subieron al *carpentum*. El dolor que sentía al recorrer el mismo camino que desanduvo hacía años en busca de su amor, le hizo permanecer todo el trayecto en silencio, ahogada en su pena. El pequeño Valerio la abrazó como si pudiera leer más allá del rostro de su madre, como si pudiera adivinar todo lo que callaba. Llegaron hasta el puerto de Ostia, donde una nave los esperaba para llevarlos a Hispania.

El capitán salió a su encuentro.

—Espero que estéis preparados para disfrutar de la travesía. Bienvenidos a Agripina, mi nave es vieja pero os llevará a vuestro destino. Me llamo Claudio, y si me acompañas, pequeño —dijo dirigiéndose a Valerio—, te llevaré a conocer el puesto de mando y te contaré tantas historias como quieras saber. ¿Sabes que una vez lleve a un niño como tú hasta Asia Menor y se portó tan bien que le dejé llevar el timón...?

Thais sonrió al ver a su hijo emocionado y se puso cómoda, el viaje sería largo pero lo aprovecharía para hablarse a sí misma, para responderse a todas las dudas que tenía sobre su vida.

Cuando Agripina zarpó, echó la vista atrás y las lágrimas comenzaron a brotar. Acarició las cicatrices de su rostro, sentía que se separaba de Probus para siempre, pero también lo hacía de una vida que la había tratado con tanta crueldad como fortuna. Había pasado por los estratos más bajos de la sociedad y había vivido un amor que había durado demasiado poco, con el que hubiera ansiado envejecer. Su único consuelo era que el fruto de esa pasión crecería sin que le faltara nada de lo que ella jamás tuvo.

Casi veinte jornadas después de partir, llegaron al puerto de Olissipo, en Hispania. Pernoctaron en diferentes municipios y, después de otras veinte jornadas, alcanzaron su destino en Lucus Augusti. Entraron por una de sus puertas y llegaron hasta una *caupona* donde comieron algo y alquilaron varias habitaciones.

Servio se quedó con el pequeño Valerio, y Thais se dirigió hacia donde le habían indicado que se encontraba la persona que buscaba.

Contempló la enorme muralla que rodeaba la ciudad. Paseó por sus calles con la corazonada de que ahí estaba su nuevo hogar, con la sensación de que entre esos habitantes encontraría un sitio tranquilo donde vivir en paz. Por primera vez en mucho tiempo volvió a sonreír. Apreció el calor con el que los habitantes se hablaban, la hospitalidad con la que le ofrecían cualquier cosa que pudiera necesitar y rápidamente tuvo la certeza de que ahí ella y su pequeño serían inmensamente felices.

Continuó andando hasta que llegó a una *domus* que se encontraba en obras. Apartó varios tablones y entró. Saludó por si alguien podía oírla y le sorprendió que nadie respondiera a su llamada. Probablemente los operarios estarían almorzando, y no había nadie que pudiera atenderla. Resignada, cuando estaba a punto de abandonar el lugar para acudir más tarde lo vio. Estaba agachado y concentrado en el dibujo que estaba trabajando. Con sus manos trémulas colocaba las teselas con cuidado, con el mismo mimo que siempre lo había acompañado.

Thais sonrió y se acercó con cuidado para no asustarlo.

—No está mal, pero sabes que, a pesar de tener un solo ojo, yo puedo hacerlo mejor —dijo la joven suavemente.

El hombre se dio la vuelta, sorprendido, al reconocer esa voz. Con dificultad, tras llevar varias horas tumbado, se puso de pie.

—Debería lamentar que estés aquí por algo que no ha salido como esperabas, pero, por Júpiter, no puedo evitar sentirme feliz de verte.

—¿Cómo estás, Ceciliano?

—Viejo, pero seguro que mejor que tú. He oído lo que le ocurrió al hombre que amabas, lo siento.

—Las noticias corren rápido.

—No se habla de otra cosa que del enfrentamiento por el que tu amado perdió la vida y el de dos jóvenes mujeres que lucharon como jamás se había visto, pero nunca imaginé que volvería a verte, ¿a qué has venido?

—He venido a cuidar de ti.

—Eres rica, podrías tener todo cuanto quieras, ¿por qué te preocupas de este pobre viejo?

—Porque tú me enseñaste que con el dinero se puede comprar la voluntad de las personas, pero no sus corazones, y que puedes tener todo cuanto desees y aun así ser la persona más pobre del mundo. Solo ayudando a los demás se obtiene la riqueza del alma.

—¿Yo dije eso? No deberías hacer caso a este pobre viejo, deberías vivir tu vida.

—Tú me diste la oportunidad de ser tan feliz que ni todo el oro del mundo habría pagado la vida que he tenido, los besos que he recibido y el infinito amor que me han brindado. Así que espero poder devolvértelo de algún modo. Luego te presentaré a mi hijo, a quien le he dicho que eres su abuelo, porque tú has sido el padre que siempre quise tener. ¿En qué estás trabajando? Siéntate a descansar mientras yo continúo.

Los ojos de Ceciliano difícilmente podían disimular que se sentía feliz por las palabras de Thais. Se sentó mientras observaba a esa joven a la que quería como a su propia hija entregada a un trabajo que él ya no era capaz de realizar. Disfrutó viendo a Thais haciendo lo que tan bien se le daba y lo que tanto le gustaba. Se sintió feliz porque sin duda, a su larga edad, en el ocaso de su existencia, junto a esa mujer y su hijo viviría los mejores días de su vida.

LII

Roma, 136 d. C.

Vibia Sabina recorría el pequeño peristilo de su residencia agarrada al brazo de su inseparable Sulpicia. La emperatriz detenía su conversación para disfrutar del rumor del viento sobre las copas de los árboles y el olor de las plantas, con la impresión de que era la última vez que otorgaba aquel placer a sus sentidos.

Vibia contaba a su querida esclava lo que esa misma mañana, de un modo tan casual que probablemente estuviera urdido, había oído decir a Adriano.

—En voz alta y sin disimular, oí al emperador decirle a uno de sus hombres de confianza: «Lo único que deseo es que Vibia muera antes que yo, únicamente, para privarla del placer de sobrevivirme».

Sulpicia lanzó un grito al escuchar semejante revelación.

—Ahora entiendo el sabor amargo del poco alimento que he tomado como sustento y, gracias a eso, quizá ese sea el motivo por el que el efecto del tóxico esté siendo lento.

Su esclava oía esa confesión sin poder contener las lágrimas.

—No lamentes mi pérdida, Sulpicia, pues pronto me encontraré con mi querida abuela Marcia.

—*Domina...*, ¿deseas que te acompañe a tu cámara?

—No —dijo Vibia—. Sentémonos aquí. Quiero morir junto a ti y estos jardines que habéis sido testigos de todo lo que mi alma ha sufrido. Pero antes de que el veneno apague mi voz y enturbie mi juicio, mi querida Sulpicia, no pienses que siento pesar por abandonar este mundo, no lamentes mi pérdida como algo execrable para la humanidad. Qué he hecho yo, aparte de poseer el título de augusta por petición del pueblo y no por deseo del ominoso emperador, que merezca ser recordado en un futuro. Si la posición que ostento no me ha permitido el valor para servir como ejemplo, entonces no merezco seguir viviendo.

La emperatriz se llevó la mano al vientre al notar un pinchazo y Sulpicia acarició sus manos.

—Toda Roma me adora por comportarme como se espera de una matrona romana, por ser estoica, humilde y soportar con la dignidad que se le presupone a una emperatriz y callar en silencio el amor del emperador por un hombre. Pero ¿qué crees que dirían si supieran toda la verdad, si conocieran quién incitó a Antinoo a suicidarse?

La esclava se llevó las manos a la boca.

—Si hasta ahora no te habías hecho la pregunta, al menos supongo que imaginas la respuesta. No podía decirte nada, mi querida Sulpicia, y espero que sepas perdonarme, pero ahora te lo contaré todo. Odio al emperador. Lo aborrezco con tanta fuerza que hasta me duele y siento desprecio de mí misma. Era yo quien provocaba mis abortos cuando estaba a solas. Aquel rostro del emperador cuando veía que no me había dejado encinta era lo único que me hacía feliz. No deseaba traer a este mundo un hijo que tuviera a mi cruel y despiadado esposo, Adriano, como padre, porque eso sería dañar la raza humana. Cuando me enamoré de Suetonio, ni siquiera me permitió disfrutar de un amor que él siempre me ha negado.

»Pero todo cambió cuando se enamoró del joven efebo. No podía soportar vivir con aquella humillación y supe que el único modo de hacerle daño sería a través del amor. Reconozco que ejecutar el plan ha sido incluso más sencillo que urdirlo en mi cabeza. El día en que vi a Antinoo por primera vez busqué el modo de utilizarlo y, al enterarme de cómo comenzó su historia de amor con Adriano, cuando el emperador lo salvó de las garras de una fiera salvaje, lo vi tan nítido como el recuerdo de un primer beso. Qué ingenuo, un león le otorga una vida regalada sin imaginar que son las hembras quienes cazan, y en mi caso yo sería la mortal depredadora; el cebo, el joven esclavo; y la presa, el emperador.

»Recuerdo que tuve que llevarme la mano a la boca para evitar que mi risa me delatara, cuando yo misma le adelanté lo que iba a sucederle al contarle la trágica historia de amor de Píramo y Tisbe y el modo que en ambos se suicidaron cuando pensaron que una leona había acabado con su idilio. Tenía que esforzarme para no ser descubierta, pero aborrecía cada uno de los encuentros que tuvimos, fue tan simple de manipular que hasta sentía pena de él. Tú, mi querida Sulpicia, estabas presente el día que me gané su confianza por primera vez, y viste lo sencillo que me resultó sembrar la duda en su conciencia. Solo tenía que hacerle ver lo desgraciada y amarga que era mi vida para que ansiara todo lo contrario.

»Esperé pacientemente, dejando en el aire las palabras exactas para que lo atormentaran y se extendieran en su mente como una mala hierba en un jardín, hasta que fueran como hiel en su boca. La verdadera venganza es paciente hasta la extenuación y solo se dispone a actuar cuando llega el momento oportuno. En cada una de mis visitas trataba de que se enamorara de la vida que llevaba y que temiera perderlo todo si el emperador renegaba de su compañía.

»Solo había algo que podía hacer peligrar mi plan, aunque al principio me parecía tan improbable como asombroso. Ese antiguo amor, de nombre Helena. Temí por todo cuanto había urdido, sin embargo solo tuve que arrojarle la verdad, esa joven se había olvidado de él, y al final una simple esclava se convirtió en la llave para ver concluido mi plan. Su presencia hizo que todo se desencadenara.

»Desde ese momento únicamente tenía que confundirlo y no puedo evitar reírme ante lo evidente de mis actos. ¿Cómo no pudo percibir el engaño cuando le dije que se vistiera y maquillara de un modo que horrorizaba al emperador? El miedo a convertirse en alguien como yo fue lo que nubló una mente tan pobre.

Vibia hizo un gesto de dolor, pero continuó hablando:

—Al final solo tenía que ofrecerle algunas obviedades que le habían pasado desapercibidas y devolvérselas con el fin de producirle un daño irreparable. Hacerle creer que agasajaban al césar para separarlo de su lado, las miradas a su alrededor, o que no podía comer junto a él porque eran otros ojos los que quería contemplar. Algo tan simple como lógico y tan sencillo que hasta yo misma me asombro de su ignorancia. Y así, hasta que puso fin a su miserable vida. Qué lástima no haber estado presente. Es lo único que me ha faltado para que todo hubiera resultado perfecto, ver y oír el dolor del emperador para regocijarme en su tormento.

»No tenía nada en contra de ese pobre efebo y la duda me sacudió más de una vez al pensar en los aterradores remordimientos y los pavorosos sufrimientos morales que me torturarían más incluso que su propia muerte. Pero ni en cien vidas podría vivir una satisfacción tan enorme como la que me ha producido provocarle tanto dolor a Adriano y saber que hasta el fin de sus días se sentirá solo, vacío, y sus noches serán tan aciagas como huérfanas de una felicidad que yo le he arrebatado, tal y como él hizo conmigo.

Ha sido como quien descubre algo maravilloso por primera vez.

La emperatriz hizo de nuevo un gesto de dolor.

—Sé que algún día los dioses me juzgarán por mis actos, pero no será peor que la condena que he sufrido en vida. Ojalá pudiera volver atrás y haber servido de ejemplo, haber dispuesto del coraje para abandonar al emperador por Suetonio, o, simplemente, la valentía de hacerlo por mí misma, por mi autoestima, por mi honor. Siento la debilidad lacerante que hace temblar mi cuerpo mientras hablamos, más por mi cobardía que por la ponzoña que me come por dentro.

»Envidio a las mujeres que serán en los siglos venideros recordadas por haber hecho algo que merezca la pena. Ojalá hubiera tenido el arrojo de plantar cara al emperador y a todo el Imperio y haber sido dueña de mi propio destino. No necesitaba el valor de la reina Boudica de Britania, que se rodeó de miles de conciudadanos para luchar por lo que creía. No necesitaba la heroicidad de Lucrecia, cuando fue violada y decidió suicidarse cambiando el destino de nuestra ciudad. No he tenido que luchar por unos hijos que nunca he deseado de Adriano, como Cornelia, madre de los Graco, quien los apoyó hasta las últimas consecuencias. No, no necesitaba la fuerza que mostraron en la arena las mujeres a quienes liberé: Achilia y Amazona. No, mi querida Sulpicia, yo no tuve valor de decir que no y fui tan cobarde que me cegó la sed de venganza.

Vibia sintió que le fallaban las fuerzas mientras Sulpicia gritaba pidiendo ayuda.

—Noto cómo el veneno hace que mis ojos se cierren y me apago como una lámpara de aceite en medio de la oscuridad, sola y vacía, como me he sentido gran parte de mi vida. Ya siento el frío que precede a la muerte, lo noto en cómo sus gélidas manos recorren mi cuerpo y me despojan de mi condición de emperatriz... Por primera vez no tengo miedo, tan solo un enorme consuelo recorre mi alma antes de morir...

La emperatriz se tumbó sobre las piernas de su esclava, que no podía aguantar la enorme pena que sentía en su pecho. Mientras esperaba una ayuda que nunca llegaría, lo único que podía hacer era sujetarle la mano a su *domina.*

—Adiós..., mi querida... Sulpicia... —dijo Vibia Sabina mientras sus ojos se cerraban para siempre.

EPÍLOGO

Halicarnaso, 141 d. C.

El amanecer encontró a Lü despierto sobre el jergón de su habitación, como cada mañana en los últimos años. Se incorporó y se sentó en la cama. Respiró profundamente cuando pensó en el acto excepcional que ocurriría ese día. En toda Asia Menor no se hablaba de otra cosa. Se cumplían diez años del espléndido combate que enfrentó a Achilia y Amazona, y nadie en toda la provincia quería perderse la pieza que Lü había mandado levantar para conmemorar el acto.

Se incorporó para empezar a vestirse con el atuendo especial que vestiría para la ocasión. Cuando prácticamente había terminado de ataviarse, con las extrañas ropas procedentes de su país que él mismo había encargado, un golpe tímido y débil sonó en su puerta.

Lü sonrió al imaginarse de quién se trataba.

Abrió y una preciosa niña de ocho años esperaba al otro lado.

—Hoy es el gran día —dijo la pequeña a modo de saludo.

—Así es, Helena —respondió Lü sin añadir nada más.

Juntos se dirigieron como cada mañana a tomar la primera comida del día.

La pequeña Helena no paraba de hablar sobre la ilusión que le hacía que por fin llegara el día que durante meses habían preparado.

Flavia Lycia había organizado una serie de eventos, además de una opulenta comida a la que no faltarían las personalidades más destacadas para conmemorar esa jornada. Combates de gladiadores y especialmente de mujeres gladiadoras acompañarían a los muchos actos que se brindarían en honor de la mujer que cambió el rumbo del Ludus de Halicarnaso.

Lü era consciente de que Flavia era una mujer pragmática, sabía jugar los dados que el destino le daba. Desde el día en que Helena luchó en el anfiteatro de los Césares, la *lanista* aprovechó aquel combate para dar un impulso a su *ludus*. Desde entonces, mujeres y hombres de toda la provincia acudían voluntariamente a enrolarse en el lugar donde Amazona había obtenido aquella fama. Todo el mundo quería luchar bajo las órdenes de la *lanista* que había convertido a una simple esclava en la gladiadora más famosa de todos los tiempos. Flavia tenía la esperanza de que, tras esa jornada y, sobre todo, tras la pieza que instalarían a la entrada del anfiteatro, no faltarían nunca voluntarios que quisieran emular la hazaña de Helena.

Lü, que agarraba con fuerza la mano de la pequeña Helena, junto con Flavia y todas las personalidades más destacadas de la provincia, se dirigió hasta el anfiteatro, donde los actos empezarían en breve. El día era soleado y una ligera brisa hacía que la mañana fuera espléndida.

—¿Te encuentras bien? —preguntó Flavia.

Lü asintió sin añadir nada.

Flavia sabía que los recuerdos atormentarían al hombre de ojos rasgados durante toda la jornada, así que decidió no atosigarlo.

Durante el trayecto Lü recordó todo lo que ocurrió cuando Helena consiguió la libertad.

Cuando, por primera vez en su vida, Helena pisó el suelo de Roma como una mujer libre, estallaron en gritos de alegría por la vida que les esperaba juntos y que tanto se les había resistido. La felicidad continuó dos días después, al enrolarse en una nave de vuelta a Halicarnaso y, al igual que en el viaje de ida, durante toda la travesía dejaron que sus cuerpos se encomendaran al amor.

Con el dinero que Hostiliano le abonó como pago por cada combate, Helena adquirió una pequeña casa cerca del mar. Aquellas primeras semanas fueron las mejores que la pareja había conocido, tratando de recuperar todo el tiempo que la voluntad de los hombres les había negado.

Helena, por fin, obtuvo lo que había ansiado, una sencilla casa donde llevar una vida en la que lo único que necesitaba para ser feliz eran los brazos y los besos de aquella persona que tanto había hecho por ella. Por su parte, él se sentía dichoso por estar por fin con la mujer que amaba por encima de todas las cosas.

Sin embargo, Helena, tras superar todas las dificultades que se habían interpuesto en su camino desde que salió de la villa de Catilio Severo, tras recorrer medio mundo por un hombre que no la merecía y que le permitió conocer a su verdadero amor, y tras obtener la libertad en el anfiteatro más importante del Imperio, no había podido vencer el combate que libraba contra su propio cuerpo. Varios meses después de llegar de Roma, tras uno de los lacerantes ataques, Helena dejó de hablar y poco tiempo después ni siquiera podía caminar. Sus músculos se volvían cada día más rígidos, apenas tenían movilidad, y comenzó a perder la visión. Helena se apagaba poco a poco y ni siquiera las hierbas que al principio tanto bien le hacían conseguían frenar su ya avanzada enfermedad. Lü fabricó una silla de madera, en la que colgó unas tiras en la parte trasera y todas las tardes cargaba con ella para sentarse juntos a contemplar aquel mar que su amada tanto adoraba.

A pesar de la terrible enfermedad que cada día la apagaba un poco más, aquellos fueron los mejores años de su vida. Ver el rostro de alegría en Helena cada vez que la brisa marina se mezclaba con sus cabellos, cada vez que le agarraba la mano, le hacía sentirse el hombre más afortunado del mundo. A pesar de que no podían vivir en condiciones normales, para él era mucho mejor que cualquier otra vida. Lü le hablaba en griego, en la lengua que tanto le gustaba a Helena, le leía poemas que él mismo escribía y le contaba historias de su país. Su amada lo escuchaba con la mirada llena de felicidad, pero con la pena reflejada en sus ojos por no poder devolverle todo el amor que él le brindaba. Al atardecer regresaban a su pequeño hogar y todas las noches Lü masajeaba su cuerpo para tratar de retrasar los ataques y que los dolores en sus articulaciones remitieran.

Helena se fue una fría mañana de abril, sin hacer ruido y mientras el hombre que la había cuidado sin descanso dormía ajeno a sus últimos latidos. Lü se despertó y los ojos de la mujer a quien tanto había amado miraban fijamente hacia él. Desde entonces se martirizaba preguntándose si aquella noche habría sufrido. Sin embargo, le consoló que en la mirada sin vida de Helena podía descubrirse un rostro feliz, carente del sufrimiento que durante años la había perseguido. Además de la gratitud de los dos años que habían pasado juntos y que no cambiaría por nada del mundo.

Desde el día en que Helena se fue, Lü era incapaz de dormir, no había una noche que pudiera conciliar el sueño, culpándose por no haber acompañado a Helena en ese viaje entre el mundo de los vivos y de los muertos. Por no poder agarrarle la mano y despedirse de la mujer más maravillosa y luchadora que había conocido. Desde aquella mañana en que Helena se marchó, hacía ya ocho años, no había un solo día que no se acordara de ella, que no recordara cada minuto que habían pasado en libertad.

Lü volvió de sus pensamientos cuando se encontraban delante de la puerta del anfiteatro de Halicarnaso. Una pequeña tela cubría una pieza de mármol oculta. Aún le quedaba algo pendiente y disimuladamente, con el pie, hizo un pequeño agujero en el suelo. Dado que todo el mundo miraba hacia arriba, nadie se percató del pequeño objeto que Lü dejo caer de su mano. Antes de taparlo con la arena, el hombre de ojos rasgados bajó la mirada para contemplarlo por última vez. Un pequeño punzón con una hoja fina y alargada descansaba en el fondo del agujero. Cumplía de ese modo lo que había prometido a Helena antes del último combate, cuando ella le pidió que si moría cumpliera esa promesa. A pesar de que Helena había sobrevivido al duelo, Lü hizo realidad su deseo. Antes de partir a Halicarnaso cubrió aquella arma con un veneno que impedía a la herida de la víctima sangrar y, haciéndose pasar por un mendigo, se acercó hasta Hostiliano para acabar con su vida clavándole el punzón en el pulmón. Lü sabía el lugar exacto donde debía introducirlo para que el *magister* se desangrara por dentro y muriera en poco tiempo. Aquel fue el último deseo de su amada y él se encargó de ejecutarlo.

La pequeña Helena se acercó hasta él y le agarró una mano. El hombre de ojos rasgados la estrechó con fuerza mientras tapaba con la arena el agujero. Todo el mundo se encontraba expectante deseando conocer el relieve que Lü había pagado con todo el dinero que había conseguido ahorrar. La niña apretaba su mano y comenzó a sentirse seguro. Solo la pequeña hija de Flavia Lycia, que nació el mismo día que su amada murió, le infundía ánimos.

La pequeña, que lo quería como si fuera su padre, se dirigió a él:

—¿Crees que algún día yo también haré algo que merezca ser recordado?

—No me cabe la menor duda —contestó Lü.

—¿Me ayudarás?

—Siempre estaré a tu lado para lo que me necesites, pero no te hará falta mi ayuda, tú sola, como Amazona y Achilia, con la fuerza de tu propia voluntad, podrás ser todo lo que te propongas.

La *lanista* hizo los honores y descubrió el relieve que decoraría durante siglos el anfiteatro de Halicarnaso.

Todos aplaudieron al contemplar la pieza, todos menos Lü, que no pudo evitar estremecerse. Delante de sus ojos, dos mujeres se enfrentaban frente a frente con actitud combativa y con los cascos en el suelo. En la parte superior, la palabra «liberadas» en griego, el idioma que tanto adoraba Helena. Debajo del relieve de las dos gladiadoras, los nombres de Amazona y Achilia decoraban el hermoso mármol y enseñarían a todos los ojos que se detuvieran sobre ellas que aquellas dos mujeres libraron el mejor combate de todos los tiempos.

El duelo de la eternidad.

NOTA DEL AUTOR

Gladiadoras es una ficción histórica donde he mezclado personajes ficticios con algunos auténticos que a continuación detallo.

En primer lugar, tenemos el relieve de las dos gladiadoras, Achilia y Amazona, que fue encontrado en Halicarnaso (la actual ciudad de Bodrum, en Turquía) y que se exhibe en el British Museum de Londres. Datado en el siglo II, es, sin lugar a dudas, la prueba más irrefutable de que las mujeres gladiadoras existieron.

También existió la inscripción funeraria de Valeria Iucunda, que tal y como aparece reflejado en la novela decoraba la entrada del Collegium Iuvenum de Reate. La lápida está datada entre los años 71 a 130 de nuestra era. Puede encontrarse en el Corpus Inscriptionum Latinarum, que es un archivo exhaustivo de fuentes latinas, con referencia CIL 9, 04696. Desgraciadamente, hoy está perdida. La traducción en el texto corresponde al artículo de Marta Ortega (*Mujeres en la arena: participación femenina en los ludi circenses*, Universidad de Barcelona).

Otro de los personajes que existió es Flavia Lycia. Puede encontrarse en la publicación académica especializada en fuentes latinas vinculadas al entorno anfiteatral, EAOR (Epigrafia Anfiteatrale dal Occidente Romano) EAORII n.º 49, AE 1998, 1375 es la única referencia de una mujer dueña de una familia gladiatoria en Oriente, junto a otra que se encontró en Occidente de nombre Arianilla. Son las únicas que se conservan referidas a mujeres *lanistas*.

Tenemos la inscripción hallada en Ostia referida a Hostiliano donde, como *magister* y cuestor del Collegium Iuvenum de Ostia, fue el primero en ofrecer luchas de mujeres gladiadoras. CIL 14, 05381. Lamentablemente no podemos datarla de forma precisa. Aunque lo más probable es que se realizara en la segunda mitad del siglo II.

Por último, tenemos al emperador Adriano, con Antinoo y Vibia Sabina. Respecto al modo en que se conocieron el césar y su amante, tenemos la versión del poeta Páncretes de Alejandría, quien nos narra que Adriano salvó a Antinoo de las garras de un león con su jabalina justo antes de que atacase al joven.

Varias son las teorías sobre la muerte de Antinoo, que se suicidó en presencia del emperador. Yo he cogido la hipótesis más interesante para la novela, aquella que, según la historia augusta, nos narra la conspiración de Vibia Sabina para acabar con la vida del joven Antinoo.

El resto de los personajes, en su gran mayoría, forman parte de la ficción y cualquier parecido con la realidad es mera casualidad.

AGRADECIMIENTOS

Escribir una novela histórica supone muchas horas de investigación, documentación, etcétera. Un trabajo que sería muy solitario si no fuera por la gran cantidad de personas que me ayudan y las muchas que diariamente me apoyan y a quienes les estoy enormemente agradecido.

En primer lugar, gracias a mis dos hijas, Aitana y Chloe; esta novela es para vosotras. La vida es como la arena de un anfiteatro, donde no siempre sobreviven los más fuertes, sino aquellos que nunca se rinden. No lo olvidéis jamás. Gracias por ser como sois y por soportar todas las excursiones romanas que os obligo a hacer.

A Isa, mi mujer, que me aguanta con mis defectos y mis virtudes cada día. Por que sigamos muchos años disfrutando de nuestros tres tonos azules del mar.

A mis padres, Ana y Miguel, mis fanes más incondicionales, gracias por el modo en que os ilusionáis con todo lo que la literatura me está regalando. Espero que se cumpla aquella frase tan bonita que me dijisteis cuando acabasteis de leer el primer borrador de la novela y que solo nosotros sabemos.

A mi hermano, Jose, tan exigente que espera de mí más de lo que soy capaz de dar, pero sé que lo hace por mi bien. También a mis sobrinas, Paula y Blanca, a quienes adoro. A Toño, que siempre está pendiente.

Al otro Juan Tranche, mi tío, el tipo más grande que conozco y el que más novelas mías vende en toda España. Gracias por ser como eres y por quererme de un modo tan bonito. (Recuerda que soy tu sobrino favorito.)

Gracias a mis superlectores cero, sin vosotros sería imposible. Jorge Sotoca, Santiago Fernández y Fermín Antolín, que siempre son los primeros en leer los capítulos para darme las primeras impresiones y me meten presión para que siga escribiendo más rápido de lo que soy capaz. Gracias, chicos. A Iván de las Heras, sabes que te admiro mucho. A Leire Gambra, todo un descubrimiento de última hora. A Patri Zapico *Zapicus*, gracias por cada uno de los comentarios y de las llamadas y por todo lo que le aportaste a la novela. Y, sobre todo y con permiso del resto, a Sara Pino, la madrina de mis novelas, gracias por tanto, es imposible imaginar cómo sería esta historia sin tu ayuda.

A mis eternos compañeros que tanto me apoyan: Silvia, Mónica, Antonia y Mariano.

A Yolanda Rocha, por su primera corrección, por sus consejos y por enseñarme dónde y cómo debo mejorar. Gracias a la literatura he podido conocer a una excelente persona. Espero que podamos seguir disfrutando de esos cafés eternos mientras hablamos de lo divino y de lo humano.

A Ismael Martín, por estar siempre ahí. A Alberto Moreda y a su edición especial, por ser tan buen amigo, y a Alba Sainero, por esa pasión que nos une por las palabras y las «frasacas».

A Christian Gálvez, contigo empezó este camino. Gracias, *frater*.

A mis amigos de toda la vida, que me apoyan incondicionalmente: Salvador Abellán, Juan Carlos de la Cruz, Manuel Sicilia y Santiago Martínez, sois los mejores. Y a mis Madroños, por todos los buenos momentos que estamos viviendo y los que nos quedan.

El mundo de los gladiadores me ha acercado a personas maravillosas. A mis compañeros de excursiones gladiatorias; a Javier Romay, mi gladiador favorito, Paulus en la novela, la narración de los combates no sería igual sin su experiencia. Gracias por esa forma que tienes de entender la gladiatura y por tu inestimable ayuda. Y a Fernando Barriales, es imposible encontrar palabras para agradecerte todo lo que me has ayudado y todo lo que me aportas. Gracias a los dos por vuestra bonita amistad.

A Sandra López (Boudica), quien me inspiró el personaje de Helena. Lamento haberte machacado tanto. Gracias por aquellos audios donde me explicabas qué siente una gladiadora cuando sale a la arena de un anfiteatro. Eres grande.

Muchas gracias a los grupos de recreación que tanto me han enseñado en todo este tiempo, qué diferentes serían los combates de la novela sin vuestra ayuda. Gracias a Cristina y a Póstumo de Vulcano. A Inma, a Óscar, a Sara y a Adri, de Gesta Gladiatoria. A Saguntum Civitas. A todo el Lvdvs Antiqvs de Mérida, especialmente a Grego, a los Franes, sobre todo al Hispano, a Julián, a Juan Manuel, a Mayka y a Román por ese primer combate. A toda la asociación de Caetra Lucensium. Y, por último, a Lucius Spiculus divulgación: a Frog, a Adrián y a Abel, quien me debe un combate por todo lo alto. Sé que me dejo a muchos, espero me perdonen, pero gracias a todos.

En la parte de investigación, quería mostrar mi más sentido agradecimiento a varias personas que me han ahorrado muchas horas de búsqueda en las fuentes. Por supuesto, asumo toda la responsabilidad de cualquier error en cuanto al rigor que pueda tener la novela. A Marco Almansa, gracias por contestar a todas mis dudas sobre religión romana. A Beatriz Pelayo, por facilitarme con tanto rigor todos tus conocimientos de Derecho Romano. No es fácil contar un juicio de la antigua Roma y te agradezco que me iluminaras en las dudas que tenía. Millones de gracias. A Jesús Arenas, por aportarme tus conocimientos de acupuntura, y a Javier Alonso, mi maestro agujas, por enseñarme cómo podía ser en la antigua Roma la medicina tradicional China. A Ángel Martínez (Mosaico Adriano), por sus consejos sobre la técnica y elaboración de los mosaicos.

A Alfonso Mañas, la mayor referencia en gladiatura para todos aquellos que amamos el mundo de los gladiadores, en España y en gran parte del extranjero. Gracias por ser tan generoso, por compartir conmigo todo lo que sabes y por ayudarme de un modo tan altruista.

A Santiago Díaz, el mejor escritor de *thriller* de España. A veces conocer a alguien tan grande como él puede cambiarte la vida. Gracias, amigo, por todos tus consejos. Te debo una muy grande. Y lo sabes.

A Justyna Rzewuska, mi agente, por hacer que todo esto sea posible. Gracias, jefa.

Al Grupo Planeta. A Raquel Gisbert, por confiar en mí; a Tomás Gutiérrez, por la increíble portada, a Fátima Santana y a todos quienes habéis trabajado para que la novela llegue al mercado de este modo, todo agradecimiento siempre es poco. Y, por supuesto, a Puri Plaza, mi editora, gracias por todo tu tiempo y tu trabajo, por hacerme ver qué le faltaba a la novela y dónde podíamos limarla. Esta historia no sería la misma sin ti.

A todos los lectores que desde que empecé esta aventura de escribir me habéis acompañado y me preguntáis cuándo podéis volver a leerme. Solo deseo que la espera haya merecido la pena. Millones de gracias por todo lo que me habéis dado. A los grupos de lectura: es brutal todo lo que hacéis por ser fieles a vuestra pasión. Muy especialmente a Pepa, Locura de libros, qué importante ha sido para mí vuestro apoyo.

Y, sobre todo, a ti que ahora mismo estás leyéndome. Gracias por elegir esta novela, siempre he pensado que somos unos afortunados cuando nos concedéis vuestro tiempo, así que deseo de corazón que hayas disfrutado. Si te apetece, no dudes en escribirme dándome tu opinión o tus impresiones, estaré encantado de contestarte. Sigo emocionándome como el primer día cada vez que recibo un mensaje.

Nos vemos en la siguiente.